राजेन्द्र यादव

राजेन्द्र यादव का जन्म 28 अगस्त, 1929 को आगरा में हुआ। उन्होंने आगरा विश्वविद्यालय से एम.ए. (हिन्दी) किया।

उनकी प्रकाशित पुस्तकें हैं—'देवताओं की मूर्तिया', 'खेल-खिलौने', 'जहाँ लक्ष्मी कैद है', 'अभिमन्यु की आत्महत्या', 'छोटे-छोटे ताजमहल', 'किनारे से किनारे तक', 'टूटना', 'ढोल और अपने पार', 'चौखटे तोड़ते त्रिकोण', 'वहाँ तक पहुँचने की दौड़', 'अनदेखे अनजाने पुल', 'हासिल और अन्य कहानियाँ', 'श्रेष्ठ कहानियाँ', 'प्रतिनिधि कहानियाँ' (कहानी-संग्रह); 'सारा आकाश', 'उखड़े हुए लोग', 'शह और मात', 'एक इंच मुस्कान' (मन्नू भंडारी के साथ), 'मंत्र-विद्ध और कुलटा' (उपन्यास); 'आवाज तेरी है' (कविता-संग्रह); 'कहानी : स्वरूप और संवेदना', 'प्रेमचन्द की विरासत', 'अठारह उपन्यास', 'काँटे की बात' (बारह खंड), 'कहानी : अनुभव और अभिव्यक्ति', 'उपन्यास : स्वरूप और संवेदना' (समीक्षा-निबन्ध-विमर्श); 'वे देवता नहीं हैं', 'एक दुनिया : समानान्तर', 'कथा जगत की बाग़ी मुस्लिम औरतें', 'वक़्त है एक ब्रेक का', 'औरत : उत्तरकथा', 'पितृसत्ता के नए रूप', 'पच्चीस बरस : पच्चीस कहानियाँ', 'मुबारक पहला क़दम' (सम्पादन); 'औरों के बहाने' (व्यक्ति-चित्र); 'मुड़-मुड़के देखता हूँ...' (आत्मकथा); 'राजेन्द्र यादव रचनावली' (15 खंड)। अगस्त, 1986 से 27 अक्टूबर, 2013 तक प्रेमचन्द द्वारा स्थापित कथा-मासिक 'हंस' का सम्पादन। चेख़व, तुर्गनेव, कामू आदि लेखकों की कई कालजयी कृतियों का अनुवाद।

28 अक्टूबर, 2013 को उनका देहावसान हुआ।

वक़्त है एक ब्रेक का

(ख़बरिया चैनलों की कहानियां)

सम्पादक

राजेन्द्र यादव

अजीत अंजुम

रवींद्र त्रिपाठी

राजकमल पेपरबैक्स

पहला संस्करण : 2007
पहली आवृत्ति : 2023

राजकमल पेपरबैक्स : उत्कृष्ट साहित्य के जनसुलभ संस्करण

राजकमल प्रकाशन प्रा. लि.
1-बी, नेताजी सुभाष मार्ग, दरियागंज
नई दिल्ली-110 002
द्वारा प्रकाशित

शाखाएँ : अशोक राजपथ, साइंस कॉलेज के सामने, पटना-800 006
पहली मंजिल, दरबारी बिल्डिंग, महात्मा गांधी मार्ग, प्रयागराज-211 001
1, अनमोल सोराबजी संतुक लेन, धोबी तलाव, मरीन लाइंस, मुम्बई-400 002
वेबसाइट : www.rajkamalprakashan.com
ई-मेल : info@rajkamalprakashan.com

राजकमल प्रेस
नई दिल्ली-110 002
द्वारा मुद्रित

मूल्य : ₹299

WAQT HAI EK BREAK KA
(Stories) Edited by Rajendra Yadav
Ajit Anjum, Ravindra Tripathi

ISBN : 978-81-267-1347-9

यह पुस्तक
कमलेश्वर
के द्वारा जारी होनी थी

हां, यही वक़्त है एक ब्रेक का

राजेन्द्र यादव

(दूरदर्शन चैनलों पर हर दस मिनट बाद दो बातें दुहराई जाती हैं : "ख़बर चैनलों में पहली बार" या "अब वक़्त है एक ब्रेक का" यानी विज्ञापन परोसने का)

इलैक्ट्रोनिक मीडिया यानी टी.वी. आज पतन की जिन 'ऊंचाइयों' तक पहुंच गया है, शुरू में शायद ही उसकी किसी ने कल्पना की हो...वही अपराध-कथाएं, वही हत्या-बलात्कार, वही भ्रष्टाचार, घूस-घोटाले और वही चमत्कारी बाबा, भूत-प्रेत, डायनें और अघोरी, या नई फ़िल्मों के प्रोमो...सबसे बढ़कर वही क्रिकेट...घंटों चैनल बदलते रहिए, आपको फिर-फिर यही सब देखना होगा...एक ही कहानी इतनी बार दुहराई जाएगी कि स्क्रीन चूर-चूर कर देने का मन हो, बीसियों साल पहले लिखी पंकज बिष्ट की कहानी 'बच्चे गवाह नहीं हो सकते' बार-बार याद आती है, जहां स्क्रीन से बाक़ायदा एक घूंसा निकलकर, नायक का सिर तोड़ देता है...

'हंस' के 'खब़रिया चैनलों में पहली बार' विशेषांक की योजना में तय किया गया था कि अंक में सिर्फ़ उन्हीं की कहानियां या वैचारिक लेख लिए जाएंगे जो इन चैनलों से किसी न किसी रूप में जुड़े हैं। सभी कहानियां कलात्मक शर्तों पर पूरी नहीं उतरती थीं, मगर वहां जो 'भोगा हुआ यथार्थ' सामने आया वह सचमुच दिल दहला देनेवाला था कि किस तरह देश की सर्वश्रेष्ठ पत्रकार-प्रतिभाएं एक-दूसरे को छुरा मारने के लिए अभिशप्त हैं। वहां होड़ अपना सर्वश्रेष्ठ देने की नहीं, अपना निकृष्टतम दिखाने और दर्शक को आत्महत्या के बिन्दु पर ले आने की है। यह ग्लैडिएटरों का खेल है। हर कोई गुलाम है, चालीस हज़ार से लेकर चार लाख महीने के जूते के नीचे सबके हाथ बिंधे हैं। याद आती है नाज़ी जर्मनी के सर्वश्रेष्ठ वैज्ञानिकों की होड़, कि कौन-कितनी संहारक गैस खोज कर लाता है ताकि देखते-देखते लाखों यहूदियों का सफ़ाया किया जा सके...

चलिए, आप स्वयं टी.वी. के सामने से हट जाएंगे, या उसे बंद कर देंगे, मगर परिवारियों को कैसे रोकेंगे जिन्हें महीने के दस त्यौहारों, करवा चौथ, छठ, भव्य शादियों,

सास-बहू छाप ऊल-जलूल सीरियलों या किसी उल्लू-मुखी बाबा के प्रवचनों से अपना परलोक सुधारना है? कोई भी कभी यह सवाल क्यों नहीं पूछता कि हिन्दुत्व के चमत्कार और अपराध-कथाएं हमेशा साथ-साथ क्यों चलते हैं?

इस भेड़ियाधसान में अगर कहीं नयापन है तो वह है विज्ञापनों में, सचमुच वहां कल्पनाशीलता है। बल्कि सारी मारधाड़ विज्ञापनों के लिए ही है। यह दृश्य मुझे उन क़स्बाई चार-छह पेजी साप्ताहिकों की याद दिलाता है जहां दो-चार कच्चे-पक्के समाचार इसलिए दे दिए जाते हैं कि विज्ञापनों से पन्ने भरे जा सकें...कोर्ट-कचहरियां, सरकारी विज्ञप्तियां, नाम बदलने, फ़्लैटों, विवाहों की सूचनाएं या ख़ानदानी शफ़ाखाने...इन्हीं का पॉलिश्ड रूप हैं ये टीवी चैनल...फर्क़ सिर्फ़ इतना है कि 'तूफ़ान मेल' का ग्राहक दाल-आलू तोलता बनिया है तो इनके दर्शक बड़ी कोठियों-कारों के मालिक। वही सब तो इन्हें बेचना है और इन्हीं के लिए तो दर्शकों को सनसनी की सांस रोक अफ़ीम चटाए रखनी है—"जनता यही चाहती है—हमारी टी.आर.पी. इसकी गवाह है" मल्टीनेशनल कम्पनियों के मालिक तय कर रहे हैं कि हमें अपना जीवन-स्तर सुधारने के लिए क्या ख़रीदना है? साहित्य, कला, संस्कृति या विचार जैसी फ़ालतू चीज़ों को लादे फिरने से क्या मिलना है—अरे, मज़े में बैठे-बैठे पेज-थ्री की पार्टियां देखिए, राखी सावंत के चुंबन और शिल्पाशेट्टी की लन्तरानियां कमर लचकाऊ, सुंदरियों द्वारा यूपी, बिहार की लूट में खुद भी शामिल हो जाइए या कजरारे-कजरारे नैनों की धुन पर अमिताभी ठुमके लगाइए...यह वर्ग-विभाजन का स्थायीकरण है। यहां गांव सिर्फ़ दुर्घटनाओं या अजूबों (बिज़ार) में होते हैं। दलितों, स्त्रियों, आदिवासियों की संघर्ष-कथाएं इतनी नीरस और उबाऊ होती हैं कि चैनल ही बदलना पड़ता है।

दरअसल पतन की यह शुरुआत हुई थी राजनीति में जब बी.जे.पी. ने झूठ-सच, फैक्ट-फ़िक्शन, इतिहास-पुराण, राष्ट्रवाद-हिंदुत्व के कॉकटेल तैयार किए। तभी से यह होड़ भी लगी कि कांग्रेस अगर दिल्ली में दो हज़ार सिखों को मरवा सकती है, तो हम गुजरात में तीन हज़ार मुसलमानों का क़त्लेआम क्यों नहीं करा सकते? अगर ए-चैनल नागिन के पुनर्जन्म को हफ़्तों खींच सकता है तो हमारा भूत क्या उससे कम है? अन्धविश्वास, चमत्कार और अमानवीयता की हद तक तंत्र-साधनाएं टी. आर.पी. लपकने के एकमात्र फ़ार्मूले रह गए। रहने के लिए एक से एक शानदार घर, लजीज़ खाने और सोचने के लिए चैनल-चौत्य—आदमी को और क्या चाहिए? बकने दीजिए कि बाज़ार हमें विवेकहीन ख़रीदारों में बदल रहा है, हम हिंसक हिंदुत्व के समर्थक हो रहे हैं, हर मुसलमान को आतंकवादी के रूप में देखने लगे हैं।

निश्चय ही बाज़ार हमें 'उदार' बनाता है; वह जात-पांत तोड़कर भौगोलिक सीमाओं के पार हमें खरीदारों में बदलता है, सांस्कृतिक या राष्ट्रीय संकीर्णताओं और

पूर्वग्रहों से मुक्त करता है, सारी वसुधा को खरीदने-बेचनेवालों के कुटुम्ब में बदलता है। मगर यही बाज़ार आर्थिक वर्गों के अन्तर्विरोधों को अधिक गहरा भी तो करता है। हर उत्पाद के उपभोक्ता-वर्ग अलग हैं—लिज्जत पापड़, कायम चूर्ण और एम. डी. एच. मसालों का वर्ग वह नहीं है जो लक्ज़री सूट, हीरे, बैंटले गाड़ियां खरीदता है, बिकनी या स्विमिंग सूट पहनकर पांचसितारा पूलों के किनारे पिज़्ज़ा खाते हुए बीयर पीता है, क्रैडिट कार्ड लेकर पैरिस-हांगकांग में शापिंग और सैर-सपाटे करता है—बड़े-बड़े मॉल उनके लिए नहीं हैं जो आज भी कूलर और साइकिल की ज़िंदगी जी रहे हैं, वे तो बड़ी मुश्किल से अमिताभ बच्चन, शाहरुख खान या विजय तेंदुलकर की सिफ़ारिश पर बनियान और अंडरवियर ही खरीद पाता है। ऊंचे-ऊंचे सपनों से चमत्कृत उन बेकार-बेरोज़गार युवकों के पास अपराध-अपहरण के सिवा रास्ता क्या है कि वे इस सबको अपना बना सकें, या राजनैतिक सांस्कृतिक गिरोहों में विरोध-प्रदर्शन, गुंडागर्दी, तोड़फोड़, हत्या-बलात्कार के मजे लूट सकें? किसान करते रहें बैंकों के कर्ज़े न चुका पाने के कारण आत्महत्याएं, वे तो बड़े राजनेताओं के लिए बूथ लूटने, दंगे-फ़साद कराने या दुबई, मुम्बई में बैठे माफ़िया शिरोमणियों के ज़मीन-मकान हथियाने के लिए, करोड़ों-अरबों की वसूली कर रहे हैं।

चढ़ते-उतरते सेन्सेक्सी आंकड़ों के नीचे करोड़ों-अरबों इधर से उधर हो रहे हैं, संवेदी सूचकांक ऊपर चढ़ रहा है, नीचे महंगाई कमर तोड़ रही है...साठ रुपए किलो आलू-प्याज़।

सचमुच, कितनी अलग दुनियाओं में रहने को मजबूर है हमारा उपभोक्ता समाज। ऐसे में कोई भी बुद्धिजीवी छाती-माथा कूटने के सिवा क्या करे? विचार की जगह न अख़बारों में है, न टी.वी. चैनलों में...हमारा 'पापराज़ी' (सम्पन्नों के चोंचलों को फोटुआने वाला वर्ग) न ग़रीबों-फ़रीबों में दिलचस्पी रखता है न विचारों-फिचारों की चिंता करता है...उपभोक्ता तैयार करने के लिए मुद्रित और दृश्य-मीडिया अपनी एक अलग भाषा ईजाद कर रहा है।

इस सब पतन-पुराण के बीच कभी चैनलों में न्याय-चेतना का विस्फोट होता है तो लगता है अभी भी कहीं कुछ बचा है; 'तहलका' जैसों के स्टिंग ऑपरेशन, बड़े सौदों की ख़रीदफ़रोख़्त और उनके भंडाफोड़, निठारी के मनिन्दर सिंह और कैलाश जैसे नरभक्षियों की परत-दर-परत सूचनाएं, या जेसिका, कटारा, मट्टू, कविता कांडों की बंद फ़ाइलों की खोज निकालने की साहसिकताएं न होतीं तो हम अपनी न्याय-व्यवस्था और न्यायमूर्तियों के घूसित दानवीय चेहरों को कैसे देख पाते? कैसे जान पाते कि भारत किस तरह विश्व-शक्ति बन रहा है...

हां, अभी भी आशा की किरण है; सिर्फ़ (ब्रेख़्त के शब्दों में) अन्धे युग में अंधेरे के गीत गाने की मजबूरी ने अभी इतना निष्क्रिय नहीं बनाया है।

बाज़ार यानी मल्टीनेशनल का आतंकवाद अगर सारी दुनिया को एक कर रहा

है तो इधर इस साम्राज्यवादी लूट के नीचे विरोध, असंतोष और गुस्से का वैश्वीकरण भी उसी व्यापकता से हो रहा है। सद्दाम को फांसी पर चढ़ाया गया तो सारी सावधानियों के बावजूद गुस्से और प्रदर्शन भी चैनलों पर दिखाए जाते रहे। नेपाल के हत्यारे राजा के युग को हमने लोकतांत्रिक ढंग से समाप्त होते देखा। नॉम चॉम्स्की के क्रान्तिकारी वक्तव्य आज हमें भी उद्वेलित करते हैं। दसियों लाख की संख्या में जुटे 'वर्ल्ड सोशल फ़ोरम' के विमर्श और आयोजन, चैनलों द्वारा बहिष्कार के बावजूद हम तक पहुंच ही रहे हैं। उज्जैन में प्रो. सब्बरवाल की गेरुआ-हत्या हमारा भी खून खौला देती है। आख़िर कब तक हम मेधा पाटकर या बेहतर ज़िंदगी की मांग करते नक्सलियों को घृणित अपराधियों के रूप में देखते रहेंगे? वैश्वीकरण अगर दुनिया का निर्विरोध गुलामीकरण है तो प्रतिरोध, मुक्ति के लिए गुस्से का सार्वीकरण भी है...

नये-नये एक्सक्लूसिव मनोरंजनी-चमत्कारों की तलाश में मुझे अमेरिका की ही घटना याद आ रही है : एक बहुत बड़ा कांच का पिंजरा ऊंचाई पर खड़ा किया गया और उसमें एक विश्वसुंदरीनुमा न्यूडी पारदर्शी कांच के कमोड पर निर्वस्त्र बैठी मॉडल को बाक़ायदा दसियों हज़ार आंखों के सामने पाख़ाना करते दिखाया गया था—उत्तेजनाओं और उन्मादी तालियों के क्या कहने? आनंद का तूफ़ान उमड़ पड़ा था—हो सकता है हमारे एक्सक्लूसिव चैनल भी एक दिन ऐसे ही किसी चमत्कारी दृश्य को सुबह से शाम तक खींचते रहें। नक़ल तो अमेरिका की ही करनी है।

हत्याओं, बलात्कारों, यातनाओं और अदृश्य शक्तियों के प्रकटीकरण की घटती उत्तेजनाओं में सिर्फ़ वीभत्स ही इन ख़बर-चैनलों से छूट रहा है, हो सकता है शीघ्र ही किसी चैनल पर आप मानव-विष्ठा को प्लेट में रखे, या ताज़ा-ताज़ा उठाए माल का गुणगान करते किसी महानायक को मुग्ध मुद्राओं के साथ उत्साह से खाते देखें...'काल-कपाल-महाकाल' में नरभक्षी अघोरी को तो देख ही चुके हैं।

क्या अब वह घड़ी नहीं आ गई है जब अंगद का पांव रोपकर कोई कहे कि आख़िर कब तक चलेगा यह सब? अब बहुत हो चुका, दस फ़ार, नो फ़र्दर, यह पागल-दौड़ अब रोक दी जानी चाहिए...आख़िर रईसों के चोंचले और नंगी औरतों की रंगीनियों से भरे अख़बारी-चिथड़ों के बीच 'द हिन्दू' नाम का एक समाचार-पत्र भी तो है जो पूरी गंभीरता और ज़िम्मेदारी से हर सुबह हमारे दरवाज़े पर होता है; और हां, याद रखिए यह भारत का दूसरा सबसे बड़ी प्रसार-संख्या वाला दैनिक है। इसी तरह हो सकता है कहीं कोई वैकल्पिक चैनल के साधन भी जुटाए जा रहे हों। क्या वह वक़्त नहीं आ गया है कि हम अपने भीतर झांककर देखें और स्वयं अपनी आचार-संहिता विकसित करें? आख़िर तीस-चालीस करोड़ दर्शकों (सॉरी, ग्राहकों) की कोई तो ज़िम्मेदारी हम पर आयद होती है।

यहां ख़बर-चैनलों की भीतरी कहानियां देने का भी एक कारण है : आप देखेंगे

कि शीशे के केबिनों के पीछे भी कितना असंतोष, कितना क्षोभ, दमन-फ्रस्टेशन खदबदा रहा है; मार्क्स का कथन है कि थीसिस के भीतर से ही एंटीथीसिस भी पनपती है जो कालान्तर में उसे ध्वस्त कर देती है। यही द्वंद्वात्मकता इन कहानियों की अनजानी मूल प्रेरणा है। यहां भी एक दिन तो घड़ा भरेगा—दस फ़ार, नो फ़र्दर यानी वक़्त है एक ब्रेक का...

पढ़ने से पहले

अजीत अंजुम : रवीन्द्र त्रिपाठी

कहानियां अपने आपमें वक्तव्य होती हैं इसलिए उनके बारे में अलग से कोई बयान दिया जाए या उनके बारे में कोई भूमिका लिखी जाए, यह पहली नज़र में अनावश्यक लग सकता है। इसके बावजूद यहां कुछ कहने की ज़रूरत दो वजहों से है : एक तो इसलिए कि इस आयोजन की भी एक कहानी है जिसे पढ़ने और जानने का अपना मज़ा है। दूसरी वजह ये है कि यह हमारे लिए पहला और आख़िरी मौक़ा है, जब हम श्री राजेन्द्र यादव को अपनी तरफ़ से इस आयोजन में सहयोग देने के लिए औपचारिक धन्यवाद दे सकें। हालांकि राजेन्द्र जी औपचारिकता से सख़्त नफ़रत करते हैं। इसलिए हम ये सार्वजनिक रूप से कह देना चाहते हैं कि ख़बरिया चैनलों की कहानियों को आप तक पहुंचाने की हमारी कोशिश इस तरह कामयाब न हुई होती अगर राजेन्द्र यादव का सहयोग न मिला होता।

अब लौटें पहली बात पर। कहानियों की ये कहानी शुरू होती है क़रीब एक साल पहले। 2006 के शुरुआती दिनों में मुंबई के एक रेस्तरां में बैठकर टेलीविज़न की दुनिया पर कहानियां लिखने की योजना बनी थी और इस योजना में स्टार-न्यूज़ के शाज़ी ज़मां भी शामिल थे। तब पहली बार तय हुआ था कि हम तीन-चार लोग कहानी लिखें और किताब की शक्ल में निकालें। फिर कुछ दिनों बाद विचार आया कि क्यों न इस आइडिया को विस्तार देकर कुछ और टीवी पत्रकारों को इस योजना में शामिल करें। लेकिन हम सबकी व्यस्तता इस काम में आड़े आती रही। लगभग सात-आठ महीने यही चलता रहा। द्वंद्व इस पर भी बना रहा कि कहानियों का संकलन लाया जाए या किसी पत्रिका का विशेषांक निकलवाया जाए। तरह-तरह के विचार आते रहे और हवा में उड़ते रहे। फिर एक दिन तय हुआ कि 'हंस' के एक मीडिया विशेषांक के लिए राजेन्द्र यादव जी से बात की जाए। हमने उनसे संपर्क किया। उन्हें आइडिया बहुत उत्तेजक लगा। वह सहयोग देने के लिए तैयार हो गए। हालांकि आख़िरी वक़्त तक उनके दिमाग़ में इसकी सफलता को लेकर कई तरह के शक-शुबहे थे। ख़ैर, सौभाग्य से 'हंस' का विशेषांक उनके लिए भी आशातीत रूप से सफल रहा।

टीवी के पत्रकारों से कहानियां लिखवाने का विचार तो उत्तेजक था मगर लिखवाने

का काम बड़ी टेढ़ी खीर। लगभग चालीस-पैंतालीस लोगों से हमने संपर्क किया। ज़्यादातर टीवी के व्यस्त पत्रकार थे, जिनके लिए वक़्त निकालना मुश्किल था। दो महीने के दरम्यान हर संभावित कथाकार से कम से कम बीसों बार फ़ोन पर बात हुई। इनमें से शुरू में उनतीस लोगों की कहानियां आ पाईं। बाद में कुछ और कहानियां आईं। जगह की कमी की वजह से 'हंस' के विशेषांक में छपी कुछ कहानियां यहां नहीं ली जा रही हैं। सिर्फ़ कुछ नई कहानियों को शामिल करने के लिए हम यहां कुछ पुरानी कहानियों को जगह नहीं दे पा रहे हैं। इस कटु फैसले को लेते हुए हमें भी पीड़ा है।

अब सवाल ये है कि इन कहानियों को किस तरह से पढ़ा जाना चाहिए। कुछ लोगों ने इस बीच कहा कि इन कहानियों को ख़बरिया चैनलों की आलोचना के रूप में पढ़ा जाए। लेकिन ऐसा करना एक बड़ी पाठकीय चूक होगी और कहानियों के साथ अन्याय भी। हर पाठक हर रचना की अपनी तरह व्याख्या के लिए स्वतंत्र है और जब कहा जाय कि पाठक इनको अमुक ढंग से न पढ़ें, तो बात अंतर्विरोधी लग सकती है। लेकिन कई बार व्याख्या की राजनीति पाठ को कुपाठ बना देती है। निवेदन इतना ही है कि यहां बेवजह आलोचना न तलाशें।

दरअसल हर देश और काल का साहित्य यथार्थ के साथ-साथ कल्पना का मेल भी होता है। इसलिए इन कहानियों के बारे में सामान्य रूप से सिर्फ़ एक ही बात कही जा सकती है कि इन्हें टेलीविज़न चैनलों में काम करनेवाले पत्रकारों ने लिखा है। हर कहानी अपनी अलग ख़ासियत रखती है। इसलिए इन कहानियों को सिर्फ़ पढ़िए भर नहीं बल्कि पढ़ते वक़्त देखिए भी। इन कहानियों को लिखनेवाले दृश्य-माध्यम के पत्रकार हैं और उनके लिखे में कई तरह की दृश्यात्मकता मौजूद है। इसीलिए ये कहानियां पढ़ते वक़्त अलग आदत की मांग भी करती हैं। अगर आप इन्हें सिर्फ़ पढ़ेंगे तो दिखाई देनेवाली चीज़ों से वंचित रह जाएंगे। कुछ कहानियों में भाषा का वही तीख़ापन है, जो आपको *रागदरबारी* जैसी रचनाओं में मिलता है। कुछ में वे विडंबनाएं हैं जो कभी-कभी त्रासदी का रूप ले लेती हैं। कुछ में वे संघर्ष भी हैं जिनसे होकर टीवी पत्रकार को गुज़रना पड़ता है। कुछ में वे समाजशास्त्रीय परिघटनाएं हैं जो बड़े पैमाने पर लड़कियों के इलेक्ट्रॉनिक मीडिया में जगह न पाने से घटित हुई हैं। यानी रंग कई तरह के हैं। हंसी है, व्यंग्य है, करुणा है, मौज़ मस्ती है, भाषाई प्रयोग हैं, शरारतें हैं, बदमाशियां हैं, राग-द्वेष और प्रेम है। ईमानदारी और साहस भी है। इन कहानियों में आप उस नई शब्दावली से भी परिचित होंगे, जिसे ख़बरिया चैनलों ने ईजाद किया है। इन कहानियों को पढ़ते हुए आप ये भी महसूस करेंगे कि टेलीविज़न संप्रेषण का एक बेहद उत्तेजक माध्यम है।

सब इसलिए कहना पड़ रहा है कि हिंदी में ख़बरिया चैनलों को लेकर तथाकथित बौद्धिकों के बीच तरह-तरह की भ्रान्तियां हैं। इन बुद्धिजीवियों को ख़बरिया चैनलों में कमियों के अलावा कुछ नज़र नहीं आता। यह वर्ग टेलीविज़न नहीं के बराबर देखता

है (हां अपने दोस्तों को फ़ोन या एसएमएस करके वह कार्यक्रम ज़रूर देखने को कहता है जिसमें खुद मेहमान के रूप में टीवी पर मौजूद हो) हिंदी में ज़्यादातर मीडिया-विशेषज्ञ तीन तरह के हैं। एक वे जो मीडिया संस्थानों में पढ़ाते हैं और इतना ख़राब पढ़ाते हैं कि उनके विद्यार्थी ढंग से टीवी के लिए कॉपी लिखना तक नहीं जानते। दूसरे वे हैं जो विश्वविद्यालयों में साहित्य या राजनीतिशास्त्र या कोई और विषय पढ़ाते हैं। इस क़िस्म के लोगों को दृश्य मीडिया की कोई व्यावहारिक जानकारी नहीं है। वे नहीं जानते कि टेलीविज़न क्या है, लेकिन वे हैं कि उसे कोसने से बाज़ नहीं आते। तीसरे वे हैं जो खुद टेलीविज़न मीडिया में असफल रहते हैं। यहां की जटिलताओं से वे तालमेल नहीं बिठा पाते और आख़िरकार अख़बार और पत्रिकाओं के पन्नों पर विशेषज्ञ बनकर लिखने बैठ जाते हैं।

दरअसल इस तरह के आयोजन के पीछे यह मंतव्य भी था कि हिंदी के पाठकों को एकमुश्त टेलीविज़न के न्यूज़ रूम में खड़ा कर दिया जाए जिसके बारे में कई तरह की किंवदंतियां सुनी जाती हैं और पूर्वग्रह फैलाए जाते हैं।

हमें खुशी इस बात की है कि 'हंस' के जनवरी अंक में ख़बरिया चैनलों की कहानियों का (जिनमें से ज़्यादातर कहानियों के संकलन के रूप में ये किताब आपके हाथों में है) साहित्य और मीडिया के ज़्यादातर लोगों ने छत-फोड़ स्वागत ही किया है।

शब्दावली

टीवी की दुनिया में जाने से पहले लेते हैं एक छोटा-सा ब्रेक और जानते हैं उन शब्दों के बारे में जो हमें आगे मिलेंगे। ख़बरिया टेलीविज़न चैनलों की भीतरी सचाइयों से वाकिफ़ करानेवाली जिन कहानियों को आप यहां पढ़ेंगे, उनमें कई ऐसे शब्द भी मिलेंगे जो आपके लिए अपरिचित होंगे। ये शब्द ख़बरिया चैनलों की निजी शब्दावली के अंग हो गए हैं।

न्यूज़ रूम : संपादकीय कर्मचारियों का कक्ष। तमाम संपादकीय फ़ैसले यहीं लिए जाते हैं और समाचार बुलेटिनों की रूपरेखा तय की जाती है।

आउटपुट : न्यूज़ बुलेटिनों को संपादकीय दृष्टि से अंतिम रूप देने के लिए उत्तरदायी विभाग। आउटपुट न्यूज़ रूम का सबसे अहम हिस्सा होता है।

पीसीआर : प्रोडक्शन कंट्रोल रूम। ख़बरों का प्रसारण यहीं से किया जाता है।

पैनल : संपादकीय और तकनीकी कर्मचारियों की वह टीम जो पीसीआर में बैठकर सीधे प्रसार की प्रक्रिया संपादित करती है।

रन डाउन : किसी भी बुलेटिन में चलनेवाली ख़बरों की कंप्यूटर आधारित क्रमवार संयोजन व्यवस्था।

एमसीआर : मास्टर कंट्रोल रूम। सीधे प्रसारण के लिए उपग्रह को संकेत यहीं से भेजे जाते हैं।

इनपुट/ असाइनमेंट डेस्क : न्यूज़ रूम और फ़ील्ड में मौजूद संवाददाताओं के बीच समन्वय करनेवाला विभाग।

पैकेज़ : न्यूज़ स्टोरी, जिसमें कोई एक पूरी ख़बर समाहित हो।

बाइट : किसी भी व्यक्ति द्वारा दिए गए चुस्त वक्तव्य का एक हिस्सा जो

आमतौर पर न्यूज़ चैनलों द्वारा ख़बरों में प्रसारित किया जाता है।

ओवी वैन : उपग्रह के ज़रिए सीधे प्रसारण की क्षमता से लैस वाहन। आधुनिक टीवी पत्रकारिता में लाइव के लिए इसका सबसे ज़्यादा इस्तेमाल होता है।

वीओ : वायस ओवर। किसी भी ख़बर में चलनेवाले दृश्यों के साथ होनेवाली कमेंटरी।

प्रोड्यूसर : बुलेटिन की रूपरेखा तैयार करनेवाले संपादकीय विभाग का कर्मचारी।

चैट : न्यूज़ रूम में बैठे समाचारवाचक का रिपोर्टर अथवा किसी अन्य व्यक्ति से लाइव संवाद।

फ़ोनो : समाचारवाचक का रिपोर्टर अथवा किसी अन्य व्यक्ति से टेलीफ़ोन पर किया जानेवाला लाइव संवाद।

टिकटैक : रिपोर्टर द्वारा किया गया इंटरव्यू।

डिस्को : डिस्कशन का छोटा नाम। स्टूडियो में होनेवाली परिचर्चा।

इनज़्स्ट : रिपोर्टर द्वारा शूट की गई तस्वीरों को कंप्यूटरीकृत नेटवर्क प्रणाली में डालने की प्रक्रिया। इसके बाद ही स्टोरी की वीडियो एडिटिंग संभव हो पाती है।

अनुक्रम

डर लागे अपनी उमरिया से

राकेश कायस्थ

द ग्रेट इंडियन न्यूज़ चैनल नौटंकी बकलम वाचस्पति। कलमबद्ध बाद में होगा शायद। लेकिन आज अचानक स्वरबद्ध हुआ और सबके सामने फूट पड़ा।

"इसी न्यूज़ रूम में खड़ा-खड़ा नौटंकी देख रहा है वाचस्पति पिछले तीन साल से। नोंचकर फेंक देगा वाचस्पति सबके चेहरे से नकाब। पत्रकारिता के नाम पर नंगई करने वालों को ऐसा नंगा करेगा कि ऊ वाचसपतिया के आगा-पाछा हाथ से ढंके भागते नज़र आएंगे। दुनिया हंसेगी तालियां बजा-बजाकर। कल के लौंडे-लपाड़े! पत्रकारिता का पता नहीं। चार लाइन हिंदी नहीं लिख सकते। चले हैं, हमें समझाने।"

"वाचस्पति जी शोर मत मचाइए, लाइव चल रहा है।"

"अरे लाइव की तो...दूं"

जब तक वाचस्पति जी संभलते, पूरी बात मुंह से निकल चुकी थी। न्यूज़ रूम में सन्नाटा था और पैनल प्रोड्यूसर अंदाज़ा लगा रहा था कि लाइव टेलीविजन के बारे में वाचस्पति जी के श्रीमुख से निकला संबोधन कहीं लाइव होकर करोड़ों घरों तक तो नहीं पहुंच गया होगा। लाइव की तो—खैर। लाइव उस दिन भी चला और अनवरत चलता ही रहा। लौंडे-लपाड़ों का वह कुछ भी नहीं बिगाड़ पाए। कोई बेनक़ाब भी नहीं हुआ। लेकिन वाचस्पति जी अपनी गति को प्राप्त हो गए। किसी अनाम अज्ञात प्रोड्यूसर की शिकायत के बाद उन्हें न्यूज़ डेस्क से हटा दिया गया। चुहल से निकली बात दूर तलक जाकर सीधे न्यूज़ डायरेक्टर के कमरे तक पहुंच जाएगी और वाचस्पति जी की नौकरी पर बन आएगी, यह किसी ने भी सोचा नहीं था। घटना की तफ्तीश में न्यूज़ रूम के रिपोर्टर जुट गए। अलग-अलग थ्योरी सामने आई। किसी ने बताया कि वाचस्पति व्याख्यानमाला की शुरुआत तब हुई, जब शिफ्ट इंचार्ज यासिर जमाल ने उनसे यह पता करने को कहा कि करीना-शाहिद कपूर के चुंबन का एमएमएस पहुंचा है या नहीं? सवाल कंपीटीशन का है और विजुअल सबसे पहले अपने चैनल पर चलने हैं। जमाल ने सिर्फ़ आर्डर ही नहीं चलाया, बल्कि दो बार ताकीद भी की और आख़िर में यह कह डाला कि वाचस्पति जी आप तो बस बैठे ही रहते हैं। 15 साल तक देश की एक प्रमुख पत्रिका में काम कर चुके वाचस्पति

जी के ये दिन आ गए कि कोई उनसे इस तरह के टुच्चे-से काम के लिए कहे और वह भी इस लहजे में! लिहाजा उन्होंने लौंडे प्रोड्यूसर को उसकी औकात बता दी। बात आगे बढ़ी तो व्याख्यानमाला के आख़िरी हिस्से में वाचस्पति जी ने भागिनी भंजन वाली शैली अख्तियार कर ली और जमाल ही नहीं बल्कि न्यूज़ डायरेक्टर तक की माताजी की शान में बहुत कुछ कह डाला।

लेकिन कहानी का एक दूसरा पहलू भी है। दफ़्तर की एक लॉबी का कहना है कि वाचस्पति जी के ज्ञान से कल के आए छोकरे आतंकित हैं। चूंकि न्यूज़ डायरेक्टर का दिमागी स्तर भी उन छोकरों से ज़्यादा अलग नहीं है, लिहाजा वह भी आतंकित है। सबके सब वाचस्पति जी के पीछे पड़े हैं और उन्हें ठिकाने लगाने की जुगत ढूंढ़ने में लगे हैं। मौक़ा मिला नहीं कि जिबह करने को तैयार। जिबह तो खैर नहीं हुए वाचस्पति जी, लेकिन न्यूज़ से हटाकर उन्हें एक अलग काम सौंप दिया गया। उनके जिम्मे है आज का सवाल तैयार करना। उदाहरणार्थ–

क्या आपको लगता है कि राखी सावंत ने मीका पर मुकदमा करके ठीक किया?

या फिर, क्या भारत वनडे सीरीज़ में ऑस्ट्रेलिया को हरा पाएगा?

वाचस्पति जो सवाल तैयार करते हैं, उन पर रोजाना लाखों एसएमएस आते हैं। जवाब हां या ना में होते हैं। लेकिन वाचस्पति जी के अपने सवाल ऐसे हैं, जिनका जवाब हां या ना में नहीं हो सकता। सवाल कई हैं–बदायूं से लेकर बरेली तक और मंदिर से लेकर मॉल तक। यहां-वहां निकल रहे नाग की तरह हैं सवाल। फन काढ़कर खड़े हैं और फुफकार रहे हैं, ललकार रहे हैं 42 साल के वाचस्पति को। 42 का वाचस्पति। अनुप्रास सज्जित नाम है, बहुत अच्छा स्टिंग हो सकता है। लेकिन किसी काम का नहीं। न्यूज़ डायरेक्टर आदित्य प्रखर ने पहली बार यह बात स्थापित की थी सबके सामने–"झोला छाप अधेड़ों का प्रोफेशन नहीं है यह, वाचस्पति। हमें आईएनएस मार्का बुद्धिजीवियों की कोई ज़रूरत नहीं। निकाल तुम्हें सकते नहीं, क्या करोगे खुद ही बताओ?" झोला छाप अधेड़! आईएनएस मार्का बुद्धिजीवी! कटाक्ष के तौर पर इस्तेमाल किए गए दोनों संबोधन। लेकिन वाचस्पति जी को न तो झोला छाप पर एतराज है और न ही आईएनएस मार्का बुद्धिजीवी पर। ज़मीन से कटे बुर्जुआवादी सोच वालों की ऐसी टिप्पणियों के वह आदी रहे हैं। लेकिन अधेड़। 39 साल का आदित्य प्रखर किस आधार पर 42 साल के वाचस्पति को अधेड़ कह सकता है?

वाचस्पति जी के इस सवाल का जवाब है वाल्मीकि मिश्रा के पास। वाल्मीकि मिश्रा, यानी न्यूज़ रूम का सबसे बेबाक और बेलाग आदमी। मिश्राजी पुकारे जाने से जिसे सख्त चिढ़ है और पूछे जाने पर जो हमेशा पूरा नाम बताता है। पूरे नाम के पीछे भी एक पूरी दास्तान है। इटारसी में पैदा हुए वाल्मीकि के पिताजी ट्रेड यूनियन

नेता थे। बेहद जुझारू और प्रगतिशील। लेकिन राजनीति ठहरी काजल की कोठरी। एक दिन किसी ने कामरेड मिश्रा पर जातिवादी होने का आरोप मढ़ दिया। इल्जाम इस कदर चस्पां हुआ कि मिश्राजी परेशान हो उठे। अपना नाम बदल सकते नहीं थे, लिहाजा घर में किलकारियां गूंजीं तो उन्होंने एक प्रगतिशील ऐलान कर डाला। मेरे बेटे का नाम संत कवि वाल्मीकि के नाम पर होगा। पत्रकारिता में आने से पहले वाल्मीकि मिश्रा ने बहुत पापड़ बेले। तेवर हमेशा जुझारू रहे। 27 साल की उम्र में पहली नौकरी मिली दैनिक 'जनसंवाद' में। पांचवें ही दिन वाल्मीकि ने एक ऐसा संपादकीय लिख मारा कि उसका छोटा अख़बार एकदम से सुर्ख़ियों में आ गया। वाल्मीकि ने किसी ख़ास संदर्भ में एक पूरी कौम को चिर हस्तमैथुनरत बता दिया। यानी एक ऐसी कौम जो अपनी ऊर्जा अपने आप गंवा रही है। राष्ट्रवादियों को यह टिप्पणी बेहद नागवार गुजरी और वाल्मीकि को धमकी मिलने लगी। दक्षिणपंथियों के विरोध ने कुछ ऐसा असर दिखाया कि वाल्मीकि की शोहरत दिल्ली तक पहुंच गई और भला हो प्रगतिशीलों के रक्षक माधवेंद्र जी का। वाल्मीकि को उन्होंने फौरन अपने न्यूज़ चैनल में नौकरी दे दी। बाद में माधवेंद्र जी ने टेलीविजन छोड़ दिया लेकिन वाल्मीकि मिश्रा जमा रहा। आज के टेलीविजन में जो 'डेयर टू बी डिफरेंट' का नारा है, उसे अपनी असली ज़िंदगी में वाल्मीकि शुरू से ही अपनाता रहा है। किसी तरह की धौंस बर्दाश्त नहीं करता वाल्मीकि। उसके भीतर का रत्नाकर अक्सर जाग जाता है। कहते हैं, तीन संपादकों को पीट चुका है। हर सवाल पर मौलिक राय रखता है। सेंट जेवियर्स मुंबई और उसके बाद अमेरिका में पढ़े न्यूज़ डायरेक्टर आदित्य प्रखर को भी उसने एक बार अच्छी तरह समझा दिया था। बात नाम को लेकर शुरू हुई थी। वाल्मीकि ने कह डाला—"गड़बड़ी आपके नाम के साथ ही शुरू होती है। इसमें संज्ञा पहले है और विशेषण बाद में।"

"व्हाट डू यू मीन?"

"आई मीन कि कचौड़ी गर्म या गर्म कचौड़ी? गर्म विशेषण है, तो पहले होगा। कुत्ता काला थोड़े ना कहेंगे, जब भी कहेंगे काला कुत्ता कहेंगे। इसी तरह नाम प्रखर आदित्य होना चाहिए था ना कि आदित्य प्रखर?"

न्यूज़ डायरेक्टर के साथ प्रोड्यूसर का यह कालजयी संवाद 24 घंटे के भीतर पूरी टेलीविजन न्यूज़ इंडस्ट्री में फैल गया और आज तक मशहूर है। लेकिन वाल्मीकि मिश्रा सात साल से प्रोड्यूसर का प्रोड्यूसर ही रहा। घायल की गति घायल जाने। 42 साल के वाचस्पति जी और 37 के वाल्मीकि मिश्रा एक ही धरातल पर खड़े हैं। दोनों का नाता नाकारा अधेड़ों की उस प्रजाति से बताया जाता है, जो न्यूज़ चैनलों में आहिस्ता-आहिस्ता ख़त्म हो रही है। लेकिन बेबाक वाल्मीकि को न तो उम्र से डर लगता है और न ही कामकाज को लेकर की जानेवाली छींटाकशी से। जब भी उसे लगता है कि मामला हद से आगे बढ़ रहा है, हाथ के हाथ निपटा

देता है। वाल्मीकि की यही बात वाचस्पति को सबसे अच्छी लगती है। दफ़्तर और दफ़्तर से इतर कई गंभीर सवालों पर वह वाल्मीकि मिश्रा से ही सलाह लिया करते हैं। उस दिन भी न्यूज़ डायरेक्टर के हाथों सरेआम अपमानित होने के बाद वाचस्पति जी सीधे वाल्मीकि की ही शरण में पहुंचे थे। जगह थी, वही–चौबे चायवाले का खोखा। एक करोड़ की आबादी वाले इस शहर में किसी टापू की तरह लगती है दोनों को चौबे की दुकान। पेड़ से टिके खोखे के साथ मोटा तिरपाल बांध रखा है। अगर झमाझम बरसात हो तब भी एक साथ दस-बारह लोग आराम से तिरपाल के नीचे खड़े रह सकते हैं।

"गुरुजी आप लगते तो हैं थोड़े ढीले। बुरा मत मानिएगा, आप जिस तरह कमीज झुलाते और बाटा का जुबली चप्पल पहनकर आते हैं, कोई भी आपके बारे में यही कहेगा। अधेड़ ही कहा ना बूढ़ा तो नहीं कहा।"

"बात जवान और अधेड़ होने की नहीं है। साला है–बदतमीज़। काम की बात तो कभी सुनता नहीं। किसी को इस चैनल में हिंदी नहीं आती। कितनी गलतियां जाती हैं, स्लग से लेकर टिकर तक। एक दिन खयाल आया–चलो, मैं ही कुछ करता हूं। दस दिन की गलतियों की लिस्ट बनाई और लेकर पहुंचा। उम्मीद थी कोई ऐक्शन लेगा। लेकिन बेबात मुझ पर ही फट पड़ा। कहने लगा–तुम्हें अख़बार से किसलिए लाया गया? गलतियां जाती रहती हैं, तो तुम बैठे रहते हो? टीवी तुम्हें आती नहीं...तीन साल में कुछ सीखा नहीं। कम-से-कम एक काम तो ठीक से करो। मेरे पास लिस्ट बनाकर लाने से क्या होगा? क्या न्यूज़ डायरेक्टर के पास यही एक काम है?"

वाल्मीकि हंसा। "आपसे किसने कहा था न्यूज़ डायरेक्टर के पास सीधे जाने को। आपको मालूम नहीं है कि उसे आप और हम जैसे गंवई लोगों की शक्ल से नफरत है। अगर सुझाव लेना ही होगा मृणालिनी दवे से नहीं लेगा।" आंखें मारते हुए वाल्मीकि ने कहा।

बातों का धनी है, वाल्मीकि मिश्रा। मुहावरे गढ़ने में उसका कोई सानी नहीं है। किसी भी घटिया रिपोर्टर को वह 'दो बाइट का आदमी' का संबोधन देता है। यह जुमला इस कदर चल निकला है कि रिपोर्टर भी एक-दूसरे को मज़ाक में दो बाइट का आदमी ही कहते हैं। वाचस्पति जी को तो खैर इस कंपनी में हर आदमी ही दो बाइट का लगता है। इनवेस्टीगेशन के महारथी अनवर शुजात, पीएमओ की रिपोर्टिंग करने वाले गजेंद्र व्यास, कांग्रेस बीट कवर करने वाला प्रशांत पुरी। सब दो बाइट के आदमी हैं। माइक लगाकर बाइट लाने से ज़्यादा की हैसियत नहीं है इनकी। एक भी स्टोरी न चले अगर डेस्क पर इनकी कॉपी न लिखी जाए।

दो बाइट के आदमी के अलावा भी बहुत-से जुमले और मुहावरे दिए हैं वाल्मीकि मिश्रा ने इस चैनल को। दोहे, शेर और मुहावरों को तोड़-तोड़कर पेश करना उसकी आदत है।

विद्या धन उद्यम बिना कहो जो पावे कौन
बिना हिलावे ना मिले जो पंखे का पौन

वाल्मीकि का ज़ोर हमेशा हिलाने पर रहता है, क्योंकि उसके मुताबिक पूरी दुनिया यही करती है। रिपोर्टर ब्यूरो चीफ के सामने, ब्यूरो चीफ ईपी इनपुट के सामने। प्रोड्यूसर ईपी आउटपुट के सामने, ईपी आउटपुट न्यूज़ डायरेक्टर के सामने और न्यूज़ डायरेक्टर मालिक के सामने। वाल्मीकि की मित्रवत शिकायत है कि वाचस्पति जी को अब तक हिलाना नहीं आया। अगर अपनी मार्केटिंग में माहिर बीस-बीस साल के छोकरे-छोकरियों की बढ़ती भीड़ में नौकरी बचानी है, तो हिलाना सीखना ही होगा। वाचस्पति जी चुपचाप वाल्मीकि की नसीहत सुन रहे थे। अब कैसे बताएं कि हिलाने ही गया था लेकिन आदित्य प्रखर ने ऐसा झकझोरा कि ऊपर से नीचे तक हर जगह से हिल रहे हैं।

जब तक वाचस्पति जी न्यूज़ डेस्क पर थे, न्यूज़ डायरेक्टर ने एग्जीक्यूटिव प्रोड्यूसर को ख़ास हिदायत दे रखी थी, भूले से भी उन्हें वाल्मीकि मिश्रा के साथ एक शिफ्ट में न रखा जाए नहीं तो बुलेटिन का बंटाधार हो जाएगा। शिफ्ट अलग-अलग होती थी। वाचस्पति जी सुबह और वाल्मीकि दोपहर में। सुबह की शिफ्ट ख़त्म होती तो चौबे चायवाले के यहां महफिल जमती। अब वाचस्पति जी न्यूज़ डेस्क से अलग हैं और आज का सवाल तय करने के अलावा कोई और काम नहीं, लिहाजा चाय की चुस्कियों के साथ चिंतन का भरपूर वक़्त है। इस गोष्ठी में अक्सर शैवाल वर्मा और विश्वेंद्र प्रताप भी शामिल होते हैं। शैवाल वर्मा यानी चैनल में अंतरराष्ट्रीय मामलों के सबसे बड़े जानकार। दस साल से कंपनी में हैं। अंतरराष्ट्रीय ख़बरें अब चैनल पर कम चलती हैं, उम्र बढ़ी तो ऑन एयर होने लायक नहीं रहे। एंकरिंग भी बंद हो गई। 44 साल के शैवाल के पास अब काफ़ी वक़्त है। लंच हमेशा घर से लाते हैं। दफ़्तर से जुड़ी ख़बरों के विश्लेषण में माहिर हैं, शैवाल जी। हालांकि सार्वजनिक तौर पर सोच-समझकर बोलते हैं। लेकिन टिप्पणियां कुछ ऐसी होती हैं, पूरे दफ़्तर में हिट हो जाती हैं।

''इसकी कामयाबी की कहानी में कारक के तमाम चिह्न समाहित हैं।'' कुमुदिनी के बारे में शैवाल की राय थी।

आठ महीने के भीतर दो नौकरियां बदलकर ट्रेनी से प्रिंसिपल कॉरेसपोंडेंट हुई कुमुदिनी धुले कार से उतर रही है और शैवाल उसके बारे में लोगों को बता रहे हैं। चौबे चायवाले के खोखे पर वाचस्पति और वाल्मीकि मिश्रा के साथ केडी भी मौजूद हैं। केडी यानी कुलदीप धवन। लोग इन्हें प्यार से केडी दा कहते हैं। बहुत पुराने हैं इस चैनल में। कभी साउंड रेकॉडिस्ट हुआ करते थे। एंकरिंग से इंडस्ट्री

में शोहरत कमा रही कई नामी हस्तियों को डांट-डांटकर वायस ओवर सिखाया है केडी दा ने। यह अलग बात है कि एहसान कोई नहीं मानता। वैसे एहसानफरामोशी इस धंधे की फितरत है। खैर जो भी हो, अब टेक्नोलॉजी बदल गई है इसलिए केडी के पास पुराना काम नहीं है। कंपनी ने इन्हें बाक़ी चैनलों की मॉनीटरिंग का काम दे रखा है। अब किस चैनल पर कौन-सी ख़बर चली, कौन आगे रहा कौन पीछे, किसने किस ख़बर को किस तरह का ट्रीटमेंट दिया, यह सब देखते हैं केडी दा। ईमेल करके न्यूज़ डायरेक्टर और बाक़ी अहम लोगों को बताते भी हैं और उनकी रिपोर्ट पर कई प्रोड्यूसर्स की क्लास लगती है। बहुत महत्त्वपूर्ण आदमी हैं केडी दा। कोई भी उनसे पंगा नहीं लेता। अक्सर अपने कंप्यूटर पर सॉलिटायर खेलते नज़र आते हैं, लेकिन अलग-अलग मॉनीटरों पर चल रहे चैनलों के साथ नज़र पूरे दफ़्तर पर भी होती है। नया हो या पुराना, सबकी पोल-पट्टी पता है केडी को। लेकिन कुमुदिनी के बारे में शैवाल की टिप्पणी ठीक से नहीं समझ पाए।

‘‘कारक के चिह्न, वो कैसे जी?’’

‘‘वो ऐसे कि सबसे पहले कर्ता...नहीं करता यानी करतार भाटिया ने फिर कर्म को। पूरा हुआ कर्म तो फिर कारण से भी। कारण ऐसा है कि अकेले खाना उसकी आदत नहीं। उसने संप्रदान के लिए भी। फिर क्या था, जब चार पूरे हो ही गए तो फिर बाक़ी चार क्यों बाक़ी रहें?’’ मंद मुस्कान के साथ शैवाल ने टिप्पणी ख़त्म की और अभिप्राय सबसे पहले वाचस्पति ने पकड़ा।

‘‘शैवाल जी, जवाब नहीं आपका। आपकी जैसा बारीक बात करने वाला इस दफ़्तर में कोई नहीं है। किस अंदाज़ में समझाई आपने लौंडिया की सक्सेस स्टोरी। सक्सेस बेस्ट ऑन सेक्स। लेकिन अब आठ पूरे करने थे, तो हम क्या बुरे थे? आपदान या अधिकरण बन जाते।’’

शैवाल की बेहिसाब तारीफ केडी के दिल पर जा लगी। प्रेजेंस ऑफ माइंड उसका भी किसी से कम नहीं। केडी का अंदाज़-ए-बयां ऐसा कि लोग लोहा मानते हैं। चैनल को उन्होंने काफ़ी कुछ दिया है। आंखें मींचकर देखें तो ब्लर की हुई तस्वीरें भी ऑन एयर साफ़ दिखाई देती हैं। यह गुप्त विद्या केडी ने ही सबको बताई है। रिवाइंड करके देखो। यह थ्योरी भी केडी की दी हुई है और इसमें बहुत गूढ़ अर्थ छिपे हैं। इसका एक सिरा दर्शन से जुड़ता है, तो दूसरा व्यावहारिकता से। रिवाइंड करके देखने पर पिछला सब कुछ बहुत साफ़-साफ़ दिखाई देता है। इस चैनल में आने से पहले कौन क्या करता था, यह सब केडी दा ने रिवाइंड करके देख लिया है और गाहे-बगाहे इस सूचना का इस्तेमाल करते रहते हैं। इसलिए हर कोई उनसे डरता है। जब न्यूज़ रूम में कोई एंकर ट्विलप शर्मा से कहता है—आज तुमने बहुत अच्छे कपड़े पहने हैं। तब लोगों को फौरन केडी दा की याद आती है, ‘‘रिवाइंड करके देखो!’’

तो केडी खड़े हों और तारीफ सिर्फ़ शैवाल की हो, ऐसा भला कैसे हो सकता है? केडी ने पलटवार किया और निशाना बने वाचस्पति।

''झोंपड़ी में रहकर महलों के ख्वाब नहीं देखा करते वाचस्पति बाबू। कौए के चोंच में अनार की कली कभी नहीं सजती।''

''हम तो मज़ाक कर रहे थे,'' बयालिस के वाचस्पति का चेहरा अचानक उतर गया।

''मज़ाक भी करो तो सोच-समझकर। अगर आदित्य प्रखर ने सुन लिया तो नौकरी चली जाएगी, अभी तो ट्रांसफर ही हुआ है।''

''ख्वाब देखना कौन-सा गुनाह है?'' खामोश वाल्मीकि मिश्रा अपने दोस्त के बचाव के लिए मैदान में कूद पड़ा।

''हां, पाश ने भी कहा है—बहुत बुरा है, सपनों का मर जाना''—केडी ने बता दिया कि कोई उसे ऐसा-वैसा न समझे। साहित्य उसने भी पढ़ रखा है।

गलत संदर्भ में पाश को कोट किया जाना वाचस्पति को बहुत अखरा। चेहरा तमतमा गया—''बेमतलब उदाहरण मत दिया करो।''

तनाव बढ़ता देखकर शैवाल ने बीच-बचाव की खातिर एक लतीफा सुनाया, जो सपने पर आधारित था। अंदाज़ शायराना था और भावार्थ यह था कि ख्वाब में जो हुआ उससे उनकी इज्जत बच गई और अपना काम भी हो गया। चौबे चाय वाले का खोखा ठहाकों से गुलज़ार हो गया, लेकिन वाचस्पति जी का मूड काफ़ी उखड़ा हुआ था। उन्हें कुछ ज़रूरी काम याद आ गया और चाय आधी छोड़कर ही वे निकल पड़े।

मंजुल मनोहर बेहद तनाव में है। मंजुल दोपहर की शिफ्ट का इंचार्ज है। 80 हज़ार रुपए तनख्वाह पाता है, कंपनी ने गाड़ी भी दे रखी है। लेकिन बेचारे की गाड़ी हमेशा छूटती रहती है। छह बजने में सिर्फ़ 10 मिनट बाक़ी हैं। बुलेटिन हिट होने वाला है, लेकिन ख़बरों का कोई अता-पता नहीं। लाइव के लिए भी असाइनमेंट डेस्क से अभी तक कोई कन्फरमेशन नहीं आया है। कैसे भरेगा मंजुल आधा घंटा? फ़ोन पर कुछ-न-कुछ लाइव का जुगाड़ करने के लिए असाइनमेंट से कह रहा है। असाइनमेंट वह विभाग है, जो रिपोर्टरों और न्यूज़ रूम के बीच समन्वय का काम करता है। लेकिन आज समन्वय नहीं हो पा रहा है। परेशान मंजुल लगभग रिरिया रहा है और पास रखा दूसरा फ़ोन लगातार घनघना रहा है।

''हैलो, मंजुल साहब आपके मिलने वाले आए हैं।''

''कौन?''

''दीनबंधु त्रिपाठी नाम बताते हैं।'

''कौन दीनबंधु?''

''लो साहब बात कर लो।''

"हैलो सर, नमस्कार, मेरा नाम दीनबंधु है। दीनबंधु त्रिपाठी 'दैनिक जनज्योति' से। सर आपको याद होगा, पारिजात जी ने आपको मेरे बारे में बताया था। फ़ोन पर भी आपसे बात हुई थी। सर मैं इधर आया था, सोचा ज़रा मिल लूं।"

"ये कौन-सा तरीका है, आने का। आपको पता नहीं है, न्यूज़ चैनल के दफ़्तर में किस तरह काम होता है?"

मंजुल ने लगभग चीखते हुए फ़ोन पटका। पांच बजकर पचपन मिनट हो चुके थे। क्या होगा बुलेटिन का? पीसीआर की तरफ़ भागा मंजुल। सामने एंकर बैठा है—साहिल दुबे। 24 साल का। सिर्फ़ तीन साल का करियर, लेकिन इस लड़के ने अच्छे-अच्छों की छुट्टी कर दी है। पिता मेजर जनरल हैं। डिफेंस कवर करने वाले कहते हैं, वी.सी. दुबे भविष्य के जनरल हैं। बेटे साहिल के बारे में आदित्य प्रखर पहले ही कह चुका है—साहिल इज़ द फेस ऑफ न्यू जेनरेशन टीवी जर्नलिज्म। साहिल ही वह शख्स है, जिसकी वजह से शैवाल वर्मा को अब्रॉड असाइनमेंट मिलने लगभग बंद हो गए। प्राइम टाइम एंकरिंग सबसे ज़्यादा साहिल की लगती है। साहिल से जलने वालों की लिस्ट लंबी है। नंगा घूमता होगा जब वाचस्पति जी पत्रकारिता में आए थे और अब हिमाकत यह कि नाम लेकर बुलाता है। लेकिन जलने वाले कुछ नहीं बिगाड़ सकते। साहिल का भविष्य उज्ज्वल है। लेकिन पीसीआर में फिलहाल तनाव भरा है। मंजुल साहिल को इयरफ़ोन पर बता रहा है, हेडलाइन के बाद स्ट्राइक वाली ख़बर पर अपनी तरफ़ से कुछ-कुछ बोलता रहे। 5 बजकर 58 मिनट यानी हेडलाइन आने से ठीक दो मिनट पहले असाइनमेंट ने मंजुल को बताया कि एयरपोर्ट से लाइव थ्रू हो गया है। ख़बर एयरपोर्ट अथॉरिटी के निजीकरण के ख़िलाफ कर्मचारियों ने हड़ताल की है। मंजुल की जान में जान आई। अब 10-15 मिनट इस ख़बर पर बना रहा जा सकता है। मारे टेंशन के गला सूख रहा था। मंजुल पानी पीने चला गया।

दो घंटे किस रफ़्तार से निकले यह मंजुल को याद नहीं रहा। आठ बजे का बुलेटिन शुरू हुआ तो मंजुल ने थोड़ी राहत महसूस की। अब चाय पीकर नाइन पी एम शो की प्लानिंग करेगा। अचानक मंजुल की निगाह अपने मोबाइल पर पड़ी। एक एसएमएस पड़ा था—

"सॉरी सर, मेरी वजह से आपको परेशानी हुई। पिछले 20 दिन से कोशिश कर रहा हूं, लेकिन कोई टाइम नहीं दे रहा है। अभी भी बाहर खड़ा हूं। सिर्फ़ एक बार मिल लेते, दो मिनट के लिए तो मेहरबानी होती।—दीनबंधु त्रिपाठी"

मंजुल को याद आया दीनबंधु ने छह बजे के बुलेटिन से कुछ पहले फ़ोन किया था। एसएमएस देखा—मैसेज 7 बजकर 46 मिनट पर आया था। मंजुल को बहुत अफसोस हुआ। फ़ोन रखते वक़्त वह दीनबंधु को कहना भूल गया था कि काम बहुत है, नहीं मिल सकता। इसलिए बेवजह वक़्त न बर्बाद करे। बेचारा भला आदमी

दो घंटे से बाहर बैठा इंतज़ार कर रहा है। मंजुल को याद आ गया—11 साल पहले आईआईएमसी से निकलने के बाद वह भी इसी तरह मीडिया के दफ़्तरों की खाक़ छाना करता था। उसे यह भी याद है कि फीचर डिपार्टमेंट देखने वाले हिंदुस्तान के एक उप-संपादक ने आधा दिन बर्बाद करवाकर उससे मिलने से इंकार कर दिया था। मंजुल ने फौरन रिसेप्शन पर फ़ोन लगाया—''क्या दीनबंधु त्रिपाठी नाम का कोई आदमी बाहर बैठा है?''

''जी हां, आपसे मिलने के लिए ही आए हैं।''

''उनसे कहिए कि बैठे रहें, दो मिनट में आ रहा हूं।''

मंजुल ने जैसे ही लॉबी में कदम रखा, सोफे पर लगभग अधलेटी एक काया अचकचाकर उठ खड़ी हुई। मंजुल कभी मिला नहीं था। फिर भी अंदाज़ा हो गया। शख्सियत भी नाम से कुछ अलग नहीं थी। बढ़ी हुई दाढ़ी, आगे से कम होते बाल। ट्राउजर के अंदर डालकर पहनी गई कमीज़ के साथ उभरी हुई हल्की-सी तोंद। दीनबंधु ने गर्मजोशी से नमस्कार किया और यह बताना शुरू किया कि पारिजात जी को वह कैसे जानता है और वह भी उसी 'नई दुनिया' के लिए लिखता रहा है, जिसमें मंजुल कभी काम किया करते थे।

''बायोडाटा लाए हैं?'' किसी और संवाद के लिए मंजुल के पास वक़्त नहीं था।

कमीज़ के ऊपरी दो बटन खोलकर दीनबंधु ने अंदर से एक लिफाफा निकाला। बायोडाटा न मुड़े इस खातिर उसने इतना जतन किया था। अगस्त का महीना है। दीनबंधु पिछले दो घंटे से एसी में बैठा था, लेकिन लिफाफे पर सूखकर चिपकी और नीली हो चुकी पसीने की बूंदें बता रही थीं कि इंदौर का दीनबंधु इलेक्ट्रॉनिक मीडिया में जगह पाने के लिए कितनी मेहनत कर रहा है।

''टेलीविजन में क्यों आना चाहते हैं?'' बायोडाटा देखे बिना मंजुल ने दागा पहला सवाल।

थूक दीनबंधु के हलक में अटक गई। दोस्त ने बता रखा था कि यही सवाल पूछा जाता है, इसलिए बायोडाटा में उसने सबसे पहले करियर ऑब्जेक्टिव कॉलम बनाकर काफ़ी सोच-विचार के बाद एक अच्छा-सा जवाब लिख दिया था। इतना ही नहीं, एचटी में काम करने वाले एक दोस्त से उसने अंग्रेज़ी भी जंचवा ली थी। लेकिन अचानक जब सवाल सामने आया तो दिमाग सुन्न हो गया—''सर, रचनात्मक कुछ करना चाहता हूं मतलब कर सकता हूं। क्रिएटिविटी के लिए प्रिंट में स्कोप ही नहीं... नहीं स्कोप है सर, लेकिन मेरा मतलब टेलीविजन जितना नहीं है।''

''यार अच्छे भले पढ़े-लिखे आदमी हो, क्यों अपनी ज़िंदगी नरक करना चाहते हो। मेरी मानो तो दूर ही रहो। हम लोग तो फंस चुके हैं। अब निकलने का कोई रास्ता भी नहीं है। चार पैसा कम कमाओ, लेकिन कुछ गंभीर काम करो और शांति

से रहो।'' मंजुल ने अपने अंदाज़ में समझाने की कोशिश की।

फ़र्क़ सिर्फ़ चार पैसे का ही नहीं है। यह दीनबंधु अच्छी तरह जानता है। अपने शहर के आधा दर्जन से ज़्यादा लोगों को रातों-रात उठते देख चुका है। जो अभिनव श्यामल इंदौर में उसकी स्कूटर पर पीछे बैठकर घूमा करता था, दिल्ली में आज उसी के पास होंडा सिटी है। माखनलाल चतुर्वेदी विश्वविद्यालय के उसके बैच के न जाने कितने लड़के आज दिल्ली और मुंबई के चैनलों में जमे-जमाए हैं। लेकिन टॉपर दीनबंधु त्रिपाठी वहीं का वहीं रह गया। फ़र्क़ अगर चार पैसे का ही होता तो फिर मंजुल भी अख़बार में ही काम कर रहा होता। दीनबंधु सब कुछ समझता है, लेकिन बोल नहीं सकता। आंखों में सिर्फ़ चिरौरी है—देख लीजिए सर।

''देखो दीनबंधु, गलत मत समझना। मैं तो चाहता ही हूं तुम यहां आ जाओ। लेकिन सवाल सिर्फ़ मेरे चाहने का नहीं है। एक तो अपना बायोडाटा ठीक करो। निहायत ही अनप्रोफेशनल तरीके से बना है। और दूसरी अहम बात, एंड दिस इज बिटवीन यू एंड मी। कहीं का टीवी का कुछ एक्सपीरियेंस दिखा सकते हो?...कुछ तो करना ही पड़ेगा, इंटर्नशिप या ट्रेनिंग ही सही, क्योंकि उसके बिना कोई तुम्हें कंसीडर ही नहीं करेगा।''

दीनबंधु को अचानक लगा कि मंज़िल के क़रीब आकर एक बार फिर वह फिसल गया। उसे काफ़ी पछतावा हुआ कि बायोडाटा बनाते वक़्त इस बात का ध्यान उसने क्यों नहीं रखा। उसे याद है, उसी के शहर का हेमेंद्र पाठक खुद को भोपाल के न्यूज़ चैनल 'आजतलक' का ब्यूरो चीफ बताता था। कहता था—एमपी में बड़ा मशहूर है 'आजतलक'। पता नहीं चैनल था भी या नहीं, लेकिन कुछ इसी तरह का तियां-पांचा करके हेमेंद्र आजकल एक अच्छे-भले चैनल में नौकरी कर रहा है। निराश तो बहुत था दीनबंधु। लेकिन इसी निराशा में उसे उम्मीद की एक किरण नज़र आई। पहली बार ऐसा हुआ कि किसी चैनल के रिसेप्शन पर उसे बायोडाटा नहीं छोड़ना पड़ा। इलेक्ट्रॉनिक मीडिया के किसी जिम्मेदार पत्रकार ने बात की और आगे कुछ करने का भरोसा दिया।

शनिवार की सुबह है—10.30 बजे का वक़्त। चैनल पर रिकॉर्डेड प्रोग्राम चल रहा है। न्यूज़ रूम लगभग खाली है। तीन लोग काम कर रहे हैं। शिफ्ट इंचार्ज विश्वेंद्र प्रताप एंकर ट्विलप शर्मा को बता रहा है कि बेसिक इंस्टिंक्ट दरअसल एक भारतीय अवधारणा है। आहार, निद्रा और भय के बारे में वह बता चुका है। जीव की चौथी मूल प्रवृत्ति तक पहुंचने वाला है। बहुत बेफिक्र और बिंदास आदमी है विश्वेंद्र। 41 साल का विश्वेंद्र चैनल के बाक़ी अधेड़ों की तरह नहीं है। पहनावे, हाव-भाव और दिल से पूरी तरह जवान है, टीवी इंडस्ट्री के लिए पूरी तरह फिट एंकर। अपने

नाम के मुताबिक खूबसूरत है, लेकिन माना जाता है कि दिमाग से थोड़ा पैदल है। इसलिए जीव की चौथी मूल प्रवृत्ति तक पहुंचने के लिए विश्वेंद्र को थोड़ा वक़्त लग रहा है।

"हैव यू एवर हर्ड वर्ड मैथुन।"

"कांट रिमेंबर।"

"ओके लेट मी एक्सप्लेन यू। इट्स ए संस्कृत वर्ड।"

अचानक मोबाइल की घंटी बज उठती है। एक ख़ास तरह का रिंगटोन बता देता है कि फ़ोन ऐसे आदमी का है कि पलभर के लिए भी इगनोर नहीं किया जा सकता।

"हैलो, यस। क्या?"

एक बेहद गंभीर विषय छोड़कर विश्वेंद्र न्यूज़ रूम के दूसरे हिस्से में चला जाता है। माथे पर चिंता की लकीरें अचानक गहरी हो जाती हैं। ट्विलप को भी ग्यारह बजे की एंकरिंग के लिए जाना है। लिहाजा वह स्टूडियो का रुख कर लेती है। फ़ोन मधुरेश शास्त्री का था। मधुरेश यानी चैनल का नंबर टू। न्यूज़ डायरेक्टर आदित्य प्रखर का सबसे क़रीबी। बिना वीकली ऑफ सोलह घंटे काम करने और बाक़ी लोगों से नौ घंटे मुस्तैदी से काम करवाने वाला मधुरेश शास्त्री। शास्त्री ने जो ख़बर दी वह अच्छी नहीं है। शाम चार बजे न्यूज़ डायरेक्टर के साथ बाक़ी अहम लोगों की मीटिंग है। पिछले साढ़े चार महीने से सुधर रही टीआरपी लगातार तीसरे हफ़्ते गिर गई और वह भी 5 प्वाइंट। मैनेजमेंट में खलबली है। चेयरमैन खुद लगातार दो दिन से चैनल देख रहे हैं, पता तो चले आख़िर हो क्या रहा है। चेयरमैन ने जो ऑब्जर्व किया है, वह बात और ज़्यादा परेशान करने वाली है। टीवी देखते हुए उन्हें लगता है—यह चैनल बूढ़ों का है। कोई रफ्तार नहीं, कोई जोश नहीं। थका-थका एंकर। थकी-थकी ख़बरें। लगता ही नहीं कि कोई काम कर रहा है। सारे लोग सो रहे हैं। कल तीन बजे सभी डिपार्टमेंट हेड्स की एक मीटिंग होगी, जिसमें खुद चेयरमैन भी मौजूद रहेंगे। चेयरमैन को जवाब देना मुश्किल होगा इसलिए तैयारी के लिए आज शाम चार बजे मीटिंग हो रही है।

पूरे चैनल में ख़बर जंगल की आग की तरह फैल गई। 12 बजे तक मुंबई और लखनऊ ब्यूरो तक के लोगों को पता चल गया कि क्या हुआ है। लेकिन आगे क्या होगा यह ज़्यादा अहम सवाल है। हर कोई बस अंदाज़ा ही लगा सकता है। चैनल बड़ा थकेला है। यह तो कई लोगों का कहना है। लेकिन क्यों, इस बारे में राय अलग-अलग है। यह मसला सबसे पहले क्रिएटिव हेड प्रफुल्ल बसु ने उठाया था। 52 साल के बसु। कहते हैं, न्यूज़ प्रोग्रामिंग में इन जैसा दूसरा आदमी पूरे हिंदुस्तान में कोई और नहीं। क्रिएटिव हेड होने के साथ संपादकीय मामलों और कई बार फैसलों में भी काफ़ी दखल रखते हैं। बारह साल तक चैनल फोर के लिए आस्ट्रेलिया में

रहकर काम किया। उम्र का नाता सीधे-सीधे दिमाग से है। यह साबित किया है प्रफुल्ल बसु ने। रोज़ सुबह जिम जाते हैं। लोग कहते हैं, इन्हें फिटनेस मायनिया है। निगाहें चौकन्नी हैं और दिमाग पूरी तरह काबू में। सुस्त लोगों से प्रफुल्ल को चिढ़ ही नहीं बल्कि एलर्जी है। आसपास देखना तक नहीं चाहते। इनका बस चले तो आधी टीम को निकाल बाहर करें। प्रफुल्ल के दिमाग में एक लिस्ट भी है। चेयरमैन उन पर बहुत भरोसा करता है। कहीं अगर लिस्ट पेश कर दी तो क्या होगा?

इसी क्या होगा पर चर्चा चल रही है चौबे चायवाले की दुकान पर। चर्चा में शामिल हैं, केडी, शैवाल और यासिर जमाल। नाकारा लोगों को नमस्कार करने की ख़बरें पहले भी इस कंपनी में कई बार उड़ीं। अच्छे-अच्छों का दिमाग घूम गया। पहले से काम करने वाले और ज़्यादा काम करने लगे। लेकिन केडी हमेशा आनंदित रहते हैं। ऐसी कोई ख़बर कभी उनका कुछ भी उखाड़ नहीं पाई। इस बार किन लोगों पर तलवार लटक रही है, केडी को पता है। उनके पास पूरी लिस्ट है।

''सुग्रीव सहाय गया इस बार। समझो कोई नहीं बचा सकता।''

सुग्रीव सहाय का नाम सुनते ही शैवाल के होंठों पर हल्की मुस्कान आई और फिर गुम हो गई। इस दफ़्तर में अजीबोगरीब नाम वाले कम नहीं। वाचस्पति, वाल्मीकि मिश्रा और सुग्रीव सहाय। पता नहीं बाप ने क्या सोचा होगा नाम रखते वक़्त। 35 साल की उम्र में शादी हुई। सगा भाई कोई है नहीं इसलिए असली ज़िंदगी में सुग्रीव बनने का कोई खतरा नहीं। ज़िंदगी भगवान की दया से ठीकठाक चल रही है। बिना बात गालियां बकने के अलावा सुग्रीव जी में और कोई ऐब नहीं। उनकी गालियों का अंदाज़ निराला होता है। पहले अमूर्त वस्तुओं को मानवीय रूप देते हैं। उनके रिश्तेदार पैदा करते हैं और फिर उनसे अपना नाता जोड़ लेते हैं। बतौर बानगी—इस न्यूज़ लिस्ट की मां...दूं।

निहायत ही शरीफ रहमदिल सुग्रीव जी की इस स्टाइल का राज़ क्या है, यह अब तक कोई समझ नहीं पाया है। शैवाल सरीखे विश्लेषक कहते हैं कि सुग्रीव पहले ठीक था। टेलीविजन के तनाव ने सुग्रीव को ऐसा बना दिया है। वह एक ऐसे विभाग में हैं, जहां सबसे ज़्यादा तनाव है। विभाग का नाम है—असाइनमेंट। न्यूज़ वालों से रोजाना झगड़ा होता और ख़बरें न चलने पर रिपोर्टर भी फ़ोन करके उन्हीं का दिमाग खाते हैं। जब चलाना ही नहीं था, तो फिर दिनभर धूप में क्यों पकाया? उधर डिपार्टमेंट हेड से लेकर राजनीतिक संपादक तक हर कोई सुग्रीव जी से नाराज़ है। उन्हें लगता है कि सुग्रीव जी ख़बरों की लिस्ट बनाने के अलावा पूरे दिन कुछ नहीं करते। न तो चैनल की ज़रूरतों का अंदाज़ा है, न ही लॉजिस्टिक्स की समझ। टेंपरामेंट इतना अजीब है कि कोई भी फीमेल रिपोर्टर इनसे बात नहीं करना चाहती। खैर तमाम लोगों की अपनी राय है, लेकिन केडी बिना तथ्यों के कोई राय नहीं बनाता। केडी के हिसाब से तथ्य यह है कि सुग्रीव जी के चिड़चिड़ेपन

की असली वजह दफ़्तर नहीं है। असल में सुग्रीव जी एक ऐसी व्याधि से पीड़ित हैं, जिसका नाम ध्वजभंग है। केडी इस बात की पुष्टि उस होम्योपैथिक डॉक्टर से भी कर आया है, जिसके पास सुग्रीव सहाय का इलाज चल रहा है। रोग की वजह से शिथिल हुए अंग की चिंता ने सुग्रीव को चिड़चिड़ा बना दिया है और उनकी गालियां सिर्फ़ गालियां ही नहीं बल्कि उनकी दमित इच्छाओं और फैंटेसी का सार्वजनिक प्रकटीकरण भी है। फ्रायड को भी अच्छी तरह पढ़ रखा है केडी ने।

''यह ध्वजभंग क्या होता है?'' यासिर ने पूछा।

''बेटा शादी कर लो, उसके बाद पूछने आना। नहीं तो मैं खुद आकर पूछ लूंगा। खैर, यह बताओ वाचस्पति का क्या हो रहा है?''

''क्यों वाचस्पति का क्या होना है?''

''नौकरी जा रही है और क्या? शिकायत तुमने की थी और तुम्हें ही पता नहीं।''

''केडी दा, कैसी बात करते हैं आप?'' अचानक सहम गया यासिर, ''दफ़्तर में थोड़ा-बहुत यह सब चलता ही रहता है। मुझे क्या मतलब है किसी से। मैं अपना काम करता हूं। वैसे भी किसी की नौकरी-वौकरी नहीं जानी चाहिए।''

''होना तो बहुत कुछ नहीं चाहिए। लेकिन हो रहा है, इस ऑफिस में। आगे भी बहुत कुछ होगा, सिर्फ़ एक हफ्ता इंतज़ार करो।''

सचमुच बहुत काली जबान रखता है केडी। जो कह रहा था, वही हुआ। हफ्ता भर भी नहीं लगा। मंजुल आज फिर ज़बरदस्त तनाव में है। फर्स्ट फ्लोर के न्यूज़ रूम से उतरकर लॉन में अकेला सिगरेट फूंक रहा है। 'क्या हो गया है, मुझे?' खुद से सवाल कर रहा है। थोड़ी देर पहले पारिजात जोशी का फ़ोन आया था। राहुल बारपुते और राजेंद्र माथुर के शहर और उन्हीं की परंपरा के पत्रकार पारिजात जी। लहजा शिकायती था—''मंजुल बड़े आदमी हो गए हो, कितनी बार मैसेज भिजवाया पर तुमने फ़ोन तक नहीं किया। अरे भाई, अपने दीनबंधु का क्या हुआ। बताया था ना, बहुत अच्छा लड़का है।''

''अच्छा लड़का है, तो भेज दीजिए। मैं इस्तीफा देकर जगह खाली करता हूं। शायद उसे ले लें,'' अचानक फट पड़ा मंजुल।

''मैंने कितनी बार कहा कि मेरे हाथ में कुछ भी नहीं है—वैसे भी 71 बॉर्न प्रिंट जर्नलिस्ट के लिए यहां कोई स्कोप नहीं है। मैंने कई बार बात कर ली है, इससे ज़्यादा क्या कह सकता हूं।''

कहने-सुनने को कुछ नहीं बचा। जिसे कलम पकड़ना सिखाया वह इस बेअदबी से बात करे? पारिजात जी ने फौरन फ़ोन काट दिया। माफी मांगने के लिए मंजुल ने बीसियों बार फ़ोन किया लेकिन उन्होंने फ़ोन नहीं उठाया।

मंजुल के झल्लाहट की वजह कुछ और थी। पूरी रात ठीक से सो नहीं पाया था। कल उसकी शिफ्ट के दौरान अचानक वाल्मीकि मिश्रा के पास फ़ोन आया कि

एचआर में जाकर मिल ले। वाल्मीकि गया तो दोबारा लौटकर नहीं आया। मालूम हुआ कि हाथ के हाथ उसे टर्मिनेशन लेटर थमा दिया गया। वजह सेवा का संतोषजनक न होना बताया गया। सात साल से काम कर रहा था वाल्मीकि मिश्रा इस कंपनी में। ठीक है कि मंजुल को इस दौरान तीन प्रमोशन मिले और उसे एक भी नहीं। थोड़ा मूडी ज़रूर था, लेकिन काम-वाम तो आता ही था उसे। अचानक उसके परफॉरमेंस का ध्यान अब क्यों आया कंपनी को? कहां जाएगा 37 साल का वाल्मीकि? निकाले जाने के बाद अब कौन देगा उसे 45 हज़ार की नौकरी? वाल्मीकि की नौकरी पर खतरा है, इसका अंदाज़ा किसी को नहीं था। काम नहीं लड़ाकू तेवर निकाले जाने की वजह बना, ऐसा कई लोगों का कहना है। अगर ऐसा तो फिर मंजुल की बारी क्यों नहीं आ सकती? शास्त्री से तो उसकी कई बार इस कदर गरमागरम भिड़ंत हो चुकी है कि लोगों को लगा कि कहीं दोनों एक-दूसरे का कॉलर न पकड़ लें।

वैसे केडी की लिस्ट में भी नहीं था वाल्मीकि। शैवाल वर्मा भी किसी लिस्ट में नहीं थे। लेकिन अचानक छोटी-सी बात पर बिदके और इस्तीफा देकर चले गए। हुआ सिर्फ़ इतना था कि उनकी स्टोरी साहिल दुबे की बाइ लाइन के साथ चली गई। असाइनमेंट और न्यूज़ रूम के लोगों का कहना है कि ऐसा गलती से हुआ। लोगों ने सोचा कि ख़बर साहिल की है क्योंकि आजकल विदेश मंत्रालय की ज़्यादातर ख़बरें वही किया करता है। आमतौर पर बेहद शांत रहने वाले शैवाल जी के गले यह कैफ़ियत नहीं उतरी। उन्होंने इसे अपने ख़िलाफ चल रही साजिश का हिस्सा माना। पहले असाइनमेंट से लेकर न्यूज़ रूम तक की मां-बहन एक की और फिर न्यूज़ डायरेक्टर को एक बेहद करारा ईमेल लिख मारा। मेल का सार यह था कि अगर चीज़ें इसी तरह चलनी हैं, तो वह इस्तीफा भेज रहे हैं, कृपया मंजूर करें। और न्यूज़ डायरेक्टर आदित्य प्रखर ने 24 घंटे के भीतर सहर्ष उनका इस्तीफा मंजूर कर लिया।

चेयरमैन की चिंता अब और असर दिखा रही है। सुग्रीव सहाय को असाइनमेंट से हटाकर रिसर्च में डाल दिया गया। रिसर्च में चार साल से जमे आदर्श गुप्ता को रिसेप्शन पर भेज दिया गया है। उनके लिए साफ़ संकेत है—अब भी वक़्त है, ढूंढ़ सकते हो, तो कहीं और ढूंढ़ लो। लंबे समय से बीजेपी देख रहे प्रमोद यादव फील्ड से बुला लिए गए। अब वह ब्यूरो को-ऑर्डिनेशन का काम देखेंगे। प्रमोद की जगह लेंगी तेज-तर्रार कुमुदिनी धुले। इतनी जल्द पॉलिटिकल रिपोर्टिंग किसी को नहीं मिलती और वह भी बीजेपी जैसी बीट। लेकिन हर जगह यंग ब्रिगेड ही डिलीवर कर रहा है। यहां भी करेगा, मैनेजमेंट को इस बात का यकीन है। बदलावों ने असर दिखाना शुरू कर दिया है। वाल्मीकि मिश्रा की छुट्टी के बाद उसकी शैली को आदर्श मानने वाले सीधे हो गए हैं। चौबे चाय वाले के खोखे की रौनक कुछ कम हो गई है। कभी दो प्वाइंट ऊपर कभी एक प्वाइंट नीचे। लेकिन चैनल टीआरपी के दंगल में

ताल ठोंककर खड़ा है। इन सबके बीच वाचस्पति अपनी जगह जमे हैं। सबसे सयाने निकले वाचस्पति जी। दुश्मनों ने कितना निशाना साधा लेकिन कुछ नहीं बिगड़ा। आख़िर इस खेल में उन्होंने किस तरह बचाया खुद को? कई लोगों के लिए यह एक बड़ा सवाल है। जवाब सिर्फ़ केडी को पता है। असल में वाचस्पति जी के सबसे बड़े साले का लड़का आईएएस है। पोस्टिंग कुछ ऐसी है कि नवी मुंबई में बन रहे कंपनी के 'फन एंड फूड विलेज' का बहुत कुछ उसी के हाथ से होना है। वाचस्पति जी की सिफारिश सीधे चेयरमैन तक पहुंची और चेयरमैन ने सीधे-सीधे न्यूज़ डायरेक्टर को समझाया कि इस आदमी को परेशान न किया जाए। यानी न्यूज़ चैनल की नौटंकी देखने और समझने का भरपूर वक़्त है वाचस्पति जी के पास, क्योंकि आज का सवाल देना भी अब उनके लिए ऑप्शनल है।

फ्राइडे

अजीत अंजुम

आज बॉस का मूड फिर उखड़ा-उखड़ा दिख रहा था। चेहरे पर बारह बज रहे थे। कोई पहली बार देख ले तो यही लगेगा कि अभी-अभी निगमबोध घाट से किसी को कंधा देकर आ रहा होगा। न्यूज़ रूम के लोग हर दूसरे-तीसरे शुक्रवार को बॉस का यह चेहरा देखने के अभ्यस्त हो चुके हैं। जिस शुक्रवार को चैनल की टीआरपी खराब आती है, उस दिन बॉस इसी तरह सड़ा हुआ मुंह लेकर न्यूज़ रूम में आता है...

लिफाफा देखकर कुछ लोग जैसे मज़मून भांप लेते हैं, वैसे ही न्यूज़ रूम के लोग शुक्रवार को बॉस का चेहरा देखकर टीआरपी नाप लेते हैं। सबने बॉस के चेहरे की एक परिभाषा गढ़ ली है।

बॉस का खिला हुआ चेहरा...मतलब–चैनल की टीआरपी बम-बम है।

बॉस का गंभीर चेहरा...मतलब–टीआरपी का मीटर डाउन है।

बॉस का सूजा हुआ चेहरा...मतलब–चैनल की टीआरपी की मां...चु...गई है।

आज बॉस का चेहरा बेहद तपा हुआ था। जमाने भर का संताप और खुंदक इकट्ठा होकर जैसे चेहरे पर जमा हो गए थे। मतलब साफ़ था। आज टीवी टेन की टीआरपी चार-पांच प्वाइंट नीचे चली गई है। बॉस के पीछे-पीछे न्यूज़ रूम में दाख़िल होने वाले दोनों एक्जीक्यूटिव एडिटर विनोद पांडे और प्रीतेश भटनागर की भी यही हालत थी।

सबको समझ में आ गया कि ये लोग चैनल के सीईओ के साथ टीआरपी की रिव्यू मीटिंग से आ रहे हैं। आज कइयों के कपड़े फटने वाले हैं। आज कोई कितना भी अच्छा काम कर ले, किसी को शाबासी नहीं मिलने वाली। हां, जो भी बॉस के रडार में आएगा, उसकी बैंड ज़रूर बजेगी। आज की गलती पर न सही, कल-परसों की किसी गलती पर। बॉस की नज़र से बचने के लिए न्यूज़ रूम में मौजूद प्रोड्यूसर और रिपोर्टर व्यस्त दिखने की कोशिश करने लगे। तभी बॉस की तेज आवाज़ न्यूज़ रूम में गूंजी...

"तुम...तुमने आज फिर दोपहर एक बजे का बुलेटिन क्रिकेट या क्राइम की ख़बर से खोलने की बजाय पोलिटिकल ख़बर से खोल दिया। क्या तमाशा है...कह-कह के थक गया...व्हाई डोन्ट यू अंडरस्टेंड यार...कहां दिमाग रहता है तुम्हारा..." बॉस रनडाउन प्रोड्यूसर अजय ठाकुर के सामने खड़ा था। अजय की सिट्टी-पिट्टी गुम थी। कभी वह अपने कंप्यूटर को देख रहा था, कभी दुर्वासा की तरह तमतमाए बॉस को। उसके कंप्यूटर पर लाल-पीली-हरी पट्टियां लगातार ऊपर-नीचे हो रही थीं। यह पट्टियां उन ख़बरों की थीं, जो टीवी टेन न्यूज़ चैनल पर चल रही थीं या फिर चलने वाली थीं।

अजय ठाकुर कांपती उंगलियों से माउस को भी इधर-उधर कर रहा था, ताकि चैनल पर कुछ गलत न चला जाए...'क्या बोलूं या न बोलूं...' अजय कुछ जवाब सोच पाता, उससे पहले बॉस की तेज आवाज़ उसके भीतर तक धंस गई।

"...अजय...आई एम आस्किंग यू...गिव मी एन आनसर...व्हाई डोन्ट यू अंडरस्टैंड... अगर बात समझ नहीं आती है तो कल से रनडाउन पर बैठना छोड़ दो..."

अजय को पता था कि उसका हर जवाब अभी आग में घी का काम करेगा। बॉस जब आग उगल रहा हो तो कोई फायर ब्रिगेड भी उसे कंट्रोल नहीं कर सकता। जो उसे बुझाने की कोशिश करेगा वह खुद जल जाएगा...वह सवाल पूछता ही इसलिए है कि रिरियाते हुए सरेंडर करो...न कि जवाब दो...जवाब देना तो ज़बानदराज़ी है।

फिर भी अजय ठाकुर ने जवाब देने की हिम्मत की—"...सर...क्रिकेट या क्राइम में कुछ ख़ास नहीं था, जबकि उत्तर प्रदेश विधानसभा में आज काफ़ी हंगामा हुआ...बिजली की किल्लत के सवाल पर..."

अजय का जवाब उसके हलक़ से पूरी तरह बाहर भी नहीं निकल पाया था कि बॉस की ज़ोरदार आवाज़ गूंजी—"भाड़ में जाए यूपी। यूपी में पानी-बिजली की किल्लत दूर करने का ठेका ले रखा है हमने? ये सामने देख रहे हो चैनल नाइन...क्या चल रहा है...?" बॉस का इशारा सामने की दीवार पर लगे टीवी की तरफ़ था।

अजय ठाकुर की नज़र टीवी चैनल पर रखे कई टीवी सेटों में से उस टीवी सेट पर जा टिकी, जिस पर 'सती हुई नागिन' स्लग के साथ कोई स्टोरी चल रही थी। स्क्रीन पर थ्री विंडो नज़र आ रहा था। एक में रिपोर्टर कुछ बोले जा रहा था, दूसरे में चैनल नाइन का तेज-तर्रार एंकर अतुल भार्गव दिख रहा था और बीच के विंडो में आग में जलता एक सांप दिख रहा था।

अजय से रहा नहीं गया—"...सर, बहुत बकवास स्टोरी है...ये स्टोरी हमारे रिपोर्टर ने भी भेजी थी, लेकिन हमने ड्राप कर दिया...ये कुछ सपेरों की बदमाशी थी...गांव के अंधविश्वासी लोगों पर अपना जादू चलाने के लिए कुछ सपेरों ने..."

अजय की बात अधूरी रह गई। बॉस फिर चीखा, "...शटअप यार, जब मैं

तुम्हें समझाने की कोशिश करता हूं तो तुम मुझे ख़बर समझाने लगते हो...हमें टीआरपी चाहिए, समझे...और टीआरपी बिजली-पानी से नहीं मिलने वाली है..."

अजय के पास अब कोई जवाब नहीं था। सिर झुकाए सिर्फ़ इतना कहा उसने, "...सर, मैं इस नागिन वाली ख़बर को हेडलाइन बनाकर अगले बुलेटिन में ले लेता हूं..."

"न सिर्फ़ हेडलाइन लो बल्कि अपने रिपोर्टर से चैट भी कर लो...और हां... कोशिश करो इस ख़बर को कम-से-कम एक घंटे तक ताने रहो...दर्शकों से लाइव सवाल-जवाब होने दो...पूरा तान दो... समझे..."

"सर..."

"...और आइंदा ऐसी ख़बरों पर नज़र रखा करो..." बॉस बेहद भन्नाया हुआ था। अजय ठाकुर अगर कुछ देर और उससे ज़िरह करता तो शायद वह उसे उसी वक़्त नौकरी छोड़कर जाने का फ़रमान सुना देता। लोग कहते हैं...अगर बॉस के सामने सरेंडर कर दो तो वह जान बख़्श देगा...ज़िरह करोगे तो ले...लेगा...हर हफ़्ते वह किसी-न-किसी की ले...लेता है...अजय कतई नहीं चाहता था कि उसकी ली जाए...वह भी सरेआम... ज़ंग में हारे हुए सिपाही की तरह अजय ने सिर झुकाया और बॉस के आदेश को अध्यादेश मानकर अपनी सीट पर बैठ गया...बॉस ने कुछ सेकेंड तक उसे घूरकर देखा और दूसरी ओर चला गया...अजय अपने कंप्यूटर पर रनडाउन बनाने में जुट गया। दो बजे का बुलेटिन शुरू होना था। ख़बरों को सिलसिलेवार ढंग से सजाकर रनडाउन बनाना बहुत सरदर्दी का काम है। यह कंप्यूटर चैनल की चाभी की तरह है...

अजय अभी अगले बुलेटिन की तैयारी में उलझा ही था कि न्यूज़ रूम के चिल्ल-पों के बीच फिर बॉस की आवाज़ आई...सिर उठाकर देखा तो न्यूज़ रूम में बाईं तरफ़ बने एसाइनमेंट डेस्क के पास वह अब नीलेश गुप्ता की क्लास ले रहा था।

नीलेश गुप्ता यानी अजय ठाकुर का इमीडिएट बॉस और आफ़्टरनून बुलेटिन का इंचार्ज खुद को महाज्ञानी मानने वाले नीलेश गुप्ता का संक्षिप्त परिचय यह है कि दुनिया का कोई ऐसा विषय नहीं, जिस पर नीलेश चोंच लड़ाने को तैयार न हो...न सिर्फ़ वह चोंच लड़ाने को तैयार रहता है बल्कि अगर किसी ने उसके चोंच से अपनी चोंच भिड़ाई तो वह चोंच मारने को तैयार हो जाता है...

वह हमेशा लोगों को अपने बौद्धिक ज्ञान के अखाड़े में लाकर मारता है...पॉलिटिकल रिपोर्टर से जेपी आंदोलन और संविद सरकारों के जमाने की बात करेगा...खुद को अच्छा कॉपीराइटर मानने वाले शख़्स से तब तक साहित्य विमर्श करेगा जब तक वह मान न ले...'प्रभु आप महान हैं, मैं तो आपके सामने कुछ भी नहीं'...किसी क्राइम रिपोर्टर को मारियो पूजो और माफ़िया का इतिहास न जानने पर लताड़ लगा

देगा...फ़िल्म रिपोर्टर पर धौंस जमाने के लिए मूक फ़िल्मों के ज़माने से शुरू होकर भुवन सोम और पाथेर पांचाली पर लेक्चर दे डालेगा...

मतलब यह कि अपने को महाज्ञानी साबित करने के लिए नीलेश हमेशा मौक़े की ताक में रहता है...

लोग कहते हैं कि टीवी में आने से पहले नीलेश ने आठ-दस साल तक किसी डमडमडिगा टाइप के अख़बार में नौकरी की। काम-धाम ज़्यादा था नहीं, कई किलो वजन की किताबें दीमक की तरह चाट गया। किताबी ज्ञान का यहां कोई इस्तेमाल होता नहीं है इसलिए बुद्धि विलास करता रहता है...बौद्धिक आतंकवाद फैलाता रहता है...उसके अंग-अंग से हमेशा बौद्धिकता टपकती रहती है...चूती रहती है...सब उसे बहुत बड़ा कठकरेजी मानते हैं और उससे चोंच लड़ाने से बचते हैं...हां, अगर किसी की स्टोरी में कोई पेंच फंस जाए तो नीलेश ज़रूर काम आ जाता है।

वह काम कम चकल्लस ज़्यादा करता है। उसका मानना है नीचे वालों का काम है—काम करना, ऊपर वालों का काम है—काम करने वालों पर नज़र रखना...और नीलेश वरिष्ठता के मामले में बहुतों से ऊपर आ चुका था। अब वह 'मूतो कम हिलाओ ज़्यादा' की परंपरा का ध्वजवाहक हो गया था।

कैंटीन से कुछ खा-पीकर फुदकते हुए आ रहे नीलेश को कतई अंदाज़ा नहीं था कि बॉस ने न्यूज़ रूम में कोहराम मचा रखा है, वरना वह कुछ देर तक तो न्यूज़ रूम में आता ही नहीं। नीलेश हमेशा यही करता है। अगर उसे पता चल जाए कि बॉस का मूड खराब है और वह न्यूज़ रूम में लोगों के कपड़े फाड़ रहा है, तो वह किसी सुरक्षित जगह पर कुछ देर बिताकर ही इस डेंजर जोन में आता है...फिर सबसे पता करता है बॉस ने आज किस-किसकी बैंड बजाई। उसके बाद मजे ले-लेकर लोगों को क़िस्से सुनाता है...गुरु, आज बॉस ने तो फलां के कपड़े फाड़ दिए...गुरु, आज बॉस ने तो फलां की बत्ती बना दी...गुरु, आज बॉस ने तो फलां की पेंट उतार ली...लेकिन आज पहली बार सरेआम नीलेश की पेंट उतरने लगी।

बॉस दबोचने वाले अंदाज़ में कह रहा था, "...यार, तुम लोग तो बिल्कुल अक्ल से पैदल हो...जिस ख़बर को ताना जा सकता है, उसी को दो-मिनट में निपटा देते हो...आज नागिन वाली स्टोरी को तुम लोगों ने प्ले अप ही नहीं किया...कल भी जालंधर के गांव में भूत लीला वाली स्टोरी को खेल नहीं पाए..."

"...सर, वो तो हमने चलाया था क़रीब बीस मिनट तक..."

"...'नेशन न्यूज़' चैनल ने कितनी देर तक चलाया था...?"

... ...

"...फिर...? अरे यारे...उस ख़बर में टीआरपी थी...तुम यहां बिजली-पानी चलाते रहो और चैनल को नीचे से पहले नंबर पर पहुंचा दो।"

"...सर, लेकिन उसमें कुछ था भी नहीं..."

"फिर बक़वास...ये चुतियापे वाली फिलासफ़ी को कहीं कूड़ेदान में डाल आओ...यार, ऐसी ख़बरों को तानने के लिए क्या चाहिए...किसी मनोचिकित्सक को बुला लो...रिपोर्टर को चैट के लिए खड़ा करो...दर्शकों के दस-बीस फ़ोनो ले लो...जाहिर है ऊल-जलूल कुछ सवाल पूछे जाएंगे। बस...एंकर और मनोचिकित्सक से जवाब दिलवाते रहो...हो गया एक घंटा..."

"जी सर..." नीलेश बुरी तरह मिमिया रहा था। कोई और होता तो नीलेश निपट भी लेता, मगर बॉस के सामने उसकी जुबान दगा दे रही थी। पहली बार न्यूज़ रूम में उसका सार्वजनिक अभिनंदन हो रहा था। ऊंट पहाड़ के नीचे आ गया था। बॉस नीलेश की ले...रहा था...और न्यूज़ रूम में इधर-उधर काम कर रहे कई लोग बॉस के खौफ़ से आक्रांत होकर भी भीतर-भीतर मजे ले रहे थे।

अपने सीनियर एडिटर नीलेश के कपड़े फटते देखकर अजय ठाकुर की तकलीफ़ थोड़ी कम हो गई थी...हर बार बॉस के ओखल में अपने जूनियर का सिर डालकर बच निकलने वाले नीलेश गुप्ता की आज लग गई थी। छह महीने पहले जब अजय ठाकुर ने टीवी टेन ज़्वाइन किया था, तब इसी नीलेश गुप्ता ने एक दिन उसे बताया था, "यहां हर शुक्रवार को इस मीडिया हाउस के तीसरे माले पर टीआरपी मीटिंग होती है। इस मीटिंग में चैनल के सीईओ समेत सभी कर्ता-धर्ता शामिल होते हैं। जिस हफ़्ते टीआरपी ठीक होती है, उस हफ़्ते तो ये मीटिंग चाय-पकौड़े के साथ खुशनुमा माहौल में ख़त्म होती है। जिस हफ़्ते टीआरपी तीन-चार प्वाइंट गिर जाती है, उस हफ़्ते बॉस की बैंड सीईओ बजाता है और बॉस नीचे आकर बाकियों की बैंड बजाता है। तुम रनडाउन प्रोड्यूसर हो, इसलिए तुम हमेशा बजने के लिए तैयार रहना। तुम एक ऐसे ढोल की तरह हो जिस पर हर समय बॉस की थाप पड़ती रहेगी। बजना तुम्हारी मजबूरी है और बजाना उसकी।"

"लेकिन नीलेश जी...शिफ़्ट इंचार्ज तो आप हैं, जवाबदेही तो आपकी भी होगी...?" अजय ठाकुर ने पूछा था।

"...गुरु ऐसा है...मेरे पास और भी दस काम होते हैं...आने वाले कई प्रोग्राम की प्लानिंग करनी होती है...रनडाउन का जिम्मा तुम्हारा है...जब कोई कन्फ्यूज़न हो तो मुझसे पूछ लिया करना..." नीलेश ने एक संपादक की तरह अजय को समझाया था। इतने दिनों में अजय ने जब भी अच्छा काम किया, सारा क्रेडिट कूद-कूदकर नीलेश ने लिया और जब गलतियां हुईं तो टोपी उसे पहना दी। बॉस ने आकर उसकी ले ली। हर बार नीलेश पल्ला झाड़कर खड़ा हो गया, "...सॉरी बॉस, मैं तो वीकेंड की प्लानिंग कर रहा था...मैं ध्यान नहीं दे पाया, वरना ये गलती नहीं होती..."

अजय ठाकुर की सीट से कुछ दूर खड़ा बॉस अब भी नीलेश को टीआरपी

बटोरने वाली ख़बरों की बारीकियां समझा रहा था, "...तुमने देखा था–अलवर के एक सिरफ़िरे शख़्स ने यमराज से मुलाक़ात की बात कहकर कैसे सबको उल्लू बना बनाया... 'इंडिया न्यूज़ चैनल' ने तीन घंटे तक इसे चलाकर टीआरपी बटोर ली न..." बॉस का पारा कुछ नीचे लुढ़का था। वह समझाने वाले अंदाज़ में आ गया था।

"पिछले हफ़्ते तो उन लोगों ने भुतहा कार वाली स्टोरी दिखाकर चार घंटे तक ड्रामा किया। उस स्टोरी में क्या था यार? लेकिन ड्रामा ने चैनल की तो नैया पार लगा दी न। उनका एक शुक्रवार तो निकल गया, हमारे लिए काला शुक्रवार हो गया...ब्लैक फ्राइडे...डू यू अंडरस्टैंड...ब्लैक फ्राइडे?'

"जी सर...लेकिन कई बार लगता है कि हम टीआरपी के चक्कर में..." नीलेश के भीतर के पत्रकार ने न चाहते हुए भी प्रतिकार करने की कोशिश की, लेकिन उसके वाक्य ने आधे रास्ते में ही दम तोड़ दिया।

"फिर तुम वही बात कर रहे हो...अब जनता चुतियापे वाली स्टोरी ही देखती है तो चुतियापे करते रहो...राखी सावंत को मीका ने एक बार चूमा लेकिन उसने तीन दिन में तीन सौ बार चूमते हुए दिखाया...और जनता ने देखा...तो हम क्या करें...हमने राखी सावंत को कम दिखाया तो पिट गए ना?" बॉस की भृकुटी फिर तनी थी।

बॉस और नीलेश के संवाद को दूर बैठा अजय ठाकुर चुपचाप सुन रहा था। दिनभर ख़बरों के गिरते स्तर पर भाषणबाजी करने वाले नीलेश की सिट्टी-पिट्टी गुम थी, क्योंकि यहां बात ख़बर की नहीं, टीआरपी की हो रही थी।

टीआरपी बरसों पहले रेडियो सिलॉन पर चलने वाले संगीत कार्यक्रम बिनाका गीतमाला की तरह है, जो यह तय करता है कि कौन चैनल किस पायदान पर है। कौन इस हफ़्ते ऊपर चढ़ा, कौन नीचे लुढ़का। एक फ़र्क़ है–बिनाका गीतमाला के पायदान पर ऊपर-नीचे होने से किसी म्यूजिक कंपनी में कोहराम नहीं मचता था। यहां हर शुक्रवार को कई चैनलों में टीआरपी के ऊपर-नीचे होते ही कोहराम मच जाता है। एक दिन बॉस जब अच्छे मूड में था, तो संपादकीय मीटिंग में उसने कहा भी था, "...कितना अच्छा होता अगर ज़िंदगी में कभी शुक्रवार नहीं होता।"

अजय ठाकुर और फिर नीलेश गुप्ता को निपटाकर बॉस पलटा तो सामने इनवेस्टिगेटिव ब्यूरो के चीफ़ समरजीत सिंह पर उसकी नज़र पड़ गई। जब-जब चैनल की ग्रह दशा खराब होती है, समरजीत में बॉस को संकटमोचक नज़र आता है।

"यार कल शाम को चैनल नाइन एक खुलासा करने जा रहा है। सुना है कोई बहुत बड़ा स्कूप है।"

"...हां सर...कोई स्टिंग ऑपरेशन है...सुना है कुछ बड़े-बड़े लोग फंसे हैं..."

"...तो क्या लगता है टीआरपी मिल जाएगी इस प्रोग्राम को...?"

"...अब सर ये पता नहीं, लेकिन जिस ढंग से लगातार प्रोमोट किया जा

रहा है, उससे लगता है चैनल नाइन को काफी फ़ायदा होगा...मुझे पता चला है कि बाक़ी चैनल भी उस समय के लिए जवाबी तैयारी कर रहे हैं।"

"...तुम्हारे पास क्या तैयारी है...?" बॉस की पेशानी पर परेशानी की रेखाएं और गहरी हो गईं।

"...सर उसी के चक्कर में लगा हूं...रात तक एक एक्सक्लूसिव प्लान बनाकर आपको देता हूं..." समरजीत का अंदाज़ बॉस को खुश करने वाला था। हमेशा वह यही करता है। पता नहीं, बॉस को वह क्या घुट्टी पिलाकर रखता है कि टीआरपी गिरने पर सबकी बैंड बज जाती है, लेकिन वह अक्सर बच जाता है। लोग कहते हैं वह बॉस का मुंहलगा है और जासूस भी। न्यूज़ रूम की हर ख़बर बॉस तक पहुंचाना उसका ख़ास काम है। एक ख़ास बात और है उसमें। राई को पहाड़ बनाना और सुई को तलवार बनाना जितना उसे आता है, किसी और को नहीं। दो मिनट की स्टोरी का रायता फैलाकर दो घंटे तक पेल देने में उसे महारत हासिल है...उसे पता है कि कब और कैसे किस स्टोरी को बेचा जा सकता है। तानने-खेलने और पेलने में समरजीत का कोई सानी है।

रिपोर्टर्स मानते हैं—स्टोरी बेचना तो कोई समरजीत सिंह से सीखे...हफ़्ते दो हफ़्ते में जैसे ही 'टीवी टेन' के काले स्क्रीन पर लिखा हुआ आता है—टेलीविजन इतिहास में पहली बार...एक सनसनीखेज खुलासा...आज रात नौ बजे...सारे चैनलों के सूरमाओं को अंदाज़ा हो जाता है कि यह पटाखा समरजीत सिंह का ही होगा...उसका पटाखा भले ही आवाज़ कम करे, धुआं बहुत छोड़ता है, मतलब यह कि उसके फुस्स होने पर भी सनसनी फैल जाती है। नामालूम कितनी बार उसने ऐसे पटाखे चलाए हैं। कुछ धमाके के साथ फूटे, कुछ बेआवाज़ रहे। कहते हैं जब इस देश में किसी भी न्यूज़ चैनल के किसी रिपोर्टर को कोई सनसनीखेज़ स्टोरी नहीं मिलेगी, तब भी समरजीत कहीं-न-कहीं से कुछ ज़रूर खोज कर लाएगा...सनसनीखेज़ स्टोरी खोजने के मामले में वह वास्कोडिगामा है। बॉस ने अपने वास्कोडिगामा को चैनल नाइन के खुलासा का मुक़ाबला करने की रणनीति तैयार करने का जिम्मा दे दिया...

"...रात तक नहीं, इतना टाइम नहीं है। शाम पांच बजे मीटिंग है मेरे केबिन में। तब तक प्लान तैयार कर लो।" बॉस तेज कदमों से अपने केबिन की तरफ़ चला गया। समरजीत को एक टास्क मिल गया। उसने तत्काल अपनी खोजी टीम के सदस्यों को इकट्ठा किया और आपात बैठक करने के लिए कान्फ्रेंस रूम की तरफ़ चल पड़ा।

इधर पूरे न्यूज़ रूम में हलचल शुरू हो गई। नेशनल ब्यूरो प्रमुख धीरज महाजन तीन-चार संवाददाताओं को साथ लेकर कोने में जम गए। महाजन साहब को इस बात का मलाल था कि बॉस ने इस बार भी चैनल नाइन को काउंटर करने का प्लान उनसे नहीं, बल्कि समरजीत सिंह से मांगा था। उन्हें अपने फ़ालतू होने का

अहसास हो रहा था। गम गलत करने के लिए महाजन साहब परनिंदा और गॉसिप में जुट गए। संध्या सदानंद भी उनकी चौकड़ी में शामिल हो गई थी। महाजन साहब जब भी गमगीन होते हैं, संध्या की मौजूदगी भर से उनका गम कुछ हल्का हो जाता है।

पालिटिकल एडिटर नीरज जैन माहौल भांपकर लिफ़्ट की तरफ़ चल पड़े। टीआरपी गिरने की समीक्षा और उसे उठाने की रणनीति बनाने में जैन साहब को न पहले कभी मजा आता था न अब। मोटी तनख़्वाह है। लंबी गाड़ी है। करने को कोई काम नहीं। फिर भी अगर किसी दिन टीआरपी में जाना पड़ता है, तो उनकी सुलग जाती है। झुन्न हो जाते हैं। जैन साहब का यह हाल तब से हुआ है, जब से चैनलों की दिशा बदली है...चैनल पर नेताओं की जगह भूतों ने ले ली है...ख़बरों की जगह ड्रामे ने ले ली है...पार्टियों के क़वरेज की जगह नाग-नागिन ने ले ली है...जैन साहब को लगता है रियलिटी शोज ने उन्हें हाशिए पर डाल दिया है। अब सिर्फ़ कहने को वह पालिटिकल एडिटर रह गए हैं, लेकिन एडिट करने को उनके पास कुछ रहा ही नहीं है। पहले रोज़ टीवी पर दिखते थे। देश के अलग-अलग शहरों से राजनीतिक रिपोर्टिंग करते थे। लाइव चैट और फ़ोनों करके छाए रहते थे...नेताओं की दो-चार बाइट लेकर हर रोज़ एक-दो स्टोरी पेल दिया करते थे। दनादन चैट या फ़ोनो करके अपनी स्टोरी को चमका देते थे।

और अब...हर रोज़ सुबह की मीटिंग में पालिटिकल स्टोरी का आयडिया देते ज़रूर हैं लेकिन बॉस उन्हें सिरे से खारिज़ कर देता है। जैन साहब को कई बार लगता है कि आयडिया को नहीं, उन्हें खारिज़ कर दिया गया है।

एक तो टीवी स्क्रीन से लुप्तप्राय होने का फ्रस्ट्रेशन, ऊपर से हर रोज़ आयडिया खारिज़ होने का फ्रस्ट्रेशन...जैन साहब का फ्रस्ट्रेशन लाइलाज होता जा रहा है। पहले रोज़ फिटफाट होकर दफ़्तर पहुंचते थे। तीन-चार बार बाथरूम में जाकर बालों पर कंघी फेरकर टनाटन होकर न्यूज़ रूम के चक्कर लगाते रहते थे। पता नहीं अचानक कब-कहां चैट के लिए खड़ा होना पड़े।

अब देखिए...अक्सर इस हाल में ऑफ़िस पहुंचते हैं कि विक्स वेपोरब वाला मिल जाए तो पूछ बैठे—ये क्या हाल बना रखा है...कुछ लेते क्यों नहीं...

अब न तो वह पार्टी दफ़्तरों में देखे जाते हैं, न ही नेताओं के घरों पर...कई बार तो चैनल में भर्ती हुए नए बच्चों को ज्ञान की खुराक़ देते नज़र आते हैं। पोलियो ड्राप...दो बूंद ज़िंदगी की...जैसी।

रिपोर्टर, एंकर या प्रोड्यूसर बनने का सपना लिए 'टीवी टेन' में भर्ती हुए नए बच्चे गौर से जैन साहब की बात सुनते हैं...जब वह चुनाव की रिपोर्टिंग किया करते थे तो कैसे दूसरे चैनलों को कोसों पीछे छोड़ देते थे...राजनीति में कोई पत्ता भी खड़कता था तो कैसे सबसे पहले उन तक उसकी आवाज़ पहुंचती थी और वह ब्रेकिंग न्यूज़ देकर छा जाते थे...कैसे संसद सत्र के दौरान मिलने पर दर्जनों सांसद

उन्हें डिनर पर आने का न्यौता देते थे...कैसे टाइम नहीं होने की वजह से उन्हें क्षमा मांगनी पड़ती थी...प्रधानमंत्री और विदेश मंत्री कैसे उन्हें अपने साथ लिए बग़ैर किसी विदेश दौरे पर नहीं जाते थे...वग़ैरह...वग़ैरह। यानी बीते दिनों की हर वह बात, जो जैन साहब को अपने गौरवशाली अतीत की तरह लगती है, नए बच्चों को सुनाते रहते हैं। और बच्चे...वह भी अब जैन साहब को देखकर भागने लगे हैं क्योंकि मौक़ा मिला नहीं कि वह चिपट जाते हैं और शुरू हो जाते हैं।

अपना फ्रस्ट्रेशन शेयर करने के लिए जैन साहब ने लाइट माइंडेड लोगों की एक तिकड़ी भी बना ली है। चैनल की दशा और दिशा पर चिंतन करना जैन साहब का सबसे अच्छा टाइम पास है। इस चिंतन में उनके साथ हमेशा हैं, उनके दो साथी, यानी तिकड़ी के सदस्य सीनियर एडिटर अभिनव त्यागी और एसोसिएट एक्ज़ीक्यूटिव प्रोड्यूसर कौशल किशोर। ये तीनों दिन में पांच-छह बार शंकर के ढाबे पर जाते हैं। चाय पीते हैं। सिगरेट फूंकते हैं। टीआरपी के लिए मार-काट मचाने वाले अपने भाई-बंधुओं के वैचारिक पतन पर स्यापा करते हैं और चैनल के हाल पर चिंता व्यक्त करके वापस आ जाते हैं।

जैन साहब ने सोचा, कुछ देर बाद बॉस के कमरे में बदमज़गी होगी ही, क्यों न उससे पहले बाहर की फ्रेश हवा और शंकर की चाय का लुत्फ़ उठा लिया जाए। उन्होंने दफ़्तर के कॉरीडोर में पहुंचकर बाक़ी दोनों साथियों को शंकर ढाबे पर पहुंचने का एसएमएस भेजा और नीचे जा रही लिफ़्ट में समा गए।

इधर पूरे न्यूज़ रूम में ख़बर फैल गई कि सीनियर्स की मीटिंग बुलाई गई है। मीटिंग का एजेंडा है...कल रात चैनल नाइन पर चलने वाली ख़ास रिपोर्ट का जवाब कैसे दिया जाए।

शाम पांच बजे

समय से पहले ही बॉस के केबिन में टीवी टेन के सारे दिग्गज जमा हो गए। बॉस के सामने वाली कुर्सी पर चैनल के दोनों एक्ज़ीक्यूटिव एडिटर विनोद पांडे और प्रीतेश भटनागर ने आसन ग्रहण किया। उनके अगल-बगल नीलेश गुप्ता समेत इनपुट और आउटपुट के पांचों सीनियर एडिटर एक-एक कुर्सी थामकर बैठ गए। नेशनल ब्यूरो चीफ़ धीरज महाजन, पालिटिकल एडिटर नीरज जैन और इन्वेस्टिगेटिव ब्यूरो चीफ़ समरजीत सिंह भी पीछे की कुर्सियों पर जम गए। माहौल में तनाव घुला हुआ है। टीआरपी लुढ़कने का तनाव! मीटिंग की शुरुआत बॉस ने की।

"कल चैनल नाइन पर चार घंटे तक सनसनीखेज़ खुलासा होने वाला है। हमें कुछ काउंटर करना होगा...अगर इस हफ़्ते हम अपने आपको नहीं बचा पाए तो...?" बॉस ने बात अधूरी छोड़ दी। सबको स्कैन करती हुई उसकी आंखें तेजी से घूमीं और केबिन के एक कोने पर टिक गईं। वहां रखे टीवी सेटों पर अलग-अलग चैनल

चल रहे थे।

बॉस की नज़र चैनल नाइन पर थी। वही चैनल नाइन, जिसने पिछले तीन महीने में टीवी टेन को टीआरपी के जंग में कई बार पछाड़ दिया था। इस शुक्रवार की टीआरपी में भी चैनल नाइन ने बाजी मार ली थी। अगले हफ़्ते भी यही हाल रहा तो...? शायद यही सोच रहा था बॉस। चैनल नाइन को वह यूं देख रहा था, जैसे दुश्मन सामने हो और उसे अखाड़े में चित्त करने के लिए उसकी कमजोरियां तलाश रहा हो...

उसका चेहरा अचानक सख़्त हो गया था...तनाव, खीझ और बेबसी...सब कुछ एक साथ चेहरे पर उमड़ पड़ा था...उसके निचले होंठों को दांतों ने आगे बढ़कर दबोच लिया था...टेबल के नीचे उसके पैर इतनी तेजी से हिल रहे थे कि कुर्सी में घुसी उसकी पतली काया उस कंपन को पचा नहीं पा रही थी...तभी चैनल नाइन के स्क्रीन पर एक लाल पट्टी आई...एक सनसनीखेज़ खुलासा...टेलीविजन इतिहास में पहली बार...शनिवार रात आठ बजे से लगातार... बीस सेकेंड का यह प्रोमो जैसे ही ख़त्म हुआ, बॉस के पैरों का हिलना बंद हो गया...दांतों ने होंठों को आजाद कर दिया...उसके दोनों हाथ एक साथ चेहरे की तरफ़ बढ़े और हथेलियों ने नक़ाब बनकर चेहरे को ढंक लिया...

अब या तो बॉस की हथेलियों के बीच छिपा उसका चेहरा ऊपर-नीचे हो रहा था या फिर एक-दूसरे से चिपकी हथेलियां चेहरे को बार-बार ढंक रही थीं...बॉस जब तनाव के चरम पर होता है तो उसकी हथेलियां यूं ही उसके चेहरे पर घूमने लगती है...यह उसके तनाव का थर्मामीटर है...अब तक तीन-चार मिनट हो चुके थे...आख़िरकार चुप्पी बॉस ने ही तोड़ी।

"...इन सालों ने हद कर रखा है...हर हफ़्ते कोई-न-कोई स्टिंग ऑपरेशन, खुलासा या चुतियापे की कोई स्टोरी कहीं से ले आते हैं और चार-पांच घंटे तक पेल देते हैं...हमारा काम लगा देते हैं...इस बार भी हमारी लग जाएगी...उधर सीईओ ने साफ़ कह दिया है कि हम तीसरे या चौथे नंबर पर होना एफ़ोर्ड नहीं कर सकते। आप लोग बताइए हम क्या करें...?" अचानक बॉस ने सामने बैठे लोगों की तरफ़ सवाल उछाल दिया।

एसोसिएट एडिटर दिवाकर गुप्ता ने बॉस के सवाल को तुरंत लपका। तनाव से जूझ रहे बॉस को खुश करने के लिए दिवाकर ने दनाक से अपना जवाब चिपका दिया, "सर, मुझे लगता है हमें घबराने की ज़रूरत नहीं है। यूपी के गैंगस्टर बबलू श्रीवास्तव की आत्मकथा के कुछ हिस्से आज अख़बारों में छपे हैं। बाक़ी हिस्सों में भी बहुत मसाला है। हम डॉन की दास्तान को स्पेशल रिपोर्ट बनाकर चला सकते हैं..."

गुप्ताजी ने तो सोचा था कि इससे पहले कि किसी और का आयडिया बॉस को क्लिक कर जाए क्यों न अपनी पेल दें, लेकिन बात जमी नहीं। बॉस ने एक

पल में खारिज़ कर दिया। "नहीं...स्टोरी अच्छी है। लेकिन ड्रामा नहीं है...किसी और दिन के लिए ठीक है, चैनल नाइन के काउंटर के लिए नहीं..." गुप्ताजी का मुंह सूखे हुए छुहारे की तरह हो गया। सारा उत्साह एक सेकेंड में भीतर घुस गया।

अब बारी उनके ठीक बगल में बैठे एसाइनमेंट डेस्क के सीनियर एडिटर परवेज हयात की थी। परवेज को बार-बार नागपुर कॉरस्पोंडेंट शिखा पॉल की स्टोरी आयडिया का ख़्याल आ रहा था।

आज सुबह-सुबह सबसे पहला फ़ोन शिखा का ही आया था। "सर, विदर्भ में खुदकुशी करने वाले किसानों की तादाद आज एक हज़ार हो गई है। हम लोग इस पर एक घंटे का शो कर सकते हैं। मैं कई दिनों से कह रही हूं। कोई सुनता ही नहीं।" शिखा ने बेरुख़ी से कहा था।

फिर उसने खीझते हुए सवाल पूछा था—"सर, क्या अब चैनलों के लिए किसानों के मरने का कोई मतलब नहीं रह गया है? क्योंकि इसमें कोई ड्रामा नहीं है? इस बार हमने तो इस स्टोरी में काफ़ी ड्रामा और रोना-धोना भी डाल दिया है। प्लीज सर, एक हज़ारवीं खुदकुशी पर तो एक स्पेशल शो बनाकर चला दीजिए..." शिखा की दलील सुनने के बाद परवेज ने प्राइम टाइम में विदर्भ के हाल पर आधे घंटे का शो प्लान करने का फैसला भी कर लिया था। सोचा था बॉस को कन्विंस कर लेगा। इसी बीच यह टीआरपी आ गई और चैनल नाइन के खुलासे का ऐलान। अब किसान चाहे एक सौ मरें या एक हज़ार, यह ख़बर न तो टीआरपी दे सकती है, न ही किसी चैनल के खुलासे का मुक़ाबला कर सकती है। परवेज़ साहब ने स्पेशल शो के आयडिया को अपने भीतर ही दफ़न कर दिया। उन्हें पता था अगर अभी किसानों की खुदकुशी पर शो करने की बात भी की तो बॉस उनका मजाक़ उड़ा देगा। परवेज़ साहब अपने भीतर थे और बॉस की नज़र उन पर टिकी थी। कुछ सोच-विचार के बाद परवेज़ ने टीआरपी के मिजाज से मेल खाती हुई एक स्टोरी आगे बढ़ाई।

"गाजियाबाद में एक महीने के भीतर दस बच्चे गायब हुए हैं। कहते हैं कोई गिरोह है जो बच्चों को..."

परवेज़ साहब का वाक्य फुलस्टाप तक पहुंच पाता उससे पहले ही बॉस ने कौमा लगा दिया। "मुझे पता है कुछ बच्चों के परिवार वाले स्टूडियो भी आने को तैयार हैं, लेकिन इसमें उतनी टीआरपी नहीं है...मुझे टीआरपी चाहिए यार..."

केबिन में कुछ सेकेंड के लिए फिर चुप्पी छा गई। शीशे के केबिन के बाहर गहमागहमी और भागदौड़ थी...भीतर सन्नाटा। अब बॉस के एक हाथ की उंगलियां टेबल पर पड़े लैपटॉप के माउस पर घूम रही थीं और दूसरे हाथ की उंगलियां उसकी पेशानी को सहला रही थीं।

सहलाते-सहलाते उसकी उंगलियों का दबाव उसकी पेशानी पर बढ़ गया था।

पांचों उंगलियां कभी एकजुट होकर उसकी आंखों के ऊपर के हिस्से को दबा रही थीं तो कभी ललाट को। बॉस की उंगलियां चाहे-अनचाहे चेहरे पर उभर आए तनाव को कम करने का तरीका खोज रही थीं। लेकिन उसकी नज़र अब भी रह-रहकर चौदह इंच के मॉनिटर में कैद दुश्मन पर टिकती थी...यानी चैनल नाइन पर...

एक राष्ट्रीय अख़बार की नौकरी छोड़कर कुछ महीनों पहले ही टीवी टेन में इनपुट एडिटर बने साकेत वर्मा के भीतर उथल-पुथल मची थी। स्टोरी आयडिया तो कई आ रहे थे लेकिन डर लग रहा था, कहीं उल्टा न पड़ जाए। वैसे भी बॉस उन्हें कई बार कह चुका था...आप अख़बारी खोपड़ी लेकर चैनल में आ गए हैं। पहले अपनी खोपड़ी की सफाई करिए...विजुअल इम्पैक्ट को समझिए...फिर भी हर रोज़ कहीं-न-कहीं उनसे चूक हो जाती है। उन्हें लग रहा था कि आज अगर कोई आयडिया नहीं दिया तो बॉस समझ लेगा अख़बारी खोपड़ी में अभी तक टीवी नहीं घुस पाया है।

बहुत हिम्मत करके उसने आख़िरकार मुंह खोल ही दिया, "...सर, मध्यप्रदेश में शिक्षकों की बहाली में धांधली पर हमारे दो रिपोर्टर्स ने काफ़ी काम किया है...उस स्टोरी को अगर हम दो घंटे के शो के हिसाब से प्लान करें...मुख्यमंत्री और विपक्ष के नेताओं को स्टूडियो में बुलाकर सवाल-जवाब करें तो शायद..." साकेत को अपनी बात अधूरी छोड़नी पड़ी। बॉस का चेहरा देखकर समझ गया कि वह गलत डायरेक्शन में जा रहा है।

"...यार, आप सब लोग उन ख़बरों की बात कर रहे हैं जो साल-दो साल पहले टीवी पर चलती थीं।" बॉस ने साकेत को तिरस्कार करने वाले अंदाज़ में देखा था। कुछ यूं कि...चूतिए...बात टीआरपी वाली ख़बरों की हो रही है और तुम क्या बक़वास आयडिया पेल रहे हो...मन लायक कोई स्टोरी आयडिया नहीं आते देख बॉस बौखला गया। बॉस का ब्लडप्रेशर बढ़ रहा था।

"...लेकिन बॉस, हम लोग यूं ही टीआरपी के चक्कर में ऊलजलूल ख़बरें चला-चलाकर लोगों की नज़र में अपनी क्रेडिबलिटी ख़त्म करते जा रहे हैं...हमें लांग टर्म सोचना चाहिए..." अब तक चुपचाप बैठे एक्जीक्यूटिव एडिटर प्रीतेश भटनागर से रहा नहीं गया। वह सैद्धांतिक सवाल खड़े करने के मूड में आ गए।

"यार प्रीतेश, क्रेडिबलिटी की चटनी बनाकर चाटेंगे क्या...? हम ज़्यादा लांग टर्म सोचेंगे तो हम ही शाट टर्म हो जाएंगे...समझे? मार्केटिंग वालों ने कह दिया है कि टीआरपी यूं लुढ़कती रही तो इस फाइनेंशियल इयर में तीस-चालीस करोड़ का नुकसान हो जाएगा...और अगर वाक़ई ऐसा हुआ तो क्रेडिबलिटी बत्ती बनाने के काम भी नहीं आएगी...सीईओ कान पकड़कर न जाने कितनों को बाहर कर देगा...समझे?" बॉस बुरी तरह बिदक गया। प्रीतेश की नसीहत सुनकर उसे बदहज़मी-सी हो गई।

प्रीतेश भटनागर सकपका गए। आमतौर पर बॉस उन्हें कभी नहीं झिड़कता था। वह इतना कहने की हिम्मत भी इसलिए कर पाए क्योंकि वर्षों तक वह बॉस के हम-प्याला, हम-निवाला रहे हैं। पांच साल पहले दोनों अख़बार की नौकरी छोड़कर एक साथ ख़बरिया चैनलों की दुनिया में आए...एक बॉस बना, दूसरा उसका नंबर टू...लेकिन रिश्ते में कभी गांठ नहीं पड़ी। इनकी दोस्ती तब से है, जब दोनों दिल्ली में फाक़ामस्ती किया करते थे...दिन भर चप्पल घिसते हुए अख़बारों में नौकरी खोजा करते थे...फिर दोनों को एक ही साथ बहादुरशाह जफर मार्ग पर एक अख़बार में पहली नौकरी मिली थी। दिन भर काम निपटाने के बाद दोनों तीन सौ बीस नंबर की बस पकड़कर लक्ष्मीनगर में अपने दड़बेनुमा कमरे पर आते थे।

थकान मिटाने के लिए कभी-कभी एरिस्ट्रोक्रेट या मेक्डावेल का अद्धा-पौवा खरीद लाते और अंकुरे हुए चने या मूंग के साथ गटक जाते थे। तब दोनों ने चैनल में नौकरी करने के सपने देखना तो दूर, सपने में कभी न्यूज़ चैनल भी नहीं देखा था। छुट्टी के दिन दोनों डीटीसी के सरकारी पास बनवाकर दिन भर मटरगश्ती किया करते थे...तब दोनों गरम मिजाज इतने थे कि नौकरी को हाथ पर लेकर घूमा करते थे...हमेशा हनुमान जी की पूंछ में आग लगाने को तैयार...अख़बार के मालिकनुमा संपादक ने कुछ कहा नहीं कि टेबल पर रखी अपनी स्पाइरल नोटबुक उठाई और कुर्सी छोड़कर खड़े हो गए...कुछ इस अंदाज़ में कि लो अपनी नौकरी...बत्ती बनाकर डाल लो...

और अब...सीईओ की लताड़ को आशीर्वचन की तरह सुनने को तैयार रहते हैं लेकिन नौकरी छोड़ने को नहीं...क्योंकि तब नौकरी हज़ारों की थी...अब लाखों की है...तब बस में चलते थे...अब टोयटा कैमरी और होंडा एकार्ड जैसी महंगी गाड़ियों पर चलते हैं...

तब छुट्टियां मनाने के लिए पटना और गोरखपुर जाते थे...अब यूके और यूएस...तब यार-दोस्त, दीन-दुनिया, समाज और सरोकार से जुड़े थे...अब टीआरपी से जुड़े हैं...टीआरपी है तो नौकरी है...नौकरी है तो ये ऐशोआराम हैं...टीआरपी नहीं तो कुछ नहीं...

बॉस ने तो काफ़ी पहले ही मान लिया था...टीआरपी देवो भव...लेकिन प्रीतेश कभी-कभी प्रतिकार करके असहमत होने की खानापूर्ति करते थे...फिर अक्सर सहमत हो जाते थे।

आज भी प्रीतेश असहमत होते दिख रहे थे। लेकिन बॉस आज उनकी असहमति का थोड़ा भी सम्मान करने को कतई तैयार नहीं था। वह सबकी बजाने के मूड में था। बॉस की झिड़की सुनकर प्रीतेश गंभीर मुद्रा धारण कर चुके थे। बॉस ने प्रीतेश की आंखों में आंखें डाल दीं ''...ऐसा है प्रीतेश, मुझे भी पता है कि जो हम कर रहे हैं उसका क्या मतलब है। लेकिन न करने का क्या मतलब है, ये 'इन टीवी'

की हालत देखकर समझ लो...उनके पास हो सकता है क्रेडिबलिटी हो, लेकिन टीआरपी नहीं है। एक साल में वो चैनल दूसरे से पांचवें-छठे नंबर पर पहुंच गया है...हम तो अब इससे नीचे नहीं जा सकते...समझे...''

प्रीतेश समझ गए कि इस बार मामला काफ़ी संगीन है। उन्हें याद आया। सुबह की मीटिंग में पकौड़े खाते हुए सीईओ का चेहरा...बेहद क्रूर...उसने अपने ख़ास लहजे में कह दिया था—हमें हर हाल में रेटिंग चाहिए।

बॉस ने जब उसकी बात काटने की कोशिश की थी तो उसने घूरकर देखा था। ऐसे जैसे पकौड़े के साथ बॉस का भी नाश्ता कर लेगा।

अब बॉस के एक हाथ की उंगलियां माउस को छोड़कर अपने अधगंजे सिर पर घूमने लगी थीं...उसकी बेचारगी साफ़ झलक रही थी...बॉस को यह अहसास हो गया कि किसी के पास कोई धांसू आइडिया नहीं है।

समरजीत उसकी आख़िरी उम्मीद है...और समरजीत...वह चुपचाप सबको सुन रहा था और अपनी जेब से अख़बारों की कतरनें निकाल-निकालकर देख रहा था।

''...तुम बताओ...?'' बॉस अब समरजीत से मुखातिब था।

''सर, चैनल नाइन की स्टोरी को काउंटर करने के लिए हमारे पास पांच-छह आइटम हैं। एक-एक करके बताता हूं। जो स्टोरी सही लगती है, उस पर हम दो-तीन घंटे तक खेल सकते हैं। ये मैं प्लान करके आपको दे सकता हूं...'' समरजीत सिंह ने पांच-सात अख़बारी कतरन निकाली और एक-एक करके बॉस को स्टोरी सुनाने लगा।

पहली स्टोरी...मऊ दंगे का एक आरोपी हमारे संपर्क में है। पुलिस उसकी तलाश कर रही है लेकिन हम चाहें तो वो हमारे स्टूडियो में सरेंडर कर सकता है...ये मोस्ट वांटेड हिस्ट्रीशीटर भी है इसलिए इसका स्टूडियो में सरेंडर करना सनसनीखेज घटना होगी...बहुत खेलने लायक ख़बर है सर...

दूसरी स्टोरी...बड़ोदरा के एक गांव में दो दिन पहले एक लड़के ने खेत में एक नाग को मार दिया था...तब से कहते हैं एक नागिन उस लड़के के घर के पास बार-बार देखी जा रही है...लोगों को लगता है कि वो उसी नाग की नागिन है, जो अब बदला लेने के लिए उस लड़के की तलाश कर रही है...

बॉस की बुझी हुई आंखें पहली बार चमकीं। समरजीत को उसने बीच में ही रोका, ''...लेकिन नागिन वाली ख़बर तो आज ही सारे चैनलों पर चली है...''

''...हां सर, लेकिन ये दूसरी नागिन है। वह सहारनपुर की नागिन थी, जो अपने नाग की मौत के बाद सती हो गई। यह बड़ोदरा की नागिन है। ये स्टोरी एक्सीक्लूसिव है...सिर्फ़ हमारे पास है। लेकिन आप पहले बाक़ी स्टोरी के बारे में सुन लीजिए।''

तीसरी स्टोरी...जयपुर में एक तांत्रिक है, जो अपनी कुंडली देखकर अपने मरने की भविष्यवाणी कर रहा है। इस स्टोरी में टीआरपी की काफी गुंजाइश है। उस

तांत्रिक से बात हो गई है। उसको हमने इस बात के लिए सेट कर लिया है कि वो सिर्फ़ हमारे कैमरे पर अन्तिम सांस लेने की कोशिश करे...

चौथी स्टोरी...सर, एक तो ये है कि ग्वालियर के पास एक गांव में सात साल की एक लड़की है, जिसका दावा है कि तीन जन्म पहले वह झांसी की रानी थी...वो 1857 की लड़ाई के किस्से भी सुना रही है। हम इस लड़की को स्टूडियो में बुलाकर काफी तान सकते हैं...बहुत बिकने वाली स्टोरी है...

पांचवीं स्टोरी...हरियाणा के एक गांव के लोगों के मुताबिक़ एक स्कूल में रात को भूत पढ़ाई करने आते हैं...यहां भी गांव के लोगों का मजमा जुटाकर हम काफी रायता फैला सकते हैं। बच्चों की भीड़ के साथ शिक्षकों को भी हम।

''एक मिनट...एक मिनट...भूत वाली स्टोरी हम कई बार चला चुके हैं...ग्वालियर वाली स्टोरी में क्या-क्या मिल जाएगा...?'' बॉस ने चौथी स्टोरी में दिलचस्पी दिखाई।

''बॉस, वो लड़की मिल जाएगी...उसके घरवाले मिल जाएंगे...वो लड़की कहीं से पुरानी-सी तलवार भी ले आई है...लोगों को देखते ही वो तलवार चलाने लगती है...वो भी 1857 के किस्से सुनाती है...कैसे वह घोड़े पर चलती थी...कैसे तात्या टोपे से उसकी मुलाकात हुई थी...बहुत दिलचस्प मामला है सर।''

बॉस सुन रहा था। चेहरे पर द्वंद्व भी था और क्या करें न करें की चिंता भी। कुछ महीने पहले उसने पुनर्जन्म की स्टोरी लाने वाले एक रिपोर्टर को बुरी तरह हड़काया था। उस रिपोर्टर की वकालत करने वाले इनपुट एडिटर अभय वर्मा को भी ऐसी बकवास स्टोरी को इंटरटेन न करने की हिदायत दी थी।

अभय ने तब बहुत ज़ोर देकर कहा था, ''...बॉस, इसे लोग बहुत देखेंगे।''

बॉस बुरी तरह बिदका था, ''...लोग ब्लू फ़िल्म भी देखते हैं...तो क्या चला दें...न्यूज़ बिज़नेस में हैं तो न्यूज़ को समझा कीजिए...'' बॉस काट खाने वाले अंदाज़ में अभय पर चिल्ला पड़ा था।

और आज...बॉस समरजीत से पुनर्जन्म की पहेली समझने की कोशिश कर रहा था।

''...बॉस, ये स्टोरी टीआरपी प्वाइंट ऑफ़ व्यू से अच्छी रहेगी...इसे हम काफी देर तक तान सकते हैं।''

सीनियर आउटपुट एडिटर आनंद शर्मा अचानक बहुत उत्साहित होकर बीच में कूद पड़ा। ख़बरों का तानना आनंद का पसंदीदा शगल है। न्यूज़ रूम में जैसे ही तानने लायक कोई ख़बर आती है, आउटपुट डेस्क की तरफ़ से आनंद की आवाज़ ज़रूर आती है। ''अबे इस ख़बर को तानो...इससे पहले कि फलां चैनल इसे ताने, तुम तान दो...'' अपने प्रोड्यूसरों को वह तान दो...तान दो...इस तरह से कहता है, जैसे उसके बाप-दादे रामलीला मैदान में तंबू तानते रहे हों और यही पुश्तैनी क़ारोबार वह इस चैनल में कर रहा है। मैदान में तंबू तानने की बजाय ख़बरों को तान रहा है। खुद को टीआरपी मामलों

का विशेषज्ञ मानने वाले आनंद का एक ही उसूल है...टीआरपी है तो चैनल है...चैनल है तो हम हैं...लिहाज़ा टीआरपी के लिए कुछ भी करने में बुराई नहीं...

पहले समरजीत का स्टोरी आयडिया और फिर आनंद के समर्थन ने बॉस की आंखों की चमक बढ़ा दी। गिरी हुई टीआरपी का टेंशन और चैनल नाइन के खुलासे का जो डर कुछ मिनट पहले तक उसके चेहरे पर साफ़ दिख रहा था, वह कुछ कम होता दिखा।

"...अब कल का हमारा एजेंडा यही होगा...आप लोग समरजीत के साथ बैठकर प्लानिंग कर लीजिए। चैनल नाइन शायद कल शाम सात बजे से अपना खुलासा दिखाने वाला है। हम लोग ठीक दो मिनट पहले ही 'मैं झांसी की रानी हूं' दिखाना शुरू कर देंगे...दर्शक अगर एक बार हमारे चैनल पर रुक गया तो समझिए हमने बाजी जीत ली।" बॉस ने मीटिंग ख़त्म करने वाले अंदाज़ में कहा।

विनोद पांडे ने तुरंत सहमति में मुंडी हिलाई। जैसे बॉस ने कोई बहुत बड़ी बात कह दी हो और उन्हें सबसे पहले समझ में आ गया हो। समरजीत के चेहरे पर विजेता का भाव था। एक बार फिर उसकी स्टोरी बॉस को पसंद आ गई थी। एक बार फिर चैनल की नैया का खेवैया बनने का मौक़ा उसे मिलने वाला था। और बाक़ी लोग...सब चुप...

नेशनल ब्यूरो चीफ़ धीरज महाजन ने नज़र घुमाकर सबकी ओर देखा...इस उम्मीद में, कि कोई तो बोले कि बॉस हम यह क्या कर रहे हैं...लेकिन उड़ता तीर कोई लेने को तैयार नहीं था। असहमत होने का मतलब था टीआरपी बटोरने वाला कोई धांसू आयडिया देना, जो किसी के पास था नहीं। कोई मुंह खोलकर बॉस का कोपभाजन बनने के मूड में नहीं लग रहा था। धीरज को पता था कि वह अपना मुंह खोलेगा तो बॉस उसकी खोल देगा। उसने धीरज जैन की ओर देखा...उसकी आंखों में गुजारिश थी...जैन साहब आप तो कुछ बोलिए...लेकिन जैन साहब 'दुनिया जाए भाड़ में मुझे क्या पड़ी' वाली मुद्रा में बैठे रहे। आंखों ही आंखों में उन्होंने कहा...जो चलता है चलने दो। वैसे भी जब से इन्वेस्टीगेटिव ब्यूरो चीफ़ समरजीत सिंह इन्वेस्टीगेशन करने की बजाय चूतियापे वाली स्टोरी पेलने लगा है जैन साहब को उससे एलर्जी हो गई है।

प्रीतेश के चेहरे पर कुढ़न साफ़ दिख रही थी, लेकिन वह भी क्या कर सकते थे। जब-जब वह बॉस से असहमत होते तो प्रीतेश जी अंग्रेज़ी की उस कहावत को मान लेते थे—

रूल नंबर वन—द बॉस इज आलवेज़ राइट

रूल नंबर टू—इफ द बॉस इज रांग, सी रूल नंबर वन

बॉस ने सभा विसर्जित करने का संकेत दिया। सबने एक साथ कुर्सी छोड़ी और एक-एक करके केबिन से बाहर चले गए।

अगले दिन शाम के ठीक छह बजकर पचास मिनट पर

न्यूज़ रूम में गहमागहमी का माहौल था। न्यूज़ रूम वार रूम में तब्दील हो गया था। आठ मिनट बाद 'टीवी टेन' पर 'मैं झांसी की रानी हूं' शुरू होना है। स्टूडियो में पुनर्जन्म मामलों के कुछ विशेषज्ञ बैठे हैं। ग्वालियर में झांसी की रानी के घर पर संवाददाता मौजूद है। ग्वालियर के चर्चित इतिहासकार को सेटेलाइट लिंक के जरिए कनेक्ट कर दिया गया है। बस इंतज़ार हो रहा है घड़ी की सूइयों के आगे खिसकने का। बॉस खुद भी न्यूज़ रूम में मौजूद है। सारे सीनियर्स भी उसके आसपास हैं। सामने दीवार पर एक लाइन से आठ टीवी सेट टंगे हैं। सब पर अलग-अलग न्यूज़ चैनल चल रहे हैं।

'चैनल इंडिया' पर कमिंग अप आ रहा है 'ख़ून पीने वाले लोगों का इलाक़ा...' थोड़ी देर में।

महानगर टीवी पर कमिंग अप है...'मुर्दों ने मचाया उत्पात...'

'सिटी न्यूज़' चैनल पर कमिंग अप है... 'सुरंग में कैद एक आत्मा की आत्मकथा।' टेलीविजन पर पहली बार...ठीक सात बजे।

'चैनल नाइन' पर बार-बार लाल पट्टी चल रही थी...'देश को हिला देने वाला एक खुलासा... ऑपरेशन नेताजी...बस थोड़ी देर में। बाक़ी चैनलों की ओर किसी का ध्यान नहीं था।

तभी बॉस ने चिल्लाकर रनडाउन प्रोड्यूसर अजय ठाकुर से कहा, "...अजय...'मैं झांसी की रानी हूं' का कमिंगअप लगातार चलाते रहो। एक सेकेंड भी नहीं हटना चाहिए। कमर्शियल ब्रेक के बीच में भी नहीं।"

फिर पीछे खड़े एक्जीक्यूटिव एडिटर विनोद पांडे की तरफ़ देखकर बोला, "...देख रहे हो न अगर आज हमने तैयारी नहीं की होती तो कितनी बुरी तरह से पिटने वाले थे..." हमेशा की तरह विनोद पांडे ने अपना सिर हिलाया।

कुछ ही मिनटों बाद खेल शुरू हो गया। 'चैनल नाइन' पर एक स्टिंग ऑपरेशन दिखाया जा रहा था...'ऑपरेशन नेताजी'। केंद्र सरकार के कुछ नेता और सरकारी अफसर किसी प्रोजेक्ट को पास करने के नाम पर रिश्वत लेते हुए दिख रहे थे।

बॉस एक-एक कर सारे चैनलों को देख रहा था। उसके चेहरे पर बेचैनी कुछ कम हो गई थी।

कुछ देर तक बॉस कंट्रोल रूम यानी पीसीआर से ग्वालियर में मौजूद अपने रिपोर्टर को बताता रहा कि कैसे वह दर्शकों को पुनर्जन्म वाली यह स्टोरी बता-बताकर देर तक बांधे रखे। "...देखो, जब तक चैनल नाइन पर खुलासे वाली स्टोरी चलेगी, तब तक हमारे चैनल पर ये ड्रामा चलना चाहिए। दर्शकों के लिए तीन-चार फ़ोन लाइनें खोल दो...वो जितने भी बेवकूफी वाले सवाल पूछ सकते हैं, पूछने दो...कोई फ़र्क़ नहीं पड़ता...एंकर से उस लड़की से तमाम तरह के सवाल करवाओ...साथ

में झांसी की रानी का इतिहास भी बताओ...''

बॉस बोलता जा रहा था। चैनल प्रोड्यूसर सौरभ सिन्हा गौर से उसका चेहरा देख रहा था। उसने बॉस को इतना एक्साइटेड पहली बार तब देखा था, जब इराक युद्ध के समय पहले भारतीय पत्रकार के रूप में टीवी टेन का रिपोर्टर विवेक प्रकाश बगदाद पहुंचने में कामयाब हो गया था। बगदाद में अमरीकी टैंकों के पास खड़े विवेक प्रकाश से सेटेलाइट फ़ोन के जरिए वह बात कर रहा था...

कंट्रोल रूम में उछल-उछलकर बॉस इराक युद्ध की ख़बर परोसने के तरीके समझा रहा था...और अब देखिए...क्या हो गया है इस आदमी को...बीस साल की पत्रकारिता के बाद यह आदमी अचानक कितना बदल गया है...

सौरभ सोच रहा था...रेस में जीतने के लिए जैसे खिलाड़ी ड्रग लेते हैं, उसी तरह चैनलों की इस प्रतियोगिता में अब ड्रग्स का इस्तेमाल होने लगा है...नाग-नागिन और पुनर्जन्म की ख़बरें ड्रग्स ही तो हैं...फ़र्क़ सिर्फ़ इतना है कि अब तक इस खेल में डोप टेस्ट होना शुरू नहीं हुआ है...

अगला शुक्रवार

आज फिर शुक्रवार है। अजय ठाकुर सुबह से रनडाउन पर काम कर रहा है। उसकी नज़र उस ख़बर पर है जो वाकई ख़बर नहीं है। उसे इस बात का इंतज़ार है कि आज टीआरपी का ऊंट किस करवट बैठेगा। तभी शीशे के दरवाज़े से न्यूज़ रूम में बॉस की एंट्री होती है। चेहरा बिल्कुल खिला-खिला-सा लग रहा था। जैसे अभी-अभी किसी नर्सिंग होम से बेटे के बाप बनने की ख़बर सुनकर सीधा दफ़्तर आ गया हो। सबको 'हेलो हाय' करता हुआ बॉस अपने केबिन की तरफ़ चला गया। न तो वह रनडाउन पैनल की तरफ़ आया, न ही इनपुट और आउटपुट डेस्क की तरफ़। बॉस का मूड भांपने में एक्सपर्ट माने जाने वाले प्रोड्यूसर और रिपोर्टर ये ख़बर फैलाने में जुट गए कि बॉस के मूड से लगता है टीआरपी ठीक हो गई है...अजय को समझ में नहीं आ रहा था कि चैनल नाइन के 'ऑपरेशन नेताजी' का मुक़ाबला यह फर्जी झांसी की रानी कैसे कर सकती है...? कुछ ही मिनट बाद सीनियर एडिटर आनंद ने आकर ख़बर दी, ''...हमारे चैनल ने बाजी मार ली है। 'ऑपरेशन नेताजी' को हमारी झांसी की रानी ने निपटा दिया। चैनल नाइन के सारे दिग्गज बेहोश पड़े हैं...अब वे लोग भी कुछ ऐसा ही तलाशने में जुटे हैं...बॉस ने सबको कांग्रेचुलेट करते हुए मेल भेजा है...'' अजय ने तुरंत अपना मेल बाक्स चेक किया।

इनबाक्स में बॉस का मेल आ चुका था...

...डियर आल,

फाइनली वी हेव डन इट। आवर चैनल हैज वन्स एगेन रीगेन्ड इट्स पोजीशन। आई वुड लाइक टू पर्सनली कांग्रेचुलेट आल आफ यू फॉर एचीविंग दिस फीट। आई

एम स्योर दिस विल गो अ लांग वे इन एचीविंग मेनी सच माइल स्टोन्स इन फ्यूचर।

कीप इट अप...चियर्स...

पूरे न्यूज़ रूम में उत्साह का माहौल था। चैनल नाइन को पछाड़ने का उत्साह। बॉस खुश तो सब खुश। अपनी शिफ़्ट ड्यूटी ख़त्म होने के बाद हर रोज़ की तरह अजय ठाकुर लाइब्रेरी की तरफ़ चल पड़ा। कुछ अख़बार चाटे बग़ैर उसे घर जाने की आदत नहीं थी।

लाइब्रेरी पहुंचा तो देखा एक कोने में नेशनल ब्यूरो के चार दिग्गज रिपोर्टर अख़बारों का बंडल लेकर कुछ खंगालने में जुटे हैं। अजय ठाकुर को समझ में नहीं आया–अक्सर फ़ील्ड में व्यस्त रहने वाले ये रिपोर्टर्स आज लाइब्रेरी में बैठकर क्यों मगजमारी कर रहे हैं।

अजय ठाकुर से रहा नहीं गया। पालिटिकल कॉरसपांडेंट अशोक कौशिक से पूछा, "...कोई ख़ास ख़बर खोज रहे हैं क्या आप लोग?"

"...यार ख़बर घंटा खोजेंगे...हम तो भूत-प्रेत, जिन्न, नाग-नागिन या फिर पुनर्जन्म की कोई स्टोरी खोज रहे हैं...अगर टीआरपी अब इसी से मिलती है तो हम क्या करें..." अशोक कौशिक ने ऐसे जवाब दिया जैसे पहले से तपा बैठा हो।

...यही अशोक कौशिक कुछ दिन पहले न्यूज़ रूम में घूम-घूमकर लोगों से कह रहा था, "...यार, टीआरपी के चक्कर में सारे चैनलों ने ख़बरों की मां चो...के रख दी है... गंद हो गया है यार अब टीवी जर्नलिज्म..."

विदेश मंत्रालय और वामपंथी दल कवर करने वाला रविंद्र भदौरिया मातम मनाने की मुद्रा में बैठा था। लस्त-पस्त और निढाल। उजड़े हुए चमन की तरह। दिन भर साउथ ब्लाक, नॉर्थ ब्लाक से लेकर अजय भवन तक भटकने वाला भदौरिया आज पहली बार दिन में लाइब्रेरी में नज़र आया था।

"...यार चैनलों पर तो चुतियापे हो रहे हैं, वो बंद भी होगा या नौकरी छोड़कर कोई और धंधा करूं...बहुत हो गया यार...आज तो बॉस ने साफ़ कह दिया, हमारे पास पालिटिकल ख़बरों के लिए बहुत जगह नहीं है...पार्टी की कोई कान्फ्रेंस या स्टोरी कवर करके आता हूं तो चलती ही नहीं है...अब तो नेता लोग बाइट देने में भी टालमटोल करने लगे हैं...टीआरपी के चक्कर में हम लोग अब गांडूपने पर उतर आए हैं...मैं तो नहीं कर सकता ये सब...हालत ये हो गई है कि कल को लोग कहेंगे–इनसे मिलिए...ये हैं–नाग मामलों के विशेषज्ञ...इनसे मिलिए...ये हैं–प्रेत मामलों के विशेषज्ञ...ये हैं–पुनर्जन्म मामलों के विशेषज्ञ...बहनचो... यही सब करने के लिए हम लोग पत्रकारिता में आए थे क्या...?" भदौरिया का चेहरा तमतमाया हुआ था।

तभी अपनी स्पेशल रिपोर्ट्स के लिए चर्चित स्पेशल कॉरसपांडेंट अशरफ जैदी ने सबका ध्यान खींचा।

उसका इशारा मेरठ से छपने वाले अख़बार की एक ख़बर की तरफ़ था, "...यार, मुझे तो आज के लिए एक स्टोरी मिल गई...गाजियाबाद में एक छात्रा ने अध्यापक की पिटाई के तुरंत बाद खुद को नागिन का अवतार घोषित कर दिया है...वह नागिन का हाव-भाव बनाकर लोगों का ध्यान खींच रही है...कह रही है वह पिछले जन्म में नागिन थी...किसी सपेरे ने उसके नाग को मार दिया था...उसी सपेरे से बदला लेने के लिए नागिन ने इंसान की योनि में जन्म लिया है...नाग को मारने वाला सपेरा उसी गांव का था जहां नागिन का लड़की के रूप में पुनर्जन्म हुआ है..." अशरफ अख़बार की ख़बर को पढ़कर सुनाता जा रहा था...सब सोच रहे थे—क्या आज का दिन अशरफ के नाम होने वाला है?

प्रेत-पत्रकारिता

विजय विद्रोही

एक गांव था। गांव में हवेली थी। सूनी और अकेली। हवेली गांव के एक छोर पर थी। वहां कभी जमींदार का परिवार रहा करता था। जमींदार मर गया। बच्चे नौकरी करने शहर चले गए। पहले कभी आते थे तो हवेली बेचने की बात करते थे। भाइयों के बीच चल रहा बंटवारे का विवाद कोर्ट में पहुंचा और फिर हवेली की तरफ़ किसी ने मुंह नहीं फेरा। बूढ़ा चौकीदार कोने में पड़ा रहता। गांव के जवान होते लड़के पहली बार हवेली में ही पहले प्यार के पहले चुंबन का स्वाद लेते। हवेली का अहाता बहुत बड़ा था। वहां आम, इमली के पेड़ थे। बच्चे कभी आम तोड़ने चौकीदार की नज़र बचाकर चले जाते। धीरे-धीरे हवेली की दीवार जर्जर होने लगी। घास-सरकंडे ऊंचे हो गए। बच्चे जाने से डरने लगे। कभी किसी को कीड़ा काट डालता, कभी सांप फुफकारता। हवेली पर चमगादड़ों का कब्ज़ा हो गया।

हवेली फिर भी इतनी डरावनी नहीं थी। एक दिन अचानक चौकीदार मर गया। अब हवेली में घुसना और ज़्यादा आसान हो गया। लोग नज़रें बचाकर हवेली में चले जाते। जो हाथ लगता, ले आते। चोरी की बातें आम हुईं तो पुलिस चौकी का एक जवान दिन में एक-दो चक्कर हवेली के काटने लगा। अब चोर रात में आने लगे। रात में चोर आते, चमगादड़ें उड़तीं, पेड़ों पर सोए पक्षी चीखकर उड़ते और चिल्लाते। गांव के कुत्ते भौंकने लगते। गांव जाग जाता, ख़ासतौर से बड़े-बूढ़े। हवेली अब चौपाल की चर्चा में शरीक़ हो गई। कोई कहता—जमींदार के बच्चों से बात कर लो। गांव वाले ही साफ़-सफाई कर वहां स्कूल खोल देंगे। हवेली भी बच जाएगी और स्कूल भी खुल जाएगा। कोई कहता—कोर्ट का फैसला जल्द आए। हवेली बिके। जो खरीदे वह इसका जैसे चाहे इस्तेमाल करे। कम-से-कम रात की दहशत तो कम हो। दहशत तो थी लेकिन हवेली फिर भी डरावनी नहीं थी। हवेली तब तक डरावनी नहीं थी जब तक कि गांव के मास्टर रामलाल का बेटा रतन दिल्ली के एक बड़े टीवी न्यूज़ चैनल में नौकरी नहीं करने लगा।

रतन हिंदी साहित्य का छात्र था। हवेली में बचपन में वह भी कई बार गया था। वहां उसका प्यार परवान चढ़ा था और वहीं उसने पहली प्रेम कविता भी लिखी

थी। शहर में पढ़ते हुए जब-जब गांव आता तब-तब हवेली को नित रंग बदलते या यूं कहा जाए कि बदरंग होते देखता था। प्रेयसी की शादी कहीं और हो गई थी और वह हवेली के कोने में अकेले गुमसुम खड़े बरगद के पेड़ पर खुदे प्यार के नाम को तलाशने की कोशिश करता था। खैर, पढ़ाई पूरी हुई, नौकरी का दबाव पड़ा। रतन जेएनयू से अज्ञेय की 'शेखर : एक जीवनी' पर शोध करना चाहता था, लेकिन करनी पड़ गई नौकरी—वह भी एक न्यूज़ चैनल के अपराध ब्यूरो में। पहले ही दिन ब्यूरो प्रमुख को रतन से निराशा हुई। रतन ने मनोहर कहानियां या सत्यकथा कभी नहीं पढ़ी थी। उसकी हिंदी बहुत अच्छी थी। लेकिन हत्या-बलात्कार- भूत-डायन-लूट-अंडरवर्ल्ड- सुपारी-अपहरण-डकैती जैसे शब्दों के जाल में उलझना उसकी फ़ितरत नहीं थी। लेकिन क्या करता? नौकरी करनी थी। रिटायर होते एक जवान बेटी के बाप का बेटा बहुत मजबूर होता है।

रतन डेस्क पर था। यानी अपराध ब्यूरो के रिपोर्टरों की जो ख़बरें आतीं, उन्हें वह टीवी स्क्रिप्ट का रूप देता। देशभर के संवाददाता जो विजुअल्स भेजते, जो इंटरव्यू भेजते, उन्हें काटता-छांटता और एक अच्छी अपराध-कथा बनाता। एक दिन दिल्ली के पास के एक गांव से एक कहानी आई। सौतेले बाप ने बेटी से बलात्कार किया था। ब्यूरो प्रमुख ने रतन से कहा—'सौतेले' शब्द को हटा देना। इससे कहानी की धार कम हो जाएगी। रतन का दिल नहीं माना, लेकिन कलम चलानी पड़ी। ब्यूरो के वरिष्ठ लोग दिन भर हंसी-ठट्ठा करते। जूनियर लड़कियों को क्राइम स्टोरी करने के गुर सिखाते और लगे हाथ जानबूझकर छेड़ देने का अपराध भी कर बैठते। दोपहर बाद ऑफिस के बाहर शर्माजी की चाय की दुकान पर जाते। वापस आते तो रतन को शारजाह के क्रिकेट स्टेडियम में बैठे दाउद इब्राहिम का टेप निकालने को कहते और फिर तान देते ख़बर-सनसनीखेज़-एक्सक्लूसिव-डॉन का नया धमाका!

रतन भी शर्माजी की दुकान पर जाता। एक नहीं दो कप चाय पीता, लेकिन उसे कहीं डॉन नज़र नहीं आता। वरिष्ठों से पूछता तो जवाब मिलता, "कैसे साहित्य के विद्यार्थी हो तुम? ज़रा भी कल्पनाशक्ति नहीं है...अपराध एक फैक्ट है और अपराध कथा एक फैंटेसी...एक कहानी..."

रतन सीख नहीं पाया। साथी शर्माजी के चाय का स्वाद लेना सीख गए और साथ की लड़कियां होंठों का स्वाद बांटना। रतन जहां-का-तहां था—दूसरों की रिपोर्टों को अपराध-कथा का रूप देता।

ऐसा हमेशा चल नहीं सकता था और चला भी नहीं। रतन ने भी तय कर लिया कि उसे डेस्क से निकलना है। रिपोर्टर बनना है। एक क्राइम रिपोर्टर। वह अब फालतू समय में दूसरे रिपोर्टरों के साथ जाने लगा। एक दिन रतन हरीश नाम के रिपोर्टर के साथ लूट की वारदात की एक स्टोरी करने गया। एसपी से बाइट ली जा रही थी। तभी ब्यूरो प्रमुख का फ़ोन आया—"मुंबई में बड़ा सट्टा पकड़ा गया है। शाम

सात बजे ख़बर तान देनी है। एक पैकेज तुम भी कर लो।'' भारत-आस्ट्रेलिया क्रिकेट मैच पर सट्टा था। रतन घबराया। ''चार बज रहे हैं। इतनी जल्दी कैसे होगी?'' हरीश शर्मा जी की चाय का स्वाद ले चुका था। एसपी से सट्टे पर एक जनरल बाइट ली। ड्राइवर के मुंह पर कपड़ा बांधा। उसे सटोरिया बना सट्टे के रेट पूछे। एसपी ने मदद की। सट्टे के रेट बताने पर हरीश एसपी से बोला, ''तत्काल एक लाइव रेड डलवा दो, मजा आ जाएगा।'' एसपी ने सीओ से कहा, सीओ ने थानेदार से। पुराने सटोरियों के यहां रेड! स्टोरी तैयार। अपराध ब्यूरो प्रमुख खुश। बॉस लोग खुश। अगले हफ़्ते ख़बर टीआरपी में भी पहले दस कार्यक्रमों में आ गई। और क्या चाहिए? रतन सीख रहा था। अब उसे 'शेखर : एक जीवनी' के बजाय 'दाऊद एक जीवनी' में ज़्यादा आनंद आ रहा था, क्योंकि 'दाउद' ने उसे रिपोर्टर बना दिया था। तनख़्वाह बढ़ गई थी। साथ ही रुतबा भी।

सभी टीवी चैनलों पर रतन आ रहे थे। क्राइम शो बढ़ रहे थे। पत्रकारिता से पीत पत्रकारिता और अब प्रेत-पत्रकारिता का युग सामने था। हर हफ़्ते एक प्रेत कथा देनी थी। अचानक देखते-ही-देखते उजाड़ पड़ी हवेलियों के दिन फिरने लगे थे। हर हवेली में भूत था। हर बंगले में जिन्न था। हर महल में चुड़ैल बसने लगी थी। दूरदराज के स्ट्रिंगरों को फ़रमान जारी हो गया—भूत-डायन-चुड़ैल-जिन्न ढूंढ़ने का। ऐसे में ही रतन को अचानक याद आ गई—गांव की हवेली। वह हवेली जहां उसका पहला प्यार पनपा था। उसी हवेली में अब उसे डर तलाशना था। रतन पर से प्यार का भूत कब उतरा और चैनल का भूत कब चढ़ गया, पता ही नहीं चला।

रतन आइडिया लेकर अपराध ब्यूरो प्रमुख के कमरे में घुसा। वह एक स्ट्रिंगर को फ़ोन पर डांटने में लगे थे। रतन ने वजह पूछी तो प्रमुख साहेब हिक़ारत भरे स्वर में स्ट्रिंगर को गलियाने लगे। पता चला कि स्ट्रिंगर ने एक जिम मालिक की हत्या की ख़बर भेजी थी। उसका चार सदस्यों का परिवार जिम की कमाई पर ही चलता था। एक दिन उसकी हत्या हो गई। फैक्स से स्क्रिप्ट आई थी और तीन दिन तक फैक्स यूं ही धक्के खाता रहा था। एक दिन ख़बरों का टोटा पड़ा। फैक्स याद आया। अक्षर कुछ साफ़ नहीं थे। ब्यूरो प्रमुख ने जिम को जीप पढ़ लिया। (वैसे भी स्ट्रिंगर ने 'जिम' को 'जीम' लिखा था) बस जीप के स्टॉक निकाले गए और बढ़िया-सी दर्द भरी ख़बर बनी—वह जीप चलाता था। उसके परिवार की रोजी-रोटी का आधार जीप ही थी। एक दिन उसकी हत्या हो गई... स्ट्रिंगर ने ख़बर देख फ़ोन कर दिया और अपराध ब्यूरो प्रमुख भड़क गए ''जीप हो या जिम, क्या फ़र्क़ पड़ता है...आख़िर हत्या तो हुई...रोजी-रोटी का आधार तो छिना...ये साले स्ट्रिंगर बाल की खाल निकालते हैं!''

खैर, रतन अब इन चीज़ों का आदी हो चुका था। उसे याद आया कि कैसे वह भी एक बार भूतों के महल पर स्टोरी करने गया था। तब वहां मेला चल रहा था।

भूत कहीं नहीं थे। रतन ने प्रमुख जी को फ़ोन पर बताया तो उसे भी वैसी ही लताड़ सुनने को मिली, जैसी कि स्ट्रिंगर को झेलनी पड़ी थी। रतन ही जानता है कि उसने कैसे यह स्टोरी पूरी की थी। साफ़ कहा गया था कि इतनी दूर जाने में कंपनी का पैसा खर्च हुआ है। खाली हाथ आए तो फिर बैठना डेस्क पर। भला हो महल के बाहर किसी शर्मा जी की चाय की दुकान का। रतन ने दो चाय पी। चायवाले से महल के सुनसान कोने में जाकर मनचाही बाइट ली। एडिटिंग में पुराने किसी महल के रात के शाट्स डाले और मेले को भी भूतों की जयंती से जोड़ डाला।

रतन अपने गांव पहुंचा तो गोधूलि-वेला थी। सूरज का इफ़ेक्ट गज़ब का पड़ रहा था। बस, जाते ही हवेली की शूटिंग शुरू हो गई। इतने अच्छे शाट्स आगे मिले न मिलें। कौन रिस्क ले...देखते-ही-देखते गांव भर में यह बात फैल गई। धीरे-धीरे गांव हवेली के बाहर जुटने लगा। गांववालों को लगा कि अपने मास्टर रामलाल का बच्चा रतन आया है। अब ज़रूर हवेली के दिन फिर जाएंगे। हवेली टीवी पर आएगी। जज साहेब भी देखेंगे और संपत्ति की लड़ाई में जल्दी फैसला दे देंगे। हो सकता है कि सरकार ही हवेली का अधिग्रहण कर ले और साफ़-सफ़ाई करके स्कूल या अस्पताल खोल दे।

रतन ने गांववालों से पूछना शुरू किया, हवेली का इतिहास। बूढ़े-बुजुर्गों ने रतन को याद दिलाया कि वह इसी गांव का है, इसी हवेली में दर्जनों बार गया है। हवेली क्यों उजड़ी यह सब तो उसे भी पता है। रतन ने चौकीदार की अचानक मौत को रहस्यमय बताया तो गांववालों ने फिर टोक दिया। रतन ने हिम्मत नहीं हारी। सवाल उठाया नाग-नागिन के काट खाए बच्चों का। गांववालों ने इसे भी स्वाभाविक बताया। रतन को अचानक याद आया कि बहुत-बहुत साल पहले गांव की एक लड़की ने हवेली के कुएं में कूदकर जान दे दी थी। वहीं मौजूद पुलिसवाले ने कहा कि लड़की को गांव के ही कैलाश ने कुएं में गिरा दिया था और उसने अपना अपराध कबूल भी कर लिया था। दस साल की सजा काट चुका कैलाश नजदीक के ईंट-भट्टे में आजकल मजदूरी करता है। रतन को लगा कि लड़की हर अमावस्या की रात हवेली में घूमती है तो पूरा गांव हंसा—"अरे बेटा, वो तो चमगादड़ें हर रात फड़फड़ाती हैं।"

सवालों-जवाबों के बीच रात घिर आई और गांव के लोगों की भीड़ कम होने लगी। रतन भी अपनी कैमरा टीम के पास जा पहुंचा। घरवालों से कह दिया बहुत काम है। रात भर शूटिंग चलेगी। घर नहीं आ पाएगा। अब हवेली के पीछे कार खड़ी कर दी गई। कार-ओ-बार में राष्ट्रीय कार्यक्रम शुरू हुआ। पीने-पिलाने का। दिन में शर्मा जी की चाय और रात में दारू। दो पैग के बाद ही खाका तैयार होने लगा।

एक हवेली थी। भुतहा! कभी यहां जमींदार ठाकुर जसवंत सिंह और ठाकुर अर्जुन सिंह रहा करते थे। दोनों भाइयों का मिजाज रंगीन था। रात को महफिलें जमतीं। सारी रात रक्कासाओं के बीच रात जागती और जागते दोनों ठाकुर। एक दिन तारा

नाम की नर्तकी आई। बला की खूबसूरत। दोनों ठाकुरों के बीच तारा को पहले भोगने को लेकर मूंछों से लेकर तलवारें खिंच गईं। देर रात हवेली में सन्नाटा पसरा था। तभी एक कोने से चीखें शुरू हुईं, जो पूरी हवेली पर छा गईं। तारा ने आत्महत्या कर ली और उसकी रूह हवेली में घूमने लगी। रूह ने दोनों ठाकुरों से बदला लिया। दोनों ही रहस्यमय ढंग से उसी कुएं में मरे पाए गए जहां अमावस्या की काली रात तारा कूदी थी। दोनों ठाकुरों की ठकुराइनें बड़ी ही पतिव्रता थीं। कुछ लोग कहते हैं कि दोनों सती हो गईं तो कुछ का कहना है कि दोनों कुएं में कूद गईं। इसके बाद क्या...

दारू सिर चढ़ने लगी थी। चांद भी सिर चढ़ आया था। अचानक कैमरामैन को आइडिया आया। वह हाल ही में नाग-नागिन की एक कहानी शूट करने गया था। सपेरे, बीन, नागिन का गाना और नागिन का बदला। दो दिन तक उसने यही सब शूट किया था और चार दिनों तक नाग-नागिन उसके सपनों में आते रहे। कैमरामैन बोला कि ऐसा करते हैं कि ठाकुर-ठकुराइन के जोड़े को नाग-नागिन में बदल देते हैं।

कहानी आगे बढ़ी। लोग कहते हैं कि ठकुराइनें अपने तप से नागिनें बन गईं। ठाकुर नाग। नाग-नागिन के दो-दो जोड़े हवेली की रक्षा करने लगे। तारा की रूह भी नाग-नागिन के जोड़ों से डरती थी। गांव में बच्चे जब आम-इमली तोड़ने जाते तो नाग-नागिन का जोड़ा समझता कि तारा की रूह वेश बदलकर आ गई है। जोड़े बच्चों पर झपटते। अमावस्या की एक रात जब तारा की रूह भटक रही थी तब नाग-नागिन का जोड़ा भी आ गया। रूह और नाग-नागिन की लड़ाई। गज़ब आइडिया! टेलीविजन के इतिहास में पहली बार! यह सारा दृश्य बूढ़े चौकीदार ने देख लिया और नाग-नागिन के जोड़े ने उसे डस लिया। तारा की रूह चौकीदार की रूह को निकालकर ले गई। कैलाश भी अपनी प्रेमिका के साथ रात को हवेली में मिलने गया था। नाग-नागिन के जोड़े ने तारा की रूह समझ लिया था। दोनों उसके पीछे लपके तो लड़की भी जान से जाती रही।

पांच-पांच पैग हो चुके थे और दिमाग में आधे घंटे के एपीसोड के पांचों पैकेज तैयार थे। इन्हें शूट करना भर बाक़ी था। रतन ने सिर उठाकर हवेली को देखा। उस हवेली को, जहां उसका प्यार पनपा था। हवेली में उसे कहीं अपनी प्रेमिका दिखाई नहीं दी। कभी झरोखे से तारा की रूह दिखती तो कभी नाग-नागिन का जोड़ा! रतन ने सिगरेट सुलगाई और ज़ोर से हंस दिया। पेड़ों पर सो रहे पक्षी फड़फड़ाए तो सारी यूनिट डर गई। फिर एक साथ हंस दिए सब।

अपराध ब्यूरो प्रमुख दफ़्तर जा रहा था। नई होंडा सिटी में। गाड़ी बहादुरशाह जफ़र मार्ग पर पहुंची तो अख़बार का पुराना दफ़्तर याद आ गया। बीए में फेल होने के बाद वह पत्रकारिता में चला आया था। क्राइम बीट मिली, लेकिन नौकरी पक्की नहीं। स्ट्रिंगर बना दिया गया। इधर-उधर थानों में जी-हजूरी करके ख़बरें लाता

और संपादक का पीए महीने के अंत में सारी ख़बरें स्केल से नापकर पैसा देता। एक रुपया प्रति सेंटीमीटर। संघर्ष का वह लंबा दौर था। नौकरी पक्की हुई और एक दिन क्राइम बीट का चीफ़ भी बना दिया गया। टीवी चैनल शुरू हुए। टीवी चैनलों पर अपराध के कार्यक्रम आने लगे। टीवी चैनलों के रिपोर्टर उससे ख़बरें पूछने लगे। वह बताता रहा। एक दिन मन में ख़्याल आया कि टीवी चैनल में ही नौकरी क्यों न की जाए। अनुभव था ही। चेहरा-मोहरा भी ठीकठाक था। नौकरी का जुगाड़ हो गया।

नई होंडा सिटी बहादुरशाह जफर मार्ग को कब का पार कर चुकी थी। दफ़्तर नज़दीक था और अपराध ब्यूरो प्रमुख को ख़्याल आया कि पिछले एक महीने से अपराध का कोई कार्यक्रम टीआरपी में नहीं आया था। नया-नया आया था तो पहले दस में दो कार्यक्रम उसके हुआ करते थे। अब शायद तरकश के सारे तीर निकल चुके थे या फिर दिमाग चुकने लगा था। उसने दो साल में कुछ अच्छे लड़के तैयार किए थे। उनमें से कुछ दूसरे चैनलों में चले गए थे। वे वहां वही करने लगे थे जो उसने यहां सिखाया था। एडिटर को हर हफ़्ते कुछ नया, कुछ धमाकेदार चाहिए था और टीआरपी का संकट हफ़्ते-दर-हफ़्ते बढ़ता जा रहा था। इस बीच अपराध पर ही कुछ अच्छे कार्यक्रम भी बनाए थे। लेकिन टीआरपी में पिट गए। वह परेशान था कि जो बिकता है वही दिखता है या जो दिखता है वही बिकता है?

दफ़्तर की लिफ़्ट में घुसते ही रतन का फ़ोन आया—"बॉस, ज़बरदस्त स्टोरी हाथ लगी है हवेली की। सचमुच में हवेली से इतनी कहानियां जुड़ी थीं मुझे तो पता ही नहीं था...एक लड़की और चार-पांच कैरेक्टर दोपहर तक पहुंच जाएंगे। रात भर शूट करेंगे। सुबह तक कार्यक्रम तैयार हो जाएगा।" अपराध ब्यूरो प्रमुख मुस्कुराया। साला रतन भी पूरा रिपोर्टर बन गया। संपादक के केबिन में घुसा और आइडिया बताया। लेकिन संपादक पर ख़ास असर नहीं—"वही हवेली, वही ठाकुर, वही रूह...कुछ नया करो...कुछ नया सोचो। पिछला हफ़्ता पूरा ढीला निकला है। दूसरा चैनल दो ख़ास धमाके कर चुका है। टीआरपी में फ़र्क़ भी बहुत कम है। पिट गए तो फिर समझ लो क्या गत बनेगी।" अपराध ब्यूरो प्रमुख शर्मा जी की चाय की दुकान पर। चाय की दो घूंट हलक के नीचे और रतन की हवेली दिमाग में कौंधने लगी। पहले दो पैकेजों में ठाकुर की रंगीनमिजाज़ी और तारा यानी सैक्स! फिर ब्रेक। ब्रेक के बाद तारा की मौत। ठाकुर-ठकुराइनों का नाग-नागिन बनना। चौकीदार की रहस्यमय मौत। यानी सस्पेंस। फिर ब्रेक। ब्रेक के बाद झुठला देना सारी कहानी को। बता देना कि हमारा मकसद अंधविश्वास से परदा उठाने का है। हम जिम्मेदार पत्रकार हैं। दी ऐंड। और क्या चाहिए संपादक को। खुद के दिमाग में तो कुछ नया आता नहीं सिवाय नई लड़की पर लार टपकाने के और यहां जान खा रखी है। चाय की आख़िरी घूंट पी और पीते ही कौंध गया एक नया आइडिया।

हवेली में रात का सन्नाटा पसरा था। इत्तेफ़ाक से आज भी अमावस्या की रात

थी। जनरेटर लगा दिए गए। तीन-तीन कैमरों से शूटिंग करनी थी। दफ़्तर ने तारा की भूमिका निभाने के लिए लड़की तो मस्त भेजी थी, लेकिन साली बात-बात में अपराध ब्यूरो प्रमुख का नाम लेकर रतन का दिमाग भन्नाए हुए थी। दोनों ठकुराइनों में से ही किसी पर जादू चलाना पड़ेगा। रतन सोच रहा था। रात के ग्यारह बजे तक तारा के शाट्स हुए। महफ़िल सजी और कृत्रिम धुआं फेंककर मरने के भी शाट्स लिए गए। रात के दो बज गए। ठाकुर-ठकुराइन से लेकर चौकीदार, कैलाश तक के पार्ट ख़त्म हुए। नाग-नागिन के शाट्स तो दफ़्तर के ही स्टाक से निकालने थे। स्पेशल इफेक्ट देकर ताना-बाना बुनना था। कैमरामैन पैग बनाकर ले आया तो रतन भी इंकार नहीं कर सका। बस अब तो उसकी एक्टिंग बाक़ी थी। रतन हवेली के अंदर गया, तहख़ानों में गया, कुएं के पास खड़ा हुआ। यहां तक कि उस बरगद के पास जाकर भी एक्टिंग की जहां उसने अपने प्यार का नाम कुरेदा था। रतन ने एक बार वही नाम फिर ढूंढ़ने की कोशिश भी की। फिर करने लगा एक्टिंग।

हवेली सचमुच में बहुत बड़ी थी। हवेली का अहाता ही ख़ासा लंबा-चौड़ा था। एक कोने में शूटिंग करो तो दूसरे कोने में रह-रहकर कभी कुत्ते के भौंकने तो कभी चमगादड़ों के फड़फड़ाने की आवाज़ें चौंका देतीं। लेकिन रतन इतनी हवेलियों में इतनी बार रात के अंधेरे में जा चुका था कि डर तो जैसे गायब ही हो गया था। यही हाल यूनिट के दूसरे सदस्यों का था। अब बस आख़िरी पैकेज की एक्टिंग बाक़ी थी। उसमें यही कहना था कि भूत-डायन-रूह कुछ नहीं होता। होता है तो सिर्फ़ मन का वहम। कैमरामैन उसके पास चले आए थे। बड़ के पेड़ के नीचे। कुएं के पास। एक-एक छोटा पैग हलक में उतारा गया और आख़िरी एक्टिंग की तैयारी शुरू हो गई। एक कैमरामैन हवेली की छत पर था। कुछ शाट्स बना रहा था ताकि शाट्स कम पड़ने पर उनका इस्तेमाल हो सके। रतन कुएं के मुहाने पर था। दूसरा कैमरामैन हवेली की पुरानी टूटी दीवार पर खड़ा था और तीसरा दूसरे एंगल से रतन पर कैमरा फोकस किए था। रतन ने बोलना शुरू किया ही था कि अचानक हवेली के अंधकार भरे कोने से कुछ आवाज़ें आनी शुरू हुईं। कुछ लाइट भी अचानक चमकी। अचानक कुत्ते भी भौंकने लगे। छत पर खड़ा कैमरामैन चिल्लाया, "बॉस तारा के शाट्स बाक़ी थे क्या?" दूसरा कैमरामैन बोला, "चढ़ गई क्या, तारा तो कब की चली गई।" छत से आवाज़ आई "तो फिर गुरु ये सफेद कपड़ों में कौन दूर से चला आ रहा है?" अब चौंकने की बारी रतन और दूसरे कैमरामैनों की थी। अचानक दूर अंधेरे कोने से हो-हल्ला मचने लगा। लगा ढोल बजाते हुए अनजान से लोग आ रहे हैं। संगीत बजने लगा, मानो ठाकुरों की महफ़िल सजी हो और तारा के घुंघरू बज रहे हों। छत से कुछ गिरने की तेज़ आवाज़ आई, उधर रतन के चेहरे पर तेज लाइट चमकी। रतन हड़बड़ाकर पीछे हटा और...सामने था अपराध ब्यूरो प्रमुख!

चैनल के दफ़्तर में टेप देखी जा रही थी। छत पर खड़े कैमरामैन के कैमरे पर

तारा चली आ रही थी। कैमरामैन की आवाज़ थी कि बॉस तारा के शाट्स बाकी हैं क्या? उसके बाद कैमरा स्टैंड पर होने के बावजूद कुछ-कुछ हिलने लगा था। टेप बदला गया। तारा के पीछे लगे कैमरे पर तारा को शूट कर रहे कैमरामैन का चेहरा था। पहले मुस्कान फिर चेहरे पर डर, पसीना और थरथराते हुए हाथ। उसके बाद कैमरा सहित कैमरामैन का अंधेरे में खो जाना और हवा में तैरती हुई एक तेज़ चीख! टेप फिर बदला गया। रतन की एक्टिंग को अलग ही एंगल से शूट कर रहा था कैमरामैन। चेहरे पर दहशत के भाव और फिर कैमरा छोड़कर भागना! टेप बदला गया। रतन पर तेज लाइट पड़ने पर लिए गए शाट्स थे। रतन के चेहरे पर ज़बरदस्त खौफ़। मानो वह कह रहा हो कि कौन है...कौन है वहां उस कोने में। सारा शूट फ्रेम-दर-फ्रेम देखा गया। संपादक ने अपराध ब्यूरो प्रमुख को शानदार आइडिया के लिए बधाई दी और तैयार हुआ प्रोमो-टेलीविजन के इतिहास में पहली बार कैमरे की पकड़ में आई एक रूह! पहली बार कैमरे के सामने भूतों का कारनामा। सिर्फ़...चैनल पर।

कार्यक्रम का प्रसारण हुआ। आख़िरी पैकेज को बदल डाला गया। घालमेल करके बताया गया कि कैसे पूरा कार्यक्रम जब शूट हो रहा था तो तारा की रूह हवेली के एक कोने में खड़ी सारा नज़ारा देख रही थी। कैसे दोनों ठाकुर और दोनों ठकुराइनें भी वहीं मौजूद थीं। स्पेशल इफ़ेक्ट डालकर बताया गया कि जब तारा अपने नाच से दोनों ठाकुरों को रिझा रही थी, तब तारा वह तारा ही नहीं थी जिससे कि ड्रामा करवाया जा रहा था। बल्कि असली तारा की रूह उस कलाकार तारा में समा गई थी। इसके बाद दिखाए गए 'मधुमती' फ़िल्म के क्लाइमैक्स के शाट्स। जिस तरह वैजयंती माला की हमशक्ल को आने में देरी हो जाती है और असली (मरी हुई) वैजयंती माला आ जाती है। हवेली की छत पर खड़े कैमरामैन के शब्द 'इको' करके डाले गए बार-बार—"बॉस, तारा के कुछ शाट्स बाक़ी हैं क्या?...तो फिर ये कौन-सी तारा है जो सामने आ रही है...?"

कार्यक्रम पूरे चार घंटे चलाया गया। प्राइम टाइम में। स्टूडियो में कुछ पंडित, ज्योतिषी और विज्ञानी तक बुलाए गए। सभी हैरान, चकराए हुए थे। दर्शकों से सवाल पूछने को कहा गया। बार-बार एंकर कहता कि कमज़ोर दिल वाले इस कार्यक्रम को नहीं देखें। दर्शकों के इतने फ़ोन आए कि टेलीविजन लाइनें ही जाम हो गईं। कुछ लोग तो तारा का सच जानकर बेहोश ही हो गए। पहली बार एक टीवी चैनल भूतों का 'लाइव' ले आया था। शाम सात से रात ग्यारह बजे तक कार्यक्रम चला। लगातार यह भी बताया जाता रहा कि यह तो कुछ नहीं है। ग्यारह बजे बाद तो हम इससे भी बड़ा धमाका करने जा रहे हैं। दर्शक अपने बच्चों को सुलाकर फिर देखने लगे। आख़िर टीवी चैनल की सामाजिक प्रतिबद्धता थी, सामाजिक जिम्मेदारी थी इसलिए सच बताना ही था। बड़े ही गर्व से बताया गया कि एक यूनिट शूट

कर रही थी, बिना बताए हवेली के दूसरे सिरे पर दूसरी कैमरा यूनिट लगा दी गई। उस यूनिट ने तारा को छत पर भेजा। ढोल बजवाए। शोर-शराबा किया। तेज रोशनी पहली यूनिट पर फेंकी। चैनल ने बताया कि उनका इरादा सिर्फ़ यह बताना भर था कि भूतों-रूहों-डायनों-जिन्नों के नाम पर कैसे पंडित-ओझा भोली-भाली जनता को धोखा देते हैं। कैसे आम आदमी ऐसे चमत्कारों से डर जाता है।

कार्यक्रम ज़बरदस्त हिट हुआ। टीआरपी इतनी मिली कि न भूतो न भविष्यति। अपराध ब्यूरो प्रमुख को डबल तरक्की मिली। शानदार पार्टी हुई। दूसरे चैनल वाले माथा पीटते रह गए। अब क्या, इससे ज़्यादा क्या? लेकिन टीवी चैनल ने एक सच नहीं बताया।

उस सच का सनसनीखेज़ खुलासा हुआ कार्यक्रम प्रसारित होने के तीन महीने बाद। अचानक ही अपराध ब्यूरो प्रमुख ने इस्तीफा दे दिया। पता चला कि उस रात छत से गिरा कैमरामैन और हड़बड़ा कर कुएं में गिरा रतन गंभीर रूप से घायल हो गए थे। दोनों कोमा में चले गए थे और तीन महीने बाद दोनों की मौत हो गई। ठीक उसी दिन जिस दिन अपराध ब्यूरो प्रमुख ने इस्तीफ़ा दिया था।

अब वह हवेली सचमुच में भुतहा हो गई है। गांव वाले उस हवेली में जाने से डरते हैं। प्रेमी भी अब कहीं और मिलने लगे हैं, गांव वाले कहने लगे हैं कि अमावस्या की रात हवेली के अंदर से घुंघरू बजने की आवाज़ें आती हैं। लाइटें चमकती हैं। ऐसा लगता है कि मानो किसी कार्यक्रम की शूटिंग हो रही है। गांव वालों को कभी-कभी रतन भी दिख जाता है हाथ में माइक पकड़े। हवेली की छत पर, कभी कुएं के मुहाने पर तो कभी बरगद के पेड़ के पास। उजाड़ हवेली में एक बूढ़ा आदमी चक्कर लगाते दिख जाता है। वह ज़ोर-ज़ोर से रतन-रतन चिल्लाता है। फिर रोने लगता है जार-जार। वह बूढ़ा है—रतन का बाप मास्टर रामलाल। वह बार-बार ललकारता है—किसी टीवी चैनल में हिम्मत है उसके बेटे रतन की मौत पर एक कार्यक्रम बनाने की...? ज़बरदस्त टीआरपी मिलने की सौ फीसदी गारंटी है...अब तक की सूचना यह है कि फिलहाल किसी टीवी चैनल ने रतन की मौत की हक़ीकत पर कोई कार्यक्रम बनाने कि हिम्मत नहीं जुटाई है। सूत्र कहते हैं कि योजना सभी चैनल वाले बना रहे हैं।

उबकाई

रवीन्द्र त्रिपाठी

रात दस बजे उसने पूरा एपिसोड इनजस्ट के लिए दिया तो उसे खुशी हुई। ग्यारह बजे रात को 'किसने किया क़त्ल' एयर होना था। उसने अपना काम जल्दी पूरा कर दिया इसलिए अब कोई टेंशन नहीं। वह इस बात से भी खुश था कि पोस्टर प्रोडक्शन का काम अच्छा हुआ है। मन-ही-मन उसने खुद को शाबाशी देते हुए कहा—कमलेश कुमार अब तुम रिपोर्टिंग के साथ-साथ पैकेजिंग के भी मास्टर हो गए हो।

एक साल पहले जब उसने विश्वविद्यालय से इतिहास में एम. फिल छोड़कर क्राइम रिपोर्टिंग शुरू की थी तो उसे खुद पर सन्देह था कि वह यह काम कर भी पाएगा या नहीं। कहां तो विश्वविद्यालय का एकेडमिक संसार, जिसमें बड़ी-बड़ी बौद्धिक बहसें होती थीं और कहां यह दुनिया जिसमें हत्या, साज़िश, धोखाधड़ी, अवैध संबंध, जालसाज़ी, देह व्यापार—जैसे वाक़यों का बोलबाला था। अब वह फूको या हैबरमास की किताबें नहीं बल्कि 'सत्यकथा', 'अपराध कथा' और 'नूतन कहानियां' पढ़ने लगा था। फिर उसे याद आया कि जिस पहली स्टोरी से वह जुड़ा था वह कॉलेज जाने वाली लड़कियों की जिस्मफ़रोशी के बारे में थी। दक्षिण दिल्ली की एक कॉलोनी में चलने वाले एक ब्यूटी पार्लर से आठ-दस लड़कियां पकड़ी गई थीं जो देह-व्यापार कर रही थीं। ब्यूटी पार्लर का मालिक चोरी-छिपे यह धंधा भी करता था। हालांकि जिस रिपोर्टिंग टीम ने इस पूरे मामले को अंज़ाम दिया था उसमें उसकी हैसियत नौसिखुए जैसी थी। उसे उस वक़्त यह उत्तेजना भी हुई थी कि वह एक ऐसे काम में लगा है जिससे समाज की सड़ांध को बाहर लाया जा रहा है। लेकिन शूटिंग पूरा होने के बाद उसे अपने भीतर कुछ टूटता हुआ भी लगा था। जिस दिन चैनल पर उन लड़कियों को मुंह छिपाए दिखाया गया था उस दिन उसने घर जाकर जोर से उल्टी की थी। वह खुद को एक अपराधी महसूस करने लगा था। उस रात जब वह सोया था रात भर उसे लगता रहा कि कोई कानों में फुसफुसाकर कहता रहा है कि तुमने किसी सड़ांध को उजागर नहीं किया है बल्कि उसके भीतर अपने पैर दे दिए हैं। दूसरे दिन जब वह देर से उठा था तब उसका सिर भारी था। ऑफिस पहुंचने पर उसने अपने एक साथी से कहा कि वह खुद को गुनाहगार महसूस कर रहा है। उन लड़कियों का गुनाहगार, जो चैनलों पर मुंह छिपाए

हुए दिखाई गई थीं।

अठारह-उन्नीस साल की उन लड़कियों की शिनाख़्त क्या हमेशा-हमेशा के लिए नहीं बदल गई है? क्या वे कभी अपने पड़ोस में या अपने घर में सिर उठाकर चल पाएंगी? क्या अपने भाइयों से आंख मिलाकर बात कर पाएंगी या अपने पिता के सामने कोई ज़िद भरी फ़रमाइश कर पाएंगी? क्या उनके ऊपर हमेशा शर्मिंदगी का एहसास बोझ की तरह नहीं रहेगा और क्या उनका वजूद सारी ज़िंदगी के लिए सिकुड़ा हुआ नहीं रहेगा? क्या चरित्रहीन होने का ठप्पा उनके साथ हमेशा-हमेशा के लिए नहीं जुड़ गया है? उसने अपने सीनियर साथी रिपोर्टर से पूछा था। 'इस तरह से सोचने लगोगे बेटे तो कभी टीवी नहीं कर पाओगे। इस तरह की बौद्धिक जुगाली करनी है तो इस पेशे में क्यों आए'—सीनियर साथी रिपोर्टर ने हड़काने के अंदाज़ में उसे समझाने की कोशिश की थी।

शायद इस बात को उसने पूरी तरह समझ लिया था इसीलिए तो आगे चलकर इस तरह के ऊलजलूल विचार कभी उसके ज़ेहन में नहीं आए। और शायद यह उस माहौल और सोहबत का ही असर था कि बाद में उसे उन्हीं ख़बरों में मज़ा आने लगा जिसमें सेक्स का कोई एंगल हो। हत्या या धोखाधड़ी के साधारण अपराध उसको बेमज़ा लगते। इस तरह की कोई स्टोरी उसे मिलती तो उसे थ्रिल नहीं लगता था। दूसरों की तरह वह भी मानने लगा कि टेलीविज़न पर सबसे ज्यादा सेक्स बिकता है। इसी वजह से ऐसी स्टोरी को अपने साथी रिपोर्टरों को दे दिया करता था जिसमें सेक्स का कोई पहलू न हो। आज जो स्टोरी टेलिकास्ट होने वाली थी उसमें भी सेक्स की भरपूर चाशनी थी।

अब जब उसने अपना काम निपटा लिया था और घर जाने को निकल रहा था उसे लगा कि कोई चीज़ उसके दिमाग में ठक-ठक कर रही है। वह उसे ठीक-ठीक नाम नहीं दे पा रहा था, लेकिन लग रहा था कि दिल के किसी कोने से कुछ उठ रहा है और दिमाग को चीर रहा है। शायद यह पिछले सप्ताह की भागमभाग का नतीज़ा है और वह थक गया है। यही सोचते-सोचते उसके कदम टायलेट की तरफ मुड़ गए। आईने के सामने खड़े होकर उसने अपना चश्मा उतारते हुए मुंह पर छींटे मारे। थोड़ी ताज़गी का अहसास हुआ। फिर रूमाल से मुंह और चेहरे को पोंछते हुए चश्मा लगाकर अपने लंबोतरे चेहरे को देखने की कोशिश की। पैंट से कंघी निकाली...लेकिन आंखों को यह क्या दिखाई दे रहा था। आईने में उसके चेहरे में कोई और चेहरा गड्डमड्ड हो रहा था। दूसरा चेहरा एक औरत का था जो उसे घूरे जा रहा था। यह दूसरा चेहरा उसके अपने चेहरे से गड्डमड्ड होने की वजह से थोड़ा धुंधला हो रहा था फिर उसने इस चेहरे को पहचान लिया। इसी दूसरे चेहरे को लेकर ही तो पिछले कुछ दिनों से वह रात-दिन एक किए हुए था। यही चेहरा तो पिछले कुछ दिनों से उसके दिलो-दिमाग पर छाया हुआ था। हालांकि दस मिनट पहले तो वह इस चेहरे से मुक्त हो गया। फिर

अब यह क्यों उसकी आंखों के सामने आ रहा था? उसने सिर झटककर उस चेहरे को अपनी आंखों के सामने से हटाने की कोशिश की। लेकिन उस औरत का चेहरा न सिर्फ अपनी जगह पर बना रहा बल्कि कुछ पूछता हुआ भी लगा। उसकी आंखें सवाल करती हुई लगीं। पटियाला के होटल में भी यही चेहरा उसके ख़्वाब में आया था और उसे भीतर तक हिला गया था और आज जब वह सोते हुए ख़्वाब नहीं, जागते हुए आईने में अपनी सूरत देखने लगा तो यह चेहरा फिर से अपने सवालों के साथ लैस होकर उसके सामने मौजूद है।

—यह चेहरा तेजिंदर का था।

वह घबरा गया। फिर डरा। उसे लगा कि कहीं वह किसी मनोवैज्ञानिक बीमारी का शिकार तो नहीं हो रहा है। हाल ही में उसने 'लगे रहो मुन्ना भाई' फिल्म देखी थी। उसे लगा कि इस फिल्म का केमिकल लोचा वाला जुमला कहीं उसके लिए हक़ीक़त तो नहीं बन रहा है। आखिर जिस औरत पर उसने आज का एपिसोड बनाया था वह उसके ज़ेहन पर क्यों छाई है? और इस तरह की स्टोरी तो उसने कई बार की है। फिर यह घबराहट क्यों? यह डर क्यों? उसने आंखें बंद कीं और तीन-चार बार जोर से गहरी सांस ली और छोड़ी। योग की किताबों में उसने पढ़ा था कि अगर तनाव हो तो तीन-चार बार गहरी सांस लेने और छोड़ने से तनाव-मुक्त हुआ जा सकता है। लेकिन ऐसा करने के बाद उसने फिर से अपनी आंखें खोलीं तो सामने वही चेहरा। उसकी घबराहट और बढ़ी। उसे लगा कि आईने के सामने खड़ा होने की वजह से यह सब हो रहा है और अगर वह इसी तरह यहां खड़ा रहा तो यह चेहरा उसकी आंखों से शुरू होकर उसकी धमनियों में घुसता जाएगा। फिर ख़्याल आया कि कहीं उसका ब्लड प्रेशर तो नहीं बढ़ रहा है। एक बेचैनी उसे घेरने लगी। इस हाल में गाड़ी ड्राइव कर घर पहुंचने की बात सोचते हुए उसे कंपकंपी होने लगी। उसने मोबाइल से ड्रापिंग वालों को कहा कि ऑफ़िस की गाड़ी से उसे घर छुड़वा दें। ऑफ़िस की गाड़ी से घर लौटते हुए भी उसकी आंखों में औरत का चेहरा छाया रहा। हालांकि उसने आंखें बंद करने की कोशिश की। गाड़ी के शीशे खुलवाए ताकि हवा के झोंके उसे ताज़गी का एहसास कराएं, फिर भी बेचैनी बढ़ रही थी। उसने ध्यान बंटाने के मक़सद से उन घटनाओं को बारे में सोचना शुरू किया जो एक-एक कर घटी थीं।

छह-सात दिन पहले ही तो उसने हिंदी के एक अख़बार में एक छोटी-सी ख़बर पढ़ी थी जिसके मुताबिक पटियाला में पुलिस ने तेजिंदर नाम की एक ऐसी औरत को गिरफ़्तार किया है जिस पर आरोप है कि उसने अपने प्रेमी के साथ मिलकर पति की हत्या करवाई। अख़बार में छपी ख़बर के मुताबिक पुलिस का कहना था कि पंद्रह दिन पहले जब तेजिंदर अपने घर के बाहर अपने पति सुरिंदर और उसके भाई सुखजिंदर के साथ रात का खाना खाने के बाद टहल रही थी तो कुछ बदमाशों ने मोटरसाइकिल पर पीछे से आकर सुरिंदर को गोली मारी। वे बदमाश किराए के थे। तेजिंदर के श्वसुर

को शक़ है उसकी बहू ने ही एक मल्टीनेशनल कंपनी में काम करने वाले उसके बेटे की हत्या कराई है। तहक़ीकात करने के बाद पुलिस भी इसी नतीज़े पर पहुंची है।

ऑफ़िस की गाड़ी और कैमरामैन के साथ वह दूसरे दिन ही पटियाला निकल गया था। उसने ब्यूरो चीफ़ को भरोसा दिया था कि मामला दो दिनों में निपटा लेगा। पहले जेल में बंद तेजिंदर कौर और उसके मृत पति सुरिंदर के कुछ फोटोग्राफ़। फिर हो सके तो मृतक के माता-पिता या किसी और रिश्तेदार की बाइट और तेजिंदर के वकील या माता-पिता की बाइट, पुलिस का बयान। बस हो गई स्टोरी तैयार।

पटियाला के थाने से मिली जानकारी के मुताबिक पुलिस ने दो बार एफआईआर दर्ज की। पहली एफआईआर के मुताबिक रात का खाना खाने के बाद तेजिंदर अपने पति सुरिंदर और देवर सुखजिंदर के साथ टहल रही थी। उसी दौरान सुरिंदर के मोबाइल पर फोन आया तो वह रुककर बात करने लगा। तेजिंदर सुखजिंदर के साथ आगे बढ़ गई। तभी उन्हें पहले गोलियों की आवाज और फिर चीख़ सुनाई दी। पीछे मुड़कर तेजिंदर ने देखा कि जिस कंपनी में सुरिंदर काम करता था उसके दो आदमी मोटर साइकिल (बाइक) पर भाग रहे हैं। सुखजिंदर को भी वे दोनों शख़्स पहचाने-से लगे। इसलिए दोनों को शक़ था कि गोली मारने वाले किसी-न-किसी तरह कंपनी से जुड़े हैं। लेकिन बाद में पुलिस को लगा कि तेजिंदर जान-बूझकर पुलिस को गुमराह कर रही है। पुलिस से यह जानकारी भी मिली कि तेजिंदर का कॉलेज के जमाने के एक दोस्त चन्नी से काफी हेलमेल था और हत्या के कुछ दिनों के बाद चन्नी ने तेजिंदर के एटीएम कार्ड से एक लाख रुपए निकाले हैं। हत्या के कुछ दिनों के बाद तेजिंदर और चन्नी की कई बार मुलाक़ातें हुईं। इसके बाद पुलिस ने तेजिंदर को तो गिरफ़्तार कर लिया लेकिन चन्नी फरार था। पुलिस ने जो पहली एफआईआर दर्ज की थी वह अज्ञात हमलावरों के ख़िलाफ़ थी। लेकिन दूसरे एफआईआर में तेजिंदर और चन्नी को अभियुक्त बनाया गया और सुखजिंदर को सरकारी गवाह बना लिया गया। सुखजिंदर इस बात से भी पलट गया कि बाइक वाले पहचाने हुए-से लगे।

वह एसपी की बाइट लेने पहुंचा। एसपी दिलीप सिंह ने कहा—'यार ये एक ओपन एंड शट केस है। तेजिंदर ने चार साल पहले सुरिंदर से प्रेम विवाह किया। तेजिंदर का फ्रेंड चन्नी बहुत बड़ा प्रॉपटी डीलर है। पुलिस ने तफ़्तीश में यह पता लगाया कि हत्या के तीन दिन पहले से दोनों के बीच मोबाइल पर पचासों बार बात हुई है। हत्या के तीन दिन बाद चन्नी ने तेजिंदर के एटीएम से एक लाख रुपए निकाले। लेकिन पुलिस को शक़ है कि ये पैसे उन लोगों को देने के लिए निकाले गए जिन्होंने सुपारी लेकर हत्या की।'

एसपी से निपटकर वह सुरिंदर के घर गया। वहां उसने तेजिंदर और सुरिंदर के कुछ फोटो को शूट किया। तस्वीरों में तेजिंदर खूबसूरत थी। मांसल चेहरा, सुतवां नाक, बोलती हुई आंखें, भरे बदन की पचीस-छब्बीस साल की युवती। उसके मुकाबले सुरिंदर

कुछ दबा-दबा लग रहा था। सुखजिंदर घर पर नहीं था इसलिए उससे बात नहीं हो सकी लेकिन उसका फोटो मिल गया। सुरिंदर के पिता दलबीर सिंह का कहना था कि तेजिंदर और उनके बेटे के बीच इधर काफी झगड़े होने लगे थे। इसीलिए सुरिंदर काफी परेशान भी रहने लगा। उनको यह शक़ था कि तेजिंदर और चन्नी के बीच नाजायज़ रिश्ता था। उनके मुताबिक तेजिंदर आजाद ख़्याल थी और उसके चाल-चलन अच्छे नहीं थे।

एक दिन में उसने इतना सारा काम निपटा लिया था। अब तेजिंदर की तरफ से किसी से बात करनी थी। तेजिंदर जेल में थी इसलिए उससे बात नहीं हो सकती थी। दलबीर सिंह से उसे यह मालूम हो चुका था कि चूंकि तेजिंदर ने अपने माता-पिता की मर्ज़ी के ख़िलाफ़ अपने क्लासफ़ेलो सुरिंदर से प्रेम-विवाह किया था इसलिए अपने मायके से उसका संबंध भी टूट चुका था। इसलिए उसकी तरफ से मुक़दमे की पैरवी उसकी एक महिला वकील दोस्त अमरजीत कर रही थी जो ज़मानत की अर्ज़ी दाख़िल करने की तैयारी कर रही थी। अमरजीत एक छोटे क़द की महिला थी जो आम पंजाबी औरतों से अलग थी। साधारण चेहरा। लेकिन आंखें तेज। उसे मालूम हुआ अमरजीत ज़्यादातर मानव अधिकार के मुकदमे लड़ती थी। तेजिंदर के मुकदमे में उसकी दिलचस्पी दो वजहों से थी। एक तो इसलिए कि अमरजीत को यह भरोसा था कि तेजिंदर को फंसाया जा रहा था और दूसरी, तेजिंदर स्कूल के दिनों में उसकी क्लासफेलो रह चुकी थी। इस तरह चार क्लासफेलो चार अलग-अलग भूमिकाओं में थे।

'लेकिन ये किस बिना पर आपको लगता है कि तेजिंदर निर्दोष है अमरजीत जी। मुझे तो पुलिस की इस थ्योरी में दम लगता है कि कहीं-न-कहीं तेजिंदर और चन्नी सुरिंदर की हत्या के दोषी हैं। आखिर चन्नी ने तेजिंदर के एटीएम से एक लाख रुपए क्यों निकाले'—उसका सवाल था।

'दिस इज द प्रोब्लेम विद यू मीडिया पीपुल'—अमरजीत की तीख़ी आवाज़ थी—'आप लोगों को नतीज़े पर पहुंचने की जल्दी रहती है।' फिर उसने कहा—'आप लोग इतनी जल्दी कैसे तय कर लेते हैं कि फलां शख़्स दोषी है। चन्नी ने तेजिंदर के एटीएम से पैसे निकाले तो इससे वो यानी तेजिंदर अपराधी कैसे साबित होती है।'

फिर शांत लहजे में अमरजीत ने कई जानकारियां दीं। जैसे यह कि जिस मल्टीनेशनल कंपनी में सुरिंदर नौकरी करता था उसने उसके भाई सुखजिंदर को हत्या के एक हफ़्ते के भीतर ही नौकरी दे दी। यह भी कि कुछ दिन पहले सुरिंदर पर अपनी कंपनी के लाखों रुपए के गोलमाल का आरोप लगा था जिसकी वजह से उसे सस्पेंड भी किया गया था। लेकिन इस गोलमाल की रिपोर्ट पुलिस में दर्ज नहीं कराई गई और यह सस्पेंशन अचानक ही ख़त्म हो गया। इसी के बाद कंपनी का एमडी भसीन सुरिंदर के घर आने लगा और उसकी आवभगत में विदेशी स्कॉच की बोतलें खर्च की जाने लगीं।

अमरजीत की शख़्सियत में ऐसा कुछ था कि उसे लगा कि वह झूठ नहीं बोल रही है। फिर भी उसने रिपोर्टर वाले आक्रामक लहज़े में पूछा—'लेकिन तेजिंदर का एटीएम कार्ड चन्नी के पास होना यह तो साबित करता है कि दोनों के बीच ऐसा रिश्ता था जिसे सिर्फ दोस्ताना नहीं कहा जा सकता। और फिर दोनों के बीच मोबाइल पर लगातार बातचीत भी। और सुरिंदर के पिता को भी तेजिंदर पर ही शक़ है।'

'ऑल नानसेंस। पहली बात तो ये कि चन्नी सिर्फ तेजिंदर का नहीं बल्कि सुरिंदर का भी दोस्त था। ये तीनों क्लासफ़ेलो थे। तेजिंदर का एटीएम कार्ड भी हमेशा सुरिंदर के ही पास रहता था। क्या सुरिंदर चन्नी को तेजिंदर का एटीएम कार्ड नहीं दे सकता था। और सुरिंदर के पिता इस बारे में क्या कहते हैं कि सुखजिंदर ने अपने बयान क्यों बदले और बयान बदलते ही उसे उसी कंपनी में नौकरी कैसे मिल गई जिसमें सुरिंदर काम करता था। पुलिस ने उन मोटरसाइकिल चालकों से क्यों पूछताछ नहीं की जो हत्या के दिन तेजिंदर और सुरिंदर द्वारा मौक़ा-ए-वारदात पर संदिग्ध रूप से देखे गए।' अमरजीत ने ढेर सारे सवाल एक साथ दाग दिए। वह बिना जवाब दिए चलने लगा तो अमरजीत ने कहा—'मिस्टर कमलेश, आप पटियाला में कब तक हैं।' 'बस सुबह निकलने की सोच रहा हूं।'— उसका जवाब था। 'इतनी जल्दी सारी तहक़ीकात कर ली आपने?' 'लगभग, कुछ और जानना हुआ तो फोन से पूछ लूंगा।'

इस बार अमरजीत के स्वर में तल्ख़ी थी—'आप टीवी के लोगों को इतनी जल्दी क्यों रहती है? कभी सोचा है कि आप लोग इसी हड़बड़ी की वजह से किसी पर गुनाहगार होने का ठप्पा लगा देते हैं कि कानून के फैसले के पहले ही अभियुक्त को समाज में मुज़रिम मान लिया जाता है।'

उसे लगा किसी ने उसके पुराने घाव में सूई चुभो दी है इसलिए वह तिलमिलाया। फिर आवाज को आत्मविश्वास से भरपूर बनाते हुए कहा—'लेकिन आप ये तो मानेंगी कि मीडिया ने कई तरह के अपराध के ख़िलाफ़ मुहिम चलाई है...'

बीच में टोकते हुए अमरजीत ने कहा—'नो मिस्टर। सवाल मुहिम चलाने का नहीं। सवाल इस बात का है कि आप किसी को क्या इमेज़ देते हैं। जिस पर आरोप लगता है उसे सफाई देने का मौक़ा तक नहीं देते हैं। सफाई के सवाल भी आप लोग ऐसे पूछते हैं मानो अदालत में गुनाह साबित हो गया हो।'

अमरजीत से वह किसी बहसबाज़ी में इसलिए नहीं पड़ना चाहता था क्योंकि वह खुद कई असमंजसों में घिर गया था। इसलिए वह उसे सिर्फ बाई-बाई कर होटल लौट पड़ा। कहानी उलझ रही थी। उसने सोचा क्यों न चलते-चलते मल्टीनेशनल कंपनी के एमडी भसीन से बात कर ली जाए। अमरजीत ने बातचीत के दौरान ही भसीन के ऑफ़िस का नंबर भी दे दिया था। उसने फोन मिलाया और भसीन के सेक्रेटरी को अपना परिचय देते हुए सारी बात बताई। सेक्रेटरी ने कहा—साहब अभी फ़ुरसत में नहीं हैं और फिर उसने फोन बंद कर दिया। फिर उसने सुरिंदर के पिता को फोन कर उन

सवालों को पूछना चाहा जो अमरजीत से बातचीत के दौरान उभरे थे। लेकिन शुरुआती बातचीत के बाद सुरिंदर के पिता ने कह दिया अभी फुरसत नहीं है। उसने सोचा पुलिस से ही क्यों न जरूरी बातें पूछ ली जाएं। दिलीप सिंह को फोन कर उसने कई सवाल पूछे। दिलीप सिंह ने फोन पर ही कहा—'क्यों मामले को उलझा रहे हो प्यारे। तुम कहीं इस अमरजीत के चक्कर में तो नहीं आ गए। वो रांड तो पुलिस के ख़िलाफ़ बोलती ही रहती है। वैसे तू कल सुबह आ जा।'

उसने तय किया कि एक दिन और रुकेगा और मामले की तह में जाने की कोशिश करेगा। रात में सोते वक़्त उसके दिमाग में कुछ और सवाल भी कौंधने लगे।

उसने देखा तेजिंदर ही थी। फोटो में जिस सलवार-कुर्ते में थी उसी में उसके सामने थी। कह रही थी—'क्या तुम भी यही समझते हो कि मैंने सुरिंदर की हत्या कराई। लेकिन मैं तो उससे प्यार करती थी। फिर मैं उसकी हत्या क्यों कराऊंगी। पुलिस ने मुझे गिरफ़्तार किया है। लेकिन मीडिया तो सही-सही इंसाफ़ करता है। क्या तुम मेरे साथ इंसाफ करोगे...'

उसकी नींद टूट गई और उसने अपने को पसीने-पसीने पाया। घड़ी देखी तो चार बजे थे। वह फिर सो नहीं पाया। सुबह होने पर उसे एसपी दिलीप सिंह को फोन नहीं करना पड़ा था। पुलिस की गाड़ी खुद उसे लेने पहुंची थी। ड्राइवर ने उसे बताया कि साहब ने आपको ब्रेकफ़ास्ट पर तलब किया है। जब वह दिलीप सिंह के यहां पहुंचा तो उसे यह देखकर आश्चर्य हुआ कि वह उसको कुछ ज्यादा ही पुरतपाक अंदाज़ में मिला था। ब्रेकफ़ास्ट के बाद कॉफी के दर में दिलीप सिंह ने अपनी आवाज में चाशनी घोलते हुए कहा—'यार कमलेश, तुम तो अपनी तरफ का है। मैं भी यूपी का हूं। बुलंदशहर का। इसलिए इस मामले पर तुमसे निजी तौर पर बात करना चाहता हूं।'

'हां, बोलो'—उसने कहा।

'यार तू इस केस में ये मल्टीनेशनल वाला एंगल छोड़ दे। देख प्यारे, ये बात मैं एक नेशनलिस्ट के तौर पर कह रहा हूं। ये कंपनी पंद्रह सौ करोड़ रुपए का इन्वेस्टमेंट करने जा रही है पंजाब में। अगर कंपनी के बड़े अफ़सर किसी मामले में फंस गए तो ये इन्वेस्टमेंट नहीं होगा। और दूसरी बात ये कि इस केस में भसीन का कोई लेना-देना नहीं है। फिर तू उससे क्या पूछताछ करना चाहता है।'—दिलीप सिंह ने आवाज़ को भरसक दोस्ताना बनाने की कोशिश की थी।

'लेकिन सवाल ये है एसपी साहब कि तेजिंदर को मुजरिम साबित करने की इतनी हड़बड़ी क्यों है? फिर ये बताइए कि उसने कंपनी में हुई पचास लाख की धोखाधड़ी के ख़िलाफ़ पुलिस में रिपोर्ट क्यों नहीं दर्ज कराई...'

वह आगे कुछ और कहता कि दिलीप सिंह की आंखों में एक चमक उभरी और उसने कहा—'धोखाधड़ी की रिपोर्ट दर्ज कर ली गई माई डियर। कल मिस्टर भसीन खुद आए थे और उनकी शिकायत पर ये रिपोर्ट हमने दर्ज कर ली है।'

'कल कब हुआ ये सब'—उसने पूछा।

'शाम साढ़े सात बजे।'

'यानी जब मैंने भसीन को फोन किया उसके बाद'—उसने पूछा।

'यार तुमको आम खाने से मतलब है या पेड़ गिनने से'—दिलीप सिंह की आवाज़ में इस बार झुंझलाहट थी। फिर उसने अपनी ओढ़ी हुई मुलायमियत को फिर से होंठों पर लाते हुए कहा—'यार कमलेश, तुम पुलिस को हमेशा शक़ की नज़र से क्यों देखते हो और ऐसे सीधे-सादे मर्डर केस को क्यों उलझा रहे हो।'

'ये सीधा-सादा मर्डर केस नहीं है एसपी साहब। जिसे आप सुलझा हुआ केस बता रहे हैं वह एक उलझती हुई गुत्थी बन गई है। और मैं इस उलझी हुई गुत्थी को सुलझा लूंगा। थैंक्यू'—इतना कहने के बाद उसने एसपी की ओर हाथ बढ़ाया था। यह संकेत था कि वह वहां से निकलना चाहता है।

दिलीप सिंह का चेहरा सख़्त हो गया था। दिख रहा था कि वह अपने गुस्से पर काबू करने की कोशिश कर रहा है। इस कोशिश में वह सफल भी हो गया। फिर हाथ मिलाते हुए उसने कहा—'इट इज ए सिंपल रिक्वेस्ट। प्लीज डांट कंप्लिकेट ए सिंपल मर्डर केस। हमें आगे भी मिल-जुलकर काम करना है।'

एसपी के यहां से निकलने के बाद वह जब होटल की तरफ बढ़ा तो असमंजस का शिकार था। मामले की तह तक पहुंचने के लिए यह जरूरी था कि भसीन से पूछताछ की जाए। अगर भसीन न बात करे तो किसी दूसरे अफसर से बात करनी होगी। सुखजिंदर से भी बात करनी होगी। लेकिन वह बाहर था और दो दिन बाद वापस आने वाला था। यह भी जरूरी लग रहा था कि एसपी से बड़े किसी पुलिस अफसर से बात की जाए। ये सब होने में तीन-चार दिन लग सकते थे। उसने ब्यूरो चीफ़ को दिल्ली फोन किया और हालात बताए थे। ब्यूरो चीफ़ ने जो कहा उसे याद था—'तुम महाभारत लिखने गए हो या स्टोरी करने। एक दोस्ताना सलाह दे रहा हूं। इस तरह भावनाओं में मत बहो। एक तो ये समझो कि तुम जो कह रहे हो उससे प्रोग्राम का कॉस्ट कितना बढ़ जाएगा। क्या चार मिनट की स्टोरी पर इतना पैसा खर्च किया जा सकता है? क्या कंपनी को ये मंजूर होगा। हो सकता है कि आगे से तुम्हें बाहर रिपोर्टिंग करने न भेजा जाए। और तुम्हारे पास क्या है भसीन के ख़िलाफ़, सिर्फ सुनी-सुनाई बातें। अगर उसके बारे में ये सब लिखा तो वो मुकदमा कर सकता है। तुम्हारा कैरियर बर्बाद हो सकता है।'

उसका उत्साह ठंडा पड़ चुका था। वह तुरंत पटियाला से निकल गया। रास्ते में लौटते वक़्त उसका मन उधेड़बुन में था। सोचते-सोचते उसकी आंखें लग गईं। अचानक मोबाइल की घंटी बजी। उसने देखा दिल्ली के एक डीसीपी वीरेंद्र श्रीवास्तव का फोन था जिससे उसकी काफी यारी थी। वीरेंद्र श्रीवास्तव फोन पर कह रहा था—'कमलेश, दिलीप सिंह मेरा बैचमेट है। अच्छा पुलिसमैन है। स्टोरी में कुछ ऐसा मत करना कि कल उसकी छीछालेदार हो जाए। दिस इज़ ए रिक्वेस्ट बाई ए फ्रेंड।' इसके

बाद फोन बंद हो चुका था।

यह परसों की बात थी। कल उसने स्टोरी लिखी थी और आज उसकी पैकेजिंग पूरी हो गई थी। थोड़ी देर में टेलिकास्ट भी हो जाएगी। नहीं चाहने के बावजूद उसने स्टोरी उसी एंगिल पर लिखी थी जो पुलिस ने बताई थी। चन्नी और तेजिंदर के रिश्ते के बारे में उसने वह सब लिख दिया था जो उसे दिलीप सिंह और सुरिंदर के पिता ने बताया था। जिस ढंग से स्टोरी उसने लिखी थी उससे उसको भरोसा था कि यह बिकने वाला माल है।

ऑफ़िस की गाड़ी कब उसके घर के सामने पहुंची इसका भान उसे नहीं हुआ। जब ड्राइवर ने उससे कहा कि 'सर आप घर पहुंच गए' तो वह अचकचाया। फिर अपनी आंखें खोलते हुए डरा। कहीं फिर तेजिंदर का चेहरा दिखा तो। वही एहसास जो उसे एसपी के यहां से निकलते हुए हुआ था, फिर हुआ। लेकिन फ़र्क़ भी था। अब उसे पुलिस या सुरिंदर के पिता पर गुस्सा नहीं आ रहा था। उसे खुद पर गुस्सा आ रहा था। गाड़ी से उतरते हुए उसे लगा कि उसके दिमाग में उसी तरह की खलबली मची हुई है जो एक साल पहले कॉलेज जाने वाली लड़कियों के देह-व्यापार वाली स्टोरी के टेलिकास्ट होने के बाद मची थी। घर के भीतर दाख़िल होते हुए उसके अंदर की बेचैनी बढ़ती जा रही थी। वह सीधे बाथरूम गया और उसने फिर से आईने में अपना चेहरा देखने की कोशिश की। इस बार उसने देखा उसका अपना चेहरा उसे किसी क़ातिल का चेहरा लग रहा है। अचानक उसके पेट ने एक जोरदार झटका महसूस किया और उसने वाशबेशिन में जोरों की उल्टी कर दी।

टारगेट

मुकेश कुमार

सुदीप जब ऑफ़िस पहुंचा तो एक अजीब-सी चुप्पी छाई हुई थी। इंडिया न्यूज़ के न्यूज़ रूम में रोज़ाना की हलचल नदारद थी। दो-दो, तीन-तीन के गुट में लोग खड़े हुए धीमे-धीमे स्वरों में बात कर रहे थे। सभी के चेहरे उतरे हुए थे।

उसने अपना बैग रखा ही था कि सलिल और प्रतिमा उसके पास आ गए। फुसफुसाते हुए उन्होंने ख़बर दी—"राकेश जी ने इस्तीफ़ा दे दिया है।" सुदीप एकबारगी सन्न रह गया। बेसाख़्ता उसके मुंह से निकला—"क्या कह रहे हो...?"

प्रतिमा ने पूरी जानकारी दी। क़रीब बारह बजे बॉस नीचे आ गए थे और सबको बुलाकर उन्होंने ऐलान कर दिया कि उन्होंने इस्तीफ़ा दे दिया है...अब शायद अपना सामान समेट रहे हैं।

शक़ की कोई गुंजाइश नहीं रह गई थी। सुदीप को यक़ीन करना पड़ा। हालांकि इस बात की आशंका तो थी कि जिस तरह के हालात बन रहे हैं उनमें संभवतः राकेश जी ज़्यादा दिन नहीं रह पाएंगे। फिर भी एक सदिच्छा के चलते उसे लग रहा था कि स्थितियां सुधर जाएंगी और राकेश जी बने रहेंगे।

बैग रखने के बाद वह कैंटीन की तरफ़ चल पड़ा। अभी वहीं जमघट लगा होगा। उसका अनुमान सही था। सुरेश, प्रमोद, संजय सब वहीं थे। सबके हाथ में चाय के प्याले थे। वह उन्हीं के पास जाकर खड़ा हो गया।

संजय कह रहा था—"ये चैनल के लिए ठीक नहीं हुआ। अब पता नहीं क्या होगा, कौन आएगा, क्या करेगा।" उसके माथे पर अनिश्चितता से उपजी चिंता की लकीरें उभर आईं।

सुरेश बीच में बोल पड़ा—"राकेश जी को भी तो पंगा लेने की आदत है न। अरे मालिक जो चाहेगा वही न होगा। वो अगर दंगावादी पार्टी का चैनल बनाना चाहता है तो बना दो, क्या प्राब्लम है।"

प्रमोद—"लेकिन राकेश जी तो सांप्रदायिकता के सख़्त ख़िलाफ़ हैं। वे कैसे स्वीकार कर लेते?" सुरेश ने सिगरेट का धुआं मुंह से उगलते हुए कहा—"क्यों सुधीरजी भी तो विरोधी हैं...वे कैसे तालमेल बिठाए हुए हैं। उन्हें तो कोई परेशानी नहीं हो

रही, जबकि उनका चैनल तो प्रो दंगावादी पार्टी ही माना जाता है। भइया, समझौता करना पड़ता है...समझौते के बिना गाड़ी नहीं चलती।''

प्रमोद–''लेकिन सब लोग तो समझौतावादी नहीं होते न।''

सुरेश–''इसीलिए तो कहीं बनती नहीं न।''

सुदीप चुपचाप सुन रहा था मगर अब उससे नहीं रहा गया–''अरे यार, उनके स्टैंड की तारीफ़ करनी चाहिए तो हम उनको गरियाने में लग गए हैं। ध्यान रहे चैनल की जो भी इमेज़ है वो उन्हीं की देन है। अगर वे मुलायम पड़ जाते तो हम धंधेबाज़ों के बीच में फंसे बिलबिला रहे होते।''

सभी ने सहमति में सिर हिलाया।

प्रमोद–''यार, मेरा तो मानना है कि सेठ लोगों को किसी पार्टी-वार्टी या आयडियोलॉजी से लेना-देना नहीं होता। वे न दंगावादी होते हैं और न शांतिवादी...वे तो रुपैयावादी होते हैं। उन्हें जहां फ़ायदा दिखता है उसी तरफ़ चल पड़ते हैं। ज़रूर किसी ने उनसे कहा होगा कि दंगावादी पार्टी से इतना फंड दिला देंगे या इतने राज्यों में उसकी सरकारें हैं वहां से पैसा आ जाएगा...बस वो आ गए होंगे चक्कर में।'' उसने सिगरेट का आख़िरी हिस्सा फ़र्श पर फेंका और फिर उसे जूते से मसल दिया।

सुदीप–''मुझे तो लगता है इसमें चैनल में चल रही राजनीति का भी हाथ है। प्रोग्रामिंग हेड और मार्केटिंग हेड ने मिलकर उनका काम कर दिया...''

''हां, तुम्हारा कहना भी एक हद तक सही है...'' संजय ने चाय का घूंट भरते हुए कहा।

इतने में वीरेंद्र आकर साथ में खड़ा हो गया। सब चुप हो गए। वीरेंद्र को मैनेजमेंट का आदमी माना जाता है। वह सारी बातें ऊपर पहुंचाता है। है तो वह असिस्टेंट प्रोड्यूसर ही मगर इस समय वज़ीर की हैसियत रखता है। वह कहीं भी किसी भी रूप में दख़ल दे सकता है। किसी को रखवा और निकलवा सकता है। मालिक के कान भरने में उसका कोई जवाब नहीं है। सबका अन्दाज़ा था कि वह ज़रूर टोह लेने आया होगा कि राकेश जी के जाने के बाद लोग क्या कह रहे हैं और फिर जाकर इधर-उधर चुगली करेगा। सब कोई-न-कोई बहाना बनाकर वहां से हट गए।

सुदीप सीधे राकेश जी के कमरे में पहुंचा। देखा, सचमुच में वे अपना सामान समेट रहे हैं। उसे देखते ही बोले–''आओ भाई सुदीप।''

सुदीप–''क्या कुछ हो नहीं सकता सर...?''

राकेश जी ने उसकी तरफ़ देखा और फिर धीरे से मुस्कुराकर बोले–''नहीं अब कुछ नहीं हो सकता। फ़ैसला बदलने की कोई वजह मुझे दिख नहीं रही। अगर परिवर्तन की कोई उम्मीद होती तो इस तरह से मैदान छोड़कर जाने वालों में से तो मैं हूं नहीं।''

सुदीप—''मुझे पता है सर...मगर आपके जाने के बाद चैनल का भविष्य अच्छा नहीं दिख रहा।''

राकेश—''ऐसा क्यों मानते हैं आप...? मुमकिन है मुझसे बेहतर कोई आए जो चैनल को नई दिशा और ऊंचाई दे...खैर, अब इस बहस में पड़ने का कोई मतलब नहीं रह गया है...आप भी जानते हो कि मैं किन परिस्थितियों में जा रहा हूं...''

इस बीच एक-दो करके और भी कुछ लोग आकर खड़े हो गए। राकेश जी ने सामान समेटना जारी रखा...कोई कुछ नहीं बोल रहा था। वातावरण बोझिल होने लगा।

राकेश जी का ड्राइवर आकर सामान ले गया।

राकेश जी—''तो अब इज़ाज़त दीजिए...आप सभी ने जिस तरह से सहयोग दिया उसके लिए मैं आभारी हूं...धन्यवाद...!'' उन्होंने माहौल को हल्का बनाने की गरज़ से कहा—''जल्दी ही किसी चैनल में आपसे फिर मुलाक़ात होगी...तब तक के लिए नमस्कार।''

सब लोग बुझे मन से मुस्कुरा दिए। राकेश जी ने सबसे हाथ मिलाया और फिर तेज़ कदमों से दरवाज़े की तरफ़ बढ़ गए।

2

सुबह जैसे ही सुदीप ने अख़बार पलटा उसकी नज़र कोने में छपी एक ख़बर पर चली गई। राकेश माथुर ने *इंडिया न्यूज़* छोड़ा...एक ही सांस में वह पूरी ख़बर पढ़ गया। ख़बर में कहा गया था कि मालिक से अनबन के चलते राकेश जी ने इस्तीफ़ा दे दिया और अब कई और लोग चैनल छोड़ सकते हैं। अनबन के कारणों को स्पष्ट नहीं किया गया था। ख़बर में क़यास लगाया गया था कि राकेश जी की जगह चतुर्वेदी ले सकते हैं, क्योंकि वैचारिक रूप से वे वहां भी फिट बैठेंगे। ख़बर में यह बताया गया था कि चैनल ने शुरू में कैसे उड़ान भरी थी मगर पिछले छह महीनों से टीआरपी की होड़ में पिछड़ गया था।

टीआरपी शब्द पर नज़र जाते ही सुदीप का ध्यान पिछली घटनाओं पर चला गया। टीआरपी को लेकर राकेश जी कुछ समय से लाचार नज़र आने लगे। शुरू में कमान जब तक उनके हाथों में थी उन्होंने बहुत ही आक्रामक ढंग से ख़बरों को दिखाया और उसके नतीज़े भी सामने आए। चारों तरफ़ चैनल की साख जम गई। लोगों ने माना कि कंटेंट में दम है। देखते-ही-देखते चैनल नंबर वन हो गया। मज़े की बात तो यह है कि उन्होंने अपराध, भूत-प्रेत या सनसनीखेज़ ख़बरों का सहारा नहीं लिया, बल्कि एक प्रोग्रेसिव एप्रोच के साथ समाचारों को ट्रीट करना शुरू किया। वे ख़बरों के ऐसे एंगल पकड़ते थे जिनमें दर्शकों की दिलचस्पी भी हो और वह बाज़ारूपन से भी बच जाए। कोई भी बड़ी घटना घटती थी तो वे पूरे उत्साह से टीम के साथ

भिड़ जाते थे। कैसी रिपोर्ट बननी है, कौन बैकग्राउंडर बनाएगा, उसमें क्या-क्या होना है, गेस्ट क्या हो सकते हैं, एंकर क्या सवाल करे, वग़ैरा-वग़ैरा। वे सब बताने लगते थे। पूरा न्यूज़ रूम उस समय आंदोलित हो जाता था।

मगर राकेश जी के विरोधियों को यह सब जम नहीं रहा था। हालांकि वे शुरू से ही उनको निशाना बनाए हुए थे और तरह-तरह से उनके लिए परेशानियां खड़ी करने में जुटे हुए थे, राकेश जी की उनसे अक्सर कहासुनी भी होती रहती थी। सब लोग इस शीतयुद्ध को देख रहे थे और समझ भी रहे थे। कई बार लोगों ने उनसे कहा भी कि आप इशारा कीजिए...इन सालों को इसी न्यूज़ रूम में ठोका जाए...मगर वे शराफ़त के मारे थे और शराफ़त में ही मारे गए। उनके विरोधियों ने इस तरह से घेरेबंदी की कि वे कमज़ोर पड़ते गए।

मोबाइल की रिंग ने विचार क्रम को तोड़ दिया। सुदीप ने देखा, सुभाष का फ़ोन है...समझ गया, चैनल की उठापटक का आनंद लेना चाह रहा होगा। फ़ोन उठाकर उसने उदासीन स्वर में हलो कहा...इधर से सुभाष की चहकती हुई आवाज़ आई—"क्या गुरु, राकेश जी की छुट्टी करवा दी...!"

"अरे भाई हम कौन होते हैं किसी की छुट्टी करवाने वाले"...सुदीप ने उसी स्वर में कहा। सुभाष की समझ में आ गया कि सुदीप राकेश जी के भक्तों में से है। वह उनके ख़िलाफ न कुछ बोलेगा न सुनेगा, इसलिए वह अगली ख़बर पर आ गया—"सुना है चतुर्वेदी आ रहा है?...तेरा चैनल तो दंगावादी पार्टी का भोंपू बन जाएगा।"

सुदीप ने इस ख़बर की न तो पुष्टि की और न ही खंडन...दो-चार इधर-उधर की बातें करके उसने बातचीत ख़त्म कर दी...मगर उसके दिमाग में चतुर्वेदी वाली बात कांटे की तरह गड़ गई। अगर ऐसा हुआ तो सचमुच चैनल का बेड़ा गर्क हो जाएगा। अभी तक चैनल की छवि साफ़-सुथरी रही है। शुरू में राकेश जी ने यह स्थापित करने की कोशिश की कि चैनल निडर और निष्पक्ष है...सांप्रदायिकता के ख़िलाफ मज़बूती से खड़ा है...और इसमें वे काफ़ी हद तक सफल भी रहे। मगर शायद यही चीज़ उनके ख़िलाफ इस्तेमाल भी की गई। विरोधियों ने यह कहकर अभियान छेड़ दिया कि वे वामपंथी हैं।

लेकिन यह सुभाष मज़े क्यों ले रहा है, जबकि उसका चैनल खुद उस पार्टी के अमुक अंग में घुसा हुआ है, सब जानते हैं कि उस पार्टी के नेताओं के भजन गाने में वह चैनल सबसे आगे रहता है। उसके दो वरिष्ठ पत्रकार तो पार्टी कार्यकर्ता की तरह ही काम करते हैं। अपनी प्रिय पार्टी के अलावा सबका बैंड बजाने की वजह ढूंढ़ते रहते हैं।

'साला, अपने घर का गटर देखता नहीं और सबकी नालियों में झांकता फिरता है।' सुदीप ने सुभाष की चुहलबाज़ी को झटक देना चाहा मगर चतुर्वेदी के आने

की आशंका ने उसे सचमुच में चिंतित कर दिया। अगर चतुर्वेदी आया तो वह कैसे तालमेल बिठाएगा। न केवल उसका सोच सांप्रदायिक है बल्कि वह पिछड़ा और दलित विरोधी भी है। जब-जब आरक्षण का विवाद उठा है, उसने बहुत ही निर्लज्जता के साथ आरक्षण का ही नहीं इन जातियों का भी विरोध किया है। इस मामले में उसकी एप्रोच, भाषा और कार्यक्रम गाली-गलौच तक उतर आते हैं। सवर्णवाद उस पर इस कदर हावी है कि जहां तक हो सकता है वह ब्राह्मणों की ही नियुक्तियां करता है। इसके पीछे तर्क यही देता है कि ब्राह्मणों के अलावा सब अयोग्य और कामचोर होते हैं। और ये ब्राह्मण भी ऐसे जो उसके विचारों को अक्षरशः स्वीकार करते हैं, बिना किसी जिरह के उन्हें आगे बढ़ाते हैं। वह विरोधी विचारों को बर्दाश्त ही नहीं कर सकता। ऐसे में उससे कैसे निभेगी...? इस ख़्याल ने उसको परेशान करना शुरू कर दिया।

क्या नई नौकरी की तलाश शुरू कर देनी चाहिए?...इस ख़्याल को लेकर सुदीप दफ़्तर जाने की तैयारी में जुट गया।

3

सुदीप का दफ़्तर दिल्ली में लगे नोएडा स्थित फ़िल्म सिटी की एक दोमंज़िला इमारत में है। ग्राउंड फ्लोर पर न्यूज़ रूम और स्टूडियो वग़ैरा हैं जबकि ऊपरी माले पर मार्केटिंग, डिस्ट्रीब्यूशन और एडमिनिस्ट्रेशन विभाग हैं। दफ़्तर में घुसते ही सामने रिसेप्शन है। रिसेप्शन से लगी हुई सीढ़ियां हैं, जिनसे ऊपर जाया जा सकता है जबकि उसके ठीक पीछे न्यूज़ रूम है। न्यूज़ रूम एक विशाल हॉल है, जिसमें बीच में पत्रकारों के काम करने के लिए वर्क स्टेशन हैं, जबकि पीछे की तरफ़ एक कतार में कई केबिन बने हुए हैं। इन केबिनों में चैनल हेड, प्रोग्रामिंग हेड, इनपुट और आउटपुट एडिटर, ब्यूरो चीफ़, राजनीतिक संपादक आदि बैठते हैं।

दाईं तरफ़ भी एक के बाद एक आठ शीशे के पारदर्शी कमरे बने हुए हैं, जिनमें एडिटिंग की मशीनें लगी हुई हैं। इसी तरह बाईं ओर दो बड़े पारदर्शी कमरे हैं। इनमें से एक मॉनीटरिंग रूम है और दूसरा प्रोग्रामिंग रूम। मॉनीटरिंग रूम में दस-बारह की संख्या में टेलीविजन सेट रखे हुए हैं, जिनमें अलग-अलग चैनल चल रहे हैं। दो लोग हर वक़्त इन टीवी सेटों पर नज़रें गड़ाए रहते हैं और जैसे ही कोई महत्त्वपूर्ण ख़बर किसी चैनल पर नज़र आती है, न्यूज़ रूम की तरफ़ दौड़ पड़ते हैं। प्रोग्रामिंग रूम दो हिस्सों में बंटा हुआ है। एक हिस्से में प्रोमो का काम होता है। यहां पर एनीमेशन, ग्राफ़िक्स और एडिटिंग के लिए मशीनें लगी हुई हैं। प्रोग्रामिंग वाले हिस्से में बहुत ही ऊंची आवाज़ में प्रोग्राम एडिट होते रहते हैं जिसकी वजह से दोनों तरफ़ के लोगों में गरमागरमी भी होती रहती है। प्रोमो डिवीजन कई बार मांग कर चुका है कि उसे कहीं और जगह दे दी जाए।

प्रोग्रामिंग के पीछे इनजेस्ट का रूम है जहां बाहर से फीड आती हैं। देश भर में चैनल के 22 ब्यूरो हैं...वहां से दिन-रात ख़बरें आती रहती हैं। यही हाल विदेशी न्यूज़ एजेंसियों रायटर, एपीटीएन, एसएनटीवी से आने वाली ख़बरों का भी है। इनजेस्ट के ज़रिए स्थानीय ख़बरें भी सर्वर में भेजी जाती हैं। सर्वर रूम इनजेस्ट से लगा हुआ है। इनपुट के लोग यहां बार-बार आकर ख़बरों आदि के बारे में दरयाफ़्त करते रहते हैं।

दाईं तरफ़ एडिटिंग के लिए बने केबिनों के पीछे दो बड़े स्टूडियो और उनसे लगा एक पीसीआर (प्रोडक्शन कंट्रोल रूम) है। एक स्टूडियो से दिनभर न्यूज़ प्रसारित होती रहती हैं, जबकि दूसरे स्टूडियो में दो सेट्स लगे हैं—एक मार्निंग शो के लिए और दूसरे में प्राइम टाइम के कार्यक्रम होते हैं। चुनाव या बजट जैसे अवसरों पर स्पेशल सेट्स इसी स्टूडियो में लगाए जाते हैं। बड़े टॉक शो के लिए बाहर स्टूडियो किराए पर लिए जाते हैं।

आम तौर पर न्यूज़ रूम में सुबह से ही भागदौड़ शुरू हो जाती है। एक दिन पहले ही प्लानिंग हो जाती है कि कल किस ख़बर को तूल देना है। न्यूज़ रूम की भाषा में इसे ख़बर से खेलना कहते हैं। रात में या सुबह कोई बड़ी या दिलचस्प घटना घट जाए तो फिर न्यूज़ रूम की पौबारह हो जाती है। किसी वजह से अगर कोई बड़ी घटना न भी घटी तो नौ-दस बजे के आसपास वरिष्ठों की मीटिंग के बाद सक्रियता बढ़ जाती है।

मगर आज सारी गतिविधियां सुस्त पड़ी हुई हैं। निरुत्साहित चेहरे इधर से उधर डोल रहे हैं। ख़बर बन रही है और पढ़ी जा रही हैं। पहले वाला जोश कहीं नहीं है। सब कुछ मशीनी अन्दाज़ में चल रहा है।

खेल की ख़बरें बनाने वाला रवि शिफ़्ट इंचार्ज राघवेंद्र से पूछ रहा था, "सर, आज सचिन का बर्थ डे है कुछ स्पेशल करना है...?"

राघवेंद्र ने उसे घूरकर देखा और कहा– "स्पेशल उस्पेशल का चक्कर छोड़ो और ख़बरें बनाओ...सिम्पल ख़बरें तो बनती नहीं, स्पेशल करने चले आए..."

रवि असिस्टेंट प्रोड्यूसर है। यह पहली बार है जब उसे इस तरह से झिड़का गया था। वह रुआंसा हो गया। जाकर चुपचाप अपनी सीट पर बैठ गया। उसकी समझ में नहीं आया कि उसने क्या गलती कर दी। वह तो कार्यक्रम बनाने की पहल कर रहा था। अगर ओके हो जाता तो मेहनत भी उसे ही करनी थी। स्टोरी से लेकर गेस्ट तक का जुगाड़ उसके सिर आ जाता। फिर शिफ़्ट इंचार्ज क्यों इतना भड़क गया? उसने तय किया कि अब कोई आयडिया लेकर नहीं जाएगा।

झगड़ने की आवाज़ सुनाई पड़ी तो उसने पलटकर देखा...राघवेंद्र अब एक महिला एंकर पर बरस रहा था–"जब इतना भी मालूम नहीं है तो फिर एंकर क्यों बनी हो...चेहरा दिखाने का इतना ही शौक़ है तो जाओ मॉडलिंग करो...सीरियल

और फ़िल्मों में काम करो...पत्रकारिता की रेड़ क्यों मार रही हो!''

एंकर—''देखिए, प्लीज़ इस तरह बात मत कीजिए...ठीक है मुझे नहीं पता, इसलिए तो आपसे पूछ रही हूं...आप सीनियर हैं, अगर थोड़ा बता देंगे तो क्या हो जाएगा...?''

राघवेंद्र—''मैंने तुम्हें पढ़ाने का ठेका ले रखा है?...मुझे इसकी तनख़्वाह नहीं मिलती''...अब तक पूरे न्यूज़ रूम की नज़रें दोनों पर आ टिकी थीं...एंकर को घोर अपमान की अनुभूति हुई...उसे लगा सबके सब उसे धिक्कार रहे हैं। वह रो पड़ी...झर-झर आंसू बहने लगे...मगर राघवेंद्र के चेहरे पर कठोरता के वही भाव थे...आंसुओं से वे पिघले नहीं।

एक दूसरी एंकर जो पहले इसी तरह के अनुभव से गुज़र चुकी थी, उस एंकर को चुप कराती हुई किनारे ले गई...

ठीक इसी समय सुदीप ने न्यूज़ रूम में क़दम रखा। देखते ही सारा माज़रा समझ गया। मगर उसने कुछ कहा नहीं। वह कभी इन सब पचड़ों में नहीं पड़ता। अपने काम से काम रखता है बस। उसका कभी किसी से बड़ा झगड़ा नहीं हुआ। कभी किसी ने उसे ऊंची आवाज़ में बात करते नहीं सुना। अगर कभी कोई उससे तेज़ आवाज़ में बात करना या फिर उलझने की कोशिश करता तो वह कन्नी काट जाता। इसी वजह से लोग उसे दब्बू और डरपोक समझते हैं।

सुदीप की निगाह में यह रोज़ का क़िस्सा है। डेस्क एंकरों की खामियां ढूंढ़ती रहती है और जैसे ही मौक़ा मिलता है उन पर चढ़ाई कर देती है। मौक़े भी उसे खूब मिलते हैं, क्योंकि एंकरों की भर्ती और ख़ास तौर पर फ़ीमेल एंकरों की भर्ती उनकी सूरत-शक्ल के आधार पर की जाती है। थोड़ी-बहुत अक़्लवाली हो तो क्या कहने! हां, इनमें से कुछ एंकर अपनी मेहनत और समझदारी के बूते आगे निकल जाती हैं। मगर शुरुआत में तो सब गलतियां करते हैं तो वे भी करेंगी ही। यह है कि उनसे कुछ ज़्यादा ही गलतियां होती हैं। पर उनको डांटने-फटकारने की वजह यह भर नहीं होती बल्कि इसके पीछे एक तरह की ईर्ष्या भी काम कर रही होती है। डेस्क के लोगों (दूसरों को भी) को लगता है कि ये कल की छोकरियां ठाठ से आती हैं, घंटों सजती-संवरती हैं, चार-छह बुलेटिन पढ़ीं, कैंटीन में गप्प मारी, मस्ती की और चल दीं। हम इनसे मेहनत भी ज़्यादा करते हैं और समझ भी बेहतर है, मगर पूछ इन्हीं की होती है, वेतन भी इनका अच्छा-ख़ासा होता है।

यही ईर्ष्या इनके बारे में तरह-तरह की कहानियां भी बुनती रहती है...वो फलाने से फंसी है। उसका तो कोई कैरेक्टर ही नहीं है वग़ैरा-वग़ैरा।

सुदीप को लगा कि अगर थोड़े अनुभवी और अक़्लमंद एंकर रखे जाएं तो अच्छा हो...मगर तभी उसे विनोद की बात याद आ गई...मैं तो भैया उस एंकर को देखने के लिए न्यूज़ देखता हूं...क्या सेक्सी लगती है (सुदीप के ज़ेहन में उस

एंकर की शक्ल उभर आई...वह एंकर न्यूज़ तो पढ़ती ही है, मगर एंटरटेनमेंट के शोज़ ने उसे पहचान दी है...इन शोज़ में वह कम और काफ़ी चुस्त कपड़े पहनकर लटकों-झटकों के साथ एंकरिंग करती है और इसीलिए उसके कार्यक्रमों और ख़बरों के वाचन के बहुत से लोग दीवाने हैं।) यानी फीमेल एंकर की यू एस पी होती है उसकी सेक्स अपील। जैसे फ़िल्मों में हीरोइनों से अपेक्षा की जाती है कि वे खूबसूरत और सेक्सी दिखें, गाना-वाना गाएं...एक्टिंग न भी आए तो चलेगा, वैसे ही न्यूज़ चैनलों में भी फीमेल एंकर के लिए यही क्रायटेरिया बन गया है। इसीलिए जहां बुद्धि का काम होता है वहां मेल एंकर काम आते हैं। चुनाव विश्लेषण हों, बजट या गंभीर मुद्‌दों पर चर्चा हो तो महिला एंकर परदे पर नज़र ही नहीं आतीं। फ़िल्मी मसाला हो या हल्का-फुल्का एंटरटेनमेंट तो वहां महिला एंकर का होना लगभग तय है। हां कुछ अपवाद हैं, मगर उससे क्या। वैसे एक पुरुषवादी मानसिकता भी इसके पीछे काम करती रहती है। चाकलेटी चेहरे वाले अधिकतर मेल एंकर भी अक्ल से पैदल ही होते हैं मगर उनके बारे में इतनी कथा-कहानियां नहीं बनतीं। उन्हें इतना हेय नहीं समझा जाता और न ही उनसे कोई इस तरह भिड़ता है।

राघवेंद्र का गुस्सा इसलिए भी बार-बार फूट पड़ता था कि वह खुद भी एंकर बनने की चाहत रखता था। उसने पीछे पड़कर एक बार स्क्रीन टेस्ट भी दे दिया था। मगर उसके उच्चारण में दोष है। वह से को स और श को स बोलता है और नुक्तों का तो ख़ैर उसे कुछ पता ही नहीं है। इसी वजह से उसे एंकर नहीं बनाया गया। सुदीप एंकरों के बारे में सोच ही रहा था कि एक ट्रेनी ने सूचना दी कि आनंद जी बुला रहे हैं।

आनंद जी आउटपुट के हेड हैं। आनंद जी यों तो मस्त आदमी हैं मगर राकेश जी के जाने से वे भी दुखी हैं। राकेश जी ही उन्हें इस चैनल में लाए थे। उनके रहते उन्हें ज़्यादा टेंशन नहीं लेना पड़ता था। समस्या आई तो राकेश जी के सामने रख दी और फिर राकेश जी ने जैसा कहा, कर दिया। कभी-कभार सुझाव भी दे दिए, जिन्हें राकेश जी आम तौर पर मान लेते थे। हालांकि राकेश जी बख़्शते किसी को नहीं थे। कितनी ख़बरें आईं, कितनी बनीं, कैसे बनीं, सबकी ख़बर रखते थे और कहीं कोई चूक दिखी तो क्लास लेने के लिए हमेशा तैयार। फिर भी जो जिस पद पर बैठा है उसकी सत्ता और महत्ता को कभी कम नहीं करते थे और न ही कभी किसी को अपमानित करने की उनकी नीयत रहती थी। इसलिए आनंद जी की सभी से खूब पटरी बैठती थी। मगर अब क्या होगा...का सर्वव्यापी प्रश्न उन्हें भी मथ रहा था।

सुदीप उनके पास पहुंचा तो आनंद जी के चेहरे पर टेंशन साफ़ झलक रहा था।

"आपने बुलाया सर...?" सुदीप ने भीतर घुसते ही सवाल दागा।

"हां...ऐसा है 12 बजे मीटिंग है...कोई महत्त्वपूर्ण घोषणा हो सकती है शायद... आपको भी उसमें रहना है इसलिए मौजूद रहिएगा।"

महत्त्वपूर्ण घोषणा की संभावना ने सुदीप के दिमाग में खलबली मचा दी– "सर कुछ खुलासा कीजिए न...चतुर्वेदी तो नहीं ज्वायन कर रहे हैं...?"

"जानते तो हो...फिर भी पूछ रहे हो...?"

"नहीं यह अफ़वाह तो कबसे उड़ी हुई है...अब क्या करना है सर...क्या नौकरी ढूंढ़ें?"

"हां, अपने लिए भी और हमारे लिए भी..." आनंद ने कहा।

"क्या मज़ाक करते हैं सर...आपको नौकरी ढूंढ़ने की क्या ज़रूरत है...? इतना अनुभव है, कोई भी हाथों-हाथ ले लेगा..."

"इस खुशफ़हमी में हम नहीं रहते भइया... एक तो हर जगह गिरोहबंदी है...सब अपने आदमी चाहते हैं...कोई भी जोखिम नहीं लेना चाहता..."

"इसीलिए तो पत्रकारिता का स्तर गिर रहा है। लेकिन चैनल चलाने के लिए काम करने वालों की भी तो ज़रूरत होती है, सर..."

"अरे जो कुछ चैनलों में हो रहा है उसमें अनुभवियों की ज़रूरत कहां है...अनुभवी लोग तो उलटे रास्ते के रोड़े समझे जाने लगे हैं। ख़बर की समझ हो न हो, भाषा आए या न आए...यंग हैं, गुडलुकिंग हैं, टेक्निकली साउंड हैं और जी के ठीकठाक है तो बस काम हो गया। कंटेंट ऐसा हो गया है कि ज़्यादा समझदारी की ज़रूरत ही नहीं है। फ़िल्म, क्रिकेट और क्राइम की ख़बरों के लिए कितनी समझ चाहिए, तुम्हीं बताओ..."

"आप ठीक कहते हैं सर...देख-देख के कोफ़्त होती है...सुबह से शाम तक बलात्कार की ख़बरों को उछालते रहिए...इनसे मुक्ति मिले तो किसी हीरो-हीरोइन का एमएमएस या फिर क्रिकेट की राष्ट्रीय समस्या...लगता है किसी टेब्लॉयड में काम कर रहे हैं...दिन-रात सनसनी बेचने का धंधा...समझ में नहीं आता पत्रकारिता कर रहे हैं या भड़वागीरी!"

इतने में राजेश आ गया–"सर, ऊपर से आदेश आया है कि आज प्राइम टाइम में कश्मीरी हिंदुओं पर हो रहे अत्याचारों पर चर्चा करवानी है..."

आनंद–"हां, अब तो इन्हीं सब पर चर्चा होगी...गुजरात के मुसलमानों पर हो रहे अत्याचारों पर नहीं कराएंगे चर्चा..."

आनंद के इस अंदाज़ से कुछ देर के लिए सन्नाटा छा गया...लेकिन न्यूज़ चैनलों की तेज़ गति में इस तरह के सन्नाटे महत्त्व नहीं रखते और फौरन तोड़ दिए जाते हैं...

राजेश–"तो सर, किसको बुलाया जाए?"

आनंद–"उन्हीं से पूछ लो भइया, हम क्या बताएं, बुला लें सिंघल-तोगड़िया

को और कर लें चर्चा...''

राजेश–''सर, हमको तो नौकरी करनी है। जो आदेश मिलेगा, कर देंगे। तोगड़िया को बुलाने को कहेंगे तो उसे ही बुला देंगे।''

''पत्रकारिता में नौकरी करने के लिए आए हो या पत्रकारिता करने...?'' सुदीप से रहा नहीं गया...

''सर, सच बताएं...हम तो नौकरी करने ही आए हैं। सिविल का तीन अटेम्प्ट दिए...जब नहीं हुआ तो क्या करते...पत्रकारिता में चले आए...वैसे भी नौकरी नहीं होगी तो पत्रकारिता क्या करेंगे, खाक़...'' राजेश बोलता गया– ''देखिए सर, हम तो पत्रकारिता में इसलिए आए कि इसमें सेटिंग-फिटिंग का पूरा जुगाड़ है...हर जगह एक्सेस मिल जाती है...कभी किसी मंत्री से सेटिंग हो जाएगी तो बड़ा खेल कर लेंगे...तब तक नौकरी चलती रहे बस।''

आनंद जी ऐसे चरित्रों से बहुत घृणा करते हैं। उनकी बर्दाश्त के बाहर हो गया तो डांटकर बोले–''अच्छा जाओ, अपना काम करो...जिसने विषय सुझाया है उसी से गेस्ट भी पूछ लो।''

राजेश मुस्कुराता हुआ चला गया।

खिसियाए से सुदीप ने आप्त वाक्य दोहराया–''सर, अब यहां से निकल लीजिए...अब ऐसे लोगों की ही चलेगी...नरक हो जाएगा नरक...''

''स्वर्ग कहीं नहीं है भैया सुदीप...चैनल-चैनल नरक फैला हुआ है...जैसे हर पार्टी में फंड रेज़र और सेटर होते हैं, वैसे ही हर चैनल में राजेशों और चतुर्वेदियों की ज़रूरत होती है...ये लोग मालिकों के ख़ास होते हैं। हर चैनल इन्हें विशेष लाड़-प्यार से पालता है...क्योंकि यही लोग तो होते हैं सरकारों और पार्टियों से सेटिंग करवाने वाले...पोषण और संरक्षण दिलाने वाले...तुम्हारी-हमारी कहीं नहीं चलेगी...इनकी हर जगह चलती है...इसलिए भागने के लिए हमारे पास जगह नहीं है...जितना लड़ सको लड़ो...इनको भाव न दो...इनको इनकी औक़ात में रखो...बता दो कि दलाल, दलाल ही रहेगा चाहे वो जी बी रोड पर खड़ा हो या फाइव स्टार होटल के सामने...''

आनंद जी का चेहरा लाल हो रहा था...सुदीप सोच रहा था कि राकेश जी ने प्रतिबद्ध पत्रकारों की टीम बनाई थी। आउटपुट और इनपुट दोनों जगह उन्होंने दो सुरक्षागार्ड बैठा दिए थे। कहीं से कोई गुंजाइश नहीं बची थी धंधेबाज़ों के लिए। इसीलिए उनके प्रतिद्वंद्वी उनसे खार खाए हुए थे। हालांकि अपने तईं जो बन पड़ता था, वे करते थे। लेकिन कोई बड़ा खेल वे नहीं खेल पा रहे थे। उनके कई खेलों का पर्दाफ़ाश भी राकेश जी ने कर दिया था, इसलिए उनसे टकराव बढ़ता ही चला गया। खान तो खैर उनके पीछे ही पड़ा हुआ था। वह और उसके आदमी हमेशा ऐसा कुछ-न-कुछ तलाशते रहते थे ताकि राकेश जी को शिकस्त दे सकें। उसके पास ऐसे आयडियों की भरमार थी, जिनमें पैसे लेकर प्रोग्राम बनाने का जुगाड़ होता था।

होटलों से पैसे लेकर उनके यहां बनने वाले व्यंजनों पर कार्यक्रम बनाना हो या किसी इंस्टीट्यूट की वाहवाही करने के एवज़ में पैसा लेना...उसे किसी से भी परहेज़ नहीं था। यहां तक कि उसने एमएलए और मंत्रियों को भी इसके लिए पटा लिया था। चैनल के मालिक भी इसीलिए उससे बहुत खुश रहते थे।

खान ने अपने इस हुनर को अपना हथियार बना लिया था। त्रिपाठी को भी उसने अपने साथ मिला लिया था। वह मार्केटिंग देख रहा था।

त्रिपाठी भी पूरा कैरेक्टर है। देर रात तक दारू पीना और रोज़ दफ़्तर लेट पहुंचना उसकी आदत है। उसे कितनी ही वार्निंग दी जा चुकी है मगर वह अपनी आदत सुधार नहीं पाता...अपने केबिन में घुसने के बाद पंद्रह मिनट तक अगरबत्तियां घुमाएगा और मंत्र पढ़ेगा। जब भी बात करेगा लंबी-लंबी फेंकेगा–"अरे वो? वो तो मेरा चेला है यार...अरे उसको तो मैंने मार्केटिंग सिखाई है।" हर बात के बाद 'टच वुड' कहता है और टेबल को चूमता है। लोग उससे तंग आ चुके हैं क्योंकि अभी तक वह कुछ कर नहीं पाया है। हालांकि इसमें उससे ज़्यादा दोष मैनेजमेंट की पॉलिसी का है। वह जिस रेट में विज्ञापन लेना चाहता है वह रेट बड़े-बड़े चैनलों को भी नहीं मिल रहे। वह करे तो क्या करे...समझा-समझाके थक गया है और अब खाली-पीली हांकता रहता है।

त्रिपाठी को टीआरपी और बिकाऊ कंटेंट की बात भर समझ में आती है। दोनों ने मिलकर यह कहना शुरू कर दिया कि राकेश जी तो बस खर्चे के बारे में सोचते हैं। उन्हें इस बात की चिंता ही नहीं है कि पैसा कहां से आएगा। मालिक को यह बात जम गई। चैनल घाटे में चल रहा था और इनकम की कोई सूरत दिख नहीं रही थी। लिहाज़ा उन्होंने राकेश जी पर ज़ोर डालना शुरू कर दिया कि वह भी बिज़नेस लाएं। नेताओं से उनकी इतनी जान-पहचान है, किसी से कहकर पब्लिक सेक्टर के एड लाएं। राकेश जी ने साफ़-साफ़ कह दिया कि हम पत्रकार हैं, हमसे पत्रकारिता करवा लो, मार्केटिंग नहीं होगी। हां कंटेंट में कोई कमी हो, उसमें सुधार की ज़रूरत हो तो बताइए, हम उसके लिए हमेशा तैयार हैं। उनकी इस बात को ऐसे प्रस्तुत किया गया मानो वे असहयोग कर रहे हों। नतीजतन, उनके नंबर कम होते गए। राकेश जी ने इस धारणा को बदलने के लिए अपनी तरफ़ से कोई कोशिश नहीं की, जिसके चलते इस मामले में उनका पक्ष कमज़ोर होता गया।

4

सुदीप वैसे तो पार्टियों में जाना पसंद नहीं करता था। मगर मधुर ने इतना ज़ोर डाला कि उसे आना ही पड़ा।

पार्टी स्थल पर पहुंचा तो देखकर दंग रह गया। भव्य आयोजन था। बड़ा भारी मंडप, शानदार साज-सज्जा और खाने-पीने की उम्दा व्यवस्था। लाखों रुपए खर्च किए

गए थे। उसने सोचा, मधुर के पास इतना पैसा कहां से आ गया? लेकिन तभी उसने सोचा कि कमाने वाले तो कमा ही रहे हैं। वही है जो आदर्शों को गले में लटकाए घूम रहा है और इतने साल से काम करने के बावजूद आलम यह है कि अगर दो महीने तनख़्वाह न मिले तो फाकों की नौबत आ जाए। इधर मधुर जैसे लोग हैं जो कोठी-बंगलों में इनवेस्ट कर रहे हैं। खर्चीली पार्टियां दे रहे हैं। फिर उसे लगा कहीं वह ईर्ष्या तो नहीं कर रहा मधुर से...लेकिन उसे अचरज हुआ कि केवल वही नहीं है जो यह सब सोच रहा हो। विभिन्न चैनलों और अख़बारों से आए तमाम पत्रकारों के दिमागों में यही सब चल रहा है।

शशि से जब मिला तो हाय-हैलो के बाद वह बोल ही पड़ा—"खूब पैसा पिट रहा है भैया मधुर।"

"हां...ईपी बनने के बाद तो सैलरी अच्छी हो गई है।"

शशि ने दो-तीन पैग लगा रखे थे और पहले से ही भरा बैठा था...इतना सुनते ही उबल पड़ा—"अरे सैलरी से थोड़े होता है ये सब... सेटिंग-फिक्सिंग का कमाल है ये...पता है कितने फ्लैट और कोठियां हैं दिल्ली में इसकी...?"

सुदीप ने न में सिर हिलाया।

"वसंतकुंज, जीके और मयूर विहार के तो मेरे देखे हुए हैं...दो-ढाई करोड़ के तो यही होंगे...किसी ईपी में है दम इतनी जायदाद खड़ी करने का..."

"अरे छोड़ यार, तू भी क्या ले के बैठ गया...पार्टी इंज्वाय कर..."

"ऐसी पार्टी तू इंज्वाय कर सकता हो तो कर...मैं तो बस यही देखने आया था कि बंदा क्या गुल खिला रहा है...देख लिया, अब चलूंगा..."

पार्टी में आए सभी पत्रकारों के मन में इसी तरह के सवाल उठ रहे थे। कोई ईर्ष्या से फुंका जा रहा था तो कोई मधुर में अपना भविष्य देख रहा था। कुछेक के मन में एक तरह की वितृष्णा भी बह रही थी।

सुदीप को भी यह सब देखकर घिन आ रही थी। मधुर ने तमाम बड़े राजनीतिज्ञों का जमावड़ा लगा दिया था। वह दौड़-दौड़ के कभी किसी नेता की अगवानी कर रहा था तो कभी किसी को विदा कर रहा था। कोई पत्रकार अगर नेताओं के सामने इस तरह से बिछ जाए तो वह पत्रकारिता क्या करेगा? खाक़!

वह खाने की मेज़ों की तरह बढ़ गया। प्लेट लेकर लाइन में लगा तो देखा आगे शैलेंद्र है। हाय-हैलो के बाद दोनों खाना लेकर एक तरफ़ खड़े होकर खाने लगे। शैलेंद्र नेशन टीवी में रिपोर्टर है।

सुदीप ने पूछा, "और क्या चल रहा है...?"

"बस, बढ़िया है...नौकरी चल रही है। तुम सुनाओ, राकेश जी के जाने के बाद कैसा चल रहा है...?"

"ठीक है...बस हम भी अब नौकरी ही कर रहे हैं।"

शैलेंद्र ने टटोलने की गरज़ से सलाह दी–"चैनल 'के' में लोगों की ज़रूरत है"...

"हां यार, मैंने भी सुना है...मगर बिना कनेक्शन के कुछ होता नहीं है।"

"तुम सीधे राजेंद्र से मिलो न...आजकल तो सब उसी के हाथ में है।"

"अरे यार, राजेंद्र मुझे वहां घुसने भी नहीं देगा। वर्ल्ड न्यूज़ में मेरा उससे पंगा हो गया था। वह चैनल हेड की इतनी चमचागीरी करता था कि मैंने उसका नाम ही चटवारीलाल रख दिया था। उसे पता चल गया तो मेरे पीछे ही पड़ गया।"

"अरे उस चैनल में तो चाटुकारों की ही चलती है। वहां तो आगे बढ़ने का मंत्र ही यही है। जो जितने अच्छे ढंग से बांटता है वह उतनी ज़्यादा तरक्क़ी करता है। तुम तो जानते ही हो जब कभी मालिक न्यूज़ रूम में आता है तो पैर छूने वालों की लाइन लग जाती है। वह साला रात-रात भर बकवास पेलता रहता है, लोग मन-ही-मन भोसड़ियाते रहते हैं मगर चमचे वाहवाही करते रहते हैं। ऐसे-ऐसे सवाल पूछते हैं कि साला चमचा शिरोमणि भी शरमा जाए। वह भी खुलेआम पत्रकारों को कमीना, नमकहराम कहता रहता है और सब कान फाड़े सुनते रहते हैं। बस नौकरी बनी रहे...न आत्मसम्मान की चिंता न ईमान की...पत्रकारिता की तो खैर बात ही छोड़ दो..."

"पत्रकारिता तो खैर वहां घंट होगी...एक पार्टी का भोंपू बन गया है पूरा ग्रुप...जब नेता ही तय कर रहा है कि चैनल कौन चलाएगा और कैसे चलाएगा तो फिर क्या रह गया।"

"इतना पैसा लगाया है मगर चैनल फिसड्डी का फिसड्डी बना हुआ है...प्रोफेशनलिज़्म नाम की चीज़ ही नहीं है वहां...उन्हें मतलब भी नहीं है उससे...दूसरे धंधों को मीडिया का सपोर्ट मिलता रहे...और क्या चाहिए..."

उन्हें देखकर सौरभ भी आ गया। सौरभ उसी चैनल में काम करता है जिसकी चर्चा दोनों कर रहे थे।

प्रसंग को जारी रखते हुए शैलेंद्र ने पूछा– "और क्या है नई ताज़ी...सुना है तुम लोगों को भी धंधे में लगा दिया गया है।"

सौरभ डिफेंसिव होकर बोला–"हां यार...सबके लिए टारगेट फ़िक्स किए जा रहे हैं...किस ब्यूरो को कितना बिज़नेस देना है...कौन रिपोर्टर किन-किन सरकारी विभागों को दुहेगा...सब तय हो रहा है। यहां तक कि स्ट्रिंगरों तक को कह दिया गया है कि अगर बिज़नेस नहीं तो काम भी नहीं...समझ में नहीं आ रहा पत्रकारिता कराना चाहते हैं या दलाली। कोई विरोध ही नहीं कर रहा..."

सुदीप–"खुद हेड जब घूम-घूमकर सबको धमका रहा है तो फिर कोई कैसे मुख़ालफत कर सकता है। हेड इतना खुंदकी है कि जो भी थोड़ा चूं-चपड़ करता है उसको निपटाने में देर नहीं करता...इसीलिए एक-एक करके सारे अच्छे लोग वहां

से निकल गए हैं...जो बचे हैं वे इंतज़ार में हैं कि कब मौक़ा मिले और रस्सी तुड़ाकर भागें।"

शैलेंद्र—"हां, ये तो सही है...अब वहां ऐसे ही लोगों की चल रही है जिनका ताल्लुक पत्रकारिता और उसके सरोकारों से है ही नहीं...आजकल तो वहां सबको नोटों की चिंता है। चैनल का पचास फ़ीसदी कंटेंट बिका हुआ है। चैनल तो बिक ही गया है, चलाने वाले भी बिके हुए हैं। सब पैसा बनाने में लगे हुए हैं। ऐसे में धंधेबाज़ों की बन आई है और जिनका थोड़ा-बहुत दीन-ईमान है वे घुटकर जी रहे हैं।"

अपने चैनल की ऐसी निंदा सौरभ से पच नहीं रही थी, लिहाज़ा विषय बदलते हुए उसने कहा—"यार, बड़े-बड़े नेता बुला रखे हैं मधुर ने, अच्छी-ख़ासी पहुंच है..."

"हां, तू भी करने लग सबकी पीआर, तेरी भी ऐसी ही नेटवर्किंग हो जाएगी"...सुदीप ने चिढ़ाने के लिए कहा।

"सुदीप, तुम तो ठहरे डेस्क के आदमी...तुम्हें क्या पता आज की रिपोर्टिंग कैसे हो रही है...आज की पत्रकारिता बाइट की पत्रकारिता है...जो भी बड़े नेताओं की बाइट ले आए...इंटरव्यू कर दे या फिर स्टूडियो में आने को राज़ी कर ले बस वही मीर है...ये कोई नहीं देखता कि नेता से पूछा क्या गया है और नेता कह क्या रहा है"...सौरभ का स्वर तेज़ हो गया था...

सुदीप सौरभ की इस बात का जवाब देना चाहता था कि वह केवल डेस्क का आदमी नहीं है, मगर अपनी आदत के अनुसार वह भिड़ने से कतरा गया।

कुछ लोगों से मिलने के बाद सुदीप ने लौटने का मन बना लिया। हालांकि पार्टी अभी जवान ही हो रही थी...नेताओं का आना-जाना लगा हुआ था, मगर उसका मन खट्टा हो चुका था इसलिए विदा के इरादे से वह मधुर के पास गया...मधुर का ध्यान नेताओं पर लगा हुआ था। उसने जल्दी से किसी दूसरी तरफ़ देखते हुए सुदीप को आने के लिए धन्यवाद दिया और एक्सक्यूज़ मी बोलकर किसी और नेता के स्वागत के लिए लपका...

सुदीप को लगा कि अगर कुछ देर और रुका तो उसे कै हो जाएगी...इसलिए जल्दी से वहां से निकल आया...

5

राकेश माथुर के जाने और चतुर्वेदी के ज़्वायन करने के बाद चेयरमैन गुप्ता ने पहली मीटिंग ली।

चेयरमैन यानी अरविंद गुप्ता दिल्ली के पुराने बाशिंदे हैं। उम्र पचास के आसपास...कद क़रीब छह फीट...सांवला रंग और खोपड़ी सफाचट...पेट थोड़ा निकला हुआ...हमेशा ब्लैक सूट में तने हुए रहते हैं। खानदानी बिज़नेसमैन हैं मगर उनका

मीडिया से कुछ भी लेना-देना नहीं है। उनके कई धंधे हैं। आगरा में जूते की फैक्ट्री है और कानपुर में पान मसाला बनाने की। गाजियाबाद में एक शराब की फैक्ट्री भी लगा रखी है। इन धंधों को चलाने के लिए उन्हें तरह-तरह के गोरखधंधे करने पड़ते हैं। किसी ने समझाया कि एक न्यूज़ चैनल शुरू कर दो तो सारे काम आसान हो जाएंगे। क्या नेता और क्या अफ़सर, सब डरेंगे और तमाम काम चुटकी बजाते ही हो जाएंगे। गुप्ताजी को बात जम गई। इतना बड़ा कारोबार मगर कोई पूछे नहीं। जो चाहे हड़का जाता है और हर किसी के सामने गिड़गिड़ाना पड़ता है। मीडिया की ताकत रहेगी तो सिर उठाकर चलेंगे और लोग इज्ज़त भी करेंगे। लोग फीता-वीता काटने भी बुलाएंगे जैसे कि उस शर्मा को बुलाते हैं। उसकी तो अख़बारों में फोटो भी छपती रहती है और अपने चैनल में दिखता भी रहता है। लिहाज़ा एक रिटायर्ड अफ़सर को पकड़ा और लायसेंस हासिल कर लिया। जल्दी ही चैनल भी आ गया। वह सब भी उसे मिलने लगा जो वह चाहता था, मगर उतना नहीं जितना कि ख़्वाहिश थी, क्योंकि इसके लिए ज़रूरी था कि चैनल खूब लोकप्रिय हो, धांसू रिपोर्ट चलें, सरकार हिले। मगर ऐसा हो नहीं पा रहा है और इससे वे खीझे हुए रहते हैं। आजकल उन्हें हर महीने होने वाले खर्च की चिंता सता रही है।

आज की मीटिंग का एजेंडा भी यही था कि चैनल को कमाऊ कैसे बनाया जाए।

मीटिंग में सभी वरिष्ठ लोगों को बुलाया गया है। कान्फ्रेंस हॉल में पच्चीस के क़रीब लोग इकट्ठे हैं। चेयरमैन के चेहरे पर गंभीरता छाई हुई है। खुद बैठने के बाद उन्होंने बैठने का इशारा किया। सब बैठ गए तो उन्होंने बोलना शुरू किया, "देखिए, चैनल की आर्थिक स्थिति से हम सभी परिचित हैं और अब ज़रूरी हो गया है कि हम कुछ ड्रास्टिक स्टेप लें। सबसे पहले तो मुझे ये कहना है कि हमारा मार्केटिंग विभाग पूरी तरह से फेल रहा है। उसके कम्प्लीट ओवरहालिंग की ज़रूरत है और आवश्यक हो तो पूरी टीम को भी बदलने के बारे में सोचा जाए।"

त्रिपाठी ने धीरे से कुछ कहना चाहा मगर गुप्ता ने उसे डपट दिया—"आपको कुछ भी बोलने की ज़रूरत नहीं है...आदमी का काम बोलता है जो नहीं बोल रहा..."

त्रिपाठी—"लेकिन सर, जब तक मुझे सपोर्ट नहीं मिलेगा मैं क्या कर सकता हूं।"

गुप्ता—"आपको राकेश जी से सपोर्ट नहीं मिल रहा था अब वो नहीं हैं, अब करके दिखाइए..."

त्रिपाठी की बोलती बंद हो गई...उसकी पोल खुल गई थी...सबको पता चल गया था कि राकेश माथुर की विदाई में किस गैंग का हाथ था।

गुप्ता—"खैर, मैं अब उन बातों में नहीं जाना चाहता। मैं चाहता हूं कि आप लोग मिलकर चैनल की आय बढ़ाएं..." थोड़ा रुककर—"चतुर्वेदी जी, आप फौरन जुट जाइए...जितने भी मंत्रियों और राज्य सरकारों से आपके संपर्क हैं उनसे क्या मदद ली जा सकती है, लीजिए..."

चतुर्वेदी—"सर, मैंने ऑलरेडी काम शुरू कर दिया है...कल मैं दो मुख्यमंत्रियों से मिल रहा हूं...उनसे कुछ ऐसी सेटिंग करने की कोशिश करूंगा ताकि नियमित धन आए...उनका और उनकी पार्टी का थोड़ा ख़्याल रखना पड़ेगा..."

गुप्ता—"थोड़ा नहीं पूरा ख़्याल रखिए...हमें पैसे से मतलब है...हमें इससे कोई फ़र्क़ नहीं पड़ता कि उनका प्रोपेगंडा करना पड़ रहा है।"

आनंद जी ने बीच में दख़ल दिया—"सर, लेकिन चैनल की इमेज़ खराब हो जाएगी...ये इंप्रेशन जाएगी कि ये चैनल आसानी से बिक जाता है...कोई भी खरीद सकता है।"

गुप्ता—"तो अच्छा ही है न...हमें और भी आसानी से बिज़नेस मिलेगा..."

आनंद जी ने अब चुप रहने में ही बेहतरी समझी। मगर सुदीप बोल पड़ा, "सर, चैनल पर ठप्पा लग जाएगा कि ये अमुक नेता और अमुक पार्टी का चैनल है..."

गुप्ता—"नहीं, ऐसा नहीं है...दूसरी पार्टी के लोग पैसा देंगे तो हम उनको भी उतना ही मौक़ा देंगे। हमारी तो चमड़े की ज़बान है, किसी तरफ़ भी पलट सकती है...तो चतुर्वेदी जी, आप राजनीतिक संपादक सुधांशु को भी साथ ले लीजिए...उनके भी संबंध-संपर्क काफ़ी हैं।"

चतुर्वेदी—"जी सर..."

गुप्ता—"वैसे चतुर्वेदी, एक और आयडिया भी है मेरे दिमाग में...हमारा सालाना खर्चा 25 से 30 करोड़ है। अगर आप हर साल तीन-चार राज्यों में एक-एक बड़ा प्लाट किफ़ायती दर पर दिलवा दें तो चैनल का खर्चा इस तरह भी निकाला जा सकता है।"

चतुर्वेदी—"आयडिया तो अच्छा है सर..."

गुप्ता—"आप एक काम और कर सकते हो...तीन राज्यों में इस साल चुनाव होने जा रहे हैं...आप कुछ नेताओं को पकड़ लो कि भाई हम तुम्हारा प्रचार करेंगे, तुम्हारे ख़िलाफ ख़बर नहीं चलाएंगे...तो वो भी फंड कर सकते हैं हमें।"

चतुर्वेदी—"सर, दोनों ही आयडिया शानदार हैं...फौरन क्लिक करेंगे..."

आनंद, सुदीप और उनके जैसे दो-तीन और लोग यह सब सुनकर अंदर ही अंदर फुंके जा रहे थे, मगर असहाय थे...कुछ बोल नहीं सकते थे...इतने में प्रोग्रामिंग हेड खान ने भी अपने जलवे दिखा दिए—"सर, हम चाहें तो अपने संवाददाताओं और स्ट्रिंगर को भी इस तरह के काम सौंप सकते हैं...एक चैनल समूह ने तो बाक़ायदा ये शुरू कर दिया है। सबको हर महीने का टारगेट दे देते हैं...जो पूरा करेगा उसको बोनस और कमीशन मिलेगा और जो नहीं करेगा उसकी छुट्टी कर दी जाएगी..."

आनंद थोड़ा ऊंचे स्वर में बोले—"आप तो सारे पत्रकारों को ही धंधेबाज़ बना देंगे..."

गुप्ता को आनंद का यह अंदाज़ नहीं भाया—"आनंद जी, आदर्शवादी बनने से चैनल नहीं चलेगा...हम यहां समाजसेवा के लिए नहीं बैठे हैं...चैनल को अगर सच और ईमानदारी के मुखौटे की ज़रूरत होती है तो बेशक़ आप दिन भर बोलते रहिए, मगर मुझे मतलब है पैसे से, इसलिए हमको व्यावहारिक बनना पड़ेगा...व्यावहारिक..."

आनंद—"सर, चैनल चलाने के लिए ही ये ज़रूरी है कि चैनल की विश्वसनीयता बरकरार रखी जाए...अगर सबको लगेगा कि ये चैनल तो बिकाऊ है तो कोई खरीदने भी नहीं आएगा कुछ समय बाद...दर्शक भी देखना बंद कर देंगे...और जब व्युअरशिप ही नहीं होगी तो हम बेचेंगे क्या और कोई खरीदेगा क्यों?...हमें लांग टर्म की प्लानिंग सोचनी चाहिए..." आनंद जी की दलील ने सबको सोचने के लिए मजबूर कर दिया...लेकिन गुप्ताजी पीछे हटने के लिए तैयार नहीं थे...बोले—"चतुर्वेदी जी, आप अपना काम जारी रखिए मगर इस तरह कि चैनल की बदनामी न हो यानी सांप भी मरे और लाठी भी न टूटे..."

6

राकेश माथुर के जाने के बाद वही होने लगा जो कि आम तौर पर सभी चैनलों में होता है। नए सत्ताधारियों ने उन लोगों को चिह्नित करना शुरू कर दिया जिन्हें राकेश जी का आदमी करार दिया जा सकता था और इस आरोप के आधार पर उसे निकाला या दरकिनार किया जा सकता था। अपने लोगों की भरती करने के लिए यह ज़रूरी था कि कुछ लोगों की बलि दी जाए। लिहाज़ा अभियान शुरू हो गया। सबसे पहला निशाना बना आकाश। आकाश प्रोड्यूसर था। पूरी लगन और मेहनत से बुलेटिन तैयार करता था। कोई घटना हो जाए तो क्या-क्या और कैसे करना है वह तुरंत उसकी प्लानिंग बनाकर आनंद जी और राकेश जी के पास पहुंचकर डिस्कस करने लगता था। सामाजिक सरोकारों के मामले में भी वह एक प्रतिबद्ध पत्रकार की तरह तैनात रहता था। ख़बर को कैसे ऐसा एंगल दिया जाए कि उसके मायने ही अलग हो जाएं यह उसे खूब आता था। यही वजह थी कि दूसरे प्रोड्यूसरों की तुलना में उसे ज़्यादा महत्त्व भी मिलता था। लेकिन राकेश जी के जाने से उसका उत्साह भी ठंडा पड़ गया। इसका यह मतलब निकाला गया कि वह असहयोग कर रहा है और असहयोग इसलिए कर रहा है क्योंकि राकेश जी का आदमी है, लिहाज़ा उसकी बलि चढ़ा देनी चाहिए।

आकाश को हटाने के पीछे नए नेतृत्व का असुरक्षाबोध और आत्मविश्वास की कमी तो थी ही मगर अपनी पसंद के लोगों को लाने की इच्छा भी थी। फिर यह मैसेज भी देना था कि उनके ख़िलाफ़ जाने वालों का क्या हश्र होगा।

एक दिन नए चैनल हेड चतुर्वेदी ने आकाश को बुलाया और कह दिया कि

आपको कल से आने की ज़रूरत नहीं है। यह पूछने पर कि कसूर क्या है बताया गया कि आपका रवैया चैनल के लिए घातक है। जब उसने चैनल छोड़ने के लिए कुछ वक़्त मांगा तो मना कर दिया गया।

आकाश के जाने का असर और भी उल्टा पड़ा। सबके सब ढीले पड़ गए। आकाश की जगह आए नए सीनियर प्रोड्यूसर प्रबोध ऊपर से थोपे हुए थे और लोग उन्हें उसी रूप में देखते थे। प्रबोध को काम भी नहीं आता था। सब पीठ-पीछे हंसते थे। उसको लेकर कई तरह के चुटकुले चल पड़े थे। ज़्यादातर लड़कियों को लेकर ही थे, क्योंकि वह हर समय किसी कन्या का साथ ढूंढ़ा करता था। चाय पीनी हो तो किसी लड़की से कहता आओ, तुमको चाय पिलाता हूं। खाना खाने जाना हो तो बोलता आज चिकन लाया हूं, आओ टेस्ट कराता हूं। कई को वह किसी होटल में डिनर कराने का ऑफ़र दे चुका था। हालत यह हो गई थी कि लड़कियां यह कहने लगी थीं कि प्रबोध टायलेट जा रहा है, भागो!

प्रबोध के अलावा इनपुट में समीर की भी भरती हुई। समीर को हाल में एक चैनल छोड़ना पड़ा था। उसे यह सोचकर लाया गया था कि वह नीचे के स्टाफ़ को उनके हिसाब से सेट करेगा। मगर वह ऐसा करना नहीं चाहता था। उसके चेहरे से ही प्रकट होता था कि वह फंस गया है। इनपुट का उसका तजुर्बा भी ख़ास नहीं था, उस पर चैनल का कंसेप्ट ऐसा था कि उसको समझने और फिर उसके हिसाब से काम लेने के लिए किसी भी नए व्यक्ति को वक़्त लगना लाज़िमी था। पुराने लोग इस काम में पारंगत थे, इसलिए बिना उससे पूछे ही सब निपटा देते थे। हां, ऊपर से जो दिशा-निर्देश मिलने चाहिए, वे नहीं मिल रहे थे, इसलिए क्वालिटी पर असर ज़रूर पड़ रहा था।

एक तरफ़ पुराने लोगों को निकालने की साज़िशें रची जा रही थीं तो दूसरी ओर पुराने लोग भी वक़्त की नज़ाकत को भांपते हुए कुछ पाला बदलने लगे और कुछ निकलने की जुगत में भिड़ गए। महीने भर के अंदर ही दो अच्छे एंकर और तीन प्रोड्यूसर छोड़कर चले गए। उनकी जगह पर नए नेतृत्व ने कुछ और भर्तियां कर डालीं जिसको लेकर ढेर सारे सवाल उठे। बात ऊपर तक पहुंची तो दो नियुक्तियां रद्द कर दी गईं। मगर इससे उसका हौसला कम नहीं हुआ। उसने सुदीप को टारगेट बनाना शुरू कर दिया, क्योंकि उसे शक़ था कि उसी ने ऊपर शिकायत की थी।

अभियान दूसरे ही दिन से शुरू हो गया। चतुर्वेदी ने उसकी शिफ़्ट में बनने और चलने वाली हर ख़बर की ख़बर लेनी शुरू कर दी। अपने सारे आदमियों को उन्होंने सुदीप के पीछे लगा दिया। सुदीप को हर घंटे ऊपर बुलाया जाने लगा। गलतियां निकाल-निकालकर क्लास ली जाने लगी। एंकर गलत सवाल पूछे तो सुदीप की गलती। कॉपीराइटर स्क्रिप्ट में कोई चूक कर जाए तो सुदीप को झाड़ मिले। किसी रिपोर्टर का फ़ोनो या सिमसेट न हो पाए तो सुदीप दोषी। टिकर में मात्राओं की गलती

हो तो सुदीप ध्यान नहीं देते, इसलिए ऐसा हो रहा है। यहां तक कि पिछली शिफ़्ट की गलतियां भी उसके माथे मढ़ी जाने लगीं।

पहले तो सुदीप के समझ में कुछ नहीं आया। उसे लगता था कि वह अपना काम मन लगाकर करता है इसलिए कभी कोई उंगली भी नहीं उठा सकता। आज तक उसके काम को लेकर किसी ने सवाल नहीं किया था। बल्कि उसकी ख़्याति तो ऐसी थी कि काम उसको सौंपकर निश्चिन्त हुआ जा सकता है। मगर अब यह सब उसके साथ क्यों हो रहा है? न उलझने के अपने स्वभाव के कारण वह अपनी कमी टटोलने में लग गया। उसे लगा कि कहीं राकेश जी के जाने के बाद वह सचमुच में तो ढीला नहीं पड़ गया। उसने अपने आपसे कहा कि नहीं...मुझे और अधिक ध्यान से काम करना चाहिए। किसी को यह नहीं लगना चाहिए कि मैं उनका आदमी था इसलिए पहले अच्छा काम करता था और अब वे चले गए हैं इसलिए काम नहीं कर रहा। इस तरह वह और अधिक मुस्तैदी से काम करने लगा। पहले वह बारह घंटे ही काम करता था मगर अब चौदह से सोलह घंटे दफ़्तर में ही लगाने लगा। पर इसका भी कुछ असर नहीं पड़ा। उल्टे उसके ज़्यादा काम करने से लोगों को गलतियां निकालने के और ज़्यादा मौके मिलने लगे। धीरे-धीरे उसे समझ में आने लगा कि उसे टारगेट किया जा रहा है। उसके साथियों ने भी उसे इशारों में कह दिया कि भइया ये लोग पीछे पड़ गए हैं, जल्दी से कोई इंतज़ाम करके निकल लो।

सुदीप ने और अधिक सावधानियां बरतनी शुरू कर दीं। वह एक-एक चीज़ को कई-कई बार जांचने लगा। उसे एक तरह के फोबिया ने घेर लिया, जिसकी वजह से उसका आत्मविश्वास बुरी तरह डिगने लगा। चेक करने के बाद भी वह पूरी तरह आश्वस्त नहीं हो पाता था। नतीजा यह निकला कि वह और अधिक परेशान और अधिक तनाव में रहने लगा।

मगर चंद दिन बाद ही उसे बुलाकर चतुर्वेदी ने कहा कि आप बुलेटिन संभालने में सक्षम नहीं हैं इसलिए बेहतर होगा कि प्रोग्रामिंग में शिफ़्ट हो जाएं। सुदीप स्वभावतः बहुत विरोध नहीं कर पाया। चतुर्वेदी भी टस से मस नहीं हुआ।

सुदीप चतुर्वेदी के कमरे से निकला तो अपमान की आग से उसका तन-बदन जल रहा था। बारह साल के कैरियर में यह पहला मौक़ा था जब किसी ने उसे अक्षम कहा था। उसका मन कर रहा था कि अभी इस्तीफ़ा लिखे और चतुर्वेदी के मुंह पर मार आए। मगर यह उसके स्वभाव के विपरीत था। वह इस तरह के फैसले नहीं ले पाता। वह किसी से झगड़ ही नहीं सकता। कमज़ोर आर्थिक स्थिति की वजह से उसकी शख़्सियत इस तरह से ढल गई थी कि वैचारिक तौर पर भले ही वह कितना ही अतिवादी हो जाए मगर कार्रवाई के स्तर पर बहुत ही कायर बन जाता है। उसे फौरन अपने दो छोटे-छोटे बच्चों और बीवी का ख़्याल आ जाता है

जो कि इस वक़्त भी उसके दिलो-दिमाग पर हावी था। उसने सोचा—अगर तुरंत नौकरी न मिली तो क्या होगा उनका? एक-दो महीने तो किसी तरह से खींच लेगा मगर उसके बाद...घर का किराया, बच्चों की फीस, राशन-पानी और दूसरे तमाम खर्चे...कैसे करेगा बंदोबस्त...? कहां हाथ फैलाएगा? अपमान का घूंट पीने के अलावा उसके पास कोई चारा नहीं था और उसने यही किया।

वह धीरे-धीरे नीचे आया और सीधे आनंद जी के पास पहुंचा। सारा क़िस्सा बताया तो उन्होंने हैरानी ज़ाहिर की। लेकिन सुदीप को लगा कि उन्हें इस फैसले के बारे में पता था और अगर पता था तो उन्होंने कुछ किया क्यों नहीं। क्या राकेश जी के जाने के साथ ही वे बदल गए हैं या फिर अब उनकी चल ही नहीं रही। क्या उन पर भी ऊपर का दबाव बढ़ गया है। वे रक्षात्मक मुद्रा क्यों अख्तियार किए हुए हैं। आख़िर उन पर क्या दबाव है? वे असहाय क्यों नज़र आ रहे हैं? क्या वे भी अपनी नौकरी बचाने में लगे हुए हैं?

आनंद जी ने कहा—“चिंता न करो, मैं बात करता हूं।” लेकिन उनके इस वक्तव्य की ध्वनि यही थी कि अब कुछ नहीं हो सकता। जो कहा गया है, करना होगा।

एक मजबूर चेहरा लिए सुदीप न्यूज़ रूम में दाख़िल हुआ तो एक साथी ने पूछ ही लिया—“क्या हुआ, बहुत परेशान दिख रहे हो...?”

“हां यार, मुझे न्यूज़ से हटा दिया गया है...कहा गया है कि प्रोग्रामिंग में काम करो।” सब एक ही झटके में समझ गए कि खेल शुरू हो गया है।

7

सुदीप घर पहुंचा तो तनाव उसके चेहरे पर लिखा हुआ। पत्नी सुनयना देखते ही समझ गई कि कुछ गड़बड़ है।

दस सालों से सुदीप के साथ रहते हुए उसने जान लिया था कि हर समय भागदौड़ और तनाव उसके कामकाज का हिस्सा है। घर में रहते हुए भी दफ़्तर के बारे में सोचना सुदीप की आदत बन गई थी। सुबह से आठ-दस अख़बारों का वाचन शुरू हो जाता, साथ में मोबाइल पर इससे-उससे बातें करने का सिलसिला भी चलता रहता। फिर दफ़्तर में तेरह-चौदह घंटों की ड्यूटी। दिन हो या रात, कभी भी मोबाइल बज उठता और उसे लंबी वार्ता करनी पड़ती या अचानक तैयार होकर दफ़्तर भागना पड़ता। छुट्टी के दिन भी दफ़्तर से बुलावा आ जाता। खाना-पीना अक्सर हड़बड़ी में ही होता और नींद का कोई ठिकाना नहीं। यह व्यस्तता और तनाव कितना घातक है इसका थोड़ा-बहुत अंदाज़ा उसे सुदीप के मित्रों को देखकर हो गया था। कोई ब्लड प्रेशर का मरीज़ है तो कोई डायबिटीज़ का।

तीज-त्योहारों का तो कोई मतलब ही नहीं रह गया है। मायके जाना हो या ससुराल, उसे अपने दोनों बच्चों को लेकर अकेले ही जाना पड़ता है। हर बार सुदीप

कहता कि इस बार साथ चलेंगे मगर ऐन वक़्त पर प्रोग्राम कैंसिल...कभी चुनाव आ गए तो कभी कोई दूसरा मेगा इवेंट। दरअसल वह समझ गई थी कि न्यूज़ चैनलों में प्रतिस्पर्धा इतनी ज़्यादा है कि हर आदमी हमेशा पतली रस्सी पर चल रहा होता है। इस रस्सी को मैनेजमेंट और चैनल चलाने वाले लोग इस तरह से हिलाते रहते हैं कि लोग गिरने से बचने के लिए काम पर और अधिक ताक़त तथा ध्यान केंद्रित करने लगते हैं। यह असुरक्षा का एहसास ही होता है कि वे हमेशा ज़्यादा काम करने वाला दिखने की क़वायद में लगे रहते हैं। फिर पत्रकारों के बीच अपनी स्पर्धा तो होती ही है। एक-एक क़दम पर श्रेय लूटने की होड़ या अपनी गलतियां दूसरे के सिर मढ़ने की जुगत, जिसे ये लोग टोपी ट्रांसफर कहते हैं, में ये लोग लगे रहते हैं। ऐसे में चतुर लोगों की चांदी हो जाती है और सुदीप जैसे लोग दिन-रात कोल्हू के बैल की तरह लगे रहते हैं।

काम का बेहिसाब दबाव तो था। मगर सुदीप उससे उतना परेशान नहीं होता था बल्कि उससे उसमें नए जोश और ऊर्जा का संचार ही होता था। कुछ नया करना हो तो वह सब कुछ भूलकर भिड़ जाता था। फिर दिन देखता था न रात। मगर दफ़्तर की टांग-खिंचाऊ राजनीति तो जानलेवा थी। राहत की बात थी कि पिछले चैनल के मुक़ाबले इस चैनल में राजनीति बहुत कम थी। इसीलिए वह यहां थोड़ा तनावमुक्त रहने लगा। लेकिन आज उसके चेहरे पर वैसे ही भाव थे जैसे कि पिछले चैनल में काम करने के दौरान हुआ करते थे।

पहले तो वह प्रतीक्षा करती रही कि शायद सुदीप खुद कुछ बताएगा। अमूमन छोटी-मोटी बातों को सुदीप शेयर नहीं करता था। फिर तनाव के क्षणों में अगर कुरेदने की कोशिश करो तो वह चिड़चिड़ा जाता था। इसलिए भी वह सब्र धारण किए रही। मगर जब सुदीप चुप रहा और उसकी मुखमुद्रा भी नहीं बदली तो उसने पूछ ही लिया—"क्या बात है दफ़्तर में कुछ हुआ है?"

सुदीप ने सिर उठाकर उसकी तरफ़ देखा। वह नहीं चाहता कि दफ़्तर के तनाव को घर पर भी लाए और फिर सुनयना भी तनावग्रस्त हो जाए। मगर उसे लगा कि बता देने में ही भलाई है क्योंकि नहीं बताने पर शायद वह ज़्यादा परेशान हो जाएगी। उसने सुनयना को सब कुछ बता दिया।

सुनने के बाद सुनयना ने टिप्पणी की—"तो पिछले चैनल वाला खेल यहां भी शुरू हो गया...अब तुम क्या करोगे...?"

सुदीप का उत्तर था—"लड़ने से कोई लाभ नहीं होगा...क्योंकि नया चैनल हेड अभी सर्वशक्तिमान है और वो शायद इस बात का इंतज़ार कर रहा होगा कि मैं कुछ ऐसा करूं और वे मुझे निकालकर अपने किसी भरोसे के आदमी को ले आएं।"

सुनयना—"मगर इस तरह से तो बहुत दिन चलेगा भी नहीं...मैं जानती हूं तुम वैसे नहीं बन सकते जैसा कि वे चाहते हैं।"

सुदीप—"हां ये तो है मगर जितना वक़्त निकल सकता हो, निकालना है और इस बीच कोई दूसरी नौकरी ढूंढ़ लूंगा।"

8

एक-दो दिन सुदीप बेहद परेशान रहा मगर फिर उसने खुद को प्रोग्रामिंग में ही एडजेस्ट करना शुरू कर दिया। टकराव से बचने के उसके स्वभाव ने उसे हर हाल में एडजस्ट करने की मानसिकता में ढाल दिया था। वह बुराई में भी अच्छाई ढूंढ़ लेता था। 'ब्लेसिंग इन डिसगाइस' उसका प्रिय मुहावरा है। प्रोग्रामिंग में टेंसन कम है और मिनट की भागादौड़ी भी नहीं, इसलिए उसे लगा कि जो कुछ हुआ अच्छे के लिए हुआ। कुछ दिन अब चैन से गुज़ारूंगा। पढ़ने-लिखने का काम बिल्कुल बंद हो गया था...अब उसके लिए थोड़ा वक़्त निकाल सकूंगा। क्राइम के दो प्रोग्राम उसके सुपुर्द कर दिए गए और उन्हें बेहतर बनाने में वह जी-जान से जुट गया।

उसने सोचा, सारे चैनल क्राइम को बढ़ा-चढ़ाकर पेश कर रहे हैं। एंकर नाना रूप रखकर नाटकीय अंदाज़ में ख़बरें पेश करते हैं। वे नकारात्मक ख़बरों को भी बहुत उछाल रहे हैं। इसके लिए उनकी थू-थू भी खूब हो रही है। ऐसे में अगर वह कार्यक्रम थोड़ी शालीनता से पेश करे तो शायद लोगों को पसंद आए। इसी को ध्यान में रखकर उसने उसका नया प्रोमो प्लान किया। प्रोमो की स्क्रिप्ट और स्टोरी बोर्ड लेकर वह प्रोमो प्रोड्यूसर के पास पहुंचा। प्रोड्यूसर ने स्क्रिप्ट देखने के बाद कहा—"सुदीप जी, किसी धार्मिक चैनल के लिए लिखा है क्या।"

सुदीप—"मैं समझा नहीं?"

"अरे भाई, ऐसा प्रोमो किसी धार्मिक चैनल में ही शोभा देगा। न्यूज़ चैनल के लिए तो चाहिए कुछ धांसू चीज़...किसी लड़की के रेप का सीन, रक्त से सना खंजर, पुलिस का सायरन, घबराई औरतें और बच्चे। तभी तो लोग देखेंगे प्रोग्राम...इससे तो ऐसा लगता है कि तुम गांधीगीरी करना चाहते हो...अच्छा चलो, मैं तुम्हें एक आयडिया देता हूं। एक लड़की एंकर ढूंढ़ो...बिल्कुल झकास और सेक्सी...बिल्कुल कम कपड़े में...वो शरमाते हुए सेक्सी अदाओं के साथ बोलेगी...आज रात मेरे साथ बलात्कार होगा...ठीक 11 बजे...आप नहीं देखना चाहोगे...देखोगे न...तो ठीक है फिर हमारी मुलाकात तय रही, आज की रात इसी चैनल पे...बाय...!"

"बोलो, कैसा रहा आयडिया? है न धांसू...मज़ाल है दर्शक न आए..."

"और रात को तुम बलात्कार दिखाओगे उसके साथ..." घिघियाते हुए सुदीप ने कहा।

"अरे नहीं यार...उसके साथ नहीं...वो तो एंकर है...प्रोमो में कैरेक्टर के तौर पर बोल रही है...एक बलात्कार की स्टोरी होगी...उसमें बलात्कार का रीक्रिएशन होगा...हर रात ऐसा ही एक आयटम रखेंगे...सोचो क्या टीआरपी होगी इस प्रोग्राम की..."

सुदीप का सिर घूमने लगा। उसे लगा कितनी विकृत मानसिकता के लोग न्यूज़ चैनल में इकट्ठे हो गए हैं। इसे यह भी पता नहीं कि वो जो करने को कह रहा है उसका क्या मतलब है और दर्शकों पर इसका क्या असर पड़ेगा। मगर उसने सोचा कि अभी वह कमज़ोर विकेट पर है और इस समय ऐसे चिरकुटों की ही चल रही है इसलिए पंगा लेने का कोई मतलब नहीं है (हालांकि रात में उसने एक न्यूज़ चैनल में इसी तरह का प्रयोग होते देखा तो उसे लगा कि उसी के नहीं, सभी चैनलों में इस तरह के दिमाग काम कर रहे हैं)।

"तू बना भैया, तुझे जो बनाना हो...मुझे बख़्श दे..." यह कहकर सुदीप वहां से चला आया।

अपनी सीट पर आकर सुदीप सोचने लगा कि क्या सबकी मति मारी गई है या वही समय के ख़िलाफ़ सोच रहा है? क्या कहीं कुछ बदला जा सकता है या फिर हवा के साथ बहना चाहिए? वह बारह साल पीछे लौट गया। उसे याद आया कि पत्रकारिता का पेशा उसने इसलिए चुना था कि कुछ रचनात्मक, कुछ सकारात्मक करना चाहता था। उसके मम्मी-पापा तो चाहते थे कि वह सिविल सर्विस में जाए। मगर उसने घोषणा कर दी थी कि वह सरकारी नौकरी तो करेगा ही नहीं। उसने पत्रकारिता को चुना। शुरू के चार-पांच साल संघर्ष के रहे। खूब दौड़-भाग की और यहां तक आ पहुंचा। लेकिन जिस मक़सद को लेकर वह चला था वह धीरे-धीरे पीछे छूटता चला गया। झूठी-सच्ची ख़बरों की मारामारी। क्या दिखाया जाना चाहिए इस पर कोई बहस नहीं...क्या बिकेगा सारी क़वायद इसको लेकर चलती रहती है। भूमंडलीकरण और निजीकरण की हवा ने तो और भी बेड़ा गर्क कर दिया। जिसको देखो वही बाज़ार की भाषा में बात करने लगा है। दो दशक पहले एक अख़बार समूह के मालिक ने अख़बार को प्रोडक्ट कहा था तो हाय-तौबा मच गई थी मगर अब तो संपादक और पत्रकार इसी मुहावरे में बात करने लगे हैं। मार्केट फ्रेंडली प्रोडक्ट, ब्रांडिंग, मार्केटिंग आदि की शब्दावली आम हो गई है। बाज़ार धीरे-धीरे इस क़दर हावी हो गया कि पत्रकारिता मिशन से प्रोफ़ेशन बनी और अब कमीशन तक पहुंच गई है। मार्केटिंग डिपार्टमेंट डिक्टेट करने लगा है कि क्या जाएगा और कैसे जाना चाहिए। संपादक प्रबंधक बनकर रह गया है और उसके, आनंद जी या फिर राकेश जी जैसे लोग टारगेट बनाए जाने लगे।

उसे याद आया कि जब वह अपनी पिछली नौकरी में चैनल हेड के पास साहित्य का एक प्रोग्राम बनाने का प्रस्ताव लेकर गया था तो क्या हुआ था। छूटते ही हेड ने कहा था कि आजकल साहित्य-वाहित्य कौन देखता है भइया। काहे चैनल का भट्ठा बैठाना चाहते हो। साहित्य और संस्कृति तो मैंने एक तरह से बैन ही कर दी है। कोई बड़ा आदमी मर-मुरा जाए या कोई अवार्ड वगैरा मिल जाए तो कुछ कर दिया करो मगर अलग से कार्यक्रम हरगिज नहीं...वह अपना-सा मुंह लेकर चला

आया था।

सुदीप मोहभंग की स्थिति में पहुंच गया था। उसके मन में सवाल उठा कि क्या उसने पत्रकारिता को अपना पेशा बनाकर ठीक किया था?

9

'हिम्मत हारने से कुछ नहीं होगा', सुदीप ने सोचा और पूरी मेहनत और लगन से प्रोग्रामिंग में काम करना शुरू कर दिया। उसने सबसे पहले क्राइम के दोनों प्रोग्राम के कंटेंट को संवारना शुरू किया। सारे संवाददाताओं को बुलाकर अलग से ब्रीफिंग देनी शुरू की कि अब रिपोर्ट किस तरह ली जाएंगी। हर रिपोर्ट के एंगल और ट्रीटमेंट के बारे में डिस्कस करता, उनको सुझाव देता, नए-नए स्टोरी आयडिया सुझाता। कुछ रिपोर्टर इससे खुश होते कि चलो कुछ अलग ढंग से बेहतर करने का माहौल बन रहा है, मगर कुछ को लगता कि क्या सीधी-सादी चीज़ों को सुदीप उलझा रहे हैं।

सुदीप ने एंकर को बुलाकर समझाया कि भेड़ चाल चलने से कोई फ़ायदा नहीं होगा। इससे न तुम्हारी अलग पहचान बनेगी और न प्रोग्राम की...इसलिए ज़रा अलग ढंग से प्रस्तुत करने के बारे में सोचो...अभी मेरे दिमाग में भी कुछ नहीं है मगर सोचो क्या हो सकता है...

स्क्रिप्ट्स में उसने ऐसे शब्दों के इस्तेमाल पर रोक लगा दी जो ख़बर को बढ़ा-चढ़ाकर प्रस्तुत करते हों...इससे कॉपी राइटर्स को थोड़ी दिक्क़तें पेश आईं, क्योंकि वे इसके अभ्यस्त नहीं थे...उन्होंने थोड़ा विरोध भी प्रकट किया कि इससे तो ख़बर, देखने के लिए दर्शकों को उकसा ही नहीं पाएगी। मगर सुदीप ने इस विरोध को दरकिनार कर दिया।

इसी तरह उसने रीक्रिएशन को भी कम करवा दिया। उसने साफ़-साफ़ कह दिया कि जहां बहुत ज़रूरी हो जाए वहीं इसका सहारा लिया जाए और बलात्कार आदि के रीक्रिएशन तो किए ही न जाएं। एडिटर को निर्देश दिए कि हिंसा और नग्नता वाले दृश्यों को कम-से-कम दिखाए।

सुदीप अपने काम से बहुत खुश था। उसे लग रहा था कि कुछ सार्थक काम कर रहा है। मगर शुक्रवार को जब पहली बार टीआरपी आई तो उसे ज़ोर का झटका लगा। पहली बार प्रोग्राम की टीआरपी काफ़ी नीचे गिर गई थी।

चतुर्वेदी ने उसको बुलाकर क्लास ली—"मार्केटिंग वाले शोर मचा रहे हैं कि गिने-चुने प्रोग्राम ही हैं जो बिक रहे हैं अगर वे भी इस तरह से गिरने लगेंगे तो हम कुछ नहीं कर पाएंगे...आप न्यूज़ में भी अच्छा नहीं कर पा रहे थे और अब प्रोग्रामिंग में भी गड़बड़ कर रहे हो...अगर हालात ऐसे ही रहे तो आपको रिटेन कर पाना मेरे लिए संभव नहीं होगा...ये आख़िरी चेतावनी है आपके लिए..."

सुदीप चतुर्वेदी के कमरे से निकला तो पहली बार उसकी आंखों में आंसू थे। वह फूट-फूटकर रोना चाहता था। वह चतुर्वेदी की बात का जवाब देना चाहता था मगर कुछ भी नहीं बोल पाया। वह खुद को बहुत बेबस पा रहा था।

वह आशुतोष के पास गया और अपना दुखड़ा उसे सुना दिया। आशुतोष संवेदनशील आदमी है और सुदीप का गहरा दोस्त भी...उसने उसे सलाह दी—"भाई आदर्श मत झाड़...मर जाएगा... यहां इस शै का कोई खरीदार नहीं है। जीना है तो समझौता करना पड़ेगा, व्यावहारिक बनना पड़ेगा। फिर गाने लगा...गोली मारो भेजे को...भेजा शोर करता है...भेजे की सुनेगा तो मरेगा कल्लू...कल्लू मामा...कल्लू मामा...!"

सुदीप ने सुन तो लिया मगर वह समर्पण करने को तैयार नहीं था। उसे लग रहा था कि क्या नौकरी बचाने के लिए वह सब करना पड़ेगा जिसको वह धिक्कारता रहा है...

वह अगले दो-तीन दिनों तक तनाव में रहा। सुनयना को भी उसने अब बताना शुरू कर दिया था ताकि वह भी मानसिक रूप से तैयार हो जाए। यहां तक कि दोनों मिलकर योजना बनाने लगे थे कि नौकरी जाने की स्थिति में क्या-क्या किया जा सकता है। दोनों ने तय कर लिया था कि अगर जल्दी ही दूसरी नौकरी न मिली तो सबसे पहले घर ही बेचना पड़ेगा क्योंकि लोन की क़िस्त दे पाना संभव नहीं हो सकेगा। घर बेचकर कर्ज़ चुकाने के बाद जो थोड़ी रकम हाथ में बचेगी उससे कुछ महीने काटे जा सकेंगे और इस बीच कोई-न-कोई इंतज़ाम हो ही जाएगा। सुदीप जानता है कि सुनयना ने हालात को समझ लिया है मगर वह अंदर से घबरा भी गई है।

फिर उसे जयवीर जी की याद आई...उनसे वह अपने दुख-दर्द शेयर करता रहा है और जब-तब सलाह के लिए भी जाता रहा है। उसने उन्हें फ़ोन पर सारी आपबीती सुना डाली। जयवीर जी ने सलाह दी—"देखो अगर बहुत ज़्यादा घुटन हो रही है और लग रहा है कि तुम्हारे ख़िलाफ़ राजनीति हो रही है तो निकलना बेहतर है, मगर ऐसे नहीं। पहले एक अदद नौकरी ढूंढ़ लो फिर...जब तक नहीं मिलती तब तक कन्फ्रंटेशन टालो...जितना हो सके बात को बिगड़ने से रोको।"

सुदीप को जयवीर जी का सुझाव पसंद आ गया। उसने तय किया कि फिलहाल मध्यमार्ग का अनुसरण करेगा। यही उसे सूट भी करता है। अगले दिन से उसने इसी मानसिकता से काम करना शुरू कर दिया। सभी लोगों को थोड़ा-थोड़ा ढीला छोड़ दिया। उसने देखा कि सब उस पर मन ही मन हंस रहे हैं मानो कह रहे हों—आ गया न ऊंट पहाड़ के नीचे...मगर उसने यह सोचकर सब कुछ झटक दिया कि उसे नई नौकरी ढूंढ़ने के लिए टाइम चाहिए...

10

क्राइम के प्रोग्राम टेलीकास्ट हो जाने के बाद सुदीप बेसब्री के साथ शुक्रवार का इंतज़ार करने लगा। शुक्रवार को सुबह-सुबह ही टीआरपी आ जाती है। उसे डर था कि अगर इस बार भी टीआरपी नीचे गई तो संपादक को बहाना मिल जाएगा उसे निकालने का, यानी उसकी छुट्टी पक्की। उसे टीआरपी शब्द से नफरत होने लगी।

उसे याद आया कि पिछले चैनल में कैसे एक प्रोड्यूसर को खड़े-खड़े निकाल दिया गया था। सीनियर प्रोड्यूसर शकील इंटरटेनमेंट का एक प्रोग्राम बनाता था। प्रोग्राम को बेहतर बनाने के लिए उसने सौ जतन किए और बनाया भी। कोई भी उस प्रोग्राम में नुक़्स नहीं निकाल पाता था। मगर उसका दुर्भाग्य कि टीआरपी नहीं आ रही थी। वजह शायद यह थी कि उसका चैनल ही पिटा हुआ था...जब दर्शक चैनल पर आ नहीं रहे हैं तो उसका प्रोग्राम कौन देखेगा और टीआरपी कहां से आएगी...मगर दोष तो उसका ही माना जाएगा क्योंकि किसी और का सर कलम किया नहीं जा सकता था...बस क्या था! चैनल हेड ने उसे एक बार वार्निंग दी और अगली बार चलता कर दिया। बेचारे को अभी तक काम नहीं मिला है। फ्रीलांसिंग करके गुज़ारा कर रहा है। सुदीप को लगा कि उसकी भी हालत शकील जैसी होने वाली है।

बहरहाल, सुदीप को उस समय यह जानकर राहत मिली कि इस बार पिछली बार की तुलना में टीआरपी ऊपर चढ़ी है। उसे एकबारगी ये ज़रूर लगा कि टीआरपी ने उसे बचा लिया।

टीआरपी का पोस्टमार्टम करने वाली मीटिंग में संपादक और मार्केटिंग मैनेजर वाजपेयी के नथुने अभी फूले हुए थे। क्राइम के प्रोग्राम की रेटिंग देखने के बाद चतुर्वेदी ने कहा—"थोड़ा सुधार तो हुआ है मगर इससे काम नहीं चलेगा सुदीपजी" (सुदीप को लगा मानो मन ही मन वो ये कह रहे हों कि इस बार तो बच गए बच्चू मगर तुझे छोड़ूंगा नहीं।)

लेकिन इस मीटिंग में सुदीप ने देखा कि नए नेताओं का टारगेट अकेले वही नहीं है, आनंद जी को भी निपटाने के लिए बिसात बिछाई जा रही है। चैनल हेड चतुर्वेदी, राजनीतिक संपादक सुधांशु और इनपुट एडिटर समीर दोनों मिलकर उन पर चढ़ाई कर रहे हैं।

चतुर्वेदी—"देखिए प्रोग्राम वग़ैरा तो ठीक है मगर जब तक न्यूज़ की व्युअरशिप नहीं बढ़ेगी कुछ नहीं होगा। आनंद जी आपको कुछ करना होगा।"

आनंद जी—"बताइए क्या करना होगा...? आउटपुट तो पहले जैसे ही काम कर रहा है।"

सुधांशु—"नहीं, हमारा आउटपुट बहुत ढीला है।"

आनंद जी—"कहां पर ढीला है ज़रा बताएंगे...?"

सुधांशु—"अरे परसों फलां नेता का फ़ोनो होना था मगर दस मिनट तक नहीं हो पाया। ऐसे कैसे चलेगा? वो नेता भी नाराज़ हो गया।"

सुधांशु के बारे में सब जानते हैं कि बेसिकली वह रैकेटियर है। पिछले तीन सालों से कहीं नौकरी नहीं कर रहा था मगर उसकी जीवन-शैली में कहीं कोई गिरावट नहीं आई थी। महंगे ब्रांड के कपड़े पहनता है...गाड़ी है...बच्चे महंगे स्कूलों में पढ़ रहे हैं।

आनंद को गुस्सा तो बहुत आ रहा था मगर उन्होंने उस पर कंट्रोल किया और संयम के साथ कहा—"देखिए आपके फ़ोनो का मामला इनपुट से ताल्लुक़ रखता है...अगर वह सही समय पर पैनल प्रोड्यूसर को देगा तभी जाएगा न। अगर इनपुट लेट करेगा तो आउटपुट क्या कर सकता है...देखिए बेसिकली बात ये है कि इनपुट को दुरुस्त करना होगा...पिछले कुछ समय से इनपुट तबाह है। अच्छी रिपोर्ट ही नहीं आ रही हैं तो चैनल उठेगा कैसे। आउटपुट तो उन्हीं चीज़ों को दिखा सकता है जो उसके हाथ आएंगी। वो खुद से तो क्रिएट कर नहीं सकता। आनंद ने बड़ी चतुराई से गेंद वापस चतुर्वेदी के पाले में डाल दी।

चतुर्वेदी अब भी अगर आउटपुट को कुछ कहते तो आठ-दस लोगों के सामने उनका पक्षपाती रवैया ज़ाहिर हो जाता। लिहाज़ा उन्होंने बीच का रास्ता अपनाया—"ऐसा है तबाह तो आउटपुट और इनपुट दोनों ही हैं। दोनों को ही ठीक करना होगा।" उनकी वाणी में धमकी का पुट था। फिर उन्होंने इनपुट एडिटर समीर की तरफ़ मुखातिब होते हुए कहा। "मीटिंग के बाद आप अपनी पूरी टीम के साथ मुझसे मिलिए...आपके पास पूरी प्लानिंग भी होनी चाहिए कि कैसे इनपुट को दुरुस्त करेंगे।" फिर उन्होंने आनंद जी को लपेटना शुरू किया... "देखिए बात केवल एक फ़ोन की नहीं है और बात इनपुट और आउटपुट की भी नहीं है। मेरा अपना एसेसमेंट है कि आउटपुट को जितनी मुस्तैदी दिखानी चाहिए और जिस तरह के इनीशिएटिव लेने चाहिए वो नहीं लिए जा रहे हैं। चूंकि आउटपुट आप देख रहे हैं इसलिए इसकी ज़िम्मेदारी आपकी है। हमें हर चीज़ को दुरुस्त करने के लिए एक डेडलाइन तय करनी होगी। क्या आउटपुट को ठीक करने के लिए एक महीने पर्याप्त होंगे।"

आनंद ने महसूस किया कि चतुर्वेदी सीधे-सीधे धमकी पर उतर आया है और अब केवल संयम से काम नहीं चलेगा। उसे पता था कि इसको आता-जाता कुछ नहीं है इसलिए थोड़ा चतुराई से काम लेना होगा।

आनंद—"हो सकता है आपका कहना ठीक हो...आपके साथ मैं अलग से बैठकर उन सब बिंदुओं पर चर्चा करके कोई रास्ता ढूंढ़ने की कोशिश करूंगा...आख़िर हम सब एक ही टीम के हिस्से हैं और चीज़ों को ठीक करने के लिए एक-दूसरे के सहयोग की ज़रूरत होगी। चैनल से हम सबका भविष्य जुड़ा हुआ है और हमारा

कर्तव्य बनता है मिल-जुलकर काम करें।''

चतुर्वेदी के चेहरे पर विजयी मुस्कान खेलने लगी।

एक क्षण रुकने के बाद आनंद ने शालीन मगर कठोर लहज़े में कहना शुरू किया—''लेकिन हमें कुछ समस्याओं पर भी ध्यान देना होगा...''

''मसलन...?'' चतुर्वेदी ने मुंह खोला।

''मसलन...हमारे यहां एंकर पहले से ही कम थे ऊपर से दो अच्छे एंकर छोड़कर चले गए हैं...उनकी जगह नए लोग लेने होंगे...इसी तरह प्रोड्यूसर, कॉपी एडिटर और पैनल प्रोड्यूसर भी कम हैं जिससे काम प्रभावित होता है। अच्छे रिपोर्टरों की भी कमी है...बाहर के ब्यूरो और स्ट्रिंगर को भी टाइट करना पड़ेगा।''

इतनी सारी समस्याएं सुनकर चतुर्वेदी उलझन में पड़ गए...उनसे कुछ जवाब देते नहीं बना तो उन्होंने कह दिया कि ''यह सब आप लिखकर दे दीजिए, मैं मैनेजमेंट से बात करके इन्हें जल्दी-से-जल्दी निपटाने की कोशिश करूंगा।''

सुदीप समझ गया कि आनंद जी ने बड़ी खूबसूरती के साथ टोपी ट्रांसफर कर दी है।

आनंद ने चतुर्वेदी को परेशानी में देखा तो लगे हाथों मार्केटिंग और डिस्ट्रीब्यूशन को भी लपेट लिया—''देखिए हमारी टीआरपी गिरने में कंटेंट से ज़्यादा डिस्ट्रीब्यूशन का रोल है। हमारी कनेक्टिविटी पिछले कुछ महीनों में काफ़ी खराब हुई है।''

चतुर्वेदी ने डिस्ट्रीब्यूशन हेड सुनील की तरफ़ देखा।

सुनील ने फौरन बोलना शुरू कर दिया— ''देखिए सर, डिस्ट्रीब्यूशन खेल बन गया है। सारे केबल ऑपरेटर बड़ा-बड़ा मुंह फाड़ रहे हैं। दूसरे चैनलों ने उन्हें अंधाधुंध पैसे देकर उनकी आदत खराब कर दी है। कोई उन्हें पटाया ले जाकर सेक्स टूरिज़्म करवा रहा है तो कोई लास वेगार्स में जुआ खिलवा रहा है। हम लोग तो छोटे-मोटे गिफ़्ट से काम चला रहे हैं। आप हमें फंड दिलवाइए फिर देखिए कनेक्टविटी कहां-से-कहां जाती है।''

मार्केटिंग हेड त्रिपाठी को भी लगा कि यह बोलने का सही मौक़ा है—''सर, ये बात सही है...हम लोगों को डिस्ट्रीब्यूशन पर खर्च करना होगा...हमें चैनल के प्रमोशन पर भी खर्च करना चाहिए। लोगों को पता ही नहीं चलेगा प्रोडक्ट का तो वो उसे देखेंगे कैसे...एक अवेयरनेस कैंपेन चलानी होगी...और प्रापर प्लानिंग के साथ उसकी ब्रांडिंग करनी होगी...इसके बाद इंशाअल्लाह मैं ऐड की लाइन लगा दूंगा...'' इतना कहकर त्रिपाठी ने तीन बार मेज़ को चूमा।

चतुर्वेदी मामले को इतना उलझते देखकर थोड़ा परेशान हो गए थे...उन्होंने मीटिंग ख़त्म करने के संकेत दिए।

सुदीप ने आनंद जी की तरफ़ देखा...अब वहां विजयी मुस्कान तैर रही थी। उन्होंने रायता इतना फैला दिया था कि चतुर्वेदी के लिए समेटना मुश्किल हो गया।

मीटिंग के बाद वह आनंद जी के केबिन में चला आया।

"सर...आपने तो उनको ही धराशायी कर दिया...ऐसा रायता फैलाया कि आप पर हमला करना ही भूल गए..."

"देखो सुदीप...ये जान लो कि अब हमको ये लोग टिकने नहीं देंगे...इसलिए मैं केवल टाइम बाय करने की कोशिश कर रहा हूं ताकि कोई दूसरा ठौर-ठिकाना मिल जाए...तब तक जैसे भी हो इन्हें उलझाए रखना है...लड़ना पड़ेगा तो लड़ेंगे भी, मगर...जहां तक हो सके बिना भिड़े काम चलाना है..."

"लेकिन मैं क्या करूं...? मेरे पीछे तो हाथ धोकर पड़े हैं ये लोग..."

"तुम भी वही करो जो मैं कर रहा हूं...लेकिन तुम्हारे पास वक़्त कम है...अभी सबसे पहले निशाने पर तुम ही हो..."

आनंद जी के वक्तव्य में उसे अपने लिए भविष्यवाणी सुनाई दी। वह समझ गया कि अब उसके दिन गिने-चुने ही हैं।

वह केबिन से बाहर निकल ही रहा था कि मोबाइल की घंटी बज उठी। लखनऊ से रमेश का फ़ोन है। रमेश एक राष्ट्रीय चैनल में संवाददाता है। मेहनती है और अच्छा काम करने वालों में उसका नाम शुमार किया जाता है। चूंकि कभी उसने सुदीप के मातहत काम किया था इसलिए उनसे मार्गदर्शन लेता रहता है।

"हां बोलो रमेश...कैसे हो..." सुदीप ने गर्मजोशी दिखाते हुए पूछा।

"मैं तो ठीक हूं...आप कैसे हैं। सुना है सत्ता परिवर्तन के बाद आपको परेशान किया जा रहा है...?"

"अरे ऐसी बात नहीं है...ये तो हर जगह होता है...राजनीति कहां नहीं है..."

"ये तो आप ठीक कह रहे हैं...हमारे यहां भी परिवर्तन के बाद से उठापटक मची हुई है। इनपुट में एक नए सज्जन आए हैं...वे हम लोगों के पीछे ही पड़े रहते हैं...हमारा कोई भी स्टोरी आयडिया उन्हें पसंद नहीं आता...हालांकि दो दिन बाद जब किसी चैनल पर वही स्टोरी चलने लगती है तो फिर हमारे ऊपर चढ़ाई करने लगते हैं...हर दिन कुछ अलग मसाला लाने की मांग करते हैं...कुछ सनसनी टाइप या भूत-प्रेत और चमत्कार वाला। अब तो हमें लगता है कि पत्रकारिता नहीं कर रहे, मनोहर कहानियां बटोर रहे हैं।"

"क्या बात है बहुत परेशान लग रहे हो...?"

"हां सचमुच हम लोग परेशान हैं। एक तो पचास फ़ीसदी स्टोरी लगती ही नहीं...लोग पूछते हैं यार वो स्टोरी दिखाई नहीं...तो समझ में नहीं आता क्या जवाब दें...कब तक झूठ बोलें...डर लगता है कहीं ये न सोचने लगे हों कि पैसा खा लिया होगा इसलिए नहीं दिखा रहे। एक-एक स्टोरी लगवाने के लिए गिड़गिड़ाना पड़ता है..."

"जब दिखाना नहीं है तो इतनी स्टोरी करवाते क्यों हैं...? आख़िर चैनल के

साधनों की बरबादी है ये..."

"अरे हेड ऑफिस वालों को लगता है कि मज़दूरों को खाली मत बैठने दो। कुछ नहीं तो गड्ढा खुदवाओ और फिर उसको भरवाते रहो। तंग आ गया हूं...सोच रहा हूं वापस प्रिंट में चला जाऊं।"

सुदीप की समझ में आ गया कि रमेश परेशान तो है मगर उसे शांत करना पड़ेगा। सुदीप ने आवाज़ को थोड़ा कठोर बनाते हुए कहा—"इस तरह से घबराने से नहीं चलेगा...ध्यान रखो न दैन्यं न पलायनं...!

रमेश ने हामी भरी।

बात ख़त्म करने के बाद सुदीप के मन में गूंजने लगा...न दैन्यं न पलायनं...क्या वह इस उक्ति पर अमल कर सकता है...? नौकरी पर मंडराते संकट ने उसे दीनता की स्थिति में पहुंचा दिया है और यहां किसी से जंग लड़ी नहीं जा सकती क्योंकि यह लड़ाई एकतरफा है...उसकी सुनने वाला कोई भी नहीं है...? क्या एक बार चेयरमैन से बात करनी चाहिए...? कोई फ़ायदा नहीं, क्योंकि इस समय चिरकुट चौकड़ी उसे कंट्रोल कर रही है...वह उनकी मानेगा या मेरी...पलायन ही एकमात्र रास्ता है इसलिए 'नौकरी ढूंढ़ो' अभियान तेज़ करना होगा...

11

राकेश जी के जाने के बाद पहली मर्तबा चैनल में एक बार फिर से हलचल दिखलाई दी। नोटिस बोर्ड पर एक सूचना चस्पां थी। पहली बार लोगों की तनख्वाहें बढ़ाई गई थीं। नोटिस में कहा गया था कि प्रशासनिक विभाग से अपने लेटर ले लें।

सैलरी बढ़ाने की कवायद काफ़ी दिनों से चल रही थी। राकेश जी ने ही इसकी पहल की थी। तब उनके प्रतिद्वंद्वी उनके ख़िलाफ़ लामबंद हो गए थे। एक बार उन्होंने कान भरे कि राकेश जी तो खर्च करवाने की ही सोचते रहते हैं। मगर उन्होंने सभी लोगों का एसेसमेंट करवाया और अपनी सिफारिशों के साथ मैनेजमेंट को भेज दिया। मैनेजमेंट ने थोड़ी टालमटोल की मगर राकेश जी के तर्कों को उसे मानना पड़ा। फिर तो क्या है, बाक़ी ने भी झटपट एसेसमेंट करके सिफारिशें भेज दीं। लेकिन राकेश जी के रहते सिफारिशें लागू नहीं हो सकीं। नए सत्ताधारियों के लिए यह एक अच्छा ज़रिया हो सकता था श्रेय लूटने का और अपनी ताकत दिखाने का भी। इसके माध्यम से वह अपने विश्वस्तों को खुश और विरोधियों को दंडित कर सकता था। इसलिए उन्होंने इसे अंजाम दे दिया...जैसे-जैसे लोग लेटर लाने लगे, दफ़्तर में तरह-तरह के दृश्य निर्मित होने लगे। एक तरफ़ एंकर सुनिधि रुंआसी खड़ी थी, दूसरी एंकर उसे दिलासा दे रही थी, हालांकि उसके चेहरे पर भी निराशा के ही भाव थे।

प्रबुद्ध चार लोगों के बीच में खड़ा होकर गरिया रहा था—"काम करने वाले की कोई इज्ज़त नहीं है यहां...जो लोग चमचागीरी करते हैं...इधर की उधर लगाते

हैं उन्हीं को मेवा मिलता है। वो साला हिमांशु...काम-वाम कुछ आता नहीं मगर चूंकि उनकी हां में हां मिलाता है इसलिए उसको सबसे ज़्यादा रेज़ मिला है। ये तो क्राइटेरिया है यहां काम के आकलन का।''

रमेश भी रेज़ से नाखुश था—''अब तो मैं यहां नहीं रुकूंगा...पिछली बार चक्कर में आ गया था...उस चैनल में अच्छा-ख़ासा रेज़ देकर बुला रहे थे मगर चतुर्वेदी बोले—अरे कहां जाओगे, तुम्हारे तो यहीं हम उससे ज़्यादा करवा देंगे। मैंने भरोसा कर लिया और उसका नतीजा ये निकला है।''

सुदीप जब लेटर लेने पहुंचा तो उसको बताया गया कि उसका लेटर नहीं बना है क्योंकि चतुर्वेदी ने उसके काम को असंतोषजनक बताया है। प्रशासनिक विभाग के लोग जानते हैं कि सुदीप अच्छा वर्कर है और चतुर्वेदी की राय सही नहीं है, इसलिए उन्होंने उससे हमदर्दी के साथ बात की और सलाह दी कि चतुर्वेदी तुम्हारे पीछे पड़ा है इसलिए चुपचाप निकल लो।

सुदीप को लगा यह तो इंतहा हो गई। अब तो उसे इस्तीफ़ा देकर ही निकल जाना चाहिए। इसी विचार को लेकर एक बार फिर आनंद जी की शरण में चला आया। उनके अलावा कोई और नहीं है जिससे वह अपनी व्यथा कह सके।

आनंद जी को सब कुछ पता था इसलिए उन्होंने सुदीप के बोलने से पहले ही कहना शुरू कर दिया—देखो तुम्हारे काम से मुझे कभी भी शिकायत नहीं रही। मैं ही नहीं पूरा न्यूज़ रूम जानता है कि तुम्हारे जैसा काम करने वाला यहां एक भी आदमी नहीं है। इसलिए चतुर्वेदी के एसेसमेंट को भाड़ में झोंको। उसको गंभीरता से मत लो...गंभीरता से लेना है तो नौकरी तलाशने को लो...संपादक ने तो ये किया ही इसलिए है कि तुम अपमानित होकर इस्तीफा दे दो और वो तुम्हारी जगह एक और तीतर को लाकर बैठा दें। इसलिए भावावेश में आकर फैसला मत लो। जितना भी टाइम मिल रहा है उसका इस्तेमाल कर लो।''

सुदीप—''ऐसा लग रहा है कि मैं कोई मुज़रिम हूं जिसे फांसी की सज़ा सुना दी गई है, बस, लटकाने की तारीख़ तय होनी बाक़ी है।''

आनंद जी को सुदीप की यह हालत देखकर बहुत बुरा लगा। लेकिन किया क्या जा सकता है...? उन्होंने हौसला बढ़ाने के लिए कहा—''दिल पर मत लो यार...तुम काबिल आदमी हो...तुमको आज नहीं तो कल काम मिल जाएगा। न्यूज़ चैनलों में भले ही नाकारा लोगों की भरमार हो गई हो मगर वे चल रहे हैं तुम जैसे लोगों के कंधों पर ही। उन्हें तुम्हारे जैसे लोगों की भी ज़रूरत होती है। इसलिए इतना परेशान न हो...मैं भी तुम्हारे लिए कोशिश करता हूं।''

12

सुनयना सुदीप की हालत देखकर परेशान रहने लगी।

एक तो सुदीप दफ़्तर में काम बहुत कर रहा था, दूसरे घर आकर आराम भी नहीं कर पाता था। रात उसकी करवट बदलते बीतती थी। तनाव में जीते-जीते उसकी भूख एकदम से मर गई थी। अंदर ही अंदर घुट रहा था सुदीप। इस समय कुछ बोलता-बताता भी नहीं था, उल्टे कुछ पूछो तो चिड़चिड़ा उठता था। हमेशा खर्चे कम करने के लिए कहता था।

एक दिन जब उसने कहा कि काम वाली बाई को आने के लिए मना कर दिया है तो पहले तो उसे अच्छा लगा फिर आंखों में पीड़ा उभर आई। बोला—"अरे तुम इतना सब कैसे संभालोगी...? तबियत बिगड़ जाएगी...और अभी तो नौकरी है...नहीं भी रही तो कहीं-न-कहीं मिल ही जाएगी..." वह फिर से मोबाइल उठाकर लोगों को फ़ोन करने लगता था...किसी से कहता—"कहीं भी किसी भी तरह कुछ करो...मुझे नौकरी की सख़्त ज़रूरत है..." वहां से नकारात्मक जवाब मिलता तो निराशा से भर उठता और अगर कोई कह भर देता कि वह कोशिश करेगा तो उसमें उत्साह का संचार हो जाता। इस उतार-चढ़ाव के बीच एक-एक दिन पहाड़-सा लगता। सुनयना को लगता कि काश वह कुछ कर पाती।

13

दो महीने पहले तक सुदीप एक ईमानदार, मेहनती और प्रतिभाशाली प्रोड्यूसर होता था मगर इस छोटे से अंतराल में ही बड़ा फ़र्क़ आ गया था। अब यह वह सुदीप नहीं रह गया था जो आत्मविश्वास और उत्साह से भरा हुआ था और जिसे काम करने में अद्भुत आनंद मिलता था। अब वह डर-डर के किसी तरह अपने काम को निपटाने की कोशिश में लगा रहता था। उससे हमदर्दी रखने वालों की नज़र में अब वह एक दयनीय व्यक्ति हो गया था। सुदीप खुद सहानुभूति की तलाश में रहने लगा था। कोई तारीफ़ के दो बोल बोल दे तो उसे लगता था कि उस पर एहसान किया जा रहा है...अगले ही पल उसे अपनी दयनीयता का अनुभव भी होता और तब खुद को धिक्कारने लगता।

बहुत से सहकर्मी जो कि पाला बदलकर चतुर्वेदी के साथ हो गए थे, उस पर हंसने भी लगे थे—"देखो पहले कैसे तनकर चलता था और अब साले की घिग्घी बंधी रहती है।"

प्रोग्रामिंग हेड उसकी खिल्ली उड़ाने का मौक़ा ही ढूंढ़ता रहता था—"अरे सुदीप, तुमको तो प्रोग्रामिंग आती नहीं...चतुर्वेदी ने मेरे मत्थे मढ़ दिया है...अब मैं तुम्हारा क्या करूं...?"

पहले से ही तनाव और अनिश्चितता में जी रहा सुदीप इस सबसे और भी आहत हो जाता, मगर क्या करे उसकी समझ में नहीं आता। जवाब पहले ही नहीं दे पाता था, अब तो वह और भी पस्त हो चुका है।

जाने ऐसा कितने दिनों तक और चलता कि एक दिन अचानक ऐसा कुछ हुआ जिसने सबको हिलाकर रख दिया।

हुआ यों कि एक विशेष संवाददाता विमलकांत ने एक खोजी रिपोर्ट की थी...इस रिपोर्ट में एक राज्य के मुख्यमंत्री के भ्रष्टाचार का प्रमाण सहित खुलासा किया गया था। वह काफ़ी दिनों से इस रिपोर्ट पर काम कर रहा था। संयोग से चतुर्वेदी दो दिनों से बाहर गया हुआ था और इसी बीच विमलकांत को सारे सबूत हाथ लग गए। बस क्या था। उसने फौरन आनंद जी से बात की और स्टोरी बनाकर दे दी। स्टोरी एक्सक्लूसिव के बैंड के साथ चलने लगी। स्टोरी के चलने के साथ ही हंगामा मच गया। ज़ाहिर है चतुर्वेदी के पास फ़ोन गया तो वह भागा हुआ दफ़्तर पहुंचा और लगा सबकी क्लास लेने...न्यूज़ रूम में खड़ा होकर वह चीख-चीखकर कहने लगा—"यहां मूर्खों की जमात इकट्ठी हो गई है...किसी चीज़ की कोई अहमियत ही नहीं समझता...वो मुख्यमंत्री चुनाव में हमारी कितनी बड़ी मदद करने वाला था मगर अब सब तबाह हो गया...वो क्या घंटा पैसा देगा!" अपनी रौ में चतुर्वेदी जाने क्या-क्या बकता जा रहा था...वह लगभग विक्षिप्त हो गया था...मानो उसका सब कुछ लुट गया हो...उसकी भाषा अभद्रता की सारी सीमाएं लांघने लगी...उसे इस बात का भी ख़्याल न रहा कि वहां काम करने वालों में महिलाएं भी हैं...फिर वह धमकी देने लगा—"मैं पूरा स्टाफ बदल डालूंगा...कोई नहीं रहेगा यहां...किसी को काम नहीं आता...ऊपर से नीचे तक...सब निकम्मे हैं...!"

एक कोने में खड़े सुदीप को पहले तो कुछ समझ में नहीं आया...मगर जैसे-जैसे चतुर्वेदी की बातें सुनता गया उसके बदन में आग लगती चली गई...उसके दिमाग पर हथौड़े बजने लगे...चतुर्वेदी का एक-एक शब्द तीर की तरह घाव करने लगा। वह सोचने लगा कि यह साला रैकेटियर पूरे स्टाफ को निक़म्मा कह रहा है, सिर्फ़ इसलिए कि यह मुख्यमंत्री से सेटिंग कर रहा था और जो एक रिपोर्ट के कारण गड़बड़ा गई। वह सुनता रहा, सुनता रहा, सुनता रहा और फिर अचानक चतुर्वेदी के पास पहुंचा और एक ज़ोर का थप्पड़ उसके गाल पर जमा दिया...सटाक...!

थप्पड़ की आवाज़ से पूरा न्यूज़ रूम गूंज उठा...लोगों को लगा जैसे थप्पड़ मारने का शॉट एक के बाद एक क्रम से कई बार जोड़ दिया गया हो और सटाक... सटाक... सटाक... बार-बार सुनाई दे रहा हो।

सब लोग स्तब्ध थे...अवाक् थे...ऐसा लगा मानो चलता हुआ चैनल अचानक ऑफ एयर हो गया हो...मानो कोई दृश्य फ्रीज़ हो गया हो...या किसी ने अचानक टीवी का वाल्यूम फुल कर दिया हो...

चतुर्वेदी थप्पड़ खाकर कंप्यूटर समेत नीचे बिखरा पड़ा था। उसका चश्मा दूर कहीं जा गिरा था।

किसी की समझ में नहीं आ रहा था कि आख़िर हो क्या गया है। यह एक

अनहोनी घटना थी कि किसी चैनल के हेड को किसी प्रोड्यूसर ने सरेआम न्यूज़ रूम में इस तरह मारा हो।

लेकिन सबसे ज़्यादा आश्चर्य लोगों को इस बात पर हो रहा था कि यह काम सुदीप ने किया है।

इस अद्भुत खामोशी के बीच सुदीप ने धीरे से अपना बैग उठाया...एक नज़र सब पर डाली...धीरे से बुदबुदाते हुए कहा—''सहने की भी कोई सीमा होती है...!'' और फिर दरवाज़ा खोलकर बाहर निकल गया।

एक एंकर का इश्क़

शाज़ी ज़मां

“क्या कभी किसी एंकर को इश्क़ होते देखा है?” जाजू साहब ने मुझसे पूछा।

धुएं के बादल से उनकी आवाज़ छन-छनकर आ रही थी। शोर इतना था कि अंदाज़े से सुनके अंदाज़े से जवाब दे रहा था। कुछ लिप रीडिंग और कुछ सामने वाले की ज़िंदगी से वाक़फियत...अंदाज़े-अंदाज़े से बात हो रही थी। और यह कोई परेशानी की बात भी नहीं थी।

'जहां सब सुनाई देता है वहां कौन-सी बात समझ में आ जाती है...जैसे बुलेटिन...चीख़-चीख़कर बोलते हैं, फिर भी न बोलने वाले को समझ में आता है, न सुनने वाले को।' मैंने सोचा था, या कहा, ठीक से ध्यान नहीं, क्योंकि बोलने और सोचने के बीच का फ़र्क़ नहीं था इस चीख़-पुकार में।

'फ़्लोर' पर इतने लोग नाच रहे थे कि दिखता नहीं था किस चेहरे के साथ कौन-सा जिस्म जुड़ा था—जन्म से या कर्म से...या करम से। मैं दायरे से जरा हट के हांफ रहा था। लुटा-पिटा-सा।

'एक ज़माने में इतना जल्दी बाहर नहीं हुआ करता था...देखो ज़माना चाल क़यामत की चल गया!'

मेरी नज़रों के सामने पूरा चैनल नाच रहा था। कई पीढ़ियां, कई 'टाइम बैंड' एक साथ गर्दिश कर रहे थे। कुछ 'प्राइम टाइम' के चेहरे थे, कुछ ऐसे जिनका अपना 'प्राइम टाइम' जाने जाने को था।

“चैनल में काम करने वालों के लिए नाचना किस क़दर आसान होता है!” मैंने कहा, लेकिन किसी ने सुना नहीं शायद।

बार से टेक लगाए मैं धुआं पीता रहा, नाच देखता रहा।

“इस नाच की ख़ूबी ये है कि आप नाचेंगे तो सबकी रफ़्तार से वरना नहीं नाचेंगे...मेरी तरह बाहर खड़े हांफते रहेंगे। अपनी रफ़्तार से नहीं नाच सकते...” फिर शायद किसी ने सुना नहीं।

पूरा 'करियर' नाच की शो रील है। और आंख ज़रा झपकी नहीं कि आप इस नाच

से बाहर हो गए। नाच के दायरे से एक और इंसान बरामद हुआ—दो के सहारे। यह हर पार्टी का 'आइटम नंबर' था।

"क्या हुआ?" कुछ-कुछ समझ में आने वाली आवाज़ें आने लगीं।

"वही जो हर बार होता है।"

"अब कपड़ों पर तो किसी का ज़ोर नहीं चलता ना!"

"दिख गई कोई गुलाबी कपड़ों में।"

यह चंद्रकांत था। बरसों से दुनिया की तस्वीर दुनिया को पहुंचा रहा था। उसके कैमरे ने न जाने कितनी ज़ंग, कितने दंगे देखे थे। वह नरसंहार की तस्वीर क़ैद करने के बाद भी तंदूरी चिकन खा सकता था। लेकिन हर इंसान की तरह उसकी ज़िंदगी में भी एक 'फ्लैशबैक' था। गुलाबी!

"ब्लैक एंड व्हाइट के ज़माने से कैमरा कर रहा है लेकिन गुलाबी नहीं भूलता।"

पार्टीबाज़ों की आवाज़ें दायरे के अंदर और बाहर से आ रही थीं।

"एक ज़माना था जब यह था और इसकी ज़िंदगी का गुलाबी रंग था।"

"ज़िंदगी की 'कलर टोन' गुलाबी थी।"

ग़ैरों के कंधों पर झूलता हुआ चंद्रकांत कुछ कहने की कोशिश कर रहा था लेकिन कोई समझने की कोशिश नहीं कर रहा था।

कैसा जुनून है! बरसों पहले का गुलाबी रंग आज भी उसे हिलाकर रख देता था।

"कारवां गुज़र गया गुलाब देखते रहे..."

जानने वाले जानते थे कि जिस तरह कैमरे को ओस और बारिश से बचाया जाता था वैसे ही चंद्रकांत को महफ़िल में गुलाबी रंग से।

मैं ग़ौर से तेज़ नाचते हुए जिस्मों को देखने लगा। कौन-सा गुलाबी जिस्म था जिसने चंद्रकांत का 'रिवाइंड बटन' छू लिया था।

"जानती है फिर भी ऐसी गुलाबी हरकत!"

"हो सकता है अनजानी गुलाबी हरक़त हो।"

"या जानकर अनजान है।"

"जानकर अनजान तो वो भी थी..."

कौन किसकी बात का जवाब दे रहा था कहना मुश्किल है, लेकिन बात हो रही थी।

मैं फिर नाचते जिस्मों और चेहरों में खो गया। एक बार एक शोले की लपक की तरह एक गुलाबी जिस्म दिखा, लेकिन इससे पहले कि मैं जिस्म से जुड़े चेहरे को देख पाता वह शोला-सा जिस्म 'फ्लोर' की तेज़ गर्दिश में गुम हो गया।

मैं फिर चंद्रकांत को देखने लगा। वह दो कंधों के बीच झूल रहा था। उसको इस हाल में मैं कई बार देख चुका था। हर पार्टी में कुछ ऐसा होता कि वह दो

कंधों पर झूलता हुआ बरामद होता। उसे झूलते देखकर मुझे हमेशा ऐसा लगता जैसे वह दो कंधों के बीच नहीं, कल और आज के बीच झूल रहा है। आज के गुलाबी रंग को वह स्वीकार नहीं करता था, कल के गुलाबी से समझौता नहीं करता था।

''वफ़ा करने वाले वफ़ा कर रिया है तू क्या कर रिया है मैं क्या कर रिया हूं।''

जुमलेबाज़ों का बोलबाला था। यह ऐसा 'आइटम नंबर' था जिसका लोग अफ़सोस भी करते थे और इंतज़ार भी। चंद्रकांत की कहानी चैनल वालों के लिए वैसी ही थी जैसे किसी ज़माने में आम लोगों के लिए 'चंद्रकांता संतति'। चैनल से जुड़ने वाले हर इंसान के 'इंडक्शन' का हिस्सा थी यह कथा। यह चैनल की किंवदंती थी। हर आने वाले को चटखारे लेकर चंद्रकांत की कहानी बताई जाती थी। हर नए इंसान को चैनल की सालाना पार्टी से पहले 'गुलाबी वार्निंग' दी जाती थी।

मैं फिर 'फ़्लोर' की तरफ़ देखने लगा। नाच इतनी ज़ोर का था कि लगता था समुद्र मंथन हो रहा है...और मैं विष की तरह बाहर आ गया हूं। दायरे के बाहर से देख रहा था इसलिए यह नाच बहुत अजीब लग रहा था—जैसे 'फास्ट-फॉरवर्ड' में ज़िंदगी चल रही हो। नाचना आप एक जगह से शुरू करते थे और न जाने कितने पसंदीदा, नीम पसंदीदा और ग़ैर पसंदीदा हाथों से होते हुए दायरे के बाहर पहुंचा दिए जाते थे—चंद्रकांत की तरह।

''आप भी बाहर हो गए?'' मैंने धुएं के बादल के उस पार जाजू साहब से पूछा।

''सभी हो गए, सभी होंगे,'' उन्होंने धुआं उगलते हुए शायद यही कहा, या शायद मैंने यही सुना। वह लबालब शराब पी चुके थे और अब बहुत साफ़ सोचने-समझने की हालत में आ चुके थे। ऐसे में दुनिया और ताल्लुक़ात पर उनकी राय और समझ बहुत साफ़ हो जाया करती थी।

''चली गई...'' चंद्रकांत अब बहुत ज़ोर से बोल रहा था। चंद्रकांत की कहानी को समझने के लिए उसे सुनने की ज़रूरत नहीं थी। वह तो उस एंकर की तरह था जिसे देखते ही लोग समझ जाते थे कि आज का प्रहसन क्या है।

''ये हमेशा से ही ऐसा है?''

जाजू साहब की धुंधली आंखों ने कई चैनलों और चाहतों को ख़ाक से उठते और ख़ाक में मिलते देखा था।

इसलिए यह सवाल उन्हीं से था।

''यही ज़िंदगी का रंग है,'' मैंने धुएं के उस पार से सुना।

हम दोनों बॉर से टेक लगाए चंद्रकांत को देख रहे थे। चंद्रकांत मुड़-मुड़ के किसी गुलाबी रंग को ढूंढ़ रहा था और गर्दिश करती हुई भीड़ का वह गुलाबी रंग पता नहीं किसी को ढूंढ़ भी रहा था या नहीं।

''उसे सिर्फ़ ढूंढ़े जाने की तमन्ना है।'' मैंने कुछ कहा नहीं लेकिन जाजू साहब का जवाब मिल गया।

"क्या टेलीपैथी है।" मैंने कहा।

"नहीं...ज़िंदगी का नाच देखते उम्र गुज़र गई...ग़ालिब पढ़ा है?"

"सीरियल देखा है!"

"यक नज़र बेश नहीं फुर्सते—हस्ती ग़ाफ़िल
गर्मिए बज़्म है इक़ रक़्से—शरर होने तक।"

"यानी!"

"ऑपरेटिव पार्ट ये है कि शोले की लपक, चिंगारी के नाच के बराबर है ये ज़िंदगी...नज़र झपकते निकल जाती है..."

"कौन?'

"ज़िंदगी।"

"ओ! मैंने सोचा तमन्ना!"

"वो भी।"

फ़िल्मों में जैसे कड़कती हुई बिजली किसी चेहरे को अचानक नुमाया कर देती है वैसे ही 'फ्लोर' की जलती-बुझती रोशनी ने लहराते हुए गुलाबी जिस्म को एक चेहरे से जोड़ दिया।

"अरे तमन्ना!" तो यही थी वह 'रिवाइंड बटन' जिसकी वजह से चंद्रकांत कल और आज के बीच झूल रहा था।

चंद्रकांत चीख रहा था—"चली गई!"

"इसकी तमन्ना जाग उठी," मैंने जाजू साहब से कहा। वह धुआं छोड़ते रहे।

"आप तो युगपुरुष हैं...आपने चैनलों और चाहतों को चढ़ते-उतरते देखा है...क्या इस चंद्रकांत की तमन्ना भी ऐसी ही थी!"

"इसकी चाहत थी, उसका चैनल था...दोनों चढ़ाव पर थे। यह अपने आपको साधक समझता था, वह इसको साधन समझती थी।"

"हे राजन! इस बात को चैनल की बाज़ारू भाषा में समझाएं।"

जाजू साहब से यह कहानी हम हर साल सुनते थे लेकिन हर बार पहले से ज़्यादा समझ में आती थी—शायद ऐसा हमारी बढ़ती हुई उम्र और समझ की वजह से होता था।

"टीवी नया-नया आया था और इसे उस ज़माने की तमन्ना से इश्क़ हो गया।"

"और तमन्ना को?"

"तमन्ना को भी इश्क़ हो गया लेकिन इसके कैमरे से..."

"बेजान की तमन्ना।"

"वह कैमरे की तरफ़ प्यार से देखती थी...और कैमरे के पीछे का चंद्रकांत प्यार से उसकी तरफ़ देखता था।"

"हे राजन्! उसे कैमरे से क्यों प्रेम हुआ?"

"क्योंकि यही यंत्र तो साधन था उसका... लाखों चाहनेवालों तक पहुंचने का..."

गाना एकाएक बहुत तेज़ हो गया जैसा कि महफिल में होता है। तमन्ना के चारों ओर एक घेरा बन चुका था। सब उसके साथ नाच रहे थे।

"देखा आपने...तमन्ना किसी के साथ नहीं नाच रही..." जाजू साहब ने कहा।

"लेकिन उसके साथ सब नाच रहे हैं..."

"वह भी गुलाबी कपड़ों में बड़ी दिलकश लगा करती थी..."

'फ्लोर' पर एक माला-सी घूम रही थी तमन्ना के चारों ओर। सबकी नज़र तमन्ना पर थी लेकिन तमन्ना की नज़र किसी पर नहीं।

"ऐसी ही हुस्न की देवी की तरह मुस्कुराती थी वह भी...गुलाबी फ़रेब की परिक्रमा करता रहा अपना चंद्र...आज भी तीसरे पेग के बाद गुलाबी दिख जाए तो गर्दिश करने लगता है।"

"देख रहे हैं आप...एक ज़माना नाच रहा है तमन्ना के साथ, लेकिन तमन्ना नाच रही है सिर्फ़ अपने साथ..." धुएं के बादल से जाजू साहब की आवाज़ लगातार समझ में आ रही थी।

"क्या कभी किसी एंकर को इश्क़ होते देखा है?"

चंद्रकांत चीखकर थक चुका था। वह बस देख रहा था। गुलाबी तमन्ना के साथ ज़माना नाच रहा था लेकिन तमन्ना तन्हा नाच रही थी।

"क्या कभी किसी एंकर को इश्क़ होते देखा है?"

मैंने जाजू साहब का सवाल सुना जो शायद सवाल था भी नहीं, और जवाब में 'फ्लोर' की तरफ़ देखने लगा।

देखो ज़माना चाल क़यामत की चल गया।

चौथा पाया

संगीता तिवारी

आफ़िस में घुसती सुमेधा को मालूम था कि आज का दिन यूं ही जाने वाला है। दिन भर कंप्यूटर पर बैठ इंटरनेट पर फालतू की चीज़ें पढ़ते, कॉफ़ी पीते, गप्पें मारते या फिर बॉस से ये सुनते कि यार कुछ तो दो...आज बड़ा ढीला मामला है...अपना बैग रखते हुए उसने देख लिया था कि गंभीर मुद्रा में कंप्यूटर पर नज़रे गड़ाए बैठा न्यूज एडीटर उसकी ओर एक उड़ती-सी नज़र भी डाल चुका है...

मन ही मन चार गालियां दी सुमेधा ने...ख़ुद तो बैठ के कुर्सियां तोड़ते रहते हैं और हमसे चाहते हैं कि आसमान से चांद-तारे ला दें...उसे तो ऊंची कुर्सियों पर बैठे लंबी-चौड़ी बातें करते इन लोगों पर हंसी भी आती है...क़िस्सागोई तो कोई इनसे सीखे। दाढ़ी खुजाते हुए हर बात की शुरुआत करेंगे, जब हम रिपोर्टिंग करते थे...क्या करते थे ये तो इन्हें भी मालूम लेकिन कहने में क्या जाता है...सामने अपना मेल चेक करती सौम्या समझ गई कि सुमेधा क्या सोच रही है...

उसने अपना मेल बाक्स बंद करते हुए धीरे से कहा, अबे सुबह-सुबह तुम कटखनी बुढ़िया की तरह कुढ़ने लगी...छोड़ो यार, ये ऐसे ही चलेगा...चल कॉफ़ी पीते हैं...

कैंटीन में पहले से ही मेधा और उल्लास —बैठे थे...दोनों 23-24 की उम्र में हैं और नया-नया इश्क़ है...आजकल पूरे ऑफिस में इनकी चर्चा है...सुमेधा को एक-दूसरे में मगन ये दोनों बड़े प्यारे लगते हैं...उसे और सौम्या को देख दोनों झेंपते हुए बोले—अरे आइए ना इधर बैठिए...उल्लास उठकर मशीन से कॉफ़ी बनाने लगा।

और बताओ क्या हो रहा है...मेधा की ओर देख सुमेधा ने पूछा, क्या कहानी कर रही हो आज...

अरे सुमेधा जी। उम्र में क़रीब दस साल बड़ी सुमेधा को वह हमेशा जी लगाकर ही बोलती है...हालांकि ऑफ़िस में कोई किसी को जी नहीं कहता लेकिन पता नहीं क्यों सुमेधा ज़्यादातर लोगों के लिए सुमेधा जी थी...मुझे एक बड़ी ही बकवास-सी स्टोरी करने को कही है...।

क्या...

दिल्ली में पानी की किल्लत, अब बताइए इसमें नया क्या है...क्या करूं मैं इसमें...

अरे भई इसमें नया ये है कि ये स्टोरी इस बार नए बॉस ने एसाइन करी है और तुम करोगी...

ज़ोरदार ठहाका...उधर से उल्लास बोला, यही तो मैं इसे समझा रहा था कि बॉसेज जो कह रहे हैं वो चुपचाप कर दो...उसमें ज़्यादा रिजनिंग ढूंढ़ोगी तो फिर नई नौकरी ढूंढ़नी पड़ेगी...

वो तो है यार...बॉसेज अलवेज़ राईट...

यार...बड़ी बोरियत है...सोमेश ने उबासी लेते कहा।

दुबली-पतली स्नेहा ने छूटते ही कहा—अरे तो आप अपने पुलिसिया दोस्तों से कह, या तो कहीं बम फोड़वा दीजिए।

कैमरामैन सुधांशु बोला—स्नेहा, तुम्हें क्या हमारा एक दिन भी आफ़िस में बैठना अच्छा नहीं लगता...आज दूसरे शहर वालों को काम करने दो...अविनाश की आवाज़ आई—यार बम भी ऐसा हो कि दो-चार दर्जन बस घायल हों मरमरा गए तो पूरा हफ़्ता बेकार हो जाएगा...सोहेल तेरी तो वीकली ऑफ भी मारी जाएगी...। इंवेस्टिगेशन की ख़बरें तो तू ही लाएगा...इससे पहले कि पुलिस वालों को मालूम हो तुझे मालूम हो जाता है कि किसने किया, क्यों किया...साले फर्जी रिपोर्टिंग में कोई तुझे मात नहीं दे सकता...

सुमेधा ने चुटकी ली—फिर तो हमारे चैनल में रौनक छा जाएगी...छोड़ो यार, मैं ज़रा अपने मेल देख लूं, क्या पता उसी में कुछ निकल आए...वह उठते हुए बोली।

उधर से न्यूज एडिटर सिद्धार्थ आ रहा था। नया आया है...हाय सुमेधा...क्या कर रही है आज...कुछ है।

बॉस, आज तो रूटीन ख़बरों का भी अकाल है...सारे नेता दिल्ली से बाहर हैं...ऑफ़िस बंद...क्या किया जाए...आज तो देश का पूरा भार क्राइम टीम के कंधों पर है...

आगे बढ़ते उसकी नज़र अमर पर पड़ी...उसका मुंह कड़वा हो आया...ये आदमी बिल्कुल गिरगिट है...ऐसे रंग बदलता है...जो भी बॉस रहा उसके आगे ऐसे बनता है जैसे अभी जीभ से जूते साफ कर देगा...तभी तो सबसे क़ाबिल कहा जाता है...इस बार प्रोमोशन भी मिला और मोटा बोनस भी...इससे पहले कि वह उसकी ओर देखे, सुमेधा ने न्यूज रूम में लगे टीवी स्क्रीन की ओर नज़र घुमा ली...इस आदमी से हाय-हैलो तक करने का मन नहीं करता...सामने चैनल वन चल रहा था...अचानक ही ब्रेकिंग न्यूज की चौड़ी लाल पट्टी आयी और ख़बर आयी सरिता विहार में रेप...आगे की पट्टी का इंतज़ार किए बग़ैर उसने चिल्लाकर कहा—ये चैनल वन चला रहा है कि सरिता विहार में रेप हुआ है...

कैंटीन से मजलिस टूट न्यूज रूम की ओर...सोमेश फटाफट अपने मोबाइल से कोई नंबर डायल करने लगा...बॉस की गंभीरता टूट गई, वह भी उठकर खड़े हो चिल्लाने लगे...जल्दी पता करो...आउटपुट को इन्फार्म करो...

आउटपुट का सन्नाटा भी शायद इस पट्टी ने तोड़ दिया था। उनकी टेबल पर रखा फ़ोन घनघनाने लगा...हां हैलो...ये सरिता विहार में कोई रेप हुआ है...चैनल वन पर आ रहा है...हां हां...वही चेक कर रहे हैं...उधर से सोमेश चिल्लाया...ख़बर सही है सर...बोलिए फ़ोनो ले लें, मेरी डीसीपी से बात हो गई...सगे मामा ने किया है...हां...चैनल वन चला रहा है कि मामा ने ही बनाया हवस का शिकार...मामा क्या करता है...सर...प्राइवेट एक्सपोर्ट कंपनी में जीएम लेवेल का आफ़िसर है...

यार फिर तो ख़बर बड़ी है...व्हेयर इज आवर ओबी वैन तुरंत स्पाट पर रवाना करो...अभी 12.30 है ओबी वहां आधे घंटे में अप होना चाहिए।

...एक बजे लाइव करना है...ओके सर...।

सबकी सुस्ती टूट चुकी थी...कैमरा सेक्शन में भी हलचल होने लगी...कौन जाएगा...

तभी सीनियर क्राइम रिपोर्टर सौरभ आ गया...दो टीम निकालो, एक घर पर जाएगी और दूसरी पुलिस स्टेशन...

मेधा...अब वाटर वाली स्टोरी छोड़ दो...दूसरी स्टोरी के लिए तुम्हारी ज़रूरत होगी...अब तक उनके चैनल पर भी ब्रेकिंग न्यूज चलने लगा था...चैनल टू के साथ-साथ दूसरे चैनल्स पर भी ख़बर चल गई...हर टीवी स्क्रीन पर रेप की ख़बर लाल खूनी पट्टी पर बड़े-बड़े बोल्ड लेटर्स में...

सुमेधा अपनी सीट पर बैठ मेल चेक करते सोच रही थी—अब सब जगह इसका स्लग सोचा जा रहा होगा...स्टिंग बनाने के सुझाव आ रहे होंगे...देख रही थी अचानक कैसे फुर्ती आ गई सबके अंदर...उबासी लेते चेहरे खिल गए हैं...उसने मुस्कुराते हुए कहा अगर टेलीविज़न के दफ्तर पर स्टोरी करनी हो तो आज का स्लग रहना चाहिए...रेप से रौनक। न्यूज एडिटर की आवाज़ आती है...मीटिंग के लिए बुलाया जा रहा है...जो बॉसेज घर छुट्टी मना रहे थे वो फ़ोन पर थे मीटिंग में। इस बीच रिपोर्टर...पुलिस अफ़सर सबका फ़ोनो चल चुका था...चैनल वन से पहले पीड़ित लड़की भी फ़ोन पर अपने साथ हुई ज़बरदस्ती का ब्यौरा दे चुकी थी...लड़की का फ़ोनो अभी तक सिर्फ़ चैनल टू पर चला था...इससे सिद्धार्थ के चेहरे पर थोड़ा संतोष था...

अच्छा तो हम क्या-क्या कर रहे हैं...लीड स्टोरी तो यही रहेगी कि क्या हुआ कैसे हुआ कब हुआ...पूरी घटना...किसी लड़की को भेजो...पूरा सीक्वेंस आफ इवेंट समझाने को बोलो...वाकथ्रु चाहिए...कंप्लीट वाकथ्रु...पूरी घटना बताए...

कुछ पता चला कि घर में कौन है...

अभी बताते हैं...हां...सोमेश कुछ पता चला...

ओके...

अच्छा मामा शादीशुदा है...करीब चालीस की उम्र है...बच्चे नहीं हैं...लड़की उसकी सगी बहन की है जिसे इसने ही दस साल की उम्र से पाला था...क्योंकि बहन और बहनोई की कार एक्सीडेंट में मौत हो गई थी...अभी मामा फ़रार है...उसकी वाइफ है घर पर...

गुड...एक रिपोर्टर उसके घर भेजो कोशिश करो वाइफ से बात हो...वह शायद अपने पति के बारे में कुछ बताए...कैसे भी उससे बात करो...ये आदमी जहां काम करता है वहां भी रिपोर्टर भेजो...पूछो कहां है...उसके बॉसेज से पूछो...बताओ कि किस पोस्ट पर था, क्या काम था, कितने पैसे, कितना रसूख और ऐसा घिनौना काम...ये चैनल वन पर क्या चल रहा है...अरे इनके पास तो लड़की के शॉट्स हैं...तुम्हारा रिपोर्टर वहां क्या कर रहा है...

ये क्लेम कर रहे हैं कि इनकी दखल के बाद पुलिस ने एफआईआर लिखी है...लड़की इनकी टीम के साथ पुलिस स्टेशन गई थी...शिट...तुम लोग एक काम ठीक से नहीं कर सकते...किसी काम के नहीं तुम्हारे रिपोर्टर...मुझे इस लड़की का इंटरव्यू अगले 15 मिनट में चैलन पर दिखना चाहिए...सर... एक हाल फ़िलहाल जो भी इस तरह की घटनाएं हुई हैं उनको भी रिकॉल करना चाहिए...

हां बिल्कुल...

सर...साइक्याट्री भी बुलाएं शाम में पांच बजे से...क्या गुज़रता है लड़की पर जब अपने सगे ही ऐसा करते हैं...क्या मानसिकता होती है रेपिस्ट की और उस हादसे से गुज़रने पर क्या मनोदशा होती होगी लड़की की...गुड आइडिया...पुलिस कमिश्नर को पकड़ो...पूछो उससे कि क्या कर रही है पुलिस...क्यों घटना होने के बाद ही जगती है...रगड़ दो साले को...

बिल्कुल...हम ट्राई कर रहे हैं...

हां सोहेल...लड़की मिल गई...गुड, वेरी गुड...क्या बोल रही है...ठीक-ठीक तुरंत भेजो...

सर वी गाट दैट गर्ल...गुड...

यस अनिवाश...मामा के फोटोग्राफ्स मिल गए...गुड, तुरंत भेजो...उधर, कान्फ्रेंस रूम में चर्चा हो रही थी...यार स्टिंग क्या बनाए...कंस मामा...एक आवाज़ आई...नहीं यार चैनल फोर पर चल रहा है...कलयुगी मामा...नहीं ये चैनल वन पर चल रहा है...कुछ धांसू-सा सोचो...मामा की मंशा...ना मामा ना...छोड़ो ये अभी तय करते हैं...

न्यूज़ रूम में आकर सुमेधा देखती है। हर चैनल पर रेप पर्व मनाया जा रहा है...रिपोर्टर चीख़-चीख़कर बता रहे हैं कि लड़की के साथ कैसे बलात्कार हुआ...किस

धारा के तहत मामा पर केस दर्ज हुआ है...तीन विंडो में...स्टूडियो में एंकर...पुलिस स्टेशन से वह रिपोर्टर जिसने अभी-अभी लड़की और डीसीपी दोनों से बात की है और घटनास्थल यानी मामा के घर से एक रिपोर्टर जो बता रही है कि घर बंद है और अभियुक्त की पत्नी को पुलिस पूछताछ के लिए ले गई है...जाते समय की उसकी एक्सक्लूसिव तस्वीरें भी दिखाई जा रहीं...आंचल में चेहरा छुपाती...सामान्य-सी दिखने वाली घरेलू महिला...

...एक चैनल पर काले रंग के दुपट्टे से चेहरा ढंके लड़की रो-रोकर अपनी दास्तान सुना रही है...

तीसरे स्क्रीन पर पुलिस अधिकारी पूरे दमखम के साथ ऐलान कर रहा था कि अभियुक्त जल्द ही उसकी गिरफ़्त में होगा...

अचानक ही न्यूज़ रूम में अमर की आवाज़ आती है—सर...अभियुक्त कहना ठीक नहीं, अभी तो वह आरोपी है...गुनाह साबित होने पर ही उसे अभियुक्त कहा जाता है...

न्यूज़ एडीटर के कोने से हंसी का फव्वारा छूटा...फिर गिरीश की आवाज़ आई...अरे बॉस...तुम तो हर जगह कोर्ट बैठा लेते हो...और क़ानूनी ज्ञान बघारते रहते हो...ठीक है यार...चलता है...आरोपी या अभियुक्त...कुल मिलाकर तो ये कि वह रेपिस्ट है...

सुमेधा ने अपने कोने से कहा—नहीं, रेपिस्ट तो हमने बनाया है...उस पर अभी आरोप लगा है...साबित नहीं हुआ...

उससे थोड़ी दूर पर बैठी श्वेता को सुमेधा की ये बात बिल्कुल नागवार गुज़री...वह ख़ुद को महिला अधिकारों की पैरोकार मानती है...हर बात पर अपनी राय रखती है...लेकिन ऑफ़िस के कोने में साथी लड़कियों के बारे में चटखारे लेते क़िस्से सुनने से उन्हें कोई परहेज़ नहीं...उसने वहीं से कहा—सुमेधा तुम्हें तो लड़की का साथ देना चाहिए...बिचारी के साथ इतना बड़ा हादसा हुआ है...उसके मामा को तो तुरंत फांसी पर लटका देना चाहिए...बेटी जैसा पाला और फिर इतनी घिनौनी हरक़त...

अब तक चैनल्स मामा के ऊपर के अधिकारियों तक पहुंच गए थे...आपका इंप्लाई...ऐसी हरक़त की है...क्या करेंगे...

अधिकारी को मालूम था कि सभी चैनल पर लाइव है...न्याय के प्रति अपना कमिटमेंट दिखाने का अच्छा मौक़ा है...उन्होंने गंभीर आवाज़ में अपनी राय दी—हम ये मामला अपने ऊपर के अधिकारियों के सामने रख रहे हैं...और इतना तय मानिए कि ऐसी हरकत करने वाला व्यक्ति हमारे दफ़्तर में काम नहीं कर सकता...

मामा का भविष्य तय हो गया...चैनल्स पर लगातार ब्रेकिंग न्यूज़ की पट्टी चल रही है...नई पट्टी पर लिखा आता है कंपनी ने साफ़ कहा कि अभियुक्त को नौकरी से हटाया जाएगा...

वहां से सभी चैनल्स ने अचानक पुलिस स्टेशन काटा...वहां मामा की पत्नी पुलिस स्टेशन से निकलते हुए कह रही थी कि मेरे पति निर्दोष हैं...उन्हें फंसाया गया है... सवाल...आपके पति हैं कहां...अगर वह निर्दोष हैं तो फिर भाग क्यूं रहे हैं...सवालों की बौछार से घबराई महिला इससे पहले कि कुछ जवाब दे, पुलिस खींच ले गई...

चार बज चुके थे...रिपोर्टर लाइव थे...ख़बर गर्म थी...हर चैनल पर मामा की फ़ोटो, उसकी पत्नी की तस्वीरें और भांजी के ढंके चेहरे के साथ स्टिंग चल रहे थे...लाल से घेरा बना बताया जा रहा था कि ये है वह कलयुगी मामा जिसने रिश्ते पर दाग़ लगाया है...हर मुद्दे पर टीवी कैमरे के सामने बोलने का शौक रखने वाले एक मंत्रीजी ने इस पर भी राय रख दी थी...आरोपी को बख़्शा नहीं जाएगा...

हैलो...एक आइडिया है पोल करा लें...सवाल पूछते हैं कि बलात्कारी मामा को क्या सज़ा मिलनी चाहिए...

ठीक...

बीच में सवाल आता है...आज का हमारा सवाल है अपनी ही भांजी को हवस का शिकार बनाने वाले बलात्कारी मामा को क्या सज़ा मिलनी चाहिए...ए फांसी, बी उम्रकैद...या सी माफ कर देना चाहिए...आप अपने जवाब हमें...नंबर पर एसएमएस कर सकते हैं...

नए और जोश से भरे शुभम ने एडिटर्स की नब्ज पकड़ ली थी...वह सीधे न्यूज़ एडिटर के पास पहुंचा...सर...पूरा इनेक्ट कराते हैं...कैसे शोषण होता था...फिर लड़की कैसे पुलिस के पास पहुंची...पुलिस ने एफआईआर लिखने में आनाकानी की...ये सब डिटेल्स तो अब तक आ ही गए हैं...इनेक्ट कराते हैं...

हां, ये दिलचस्प रहेगा...रश्मि को फ़ोन करो...वह एनएसडी वालों को जानती हैं...वहां से कुछ आर्टिस्ट हायर कर कराते हैं...फटाफट लग जाओ...बढ़िया बनना चाहिए...आधे घंटे का बनाओ...बढ़िया बिकेगा...हां, ये रात में ही चलाते हैं...एक्सक्लूसिव कर चलाएंगे...

बलात्कार की कहानी...नाट्य रूपांतर के ज़रिए...क्या वाक़ई हम इस स्तर पर उतर आए हैं...मन में ये सवाल उठते हैं...लेकिन सुमेधा के ये सवाल इनकी नज़र में बेमायने हैं...

पांच बज चुके हैं...ख़बरों की दुकान सज गई है...तरह-तरह के पकवान हैं...तेज़ी से बचते सिगनेचर ट्यून के साथ दहाड़ती हेडलाइंस...रिश्ते हुए शर्मसार... मामा ने बनाया भांजी को हवस का शिकार...बलात्कारी मामा फरार, पुलिस ने तलाश

तेज़ की...रुक नहीं रहा राजधानी में बलात्कारों का सिलसिला...और हॉट मल्लिका बेचेगी ठंडा कोक...

हेडलाइंस देख सबके चेहरे पर संतोष है...यार इतना डल डे था लेकिन सही निकल गया...

ख़बरें...ग्राफिक्स...एनीमेशन...सब चल रहा है...स्टूडियो में बढ़िया सूट...चमकती टाई बांध बैठे मनोचिकित्सक बीच-बीच में रेपिस्ट मामा और शिकार भांजी की मनोदशा की विवेचना कर रहे हैं...कुछ महिलाओं की बाइट चल रही है राजधानी में डर लगता है... घर में महफ़ूज़ नहीं...कहां जाए औरत...पुलिस निकम्मी है...सरकार को कुछ करना चाहिए... सही जा रहा है गुरू...सालिड टीआरपी है...सवाल का जवाब भी आ रहा है...94 फीसद लोगों का कहना है कि फांसी देना चाहिए...6 फीसद उम्रक़ैद के पक्ष में...माफ़ी का कोई सवाल नहीं...

रिपोर्टर थके लेकिन निश्चिन्त होकर बैठे हैं...न्यूज़ एडिटर आता है...गुड जॉब डन...आज हम सबसे आगे रहे...मज़ा आ गया...सब एक-दूसरे की पीठ ठोंक रहे हैं...

कैंटीन में क्या है खाने के लिए...आज कुछ नहीं आया...

अच्छा मैगी बना दो...एक कॉफी भी दे देना...

अभी तो कल की स्टोरी भी सोचनी है यार...आज तो रेप में निकल गया...कल का क्या करें...

हर रोज़ सनसनी चाहिए...कुछ ऐसा जो बिके...

सोमेश आते ही निश्चिंत होकर बोलता है, मैंने तो लिखा दिया कल मैं रेप का फालोआप कर रहा हूं...पुलिस कहां तक पहुंची...

सोहेल पलटकर बोलता है...तेरी पुलिस गई तेल लेने...देखना पुलिस से पहले मैं मामा तक पहुंचूंगा...कल पकड़ता हूं उसको मैं...एक सोर्स है पहुंचा देगा...

अविनाश के चेहरे पर दबी मुस्कुराहट आ जाती है...कल तो भैया सोहेल का दिन है...मामा और सोहेल छाए रहेंगे...

न्यूज़ लिस्ट तैयार होती है...रेप का फालोअप...सोमेश पुलिस की जांच पर नज़र रखना...कहां तक पहुंची...मामा अभी तक कैसे पुलिस की पकड़ में नहीं आया...

सुमेधा बताती है—कल तीसरे मोर्चे को लेकर एक अहम बैठक है...कुछ ठोस निकलने की उम्मीद है...

छोड़ो यार...कौन जानना चाहता है तीसरे मार्चे के बारे में...डेड स्टोरी...तीसरा मोर्चा अब नहीं बनने वाला...कौन-सी पार्टियां आएंगी इसमें...ये तीसरे मोर्चे की बात करने वाले एक साथ एक मंच पर बैठने को तैयार नहीं...बस दिल्ली में बैठकें करते रहेंगे...कुछ बढ़िया-सा दो...राजनीति कोई नहीं देखना चाहता...

पंकज बताता है कल से राहुल गांधी अपने नाम अलाट हुए बंगले में रहने जा रहे हैं...

ग्रेट...कल इस पर खेलते हैं...बाबा अब बड़ा हो गया...कितने बजे जा रहा है...तुम सुबह से इस पर लाइव देना...एक ओबी सोनिया के घर पर और एक राहुल के घर पर...दोनों घरों में क्या हो रहा है...पल-पल की जानकारी चाहिए...इनसाइड स्टोरी चाहिए...सोनिया उस समय क्या सोच रही थी...उसके सेंटिमेंट्स को कैच करो...कैसे विदा किया...क्या कहा...दोनों में बंद कमरे में क्या बात हुई...सारी इन्फार्मेशन होनी चाहिए...चलो ये हमारी कल की सबसे बड़ी स्टोरी है...

हां...सौम्या...कल रोज़गार गारंटी योजना के सौ दिन पूरे हो रहे हैं...सरकार कल समीक्षा करेगी कि कितना फ़ायदेमंद रहा ये...

ठीक है...चली जाना...कुछ इंटरेस्टिंग निकले तभी स्टोरी चाहिए नहीं तो छोड़ देना...

अरे...सिद्धार्थ, आज दिन भर हमारे यहां पानी नहीं आया...स्पोर्ट्स एडिटर संजय बोलता है...यार पानी पर कुछ करना चाहिए...

हां, वह तो आज ही कर रहे थे लेकिन रेप हो गया...मेधा, कल पानी पर तुम दो स्टोरी दे दो...

कल तो आमिर खान धरने पर बैठ रहा, ये मेधा पाटकर के साथ...हां...चलो इसी बहाने मेधा पाटेकर को कवर कर ही लेते हैं...कितने बजे आ रहा... 2 बजे...ठीक है तब सोनिया के यहां से एक ओबी हटा वहां लगा देंगे...सीनियर रिपोर्टर भेजना पड़ेगा...दो लगा देते हैं...ओके

लिस्ट तैयार हो गई...सब निश्चिंत घर की ओर...

दूसरे दिन सुबह से ही चैनल पर रौनक है...सोनिया गांधी हैं...राहुल गांधी हैं... आमिर खान हैं...और क्या चाहिए...सब टीआरपी चेहरे हैं...

दस बजे न्यूज़ रूम में कल के मुक़ाबले काफ़ी हलचल है...ख़बरों से बुलेटिन भरा है तो आगे का सोचा जाए...मीटिंग चल रही है...नया किया जाए कुछ...क्या नया...सोचो...चैनल की किचन कैबिनेट सोचने में लगी है...तभी सोमेश न्यूज़ रूम में आता है...

सीधे असाइनमेंट पर पहुंच बताता है कि मामा और उसकी पत्नी ने आत्महत्या

कर ली...

कौन मामा...

अरे वही रेपिस्ट...अच्छा...क्यूं भला...

उसने सुसाइड नोट में लिखा है कि उसकी भांजी ने ये आरोप महज़ इसलिए लगाए थे कि क्योंकि वह उसकी पसंद के लड़के से शादी से रोक रहे थे...और साथ ही ये धमकी दी थी कि अगर उसने ये शादी की तो उसे अपनी संपत्ति से फूटी कौड़ी नहीं देंगे...भांजी इसी वजह से उन्हें जेल भिजवाना चाहती थी...

अच्छा...साला झूठ लिखा होगा...फंस गया तो क्या करता...साले की कल सबने बैंड बजा दी...

अरे नहीं...उसमें उसने लिखा है कि वह तो ये कर ही नहीं सकता था...

मतलब...

मतलब ये कि वह नामर्द था...17 साल की वैवाहिक ज़िंदगी में वह और उसकी पत्नी कभी संबंध क़ायम नहीं कर सके इसीलिए उनके बच्चा भी नहीं...और उसने इसके सबूत के तौर पर डॉक्टर की पर्ची भी लगाई है...उसने लिखा है कि अगर वह फ़रार रहता है तो ज़िंदगी भर उसकी पहचान बलात्कारी की रहेगी...और अगर अदालत में ये सबूत दिखाए तो किसी के सामने मुंह दिखाने लायक़ नहीं रहेगा...इसीलिए वह और उसकी पत्नी आत्महत्या कर रहे हैं...

अरे अगर वह सही था तो उसे आगे आकर सफ़ाई देनी चाहिए थी...

उसने लिखा है कि उसका फ़ैसला हो चुका...मीडिया ट्रायल...किसी अदालत की ज़रूरत नहीं...नौकरी जाने का ऐलान हो चुका है...समाज में वह रिश्तों को शर्मसार करने वाला क़रार दिया जा चुका है...96 फीसद लोग फांसी पर मुहर लगा चुके हैं...किसके पास जाएं...किसी ने सच्चाई जानने की कोशिश नहीं की...और अपनी इस सच्चाई को वह तमाशा नहीं बनाना चाहता...इसलिए वह और उसकी पत्नी...

नलिन कान्फ्रेस रूम में जा बॉसेज को ये पूरी बात बताता है...

थोड़ी देर सन्नाटा रहता है...फिर आवाज़ आती है—छोड़ो यार, आज इस पर क्या करना...आज हमारे पास ख़बरों की कमी नहीं...हर स्लाट भरा हुआ है...अगर अपनी बेगुनाही साबित करनी थी तो कल करता...

सोमेश को बोलो एक डेढ़ मिनट की स्टोरी बना दे...लिस्ट कर लो एक बार चल जाए स्टोरी...इसमें पूरा फालोअप जोड़ लेना कि पुलिस ने आज क्या किया...और अब केस बंद करेगी या क्या करेगी...बस...

फीचर एडिटर बोलता है यार...इस बार संडे की बहस किस मुद्दे पर कराएं...कुछ समझ नहीं आ रहा है...कुछ सुझा यार...

न्यूज एडिटर सिद्धार्थ बोलता है—क्यूं न इस रेप वाले केस पर ही बहस कराएं...

क्या...

देखो...मीडिया क्रिटिक्स के लिए ये एक ऐसा मुद्दा है जिस पर वह टीवी वालों पर जमकर हमला करेंगे...ये क्रिटिक कौन होते हैं...अगर आलोचना करनी है तो हम खुद ही अपनी कर लेंगे ...वहां बचाव के लिए हमारा एंकर तो होगा कम से कम...हम बहस कराते हैं कि मीडिया ट्रायल कितना सही है...

यस...कमाल का आइडिया है...एक क्रिटिक बुला लेते हैं...एक समाजशास्त्री...और वकील भी बुलाना चाहिए...क्यूं...

हां, और बाक़ी हमारी दिल्ली के प्रतिष्ठित लोग तो होंगे ही...

फीचर एडिटर ने ठहाका लगाया...ये सही है...हम निष्पक्ष दिखेंगे...हमारे दर्शक कहेंगे कि कम से कम ये ईमानदार तो हैं...और अपनी आलोचना सुनने का माद्दा रखते हैं...

सुमेधा का मन कड़वा हो आता है...घटना की तह तक गए बग़ैर पहले खुद ही मीडिया ट्रायल करेंगे...दो लोगों को जान देने के लिए मजबूर करेंगे...और फिर हम पाकसाफ़ हैं...ये साबित करने के लिए ख़ुद ही बहस भी करेंगे...ये कौन लोग हैं...अगर यही आत्महत्या किसी और वजह से हुई रहती तब भी क्या नज़रिया ये रहता?...क्या ख़बरों का सरोकार सिर्फ़ उसके बिकने से रह गया है?...लोग देखते हैं इसलिए दिखाते हैं...क्या तर्क है...कम कपड़े पहन अपनी ओर लोगों का ध्यान खींचने वाली तथाकथित सैक्स सिंबल्स भी तो यही कहती हैं...तो उनके आइटम और ख़बरों में फ़र्क़ क्या है?...क्या इसीलिए ख़बरें आइटम बनती जा रही हैं और आइटम ख़बरें?...ये सोचते हैं कि समाज को नज़र और नज़रिया दे रहे हैं...नहीं, शायद ये उसे बीमार कर रहे हैं...लोकतंत्र में अभिव्यक्ति के अधिकार के नाम पर अपनी बीमार मानसिकता थोप रहे हैं...सोचते-सोचते सुमेधा का हाथ लगा और टेबल पर रखा कॉफ़ी, मग नीचे गिर गया... सबका ध्यान उधर गया—अरे क्या हुआ...

कुछ नहीं...ये टेबल हिल रही है...उसी से मग नीचे गिर गया...

हिल रही है...कैसे...

दरअसल इसका चौथा पाया हिल रहा है...कमज़ोर पड़ गया है...लकड़ी का है न...दीमक लग गए हैं...अंदर से खोखला हो गया है...शायद इसीलिए हिलने लगा है...इसे बदलना पड़ेगा...नहीं तो जल्द ही टेबल चरमराकर गिर पड़ेगा...

कौए

गोविंद पंत राजू

"अरे! भला ये भी कोई सवाल है?...यहां बात अंतर्राष्ट्रीय राजनीति की हो रही है और आप यह छोटा-सा मसला लेकर बैठ गए!" नेताजी का स्वर अचानक तल्ख़ हो गया था, आंखों में हिक़ारत भर आई थी, एक क्षण उन्होंने सारे कैमरों की तरफ़ निगाह दौड़ाई, कैमरों के पीछे खड़े एक-आध 'अपने' चेहरों से आंखें मिलाईं और फिर फट पड़े। "आप अंगूठे से नीचे के सवाल करते हैं, माफ़ करिए मैं यहां के मीडिया को दिल्ली के बाद सबसे बड़ा मानता हूं मगर आप लोग कैसे-कैसे सवाल करते हैं? क्या हो गया है आप लोगों को? मौक़ा देखकर बात करनी चाहिए।"

"पहले ऐसे सवाल नहीं होते थे," उन्होंने फिर कैमरे के पीछे खड़े 'अपने' एक चेहरे से नज़र मिलाई।

नेताजी के चेहरे पर अब गुस्से के साथ खिसियाहट भी साफ़ दिख रही थी। कैमरों के पीछे से कुछ कहा जाता, इससे पहले ही नेताजी वापस मुड़ गए।

"अरे, इस तरह के सवाल तो आपको हमारे प्रधान या स्थानीय कार्यकर्ता से पूछने चाहिए।" नसीहत देकर नेताजी इटली के वास्तुशास्त्र से संवरे अपने बंगले के भीतर गुम हो गए। पोर्टिको में लगे एक पुराने पेड़ पर बहुत सारे कौए एक साथ कांव-कांव करने लगे थे।

अरुण ने कहा—"शायद ये भी पहले कभी नेता रहे होंगे, आज भी नेताजी के सुर में सुर मिला रहे हैं।"

"यह क्या तरीका है, पहले बुलाया, अब सवाल पूछने पर ऐसा गुस्सा! इतना बड़ा मामला है, दो मर गए, दर्जनों घायल हो गए, लाखों की संपत्ति स्वाहा हो गई और ये कहते हैं—क्या सवाल है?" सुरभि गुस्से में थी।

गुस्से के सुर कुछ तेज होते इससे पहले ही सुरक्षाकर्मियों ने सबको वहां से हटाने की मुहिम शुरू कर दी। गेट से बाहर निकलते-निकलते भी अनवर चीख़ रहा था, "यह अपमान है, तिरस्कार है। इनको नेता किसने बनाया?... लोकतंत्र ने...और इसी लोकतंत्र ने हमें भी अधिकार दिया है कि हम सवाल पूछें।"

"सही बात, जवाब न देना हो तो न दें। भाषण क्यों पिलाते हैं? हमें अपना

भोंपू समझ लिया है!'' विनोद ने वर्मा की ओर देखकर कहा। वह बहुत उत्तेजित था।

सत्ता में कुछ दिन पूरे होने पर नेताजी ने मीडिया को बुलाया था। बहाना प्रेस कान्फ्रेंस का था। मगर नेताजी अपनी मेहमाननवाज़ी से सबको तृप्त कर देना चाहते थे। हॉल इतना भर गया कि कुर्सियां कम पड़ गईं। नेताजी ने पहले कुछ उपलब्धियां बघारीं और फिर बोले, ''बहुत दिनों से आप लोगों के साथ खाना नहीं खाया था। क्या करूं, फुर्सत ही नहीं मिल पाती। सोचा आज अच्छा मौक़ा है।''

''मौक़ा अगर शाम को निकालते तो दावत का मज़ा कुछ और बढ़ जाता।'' नेताजी के एक 'ख़ास' संपादक ने मुंह के आगे चम्मच बढ़ाया।

''हो जाएगा, हो जाएगा, एक दिन वो भी हो जाएगा। आज दिन की दावत लें, रात की भी हो जाएगी किसी दिन।''

नेताजी गद्‌गद थे। उन्होंने अपने सचिव की ओर गर्दन घुमाई। सचिव नतमस्तक। वे उसके कान में कुछ बुदबुदाए। शायद रात की दावत का इंतजाम करने का निर्देश था। सचिव ने झटपट कुछ नोट किया।

उनकी उपलब्धियों का प्रेस नोट बंट चुका था, माहौल बेहद दोस्ताना बना हुआ था। सवाल भी सलाहनुमा ही हो रहे थे। बीच-बीच में ठहाके भी लग रहे थे। तभी कैमरों के पीछे से एक सवाल गूंजा, तीखा सवाल! रंग में भंग हो गया। नेता जी को बुरा लगा, मगर चेहरे पर नाराज़गी ज़ाहिर नहीं होने दी। उन्हें पता था कई चैनल लाइव दिखा रहे हैं। एक बार पहले, ऐसे ही एक मौक़े पर उन्होंने चैनल के संपादक तक को देख लेने की धमकी दे डाली थी। किस तरह वह मामला संभाला यह वही जानते हैं, पर बाद में चैनल में उसी ख़बर में अपना अंदाज़ देखकर उन्हें खुद पर बहुत शर्म आई थी। अब भी एक डर बना रहता है कि पता नहीं कौन कमबख़्त कब वही क्लीपिंग दिखा दे!

''चलिए फिर बात होगी,'' उन्होंने गुस्सा छिपाने की पूरी कोशिश की। हालांकि कुर्सी के हत्थों पर उनकी हथेलियों का दबाव कुछ और ही कहानी कह रहा था।

''आज इस पर बात करेंगे तो हमारी ख़बर रह जाएगी। आज इसे ही दिखाइए।'' उन्होंने मुस्कुराने की कोशिश की, ''चलिए, खाना क्यों ठंडा कर रहे हैं?'' नेताजी खड़े हो गए।

प्रेस कान्फ्रेंस में जितने सवाल नहीं थे उससे कहीं ज़्यादा कागज हाथों में निकल आए। तरह-तरह के काम। सुरक्षा अधिकारी अर्ज़ियां जमा करता जा रहा था। अर्ज़ियां निकाल चुके हाथों में अब प्लेटें थीं और सवाल पूछने वाले धीरे-धीरे बाहर निकल रहे थे।

विनोद अब इन चीज़ों का आदी हो चुका है। उसे याद है इससे पहले भी किसी और सरकार के किसी और नेता ने ऐसे ही एक सवाल पर पूछने वाले को

जेल भेजने की धमकी तक दे डाली थी। उसे लगता है कि कुर्सी का चरित्र ही असहिष्णु होता जा रहा है, हालांकि अब भी ऐसे मौक़ों पर विनोद प्रतिरोध करने से खुद को रोक नहीं पाता। घर पहुंचा तो ग्यारह बज चुके थे। बच्चे सो चुके थे। करुणा ने उसके चेहरे की रंगत देखी तो फौरन समझ गई कि कुछ-न-कुछ गड़बड़ है।

"क्या आज फिर लड़कर आए हो?" करुणा ने पूछा।

"नहीं, कुछ नहीं, बस यूं ही।"

"किससे भिड़े?"

"भिड़ना क्या था? एक सवाल पूछा तो नेताजी भड़क गए। सवाल सुनना ही नहीं चाहते। हमें पत्रकारिता के उपदेश देते हैं। अपना गिरेबां नहीं देखते।"

"उन्हें गिरेबां दिखाने के लिए ही तो तुम हो। मीडिया का और क्या काम है भला?" करुणा मुस्कुराई।

सुबह-सुबह मोबाइल फिर घनघनाया, विनोद परेशान हो गया था, "एक ही बात बार-बार यह क्या दिखा रहे हो...इसे रुकवाओ।"

"यह स्टिंग ऑपरेशन है। यह आपकी पोल है। हमने नहीं खोली है, कैमरे ने खोली है। आपको ऐतराज़ हो तो बताएं, इसमें गलत क्या है? आपके 'माननीय' लोग ऐसा करते हैं यह तो आप भी जानते हैं? वही सच जो तस्वीरों में दिख रहा है।"

लेकिन कोई सुनने को तैयार नहीं। फ़ोन-दर-फ़ोन...यह ख़बर ठीक नहीं, ख़बर रुकवाओ। पहले दोस्ताना अनुरोध, फिर चेतावनीनुमा सलाह और फिर सीधे धमकी।

सचिवालय के गलियारों में, सरकारी दफ़्तर के आसपास की पान की गुमटियों में, पार्टियों के दफ़्तरों में, स्टेशन और बाज़ारों में, हर कहीं इस ख़बर की चर्चा थी। ख़बर आम लोगों को झकझोर रही थी तो कई कुर्ते-पाजामों को नागवारी गुजरी थी। वे सब लामबंद होने लगे थे। हर किसी को लग रहा था कि ऐसा कभी-न-कभी उनके साथ भी हो सकता है। जनता के बीच नंगा होने का डर उन्हें एकजुट कर रहा था।

बंद कमरे में बैठक—"ये तो इंतिहा हो गई, इन्हें अपनी हद नहीं मालूम क्या? ये कुछ मंत्रियों या विधायकों का मामला नहीं, ये तो समूची विधायिका पर हमला है।"

"प्रेस की आज़ादी का मतलब ये तो नहीं कि जो चाहें दिखा दें। ये खुद ही फ़रियादी, खुद ही वकील और खुद ही मुंसिफ़ हो गए। ये हक़ इन्हें किसने दिया?"

"किसी भी सूरत में इसे रोका जाना चाहिए।"

कमरे में हर कोई बोल रहा था। हर पार्टी, हर विचारधारा बोल रही थी। वाम और दक्षिण सब एक थे। और आनन-फानन में एक कमेटी बन गई। अब कमेटी की बैठकें बंद कमरे में नहीं, बड़े हॉल में होने लगीं, अदालतनुमा अंदाज़ में।

मंत्री और विधायकों के कारनामे टीवी पर दिखाने वाले अब अपराधियों की

तरह कठघरे में थे।

"हां तो आप बताएंगे ये वीडियो रिकार्डिंग आपने किसकी इजाज़त से की?"

"आप किसी जनप्रतिनिधि की व्यक्तिगत आज़ादी का हनन कैसे कर सकते हैं?"

"आपका कैमरा कौन-सा था?"

"रिकार्डिंग इतनी धुंधली क्यों है?"

"किस कंपनी के कैसेट पर मूल रिकार्डिंग की गई थी।" आदि-आदि-आदि।

कमेटी की बैठकें कई दौर में चलीं। इस बीच भरे बाज़ार में एक दिन चैनल की गाड़ी पर अचानक कुछ लोगों ने हमला कर दिया। गाड़ी जला दी गई। कैमरामैन जान बचाकर भागा, ड्राइवर का सिर फट गया था। पत्रकार भड़के, पुलिस ने मामला दर्ज कर लिया।

इसके कुछ समय बाद कमेटी ने अपना फैसला सुना दिया—स्टिंग ऑपरेशन किए ही नहीं जाने चाहिए...अगर किए भी जाएं तो जिसके ख़िलाफ़ हों पहले उससे इजाज़त ली जाए। कमेटी ने चैनल वालों पर कई और बंदिशें लगाने की भी सलाह दी।

उस शाम चौहान के बंगले पर कई लाल बत्ती गाड़ियां जमा थीं। टीवी में नोट गिनते दिखाए गए मूंछों वाले अकबर भाई भी वहां मौजूद थे। पीने-पिलाने का दौर चल रहा था।

"भैया, अब तो खुश हो जाओ, कुर्सी बच गई।" चौहान अकबर भाई से मुख़ातिब था।

"स्साली कुर्सी न रहती हो तो न रहे पर उसे तो मैं छोडूंगा नहीं। अपना आदमी समझता था मैं उसे। स्साला न जाने किसे ले आया? क्या-क्या कैमरे में छापता रहा, मुझे तो पता ही नहीं चला।"

"मैं तो अब एक बार में एक आदमी को ही अंदर बुलवाता हूं, मिलने के लिए, काहे ख़तरा लिया जाए। मैं तो सोच रहा हूं जो जैमर-बैमर होता है, एक ठो लगवा लूं दिल्ली से मंगवाकर।" यह पंडित कृपाशंकर थे।

सोफ़े पर अधलेटा-सा चौहान सब सुन रहा था। अपने इलाक़े में एक कोल्ड स्टोरेज़ पर कब्ज़े के मामले में न्यूज़ चैनलों ने उसको भी जमकर रगड़ा था। टीवी में हंगामे के बाद अध्यक्ष जी ने उसे मामला ठंडा पड़ने तक शांत रहने को कहा था। उसे अफ़सोस था कि हाथ आया कोल्ड स्टोर यूं ही हाथ से फिसल गया था। बोला—"यार मैं तो पहले ही कहता था कि चिरकुट हो गए हैं आज के टीवी वाले। गली-मोहल्ले में जिसके पास कैमरा हो, मोटरसाइकिल हो, वही बन गया रिपोर्टर। जहां चाहे वहीं कैमरा लेकर चले आएं। कुछ भी करना मुश्किल हो गया है इन चिरकुटों की वजह से।"

"मुश्किल तो ये है कि एक ने दिखाया नहीं कि सारे के सारे चिपट पड़ते हैं गिद्धों की तरह। अख़बार वालों को मैनेज़ करना तो फिर भी आसान था, वे तो अब भी लिहाज़ करते हैं।" शर्माजी भी जले-भुने बैठे थे।

"अरे भाई यहां तो खंडन भी नहीं होता। अख़बार में कम-से-कम कह-सुनकर खंडन तो छप जाता था।" कृपाशंकर हुंकार रहे थे। "मगर स्साली तस्वीरें झूठ भी तो नहीं बोलतीं।" अकबर भाई पर थोड़ी चढ़ गई थी।

इसके कुछ दिन बाद नेताजी ने पत्रकारों के एक समारोह में भाषण दिया। उन्होंने अपने ज्ञान के आधार पर घोषणा की कि इलेक्ट्रॉनिक मीडिया दो-चार साल में ख़त्म हो जाएगा। अख़बार ही भरोसे के क़ाबिल है। अख़बार में एडिटोरियल होता है, उससे ज्ञान मिलता है। टीवी सच नहीं बोलता।

नेताजी के सभी चेले इन दिनों यही राग अलाप रहे हैं।

नेताजी के भव्य बंगले में खड़े पुराने पेड़ पर अब कौए नहीं बोलते। वे सब न्यूज़ चैनलों में मंडरा रहे हैं और टीआरपी नोच रहे हैं। नेताजी इस बात से खुश हैं कि बड़ा चुनाव अब आसान हो गया है क्योंकि सवाल पूछने वाले इन दिनों कौओं के साथ व्यस्त हैं और लोकतंत्र बचा रहे हैं।

ख़बर पढ़ती लड़कियां

प्रियदर्शन

"मायावती का प्रेस-कॉन्फ्रेस आने वाला है, सीधे कट कर लेना," साधना का यह निर्देश सुनते ही पीसीआर में बैठी रेखा सतर्क हो गई, उसने बुलेटिन के आउटपुट एडिटर सिद्धांत से कहा कि वह नेम सुपर तैयार रखे। सिद्धांत पहले से तैयार था, उसने नेम सुपर के अलावा कई इन्फ़ो सुपर भी लगा रखे थे। उसने टॉक बैक पर एंकर को भी बता दिया था कि किसी भी समय मायावती का प्रेसर शुरू हो सकता है। रेखा ने ग्राफ़िक्स में फ़ोन करके पक्का कर लिया कि वह समय पर फ़ोनो प्लेकार्ड दे देगी।

पीसीआर, आउटपुट, नेम सुपर, इन्फ़ो सुपर, एंकर टॉक बैक, प्रेसर, प्लैकार्ड : ये सारे शब्द अब रेखा को डराते नहीं। इस दफ़्तर में उसे साल भर हो गया है। लेकिन एक संचार संस्थान से डिग्री लेकर जब उसने यहां ट्रेनी के तौर पर नौकरी ज़्वाइन की तो टेलीविज़न चैनलों की शब्दावली ने उसके हाथ-पांव फुला दिए। 'पीसीआर'—यानी प्रोडक्शन कंट्रोल रूम, वह जगह जहां से बुलेटिन अपनी आख़िरी शक्ल लेकर दर्शकों तक पहुंचता है। 'सबसे इंपॉर्टेंट जगह', ये उसे साधना ने बताया था—साधना यानी प्रोडक्शन की तेज़-तर्रार बॉस। फिर एमसीआर मास्टर कंट्रोल रूम होता होगा, यह रेखा ने खुद अनुमान लगा लिया—वह जगह जहां दुनिया भर की सामग्री आती है।

रेखा ने जब यह नौकरी ज़्वाइन की तो उसे कदम-कदम पर झटके लगे। नेम सुपर—यानी स्क्रीन पर दिख रहे किसी शख़्स के परिचय में आने वाली पंक्ति। इन्फ़ो सुपर यानी, किसी ख़बर से जुड़ी वे सूचनाएं जो ख़बर के साथ दी जा रही हैं। टॉक बैक, यानी एंकर और पीसीआर के बीच संवाद का जरिया। अगले कई दिन ऐसे अनजाने और अजीबोगरीब शब्दों से उसके परिचय के दिन थे। जब घर लौटकर एक दिन उसने मम्मी को बताया कि डिस्को का मतलब हमारे यहां डांस नहीं, डिस्कशन होता है, और प्रेसर का मतलब किसी नेता का प्रेस कॉन्फ्रेंस तो मम्मी हंस-हंसकर लोटपोट हो गई।

मायावती ने बोलना शुरू कर दिया। पीसीआर में हल्की-सी हलचल हुई। 'पैकेज़

से निकल आएं?' रेखा ने आउटपुट एडीटर से पूछा और जवाब से पहले निकल गई। स्क्रीन पर फिर सुजाता थी, लेकिन मायावती के प्रेस कॉन्फ्रेंस के बारे में बताते हुए वह लड़खड़ा गई। एक गड़बड़ भी कर गई। बता दिया कि कांशीराम गुरदासपुर से सांसद रहे हैं। 'अरे, कांशीराम होशियारपुर से सांसद था, गुरदासपुर से नहीं', सिद्धांत ने जल्दी से टॉक बैक पर कहा। सुजाता का दिल बैठ गया। वह परेशान-सी हो गई। अब इस एक चूक से बतंगड़ बनना शुरू होगा। उसे अंदाज़ा था कि अब पीसीआर में किस तरह की बातें हो रही होंगी।

वाकई, सिद्धांत पीसीआर में बैठा सुजाता का मज़ाक़ बना रहा था। डॉन की रीमेक आने वाली है। उसका डॉयलॉग उसने कुछ सुधारकर बोला, 'एंकर्स को सुधारना मुश्किल ही नहीं, नामुमकिन भी है।'

सिद्धांत का टॉक बैक ऑफ़ होने की वजह से सुजाता सुन नहीं पाई, लेकिन डायरेक्ट कर रही रेखा का टॉक बैक ऑन था, इसलिए उसे पीसीआर की हंसी सुनाई पड़ने लगी। सुजाता ने मायावती के भाषण में मन लगाने की कोशिश की, 'माननीय कांशीराम जी का जाना दलित आंदोलन के लिए एक बहुत बड़ी क्षति है। बहुजन समाजवादी पार्टी उनके आंदोलन को आगे बढ़ाएगी।'

हुंह! मायावती उसे कभी अच्छी नहीं लगी। कांशीराम भी हर किसी से समझौता करते रहे। और ये दलित-वलित क्या होता है? लोकतंत्र में सब बराबर होते हैं। सुजाता को ये बातें समझ में नहीं आतीं। कितना लंबा खींचेंगे ये लोग लाइव? बाद में फिर कन्क्लूड करते वह गड़बड़ा जाएगी तो उसका मज़ाक़ बनाएंगे। इनको पता है, एंकरिंग कितना टफ काम है?

'यार कितनी देर रहोगी इसके प्रेसर में? इससे निकल आओ बाहर!' सुजाता ने स्टूडियो से कहा। लेकिन ये फ़ैसला तो आउटपुट एडीटर को करना है। रेखा ने सिद्धांत की तरफ़ देखा, 'निकल आएं?'

सिद्धांत ने जवाब देने की जगह सवाल दागा—'नर्मदा पर आमिर खान भाषण देता है तो कितनी देर रहती हो? तुम लोगों की क्लास पता चल जाती है। कांशीराम और दलित आंदोलन पसंद नहीं हैं। कोई मॉडल या ऐक्टर कुछ भी बोलता रहे, कान लगाके सुनती रहोगी।'

रेखा कुछ चिढ़-सी गई। हिंदी वालों से उसे कोफ़्त होती है। सीधी-सी बात पूछो तो टेढ़ा जवाब देंगे। अंग्रेज़ी वाले तो इससे निकल भी गए। और क्या रखा था कांशीराम में? वो भी अख़बार पढ़ती है। कभी बीजेपी से समझौता किया, कभी कांग्रेस से। और ये मायावती? सुनते हैं, इसने करोड़ों की ज़मीन ख़रीद ली है। कहां से आए इसके पास पैसे? वह क्या विवाद था, ताज से जुड़ा कुछ? अचानक उसे पीछे खड़ी बॉस साधना दिखी। मायावती को ध्यान से सुन रही थी।

'यू लाइक मायावती?'

'नो यार', लेकिन बोलते-बोलते साधना को याद आ गया कि वह ग्रुप की बाक़ी लड़कियों से कुछ अलग है। इसलिए उसने फिर कहा, 'लेकिन अनडाउटेडली मायावती डिफरेंट है।'

'कैसे?'

'अरे वो सोनिया गांधी या राबड़ी देवी जैसी थोड़े है कि पति की कृपा से राज मिल गया। उसने कम से कम अपनी जगह खुद बनाई है।'

'तुम्हारी तरह, नहीं साधना?' सिद्धांत ने साधना के इस बौद्धिक चोले में पिन चुभोया।

'शटअप स्टुपिड,' साधना समझ गई कि सिद्धांत उसका मज़ाक़ बना रहा है।

'चलो, ख़त्म हुई मायावती, हां सुजाता कमिंग बैक टु यू...और हां इस बार होशियारपुर को गुरदासपुर मत बता देना।' ये साधना की आवाज़ थी।

सुजाता तमक गई। लाइव सिचुएशन में ये लोग कितने ढंग से दबाव बनाते हैं। उसने मायावती का कहा समेटने की कोशिश की, लेकिन बोलते-बोलते फिर लड़खड़ा गई।

'यहां की एंकरों से अच्छा तो मायावती बोलती है, कम से कम हकलाती तो नहीं है।' यह फिर साधना है, रेखा समझ गई कि उसके निशाने पर सुजाता है। सुजाता अब कुछ निश्चिन्त थी, अगले दो मिनट तक तो अब कांशीराम का पैकेज चलेगा। उसने साधना का कमेंट सुन लिया था, पलटकर कहा, 'तुम्हारी चले तो बना लो उसी को एंकर। दिखती भी अच्छी है।'

साधना ने उसे जवाब नहीं दिया, लेकिन बड़बड़ाई, 'सुंदरता पर ही तो गुमान करती हैं सब। फेल मॉडल लोग आकर एंकर बन गई हैं। स्टुपिड।'

पीसीआर में हल्का-सा तनाव था। आउटपुट एडीटर सिद्धांत मुस्कुरा रहा था। एंकर्स और पीसीआर का झगड़ा उसके लिए मसाला है जिसे वह नीचे डेस्क पर सुनाएगा। रेखा ने विषय बदलने की कोशिश की, 'देखो, मायावती किस तरह बोलती है। मुलायम सिंह यादव को बार-बार माननीय मुलायम सिंह यादव बोलेगी, लेकिन साथ में उसका, उसे जोड़ेगी, उनका उन्हें नहीं। बोलती है, माननीय मुलायम सिंह यादव जानता है कि वह चुनाव हारेगा...।'

तभी सुप्रिया आ गई। रेखा ने घड़ी देखी, अरे वक़्त से पहले! सुप्रिया सीधी-सादी है। आवाज़ में बांसुरी-सी लयकारी है। कहा, 'लाओ, मुझे हैंड ओवर कर दो। मैं संभाल लूंगी।'

'लाइव चल रहा है, कांशीराम पर ही सब जा रहा है। ध्यान रखना, मनमोहन सिंह उसके घर पहुंचने वाले हैं। और हां, कांशीराम ऑबिट न्यू का पैकेज ही रन करना। पुराने वाले में कुछ गड़बड़ है।'

'कांशीराम अभी चल ही रहा है!' सुप्रिया को ताज्जुब हुआ। उसने ब्रेकफ़ास्ट के टाइम ही देखा था, उसके मरने की ख़बर आ गई थी।

'जब नफीसा जोसेफ़ मरी थी तो तुम लोगों ने दिन भर चलाया, कांशीराम कम से कम उससे तो बड़ा आदमी था।' फिर सिद्धांत कांशीराम के बचाव में आ गया।

'अच्छा...!' सुप्रिया ने अचरज से कहा। बांसुरी की लयकारी को नहीं मालूम था कि दलित आंदोलन भी कोई चीज़ है। साधना झल्ला गई, 'अच्छा क्या कर रही हो।' सुप्रिया इस पर भी नाराज़ होने की जगह हंसने लगी। सीधी-सादी सुप्रिया। लेकिन साधना को इसीलिए गुस्सा आता है। ये लड़कियां अख़बार तक ठीक से नहीं पढ़तीं। टाइम्स ऑफ़ इंडिया लेंगी और सीधे फ़िल्म वाले पन्ने पर चली जाएंगी। अब सिद्धांत नीचे जाकर बताएगा कि पीसीआर वालों को कांशीराम के बारे में नहीं मालूम।

रेखा अपनी जगह से उठ रही थी। साधना ने कहा, चलो सिगरेट पीते हैं। रेखा सिगरेट नहीं पीती, लेकिन साधना के साथ चल दी। रास्ते में शेखर मिल गया। साधना को फिर कुछ याद आ गया, 'हां शेखर, तुम लोग फ़ोकस में इस हफ़्ते मुसलमानों के तुष्टीकरण का सवाल ही उठा रहे हो न?'

'क्यों, कोई प्रॉब्लम है?' हिंदी वालों की तरह शेखर ने फिर सवाल दागा। लेकिन शेखर के अंदाज़ में मज़ाक़ का लहजा है जिसे साधना समझती है। उसने भी हंसते हुए कहा, 'यार शेखर, मैं मुसलमानों के ख़िलाफ़ नहीं हूं। तुम्हें पता है, मेरा पहला ब्वायफ्रेंड मुसलमान ही था।'

'अरे यही तो उन बेचारों की शिकायत है। तुमने भी उसका तुष्टीकरण करके छोड़ दिया ना!' शेखर ने चुटकी ली।

'चुप रहो, तुष्टीकरण-वुष्टीकरण नहीं किया', झेंपी हुई साधना हिंदी के इस भारी-भरकम शब्द का मतलब समझ गई। लेकिन पीछे खड़ा प्रशांत भी सुन रहा था। उसने न सुनने वाले अंदाज़ में कहा, 'कौन किसका तुष्टीकरण कर रहा है भाई। कोई मेरा भी कर दे।'

अब साधना और रेखा ने एक-दूसरे को देखा। ये प्रशांत हमेशा लड़कियों को पटाने में लगा रहता है। साधना ने हंसी में कुछ व्यंग्य घोलते हुए कहा, 'चलो, चलो, हमेशा तुष्टीकरण कराने में लगे रहते हो। सड़क पर चले जाओ। बहुत सारी मिल जाएंगी। कुछ तो तुम्हें पहचान भी लेंगी। आखिर एंकर हो।'

रेखा ने साथ में जोड़ दिया, 'अरे कुछ पुरानी जान-पहचान भी निकल आएगी। आख़िर ये काम प्रशांत पता नहीं कब से कर रहा है।'

हालांकि बोलकर रेखा को लगा, उसने ठीक नहीं किया। इस तरह के हंसी-

मज़ाक़ से वो दूर ही रहती है। उसके मिज़ाज़ को सूट नहीं करता ये सब। प्रशांत इसी के बाद छूट लेने की कोशिश करने लगेगा। ख़ैर, करेगा तो डांट देगी।

साधना ने नीचे आकर सिगरेट सुलगा ली थी। अब रेखा उसे देख रही थी। 'साधना, तुम डेली कितनी सिगरेट पीती हो?' साधना ने कहा, 'ज़्यादा नहीं, तीन या चार।'

'बस्स! यहां आने से पहले भी पीती थी?'

'अरे नहीं', साधना का चेहरा अचानक कोमल हो आया। उसे याद आया वो पहला दिन, जब उसने पहली बार अपनी कांपती उंगलियों के बीच सिगरेट जलाई थी और उसे अपने डरे हुए होंठों से लगाया था। उसे याद है, जीभ कुछ तल्ख़ हो उठी थी और होंठ तो जैसे झुलस गए थे। बाद में कई दिन आईना देखती रही कि कहीं उसके होंठ काले तो नहीं पड़ गए। लेकिन धीरे-धीरे वो इसे इन्ज्वाय करने लगी। 'तुमने कभी ट्राई नहीं किया?' उसने रेखा से पूछा। रेखा ने पलटकर पूछा, क्यों करूं। दरअसल ये जवाब भी रेखा ने अंजली से उधार लिया था। ये अंजली थी, जब उसने रेखा के इसी सवाल का जवाब इस लहजे में दिया और रेखा को हमेशा के लिए एक सुरक्षा कवच दे डाला। 'अरे, तुम तो हिंदी वालों की तरह बोलने लगीं।' साधना हंस पड़ी और साथ में रेखा भी।

फिर साधना को काम याद आ गया। चलो जल्दी ऊपर। कांशीराम पर साढ़े पांच बजे आधे घंटे का शो करना है।

'आधा घंटा कांशीराम पर? कौन देखेगा?' रेखा फिर कुछ हैरान हुई। 'नहीं यार, बड़ा आदमी था', साधना ने पढ़ा कम लेकिन सुना ज़्यादा है और इतना भर समझ पाई है कि कांशीराम पर आधा घंटा तो जाएगा।

'शेखर देख रहा है न शो! उससे बात करती हूं।' दोनों फिर चढ़ती हुई ऊपर आ गईं। शेखर कंप्यूटर पर साढ़े पांच का रनडाउन बनाने में लगा था। रेखा ने एक स्लग देखा, 'कांशी स्पीक्स'। 'ये क्या है?'

'कांशीराम के कोट्स हैं, ग्राफ़िक्स में जाएंगे।' शेखर ने बताया।

'क्या बोलता था कांशीराम?'

'तिलक, तराजू और तलवार, इनको मारो जूते चार।'

'मतलब?' रेखा हैरान रह गई।

'मतलब ये कि ब्राह्मण, बनिया और राजपूत के हाथ से ताक़त ले लो।'

'अच्छा? और क्या बोलता था?'

'भाजपा नागनाथ है तो कांग्रेस सांपनाथ।'

'अरे, लेकिन बीएसपी तो दोनों से दोस्ती करती रही।'

'चलो, हटो, मुझे काम करने दो।' शेखर इस शौकिया राजनीतिक विवेचन से अचानक ऊब गया। ख़ैर, रेखा की भी इसमें ज़्यादा दिलचस्पी नहीं थी। 'एंकर

कौन करेगा ये शो? प्रशांत?'

'क्यों, प्रशांत में सुरखाब के पर लगे हैं क्या?' रेखा को फिर गुस्सा आया, हिंदी वालों की वही आदत। जवाब नहीं देंगे, सवाल करेंगे। 'अरे बाबा, मुझे बस जानना है। तुम्हीं बता दो किसमें सुरखाब के पर लगे हैं?'

अब शेखर हंसने लगा। कहा, 'शबनम से करवाओ।'

'अच्छा, शबनम में लगे हैं सुरखाब के पर?' रेखा ने पलटकर सवाल दागा।

शेखर मुस्कुराने लगा, 'अच्छा, यानी प्रशांत से ही एंकर करवाना चाहती हो?' इस हंसी में शामिल छेड़छाड़ को रेखा फिर समझ गई। पछताई कि क्यों उसने फिर मज़ाक़ करने की कोशिश की, जब उससे चलता नहीं। उसने तय किया कि तीसरी बार वो दिन में किसी को छूट नहीं देगी। उसे अचानक तीसरी कसम फ़िल्म की याद आ गई और कुछ हंसी भी। लेकिन फिर उसने खुद को रोका, 'अरे यार, मुझे क्या मतलब है, कौन एंकर करे। बस मैं उससे पूछ लूंगी कि क्या करना है?'

अब शेखर ने संज़ीदगी से जवाब दिया। नहीं, शबनम प्रशांत से बेहतर है। वो ढंग से डील करेगी।

ये तो रेखा भी मानती है। शबनम की सब तारीफ़ करते हैं। उसकी आवाज़ अच्छी है, भाषा अच्छी है, समझ भी अच्छी है। कुछ लोग बताते हैं कि उसे फ़िल्मों से ऑफ़र आ चुके हैं। खुद रिपोर्टिंग करने के लिए दूर-दराज़ के इलाक़ों में जाती रहती है। मालेगांव में हुए दंगों के बाद उसकी कई रिपोर्ट्स सराही गईं। गुजरात के भूकंप के समय भी उसके कई प्रोग्राम चर्चित हुए।

'हां यार, शबनम ठीक है।' रेखा ने भी सहमति में सिर हिलाया। वो शबनम के साथ काम कर चुकी है। वो तब बिल्कुल नई आई थी और सुनामी की रात को दस बजे उसे कहा गया कि शबनम के साथ उसे अभी तुरंत निकलना है—क्रू के हिस्से के रूप में। उसके हाथ-पांव फूल गए। उसने घर फ़ोन किया, मम्मी को बताया कि निकोबार जाना है। उसका सामान पैक कर दे। मम्मी-पापा भी हैरान थे। पापा ने कहा, छोड़ो नौकरी, घर आ जाओ चुपचाप। लेकिन रेखा अपने ऑफ़िस वालों को ना कहने की हिम्मत भी नहीं जुटा पाई।

खैर, वो टूर काफ़ी अच्छा रहा। मुश्किल भी। लेकिन रेखा की समझ में ये बात आ गई कि निकल पड़ो तो हर मुश्किल से निकलने का रास्ता मिल जाता है। मां बाद में खुश भी हुईं, सबको बताती घूमीं, बेटी कहां-कहां से हो आई है। नौकरी छोड़ने की सलाह देने वाले पापा ने भी अपने कुलीग्स को बताया कि उनकी बेटी कार निकोबार से हो आई है—वो भी सुनामी के समय। तब उनकी समझ में आया, लड़कियां कितना-कितना काम कर ले रही हैं। उनकी बेटी कीचड़, पानी, मौत और रुलाई के बीच भी नहीं डरी।

'आती हूं मैं शबनम से बात करके।' रेखा फिर सीढ़ियां उतरकर स्मोकिंग

जोन में आ गई। यहीं बैठी दिखी शबनम। किसी से गपशप करती हुई। उसने शबनम को 'हलो' किया।

"कैसी हो रेखा, क्या हुआ, मायावती के प्रेसर के समय साधना ने सुजाता को कुछ बोल दिया था क्या?" शबनम ने हंसते हुए पूछा।

"बाप रे," पीसीआर से उसके नीचे पहुंचने से पहले ख़बर पहुंच चुकी है। रेखा को ख़्याल आया कि अक्सर ब्रेकिंग न्यूज़ के मामले में चैनल पिछड़ जाता है, लेकिन आपसी ख़बरें आग की तरह पसरती हैं। ज़रूर सुजाता ने शबनम को फ़ोन किया होगा। दोनों अच्छी सहेलियां हैं। रेखा ने बात को टालने की कोशिश की, "अरे यू नो, साधना की तो आदत है...।"

तभी सुजाता सिगरेट सुलगाए मिल गई, अभी भी झल्लाई हुई थी, "देखो रेखा, पीसीआर में लोग पता नहीं, अपने को क्या समझते हैं। साधना कौन होती है तय करने वाली कि मायावती का प्रेसर कट किया जाए या नहीं?"

'साधना ने नहीं, सिद्धांत ने कहा था मायावती का प्रेसर लेने को। बल्कि वही बोल रहा था कि एंकर्स को कुछ आता-जाता नहीं। कुछ का कुछ बोल जाती हैं।' रेखा ने सफ़ाई देने की कोशिश की।

'ऐसा कहा था सिद्धांत ने? अरे, ऐसे तो कितना सीधा-सादा बनता है, बताती हूं मैं उसे,' सुजाता परेशान-सी हो गई। रेखा ने जीभ काटी। अब सिद्धांत उस पर नाराज़ होगा कि उसकी बात को क्यों उसने सुजाता तक पहुंचा दिया। लेकिन जाने दो, वह क्या करे, सिद्धांत को सॉरी बोल देगी।

उसने बात टालने की कोशिश की, हंसते हुए, 'देखो यार, ये तुम बड़े लोगों का मामला है, इसमें मैं कहां पड़ूं।'

'कौन हैं ये बड़े लोग भाई, मैं भी तो जानूं', दूर से आई ये आवाज़ प्रशांत की थी। सुजाता और शबनम से प्रशांत की नहीं पटती। उसे लगता है कि इन दोनों को लड़की होने के कुछ ज़्यादा फ़ायदे मिलते हैं। हालांकि दूसरों की राय है कि प्रशांत को भी बड़े बाप का बेटा होने का लाभ मिला है।

अब बात टालने की कोशिश शबनम कर रही थी। उसने कहा, 'अरे कुछ नहीं, बस साधना का किस्सा चल रहा है। अपनी मनमर्ज़ी कर रही थी।'

लेकिन प्रशांत टलने वाला नहीं है। ख़बर उस तक भी पहुंच चुकी है। वह ये मौक़ा आसानी से कैसे जाने दे, 'क्या सुजाता, क्या गड़बड़ कर दी थी? सुना, कांशीराम को बीजेपी का बता दिया? विनोद खन्ना से कन्फ्यूज़ कर गई थी क्या?'

सुजाता भड़क गई। 'अरे इसको. बोलते हैं बात का बतंगड़ बनाना। मैंने ग़लती से इतना भर बोला कि कांशीराम गुरदासपुर से एमपी रहे हैं। ये पीसीआर वाले न!'

'अच्छा-अच्छा, कांशीराम को विनोद खन्ना की कांस्टिटुएंसी में पहुंचा दिया।' प्रशांत हंसने लगा। सुजाता गुमसुम थी, जबकि शबनम हंसने लगी, 'प्रशांत, भूल

गए, तुम भी लाइव में बोल गए थे कि जॉर्ज बुश पाकिस्तान के राष्ट्रपति हैं। हड़बड़ी में इतना तो होता ही है।'

'अरे मैंने ये नहीं कहा था, उस दिन पीसीआर वालों की गलती थी। बताते नहीं हैं कौन बोल रहा है। बस कहा, प्रेसीडेंट ने बोलना शुरू कर दिया है, काट रहे हैं। तो मैंने समझा कि पाकिस्तान के प्रेसीडेंट की बात हो रही है।' अब प्रशांत ने उस दिन की सफ़ाई देने की कोशिश की।

रेखा को समझ में आ गया कि एंकरों के इस झगड़े में पीसीआर की ऐसी-तैसी की जाएगी। उसने बात बदली, 'शबनम, तुम्हें फ़ाइव थर्टी का शो करना है न?'

'अरे फ़ाइव थर्टी! मुझे तो पता ही नहीं है!', साधना जान-बूझकर अनजान बन गई। उसे मालूम था कि रोस्टर में प्रशांत का नाम है, 'कोई स्पेशल शो है क्या?'

'हां, कांशीराम पर आधा घंटे है ना। शेखर ने तो बताया कि तुम्हें पता है!'

'अच्छा-अच्छा वो, मैं समझ रही थी कि सेवेन थर्टी में है।'

अब सुजाता की बारी थी। उसे समझ में आ गया कि शबनम को मिले इस मौक़े से प्रशांत मायूस होगा। उसने तुरंत जोड़ा, 'अरे, जब रोस्टर में प्रशांत का नाम है तो प्रशांत को करने दो?'

'हां रेखा, प्रशांत से करवा लो।' शबनम ने उदारता दिखाई, साथ में जोड़ा, 'वैसे भी मेरा मन नहीं है।'

रेखा इस बार फंसने वाली नहीं थी। उसने कहा, यार तुम लोग तय कर लो, चाहो तो आउटपुट वालों से पूछ लो। मैं तो वही बता रही हूं जो शेखर ने कहा था।'

सुजाता ने फिर कोंचा, 'अरे प्रशांत, तुम क्यों नहीं कर लेते।'

प्रशांत की हंसी फीकी हो चली थी, उसने कुछ तल्खी से कहा, 'यार बड़ा शोर बड़े लोगों को मिलता है। मुझे क्या। जलवे हैं तुम दोनों के।'

कहना वो ये चाहता था कि लड़की होने के नाते शबनम को भाव मिलता है। वरना कांशीराम पर वो शबनम से तो ज़्यादा जानता है। कम से कम होशियारपुर और गुरदासपुर में फ़र्क़ करने की तमीज़ उसे है।

लेकिन न प्रशांत के पास ये कहने की हिम्मत थी, न शबनम के पास सुनने की फुरसत। उठते हुए उसने कहा, 'चलो, देख लेती हूं, क्या है बुलेटिन में।' शबनम के साथ सुजाता भी चल दी।

अब रेखा और प्रशांत रह गए। प्रशांत की मायूसी रेखा से छुपी नहीं थी। रेखा को कुछ हमदर्दी भी हुई, उसने चाहा कि उसका मन रख ले, 'वैसे पीसीआर में सब मानते हैं प्रशांत कि लाइव में सबसे ज़्यादा ठीक तुम्हीं करते हो।'

प्रशांत फिर खुश हो गया। लड़कियां तारीफ़ करें तो उसे कुछ ज़्यादा अच्छा लगता है लेकिन अनौपचारिक होने की कोशिश में उससे चूक हो ही गई। बोल बैठा,

'अरे रेखा डार्लिंग', लेकिन इससे आगे बढ़ने से पहले रेखा तुनक गई, 'ये डार्लिंग-वार्लिंग उन लड़कियों को बोलो जिनको पटाने में लगे रहते हो। मुझसे ढंग से बात करो।' थोड़ी ही देर पहले उसने तय किया था कि वो किसी को छूट लेने नहीं देगी।

प्रशांत सन्न रह गया। उसे इस तल्ख़ जवाब की उम्मीद नहीं थी। वह एंकर है, स्मार्ट है, यंग है, सबसे हंस-बोलकर बात करता है और पीसीआर की यह अदना-सी लड़की उसे इस तरह का जवाब देगी?

उसने बात संभालने की कोशिश की, 'अरे, इस बात पर नाराज़ हो जाओगी। यार, मैं पटाने-वटाने में नहीं लगा करता। बस दोस्ती में मैंने कह दिया। बुरा मानने की ज़रूरत नहीं है। आगे से नहीं बोलूंगा।'

'हां मत बोलना', रेखा अब भी रियायत देने के मूड में नहीं है। वह वहां से चल दी। दरअसल रेखा को प्रशांत वैसे भी पसंद नहीं है। अगर यह बात किसी और ने कही होती तो वह बुरा नहीं मानती। शुरू में ये सारे शब्द उसे डराते थे। लेकिन बीते साल भर में जिस खुलेपन की वह आदी हुई है, उसमें इस तरह के शब्द उसे परेशान नहीं करते। मूड में रहे तो वह भी किसी को डार्लिंग बोल सकती है। लेकिन प्रशांत उसे यह सब कहे, ये गवारा नहीं। यहां की सारी लड़कियों को मालूम है कि प्रशांत छूट लेने की कोशिश में लगा रहता है। सब उसका मज़ाक़ भी बनाती हैं, कुछ उसके साथ वक़्त गुजारती हों तो उसे मालूम नहीं। लेकिन उसे क्या करना है। वह एक अच्छी-भली नौकरी कर रही है जिसमें किसी से दबने की ज़रूरत नहीं।

रेखा ने घड़ी देखी, सवा पांच बज चुके थे। उसने प्रशांत को बाई-बाई किया और पीसीआर की तरफ़ चल दी।

पीसीआर में फिर दिखी साधना, कुछ झुंझलाई हुई-सी, 'यार कहां रह गई थी, तुम्हें मालूम है न कि साढ़े पांच का स्पेशल शो तुम्हें करना है?'

'हां बाबा हां, मालूम है', 'रेखा ने सुरुचि को खिसकने का इशारा किया और अपनी जगह बैठ गई। सुरुचि ने फिर अपनी लयकारी के साथ कहा, 'रन डाउन ऑन एअर है।'

'कोई ओबी-शोबी तो नहीं है?'

'नहीं, लेकिन अगर वी पी सिंह बोलेगा तो लाइव कट करेंगे।'

रेखा ने सिर झटका, छोटी-सी बात है।

शो शुरू होने में तीस सेकेंड रह गए। स्टूडियो में शबनम भी मौजूद थी— अपने जूड़े को आख़िरी रूप दे रही थी। उसने अपनी तरफ़ से पूछा, 'शुरू करें?'

साधना ने कहा, 'हां, शबनम...क्यू।'

और शबनम शुरू हो गई। एक छोटी-सी दुनिया की लड़कियां मिलकर बड़ी-सी दुनिया को कांशीराम और उनके दलित आंदोलन के बारे में बताने लगीं। फिलहाल

न पुरानी रंजिशें थीं, न एक-दूसरे से शिकवा-शिकायतें, बस सब मिलकर दुनिया को बता रही थीं उसका हाल।

रेखा को अक्सर यह दृश्य अभिभूत करता है। थोड़ा स्थिर होने पर उसने सोचा, प्रशांत नीचे मायूस-सा खड़ा होगा। लड़कियों को कोस रहा होगा। कोसने दो, क्या जाता है। कुछ देर बाद उन्हीं को पटाने में जुट जाएगा। पटाने दो, क्या जाता है?

बुलेटिन में नई हेडलाइन का वक़्त हो गया था।

उसका लौटना

राजेश बादल

मालती बाहर निकली, तो सिक्यूरिटी गार्ड ने अदब से सलाम किया। मालती मुस्कुरा दी। शायद गार्ड को नहीं मालूम कि आज चैनल में उसका आख़िरी दिन था। होता भी तो शायद वह आदत से मजबूर होता। वर्षों से आते-जाते सेल्यूट करने की आदत जो पड़ चुकी थी। सच है आदत पड़ जाए तो आसानी से नहीं छूटती। चैनल भी तो आदत ही बन गया था। चौबीस घंटे की आदत। सुबह चैनल, शाम चैनल, रात चैनल, सोते चैनल, जागते चैनल। ऐसा हाल तो सुधीर के प्रेम में भी नहीं हुआ था। दीवानगी तो थी लेकिन ऐसा नहीं था कि ओढ़ना-बिछाना, खाना-पीना सब कुछ चैनल के रंग में रँग गया हो। और देखो...वही आदत कितनी आसानी से छूट गई। एक मिनट भी नहीं लगा इस्तीफ़ा लिखने में। मालती मुस्कुरा दी। उसकी नज़रें पार्किंग में अपनी कार को खोज रही थीं। गार्ड अक्सर उसकी गाड़ी पार्क कर देता था। आज सुबह भी उसने ही पार्क की थी। उसे कार दिख गई। कल से अब इस कार को भी सब कुछ बदला-बदला लगेगा। वह यहां नहीं लाई जाएगी।

आज ड्राइविंग कितना सुकून दे रही थी। दिमाग में कोई ख़बर नहीं दौड़ रही थी, न ही प्रतिद्वंद्वी चैनलों में कोई ख़बर ब्रेक करने की चिंता सवार थी। घर के मोड़ पर फलवाले की दुकान थी। ताज़े सेब देखकर वह ठहर गई। बच्चों को रोज एक सेब तो खाना ही चाहिए। उसने गाड़ी रोककर सेब खरीद लिए। फलवाले ने चिल्लर लौटाने के बजाय मुस्कुराते हुए कुछ चॉकलेट बढ़ा दी। मालती भी मुस्कुरा दी। बच्चों को ये चॉकलेट अच्छे लगते हैं, सोचते हुए मालती ने गाड़ी घर के बाहर पार्किंग में खड़ी कर दी। वह सोच रही थी आज से पहले यह फलवाला उसे कभी नज़र क्यों नहीं आया?

कितने दिन बाद वह शाम के समय घर की सीढ़ियां चढ़ रही थी। कॉलबेल बजाती, इससे पहले ही दरवाज़ा खुला...'कांग्रेच्युलेशन मम्मी' के साथ बच्चों ने स्वागत किया और लिपट गए। मालती की आंखें भर आईं। कितने साल बाद ये बच्चे इस तरह लिपटे—याद नहीं। उसने आंसू पोंछे और सामने देखा। चश्मे के पीछे से झांकती सुधीर की नज़रों से नज़रें मिलीं, "मुबारक हो! आख़िर अजायबघर से

मुक्ति मिल ही गई"। सुधीर मुस्कुरा दिए। मालती सुधीर के कंधे पर सिर रखकर सुबक पड़ी। सुधीर ने उसके बालों में हाथ फिराया। वर्षों बाद। वही अंदाज़। कुछ भी नहीं बदला। शादी के पंद्रह साल बाद भी सुधीर के उस अंदाज़ ने उसे एकदम ताज़ा कर दिया। उसकी नज़र पीछे खड़े अम्मा-बाबूजी पर पड़ी। झटपट अलग होकर वह अम्मा-बाबूजी के पैर छूने झुक गई। अम्मा ने उसे बांहों में भर लिया। मन की रफ़्तार कितनी तेज! एक सेकेंड में वह अपनी शादी के दिन पहुंच गई। ससुराल में क़दम रखते ही अम्मा ने इसी तरह उसे बांहों में भरा था। वह अम्मा के गले मिलकर फिर फूट-फूटकर रो पड़ी, "अरे रोने की क्या बात है...तुम तो खुद ही चैनल की नौकरी से मुक्ति पाना चाहती थी। हम ही रोके थे। अब तुम्हें मन की मुराद मिल गई। रोना कैसा पगली?" मालती चुप हो गई। सच है रोना कैसा—ये तो राहत के आंसू हैं।

डिनर क़रीब-क़रीब तैयार था। मालती ने सिर्फ़ चटनी बनाई—लाल मिर्च और प्याज की चटनी सिल-बट्टे पर। सुधीर की पसंदीदा। चैनल की नौकरी में तो वह खुद चटनी बन गई थी। मिक्सी में बनी चटनी बच्चे तो खा लेते थे, सुधीर नहीं। डायनिंग टेबल पर सभी दम साधे चैनल में उसके आख़िरी दिन का क़िस्सा सुन रहे थे।

उसके इस्तीफ़े से न्यूज़ डायरेक्टर समेत सारे लोग हैरान थे। तेज-तर्रार रिपोर्टर और शानदार एंकर को कोई न्यूज़ चैनल यूं ही कैसे छोड़ता? सभी ने बारी-बारी से समझाने के प्रयास किए। लेकिन मालती ज़िद पर अड़ी थी। अब ये टीवी पत्रकारिता उसके बस की नहीं। इसे पत्रकारिता कहेंगे? ख़बरों की परिभाषा ही बदल दी। कौन से मूल्य और कौन से पैमाने? क्या सिर्फ़ अच्छे पैकेज की ख़ातिर खुद को मारकर काम किया जाए? ज़िंदगी हमारे लिए है या हम ज़िंदगी के लिए? ये सवाल मालती के मन को महीनों से मथ रहे थे। लिहाज़ा दफ़्तर के एक-एक साथी ने समझाया, मगर वह टस-से-मस न हुई। डिनर ख़त्म होते-होते मालती की इस बात पर घर ठहाकों से गूंज उठा। ऑफिस से निकलते-निकलते मीडिया-मार्केट में ख़बर जंगल की आग की तरह फैल गई थी कि मालती नंबर टू चैनल में चैनल हेड होकर जा रही है।

डिनर के बाद छत पर बैठकर पूरा परिवार घंटे भर तक गपशप करता रहा। महीनों बाद घर में ठहाके गूंजे। अरसे बाद पूरे परिवार ने साथ बैठकर खाना खाया और दोनों बच्चों को मालती ने सोने से पहले कहानी सुनाई। यूं बच्चे इतने छोटे भी नहीं थे कि कहानी की ज़िद करते, लेकिन आज तो वे ठुमक रहे थे और कहानी की ज़िद भी कर रहे थे। सरल तेरह साल का था और सीमा दस की। लेकिन आज दोनों का बचपना मालती को अच्छा लगा। कहानी ख़त्म होने से पहले बच्चे सो चुके थे।

बच्चों के सोते ही मालती के क़दम बेडरूम की ओर बढ़े। शाम को जब वह ऑफिस से निकली, तभी से उसकी इच्छा हो रही थी कि आज की रात को यादगार

बनाया जाए। कई साल बाद उसे दिनदहाड़े ही इच्छा होने लगी थी। ऐसा तो शादी के तुरंत बाद के दिनों में ही होता था। न दिन देखा जाता न रात, न यह देखा जाता कि वह बेडरूम है या बाथरूम। क़रीब-क़रीब वैसी ही उत्तेजना का अनुभव मालती शाम से ही कर रही थी। सचमुच चैनल की भट्टी में वह अपनी तमाम इच्छाओं का दहन कर बैठी थी। चैनल से मुक्ति पाते ही उसकी कामनाएं जाग उठी हैं...मालती की आंखें भर आई थीं। ठंडी सांस के साथ उसने सोचा क्या-क्या खो चुकी है वह नौकरी की ख़ातिर।

सुधीर बिस्तर पर थे। सोने से पहले रोज की तरह पुराने गाने सुन रहे थे और किताब पढ़ रहे थे। पर आज तो मालती के इरादे नेक नहीं थे। सुधीर के इर्दगिर्द बांहों का घेरा कुछ इस तरह कसा कि किताब और चश्मा दोनों ही एक तरफ़ जा गिरे। सुधीर चकित थे! 'क्या ये वही मालती है?' रोज की तरह थकान और नींद का कोई ज़िक्र नहीं और न ही सुबह जल्दी जाने के कारण तुरंत सोने की ख़्वाहिश। सुधीर ने भरपूर नज़र मालती पर डाली। उफ! आज तो वाक़ई गज़ब ढा रही थी। चेहरे पर फूलों-सी ताज़गी। कमर तक बिखरे घने-काले बाल। धुली-धुली-सी दूधिया देह और उस पर काला गाउन। आज तो गए काम से...सुधीर मन-ही-मन मुस्कुराए। मालती के इस रूप को देखने के लिए तो वह वर्षों से तरस रहे थे।

''आज तुम्हारी खैर नहीं। वर्षों बाद इस तरह पकड़ में आए हो।''

''लेकिन बंदा तो इसी घर में था। तुम्हारी पकड़ में। तुमने इस तरह देखा ही नहीं।''

''बंदी तो चैनल की पकड़ में थी।'' ...जैसे कयामत आ गई। सब कुछ दिव्य और शानदार। बार-बार! कब सुबह हुई पता नहीं चला। नींद खुली तो आठ बजे रहे थे। बच्चे स्कूल जा चुके थे। सुधीर अख़बार पढ़ते हुए पुराने गाने सुन रहे थे। अम्मा पूजा कर रही थीं और बाबूजी गमलों में पानी दे रहे थे। सब कुछ देखकर अच्छा लगा। पर यह सब तो रोज भी होता था। उठकर आई तो सुधीर से नज़रें मिलीं। रात की बात नज़रों में नज़र आई।

''ओ...हो...तो अब शर्म आ रही है। बुढ़ापे में। नौ सौ चूहे खाय बिल्ली चली हज को!''

''छिः...उसे चूहा नहीं कहते...'' और दोनों का मिला-जुला ठहाका गूंज उठा। शादी के बाद वह अक्सर इस तरह का अश्लील संवाद किया करते थे। मालती के इस वाक्य ने उन्हें पंद्रह साल पहले पहुंचा दिया। मालती फिर मूड में थी और सुधीर की गोद में जा बैठी। फिर क्या था। वंस मोर।

नहाते-नहाते मालती सोच रही थी। सच, सब कुछ ड्यूटी जैसा हो गया था। सोने से पहले एक ज़रूरी काम। ख़बर में नीचे साइन-ऑफ़ की तरह। उसने अपनी ओर देखा। इतने साल में वह अपनी काया पर ज़रा भी ध्यान नहीं दे पाई। चेहरा

स्क्रीन पर आता था इसलिए कभी-कभी पार्लर तो चली जाती थी, लेकिन बाक़ी देह के साथ न्याय नहीं कर पाई। देखते-ही-देखते मालती को अपना 'फिगर' भद्दा लगने लगा। देह बेडौल-सी नज़र आ रही थी। उसने तय किया—आज से ही वह एक्सरसाइज और योग शुरू करेगी।

सुधीर ऑफिस जा चुके थे...वे एक निजी बैंक में चीफ़ मैनेजर हैं। लाख से ऊपर है सैलरी। बाबूजी-अम्मा दोनों ही जॉब में थे। तीस हज़ार उनकी पेंशन है। दस साल से मालती नौकरी कर रही थी। उसका अपना बैंक-बैलेंस भी बीस लाख से ऊपर था। मकान दस साल पहले ही लिया था। तब सस्ता और अच्छा मिल गया था। आज तो ज़मीन की कीमत ही करोड़ से ऊपर थी। सुधीर अक्सर कहते—"परेशान तुम्हें मैं नहीं देख सकता। छोड़ दो नौकरी। फ्री-लांसर के तौर पर ही तुम चालीस-पचास हज़ार कमा लोगी। और न भी कमाओ तो ज़रूरत क्या है? पैसे का लोभ कभी कम नहीं होता। हमें कमी किस बात की है।" अम्मा-बाबूजी भी यह कहते थे, लेकिन फिर सब कुछ मालती पर ही छोड़ देते। शायद उन्हें लगता होगा कि मालती यह न सोचे कि वे उसे हाउस-वाइफ़ बना देना चाहते हैं। वैसे यह तो शादी से पहले ही दोनों ने तय कर लिया था कि एक-दूसरे के प्रोफ़ेशन में दखल नहीं देंगे। यही अंडरस्टेंडिंग चली आ रही थी। मालती पत्रकारिता का आनंद ले रही थी। वह अक्सर सुधीर से कहती थी, "ख़बरों का नशा होता है। इसे तुम बैंक वाले नहीं समझ सकते। एक बार लग जाए तो मरने के बाद ही छूटता है। ख़बरों की दुनिया एक भरपूर ज़िंदगी है। धड़कती हुई। भला कौन-सा ऐसा जॉब है, जिसमें इंसान रोज अपने काम की अंक सूची खुद तैयार करता है। अच्छा काम करो तो किसी के सर्टिफिकेट की ज़रूरत नहीं और कुछ गड़बड़ हुई तो दिन भर खुद को माफ़ नहीं कर पाओ। इसीलिए तो आदमी जवान रहता है। रोज आनंद में डूबा हुआ।" वह खुद भी अड़तीस की होने के बावजूद छब्बीस-सत्ताईस से ज़्यादा की नहीं लगती। किसी को पता न हो तो कहना मुश्किल है कि वह किशोर होते दो बच्चों की मां है। जितना मज़ा अख़बारों में काम करते लिया, उतना ही टीवी पत्रकारिता में। लेकिन इधर तीन-चार साल में सब कुछ बदल गया है। काम से आनंद का झरना नहीं फूटता। चैनल ख़बरों के नाम पर कुछ भी परोस रहे हैं। दर्शक ठगे जा रहे हैं। उसे दर्शकों पर गुस्सा आया। सड़क के लिए आंदोलन करेंगे, महंगाई के ख़िलाफ़ धरना देंगे। बात-बात में हड़ताल करेंगे, लेकिन किसी अख़बार के दफ़्तर पर, किसी चैनल के ऑफ़िस में जाकर हुड़दंग नहीं करेंगे कि हमें यह सब नहीं चाहिए। किसी अख़बार की मशीन नहीं रुकवाई, किसी चैनल का प्रसारण ठप नहीं करवाया। क्यों?

धूप चढ़ आई थी। सुधीर बैंक जा चुके थे। अम्मा-बाबूजी के साथ बैठकर उसने लंच लिया। अम्मां ने उसकी पसंद की छिलके वाली मूंग की दाल छिलककर

वाली बनाई। लौंग के बघार वाली। मालती ने अम्मा की पसंद का बैंगन-भरता बनाया। बैंगन भूनकर सीधा उसमें हरा धनिया और हरी मिर्च वाला नमक मिला दिया। अम्मा कहती हैं इस तरह भरता बनाओ तो पूरे मोहल्ले को ख़बर हो जाती है। शानदार लंच के बाद अम्मां-बाबूजी आराम करने लगे और मालती छत पर धूप में जाकर लेट गई। तेज सर्दी में छत पर धूप सेंकने का यह आनंद वाक़ई अद्भुत है। कल से न उसने टीवी पर ख़बरें देखीं न अख़बार पढ़े और न मोबाइल चालू किया। इस मोबाइल ने तो जैसे जान ही ले ली थी। और पंद्रह साल में सुधीर का पहली बार रूठना भी मालती को भूल सकता है भला? उस दिन सुधीर का जन्मदिन था। डिनर के फौरन बाद ही सुधीर पूरे मूड में आ गए थे। आधा सफर ही तय किया था कि दोनों मोबाइल बज उठे। एक साथ। पहले तो ध्यान न दिया, लेकिन वे तो बजते रहे—बजते रहे। मज़ा किरकिरा हो गया। मालती को भी अपराध-बोध हुआ। फ़ोन दफ़्तर से थे। एक एसाइनमेंट से और दूसरा आउटपुट से। दोनों एक ही ख़बर कन्फ़र्म करना चाहते थे। सुधीर ने शादी के बाद एक बार कहा था—"कम-से-कम ऐसे समय तो मोबाइल ऑफ कर दिया करो।"

मालती ने हंसकर टाल दिया था, "रिपोर्टर को चौबीस घंटे ऑन रहना पड़ता है सुधीर। कभी कोई बड़ी ख़बर छूट जाए तो?" उसके बाद सुधीर ने कभी नहीं कहा। लेकिन उस दिन तो हद ही हो गई थी। "ऐसी स्थिति में कभी न्यूज़ डायरेक्टर का मोबाइल बजे तो उसे पता चले।" झुंझलाकर सुधीर बोले। "न्यूज़ डायरेक्टर तो बूढ़ा है। वह आंखों से ही काम चलाता है।" मालती ने मुस्कुराते हुए उत्तर दिया था, लेकिन वह जानती थी कि अब कम-से-कम पंद्रह दिन की छुट्टी हो गई। सुधीर को सामान्य होने में पूरे पंद्रह दिन लगे। मालती का एक-एक दिन पहाड़-सा कटा। एंकरिंग करते समय, लाइव करते समय या पीटीसी करते समय आंखों के सामने सुधीर का रूठा चेहरा सामने आ जाता। आख़िर जन्मदिन के रोज़ आधी रात को उसे ख़बर के लिए फ़ोन क्यों करना चाहिए? एक रिपोर्टर उस समय मय बाइट के यह ख़बर फाइल कर चुका था और वह बताकर भी आई थी कि सुधीर का जन्मदिन है। फिर भी बेवक़्त फ़ोन करने की क्या ज़रूरत थी?

जन्मदिन की याद आई तो मालती को दस साल पहले का अपना जन्मदिन याद आया। तब चैनल शुरू नहीं हुआ था। वह टीवी न्यूज़ मैगज़ीन के लिए काम करती थी। उस दिन सुधीर ने घर से बाहर लंच करने और पास की एक रिसॉर्ट में रात बिताना तय किया था। सुबह आठ बजे ही न्यूज़ डायरेक्टर का फ़ोन आ गया, "एक बड़ी ख़बर पर तुरंत काम शुरू कर दो। आज ही दिखानी है।" मालती कुछ कहती, इससे पहले ही उन्होंने कहा, "यह ख़बर तुम ही कर सकती हो और मैं सिर्फ़ तुम पर भरोसा करता हूं।" असहाय मालती ने सुधीर को देखा और कवरेज के लिए निकल पड़ी। रात नौ बजे ख़बर फाइल करने के बाद उसने न्यूज़ डायरेक्टर

को बताया कि अब वह जाना चाहती है। आज उसका जन्मदिन है। घर पर सभी इंतज़ार कर रहे हैं। इतना सुनते ही न्यूज़ डायरेक्टर का चेहरा देखने लायक था। उसने कहा, "अरे तुमने सुबह क्यों नहीं बताया?" और सबके सामने न्यूज़ डायरेक्टर ने माफी मांगी। उनके चेहरे का भाव देखकर मालती को तसल्ली हुई। जन्मदिन पर काम करने की पीड़ा जाती रही। घर पहुंची तो देखा घर के फैक्स पर पूरे दफ़्तर की ओर से जन्मदिन की मुबारक़बाद आई थी। सबके दस्तख़त थे। नीचे न्यूज़ डायरेक्टर ने लिखा था, "आई एम वेरी सॉरी"। सुधीर ने फैक्स देखते ही कहा– "तुम ठीक कहती हो मालती। तुम्हारा प्रोफ़ेशन वाकई अच्छा है।" लेकिन अब तो सब कुछ बदल गया। तब तो संपादक अपनी टीम को परिवार की तरह समझते थे। टीम के आगे सीना तानकर खड़े होते थे। मैनेजमेंट की हिम्मत नहीं होती थी दख़ल देने की। लेकिन अब तो सभी जगह रीढ़विहीन संपादक या न्यूज़ डायरेक्टर डटे हुए हैं। बाज़ार के दबाव के नाम पर या कार-कुर्सी की होड़ में घटिया पत्रकारिता करने पर मजबूर हैं। यही समय का फेर है। मालती ने ठंडी सांस भरी।

धूप उतर रही थी। बच्चे स्कूल से आ गए थे। मां को घर में देखकर उनका चेहरा खिल उठा। स्कूल की ढेर सारी चहकती बातें। मालती ने उनके बस्ते लिए, जूते-मोज़े उतारे और खाना खिलाने बढ़ गई। सरल ने सीमा से कहा, "आज कितना अच्छा लग रहा है न?" मालती को वह दिन याद आया, जब सरल और सीमा पहले दिन स्कूल गए थे।

लेकिन उस दिन तो बच्चे, सुधीर और अम्मां-बाबूजी कितने नाराज थे, जब उसकी एक विशेष रिपोर्ट बदल गई थी। उस दिन वह बिखरते संयुक्त परिवारों पर आधा घंटे का विशेष कार्यक्रम तैयार करने के लिए मुंबई में थी। प्रसारण से थोड़ी देर पहले उसने सुधीर को फ़ोन कर दिया कि वह कार्यक्रम रिकॉर्ड कर ले। वह भी साढ़े नौ बजे होटल में कार्यक्रम के लिए टीवी खोलकर बैठी। लेकिन यह क्या? कार्यक्रम बदल दिया गया था। उसे किसी ने बताया तक नहीं। एक मॉडल के देह व्यापार में पकड़े जाने की ख़बर पर आधा घंटे का विशेष कार्यक्रम बना दिया गया था। अफसोस तो यह था कि मॉडल की जो सीडी चोरी से बाज़ार में बिक रही थी, वह बिना संपादन के चैनल ने चला दी थी। चैनल पर उसके दृश्य मालती को बेहद घिनौने लगे। उसने तत्काल सुधीर को फ़ोन करना चाहा कि बच्चों को टीवी के सामने से हटा दे। लेकिन सुधीर ने फ़ोन नहीं उठाया। ऐसा पहली बार हुआ था। मालती सुधीर को जानती थी और फ़ोन नहीं उठाने की वजह भी। अगले दिन वह दिल्ली पहुंची। एयरपोर्ट पर सुधीर नहीं आए थे। टैक्सी से घर पहुंची तो तीन दिन घर में किसी ने बात नहीं की। न सुधीर और बच्चों ने और न अम्मां-बाबूजी ने। उस दिन मालती को पहली बार लगा कि अब चैनल परिवार का हिस्सा नहीं रहा। बड़ी मुश्किल से उसने स्थिति संभाली। फिर भी सामान्य होते-होते कई दिन

लग गए। उसका मन चैनल से उचट चुका था। सिर्फ़ यही घटना नहीं थी, जिससे उसका मोह भंग हुआ था। तमाम सारी बातें थीं, जो दिन-रात उसे परेशान करतीं। कई बार तो वह रात-रात भर सो नहीं पाती। फिर भी वह काम करती रही—अपने आपसे लड़ते हुए।

डिनर करते-करते दस बज गए। नौकरी छोड़े चौबीस घंटे हो चुके थे और चौबीस घंटों में मालती ने जैसे चौबीस साल की खोई खुशियां हासिल कर ली थीं। उसे शादी से पहले कही गई सुधीर की बात याद आई। कनाट प्लेस के एक रेस्तरां में दोनों लंच के दौरान सपने देख रहे थे। सुधीर का कहना था कि ज़िंदगी में हम अक्सर सुख को पहचानने में भूल करते हैं। पत्नी नौकरी करे लेकिन तभी, जबकि घर का खर्च चलाना मुश्किल हो रहा हो। मालती इससे सहमत नहीं थी। उसका कहना था—घर का खर्च आजकल हर साल बढ़ जाता है। जीवन को और भी सुविधासंपन्न बनाने के लिए चार पैसे अतिरिक्त आ रहे हों तो क्या नुकसान है? सुधीर का कहना था कि यह सही है कि ज़िंदगी में थोड़ा आराम होता है लेकिन हम उसकी कितनी बड़ी क़ीमत चुकाते हैं इसे कोई नहीं समझता। दरअसल जो सुख हमें मिल रहा होता है, वह तो सामने होता है, लेकिन जो सुख आप छोड़ रहे होते हैं, वह हासिल हो रहे सुख से कई गुना ज़्यादा होता है। मसलन नौकरी करने से मिलने वाला सुख तो सामने है लेकिन इसकी वजह से कितने बड़े-बड़े सुख दाएं-बाएं से चुपचाप निकल जाते हैं, पता ही नहीं चलता। अगर हमारी प्राथमिकताएं तय हों तो ऐसा कभी न हो। लंच ख़त्म करने के बाद भी दोनों की बक-झक चलती रही। आख़िर में उन्होंने इस निष्कर्ष पर बहस ख़त्म कर दी कि दोनों एक-दूसरे की नौकरी में दख़ल नहीं देंगे। पर अब मालती को लगता है सुधीर उस समय ठीक कहते थे। पंद्रह साल में दोनों ने आनंद के अनगिनत अवसर गंवा दिए। अब वे लौटकर नहीं आने वाले। मालती ने ठंडी सांस भरी और सोने की तैयारी करने लगी।

दिन-महीने बीतते गए। मालती को नौकरी छोड़े साल भर होने को आया। इस दौरान उसका रूप-रंग निखर आया था। ज़िंदगी व्यवस्थित हो गई थी। सब कुछ समय पर हो रहा था। कुछ अख़बारों और पत्रिकाओं के लिए वह कॉलम लिखती थी। चैनलों में समसामयिक विषयों पर चर्चा के लिए जाती और कभी-कभी उसे पत्रकारिता-स्कूलों में अध्यापन के लिए बुलाया जाता। इन सबसे अच्छा पैसा मिल रहा था। मालती ने तो इसकी कल्पना भी नहीं की थी। अक्सर वह ये सारे काम दिन में निपटाने की कोशिश करती, जिससे शाम शानदार बीते और रात भी, जो वाक़ई इन दिनों रंगीन और हसीन बीत रही थी।

ऐसे ही कुछ दिन और बीते। इस बीच एक घटना ने मालती के मन में हलचल पैदा कर दी। उसका एक दोस्त अमिताभ अंग्रेज़ी चैनल-हेड था। उसकी कंपनी ने हिंदी में नया न्यूज़ चैनल शुरू करने का फैसला किया था। दोस्त चाहता था कि

मालती नए हिंदी चैनल की न्यूज़ डायरेक्टर बन जाए। मालती ने उसे साफ़-साफ़ मना कर दिया था। लेकिन चंद रोज़ बाद फिर उसका फोन आ पहुंचा।

"मालती! क्या फ़ैसला किया?"

"फैसला क्या करना है। मैं चैनल लाइफ़ दोबारा नहीं जीना चाहती।"

"सोचो मालती। तुम्हें अपनी मरज़ी के मुताबिक चैनल चलाने का मौका मिल रहा है।"

"सब कहने की बातें हैं। मैं चैनल चलाऊंगी और टीआरपी नहीं बढ़ेगी, तो तुम्हीं सबसे पहले मेरे ख़िलाफ़ खड़े हो जाओगे।"

"नहीं मालती। टीआरपी सब कुछ नहीं है। पत्रकारिता के अपने कुछ सिद्धांत हैं, मूल्य हैं, नैतिकता है। हम साफ़-सुथरी, विश्वसनीय पत्रकारिता करना चाहते हैं। और फिर तुम्हें क्या अपने आप पर भरोसा नहीं कि तुम जैसा चैनल चलाओगी, उसे लोग पसंद नहीं करेंगे? आख़िर लोगों की पसंद ही तो टीआरपी तय करती है।"

"नहीं ये बात नहीं... मुझे अपने पर भरोसा है, लेकिन मैनेजमेंट को तो बाजारू चीज़ चाहिए। उसमें तुम भी क्या कर लोगे?"

"नहीं मालती! मैनेजमेंट से मेरी बात हो चुकी है। वह भी लीक से हटकर अच्छा न्यूज़ चैनल निकालना चाहता है। तुम प्लीज हां कर दो।"

"अमिताभ! प्लीज। मुझे समझने की कोशिश करो। मैं फिर वही ज़िंदगी नहीं जीना चाहती, इन दिनों मैं शानदार तरीक़े से जी रही हूं।"

"क्या मैं इसका ये अर्थ लगाऊं कि तुम अब चुनौतियों से घबराने लगी हो और घटिया पत्रकारिता के आगे हथियार डाल चुकी हो?"

"नहीं। ये बात नहीं है अमिताभ। पर अब मैं बाज़ार के आगे समझौते नहीं कर पाऊंगी।"

"अरे गोली मारो समझौतों को। वो मैं कर लूंगा। तुम तो अपनी मर्ज़ी से चैनल चलाओ। अपनी टीम लाओ और शुरू हो जाओ। देखो...मालती ना मत करना प्लीज... तुम्हारा पैकेज चालीस लाख रुपए साल का है और मैं चिट्ठी तैयार कराता हूं। ओ के" और अमिताभ ने फ़ोन रख दिया। मालती को देह से जान निकलती-सी लगी। वह सिर पकड़कर बैठ गई। अमिताभ के शब्द गूंज रहे थे—"तुम चुनौतियों से घबराने लगी हो। घटिया पत्रकारिता के सामने हथियार डाल चुकी हो!"

डिनर पर उसने परिवार के सामने अमिताभ के प्रस्ताव का ज़िक्र छेड़ा। सुधीर का चेहरा सफेद हो गया। ठंडे स्वर में उसने कहा, "देख लो। तुम्हें तय करना है। तुम कर पाओगी? फिर वही तनाव, और अस्त-व्यस्त ज़िंदगी—तुम कहां तक समझौते करोगी?" मालती खामोश रही। उस रात कुछ नहीं हुआ। मालती करवटें बदलती रही। अमिताभ ने उसकी नींद छीन ली थी। सुबह चाय पीते-पीते उसने फिर सुधीर से चर्चा छेड़ी।

"तुम केवल चैनल का प्रस्ताव आने पर रात भर नहीं सो पाई। चैनल आने पर क्या होगा? सोचो क्या तुम केवल पैसे के लिए यह प्रस्ताव मंजूर करना चाहती हो। यदि हां तो दिल पर हाथ रखकर सोचो—हमें पैसा—चाहिए क्या? यदि पैसे के लिए नहीं तो फिर यह मत भूलो मालती कि तुम घर की धुरी हो। सारे लोग तुम्हारे इर्द-गिर्द हैं। तुम्हारे तनाव में रहने, अस्त-व्यस्त होने का असर सभी पर पड़ता है। बच्चों पर भी। फिर जैसा तुम तय करो। तुम जानती हो—मैंने कभी तुम्हारे फ़ैसलों में दख़ल नहीं दिया।"

अमिताभ को आख़िरकार क़ामयाबी मिल ही गई। मालती एक बार फिर चैनल की भट्टी में जा बैठी। नया दफ़्तर, नई गाड़ी, नया केबिन और नई टीम। हालांकि टीम उसने अपनी ही बनाई थी और अमिताभ ने भी टीम के चुनाव में काफ़ी मदद की थी। मालती के ख़्याल से टीम ठीक ही थी। ज़्यादातर नए चेहरे थे और टेलीविजन न्यूज़ में सीखने के दौर से गुज़र रहे थे। उन्हें ट्रेंड करने में मालती को काफ़ी वक़्त देना पड़ता था। पत्रकारिता की दैनंदिन चिंताओं से अलग चैनल हेड के रूप में मालती की दूसरी चिंताएं भी बढ़ गई थीं। ये चिंताएं उसके अपने स्वभाव का हिस्सा नहीं थीं। दिन के कई घंटे मीटिंगों में निकल जाते। फिर दूसरे प्रशासनिक काम भी चैन न लेने देते। कुछ महीने तो उसे ठीकठाक लगा। टीआरपी भी शुरुआती हफ़्तों में तेज़ गति से बढ़ी। मैनेजमेंट इससे खुश था। तीन-चार महीने बाद टीआरपी का बढ़ना रुक गया। इस ठहराव को शुरुआत में गंभीरता से नहीं लिया गया क्योंकि मालती की टीम अपने पूरे उत्साह और आवेग से काम कर रही थी। धीरे-धीरे यह ठहराव मीटिंगों में झलकने लगा। मैनेजमेंट का दबाव बढ़ने लगा। नेटवर्क और डिस्ट्रीब्यूशन के लोगों की राय थी कि कुछ क्राइम शो, लेटनाइट शो, एडल्ट विषयों पर टॉक-शो बढ़ाने चाहिए। कुछ भूत-प्रेत, देह व्यापार, तंत्र-मंत्र पर आधारित ख़बरें भी बढ़ानी चाहिए। मालती और अमिताभ दोनों ही उस बैठक में थे। मीटिंग के बाद मालती ने अमिताभ को देखा, "देखो! मैंने कहा था ना। यहां भी वही शुरू हो जाएगा अब।" अमिताभ चुप था। "सॉरी मालती" वह केवल इतना ही कह पाया। मालती को लगा—वह इस बार ठगी गई है। इस्तीफ़ा देगी तो कहा जाएगा—टीआरपी बढ़ाने में नाक़ाम रही इसलिए इस्तीफ़ा दिया—यानी साफ़-साफ़ काबिलियत पर शक़। फिर वह क्या करे?

अगला सप्ताह मालती के लिए बेहद तनाव भरा था। एक-एक दिन उसने गिनकर काटा। दबाव लगातार बढ़ रहा था कि क्राइम और सेक्स आधारित ख़बरों की संख्या बढ़ाई जाए। सांप-बिच्छू-अजगर, नाग-नागिन जहां भी मिले, ख़बरों के बक्से में पकड़कर डाले जाएं। ताज़्जुब यह था कि यह दबाव अंग्रेज़ी चैनलों पर नहीं था। मालती उस घड़ी को कोसती, जब उसने अमिताभ की बातों में आकर चैनल ज्वाइन करने का फैसला किया। अमिताभ खुद भी इस बात को समझता था। इस

कारण वह इन दिनों चुप और खामोश रहने लगा था। मालती भी अब उससे कम ही बात करती। दिन कट जाए तो उसे लगता घर जल्द-से-जल्द पहुंचे। चैनल अब उसे काटने को दौड़ता था। आख़िरकार वह घड़ी आ ही गई। उस दिन सुबह ऑफिस पहुंची तो इस्तीफ़ा उसकी जेब में था। वह अमिताभ से विदाई लेने पहुंची और अमिताभ को अपने फ़ैसले की जानकारी दी। अमिताभ को हैरानी नहीं हुई। लेकिन वह दुखी था। वह जानता था कि मालती को मनाने से कोई फ़ायदा नहीं होगा। मालती ने अमिताभ से कहा कि वह चेयरमैन को इस्तीफ़ा देने जा रही है। क्या वह भी साथ में चलना चाहेगा? अमिताभ उत्तर देने ही वाला था कि मालती का फ़ोन बज उठा। चेयरमैन का था। संदेश मिला, ''दो मिनट के लिए मिलने आ जाओ।'' अमिताभ ने इस मौक़े पर मालती का साथ देना चाहा। आख़िर वही तो मनाकर मालती को लाया था। दोनों चेयरमैन के सामने जा बैठे। चेयरमैन ने चाय मंगाई। मालती ने सोचा चाय के बाद ही ज़िक्र छेड़ना ठीक होगा। चेयरमैन को झटका तो लगेगा, मगर क्या किया जाए? चाय की चुस्की लेते वह यह सब सोच ही रही थी कि चेयरमैन ने एक लिफाफा उसकी ओर बढ़ा दिया। उसने चेयरमैन की ओर देखा। एक कुटिल मुस्कुराहट उसके चेहरे पर थी। कांपते हाथों से उसने लिफाफा खोला। कंपनी का ख़त था। मालती की सेवाएं उसी दिन से समाप्त कर दी गई थीं। चेयरमैन ने कहा, ''बेहतर होगा अपना केबिन वह एक घंटे में खाली कर दे। नया चैनल हेड दो बजे ज़्वाइन करेगा।''

मालती की कार एक बार फिर घर की ओर दौड़ रही थी। रास्ते में उसे फल वाला नहीं दिखा और न ही उसे याद आया कि बच्चों को चॉकलेट अच्छी लगती है। राहत थी या घुटन? यह कैसी मुक्ति थी? वह घर पहुंची। बच्चे स्कूल से नहीं आए थे। अम्मां-बाबूजी कहीं पड़ोस में गए थे। सुधीर ऑफिस में थे। मालती ने अपनी चाबी से दरवाज़ा खोला और सीधे सोफ़े पर निढाल धंस गई। चाहकर भी उसके आंसू नहीं निकले।

कितने मरे?

विनोद कापड़ी

रात का एक बज चुका था। नेशनल हाइवे के ट्रैफिक में अब भी कोई ख़ास कमी नहीं आई थी। बेहद शालीनता से चलते ट्रकों और सांप की तरह बल खाती रोडवेज की बसों के बीच एक गाड़ी उसकी भी थी। भगवान सिंह की गाड़ी। यह गाड़ी उसकी नहीं थी, लेकिन मानता अपनी ही था। अपने बच्चे की तरह। पिछले दो घंटे से भगवान सिंह की गाड़ी सड़क पर दौड़ती जा रही थी, बिना हांफे, बिना रुके। न गाड़ी थकी थी और न ही भगवान सिंह। इस दौरान वह कम-से-कम चालीस गाड़ियों को 'ओवरटेक' कर चुका था जिनमें रोडवेज की बसों और ट्रकों के अलावा कुछ छोटी-बड़ी कारें भी थीं। दो साल से खुद को सबसे तेज माननेवाले न्यूज़ चैनल की 'ओबी वैन' चलाते-चलाते वह समझ गया था कि ओबी को अगर 'भगाया' नहीं तो नौकरी तो जाएगी ही...इज्ज़त भी चली जाएगी। भगवान सिंह को किसी ने कहा नहीं था लेकिन वह समझता यही था कि किसी भी घटना की पहली तस्वीरें सीधे स्टूडियो तक पहुंचाने में ओबी वैन के बाद सबसे बड़ी भूमिका उसी की है। कैमरामैन, प्रोड्यूसर, रिपोर्टर को तो वह कुछ समझता ही नहीं था। इसलिए जब भी भगवान सिंह को कोई काम मिलता तो वह उसे दिल पर ले लेता था। उसकी ओबी वैन...जिससे तस्वीरें लाइव प्रसारित होती हैं...एक छोटे ट्रक पर बनी हुई थीं। बड़ा काम आने पर वह अक्सर अपने ओबी वैन से कहता था—"देख, तुझे तो कोई कुछ कहेगा नहीं, लेकिन अगर कुछ गड़बड़ हुई तो इज्ज़त अपनी ही जाएगी।"

उस रात भगवान सिंह ने काम दिल पर ले लिया था। सुबह दस बजे से रात दस बजे तक लगातार अपनी ओबी वैन एक लोकेशन से दूसरे लोकेशन तक ले जाने के बाद अब वह घर जाने की तैयारी कर रहा था। इसी दौरान दिल्ली में 'ताज़ा न्यूज़ चैनल' के न्यूज़ रूम में 10.30 बजे ख़बर आई कि दिल्ली से तक़रीबन 350 किलोमीटर दूर लुधियाना में एक ट्रेन पटरी से उतर गई है। शुरुआती रिपोर्ट में सौ से ज़्यादा लोग मारे जा चुके थे। सुबह तक यह गिनती तीन सौ तक पहुंच सकती है। बहुत बड़ी ख़बर थी। दिल्ली से दो अतिरिक्त रिपोर्टर और कैमरामैन बस निकलने ही वाले थे। ओबी वैन को भी 'फौरन' रवाना करने का आदेश हो चुका था। ओबी

वैन का इंचार्ज राजकुमार भागता हुआ ड्राइवरों के कमरे में पहुंचा और चीख़ा–''भगवान! भगवान!! फौरन ओबी वैन निकालो और भागो!''

''पर मैं कैसे जाऊंगा सर? मैं तो सुबह 10 बजे से ड्यूटी पर हूं।'' तब तक भगवान सिंह को 'ख़बर' पता नहीं थी।

''नहीं भगवान...तुम्हें जाना है। जल्दी उठो। गाड़ी निकालो।'' इंचार्ज राजकुमार फिर चीख़ा।

''नहीं सर! 12 घंटे की ड्यूटी के बाद अब मुझसे नहीं होगा।'' इस बार भगवान सिंह की आवाज़ में कुछ सख़्ती थी।

''भगवान सिंह! तुम जानते हो क्या कह रहे हो? साले...मैं तेरी नौकरी ले लूंगा।'' राजकुमार और जोर से चीख़ा था।

''तो ले लीजिए सर, पर मैं नहीं जा सकता। आप मेरी हालत नहीं देख रहे?'' बहुत शांति लेकिन दृढ़ता के साथ भगवान सिंह ने अपनी बात कही। यह सुनकर राजकुमार भी सन्न रह गया। अब तक वह समझ गया था कि घी टेढ़ी उंगली से नहीं निकलने वाला। उसने तुरंत अपना चोला बदला–''देखो... भगवान मान जाओ न भाई। वहां ट्रेन एक्सीडेंट में सौ से ज़्यादा लोग मारे गए और तुम अपना रोना रो रहे हो। चले जाओ भाई।'' अचानक उसके स्वर में प्यार आ गया था। ''किसी और को भेज दीजिए ना।'' ''कोई नहीं है भगवान, कोई नहीं है। तुम तो जानते हो ना कि कितने कम स्टाफ़ में मुझे काम चलाना पड़ता है...इस वक़्त मैं और किसे भेजूं?''...इस बार भगवान सिंह खामोश रहा। राजकुमार भी समझ गया कि अब दाल गलने वाली है। ''मान जाओ भगवान सिंह। न्यूज़ रूम में भी सब लोग यही कह रहे थे कि 7 घंटे में 350 किलोमीटर तक ओबी वैन भगवान सिंह ही पहुंचा सकता है।'' राजकुमार ने बड़ी बेशर्मी के साथ सफेद झूठ बोला। ''कौन कह रहा था?'' भगवान सिंह का झुका हुआ सिर धीरे से उठा। उसे हैरानी हुई कि न्यूज़ रूम के लोग उसका नाम जानते हैं।

''सभी...! सभी...भगवान सिंह!'' भगवान सिंह का सवाल सुनते ही राजकुमार हकलाने लगा था।

''सभी, मतलब कौन?'' भगवान सिंह ने फिर पूछा।

''सभी मतलब सभी...भगवान! रिपोर्टर शीतल तो कह रही थी कि मैं तो भगवान के भरोसे ही जा रही हूं। इस वक़्त अगर वह जाएगा तभी मैं जाऊंगी।''

राजकुमार का एक और झूठ। शीतल का नाम सुनते ही अचानक ठंडा पड़ गया भगवान। इसलिए नहीं कि शीतल से उसे मोहब्बत थी बल्कि इसलिए कि एक तो वह यह जानता था कि शीतल एक बड़ी रिपोर्टर है। उसे कई सारे अवार्ड मिल चुके हैं और दूसरा यह कि वह कई दिनों से सोच रहा था कि घर पर गैस कनेक्शन लगवाने के लिए शीतल मैडम से कैसे बात करूं? स्टोव पर खाना बनाते-बनाते पत्नी

का दम निकल जाता है। भगवान सिंह ने मन-ही-मन सोचा कि अगर शीतल मैडम के कहने पर मैं अभी चला जाता हूं तो वह खुश हो जाएंगी और फिर मेरा काम कर देंगी।

"तो ठीक है, मैं जाने को तैयार हूं। लेकिन मैंने सुबह से कुछ खाया नहीं है। सुबह घर से निकलते वक़्त दो परांठे खाए थे, तब से कुछ नहीं। दस मिनट दे दो... कैंटीन से कुछ खाकर आता हूं।" नौकरी तक की परवाह नहीं करने वाला अब याचना कर रहा था। राजकुमार को कुछ दया आई। उसने सामने वाला फ़ोन उठाया और न्यूज़ रूम में फ़ोन लगाया– "सर...राजकुमार बोल रहा हूं, सर वो लुधियाना भगवान सिंह जा रहा है ओबी के साथ। सर, वो क्या है ना कि भगवान ने सुबह से कुछ खाया नहीं है...बस दस मिनट में डिनर करके फौरन निकल जाएगा।"

"दस मिनट? हमारे पास एक मिनट नहीं है। उस चूतिए को बोलो एक दिन खाना नहीं खाएगा तो मर नहीं जाएगा। वहां साला सौ लोग मर गए हैं और यहां तुम्हें खाने की पड़ी है!...तुरंत एक सेकेंड के अंदर ओबी गेट के बाहर होनी चाहिए।" यह न्यूज़ रूम के पावरजोन से प्रोड्यूसर विक्रांत शर्मा की आवाज़ थी जो बोल कम चिल्ला ज़्यादा रहा था। उसकी चीख़ रिसीवर से छनकर भगवान सिंह के कान तक भी पहुंच गई थी। चिल्लाने के बाद विक्रांत ने फ़ोन पटक दिया था और न्यूज़ रूम में चीख़ने लगा था–"अरे हेल्पलाइन नंबर दो...मुसाफिरों के रिश्तेदारों को इस वक़्त रेलवे के हेल्पलाइन की ज़रूरत होगी। ऐसे क्राइसिस में हमारा चैनल अगर लोगों की मदद नहीं करेगा तो हमारी इज्ज़त खराब हो जाएगी..." गिरगिट की तरह रंग बदलकर अचानक विक्रांत हंसने लगा। लेकिन यहां भगवान सिंह राजकुमार के चेहरे को देखकर ही सब कुछ समझ गया था।

"मैं निकलता हूं सर... बस इतनी इज़ाज़त दे दीजिए कि दिल्ली से बाहर निकलते वक़्त बिल्कुल रास्ते में ही मेरा घर पड़ता है। बस घर में बता दूं कि मैं बाहर जा रहा हूं। घर में फ़ोन नहीं है ना...घरवाले फालतू में चिंता करेंगे।" भगवान सिंह ने फिर भीख मांगी। राजकुमार हां कहने ही वाला था उसके मोबाइल की घंटी बजी। न्यूज़ रूम से विक्रांत का फ़ोन था।

"जी...सर।" राजकुमार ने डरते हुए कहा लेकिन विक्रांत शायद दूसरी लाइन पर बात कर रहा था।

"एक सेकेंड होल्ड करो। हां...हां...ठीक है...अब तो सारा खेल तस्वीरों का है...देखते हैं किसके पास पहले वीडियो आता है। सुबह से पहले तो कुछ नहीं मिलेगा... रात भर शांति रहेगी... तुम एक काम करो ना...मैं ओबी निकलवाता हूं तब तक तुम सबके लिए पिज्जा ऑर्डर कर दो...ठीक है...ओके..." दूसरी लाइन का फ़ोन कट गया था।

"हां...राजकुमार!!!"

"जी सर!"

"देखो तुम जानते हो कि सुबह 6 बजे हमारा पहला बुलेटिन ऑन एअर जाता है और मुझे तब तक हर हाल में, हर हाल में मतलब हर हाल में 'ओबी अप' चाहिए। मैं कोई भी बहाना नहीं सुनूंगा...पहली तस्वीरें हर हाल में हमारे चैनल पर ही होनी चाहिए और स्पॉट से सुबह 6 बजे रिपोर्टर शीतल का लाइव..."

"जी सर।"

"ओबी निकल गई ना?"

"नहीं सर, बस निकलने ही वाली है।"

"क्या बकवास करते हो राजकुमार? ओबी अब तक नहीं निकली?" फिर चीख़ा विक्रांत।

"सर, अभी एक मिनट पहले तो आपसे बात हुई थी..."

"टेलीविजन में एक मिनट बहुत होता है राजकुमार। अगले दस सेकेंड में ओबी निकल जानी चाहिए और सुबह 6 बजे से 'लाइव'।" चीख़ता हुआ आदेश देकर विक्रांत ने फिर फ़ोन पटक दिया। राजकुमार ने मन-ही-मन विक्रांत को मां की गाली दी और पलटा भगवान सिंह की तरफ़—"भगवान...अब तुम प्लीज भगवान के लिए निकलो... सुबह साढ़े पांच बजे पहुंचना है। कहीं भी एक सेकेंड के लिए मत रुकना। चैनल की इज्ज़त का सवाल है भाई।" भगवान सिंह फिर मन मसोसकर रह गया। बिना कुछ बोले वह चल पड़ा ओबी वैन की तरफ़। दो घंटे में भगवान सिंह की ओबी वैन एक सौ दस किलोमीटर का फासला तय कर चुकी थी। ओबी वैन में अच्छा-ख़ासा वजन होता है जिसकी वजह से आमतौर पर एक घंटे में 45 किलोमीटर की ही दूरी तय हो पाती है। लेकिन उस रात तो भगवान ओबी को बस भगा रहा था। दो घंटे से लगातार बिना रुके, बिना थके। अगले साढ़े चार घंटे में उसे 240 किलोमीटर की दूरी और तय करनी थी। दिल्ली का बॉर्डर पार करते हुए उसने बड़ी हसरत से बाईं तरफ़ देखा था जहां से सिर्फ़ तीन सौ मीटर की दूरी पर उसका घर था... लेकिन वह स्टीयरिंग बाईं तरफ़ घुमा नहीं सका। दिल कड़ा करके बस सीधे चलता रहा... तब से उसने जो दिल कड़ा किया था—वह अब तक वैसा ही था। भूख तो बहुत पहले ही गाड़ी के धुएं के साथ न जाने कहां उड़ गई थी और प्यास...प्यास भी उसे दो घंटे में नहीं लगी थी। उसके साथ चल रहे ओबी वैन के इंजीनियर राजू ने एक-दो बार उससे पानी के लिए पूछा लेकिन उसे अर्जुन की तरह दिखाई दे रही है सिर्फ़ मछली की आंख यानी लुधियाना। एक-दो बार राजू ने खाने के लिए गाड़ी रोकने को भी कहा, लेकिन भगवान नहीं माना। वह ओबी वैन को आज बस भगाना ही चाहता था। सुबह तीन बजे के आस-पास भगवान सिंह को थोड़ी तसल्ली हुई जब उसने देखा कि लुधियाना सिर्फ़ 130 किलोमीटर है। उसने मन-ही-मन हिसाब

लगाया कि अगर कुछ गड़बड़ नहीं हुई तो अगले ढाई घंटे में ओबी होगी लुधियाना में। ओबी वैन का इंचार्ज राजकुमार भी हर आधे घंटे में भगवान सिंह से लगातार ख़बर ले रहा था कि अब वह कहां पहुंचा।

लेकिन पटियाला के बाद भगवान सिंह के लिए कुछ मुश्किलें आने वाली थीं। अचानक सड़क कुछ खराब मिल गई थी जिससे उसकी रफ़्तार पर बुरा असर पड़ा था और मुसीबत तो तब और बढ़ गई जब एक रेलवे क्रासिंग पर गाड़ी दस मिनट के लिए रोकनी पड़ी। चार बजने वाले थे। राजकुमार का फिर फ़ोन आया।

"भगवान सिंह! कितना रह गया?" "अभी 90 किलोमीटर और हैं सर..."

"क्या बात कर रहे हो भगवान?" राजकुमार कुछ परेशान हो गया।

"अरे क्या करूं सर?...रोड बहुत खराब थी और बीच में रेलवे क्रासिंग भी आ गया।"

"ओहो, अब तेज चलाओ भगवान सिंह। साढ़े पांच बजे तक पहुंचना ही पहुंचना है..."

"जी सर..." इतना कहकर भगवान सिंह ने फ़ोन काट दिया और एक्सीलेटर पर पैर और तेजी से दबा दिया। सड़क साफ़ थी और रफ़्तार की सुई 70 तक पहुंच गई। गाड़ी बहुत तेज आवाज़ कर रही थी लेकिन भगवान सिंह एक्सीलेटर छोड़ नहीं रहा था। इस रफ़्तार को फिर तोड़ा राजकुमार के फ़ोन ने, जो उसने पांच मिनट के बाद ही कर दिया था। नंबर देखते ही बोला भगवान सिंह "जी सर..."

"भगवान, सच-सच बताओ तुम लोग कहीं रास्ते में दारू-वारू पीने के लिए नहीं रुके ना?"

"कैसी बात करते हैं सर? आप मुझे जानते नहीं क्या?" भगवान सिंह कुछ झुंझला गया था।

"ऐसी बात नहीं भगवान... यहां न्यूज़ रूम में बात हो रही थी कि ओबी अभी भी 90 किलोमीटर दूर है...इसका मतलब ड्राइवर कहीं दारू-वारू पीने के लिए रुक गया होगा।"

"क्या बात करते हो? खाना तो दूर, यहां गले में पानी का एक घूंट नहीं गया है। आंख नहीं खुल रही है। चाय की तलब लगी है...उसके लिए गाड़ी तो रोक नहीं रहा और आप लोग कहते हैं कि दारू-वारू...छि!" भगवान को गुस्सा आ गया था।

"अरे, नहीं भगवान, दिल पे मत ले यार। मैं तो ऐसे ही पूछ रहा था। चलो मैं फ़ोन रखता हूं, तुम गाड़ी पर ध्यान दो।" फ़ोन फिर कट गया था और एक बार फिर भगवान सिंह ने तेजी से एक्सीलेटर दबा दिया। लेकिन इस बार एक्सीलेटर पर उसके पैर गुस्से में दबे थे। ओबी वैन ने एक बार फिर रफ़्तार पकड़ ली थी... तेज रफ़्तार। राजकुमार की बातों से जागे गुस्से ने गाड़ी की रफ़्तार बहुत बढ़ा दी

थी। इंजीनियर कुछ डर भी गया था लेकिन खामोश ही रहा।

सुबह के पांच बजकर 40 मिनट पर भगवान सिंह ने ओबी वैन को लुधियाना पहुंचा दिया था। सबकी जान में जान आई। राजकुमार भी खुश था। उसे पता चला कि न्यूज़ रूम में लोग बहुत खुश हैं और रिपोर्टर शीतल तो ऐसे चहक रही थी जैसे यह जंग उसी ने जीती है... उसे भी साफ़ दिख रहा था कि किसी भी चैनल की ओबी के नहीं पहुंच पाने की वजह से आज पूरा देश उसे ही सुनेगा और उसी की भेजी तस्वीरों को देखेगा। इंजीनियर राजू ने दस मिनट में ओबी को 'अप' कर दिया। पहले पांच मिनट का वीडियो न्यूज़ सेंटर भेजा... ट्रेन के गिरे हुए डिब्बों की तस्वीरें... अफ़रातफ़री...बचते बचाते...भागते हुए लोगों की तस्वीरें...छह बज चुके थे और कैमरे के सामने खड़ी थी शीतल। एकदम लाइव—"नमस्कार! मैं शीतल और जैसा कि आप देख रहे हैं...ताजा न्यूज़ चैनल सबसे पहले आ पहुंचा है उस दुर्घटनास्थल पर जहां कल रात एक ट्रेन के 6 डिब्बे पटरी से उतर गए थे जिसकी वजह से अब तक दो सौ से ज़्यादा लोग मारे जा चुके हैं। अब आप देखिए...दिल दहला देने वाले हादसे की वे खौफनाक तस्वीरें जो हम और हमारे कैमरामैन ने सारी रात मेहनत करके आप तक पहुंचाई हैं... ये वो पहली तस्वीरें हैं...जो इस वक़्त आप सिर्फ़ हमारे न्यूज़ चैनल पर देख रहे हैं।"

शीतल बोले जा रही थी और भगवान सिंह कैमरे से कुछ दूर ज़मीन पर बैठकर सब कुछ देख भी रहा था और सुन भी रहा था। भगवान सिंह को अच्छा लगा कि उसका चैनल सबसे पहले तस्वीरें दिखा रहा है और बुरा भी लगा कि इसमें उसकी इतनी बड़ी भूमिका और उसका न कोई जिक्र और न ही किसी ने तारीफ़ का एक बोल बोला। भगवान सिंह ने फिर खुद को समझाया—अभी बस लोग मसरूफ़ हैं... चैनल पर सब कुछ लाइव जा रहा है। अभी रेल हादसे की ख़बर दिखाएंगे या तेरी पीठ थपथपाएंगे? भगवान सिंह मन-ही-मन मुस्कुराया और उसकी नज़र एक बार फिर शीतल पर थी। इस बार शीतल की गोद में एक बच्ची थी और वह बहुत भावुक होकर बोले जा रही थी...और यह सब कुछ चल रहा था 'लाइव'—"जैसा कि आप देख रहे हैं कि इस वक़्त हमारे साथ चार साल की बच्ची है जिसे इस हादसे के बाद इसके माता-पिता नहीं मिल रहे हैं। इस मासूम बच्ची को आप गौर से देख लीजिए...अगर आप इसे या इसके परिवार को जानते हैं तो हमें फ़ोन करें...हमारी कोशिश है कि यह बच्ची अपने परिवार तक पहुंचे और अगर फिर भी कोई सामने नहीं आया तो 'ताज़ा न्यूज़' इस बच्ची को गोद ले लेगा।" कहते-कहते शीतल का गला भर गया था...और उसे देखते-सुनते भगवान सिंह की आंखें...शीतल को लेकर भगवान सिंह के दिल में इज्जत और बढ़ गई, "वाह! क्या रिपोर्टर है शीतल। कितनी अच्छी लड़की है शीतल...दूसरों के दर्द को कितना समझती है शीतल।"

आधे घंटे के बाद शीतल को कुछ देर के लिए ब्रेक मिला। कैमरे के सामने

से हटते ही उसके सामने मानो खुशी की बरसात हो रही थी। वह कैमरामैन धनराज की तरफ़ बढ़ी और उसने धनराज को गले लगा लिया—''यार धनराज, आज मजा आ गया। इससे बढ़िया 'लाइव' मैंने ज़िंदगी में आज तक नहीं किया। थैंक्स धनराज...''

धनराज ने भी शीतल को मुबारक़बाद दी। पूरी टीम बेहद खुश थी। भगवान सिंह भी खुश था। तभी शीतल ने जेब से सिगरेट निकाल ली और उसकी तरफ़ बढ़ने लगी। भगवान सिंह झटके से खड़ा हो गया—शीतल जी मुझे भी थैंक्स कहने आ रही हैं। आख़िर इन सबमें मेरा भी तो योगदान है। पर मैं तो कह दूंगा...'नहीं मैडम इसमें थैंक्स की क्या बात है... यह तो मेरा फर्ज़ था...'

''हैलो भैया, क्या आपके पास माचिस है?'' यह शीतल की आवाज़ थी जो उसके ठीक सामने हाथ में सिगरेट लिए खड़ी थी।

''जी...जी...है...'' भगवान सिंह को कुछ समझ में नहीं आया। कब उसके हाथ पैंट की जेब में गए और कब उसने शीतल को माचिस दी—उसे पता ही नहीं चला। सिगरेट का धुआं छोड़ने के बाद शीतल ने माचिस भगवान सिंह को लौटा दी और थैंक्स कहकर चल पड़ी फिर से कैमरामैन धनराज की तरफ़। भगवान सिंह सन्न रह गया। मानो लकवा मार गया हो! तो क्या वह मेरे पास सिर्फ़ माचिस लेने के लिए आई थी? भगवान सिंह का सदमा तोड़ा धनराज की जोरदार हंसी ने—''यू नो शीतल, तुम्हारी एंकरिंग का बेस्ट पार्ट क्या था मालूम? जब तुमने बच्ची को गोद में उठाया तब का 'लाइव'। लोग हिल गए होंगे... आंसू निकल गए होंगे।''

सुनकर शीतल के कंधे गर्व से और चौड़े हो गए। लेकिन इधर भगवान सिंह के कंधे लगातार झुकते जा रहे थे। पूरे दिन शीतल और उसकी टीम रिपोर्टिंग करती रही। कभी दुर्घटनास्थल से तो कभी जिले के सरकारी अस्पताल से। इस वजह से बार-बार ओबी वैन की लोकेशन बदलनी पड़ रही थी। भगवान सिंह भी लगातार टीम के साथ था। नतीजा यह हुआ कि पूरे दिन में वह एकाध घंटे ही सो पाया। लेकिन रात होते-होते भी शरीर की थकान कम ही थी। वह ज़्यादा थका हुआ था बेरुख़ी से। उसे अब तक यक़ीन नहीं हो रहा था कि उसे कोई भी टीम का हिस्सा नहीं मानता। एकाध बार इंजीनियर राजू को छोड़कर उससे किसी ने पूछा भी नहीं कि उसने कुछ खाया या नहीं। मन जब बहुत ज़्यादा खराब हो गया तो भगवान सिंह अपने लिए 'रम' की एक हाफ़ बोतल ले आया। रात के दस बज चुके थे।

शीतल और बाक़ी टीम के ठहरने का अलग इंतजाम था और भगवान सिंह का अलग। खाने के लिए वह बाज़ार से ही कुछ 'पैक' करके ले आया था। नहाने के बाद भगवान सिंह खाने और पीने की तैयारी कर ही रहा था कि उसे अपने सामने दिखाई दिया ओबी वैन का इंजीनियर राजू। चंद सेकेंड में उसे पता चल गया कि

राजू यहां क्यों आया है।

"भगवान सिंह, ऑफिस से फ़ोन आया है कि ओबी को रातोंरात सहारनपुर के लिए निकालना है।"

"पर क्यों?"

"वहां कुछ टेंशन है और कल कुछ हंगामा बढ़ सकता है।" राजू बोले जा रहा था और भगवान सिंह का मन कर रहा था कि वह उसे दो थप्पड़ रसीद कर दे। एक तो पहले से ही वह निढाल पड़ा था और यह सुनकर तो उसकी बची-खुची ताकत भी चली गई। लेकिन उसके पास दूसरा कोई रास्ता नहीं था।

"दारू का 'प्रोग्राम' तो बेकार हो गया। खाना खाकर थोड़ी देर में निकलता हूं। यहां की पूरी टीम सहारनपुर जाएगी ना।"

"नहीं-नहीं, तुम अकेले जाओगे ओबी के साथ। वहां तुम्हें दूसरा इंजीनियर और दिल्ली से गया दूसरा रिपोर्टर मिल जाएगा।"

"ठीक है..." बहुत ही अनमने तरीके से बोला भगवान।

"पर यह याद रखना कि कल सुबह साढ़े पांच बजे तक पहुंचना है। छह बजे पहला बुलेटिन ऑन एयर आता है।" और राजू उसके कमरे से बाहर निकलने लगा।

इस बार भी कुछ नहीं बोला भगवान सिंह।

नेशनल हाइवे पर एक बार फिर ताजा न्यूज़ चैनल की ओबी वैन भाग रही थी। निकलते-निकलते साढ़े ग्यारह बज गए थे लेकिन आज भगवान सिंह बहुत जल्दी में नहीं था। सुबह तक उसे दो सौ किलोमीटर की दूरी तय करनी थी। इसलिए वह निश्चिन्त था। पर उसे थकान थी दिमागी तौर पर भी और जिस्मानी तौर पर भी। दिन भर जो हुआ वह सब उसे अंदर से खाए जा रहा था। नतीज़ा ध्यान सड़क पर कम और ख़्यालों में ज़्यादा। लगातार एक ही सोच कि यह बड़े-बड़े रिपोर्टर ग़ैर लोगों का दर्द समझते हैं और जो उनके आस-पास हैं उनका ही दर्द इनको नहीं दिखता? मन जब और खराब हो गया तो उसने सिगरेट जला ली यह सोचकर कि सिगरेट के धुएं के साथ उसके दिल का गुबार हवा में उड़ जाएगा। लेकिन ऐसा कुछ हुआ नहीं। रास्ता कैसे कट रहा है, शहर कैसे निकल रहा है, उसे कुछ पता नहीं चल पा रहा था। शराब नहीं पीने के बावजूद उसकी आंखें ऊपर तक चढ़ी हुई थीं। एक-दो बार एकाध सेकेंड के लिए आंखें बंद भी हुईं पर वह तुरंत ही संभल जाता था। उसकी आंखों में इतना भारीपन आ गया था कि भौंहों को ऊपर चढ़ाकर सामने सड़क को देख रहा था। लेकिन नींद के साथ लुका-छिपी कब तक चल पाती है...आख़िरकार आंखों ने भगवान सिंह को धोखा दे ही दिया। इस बार जब उसकी आंखें बंद हुईं तो खुली एक ज़ोरदार धमाके जैसी आवाज़ के साथ। उसकी ओबी वैन एक ट्रक से भिड़ चुकी थी। दो सेकेंड के लिए भगवान सिंह की आंखें खुलीं और फिर बंद हो गईं। उसे सिर और सीने पर काफ़ी चोट लगी थी। भगवान सिंह

का ख़ून स्टेयरिंग पर गिरने लगा था।

'ताजा न्यूज़ चैनल' के दफ़्तर में इस हादसे की ख़बर 15 मिनट बाद ही पहुंच गई थी। ओबी वैन पर चैनल के नाम के अलावा कुछ फ़ोन नंबर भी लिखे हुए थे। गाड़ी के पास से गुज़रते हुए एक कार वाले ने अपने मोबाइल फ़ोन से दुर्घटना की सूचना दी थी। ख़बर सुनते ही न्यूज़ रूम में हड़कंप मच गया था।

"ओह शिट! इसका मतलब कल सहारनपुर में हमारी ओबी नहीं होगी। ओह शिट! कल तो हम पिट जाएंगे।" यह चैनल के सीनियर प्रोड्यूसर विक्रांत शर्मा की आवाज़ थी।

"दिल्ली से दूसरी ओबी भिजवा दूं सर?" विक्रांत के जूनियर ने सलाह देने के साथ पूछा।

"अरे नहीं भई...अब इतनी जल्दी कैसे पहुंचेगी...ओह शिट! शिट!! कल तो हमारी लग जाएगी।"

"हां सर...दूसरे चैनलों की ओबी वहां पहुंच चुकी है।"

"ओह शिट!" इस बार विक्रांत ने अपना हाथ टेबल पर पटका। फिर अचानक उसकी आंख कुछ चमकी—"एक काम करो...जल्दी से ओबी वैन के इंचार्ज राजकुमार को बुलाओ और उससे पूछो कि ओबी को कितना नुकसान पहुंचा है।"

विक्रांत के आदेश पर राजकुमार हाजिर हो गया था।

"राजकुमार...ओबी-6 का एक्सीडेंट हो गया है। जरा पता करो कि ओबी कितना डैमेज हुआ है।" प्रशांत के आदेश पर राजकुमार ने फौरन भगवान सिंह का नंबर मिलाया लेकिन फ़ोन किसी ने नहीं उठाया।

"सर, ड्राइवर भगवान सिंह फ़ोन नहीं उठा रहा है।" अब राजकुमार भी परेशान हो गया था। उसने डरते-डरते विक्रांत से पूछा—"सर, जिसने फ़ोन किया क्या उसने आपको बताया कि ड्राइवर की हालत कैसी है?"

"मुझे क्या पता यार...तुम सीधे क्यों नहीं उसी से पूछ लेते?" बेचैनी ने विक्रांत की झल्लाहट और बढ़ा दी थी। राजकुमार फौरन पलटा। उसने विक्रांत के जूनियर से उस कार वाले का नंबर लिया और बात करने लगा। बातचीत तीन मिनट तक चली। वह एक बार फिर विक्रांत के सामने खड़ा था।

"सर, भगवान सिंह की हालत 'सीरियस' है।"

"और ओबी?" विक्रांत ने तपाक से पूछा।

"ओबी को भी नुकसान पहुंचा है।"

"इतनी भी हालत नहीं है कि धीरे-धीरे चलकर पहुंच सके...कल हम मारे जाएंगे राजकुमार।"

"नहीं सर।"

"ओह शिट! अब क्या करें हम? एक काम करो, दूसरी ओबी भेजो फौरन!"

विक्रांत इस बार लगभग चीख़ा था।

"ओबी तो मैं भेज दूंगा सर लेकिन वो कार वाला बता रहा था कि पुलिस अब तक स्पाट पर नहीं पहुंची है...भगवान सिंह गाड़ी में बेहोश पड़ा हुआ है।" राजकुमार एक ही सांस में कह गया।

"तुम पहले ओबी रवाना करो। ड्राइवर की चिंता मत करो। उसके लिए मैं पुलिस से बात करता हूं।" इतना कहकर विक्रांत चल पड़ा उन तीन-चार रिपोर्टरों की तरफ़ जो न्यूज़ रूम के बाहर गप्पें मार रहे थे। सिगरेट का दौर चल रहा था और विक्रांत भी उसका हिस्सा बन गया। लेकिन राजकुमार की बेचैनी बढ़ती जा रही थी। कुछ ही पलों में वह बेचैनी गुस्से में तब्दील होने लगी। वह तेज क़दमों से विक्रांत तक पहुंचा लेकिन अपना गुस्सा जाहिर नहीं होने दिया।

"सर, वो सहारनपुर वाले रिपोर्टर और कैमरामैन की टीम एक्सीडेंट वाले स्पॉट से 40-50 किलोमीटर आगे हैं। क्या वह लोग पीछे लौटकर एक बार भगवान सिंह की खैरियत नहीं ले सकते?"

"कैसी बात करते हो राजकुमार? ओबी में हम पहले ही मार खाएंगे और तुम चाहते हो कि कल की इतनी बड़ी 'स्टोरी' में हमारा रिपोर्टर और कैमरामैन भी नहीं पहुंच पाएं?"

"सर, सिर्फ़ दो घंटे तो एक्सट्रा लगेंगे। अभी तो टाइम भी है। वो लोग सुबह टाइम से ही पहुंच जाएंगे।" राजकुमार के स्वर में याचना थी।

"मैं स्टोरी के साथ रिस्क नहीं ले सकता राजकुमार... मैंने कहा ना तुम चिंता मत करो। बस यह सिगरेट ख़त्म करके अभी पुलिस से बात करता हूं। ओबी के लिए हम पास का लोकल रिपोर्टर भेज ही रहे हैं। वो ड्राइवर के बारे में पता करेगा ना भाई।"

राजकुमार चुप रहा।

"जाओ पहले दूसरी ओबी भेजो। चिंता मत करो, कुछ नहीं होगा।"

एक हारी हुई जंग को जीतने की राजकुमार की कोशिश अभी चल ही रही थी कि विक्रांत का वही जूनियर दौड़ता हुआ पहुंचा। सांसें मानो सारी बाहर निकल जाएंगी।

"सर...सर, ठाणे के पास एक बस नदी में गिर गई है। ब्रेकिंग न्यूज़ चला दूं?"

"कितने मरे हैं?"

"अभी तक तो चार लोगों के मरने की ख़बर आई है।"

"नहीं फ़्लैश में चलाओ, नहीं-नहीं, एक काम करो जब संख्या दस के पार कर जाए तब चलाना। चार के मरने की ख़बर को नेशनल टेलीविज़न पर कैसे चला सकते हैं?"

सामने खड़ा राजकुमार यह सब कुछ खामोशी से सुन रहा था। वह समझ

गया था कि ख़बरों की दुनिया में मरने वालों की संख्या महत्त्वपूर्ण है, मरने वाले नहीं... मरने वाला किसका पिता था, किसका भाई था, किसका बेटा था यह सब शायद कभी ख़बर चलाने से पहले सोचा नहीं जाता।

राजकुमार न्यूज़ रूम के पास के अपने कमरे में पहुंच चुका था। विक्रांत ने पुलिस को फ़ोन किया या नहीं इसका पता राजकुमार को कभी नहीं चल पाया। लोकल रिपोर्टर ने भगवान सिंह की मदद की या नहीं—इसका भी पता नहीं चल सका। लेकिन यह ख़बर जरूर मिल गई कि दुर्घटना के दो घंटे बाद भगवान सिंह को अस्पताल में भर्ती करा दिया गया। ख़ून काफ़ी बह चुका था। डॉक्टरों ने कह दिया कि अगले 24 घंटे काफ़ी नाजुक हैं। 24 घंटे तो गुज़र गए लेकिन भगवान सिंह नहीं लौट सका। राजकुमार ने मौत की ख़बर न्यूज़ रूम में तमाम वरिष्ठ लोगों को दे दी। यह ख़बर भी मौत की दूसरी ख़बरों की तरह न्यूज़ रूम में एक कान में गई और दूसरे कान से निकल गई...

न्यूज़ रूम के बाहर सीढ़ियों पर बैठा राजकुमार सिगरेट पी रहा था। लगातार खुद को कोस रहा था—भगवान की मौत का जिम्मेदार मैं खुद ही हूं। मैंने ही ज़िद करके भेजा था, मैंने ही उससे झूठ कहा था। उसका चेहरा लटका हुआ था, कंधे झुके हुए थे। तभी उसे सामने से रिपोर्टर शीतल दिखाई दी—"अरे इसी के साथ तो भगवान आख़िरी बार शूट पर गया था। शीतल को पता चलेगा तो इसे बुरा लगेगा... बेचारी कहीं यह न सोचे कि उसकी शूट की वजह से भगवान मारा गया।" तब तक शीतल उसके क़रीब आ चुकी थी।

"अरे, राजकुमार जी! क्या हुआ? क्यों मुंह लटकाकर बैठे हुए हो?"

राजकुमार ने धीरे से सिर उठाया और बोला—"शीतल जी...वो भगवान सिंह था ना...उसकी एक्सीडेंट में मौत हो गई है।"

"कौन भगवान सिंह राजकुमार जी?" सुनकर राजकुमार को लगा कि भगवान सिंह की जगह वह क्यों नहीं मर गया! जवाब देने के बजाय राजकुमार फूट-फूट कर रोने लगा। शीतल उससे पूछती रही लेकिन उसने शीतल को अंत तक नहीं बताया कि भगवान सिंह कौन था?

ब्रेकिंग न्यूज़

राणा यशवंत

सितंबर के आख़िरी हफ़्ते में धूप मुलायम हो जाती है। लॉन की दूब पर हाथ फेरते हुए प्रसन्न जोशी ने धूप के उस टुकड़े की मुलायमियत को भी महसूस करने की कोशिश की जो अपार्टमेंट की ऊंची दीवार की बगल से लॉन पर आ जमा था। हवा के हल्के झोंके ने तभी अख़बार का पन्ना पलट दिया और प्रसन्न के हाथ ने अनायास ही दूब और धूप का साथ छोड़ दिया। उन्होंने पन्ना सहेजा और फिर उसी ख़बर पर लग गए। मरनेवालों की तादाद दो सौ तक पहुंच चुकी है—यह कल रात एक बजे के बुलेटिन में ही उन्होंने बता दिया था लेकिन अख़बार में एक सौ बासठ ही है। ख़बरों की रफ़्तार को लेकर टीवी न्यूज़ चैनल इतने रवां-दवां हैं कि सुबह का बुलेटिन देखकर अख़बार पढ़ो तो सारी ख़बरें बासी लगती हैं। 'रात दो बजे तक एंकरिंग करने के बाद मुझे जितनी जानकारी मिल चुकी थी उसका आधा भी नहीं है अख़बार के पास।' यही सोचते हुए प्रसन्न ने दूसरा अख़बार पकड़ लिया। इस बीच उनका हाथ दूब और धूप के बीच लौट चुका था। धूप हथेलियों से होते हुए कंधे पर चढ़ आई थी...धूप पसर रही थी...

प्रसन्न की आंखों के आगे सीरियल ब्लास्ट की सारी तस्वीरें तैर रही थीं...सब कुछ लाइव था...क्षत-विक्षत लाशें...चार साल की बच्ची जिसके दोनों पैर उड़ चुके थे और मां-बाप बारूदी साज़िश का शिकार हो चुके थे...बूढ़ी औरत जो अपने बेटे की लाश देख छाती पीट रही थी...अस्पताल का चीख़-कोहराम... सब कुछ लाइव। बार-बार कहना पड़ रहा था कि मुंबई में ट्रेनों में हुए सीरियल ब्लास्ट की हम आपको सीधी तस्वीरें दिखा रहे हैं और मुमकिन है कि कुछ तस्वीरें आपको विचलित कर दें। आतंकवादियों ने मुंबई में एक बार फिर ख़ूनी खेल खेला है और अब तक एक सौ बासठ लोगों की मौत हो चुकी है।

"...अरे यार प्रसन्न, स्क्रीन पर ब्रेकिंग न्यूज़ की पट्टी भी तो देखो। मरनेवालों की तादाद एक सौ नब्बे पहुंच गई है..." टॉक बैक से प्रसन्न को शिफ्ट इंचार्ज नागार्जुन ने टोका। पीसीआर का कोहराम कानों तक पहुंचा—"लिखने का वक़्त नहीं, इसलिए स्क्रीन से ही खुद को अपडेट करो"—नागार्जुन का दूसरा वाक्य सुनाई पड़ा।

टॉक बैक ऑन रह गया, लिहाजा प्रसन्न के तार पीछे के लाइव शो से अनायास ही जुड़ गए—"अरे यार, बाक़ी सारे चैनल चार-चार विंडो खोलकर बैठे हुए हैं और हम पिछले डेढ़ घंटे से ख़बर ही पेले जा रहे हैं। बाक़ी जगहों से विज़ुअल हैं...फ़ीड क्यों नहीं आ रही है? सैक करो सालों को...'ख़बरदार' जैसे दो टके के चैनल के पास भी तीन जगहों के विज़ुअल हैं और हमारे यहां? साले सबको ठीक कर दूंगा। टुच्ची-सी ख़बर के लिए साले मेल पर मेल मारेंगे लेकिन जब कोई बड़ी ख़बर हो तो सारी फुर्ती पिछवाड़े घुसड़ जाती है"... आउटपुट इंचार्ज अभय त्रिपाठी अपने ठेठ गाजीपुरिया अंदाज़ में थे। न्यूज़ रूम की कोई आवाज़ जब हर वाक्य में किसी की बहन के साथ रिश्ता गांठती हो, तो समझ जाइए त्रिपाठी जी हैं और पंचम में हैं। प्रसन्न को समझ में आ गया था कि विजुअल को लेकर मारकाट मची है और त्रिपाठी जी असाइनमेंट इंचार्ज की ऐसी-तैसी करने में लगे हुए हैं।" अभी कुछ और सुभाषित प्रसन्न तक पहुंचता कि नागार्जुन की फिर आवाज़ आई—"प्रसन्न, मरनेवालों की तादाद दो सौ पहुंच गई है। इस बार टाक बैक ऑफ हो गया और प्रसन्न पीसीआर के कोहराम से कट गए। प्रसन्न अपनी प्रवाह में थे—"जिन दर्शकों ने अभी-अभी अपने टीवी सेट खोले हैं उनको मैं बता दूं कि मुंबई में ट्रेनों में सीरियल ब्लास्ट हुए हैं और इन धमाकों में दो सौ लोग मारे गए हैं। बारह मिनट के भीतर सात ब्लास्ट और ये सभी मुंबई की लाइफ़ लाइन समझी जानेवाली लोकल ट्रेनों में हुए हैं। समूचे देश में खलबली है...दिल्ली में भी हाई अलर्ट है।"

पिछले कई घंटे से प्रसन्न एक ही तरह की जानकारी दोहराते और नई सूचनाओं को समेटते-समेटते थक गए थे। लेकिन जोश इतना जैसे सिंकारा के विज्ञापन के मॉडल हों। उन्हें बखूबी पता था कि एयर पर घंटों बने रहने का मौक़ा कभी-कभी ही हाथ लगता है। अगर लोचा हुआ तो त्रिपाठी जी का कोई चंगु जुगाड़ फिट कर इंतज़ार में बैठा होगा...फुल फ्रेम विजुअल डालकर एंकर बदल दिया जाएगा। इस खेल की तैयारी पीछे हो चुकी होगी, यह ख़्याल आते ही प्रसन्न नए जोश के साथ लग जाते।

"...और ये लाइव तस्वीरें आप खार स्टेशन से देख रहे हैं। कांग्रेस पार्टी की अध्यक्ष सोनिया गांधी, गृहमंत्री शिवराज पाटिल, रेल मंत्री लालू प्रसाद यादव, महाराष्ट्र के मुख्यमंत्री विलासराव देशमुख और मुंबई के पुलिस कमिश्नर... कांग्रेस अध्यक्ष धमाकों के क़रीब सात घंटे बाद पहुंची हैं लेकिन सवाल ये है कि क्या इस दौरे से पुलिसिया बंदोबस्त कमज़ोर नहीं पड़ेगा? अभी शहर में अमन को महफूज रखने की ज़रूरत है...कानून व्यवस्था दुरुस्त रखने की ज़रूरत है। ऐसे में अगर पुलिस के आला अधिकारी दिल्ली से गए इन नेताओं की टीम की तीमारदारी में लग जाएंगे तो हालात बिगड़ने का खतरा हो सकता है...और अब स्क्रीन की दाईं तरफ़ जो तस्वीर आप देख रहे हैं वो मुंबई के वेस्टर्न एक्सप्रेस हाइवे की है। गाड़ियों का ये

काफ़िला अभी तक घर नहीं लौट पाए लोगों का है या फिर अपनों की तलाश में निकले हैरान-परेशान परिजनों का। दोनों नजारे आपके सामने हैं—एक तरफ़ सुरक्षा घेरे में स्टेशन का जायज़ा लेते नेता हैं और दूसरी तरफ़ रोती-बिलखती बदहवास मुंबई।''

"...मैं आपको एक बार फिर बता दूं कि मुंबई में ट्रेनों में हुए धमाकों में दो सौ लोग मारे गए हैं। बारह मिनट में सात धमाके... खार...माहिम...माटुंगा... जोगेश्वरी...बांद्रा..."

प्रसन्न लगातार बोल रहे थे और उन तमाम रिपोर्टरों, नेताओं, अधिकारियों से बात करते जा रहे थे जो फ़ोन या ओबी वैन पर आते जा रहे थे।

प्रसन्न को बीती रात के एक-एक शब्द, एक-एक विजुअल याद हैं। शाम सात बजे से लेकर रात दो बजे तक उन्होंने पूरे शो की कमान संभाल रखी थी। ऐसे ही मौक़ों पर तो मंजे हुए एंकर की अहमियत का अंदाज़ा होता है। जब रात स्टूडियो से निकले तो मोबाइल घों-घों देर तक बजता रहा...पचास मिस्ड कॉल और इक्कीस मैसेज। और फिर कॉल आने शुरू हुए तो तीन बजे तक बधाई देनेवालों का तांता लगा रहा...वेल डन प्रसन्न जी... ग्रेट जॉब...व्हाट एन अनमैच्ड एंकर यू आर...वग़ैरह वग़ैरह...

घर पहुंचकर खाना खाने और बिस्तर पर जाने तक जब लोगों ने पीछा नहीं छोड़ा तो प्रसन्न को पत्नी का प्रचंड-प्रवचन याद आ गया—"यार तुम्हारे इस मोबाइल ने ज़िंदगी बर्बाद कर रखी है...रात में भी आदमी चैन से नहीं सो सकता...कौन करता है इतनी रात गए फ़ोन? कहीं किसी को फंसा तो नहीं रखा है? चौदह-पंद्रह घंटे दफ़्तर में रहते हो...न कोई आने का समय न जाने का...न कोई सोशल लाइफ़ न पर्सनल...घर पर भी रहते हो तो तुम्हारा ये मोबाइल मुंह फाड़ता ही रहता है...पता नहीं ऑफ़िस का काम करते हो या फिर..." अभी कुछ और बातें जेहन में उतरतीं कि पत्नी ने करवट बदल ली। अब पत्नी की बंद आंखें और मोबाइल एक-दूसरे के आमने-सामने थे। प्रसन्न किसी तरह का पंगा नहीं चाहते थे, ख़ासकर उस वक़्त जब थके-हारे होने के बावजूद बधाइयों के कॉल्स से उनके भीतर अजीब-सी गुदगुदी उठ रही थी। होंठों पर एक पतली-सी मुस्कान तैर-तैर जा रही थी। प्रसन्न को यह यकीन हो चला था कि मुंबई धमाकों को सहेज-सहेजकर वे जिस तरह लोगों के पास पहुंचे, किसी और चैनल का एंकर नहीं कर पाया। उनको यह भरोसा भी था कि इस हफ़्ते की टीआरपी में उनके आज के शो की बड़ी भूमिका होगी और बॉस अबकी बार कॉम्प्लिमेंट ज़रूर देंगे।

...इट वाज अ ग्रेट शो...मुंबई ब्यूरो एंड आउटपुट डिड एन आउटस्टैंडिंग जॉब बट इट वाज प्रसन्न हूज एंकरिंग मेड इट एन एक्सक्लूसिव एंड एक्सेलेंट शो।

यह मेल सबके पास होगा और फिर हेमंत सहाय का दो लीटर ख़ून यूं ही

जल जाएगा। लेकिन प्रसन्न को इस बात पर भी उतना ही भरोसा था कि बॉस ऐसा कोई मेल जेनरेट नहीं करेंगे। आज तक न जाने कितने कमाल के शो उन्होंने किए होंगे। दफ़्तर क्या बाहर से भी लोग फ़ोन पर मेल पर बधाइयां देते रहे, लेकिन क्या मज़ाल कि बॉस तारीफ़ में एक शब्द भी कह दें। लेकिन इस बार शायद ऐसा नहीं होगा...इस बार तो खुद बॉस ने ही फ़ोन पर बुलाया—"अरे भाई कहां हैं? जल्दी आइए...मुंबई में ब्लास्ट हुआ है...आपको एंकरिंग करनी होगी।" वीकली ऑफ़ था, इसलिए प्रसन्न यारबाजी के लिए निकले हुए थे। जब बॉस का फ़ोन आया उस वक़्त दफ़्तर के पास ही एक वामपंथी नेता के घर पर चाय की चुस्कियां मार रहे थे। आनन-फानन में गाड़ी पर सवार हुए...दफ़्तर पहुंचे...और सीधे मेकअप रूम की तरफ़ लपके। अगले पंद्रह मिनट में टाई की गांठ बांधते हुए स्टूडियो में...

बिस्तर पर लेटे-लेटे प्रसन्न घर से निकलने और घर लौटने तक की सभी कड़ियों को जोड़ते जा रहे थे और बीच-बीच में वही पतली-सी मुस्कान तैर-तैर जा रही थी। तभी हथेली में 'घों-घों' की आवाज़ के साथ कंपन हुआ और प्रसन्न सहम-से गए। पता नहीं साले लोग इतनी रात गए तक क्या करते हैं? अब तीन बजे मैसेज़ देने का कोई वक़्त है भला? अच्छा हुआ कि कॉल नहीं थी वर्ना नीलिमा की नींद टूटती और वह संभलने का मौक़ा दिए बग़ैर टूट पड़ती। प्रसन्न ने मोबाइल ऑफ कर दिया और करवट बदल ली...

सुबह साढ़े सात बजे नींद खुली तो रोज़ की तरह दोनों बच्चे स्कूल जा चुके थे। पत्नी को चाय के लिए बोलकर वह ड्राइंग रूम के दरवाज़े पर पड़े अख़बारों को समेटते हुए पीछे लॉन की तरफ़ निकल गए। पिछले घंटे भर में प्रसन्न चार अख़बार टटोल चुके थे लेकिन धमाकों के पीछे कौन लोग हैं इसका दूर-दूर तक संकेत भी नज़र नहीं आया। रात दो बजे तक एंकरिंग के दौरान भी वह इसी सवाल को टटोलते रहे। ख़बर नहीं थी लेकिन प्रसन्न को ख़बर दिख गई। आतंकवादियों ने साज़िश इतनी गहरी और सफाई से रची कि खुफ़िया एजेंसियों और पुलिस के पास अंधेरे में तीर चलाने के अलावा कोई और चारा ही नहीं बचा है।

...हां यही ख़बर है और यही आज प्राइम टाइम की हेडलाइन भी होगी। एडिटोरियल मीटिंग में वे डंके की चोट पर बेच देंगे। मीटिंग में हेमंत सहाय का लटका हुआ चेहरा प्रसन्न को नज़र आया। पॉलिटिकल ख़बरें तो आजकल वैसे भी नहीं चलती हैं। सहाय साहब बेचारे हाथ-पांव मारकर कुछ एक्सक्लूसिव लाते भी हैं तो आउटपुट वाले बिना आगा-पीछा देखे गिरा देते हैं।

जवाब भी टका-सा—"नहीं चलतीं ऐसी ख़बरें। कुछ मसाला हो तो लाओ वर्ना हम खुद कर लेंगे।" अच्छा है कि मुंबई में धमाके हो गए हैं और अपना पत्ता फेंकने

का मौक़ा निकल आया है—'एडिटोरियल मीटिंग तक दो-चार और आइडिया मिल ही जाएगा और खटाखट बेच भी दूंगा।'

न त्रिपाठी जी कुछ कह पाएंगे और न ही बॉस यानी न्यूज़ डायरेक्टर साहब कुछ मीनमेख निकालेंगे। प्रसन्न के होंठों पर रात वाली मुस्कान एक बार फिर आ बैठी। उन्होंने निचले होंठ पर आहिस्ता से जीभ फिराई और धीरे से भींच लिया। प्रसन्न जब किसी रिपोर्टर का बड़ा असाइनमेंट खुद हथिया लेते हैं या फिर किसी अच्छे शो की एंकरिंग मिल जाती है तो ऐसा करते हुए उन्हें अक्सर देखा जाता है।

धूप अब दूसरे कंधे पर आ बैठी थी और अख़बारों पर से उन्होंने साये को परे धकेल दिया था। इस दौरान पत्नी दो दफा चाय दे चुकी थी और प्रसन्न अख़बारों के पन्नों से गुजरते हुए उसे गटक चुके थे। अचानक एक छोटे से बॉक्स में क्यूबा में गुटनिरपेक्ष सम्मेलन की तैयारियों की ख़बर दिखी। प्रसन्न के ज़ेहन में क्यूबा-फिदेल कास्त्रो-चेग्वेरा और पाश के अक्स उतरने लगे।

प्रसन्न को अचानक लॉन और धीरे-धीरे पसरती धूप चुभने लगे। उन्होंने फटाफट अख़बार समेटा और एक ही झटके में घर के भीतर चले गए।

पार्किंग में आज कुछ ज़्यादा ही भीड़ थी। कार खड़ी करने के लिए प्रसन्न दफ़्तर के दो फेरे ले चुके थे लेकिन कोई जगह नज़र नहीं आई। अब पहले वाली मारुती 800 होती तो उसका जुगाड़ कहीं भी हो जाता लेकिन होंडा सिटी के लिए तो क़ायदे की जगह चाहिए। एक खरोंच भी लग गई तो बैठे-बिठाए हज़ारों की चपत... प्रसन्न को कुछ हफ़्ते पहले की एक रिपोर्ट याद आ गई जिसका लब्बोलुवाब यह था कि पूरे चीन में जितनी गाड़ियां हैं, उससे ज़्यादा गाड़ियां सिर्फ़ दिल्ली में हैं।

अब कहां माओ का चीन और कहां नेहरू-गांधी परिवार का भारत। प्रसन्न का माथा भन्ना गया...एसी कमरों में बैठकर जो लोग आर्थिक नीतियां तय करते हैं उनको गांव का ग भी पता होता है? दिल्ली चमक गई तो उनको लगता है देश चमक गया। यहां देखो, एक कार खड़ा करने के लिए पंद्रह मिनट से चक्कर लगा रहा हूं और गांव में?

बडोला जी बीस साल से खटारा साइकिल पर गांड़ घिसट रहे हैं...पुरोहिती में ही जीवन खप गया...दोनों बेटियों की शादी में आधा खेत बेच ही चुके थे, अब बेटे की दुकान खोलने की रही-सही जोत भी जाती रही। सत्तर साल की उम्र में बेचारे पैडल मारते-मारते फेने-फेन हुए रहते हैं और यहां साले बीस साल के लौंडे-लपाड़ी लंबी-लंबी एसी कारों को जहाज़ बनाए रहते हैं।

'माओ के पास विचारधारा थी। यहां तो सारी धारा ही वोट बटोरने और पेट

भरने के विचार पर चलती है।' प्रसन्न के भीतर का वामपंथी ऐसे मौक़ों पर जागता रहता है। जब अपने लिए सुविधा की तंगी पड़ जाती है या लक्ष्मणपुर बाथे और शंकरबिगहा जैसे नरसंहारों को लेकर कामरेड दोस्तों के फ़ोन आने लगते हैं या फिर गांव आने पर बडोला जी जैसे बुजुर्ग अपना दुखड़ा रोने लगते हैं। अब मज़ाक में ही सही लेकिन हेमंत सहाय ने कभी प्रसन्न का ऐसा नामकरण किया कि मीडिया में पीठ पीछे उनका वही नाम चलता है—अफलातून मार्क्स। अब इस नाम के पीछे भी एक मज़ेदार वाक़या है।

दस साल पहले प्रसन्न और हेमंत एक ही अख़बार से न्यूज़ इंडिया चैनल आए। प्राइवेट टीवी न्यूज़ चैनलों के शुरुआती दिन थे और एडिटर से लेकर रिपोर्टर तक अख़बारों से ही आकर गिर रहे थे। उस दौर के सबसे तेज-तर्रार और कामयाब संपादक थे—केडी सिंह। साइकिल सवार, कुर्ताधारी और झोलाछाप अख़बारनवीसों के सिरमौर थे केडी बाबू। ख़बरों के साथ कोई समझौता नहीं...मैनेजमेंट का एडिटोरियल में कोई दख़ल नहीं...और मालिकों के सामने माथा टेकने का कोई सवाल ही नहीं। इन तीन बुनियादी उसूलों के लिए केडी बाबू अपनी नौकरी की बलि कई बार चढ़ा चुके थे। दिल्ली से लेकर कोलकाता तक शायद ही कोई शहर था जहां केडी बाबू ने पिछले 15 साल में नौकरी नहीं की थी। एक केंद्रीय मंत्री के ख़िलाफ़ घपले-घोटाले की रिपोर्ट हेमंत सहाय ने काफ़ी ख़ून-पसीना बहाकर तैयार की थी और केडी बाबू ने अगले दिन उसे बैनर हेडलाइन के साथ छापने का मन बना लिया था। लेकिन शाम सात बजे के आस-पास अख़बार के मालिक का फ़ोन आया, "केडी बाबू! सिन्हा साहब वाली ख़बर को गिरा दीजिए।" बिना वक़्त लिए केडी बाबू ने जवाब दिया— "सर! या तो ये ख़बर जाएगी या फिर मेरी नौकरी।" दूसरी तरफ़ से आवाज़ आई, "तो इतना जान जाइए ख़बर किसी क़ीमत पर नहीं छपेगी।"

केडी बाबू बिना कुछ कहे-सुने दफ़्तर से निकल गए और प्रेस क्लब में जाकर जम गए। मामला समझते-सूंघते उनके सारे चेले-चपाटी प्रेस क्लब पहुंच गए। जब शराब का सुरूर रगों में रेंगने लगा तो मार्क्स पर चर्चा शुरू हो गई...आहिस्ता-आहिस्ता वो एंगेल्स, बेबेल, लेनिन और माओ के स्तुतिगान से होते हुए त्सेरेतेली और चेर्नोव की मां-बहन पर पहुंच गई और न जाने कब अख़बार के मालिकान की दादी-नानी तक दौड़ने लगी। बहकती बहस और फिसलती जुबान की उस महफ़िल में प्रसन्न के भीतर अचानक क्रांति का कीड़ा कुलबुला उठा। "सर! इस देश में पूंजीपतियों के ख़िलाफ़ क्रांति की ज़रूरत है...शुरुआत हम ही करेंगे और अभी साले के अख़बार के दफ़्तर को आग लगा देते हैं...अगर सिन्हा की ख़बर नहीं छपेगी तो हेमंत की मेहनत भी बेकार नहीं जाएगी!" प्रसन्न की आंखों में लाल डोरे खिंच आए थे...उंगलियां बार-बार बालों को चीर रही थीं और जुबान लड़खड़ा रही थी। प्रसन्न कुछ आगे बोलते कि केडी बाबू ने बीच में ही रोक दिया।

"...दाढ़ी बढ़ा लेने और झोला लटका लेने से मार्क्स को थोड़े समझा जा सकता है। मार्क्स के साथ भी बुनियादी दिक़्क़त है और वह ये कि उन्होंने भारत जैसे देशों की गिरह-गांठ को नहीं समझा। वह मजदूरों के हक़ की बात तो करते हैं लेकिन किसानों पर उतनी गंभीरता से नहीं सोचते। पूंजीवाद से साम्यवाद की जो गंगा बहाने की बात मार्क्सवादी करते हैं वैसी स्थिति भारत में नहीं है। हमारे लिए मार्क्स अपने मौलिक रूप में प्लेटो की तरह ही हैं। 'द रिपब्लिक' और 'द लॉ' का आदर्शवाद लफ्फाजी के लिए तो ठीक है—राज्य सत्ता या समाज में उसकी गुंजाइश पैदा करना मुमकिन नहीं है।" केडी बाबू चार पैग के बाद ज़्यादा संतुलित, व्यावहारिक और सुलझे हुए-से लगते थे। देश के वामपंथी चिंतकों और नेताओं की केडी बाबू से जितनी पटती थी, उतनी ही उनकी उनसे फटती भी थी।

उस दौर के पत्रकारों में जो लोग साम्यवाद के व्यावहारिक पहलुओं की समझ रखते थे, उनमें से एक थे केडी बाबू। पत्रकारों की एक बड़ी जमात उनके साये में पली-बढ़ी। प्रेस क्लब की महफ़िल में केडी बाबू का प्रवचन जारी था और उनकी आंखें बार-बार प्रसन्न की ओर उठ रही थीं।

"...हेमंत को देखिए, दिनभर भागता दौड़ता है। आपकी तरह मार्क्स, ग्राम्शी और विनोद मिश्र की बात नहीं करता...न ही पोथे पढ़ने में इसकी कोई रुचि है...ठेठ शाखावाला है और सारे लंगोटधारियों से नाता-रिश्ता जोड़ता-फिरता है। उसूलन तो मुझे इसे अपने आस-पास फटकने भी नहीं देना चाहिए था। लेकिन मैंने इसे बढ़ावा दिया...सिर्फ़ इसलिए क्योंकि इसमें ख़बरों की समझ है और उन्हें लेकर ये ईमानदार भी है। आज लाला के चलते इसकी बड़ी ख़बर मारी गई...मैंने नौकरी को लात मार दी, लेकिन क्या आपने ये सोचा कि इसे किसके गोरखधंधे की पोल खोलनी चाहिए? उन्हीं लंगोटधारियों के एक बड़े नेता की—जिनके पीछे ये दिनभर धूल फांकता फिरता है और उन्हीं की बैठकों से ख़बर कुरेदता रहता है। आप मार्क्स और प्लेटो का युग्म हैं और ऐसे युग्म व्यावहारिक नहीं होते प्रसन्न जी"...केडी बाबू देर तक ज़िंदगी के बुनियादी फलसफ़ों पर फर्राटे से बोलते रहे।

उस रात कौन कब घर लौटा याद नहीं, लेकिन हेमंत सहाय को केडी बाबू का कहा मार्क्स और प्लेटो का युग्म याद रह गया। बाद में उसने दोनों संज्ञाओं के युग्म में थोड़ा संशोधन और हेर-फेर किया। प्लेटो की जगह उसके अरबी नाम अफ़लातून को रखा और मार्क्स को आगे ले जाकर जोड़ दिया। यह नया नाम उसने प्रसन्न के साथ टांक दिया—अफ़लातून मार्क्स।

केडी बाबू अख़बार छोड़ने के बाद काफ़ी दिनों तक आईएनएस के बाज़ू महफ़िलें जमाते रहे। उन्हीं दिनों न्यूज़ इंडिया चैनल की तैयारियां चल रही थीं और केडी बाबू को संपादक का ऑफ़र मिल गया। केडी बाबू अपने साथ एक टीम लेकर आए और उसी टीम का हिस्सा थे प्रसन्न और हेमंत सहाय। एक पहाड़ी तो एक बिहारी।

बहरहाल प्रसन्न जोशी उर्फ़ अफ़लातून मार्क्स को पार्किंग में कार खड़ी करने की जगह मिल गई। नाइट शिफ़्ट के रिपोर्टर अजय कालरा को किसी वजह से देर हो गई थी और जैसे ही उसने अपनी कार निकाली, अफ़लातून मार्क्स ने अपनी गाड़ी घुसेड़ दी।

एडिटोरियल मीटिंग शुरू हो चुकी थी... न्यूज़ डायरेक्टर विप्लव विशाल...आउटपुट इंचार्ज अभय त्रिपाठी...असाइनमेंट हेड प्रशांत भूषण...इनपुट इंचार्ज नभेंदु नीरज...आउटपुट शिफ्ट इंचार्ज नागार्जुन कान्फ्रेंस रूम में बैठ चुके थे। इसी वक़्त अफ़लातून मार्क्स ने एंट्री मारी।

"...आइए प्रसन्न जी..." प्रशांत भूषण ने अपनी दाईं तरफ़वाली कुर्सी को टेबल के अंदर खींचते हुए कहा। बैठते वक़्त प्रसन्न की आंखें टेबल की दूसरी तरफ़ बैठे नागार्जुन से मिलीं। "क्या नागार्जुन जी, क्या होगा आज?' बड़े तेज़ लहज़े में प्रसन्न ने सवाल दागा था। बस कुछ ही सेकेंड का फ़र्क़ रहा होगा कि अभय त्रिपाठी का जवाब गोली की रफ्तार से आया, "होगा क्या, फाड़ दिया जी! अपने हेमंत बाबू ने मुख्यमंत्री और डीजीपी का एक्सक्लूसिव इंटरव्यू पेल दिया। सब साले औंधे मुंह गिरे हैं। शाम तक इन्वेस्टीगेशन पर दो एक्सक्लूसिव रिपोर्ट दाग देगा...मामला टनाटन फिट।" प्रसन्न को जैसे सांप सूंघ गया। "हेमंत मुंबई कब गए?" प्रसन्न ने हवा में ही यह सवाल छोड़ा और पीछे मुड़कर उन तमाम मॉनिटर पर नज़र दौड़ाई जिन पर अलग-अलग न्यूज़ चैनल चल रहे थे...प्रसन्न की नज़र सीधे बीचवाले मॉनिटर पर जाकर चिपक गई।

हेमंत सहाय का लाइव चैट चल रहा था और तभी ब्रेकिंग न्यूज़ की पट्टी भी चलनी शुरू हो गई। न्यूज़ इंडिया का सनसनीखेज़ खुलासा...मुंबई धमाकों में आतंकवादी संगठन लश्क़र-ए-फतह का हाथ...!

प्रसन्न ने फौरन लपककर टीवी सेट का वोल्यूम बढ़ाया। हेमंत सहाय चीख़ रहे थे—"हमें लश्क़र-ए-फतह के सरगना का फ़ोन सरहद पार से आया है और उसने दावा किया है कि ये धमाके उसी ने करवाए हैं। मैं दर्शकों को बताना चाहूंगा कि इस बातचीत को हमने रिकॉर्ड किया है और थोड़ी ही देर में हम उसे आपको सुनाएंगे भी। मैं आपको ये भी बता दूं कि ये ख़बर सिर्फ़ और सिर्फ़ न्यूज़ इंडिया के पास है..."

कान्फ्रेंस रूम में अभय त्रिपाठी की जोशीली आवाज़ गूंज उठी, "जियो मेरे लाल! गदर मचा दिया। नागार्जुन, यार सरपट भाग और लश्क़र-ए-फतह के सरगना का फ़ोनो फटाफट मुंबई से डाउनलोड करा...जैसे ही आए सीधे पेल दे। महाराष्ट्र के मुख्यमंत्री और डीजीपी के फ़ोनों के लिए असाइनमेंट को बोल दो..."

"अरे यार बोलना क्या है प्रशांत जी! आप अपनी टीम को बोलिए। हमें सभी लोगों के रिएक्शन चाहिए। दिल्ली में अगर होम मिनिस्टर मान जाएं तो उनके यहां

ओबी (आउटडोर वैन) भेज दीजिए। तान दिया जाए...''

न्यूज़ डायरेक्टर विप्लव विशाल के चेहरे पर विजयी मुस्कान थी। शायद उन्हें इस हफ़्ते की टीआरपी नज़र आ रही थी। लेकिन प्रसन्न को अपने सारे मंसूबों पर पानी फिरता दिखा। सुबह से जोड़-गांठकर जो आइडिया लेकर आए थे वे सब बेमौत मारे गए। मीटिंग के दौरान ही पता चला कि सुबह-सुबह दिल्ली से तीन लोग मुंबई भेजे गए। हेमंत सहाय, स्पेशल इन्वेस्टीगेशन टीम यानी एसआईटी के चीफ़ विभांशु और प्रिंसिपल कॉरेस्पोंडेंट मिताली भारद्वाज। प्रसन्न के जेहन में अब दो सवाल कौंधे। अगर सारा गूदा त्रिपाठी जी डकार गए तो विभांशु बाबू क्या गुठली चाटेंगे। और दूसरा यह कि जिस लड़की की फ़िल्म और फ़ैशन की ख़बरों की कॉपी को लेकर प्रोड्यूसर बेचारे माथा खपाते रहते हैं, पीटीसी तक दूसरे से लिखवाते हैं वह कौन-सा धमाका करने गई है। प्रसन्न जोशी को इतना तो पता था कि जितनी चिंता विभांशु को लेकर उन्हें हो रही है, उससे कहीं ज़्यादा परेशानी विभांशु को खुद हो रही होगी और अब तक तो वह नेवीकट का एक पूरा पैकेट फूंक गया होगा। लिहाज़ा पहला सवाल बुलबुले की तरह ज़ेहन में उठा और ख़त्म हो गया। जहां तक दूसरे सवाल का मामला था तो प्रसन्न इतना अंदाज़ा आसानी से लगा ही सकते थे कि सहाय साहब ने न्यूज़ डायरेक्टर के सामने रिरिया-गिड़गिड़ाकर मिताली के लिए जुगत भिड़ा लिया होगा। उन्हें थोड़ी देर के लिए त्रिपाठी जी के जोश पर भी अचरज हुआ था। जो इंसान सहाय साहब के एक्सक्लूसिव मार्का ख़बरों को कूड़ा कहकर ड्रॉप कर देता है, आज वह बल्लियों उछल रहा है। लेकिन अफ़लातून मार्क्स को त्रिपाठी जी का तकियाकलाम जल्द ही याद आ गया—जो बिके वो ख़बर जो नहीं बिके वो टीकर (स्क्रीन पर नीचे चलने वाली पट्टी)। आज सहाय साहब के पास ख़बर है और त्रिपाठी जी तान-तान बेचेंगे। प्रसन्न जोशी को तीन साल पहले की बारिश की रात याद आ गई। सीपीएम के कोलकाता अधिवेशन से लौटे थे प्रसन्न और अभय। त्रिपाठी नाइट शिफ़्ट के प्रोड्यूसरों के साथ सुबह के बुलेटिन की मीटिंग कर रहे थे।

प्रसन्न जैसे ही न्यूज़ रूम में दाख़िल हुए अभय पर उनकी नज़र पड़ी और वह उधर ही बढ़ गए, ''आइए प्रसन्न जी! ठीक समय पर आए हैं आप। चैनल नाइन के सहज मिश्रा के घर दावत है, ब्यूरो चीफ़ हो गया है और इसी खुशी में गला तर करवा रहा है...''

प्रसन्न को एक बार तो लगा कि जब उन्हें बुलाया ही नहीं तो जाएं क्यों? लेकिन फिर ख़्याल आया कि पुराना मित्र है, शायद भूल गया हो और मज़मे का मजा उठाने का मौक़ा भला मिलता ही कितना है।

...चलो चार पैग उड़ेलने के बाद मिश्रा जी को करीने से समझा दिया जाएगा कि तुमने नहीं बुलाया था लेकिन दोस्ती का मान रखने के लिए मैं आ गया...प्रसन्न जोशी ने खुद के सवालों का खुद ही जवाब दे दिया। अभय त्रिपाठी जब मीटिंग

से फ़ारिग हुए तो दोनों निकल पड़े। बाहर बारिश शुरू हो चुकी थी। थोड़ी देर के इंतज़ार के बाद भी जब बारिश के थमने के आसार नज़र नहीं आए तो प्रसन्न और अभय त्रिपाठी ने पार्किंग की तरफ़ दौड़ लगा दी। अभय ने अपनी गाड़ी का दरवाज़ा खोला और दोनों एक ही साथ अपनी-अपनी सीट में धंस गए। गाड़ी स्टार्ट हुई और हेडलाइट जली तो क़रीब बीस फीट के फ़ासले पर खड़ी कार में जो दिखा उसने अभय और प्रसन्न के होश उड़ा दिए।

'अरे यार, ये तो हेमंत है' प्रसन्न के मुंह से तपाक से निकल पड़ा। 'और लड़की कौन है?' 'ये रिसर्च डिपार्टमेंट में आई है। अभी जुमा-जुमा सात दिन नौकरी पकड़े नहीं हुए कि रंग दिखाने लगी...' यह कहते हुए अभय त्रिपाठी ने कार आगे बढ़ा दी। गाड़ी पांच-सात फीट के फासले से जब तक मुड़ती, लड़की अपनी शर्ट ठीक कर चुकी थी और बाल समेटने लगी।

"नाम क्या है इसका और कहां से आई है?" प्रसन्न बेताब हो रहे थे।

"...अरे यार, हिसार से आई है। किसी आर्मी ऑफिसर की बेटी है। मिताली भारद्वाज नाम है इसका। नागार्जुन ने बड़ा ज़ोर लगाया था कि बॉस अच्छी लड़की है, आउटपुट में रख लीजिए, लेकिन मैं इसके हाव-भाव से ही समझ गया था कि फतूरिया है। मेरे सारे प्रोड्यूसरों को पानी पिला देगी।" अभय त्रिपाठी कहते-कहते चुप हो गए।

पानी तेज हो चला था लिहाज़ा वाइपर की स्पीड बढ़ानी पड़ी। कार में थोड़ी देर के लिए खामोशी पसर गई। लेकिन गाड़ी पर गिरती बारिश की बूंदों का शोर बैकग्राउंड म्यूजिक की तरह लगातार जारी था।

"...तो ये हेमंत के क्लच में कैसे आ गई?" प्रसन्न ने चुप्पी तोड़ी।

"...वो आज का लंपट थोड़े ही है। चिकना-चुपड़ा है। झाड़-झूड़ के रहता है और सबसे बड़ी बात कि अंग्रेज़ी वाला फांय-फूंय खूब जानता है। कान्वेंट वाली लड़कियों को लपेटने में आधा काम तो अंग्रेज़िया कर देती है। अब तक न जाने कितने खेत चर चुका है।" बारिश की तरह अभय जारी थे, "महीने भर पहले ही ये लड़की इंटर्नशिप करने आई थी। हफ़्ते भर के लिए आउटपुट में थी तो नागार्जुन बाबू को दाना डालने लगी। पढ़े-लिखे तो हैं लेकिन मानसिकता हिंदी पट्टी वाली ही ठहरी। लड़की देख लें तो सिहरन, दो टूक बतिया ले तो थरथराहट और भाव दे तो नाथ-पगहा तोड़ने की बेचैनी... ये आपकी भी है और मेरी भी..." अभय त्रिपाठी की आवाज़ बारिश से कहीं ऊपर थी।

एक बार तो प्रसन्न जोशी ने चाहा टोक दूं। यार क्या बात करते हो। यह मानसिकता तुम्हारी और हेमंत जैसों की हो सकती है मेरी नहीं। हिंदी पट्टी में बिहार और यूपी आते हैं, पहाड़ नहीं। लेकिन त्रिपाठी जी का मिजाज़ प्रसन्न को पता था। हेमंत और उस लड़की पर से उतरकर मेरी ही सवारी गांठ लेगा। जेएनयू में पढ़-लिख

लिए तो बुद्धिजीवी हो गए। दिन भर लड़कियों को चोर नज़र से घूरते रहते हैं, लगता है व्यास मुनि की तरह आंख से ही सारा उन्माद उंड़ेल देंगे। लाल झंडा लिए फिरते हैं और दिन भर निन्यानवे के फेरे में फंसे रहते हैं। पता नहीं और क्या-क्या बोलेगा ये गाज़ीपुरी। कई बार पब्लिकली पंगा ले चुका है। प्रसन्न ने यही सोचकर जुबान तक आए शब्दों को हलक़ के नीचे धकेल दिया। वैसे उन्हें बात के भटक जाने का भी डर कम नहीं था। लिहाज़ा वह अभय त्रिपाठी की बात चुपचाप सुनते रहे।

''आउटपुट से हफ़्ते भर बाद ये लड़की इनपुट में गई और हेमंत बाबू हाव-भाव देखते ही सारा हिसाब समझ गए। अपने साथ शूट पर ले जाने लगे और बाइलाइन भी शेयर करने लगे। न्यूज़ इंडिया में पहली बार किसी इंटर्न की बाइलाइन गई तो वह मिताली भारद्वाज की थी। केडी बाबू होते तो क्या मजाल थी कि ऐसा हो जाता। बेचारे पत्नी की मौत के बाद सब कुछ छोड़-छाड़कर बेटे के पास अमेरिका चले गए और चैनल के कर्ता-धर्ता दिगंत स्वरूप हो गए। आपने तो वो सारा दौर देखा ही है''—अभय त्रिपाठी ने रिंग रोड से निजामुद्दीन पुल की तरफ़ गाड़ी मोड़ते हुए कहा।

बातों का सिलसिला एक बार फिर आगे बढ़ा। हेमंत सहाय और दिगंत स्वरूप लंगोटिया यार। एक ही कॉलेज में पढ़े-लिखे। दो साल तक रूममेट भी रहे। दोनों अंग्रेज़ी बोलनेवाले। दोनों लौंडियाबाज और दोनों केडी बाबू के चेले। फ़र्क़ सिर्फ़ इतना था कि दिगंत स्वरूप से आप किसी भी विषय पर बात कर सकते हैं।

पिकासो और हेनरी मूर से लेकर रजा-सुजा-हुसैन तक। सार्त्र से लेकर देरिदा तक। राजनीति से लेकर कूटनीति तक। बजट से लेकर वर्ल्ड कप तक, कुछ भी—उतने हुनरमंद लोग टीवी में कम ही हैं...और हेमंत बाबू सावरकर, हेडगेवार और गोलवलकर से आगे बढ़ ही नहीं पाए। हेडगेवार जी डॉक्टर थे। गोलवलकर साहब जुलोजी पढ़ाते थे। राजेंद्र सिंह जी ने फिज़िक्स में ग्रेजुएशन किया था तो शेषाद्रि जी ने कैमेस्ट्री में...और सुदर्शन जी इंजीनियरिंग बैकग्राउंड से आए... इन्हीं सब बातों में कुछ घटा-बढ़ा लेता है। गाहे-बगाहे सावरकर को मैजिनी और गोलवलकर को हिटलर से जोड़ने के कुछ तर्क गढ़-गढ़ा लेता है और यही माल-मसला जब अंग्रेज़ी में झाड़-फूंककर रख देता है तो आजकल की फांय-फूंय वाली कान्वेंट कन्याएं चारों खाने चित्त।

मिताली भारद्वाज के साथ ऐसा ही कुछ हुआ। टीवी पर दिखने के लिए कुछ तो वह खखुवाई (बेचैन) थी, कुछ हेमंत बाबू की क़िस्मत थी और रही-सही कसर दिगंत ने पूरी कर दी। कहीं जगह नहीं थी तो रिसर्च में बतौर ट्रेनी रख लिया। लेकिन देखिएगा बहुत जल्द ही ऊपर जाएगी—अभय त्रिपाठी की बातों में प्रसन्न हूं-हूं का टांका जोड़ते जा रहे थे। बारिश अब थमने लगी थी और दोनों सहज मिश्रा के घर रात लगभग 12 बजे पहुंचे थे। तीन बजे सुबह तक मुर्ग और मदिरा का दौर चलता रहा।

तीन साल पहले की उस बारिश वाली रात का फ्रेम-दर-फ्रेम प्रसन्न को याद है। इन तीन सालों में कितना कुछ बदल गया। दिगंत स्वरूप नेशनवाइड चैनल के मैनेजिंग एडिटर हो गए, विप्लव विशाल भी न्यूज़ डायरेक्टर होकर 'इंडिया न्यूज़' आ गए। सहज मिश्रा सीटी चैनल के मामूली रिपोर्टर से 'चैनल नाइन' के ब्यूरो चीफ़ हो गए और मिताली भारद्वाज रिसर्च डिपार्टमेंट की ट्रेनी से न्यूज़ इंडिया जैसे चैनल की प्रिंसिपल कॉरेस्पोंडेंट हो गई। बहुत जल्द ये काफ़ी ऊपर जाएगी—अभय मिश्रा की बात प्रसन्न के ज़ेहन में पता नहीं इन तीन सालों में कितनी बार आई होगी और हर बार उनके दिल ने तमाम गिले-शिक़वों के बावजूद यह माना कि त्रिपाठी जी ख़बरों की समझ ही नहीं रखते, उन्हें सूंघ भी लेते हैं।

पिछले 15 मिनट में कान्फ्रेंस रूम में एडिटोरियल मीटिंग एक इंच भी आगे नहीं बढ़ पाई थी। प्रशांत भूषण इस जुगत में लगे थे कि फ़ोन और चैट जितनी जल्दी हो मिल जाए। अभय त्रिपाठी नागार्जुन से लगातार पूछे जा रहे थे, "लश्क़र-ए-फ़तह वाले फ़ोनो का क्या हुआ?" न्यूज़ डायरेक्टर विप्लव विशाल मुंबई ब्यूरो चीफ़ को समझा रहे थे, "देखिए दिल्लीवाले इन्वेस्टीगेशन और एक्सक्लूसिव स्टोरीज पर काम कर रहे हैं। आप अपनी टीम से केस स्टडी करवाइए। दर्द पकड़िए। आंसू पकड़िए और सबको ब्रीफ़ कीजिए कि किस तरह के विजुअल और ट्रीटमेंट की ज़रूरत है..."

मीटिंग में बैठे हर शख़्स की नज़र बार-बार अलग-अलग मॉनिटर पर जा रही थी और पट्टियों के जरिए यह समझने की कोशिश की जा रही थी कि किस चैनल की ख़बर कहां पहुंची है। सिर्फ़ 'न्यूज़ इंडिया' की ख़बर सुनाई पड़ रही थी। वह भी इसलिए कि प्रसन्न ने हेमंत सहाय का चैट सुनने के लिए थोड़ी देर पहले ही वोल्यूम बढ़ाया था। तभी अभय त्रिपाठी तेजी से अपनी कुर्सी से उठे और टीवी सेट की आवाज़ तेज कर दी। लश्क़र-ए-क़हर के सरगना का फ़ोनो एयर पर था। त्रिपाठी जी ने जोश में अपने दाएं हाथ का मुक्का बाईं हथेली पर दे मारा, "हो गया गुरु, आज तो साले सबका बैंड बजा देंगे!" जब कभी दूसरे न्यूज़ चैनलों पर त्रिपाठी जी ख़बर लेकर चढ़ बैठते हैं तो विजयी भाव से वह ऐसा ही करते और कहते हैं। त्रिपाठी जी का मुक्का अपनी पुरानी जगह पर लौटा ही था कि टेबल पर रखा मोबाइल घनघना उठा, "हां...नहीं-नहीं...कोई बात नहीं...मैं करता हूं इंतज़ाम...परेशान मत हो।" लग रहा था उधर से कोई हैरान-परेशान इंसान सवाल पर सवाल किए जा रहा था और त्रिपाठी जी बार-बार उसे भरोसा दे रहे थे। फ़ोन जैसे ही कटा, त्रिपाठी जी ने नागार्जुन का नंबर घुमाया। आज रात आठ और नौ बजे की बुलेटिन की एंकरिंग मिताली करेगी, मुंबई से और विभांशु और हेमंत को ओवी पर चैट के लिए रख लेना है। सारी स्टोरी तैयार करवा लो और ध्यान रहे कि घंटा भर पहले मिताली

को सारे एंकर लिंक्स मिल जाएं।''

प्रसन्न की सुस्ती पलभर में ही काफूर हो गई। उनके मुंह से अचानक निकला, ''नौ और दस बजे की एंकरिंग तो मेरी है।''

''नहीं बॉस, कल सात घंटे तक तो आप एयर पर थे ही। तीन-तीन लोग यहां से मुंबई गए हैं, उन्हें एस्टेबलिश तो करना ही होगा ना। हेमंत ने आज सारा एक्सक्लूसिव पकड़ा है तो प्राइम टाइम में उसे एयर पर रखना ही होगा। विभांशु ने कोई तीर भले ही नहीं मारा लेकिन उसकी अपनी क्रेडिटिबिलिटी तो है ही। लश्क़र-ए-फ़तह और आईएसआई के बीच क्या लिंक है—ये वो आराम से समझा देगा और मिताली बेचारी दिनभर भाग रही है तो उसको भी डिस्करेज करना ठीक नहीं होगा। वो एंकरिंग कर देगी।'' त्रिपाठी जी एक ही सुर में तमाम तर्कों के साथ अपनी बात निपटा गए।

न्यूज़ डायरेक्टर विप्लव विशाल के चेहरे पर सहमति के भाव थे और प्रसन्न जोशी यानी अफ़लातून मार्क्स बदहवास थे।

स्याह-सफेद

शालिनी जोशी

“मैडम, टीवी पत्रकारिता लड़कियों के लिए कितनी सेफ़ है? मैं भी टीवी रिपोर्टर बनना चाहती हूं लेकिन मां-पापा मना करते हैं कि फ़िल्म इंडस्ट्री की तरह ही यहां भी लड़कियों का बहुत एक्सप्लॉयटेशन होता है।” ‘टीवी मीडिया का वर्तमान और भविष्य’ विषय पर आयोजित इस वर्कशॉप में आई एक लड़की ने जब यह सवाल पूछा तो नीलम अचकचा गई।

यह एक बेबाक सवाल था। बाक़ी कई संभावित सवालों के कुछ मोटे जवाब तो उसने सोच रखे थे : मसलन एक टीवी पत्रकार के लिए क्या ज़रूरी गुण हैं। रिपोर्टर बनने के लिए क्या मास कॉम की डिग्री ज़रूरी है, टीवी रिपोर्टर अख़बार के रिपोर्टर से कैसे अलग होता है? इस तरह की वर्कशॉप में कुछ ऐसे ही सवाल पूछे जाते रहे हैं। लेकिन बड़ी मासूमियत और साफ़गोई से पूछे गए इस सवाल का कोई फौरी जवाब देना शायद उतना आसान नहीं था, फिर भी उसने संतुलित-सा जवाब देने की कोशिश की—“नहीं-नहीं, ऐसा नहीं है, आप देखिए समाचार चैनलों में लड़कियां वही सब कितना बखूबी कर रही हैं जितना और जो सब लड़के करते हैं। रिपोर्टिंग हो, प्रोडक्शन हो, कैमरा हो या एडिटिंग...लड़कियां देखिए हर जगह कितनी शिद्दत से मौजूद हैं...” नीलम ने मिसाल के तौर पर कुछ नाम गिनाए। अपने साथ कैरियर शुरू कर बड़ा नाम कमाने वाली महिला पत्रकारों के नाम उसने लिए, कुछ उसकी सीनियर्स भी थीं। “वे लड़कों के साथ कंधे से कंधा मिलाकर काम कर रही हैं और कहीं-कहीं तो लड़कियों की संख्या लड़कों से ज़्यादा ही है। अगर एक्सप्लॉयटेशन होता तो क्या इतनी बड़ी तादाद में लड़कियां टीवी जगत में जमी रह पातीं। मैं इतना ज़रूर कहूंगी कि अपने काम से काम रखिए। हां, अगर कोई छोटे रास्ते से आगे बढ़ना चाहता है तो फिर उसे एक्सप्लॉयट होने से कोई रोक नहीं सकता।” अंतिम वाक्य कहते-कहते उसकी जबान थोड़ी लड़खड़ा-सी गई। यह सिर्फ़ उसी ने समझा बाकियों को यही लगा कि यह उसकी स्टाइल है। जैसे समाचार पढ़ते हुए किसी शब्द पर अटकना, उलझना और फिर बड़ी स्टाइल से उसे सुलझाते हुए आगे बढ़ जाना। खैर उसके जवाब से हॉल में मौजूद कुछ लोग आश्वस्त

हुए, कुछ संतुष्ट और सबसे ज़्यादा राहत की सांस ली मंच पर साथ बैठे सहयोगियों ने, जो इस सवाल से ही थोड़ी शर्म जैसी महसूस कर रहे थे और थोड़ा आशंकित भी थे कि नीलम पता नहीं क्या अप्रिय कह दे, क्योंकि वह अपनी बेबाक़ी के लिए भी जानी जाती थी।

नीलम ऋषि, टीवी जगत का एक जाना-पहचाना नाम था। वह ख़बरों की नब्ज़ समझती थी और भाषा पर उसकी ज़बरदस्त पकड़ थी। कोई ख़ास ख़बर होती तो ज़्यादातर उसे ही एंकरिंग के लिए कहा जाता। रिपोर्टिंग पर जाती तो लोग ऑटोग्राफ़ लेते, जिस दिन ख़बर पढ़ती तो चैनल की टीआरपी बढ़ जाती। 11 साल में उसने चार चैनल बदले थे और हर बार पहले से दोगुनी तनख़्वाह पर ज़्वाइन किया था। इन दिनों वह 'समय टीवी' में थी। सहयोगी उससे रश्क़ करते कि टीवी मीडिया के पोटेंशियल का लाभ उठाना कोई नीलम से सीखे। कैरियर में वह कभी रुकी नहीं थी और न कभी पीछे मुड़कर देखा था। लेकिन आज भविष्य की शंका से घिरे उस सवाल ने उसे अतीत में देखने के लिए विवश कर दिया था।

पहली बार...पहली बार वह आउटस्टेशन शूट पर जयपुर गई थी। शाम गहराने लगी थी, जब अपनी रिपोर्ट एडिट कराने के बाद वह न्यूज़ रूम लौटी तो एसाइनमेंट डेस्क के अनिल ने बताया, "कल सुबह तुम्हें जयपुर जाना है। टाडा के किसी केस की कवरेज के लिए। नलिन जा रहा है और बॉस का कहना है कि तुम भी चली जाओ, इससे एक्सपोज़र मिलेगा।" उसकी खुशी की कोई सीमा न थी। इतनी जल्दी आउटस्टेशन शूट पर जाने का मौक़ा किसे मिलता है? हालांकि उसने अपनी खुशी जाहिर नहीं होने दी।

"जाओ लड़की, ऐश करो," अनिल का यह वाक्य जैसे उसके ज़ेहन में धंस गया। "सुबह 5 बजे गाड़ी तुम्हें लेने पहुंच जाएगी और हां, शूट के अलावा जयपुर के काफ़ी सारे क़वरेज ले आना, हमारे पास वहां की फुटेज नहीं है।" अनिल ने टेप थमाते हुए कहा।

कमरे पर लौटते ही सबसे पहले उसने जमशेदपुर में अपने घर पर भैया से फ़ोन पर बात की—"पता है, कल शूट पर जयपुर जा रही हूं।"

"अच्छा, कितने दिन रहोगी?" जमशेदपुर में ही एक निजी कंपनी में नौकरी कर रहे भैया ने पूछा।

"अरे नहीं भैया, ठहरना नहीं, इस प्रोफ़ेशन में इतना टाइम कहां, रात ही वापस आ जाऊंगी।"

"अकेले जाओगी?"

"नहीं भैया, साथ में एक सीनियर रिपोर्टर भी जा रहा है।"

"ठीक है, ढंग से जाना, अपना ख़्याल रखना," भैया का स्वर आशंकित था।

भैया से ही पता चला, घर पर मामाजी आए हुए हैं। यह जबलपुरवाले वही मामाजी थे जिन्होंने उसके दिल्ली आने का कड़ा विरोध किया था कि लड़की हाथ से निकल जाएगी। अगर दिल्ली भेजते हैं तो यह भूल जाइए कि आपकी कोई लड़की भी है। आपको नहीं मालूम, मीडिया में लड़कियों से कैसा व्यवहार होता है। यह ऐसा प्रोफ़ेशन है कि अपनी बिरादरी का कोई आदमी तो नीलम को बहू बनाने से रहा...वग़ैरह वग़ैरह... मामाजी कहते रहे। लेकिन पापा ने उनकी बात हंसी में उड़ा दी थी। पापा ऐसे ही तो हैं...अपनी समझ के पक्के और सीधी राह चलनेवाले। यही गुण थोड़ा-थोड़ा उसमें भी है ऐसा वह समझती है। लेकिन रूमी, रूमी ऐसी नहीं। रूमी उसकी रूममेट है, दक्षिण दिल्ली के बेरसराय में दोनों किराए का कमरा लेकर रहते हैं। रूमी उसे समझाती रहती है। उस दिन भी उसने बहुत समझाया था–"नीलम, ध्यान रखना, सावधान और सजग रहना। तू दिल्ली के लड़कों को नहीं जानती है। मुझे तो लगता है कि वह जानबूझकर तुझे अपने साथ ले जा रहा है वरना ऐसा क्या सीख लेगी तू, और ज़रूरत भी क्या है? अभी यहां दिल्ली में ही सीखने के लिए कुछ कम है क्या?"

"अरे नहीं रूमी, वो मेरा सीनियर है। ऐंड ही इज अ मैरेड मैन। बाहर जाकर रिपोर्टिंग करने की अपनी अलग चुनौतियां हैं। तू ये समझ कि लकी हूं मैं कि इतनी जल्दी मुझे ये मौक़ा मिल रहा है। अभी कुल एक ही महीना तो हुआ है मुझे नौकरी पकड़े हुए...और..."

"और क्या...इसीलिए तो कह रही हूं," रूमी ने बात काटी।

"इसलिए क्या रूमी, तू ये कहना चाह रही है कि वो मुझे अपने साथ डेटिंग के लिए ले जा रहा है?"

"बात को खींच मत।"

"क्या करूं, फिर मना कर दूं कि मेरी दोस्त नहीं चाहती कि मैं एक लड़के के साथ अकेले शूट पर जाऊं?"

"मेरा काम था तुझे समझाना और आगे तेरी अपनी समझ है," बातचीत ख़त्म करने के अंदाज़ में रूमी करवट लेकर सो गई थी।

लेकिन जयपुर जाने के रोमांच में वह रात भर नहीं सो पाई थी। उन दिनों हर नया दिन उसे उपलब्धियों से भरा लगता था। कभी विज्ञान भवन, कभी इंडिया इंटरनेशनल सेंटर, साहित्य अकादमी, नेशनल स्टेडियम, तो कभी नामी दलों के राष्ट्रीय नेताओं से मुलाकात, आंदोलनकारियों के धरने-प्रदर्शन, सोशल एक्टिविस्टों, सामाजिक कार्यकर्ताओं, कलाकारों और नेता-मंत्रियों-अफसरों की प्रेस कान्फ्रेंसें...तो कभी पांचसितारा होटलों में सितारों से मुलाकात। कभी झोंपड़पट्टी तो कभी दिल्ली के आलीशान बंगलों के क़रीब से गुज़रने का अनुभव...देश और समाज के पटल

पर घट रही हर बड़ी घटना को वह देख और समझ पाने की कोशिश कर रही थी। कई चीज़ें उसे प्रभावित कर लेतीं और उसकी आंखें चुंधिया जातीं। वह अपने आप पर इतराने लगी थी, शायद घमंड की हल्की अनुभूति के साथ। हालांकि उसे नहीं मालूम था कि चंद साल बाद इन सबसे उसका मोहभंग होनेवाला है...वह इन सब आकर्षणों से कितनी दूर जानेवाली है।

वैसे तो नलिन सुबह पांच बजे आने के लिए कह गया था मगर अपनी हड़बड़ी, उत्सुकता और आतुरता में वह 4 बजे ही तैयार होकर बैठ गई थी। उसे ज़्यादा इंतज़ार नहीं करना पड़ा। नलिन कार लेकर थोड़ा पहले ही आ गया था। रात ग्यारह बजे ड्यूटी से लौटने के बाद मुंह अंधेरे इस तरह एक लड़के के साथ उसे जाते हुए मकान मालिक दयाराम ने देखा। गर्मियों के दिन थे। वह निचली मंज़िल पर अपने कमरे के बाहर खाट डालकर सोया था। नीलम को जाते देखकर उसने कुछ अजीब-सा मुंह बना लिया। उसकी नमस्ते का जवाब भी ठीक से नहीं दिया। लेकिन उसने इसका बुरा नहीं माना। ''इसका क्या, ये तो है ही मोटी बुद्धि का मालिक,'' नीलम ने खुद को तसल्ली दी। एंबेसडर, जयपुर हाइवे पर फिसलती जा रही थी। 'क्या कभी उसके अपने शहर में भी ऐसी सड़क बन पाएगी?' उसने एक उसांस भरी।

''तुम अकेली रहती हो?'' नलिन ने बातचीत शुरू की।

''नहीं, अपनी एक दोस्त के साथ।''

''वो भी जॉब करती है?''

''नहीं, जेएनयू में लैंग्वेज कोर्स कर रही है।''

''पैरेंट्स कहां रहते हैं?''

''जमशेदपुर में, पापा एक कॉलेज में पढ़ाते हैं।''

''यहां इतनी दूर कैसे आई?''

''पढ़ने के लिए, करियर बनाने के लिए।''

''खाना-वाना खुद बनाती हो?''

''नहीं, डिब्बा लगा रखा है।''

'उफ्...! यह बातचीत है या इंटरव्यू...और यह इंटरव्यू क्यों,' नीलम ने सोचा और इससे पहले कि नलिन कुछ और पूछता उसने सवाल पूछ लिया—''आपके घर में कौन है?''

''मैं तो ज्वाइंट फैमिली में रहता हूं, एक बेटा है।''

''आपकी पत्नी क्या करती है?''

''क्या करना, हाउसवाइफ़ है...''

ऐसी बातों के साथ सफर जारी था कि अचानक कार का स्टीरियो तेजी से बज उठा—'चोली के पीछे क्या है...चोली के पीछे'...वह शर्म से भर गई और जी

में आया कि ड्राइवर को फटकारे कि यह क्या बेहूदा गाना लगा दिया। लेकिन फिर यह सोचकर कि शायद इसका कुछ गलत असर पड़े, वह चुप ही रही। उसने अपने बैग से चार्ली चैप्लिन की आत्मकथा निकाल ली। और पढ़ने लगी...उसके कॉलेज के एक दोस्त ने उसे यह किताब भेंट की थी...संघर्ष की एक मार्मिक और साहसी दास्तान। किताब उसने पिछले दिनों ही पढ़नी शुरू की थी...वह स्लो रीडर थी...चैप्लिन अपनी मां के साथ संघर्ष के अंधेरे भरे रास्तों से गुज़र रहे थे...लेकिन किताब का एक शब्द भी उसे शायद ही समझ आ रहा हो...स्टीरियो पर गूंज रहे गाने की हर लाइन जैसे हथौड़ा मार रही थी—'नलिन भी तो दूसरी कैसेट लगाने के लिए कह सकता है, फिर क्यों नहीं कह रहा? क्या इतनी तमीज़ भी नहीं', नीलम को गहरी कोफ़्त हुई।

"कुछ खाओगी, मुझे तो भूख लग रही है, यू नो, इस रास्ते में बहुत अच्छे मोटल्स हैं। आओ, बैठते हैं।"

"ठीक है, ऐज़ यू विश। वैसे मैं तो अपना सैंडविच लेकर आई हूं।"

"चाय-कॉफी तो लोगी?"

वह एक सुंदर-सा मोर्टल था।

"हमें देर तो नहीं होगी," एक घंटे से ज़्यादा होते देख नीलम ने कहा।

"अरे नहीं, काम तो होता ही रहेगा।" वह कुछ नहीं बोल पाई। बस फीकी-सी हंसी हंस दी। यह क्या कह रहा है नलिन? इतना सीनियर रिपोर्टर!

"क्या वहां सबकुछ लाइनअप हो रखा होगा?" उसने काम की बात करने की कोशिश की।

"हां-हां, कोई टेंशन नहीं। कैमरा यूनिट भी वहीं आ जाएगी। तुम्हें मालूम है, मैं छठी बार जयपुर जा रहा हूं। और हर बार यहीं रुकता हूं। यहां की दाल-बाटी मुझे बहुत पसंद है।"

"वहां कितने लोगों के इंटरव्यू होंगे? अनिल शहर के कुछ शॉट्स लेने के लिए भी कह रहे थे।"

"मैं तो राजस्थानी खाने का फ़ैन हूं और कभी अहमदाबाद जाता हूं तो गुजराती थाली ज़रूर खाता हूं।"

"क्या तीन टेप काफी होंगे?"

"जयपुर में राजमंदिर हॉल है, पिछली बार जब यूनिट के साथ गया था तो हम सबने वहां 'हम आपके हैं कौन' देखी थी।"

"हां, मेरे भैया कॉलेज की ट्रिप पर वहां गए थे। उन्होंने बताया था कि बिल्कुल महल की तरह है वो हॉल।" इतने में बैरा बिल लेकर आ गया था। रास्ते में एकाध बार और रुकते हुए वे ग्यारह बजे के आसपास जयपुर पहुंचे। काम जल्द ही ख़त्म हो गया। जिस शख़्स पर टाडा था उसकी केस स्टडी बनाई, घर के लोगों से मुलाकात

की, मकान-दुकान की कुछ तस्वीरें लीं। जैसा सोचा था जयपुर उसे वैसा नहीं लगा। एक उदासी और फ़ीकापन पूरे शहर पर छाया हुआ था। उसने विधानसभा और हवामहल के कुछ शॉट्स लिए।

''बस इतना ही काम था, लो हो गया न, तुम तो इतना टेंशन ले रही थी,'' नलिन ने चुटकी ली।

''पहली बार है न। मुझे अंदाज़ा नहीं था।''

''मैं तो बहुत थक गया हूं। अभी रुककर चलेंगे। चलो, पहले तुम्हें बढ़िया-सा खाना खिलाता हूं।''

''रास्ते में ही कहीं खा लेंगे।''

''ऐसी भी क्या हड़बड़ी है, वहां कौन तुम्हारा इंतज़ार कर रहा है?'' इस बार नीलम के कान खड़े हो गए। क्या मतलब है इसका? 'सावधान रहना', रूमी की चेतावनी याद आई

''मैं अभी वॉशरूम से आया। मेरे वॉलेट का ध्यान रखना।''

'इसने समझ क्या रखा है?'—नीलम खीज उठी।

रूमी उससे अक्सर बहस करती, ''मीडिया में लड़कियों का सिर्फ़ इस्तेमाल होता है। बता, है कोई साधारण शक्ल-सूरत वाली लड़की जिसे अच्छा एक्सपोजर मिलता हो? प्रतिभा नहीं, सूरत देखी जाती है तेरे इस प्रोफ़ेशन में।''

''ऐसा नहीं है, लड़कियां जो इतना अच्छा कर रही हैं, सभी हूर की परी हैं क्या?''

''अरे, इससे भली तो टीचरी है, बता सीनियर लेवल पर कितनी लड़कियां हैं मीडिया में? नाम भी नहीं गिना पाएगी तू।''

''तुम चाइनीज़ तो खा लोगी न, मैंने बिना पूछे ही आर्डर कर दिया। अगर कोई और च्वाइस है तो बताओ।'' नलिन उसके नजदीक आकर पूछ रहा था।

''नहीं-नहीं, इट्स फाइन।'' रूमी और मामाजी की बातें, मकान मालिक का चेहरा और अनिल का यह कहना कि 'जाओ लड़की ऐश करो' उसके दिमाग में घूम रहे थे। उसके कान की किनारियां गर्म होने लगी थीं। जी में आ रहा था कि मेज़ उलट दे। लेकिन उसने अपने-आपको संभाला। नलिन एक स्टार रिपोर्टर था और वह ऐसा कुछ नहीं कर सकती थी कि आगे के लिए उसका रास्ता बंद हो जाए। शाम चार बजे के आसपास उन्होंने वापस दिल्ली का रुख किया। रास्ते में नलिन ने एक बार फिर कार रोकी और कहा, ''अरे, मैं तो क़िला देखने जाना चाहता था, यहीं कहीं आसपास है, हम कितना आगे आ गए ड्राइवर?''

''यही कोई पंद्रह किलोमीटर सर।''

‘कोई बात नहीं, कार मोड़ लो। चलो नीलम, तुम्हें दिखाता हूं।”

अरे हमें देर तो नहीं होगी न।”

“दिक़्क़त क्या है, वापस घर ही तो जाना है। वैसे आठ बजे पहुंचते लेकिन अब ज़्यादा-से-ज़्यादा दस बजे पहुंचेंगे...और क्या।”

आख़िर ये आदमी चाहता क्या है। नीलम के दिमाग में कई सवाल रेंगने लगे। पहाड़ी पर बना क़िला कोई अठारहवीं सदी का था। नलिन चहक-चहककर उसकी ख़ासियत बता रहा था। लेकिन नीलम का सिर भारी हो रहा था। जगह निर्जन-सी थी और अज्ञात की आशंका से अब वह डरने लगी थी। तीन महीने पहले गाजियाबाद में एक महिला रिपोर्टर के साथ घटी वह घटना उसे याद आई जब प्रेस कान्फ्रेंस का निमंत्रण देकर उसे बुलाया गया था और जब वह वहां पहुंची तो चार लोगों ने उससे बदसलूकी करने की कोशिश की। किसी तरह से उसने अपने-आपको बचा लिया था। नीलम ने सरसरी निगाह डाली, अगर नलिन ऐसा कुछ करता है तो वह कैसे भाग सकती है? जानबूझकर वह रुककर किले के केयरटेकरों और चौकीदारों से ऊंची-ऊंची आवाज़ में बात करने लगी। नलिन आगे बढ़कर टपाटप सीढ़ियां उतरने लगा। उसे लगा नलिन के पैरों की धपधप उसके मन को रौंद रही है।

“मैडमजी, चलो देर हो रही है, सर बुला रहे हैं”—ड्राइवर ने आवाज़ लगाई। ‘अब तक तो नहीं हो रही थी, अब देर होने लगी’— बड़बड़ाती हुई वह सीढ़ियों से उतरी। उसने देखा, नलिन ड्राइवर के साथ खूब घुट-घुटकर बातें कर रहा था। गहराती शाम में क़िला बेहद खूबसूरत नज़र आ रहा था। ‘शायद कुल की मर्यादा और शील-सम्मान के बंधन में बंधी रानियों ने भी किले की इन दीवारों को पार करना चाहा होगा, पता नहीं कितनी रानियों की कुंठाएं इस किले में कैद होंगी।’ भीतर उदासी की एक सनसनाहट घुस गई। ड्राइवर कह रहा था, शाम से पहले बॉर्डर क्रॉस कर लें तो अच्छा रहेगा वरना बाद में ट्रकों का रेला शुरू हो जाएगा। एक बार फिर वह चार्ली चैप्लिन की आत्मकथा पढ़ने लगी। पढ़ते-पढ़ते कब उसे झपकी आ गई पता ही नहीं चला। “हलो, उठिए मैडम, गाड़ी पंक्चर हो गई है।”

“क्या!” वह बौखला उठी।

“इतना क्यों चीख़ रही हो, ड्राइवर अभी स्टेपनी लगा देगा।” नलिन ने कहा।

“स्टेपनी लगाने में पंद्रह मिनट लगेंगे मैडम जी, बेफिक्र रहो। लेकिन पंक्चर हुआ टायर रास्ते में ही ठीक कराते हुए जाना होगा। रातों-रात फिर कहीं निकलना पड़े क्या पता। हम ड्राइवरों की ज़िंदगी...” ड्राइवर बड़बड़ाता हुआ कार से उतरा, डिक्की खोली और औजार निकालने लगा। अब तक उसे नलिन की नीयत पर सिर्फ़ शक़ हो रहा था लेकिन अब इस शंका को यक़ीन में बदलते देर न लगी। शायद यह सब प्लान के तहत ही हो रहा है। किले के पास उसने नलिन को ड्राइवर से

बातें करते देखा था। रात का पर्दा तेज़ी से गिर रहा था और सड़क पर आते-जाते वाहनों की लाइटें ऑन हो चुकी थीं। उसने खुद को कार की ओट में कर लिया। गाड़ियों की हेडलाइट सीधे आंखों पर गिरती थी। एक के बाद एक बसें, कारें धूल उड़ाती हुई भागी जा रही थीं। उसकी इच्छा हुई वह दौड़कर किसी एक को रोक ले। 'भगवान के लिए मुझे बचा लो!' काश कि कोई ठहर जाता। वह बेचैन हो रही थी। ठुक-ठुक करता हुआ ड्राइवर टायर लगा रहा था और वे दोनों सड़क के किनारे खड़े थे।

"डर तो नहीं रही हो न?"

"क्या?" वह चौंक पड़ी—"डर...डर किस बात का?" उसे लगा नलिन अभी उसे दबोच लेगा...और वह चीख़ भी नहीं पाएगी। उसके चेहरे पर हवाइयां उड़ रही थीं लेकिन अंधेरे की वजह से वह दिख नहीं रही थीं। मां-पिताजी, भैया, मामाजी, रूमी...सबके चेहरे उसकी आंखों के सामने तैरने लगे। आज कोई अनहोनी होकर रहेगी। दो हफ़्ते पहले ही उससे एक साल सीनियर विनीता आंखों में आंसू लिये हुए न्यूज़ रूम में आई थी। लोगों ने पूछा, 'क्या हुआ' तो फूट पड़ी—"अब मैं यहां नौकरी नहीं करूंगी।" सुबकते हुए उसने बताया कि इनपुट इंचार्ज शलभ ने कैसे उसे अपने केबिन में बुलाकर पूछा था कि तुम्हें कमीज़ के बटन टांकना तो ज़रूर आता होगा, मेरी कमीज़ का बटन टूट गया है। सबने उसे समझाने की कोशिश की, लेकिन उसके बाद वह ऑफ़िस में नज़र नहीं आई थी।

अब वह अपने बचाव के उपाय सोचने लगी। नलिन कोई गलत हरकत करने की जुर्रत करता है तो वह क्या कर सकती है। उसे अपना और उसके परिवार का वास्ता देगी। डरा-धमका भी सकती है। उससे मुक़ाबला भी कर सकती है या दौड़ पड़ेगी। लेकिन इस सबसे क्या, अगर नलिन ने ठान ही ली होगी तो? तेज़ी से उसके दिमाग में कई तरह के विचार, कई तरह के डर घुमड़ रहे थे और उसका शरीर सिकुड़ कर मानो दिमाग के आसपास लिपट गया था...तभी एक तेज़ रोशनी की लपट उनकी कार पर पड़ी। वह एक टाटा-सूमो थी। ब्रेक की आवाज़ आई और फिर एक गूंज भरी आवाज़—"की होया जी...?" उसका ध्यान टूटा...उसने चौंककर देखा...अरे यह तो वही सरदारजी हैं जिनके साथ वह दिल्ली में कई जगह शूट पर गई है। असल में दोनों वाहन एक ही ट्रेवल एजेंसी के थे...और अपनी एजेंसी की कार पहचानकर सरदार जी ने गाड़ी रोक दी थी। वह गाड़ी भी जयपुर से आ रही थी। 'कितना अच्छा होता उसके साथ चली जाती।' नीलम ने सोचा। इस बारे में वह कुछ कहती इसके पहले ही नलिन ने आकर कहा, "ऐसा करो नीलम, तुम इनकी गाड़ी से निकल जाओ। मैं इन्हें बता देता हूं...ये तुम्हें ड्रॉप कर देंगे। हमारी गाड़ी बनने में तो देर है। मैं इसे बनवाता हुआ बाइपास से निकल जाऊंगा।" नीलम की जान-में-जान आई। वह खुश भी थी और इतनी देर से मन में मची घुमड़न और उथल-पुथल से उसका

गला रुंध गया था...आंसुओं से आंखों की किनारियां भीग गईं...किसी ने गौर नहीं किया...उसके मुंह से सिर्फ़ इतना ही निकला—'ओके थैंक्स' और वह दूसरी गाड़ी में बैठ गई...

इतने साल बाद आज वह वर्कशॉप में आई लड़की को यही बताना चाहती थी कि हर सवाल का कोई एक सीधा जवाब नहीं दिया जा सकता। पता नहीं उसने ठीक से समझा था कि नहीं।

काटो...काटो...काटो

दीपक चौबे

"अरे काटो...काटो...काटो...जल्दी काटो...!"

मछली बाज़ार वाले माहौल के किसी एक कोने से कोलाहल का गुबार-सा उठा, जो कुछ पलों में न्यूज़ रूम की सिलिंग से काला बादल बनकर जा चिपका। जो जहां था वहीं से चिल्ला रहा था—"काटो, काटो, काटो!" कुछ हांक लगा रहे थे तो कुछ कुलांचें भर रहे थे। फिर एक झोंका बीच न्यूज़ रूम से पीसीआर की ओर लपका, जिसकी अगुवाई त्यागी जी कर रहे थे।

ऐसे मौके पर त्यागी जी बोलते थे, दुनिया सुनती थी। वजह उनकी समझ की बजाय पिच हुआ करती। तब वह गरजते, चिल्लाते थे, रिरियाते थे, हांफते भी थे। इस हंगामे से पहले उनका मूड बड़ा अच्छा था, एक प्यारी-सी इंटर्न ने उन्हें 'क्यूट' कहा था, त्यागी जी उसे 'थैंक यू' कह पाते इससे पहले ही असाइनमेंट के हरकारे नागर ने कोहराम मचा दिया। उसने हांक लगाई—"राखी सावंत, लाइव मिल रही है।" त्यागी जी को चार सौ चालीस वोल्ट का झटका लगा, लट्टू की तरह एड़ियों पर घूम गए। चारों तरफ़ लगे टीवी सेट्स पर अल्फा, बीटा, गामा सारे चैनलों पर नज़र फिरा ली, राखी के दीदार नहीं हुए। त्यागी जी को जैकपॉट हाथ लग गया, आंखों से खुशी के आंसू बह निकले, भावातिरेक में चिल्ला उठे, "काटो काटो काटो!" कैप्टन के होंठों से निकला कमांड, भीड़ के लिए नारा बन गया, वानरी सेना को एक दिशा मिल गई। इसके साथ ही न्यूज़ रूम का हर शख़्स एक-दूसरे को काटने में लग गया। काटना, न्यूज़ रूम के कामकाज का एक अहम हिस्सा है, जिसमें बात काटने से लेकर एक-दूसरे की जड़ काटने तक की क़वायद शामिल होती है। अब इतने लोग चिल्ला रहे थे तो कैसे नहीं कटता। राखी सावंत लाइव कट गई। त्यागी जी पीसीआर के द्वारपाल बने टकटकी लगाए राखी में खो गए। बीच-बीच में पीछे मुड़कर दूसरे चैनलों पर नज़र भी मार लेते, कहीं और तो नहीं दिखी? घड़ी की सरकती सुई मानो उनके तन-बदन पर रेंग रही थी, गुदगुदी-सी होने लगी। पीसीआर खाली थिएटर बन गया, और वे खुद राखी की अदाओं में कहीं खो गए। बड़े दिनों बाद दुश्मनों को पटखनी देने का मौका हाथ लगा था। एंकर

को यह ताक़ीद कर दी कि जो देख रहे हो बोलते रहो, मेटाडोर वाले अंदाज़ में रनडाउन प्रोड्यूसर के पास पहुंचे—"यार, बीच-बीच में एक-दो स्लग वग़ैरह डालते रहो।" तभी, मुआ पीसीआर वालों ने टॉकबैक पर पूछा, "ये अभी कितनी देर चलेगा?" त्यागी जी कुछ बोलते उससे पहले ही मनमोहन फट पड़े, "अबे! काटे रहो...काटे रहो, राखी पसंद नहीं आ रही क्या?"

त्यागी जी मुस्कुरा उठे, फिर बढ़ चले जीत का परचम लहराते बॉस की केबिन की ओर। दपदपाता चेहरा, आंखों में चमक, मानो कह रहे हों, स्वामी! घटोत्कच के रहते आपको किसी गदाधारी भीम की ज़रूरत नहीं है। उनके पीछे अट्टहास करती, थोड़ी-बहुत किलकारी मारती पूरी टीम चली, आख़िर सबने मिल-जुलकर काटी थी। त्यागी जी बॉस की इंद्रसभा में गुरु बृहस्पति पद के प्रबल दावेदार थे, यही वजह थी कि विरोधी खेमा उन्हें प्यार से शुक्राचार्य पुकारता था। खैर कांच की दीवारों के बीच पूरा कुनबा सिमट गया, जिन्हें कुर्सी मिली खुशनसीब रहे, नहीं तो खुद को कहीं एडजस्ट कर लिया। कॉफी का ऑर्डर दे दिया गया। हर कोई महाभारत का संजय बना था, पूरी घटना का फ्रेम बाई फ्रेम बखान होने लगा। इस बीच कई और लोग भी केबिन में आए, सभी के होंठों पर मुस्कान होती, एक ही संवाद होता, "अभी तक किसी ने नहीं काटा है!" पांच-सात मिनट से ज़्यादा बीत चले, कॉफी नहीं आई थी।

अविनाश जी बाहर से सिगरेट फूंककर चले आ रहे थे। अचानक राखी पर नज़र पड़ी तो चौंक गए! उनकी नज़र राखी के कपड़ों से पहले कोने में नाच रहे लाइव के बग पर पड़ी। पीछे से एंकर की रनिंग कमेंट्री रुक-रुककर चल रही थी। "अरे ये क्या...राखी की फीड तो नागपुर से कल रात ही आनेवाली थी, अभी कैसे लाइव मिल गई?" इंजेस्ट में किसी तीर की तरह धंसे, लेकिन अपना ही सीना छलनी हो गया। फीड नागपुर से ही आ रही थी। अविनाश चीख़े, "ये लाइव क्यों जा रहा है?" इंजेस्ट भी चीख़ा, "मैंने कब कहा काटो...अब कोई खुद ही काट ले तो मैं क्या करूं?" यह बहस का वक़्त नहीं था, अविनाश हवा हो लिए। हाथी का बदन, चीते की फुर्ती से दौड़ा, और चूहे-सा बॉस की केबिन में समा गया। और इससे पहले कि कोई उनसे तमीज़ की बाबत कोई सवाल पूछे, मच्छर की तरह त्यागी जी के कान में भुनभुनाने लगे। त्यागी जी का कलेजा मुंह को आ गया..."क्या?"

त्यागी जी रॉकेट हो गए, लोगों ने जिस्म से निकलती लपटों को देखा। टॉकबैक पर तरबतर चेहरे और मिमियाती आवाज़ में पीसीआर को संदेश दिया—"काटो...काटो...काटो!" और ढेर हो गए, आंखें खुली रहीं, शरीर पथरा गया। सारा वाक़या जानकर देवता बॉस तो जैसे पत्थर हो गए, "त्यागी ने ये क्या कर दिया। कुछ करने से पहले पूछ क्यों नहीं लेता?" खैर रात भर के लिए त्यागी जी मीडिया से बाहर हो गए, बारह घंटे में उतनी मेहनत कर ली जितने में क्राइसिस मैनेजमेंट का डिप्लोमा आ

जाता है। फिर भी एक अख़बार के पेज थ्री पर छपा एक छोटा-सा बॉक्स, ''चैनल सूचना तंत्र पर बड़ा-सा निशान लगा गया।''

त्यागी जी कुछ दिनों तक बकरी बने रहे। बने ही रहते अगर परवेज मुशर्रफ पर जानलेवा हमला नहीं हुआ होता। उस हमले ने त्यागी जी को फिर से शेर बना दिया। रावलपिंडी में किसी पुल के पास आतंकियों ने घात लगाकर मुशर्रफ पर हमला किया। न्यूज़ रूम में गहमागहमी थी, प्राइम टाइम बुलेटिन की तैयारी होने लगी। तभी डेस्क पर किसी ने आइडिया फ्लोट किया, ''अरे जब तक पैकेज नहीं आता एक एंकर ग्रैफिक्स ही चला दो कि पाकिस्तान में राष्ट्राध्यक्षों पर कब-कब आतंकवादी हमले हुए हैं।'' बात पते की थी, चलने लगा। लेकिन पूरा नहीं चल पाया। पहले ही प्लेट पर जुल्फ़िकार अली भुट्टो का नाम देखकर त्यागी जी फनधर की तरह फुंफकार उठे। चैनल को बेआबरू होते कैसे देखते? रहा न गया, चिल्ला उठे—''काटो, काटो, काटो!'' कंपन से स्विच दबा, फौरन कट गया...कुछ ही पलों में बॉसविहीन वह केबिन भर गया, ऐसे मौकों के लिए वह रीयल बॉस थे, फिर भी बीच-बीच में खाली कुर्सी की तरफ़ चोर-निगाहों से देख लेते।

आपादमस्तक डेस्क, नतमस्तक खड़ा था, और सामने खड़ा था त्यागी जी का यक्ष प्रश्न...शिव का धनुष किसने तोड़ा? जवाब कौन देगा...सबकी आंखें लखनवी अंदाज़ में एक-दूसरे से 'पहले आप' का एसएमएस करने में लगी थीं। त्यागी जी खुद बहक जाएं और बात है, लेकिन किसी के बहकावे में नहीं आते। जैसे डब्ल्यूटीसी कांड के बाद बुश ने अमेरिकन आर्मी से ओसामा मांगा था, वह जवाब मांग रहे थे। दो-एक लक्ष्मण उस काले हिरण की तलाश में केबिन से बाहर निकल पड़े। एक सार्वजनिक धिक्कार के बाद सभा भंग कर दी गई। थोड़ी देर बाद एक सीनियर प्रोड्यूसर त्यागी जी की ओर लपके, हैरी पॉर्टर ने गोल्डन स्विच लपक लिया था। फुसफुसाकर पासवर्ड और कोड की भाषा इस्तेमाल करते हुए, उधर इशारा किया जहां चंदा पूरी तन्मयता से बैठी 'दा विंची कोड' पढ़ने में मगन थीं।

त्यागी जी किसी सेटेलाइट की तरह छूटे, फिर कुछ सोचते हुए दिशाहीन होकर ऑर्बिट से भटक गए। न्यूज़ रूम में त्यागी जी की ज्वाय राइड के दौरान दो ही पॉट होल्स आते। मरम्मत की तमाम कोशिशों के बावजूद, पता नहीं कैसे वह दोनों ही अपना अस्तित्व बचाए रखने में सक्षम थे। पहले को तो खैर, रोग नेशन्स या दुष्ट राष्ट्रों वाला दर्ज़ा मिल चुका था। त्यागी जी के मुताबिक़ वह चैनल के चांडालों का अड्डा था, जहां से निकलकर कोई भी लव-कुश अश्वमेध का चक्का जाम कर दें। त्यागी जी को उनके मुंह लगना-लगाना ठीक नहीं लगता। क्या पता किसी के मुंह से कुछ उल्टी-सीधी बात ही निकल जाए। कोई हैबियस कर्पस या रेपो रेट का कांटा चुभा दे, तो क्या जवाब देंगे?

पता नहीं खुद को क्या समझते थे, कानून के नाम पर दो-चार वकीलों के नंबर

लिए, शेयर मार्केट के कुछ बीयर-पुल पहचान गए तो खुद को फन्ने खां समझने लगे। टेलीविज़न की बेसिक समझ नहीं है उन्हें? जरा बता दें भारती यादव कब इंडिया आएगी, डेंगू कब थमेगा, बराक में जॉर्ज ने दलाली खाई या नहीं। नहीं तो फिर अमर सिंह की सीडी ला देते, या दाऊद की पार्टी का एकाध फ्रेम जुगाड़ लेते जो बारह-पंद्रह साल पहले हुई थी, कुमार शानू कितना हैंडसम दिख रहा है उसमें! अरे ये तो वक़्त पर करीना का एमएमएस तक नहीं जुगाड़ पाए जो हर टीनएजर की सेल में पड़ी है, तो किस लायक हैं...और जो किसी काम के नहीं, उनसे बात करना टाइम की बर्बादी है। उनके बारे में बात करनी होती तो सिर्फ़ बॉस से करते। बात क्या करते, गीले पटाखे जलाते, कभी बुम्म तो कभी फुस्स। कामचोर हैं, न्यूज़सेंस कम, न्यूसेंस ज़्यादा। वैसे उन्हें पता था कि वे उनमें से किसी का कुछ नहीं बिगाड़ पाएंगे। कुछ की शक्ल तो कुछ की अक्ल, कई बार उनकी रातों की नींद उड़ा देती।

दूसरी जगह वह, जहां चंदा बैठी थी। वह जगह चंदा ही नहीं, कइयों की पसंदीदा थी। न्यूज़ रूम का सबसे खूबसूरत कोना, हमेशा महकता रहता। लेकिन चंदा, चंदा थी। कोई दाग नहीं, अगर था भी, तो दिखता न था। उस कोने की हर चीज़ बेदाग थी, चेहरे, कपड़े, कामकाज और बात-विचार। जैसे एक बार चंदा ने कॉपी लिखकर लट झटकाते हुए साफ़ कह दिया था, "यू नो सर, माई हिंदी इज प्रेटी बैड।" वह यहां इंटर्नशिप कर रही है, लेकिन ब्यूरो चीफ़-सा कॉन्फिडेंस झलकता है। चेहरे पर हमेशा एयर होस्टेस वाली मुस्कान, एकदम ताज़गी से लबरेज़। किसी विंटेज कार की तरह उसका झटके लेकर चलना भी अच्छा लगता। पहले दिन जब न्यूज़ रूम में एंट्री मारी तो सभी को हलो किया, फिर एक-एक कर बताया कि वह एंकर बनना चाहती है। वैसे यहां सिर्फ़ एंकर्स ही नहीं बैठते, लेकिन उनकी फ्रेंडशिप फिलॉसफी बेस्ड थी। वे सब मस्ती और ड्यूटी को लेकर अद्वैतवादी थे। इन दोनों चीज़ों को एक कहते नहीं, पर दो मानते भी नहीं। न्यूज़ रूम चेचेन्या बना रहे, यहां नीरो की व्हिस्लिंग गूंजती रहती। बातचीत का मुद्दा एक होता, कोई भी अपमार्केट डिस्क़शन। ये अपने हिस्से का काम कर ज़िंदगी जीने में लग जाते। ज़िंदगी इनके लिए मायने रखती है, ये ज़िंदगी जीते हैं, ढोते नहीं। न तो किसी को सिंकारा की ज़रूरत थी और न ही एनर्जिक 31 की। त्यागी जी कभी-कभार इधर से गुज़रते तो पोर्ट ऑफ कॉल समझ दम लेने रुक जाते। मुस्कुराकर बातें करते, मोरल बुस्टअप करते, आइडिया शेयर करते। बदले में मिलता 'थैंक यू सर', जो कान में पिघले सीसे-सा उतरता। 'इतने के बाद भी बस ये तीन शब्द। ये लड़कियां होती ही ऐसी हैं।' वे 'अच्छा सिला दिया तूने मेरे प्यार का' गाते हुए न्यूज़ रूम की भीड़ में गुम हो जाते।

उनके लिए एक और खतरा था, विक्टर जी। विक्टर जी और त्यागी जी में बड़ा

अजीब-सा रिश्ता था, दोस्त कह नहीं सकते, दुश्मनी थी नहीं। एक तरह से लिव इन रिलेशनशिप थी, लेकिन दोनों एक-दूसरे को पहले से जानते थे। सात साल पहले दोनों ने एक ही बॉस की नाक के नीचे अपना कैरिअर शुरू किया था। तब त्यागी जी, त्यागी हुआ करते, और गेस्ट कोआर्डिनेशन में उनका कोई जवाब नहीं था। बॉसेज़ के एक इशारे पर शाम के शो में मनचाहा गेस्ट एपियर करा देते। उनके पास विकल्प भी होते थे, तू नहीं, कोई और सही। एक बार तो सुनामी के मौके पर जब कोई नहीं मिला तो एक ऑर्किटेक्ट ढूंढ़ लाए, जो बड़े तफ़सील से यह बताता रहा कि, खैर इस बार जो हुआ, सो हुआ, आगे से मकान कैसे बनाएं कि सुनामी उसका बाल भी बांका न कर सके। कमबख़्त सुनामी आई भी तो बड़े बेमौक़े। किसी को अपने बारे में जानने, सुनने, पढ़ने का मौक़ा ही कहां दिया। लोगों ने तो यही समझा कि सागर से उमड़ा पानी सब कुछ निगल गया, हुआ भी कुछ ऐसा ही था। लेकिन पानी कैसे उठा, क्यों उठा यह बात तो न लोगों को पता थी न चैनल वालों को। अब त्यागी जी साक्षात वरुणदेव को तो स्टूडियो लाने से रहे। वैसे भी उस वक़्त इतना सोचने की फुर्सत ही कहां थी। जो मिला जैसे मिला, चले जा रहा था। ग्राफ़िक्स वालों से कुछ आड़ी-तिरछी लकीरें खिंचवा लीं, उसी पर तीतर लड़ाते हुए सूर्य सिद्धांत समझाना था। त्यागी जी को भी चैनल चलाना था, अपना पेट चलाना था। जितना हो सका अपनी ओर से कर दिए, शो निकल गया। गेस्ट तो अभी कुछ देर और रुकने के मूड में था, लेकिन प्रोड्यूसर ही शोर मचाने लगा—''काटो, काटो... काटो!''

...और विक्टर जी, उन्हें तो शुरू से ही कागज काला करने का शौक़ रहा। तब भी कॉपी लिखते थे, आज भी लिखते हैं, लेकिन हालात बदल गए हैं। पहले वह न्यूज़ रूम के खंभे की ईंट थे और त्यागी जी पोर्टिको के पिलर। कैंटीन या दूसरी जगहों पर गाहे-बगाहे मुलाकात हो जाती तो एक-दूसरे का हाल पूछ लेते। अब एंकर और हेडलाइन के टेक्स्ट त्यागी जी के मनमुताबिक़ बनाने-बिगाड़ने पड़ते हैं। कभी-कभी जब त्यागी जी किसी ख़बर पर जोश से भरकर कहते—'खेल जाओ', तो विक्टर जी सिर धुनते हुए खुद से पूछते, ''कौन-सा खेल?'' जो किस्मत उनसे खेल रही है? एक और राज़ की बात जो विक्टर जी की समझ से परे था कि त्यागी जी ने लिखना कब, कहां और कैसे सीखा। त्यागी जी ने कभी कॉपी भले न लिखी हो, मगर अब किताब लिखते हैं, उसकी समीक्षा छपती है। आए दिन त्यागी जी अपना हिमालय-सा सीना ताने, छपे कॉलम की फोटो कॉपी न्यूज़ रूम में बंटवाते। लोग बधाई देते तो ऐसे मुस्कुराते कि दोनों में बॉर्डर डिस्प्यूट हो जाता। कभी विक्टर जी ने त्यागी को यहां लाने में मदद की थी। अब पछतावे के लिए इंटरनेट पर गो-हत्या से मुक्ति का रास्ता तलाशते रहते हैं। उनकी नज़र में त्यागी जी एक ऐसे ग्वाले की प्रतिमूर्ति थे जो गाय का दूध पीकर, उसके ही बछड़े को कंधे पर उठाए

बाइसेप्स दिखा रहा हो। वैसे थे तो करिश्माई व्यक्तित्व के स्वामी, कभी कछुआ तो कभी खरगोश। जब पिछली दफ़ा बॉस बदले थे तो लोगों को लगा हाइबरनेशन पर बैठेंगे। लेकिन वे प्रोएक्टिव निकले। अश्रुपूरित विदाई से गर्मजोशी भरे स्वागत के बीच की सारी जिम्मेदारी उन्होंने सहजता से निभाई। पावर ट्रांसफर का ट्रांज़िशन किसी को पता ही नहीं चला। चैनल की ट्रेन बग़ैर डगमगाए ट्रैक चेंज कर गई तो त्यागी जी की बदौलत। खाली सिंहासन पर पता नहीं किस नंबर की खड़ाऊ रखी, जो नए-पुराने दोनों बॉस के पांव में फिट आती थी। 9 और 6 के बीच का लॉज़िकल फ़र्क़ उन्हें पता था। थ्योरी ऑफ रिलेटिविटी की व्यावहारिक समझ जो यह बताती है कि फ़र्क़ तथ्यों का नहीं, फ़र्क़ रेफ़रेंस फ्रेम और ऑब्ज़र्वेशन प्वाइंट का होता है।

त्यागी जी भले ही किसी का कुछ बना न सके, बिगाड़ जरूर सकते थे। उनके माथे पर लगा तिलक गाहे-बगाहे बग़ैर अल्टीमेटम के तीसरी आंख में तब्दील हो जाता। वे मायावी हैं, राई को पर्वत और पर्वत को राई कर सकते हैं। दिखते खाली हाथ, लेकिन दसों उंगलियां सुदर्शन से लैस थीं। कभी पावर से पज़ेशन लेते तो कभी कूटनीति से पोज़ीशन सुधारते। अक्सर जब वह अपने जूनियर्स से घिरे होते, तो रिपोर्टिंग का बीज मंत्र, धर्मचक्रप्रवर्तन के स्टाइल में समझाते थे। खुद को गणेश शंकर विद्यार्थी का चेला बताते हुए कहते...पत्रकार यानी दुधारी तलवार, चौतरफ़ा वार, एक तीर तेरह शिकार! अगर आम जनता रोस्टर की रॉड से त्रस्त थी, तो सीनियर्स टीआरपी क्विज़ से। टीआरपी को लेकर वे बेहद पर्टिकुलर रहते, अंकों से उनका नाता इतना ही तक था। एचडीआई हो या सेंसेक्स, टीआरपी को छोड़ उन्हें दुनिया के किसी भी दूसरे इंडेक्स में कोई दिलचस्पी नहीं थी। गुरिल्ला वार के रोमेल, तो प्रोपेगंडा वार के हिटलर। वे राजहंस थे, दूध पीकर पानी छोड़ देते। चाणक्य से भी सिर्फ़ एक बात सीखी, राजकाज में खुफ़िया तंत्र का महत्त्व। कब, कहां, किससे और क्या ग़लत हुआ उन्हें पता चल जाता। आख़िर वह चैनल चलाते थे, परचून की दुकान नहीं। इन सूचनाओं का इस्तेमाल वह अपनी सुविधा के मुताबिक़ करते। किस ख़बर की कितनी अहमियत है, एक पत्रकार से बेहतर और कौन समझ सकता है। उनकी तो सर्किल भी काफ़ी लंबी-चौड़ी थी। त्यागी जी के सभी से बड़े अच्छे रिश्ते थे। मैनेजमेंट हो या मार्केटिंग, एचआर हो या डिस्ट्रीब्यूशन, घुसपैठ हर जगह थी। दूसरे चैनलों में भी। वह चैनल के साथ-साथ अपनी भी टीआरपी बढ़ाने में लगे रहते। किसी टुच्ची-सी ख़बर की ब्रेकिंग चलाकर फ़ोन पर इकरार करवाते...पीट दिया न। रोज मची इस धक्कमपेल में त्यागी जी पिटते-पिटते रहे, लेकिन लगे रहे...

और एक सुहानी सुबह अंग्रेज़ कवि बायरन की तरह मशहूर हो गए। क़रीने से कायाकल्प कराने के बाद त्यागी जी बॉस की कुर्सी पर विराजमान हो गए। बतौर बॉस दफ़्तर का पहला दिन, वैसे इस मामले में वे पंडित नेहरू से भी ज़्यादा 'लकी' निकले। आधी रात से ही शुरू हुआ एसएमएस और फ़ोनकॉल्स का सिलसिला अभी

तक नहीं थमा था। न्यूज़ रूम में गजब की गहमागहमी थी। थोड़ी देर में ही सुबह की मीटिंग शुरू होने वाली थी। जब खुशी आती है तो बारात के फॉर्म में आती है। उसी दिन अख़बार में त्यागी जी की नई किताब की समीक्षा भी छपी। बधाइयों की एक लहर और उठी। केबिन में भीड़ बढ़ने लगी। तारीफ़ों के पुल बांधने के बाद किसी एकलव्य ने पूछा, "सर, आपको तो प्रिंट में होना चाहिए, ये इलेक्ट्रॉनिक में कैसे आ फंसे?" त्यागी जी की आंखें शून्य में स्थिर हो गईं, जो चोरी-छिपे यह देखने में लगी थीं कि दूसरे चैनलों पर चल क्या रहा है। बीती रात लगे रहो मुन्नाभाई देखी थी, पिछले तीस सालों से गांधीगिरी ढो रहे त्यागी जी पर मुन्ना हावी था। फिर क्या था, उन्होंने वाट लगा दी—"प्रिंट और इलेक्ट्रॉनिक मीडिया में चोली-दामन का रिश्ता है, फिर भी चोली, चोली है और दामन, दामन। चोली कसती है, तंग होती है, भीगती है, उतरती है। कुछ छुपाती है तो कुछ दिखाती है। दामन तो सिर्फ़ पकड़ा या छोड़ा जा सकता है। चोलियां मांगी जाती हैं, दी जाती हैं, डिजाइनर होती हैं, ये धरती की तरह रंगीन हैं। जबकि दामन में सिर्फ़ आसमान-सा नीलापन और सूनापन। दूसरा पहलू सिक्योरिटी के लिहाज़ से अहम है। फ़ैशन के तूफान में दामन-दुपट्टे उड़ते जा रहे हैं, पर चोली कम होगी तो टॉप बनेगी और क्या, यही न कि साइज़ की गारंटी नहीं है पर टॉपलेस होने तक तो फ्यूचर सेफ़ है। यही वजह है कि किसी भी कीमत पर मैं चोली ही बना रहना चाहता हूं, फटी ही सही, पर दामन बनना गंवारा नहीं।" मीडिया को लेकर उनकी इस स्पष्ट सोच और बेदाग दर्शन में सभी खो गए। दम लेने के लिए त्यागी जी का हाथ कॉफी के प्याले की ओर बढ़ा। सामने खड़े विक्टर जी की आंखों के सामने अंधेरा छाने लगा। नज़रों के सामने सुकरात को होंठों से जहर का प्याला कैसे लगाने देते, नीलकंठ बनने को झपटे, पर लड़खड़ा गए। बाक़ी लोगों की भी तंद्रा टूट गई। न्यूज़ रूम में मनमोहन हांक लगा रहे थे—"काटो, काटो काटो...!"

कुछ काटने दौड़े, कुछ पानी लाने। ठंडे पानी के छींटे ने असर दिखाया, विक्टर जी ने आंखें खोल दीं, वह कुछ कहना चाहते थे। त्यागी जी अपनेपन से झुके, प्यार से माथा सहलाया और पूछा—"तुम ठीक तो हो विक्टर?" विक्टर की आवाज़ क़ब्र से आती महसूस हुई। वे बड़बड़ा रहे थे—"काटो, काटो...काटो!"

त्यागी जी ने मुस्कुराते हुए तसल्ली दी, "रिलैक्स विक्टर, रिलैक्स!...काटना सबके बस की बात नहीं।"

होता है शबोरोज़ तमाशा मेरे आगे

अमिताभ

इतवार की सुबह-सुबह मोबाइल की घंटी नींद पर हथौड़े की तरह पड़ी। ऑफिस से शिफ्ट इंचार्ज का फोन था। एक लड़की मुंहअंधेरे शहर की सबसे ऊंची टंकी पर चढ़ गई थी। ब्वायफ्रेंड ने शायद उससे शादी करने से इंकार कर दिया था और उसको मनवाने और न मानने की सूरत में पुलिस से पकड़वाने की मांग करती हुई वह पानी की टंकी पर जा चढ़ी और वहां से कूदने की धमकी दे रही थी। उसकी यह हालत अनदेखी न रह जाए इसलिए उसने शहर के कुछ टीवी चैनलों को फोन भी कर दिया था। फोन हमारे दफ्तर भी आया था और उसी की कवरेज के लिए सुबह-सुबह रिपोर्टर ढूंढ़ा जा रहा था। बदकिस्मती से मेरी ड्यूटी ग्यारह बजे की थी तो मुझे जल्दी बुलाने का फैसला मेरी नींद के दौरान ही कर लिया गया था। बिस्तर छोड़ते-छोड़ते मोबाइल के मैसेज बॉक्स पर नज़र गई। पांच एसएमएस पड़े थे। पहला एसाइनमेंट का था, दो नौकरी मांगने वालों के, एक श्रद्धासुमन और एक फ्री का क्रेडिट कार्ड का आखिरी था, जिससे बचा-खुचा आराम भी हवा हो गया—'तुम अगर मुझको न चाहो तो कोई बात नहीं, किसी और को चाहोगे तो मुश्किल होगी'—'एम'। ताना, उलाहना, चेतावनी, धमकी...

एक मिलाजुला तीर घुस गया दिमाग में...दो बजे रात को भेजा गया संदेश—तो मुश्किल होगी—यह अंदाज़ा लगाना मुश्किल था यह भविष्यवाणी अपने लिए है या सामने वाले के लिए। क्या यह रात की पार्टी पर जताया गया गुस्सा था? उलझन के बीच मन-ही-मन यह सोचकर मुस्कुराया कि वाह भगवान! सुबह-सुबह दो सिरफिरी लड़कियों के संदेश मेरे खाते में। धन्य हो!

टंकी पर चढ़ी लड़की की स्टोरी के लिए इलाके के एसएचओ से बात करके तत्काल फोन पर ताजा हालात की जानकारी ली। डेस्क वाले शोले की फुटेज निकालकर लड़की की कहानी को वीरू और बसंती की प्रेमकथा के चटखारेदार स्तर तक ले जा चुके थे। मुझे घटनास्थल पर पहुंचकर वहां से लाइव रिपोर्टिंग करनी थी। घंटे भर के भीतर लगभग सारे टीवी चैनलों के रिपोर्टर पहुंच चुके थे, तमाशबीनों की अच्छी-ख़ासी भीड़ संडे की सुबह घटनास्थल पर जुट चुकी थी। पुलिस, फायर ब्रिगेड

की गाड़ी किसी आपातस्थिति से निपटने की तैयारी करती दिख रही थी, लेकिन असल में इस पागलपन से सभी झल्लाए हुए थे। लड़की के ब्वायफ्रेंड को उसके घरवालों समेत पुलिस ने पकड़कर मौक़ा-ए-वारदात पर खड़ा कर दिया था और लाउडस्पीकर के जरिए उससे नीचे उतर आने की मनुहार की जा रही थी। कस्बाई प्रेमकथा की इस पब्लिसिटी ने लड़की को सेलिब्रिटी बना दिया था और वह अपने इस दर्जे का मजा ज़्यादा-से-ज़्यादा देर तक लेना चाहती थी इसलिए नखरे कर रही थी। तकरीबन ढाई घंटे तक सभी टीवी चैनलों पर छाए रहने के बाद जब उस लड़की को उसके ब्वायफ्रेंड से शादी करने के वादे के बाद नीचे उतारा गया तो पुलिस और फायर ब्रिगेड की जान में जान आई और तमाशा ख़त्म हुआ।

ऑफिस पहुंचकर रिपोर्ट फाइल की। लंच के बाद सिगरेट सुलगाते हुए फिर सुबह वाला मैसेज फायर ब्रिगेड की घंटे की तरह दिमाग में टनटनाने लगा...किसी और को चाहोगे तो मुश्किल होगी...गुस्सा भी आया और घबराहट भी होने लगी। गुस्सा इस मैसेज में छुपे एकाधिकार के स्वर पर था जबकि घबराहट यह थी कि क्षणिक उन्माद में भेजे गए इस मैसेज की आड़ में मिनी सुधा के कान न भर दें।

कल रात की पार्टी में डांस फ्लोर पर मिनी के साथ नाचने में मैंने कोई दिलचस्पी नहीं दिखाई थी, जबकि मारिया के साथ नाचने में वाक़ई मजा आ रहा था। असुरक्षा की मारी मिनी कई दिनों से यह शिकायत कर रही थी मैं उसको अनदेखा कर रहा हूं। कल उसे अपना पत्ता कटता हुआ लगा। इसी जलन में शायद उसने यह एसएमएस कर दिया। यही सोच-सोचकर मैं खुद को दिलासा दे रहा था, लेकिन उसका पजेसिव व्यवहार मुश्किल बढ़ा सकता है।

यह बात मुझे परेशान भी कर रही थी। क्योंकि सुधा भी आजकल मुंह फुलाए थी, और ऐसे में अगर कोई उसके कान भरता, वह फट से यकीन कर लेती। उसकी नाराजगी का तो आलम यह था कि वह भरी महफिल में मेरी छीछालेदार कर सकती थी। पिछले दिनों हमारे कॉलेज के ओल्ड ब्वायज़ एसोसिएशन के प्रोग्राम में हम दोनों पहुंचे थे। मैं थोड़ा थका हुआ था इसलिए पीने और पीकर नाचने के कार्यक्रम से अलग पुराने परिचितों से औपचारिक बातचीत में लगा था। आरिफ ने कहा भी–"क्या यार विनय, कोने में क्यों बैठे हो? शो सम एक्शन आन द डांस फ्लोर।" दो पैग बोदका पी चुकी सुधा को जैसे मौका मिल गया। आरिफ से बोली, "विनय ने सारा एक्शन और पैशन दफ्तर के लिए रिजर्व कर रखा है, घर तो सिर्फ कपड़े बदलने के लिए आता है।" इतना झन्नाटेदार ताना मेरी बीवी के मुंह से सुनकर आरिफ चुपचाप खिसक गया, लेकिन मेरी हालत पतली हो गई। जाहिर है ऐसी मानसिकता के बीच अगर सुधा को मिनी के एसएमएस की बात पता चल गई तो बवाल खड़ा हो जाएगा। मैंने मिनी का मोबाइल नंबर घुमाया। दो रिंग के बाद कट गया। फिर घुमाया उसने उठाया और 'आई डोंट वांट टू टाक टू यू' कहकर काट दिया। पांच

मिनट बाद एक बार फिर मिलाया। कहा—"आ रहा हूं शाम को।"

उसने जवाब दिया—"गो टू योर फेवरिट पार्टनर।"

इस जवाब के बाद मुझे यकीन हो गया कि मिनी के एसएमएस का ताल्लुक मारिया के साथ मेरी बढ़ती दोस्ती से है और इस आग में घी का काम किया कल रात की डांस पार्टी ने। मिनी को लग रहा था कि मारिया रिपोर्टिंग जोन में मुझसे दोस्ती बढ़ा रही है। दरअसल मारिया हाल ही में मुंबई से आई थी और दिल्ली उसके लिए बिल्कुल नई थी। मुंबई में पली-बढ़ी मारिया ज्यादा सहज और बिंदास थी। बिंदास सिर्फ घूमने-फिरने में ही नहीं, काम में भी। हम सबने देखा कि बम ब्लास्ट के दौरान उसने हर तरह के काम के लिए आगे आकर हिस्सेदारी करनी चाही थी और जो काम मिला उसने उसे बखूबी निभाया भी था। अपने काम और व्यवहार की वजह से वह आकर्षण का केंद्र भी थी और जलन का भी। मिनी भी उससे जलने वालों में से थी। उसकी जलन की एक और वजह भी थी। मारिया से मेरा घुलना-मिलना। हालांकि मारिया भी बाकी लड़कियों की तरह महत्त्वाकांक्षी थी लेकिन शायद मिनी की तरह कंपरमाइजिंग नहीं। उसका मुंहफट होना भी एक तरह से उसकी साफगोई की निशानी थी। एक दिन बिंदास लहजे में बोली—"मुंबई से यहां इसलिए आई कि प्रोमोशन के लिए एक्जीक्यूटिव प्रोड्यूसर की पैंट में घुसना मुझे गवारा नहीं था।" हम लोग उसका यह खुला बयान सुनकर थोड़ा भौंचक रह गए थे। लड़कियों और लड़कों पर इस बयान का असर अलग-अलग ढंग से हुआ था। उसके बाद उसके दोस्तों और दुश्मनों की साफ-साफ खेमेबंदी भी हो गई थी। यह महज इत्तेफाक़ ही था कि मारिया की मुझसे पटने लगी थी। मिनी को यह सब इसलिए रास नहीं आ रहा था क्योंकि मारिया में सीनियर्स को एंकर की संभावना भी दिखने लगी थी। मेरा एकाध बार मारिया की तारीफ करना और रिपोर्टिंग के कुछ अच्छे मौके पर उसकी मदद करना भी उसे पसंद नहीं आया था। यही वजह है कि वह आजकल अक्सर कहने लगी थी—"विनय, लगता है सुधा को बताना पड़ेगा कि तुम्हारा ध्यान कहां रहता है आजकल।"

हैरानी की बात यह है कि यही मिनी अपना काम निकलवाने के लिए किसी भी तरह का संकेत देने में परहेज नहीं करती थी और तब कभी नहीं सोचा कि मैं शादीशुदा हूं, दो बच्चों का बाप हूं, लेकिन अब वह अक्सर सुधा के शहर की होने का जिक्र करती और उसे 'पुअर सिंपल वूमन' कहकर हमदर्दी जताने की कोशिश करती। यह सिलसिला करीब छह महीने से चल रहा था और उसी की चरम परिणति थी शायद वह मैसेज जिसने मुझे सुबह-सुबह मुश्किल में डाल दिया था। उसने साफ कर दिया था कि उसे मेरा अलगाव तो कबूल है लेकिन किसी और का मेरा नजदीक आना नहीं। अगर ऐसा हुआ तो वह मेरे पहले से ही हिचकोले खा रहे घर-संसार को झिंझोड़ने में कोई कसर नहीं छोड़ेगी।

मिनी बनाम मारिया के इस मुकाबले में शायद दिमाग और थोड़ी देर उलझा रहता

अगर न्यूज़ एडिटर का बुलावा नहीं आता। विधानसभा चुनाव का कवरेज प्लान उन्हें पसंद नहीं था। आपत्तियां पूछीं तो बोले– ''बड़ी प्रोग्रामिंग का खाका खींचा है। कोई नहीं देखना चाहता नेताओं के भाषण।'' चुनाव टीम के इंचार्ज को बुलाया गया। ''सिन्हा साहब, फिल्म एक्ट्रेस सारिका से बात करिए, वो अगर आधे घंटे रोज प्रोग्राम पेश कर दे पंद्रह दिन तो काफी दर्शक मिल सकते हैं।''

''सर, चुनाव गंभीर मुद्दा है। लोग नाराज हैं। सरकार पलटने के आसार हैं। ऐसे में अगर हम चक्कलस करेंगे तो लोग हम पर उंगली उठाएंगे''...सिन्हा साहब बोले।

''सुनिए महाराज, हम भी मार्क्सवाद पढ़े हैं, लेकिन अब ये सब बिक नहीं रहा है। जो बिकता है वो दिखता है।''

रहा नहीं गया तो मैं बोला, ''सर, माफ कीजिए, लेकिन ये तो मुंबइया फिल्म प्रोड्यूसरों वाली जुबान है। हम लोग पत्रकार हैं सर।''

बॉस थोड़े संयत लेकिन दृढ़ स्वर में बोले–''देखिए ये डुगडुगी पीटने का खेल है। जितना बढ़िया खेल दिखाएंगे उतना ही आगे रहेंगे और आगे रहने में ही भलाई है।'' पूर्व मार्क्सवादी सिन्हा साहब ने घुटने टेक दिए। बोले, ''फिल्म एक्ट्रेस को बुला रहे हैं तो एक ठो बढ़िया स्क्रिप्ट राइटर भी लिया जाए कुछ दिन किराए पर। चुनाव का सिनेमा दिखाया जाए पब्लिक को।''

''स्क्रिप्ट राइटर नहीं चाहिए बाहर से। विनय और आप किस मर्ज की दवा हैं...?'' बॉस बोले।

''जी मुझे इतना सब मैनेज करना पड़ेगा। लिख कहां पाऊंगा,'' सिन्हा साहब ने नकली इंकार किया। सब जानते थे कि अपनी जुमलेबाजी पर इतराना उनकी फितरत है और वह यह काम किसी और को करने नहीं देंगे। नीत्शे से लेकर निर्मल वर्मा तक और नाओमी कैंपबेल से लेकर फर्टाडो तक और लौलिता से लेकर लाल किताब तक हर चीज का पिंजरे वाली मुनिया के अंदाज में चोंच मारकर रस लेने का दावा करने वाले सिन्हा साहब पढ़े-लिखे लेकिन बेहद घुन्ने कहे जाते थे।

''मैं ये नहीं कर पाऊंगा,'' मैंने कहा।

मेरे विरोध को अनसुना करते हुए बॉस ने दूसरा फरमान सुनाया, ''आठ साल का एक लड़का अपने सीने पर से बीस हाथी गुजारने का कारनामा करने वाला है। स्टोरी कवर करो। इंट्रेस्टिंग होगी...आधे घंटे खेला जा सकता है।''

''सर, ये बच्चे हैं कि बवाल। इस तरह के पागलपन को टीवी पर दिखा-दिखाकर हम लोग औरों को उकसा नहीं रहे हैं?''

''आपके रोकने से रुकेगा नहीं ये पागलपन। हर आदमी को शोहरत की भूख होती है और टीवी पंद्रह सेकेंड के लिए ही सही, उसे स्टार बनाकर भूख मिटा रहा है।''

''लेकिन इस चक्कर में बच्चों तक में मासूमियत नहीं रही। इनोसेंस इज दी फर्स्ट

केजुअलटी दीज डेज़...आपको नहीं लगता?'' मैंने कहा।

अब तक चुप सिन्हा साहब को विद्वत्ता बघारने का एक और मौका मिला।

बोले—''अब का बच्चा प्रेमचंद का हामिद नहीं है। राउलिंग का हैरी पॉटर है। इसे समझो वरना सब आपको दकियानूस कहेंगे विनय जी।''

वह मूड में आ रहे थे। बोले—''क्यों सर, वही बात गालिब की—होता है शबोरोज तमाशा मेरे आगे।''

''जरूर होता होगा लेकिन ये बाज़ीचा- ए-अत्फ़ाल (बच्चों का खेल) नहीं, करोड़ों का कारोबार है इसलिए इसको सीरियसली लेना चाहिए,'' बॉस बोले।

इसके बाद बहस की कोई गुंजाइश नहीं बची थी। मेरा मन तो शुरू से ही कहीं और अटका हुआ था। फटाक से बाहर निकला। पीछे से सिन्हा साहब आए और बेहद फिल्मी अंदाज में फिल्मी डायलॉग बोले, ''गिलौरी खाया करो गुलफाम...जुबां काबू में रहती है।'' कंधे पर हल्की-सी धौल के साथ संकेत में छुपी हुई चेतावनी देकर निकल लिए।

'आज दिन ही खराब है।' मैंने सोचा। सुबह एसएमएस से जो दबी-दबी चेतावनियों का सिलसिला शुरू हुआ था वह दफ्तरी मोर्चे से लेकर निजी मोर्चों तक फैलता जा रहा था। मन आशंकाओं से भरने लगा। चैनल पर भविष्य फल बताने वाले पंडित की बात क्या सच होने वाली है? तुला राशि वालों के लिए तनाव, अप्रिय समाचार, व्यर्थ के विवाद जुड़ेंगे। दांपत्य जीवन में कलह, दफ्तर में प्रतिष्ठा, लेकिन वरिष्ठों से न उलझना बेहतर...यह साप्ताहिक भविष्य अब तक तो चकल्लस लगता था लेकिन अब अचानक जाने क्यों लगा कि शायद कुछ सच भी होता हो इसमें।

''स्कैंडल से बचो,'' ज्योतिषाचार्य बोले।

मन ने कहा, 'दूर रहो यार। मिनी से भी, मारिया से भी। क्या लगती हैं तुम्हारी? थोड़ी देर की तफ़रीह की खातिर जिंदगी भर का सुख-चैन काहे दाव पर लगा रहे हो?'

ज्योतिषाचार्य बोले—''भाई देखो, मन न भए दस-बीस, इसलिए सुख चाहिए तो किसी एक जगह टिकाकर रखो। वहीं टिकाओ जहां टिकाऊ रिश्ता बन चुका है,'' इशारा पत्नी की तरफ था, ''वैसे भी हमप्याला—हमनिवाला को दोस्त समझने की गलती करोगे तो हर मोड़ पर लुटते फिरोगे।''

बात में दम था। विनय को प्रेस क्लब में बिताई तमाम शामें याद आने लगीं। जाम छलकाते और बेधड़क कश लगाते लोगों की भीड़, कहकहे, आवाजें, तू-मैं और दुनिया भर का शोर। लेकिन बिंदास चेहरों में ज्यादातर एक-दूसरे पर शक करते हुए, चिढ़े हुए, आशंकित।

निखिल ने कहा भी था एक बार, ''दोस्ती नहीं, स्ट्रेटजिक पार्टनर ढूंढ़ते हैं इस पेशे में लोग, चाहे मर्द हो या औरत। तफ़रीह भी इसी स्ट्रेटजी के तहत होती है यार...''

"चिंता मत करो। थोड़ा ध्यान लगाना शुरू कर दो," ज्योतिषाचार्य की बात से वापस कमरे में लौटा ध्यान। मन-ही-मन हंसी आने लगी। तीन-तीन औरतों के चक्कर में कहीं शवासन की स्थिति न बन जाए अपनी। विनय ने सोचा, लेकिन ज्योतिषाचार्य से–'जी अच्छा' कहकर निकल आया वहां से।

पार्किंग में पहुंचकर गाड़ी निकाल ही रहा था कि पीछे से आवाज आई–"हेलो विनय"

मुड़ा। सामने निरंजन था। निरंजन महाचार्य। उसका पुराना कुलीग। मीडिया छोड़ एनजीओ की दुनिया में चला गया था।

"ओह निरंजन...क्या हाल है?"

"सब बढ़िया...तुम कैसे हो?"

"एकदम बढ़िया..."

'धत्तेरे की। मन में घमासान मचा है लेकिन ऊपर से सब बढ़िया,' उसने सोचा।

निरंजन को 'बाय' कहकर चल दिया। निरंजन जैसों से मिलकर दो तरह के भाव आते हैं। एक तो कोफ़्त होती है, कैसा आदमी है, बिना महत्त्वाकांक्षा के जिए चला जा रहा है। दूसरी तरफ जलन भी होती है...कितना शांत और संतुष्ट है यह आदमी। शक्ल-सूरत में उससे इक्कीस ही बैठता है लेकिन कभी कोई किस्सा नहीं सुना। एक बार बातों-बातों में उसे छेड़ा भी था। तो बोला–"मेरी वासनाएं इतनी अतृप्त नहीं हैं कि बाहर झांकना पड़े।" कटकर रह गया था विनय। सचमुच सब कुछ है पर भीतर सुकून कहां है? घर लौटते-लौटते रात हो गई थी। सुधा और दिनों के मुकाबले नार्मल दिख रही थी। एसएमएस से उपजी आशंका उसका चेहरा देखकर कमजोर पड़ने लगी।

धीरे से कहा–"खाना खिला दो, सुबह तड़के बाहर जाना है।"

"क्या हो गया?"

"आठ साल का बच्चा अपने ऊपर से बीस हाथी गुजारकर रिकार्ड बनाने की तैयारी में है। कवर करने जाना है।" न चाहते हुए भी उसे हंसी आई और बात ख़त्म होते-होते सुधा भी हंस पड़ी। मन हल्का होने लगा।

यू टर्न

नीरेन्द्र नागर

आंखों में उदासी छाई है...

एक और सुबह! आंख खुली तो मन उदास हो गया। सागर की रूह कांप गई—एक और दिन सारी यातनाएं समेटे सामने था। उसने घबराकर अपनी आंखें बंद कर लीं, मानो आंखें बंद करने से स्थिति बदल जाएगी। पिछले पैंतालिस सालों में ऐसा शायद ही कभी हुआ हो जब वह सुबह जगने से डरा हो। स्कूल के दिनों में वह गेट पर अख़बार फेंके जाने की आवाज़ के साथ फट से उठ जाता था और पिताजी से पहले अख़बार को लपक लिया करता था। तब अख़बारों में कम पन्ने हुआ करते थे और वह एक घंटे में सारा का सारा अख़बार चाट जाता था।

कॉलेज के दिनों में भी सुबह उसे हमेशा प्यारी लगती रही। जो लड़की उन दिनों उसके दिल की रानी हुआ करती उसी का चेहरा याद करके वह उठता। कभी-कभी जब प्यार में ट्रैजिक एंड हुआ, और उसने उन बेवफ़ाओं के लिए अपनी जान देने की सोची, तब भी सुबहें बहुत राहत देनेवाली हुआ करती थीं, क्योंकि तब वे इस उम्मीद के साथ आती थीं कि शायद आज कोई नई शुरुआत हो जाए...

उसके बाद नौकरी के दिन। देश के सबसे बड़े अख़बार के एडिटोरियल डिपार्टमेंट में पक्की नौकरी। बीस सालों में एक ट्रेनी से शुरू करके समाचार संपादक तक का सफ़र। और इस सफ़र की हर सुबह अपने साथ एक खूबसूरत मुलाक़ात के तौर पर लाती ढेरों अख़बार। हर सुबह और हर मुलाकात मानो इम्तहान की घड़ियां होतीं जब वह अपने अख़बार की तुलना दूसरों से करता। मगर इस रोज़ाना की परीक्षा से वह कभी घबराया नहीं, क्योंकि उसे पता था कि वह और उसका अख़बार हर रोज़ नंबर वन रहेंगे।

पर अब उसे सुबहों से डर लगता है क्योंकि अब की सुबहें पहलेवाली सुबहें नहीं हैं। ये सुबहें अपने सब्ज़ेक्ट में डिस्टिंक्शन के साथ पास होने की खुशी लेकर नहीं आतीं। वे आती हैं एक ऐलान के साथ—जागो सागर, जागो और तैयार हो जाओ एक नए इम्तहान के लिए। इस इम्तहान की याद से ही सिहर

उठता है सागर, क्योंकि वह जानता है—इसमें वह अच्छा करे या बुरा, उसे फेल ही होना है।

आज फिर वह सुबह से डर रहा है हालांकि जानता है, डरने से कुछ नहीं होगा। ऑफ़िस तो जाना ही है। वह बाथरूम की ओर कदम बढ़ाता है, आधा घंटा है उसके पास, जिसमें उसे तैयार होकर हल्का नाश्ता करके ऑफ़िस की ओर कूच कर जाना है। आज मॉर्निंग शिफ़्ट है—सात बजे से पांच-साढ़े पांच बजे तक। क़रीब ग्यारह घंटे।

वह हिसाब लगाता है—11 घंटे, प्लस 2 घंटे आने-जाने के, प्लस 7 घंटे सोने के। बचे 4 घंटे जिनमें नहाने-धोने और खाने-पीने के बाद जो समय बचेगा, उसे पेपर, कंप्यूटर और परिवार के बीच बांटना है। और इसमें सबसे कम समय मिलेगा परिवार को, क्योंकि सागर को अख़बार और कंप्यूटर से ज़्यादा प्यार है, परिवार से कम।

परिवार को वह कितना समय देता है, यह वह भी जानता है और सुमि भी। सुमि और सागर की शादी के दस साल हो गए और सागर ने कभी भी घर के लिए या परिवार के लिए मन से समय दिया हो, ऐसा सुमि को नहीं लगता। बेडरूम की छत पर पड़े जाले उसे नहीं दिखते लेकिन ख़बर में नुक़्ता कहां छूट गया है, यह उसे तुरंत नज़र आ जाता है। घर में चीज़ें चाहे जितनी भी बेतरतीब पड़ी रहें, उसे कोई फ़र्क़ नहीं पड़ता, मगर पेज का लेआउट अगर ठीक न बना हो तो वह पेज बनाने वालों की क्लास ले लेता है।

मगर आज वही सागर नाश्ता करके अख़बारों की हेडलाइंस पर केवल सरसरी निगाह डालकर जा रहा है, जैसे कोई अपनी पूर्व प्रेमिका को उसके पति के साथ जाता देख एक नज़र डाले और सिर झुकाए आगे निकल जाए।

हमें तक़दीर कहां ले आई है...

नीचे सागर की नई कार खड़ी है जो उसे कंपनी की ओर से मिली है। अगर उसने नौकरी नहीं बदली होती तो उसे और सुमि को पुरानी कार ही शेयर करनी पड़ती। कार वही यूज़ करता और सुमि बस की भीड़ में धक्के खा रही होती। सागर को इस मनहूस सुबह में पहली बार संतोष का अनुभव हुआ।

उसने कार स्टार्ट की और खिड़कियों के शीशे खोल दिए। बाहर की ठंडी हवा ने जैसे ही उसके तनमन को छुआ, उसे लगा, सुबह अपने आपमें उतनी बुरी नहीं है। उधर सीडी प्लेयर में लगी तलत महमूद की सीडी चलने लगी—*सीने में सुलगते हैं अरमां, आंखों में उदासी छाई है, ये आज तेरी दुनिया से हमें तक़दीर कहां ले आई है...*

तक़दीर! पर सागर तो उन लोगों में है जो भाग्य में नहीं कर्म में भरोसा करते

हैं। हिंदी के सबसे बड़े अख़बार में उसे नौकरी मिलेगी, उसने सोचा भी नहीं था। देश भर से चार लड़के-लड़कियां चुने गए थे और वह उनमें से एक था। उसकी मां भले ही मानती थी कि वह संतोषी माता के व्रत का प्रताप था जो वह हर शुक्रवार को पूरी आस्था के साथ करती थी, मगर उसे पता था कि यह सब बचपन से ही अख़बारों को चाट जाने की उसकी आदत का नतीज़ा है। जब उसने मुंबई के दफ़्तर में अपनी कुर्सी संभाली तो उसे लगा—अब तो उसकी कलम है और अख़बार के पन्ने हैं। दुनिया की हर चीज़ जो उसे झकझोरती थी, जिस पर उसे कुछ कहने का मन करता था, अब वह कह सकता है। सड़क के आम आदमी से लेकर देश के प्रधानमंत्री सब तक वह अपनी आवाज़ पहुंचा सकता है। अपने अतिरिक्त उत्साह में उसने महीना बीतते न बीतते कश्मीर में जनमत संग्रह की वकालत करते हुए एक लेख भी संपादक जी के सामने पेश कर दिया। लेख भले नहीं छपा, मगर इससे उसके उत्साह में कमी नहीं आई, क्योंकि वह जानता था, आज नहीं तो कल, मेरी बात छपेगी, लोग उस पर सोचेंगे।

दो साल बाद उसे दिल्ली बुला लिया गया। दिल्ली आकर सागर को लगा कि मुंबई एक तालाब था जबकि दिल्ली महासागर है। अब उसे और कुछ नहीं चाहिए था। हर जिम्मेदारी को उसने चुनौती के तौर पर निभाया और धीरे-धीरे कामयाबी की सीढ़ियां चढ़ते हुए वह एक ऐसे मुक़ाम पर पहुंच गया जहां से मंज़िल बहुत पास नज़र आती थी।

आंखें खुलीं तो सपने टूटे

तभी उसे यह ऑफ़र मिला—न्यूज़ चैनल ज्वाइन करने का। वेतन डबल, काम असाइनमेंट का। सागर नहीं जानता था असाइनमेंट क्या बला है। वैसे तो टीवी की पूरी दुनिया ही उसके लिए अनजानी थी और उसे पता था कि उसे जीरो से शुरू करके सारा काम सीखना होगा। मगर उसे भरोसा था कि वह सीख जाएगा। उसने हां कर दी। परंतु शुरुआत के दो-तीन दिनों में उसे पता चल गया कि फ़ैसला गलत हो गया। यहां थी एक अलग ही चीख-पुकार और अफ़रातफरी की दुनिया—ख़बरों का पल-पल पीछा, फीड के लिए भागादौड़ी, ओबी प्लेसमेंट का जोड़-घटाव, आउटपुट और रिपोर्टर्स के लगातार आते कॉल्स और सीनियर्स के कभी न ख़त्म होने वाले सवाल...इसमें देर क्यों हुई? रिपोर्टर को क्यों नहीं बताया? हमीं को क्यों नहीं मिलता? यह ख़बर कैसे छूट गई...सागर याद करते ही कांप उठता है—एक इंसान क्या-क्या देखे? अधिकार रत्ती भर का नहीं, एक ख़बर तक चलवा नहीं सकता वह, लेकिन जिम्मेदारियां सारे जहान की।

कार में तलत महमूद का नया गाना शुरू हो गया था—*'रात ने क्या-क्या ख़्वाब दिखाए...रंग भरे सौ जाल बिछाए...आंखें खुलीं तो सपने टूटे...'*

दूसरे ही दिन की बात है। वड़ोदरा में दंगे हो गए थे। मुसलमान भड़के हुए थे। ख़बर आ गई थी और अब विजुअल्स की तलाश थी। रिपोर्टर कहां है—अहमदाबाद में। वड़ोदरा का स्ट्रिंगर कहां है? शहर से बाहर वह किसी स्टोरी के चक्कर में गया हुआ था। पहुंचने में एक घंटा लगेगा। किसने भेजा और क्यों भेजा, जब मामला गर्म चल रहा है? सवाल-जवाब शुरू। खैर, जवाब बाद में दे दीजिएगा। अभी तो विजुअल्स का इंतज़ाम करें। वड़ोदरा का एक कैमरामैन पकड़ में आया। क्या उसके पास विजुअल्स हैं? हैं। अच्छे हैं यानी आग-वाग के, तोड़फोड़ के? हैं। चलो, लोगों ने चैन की सांस ली।

लेकिन अभी तो सिर्फ़ सगाई हुई थी, शादी बाक़ी थी। फीड कैसे आएगी? रिलायंस में लाइन लगी है...आप किस नंबर पर हैं? तीसरे नंबर पर...आपको पहले ही किसी को भेज देना चाहिए था। खैर जल्दी से भेजिए। धीरे-धीरे पारा चढ़ गया है...क्या हुआ, अब कितनी देर है? आगे वाला निकल ही नहीं रहा है...उसे निकालिए। जल्दी कीजिए। सारा असाइनमेंट अपने पैरों पर खड़ा है सिवाय सागर के, जो एक कुर्सी पर शांति से सारा तमाशा देख रहा है, क्योंकि अभी वह नया है और उसे कोई ज़िम्मेदारी नहीं दी गई है। मगर बिग बॉस से लेकर शिफ़्ट इंचार्ज़ तक सबके चेहरों पर तनाव है। हर दो मिनट पर फ़ोन हो रहे हैं मगर कैमरामैन का नंबर है कि आगे बढ़ ही नहीं रहा है।

"...अरे भाई, उसके पास विजुअल्स हैं भी कि नहीं। कहीं वह चरा तो नहीं रहा है?... लगता यही है कि उसने शूट नहीं किया है और किसी से ट्रांसफ़र लेने की कोशिश कर रहा है... तभी तो, वरना डेढ़ घंटा हो गया, अब तक तो उसका नंबर आ जाना चाहिए था।"

हर व्यक्ति के पास अपनी राय थी लेकिन सल्यूशन किसी के पास नहीं था। ब्रेकिंग न्यूज़ आए दो घंटे हो गए थे और टीवी पर केवल ग्रैफिक्स चल रहे थे जबकि बाक़ी सारे चैनल्स दंगों के विजुअल्स दिखा रहे थे। ख़बर तो थी मगर तस्वीर नहीं थी—दुल्हन तैयार है मगर दूल्हा कहां है!

यह प्रिंट मीडिया नहीं है। यहां दूल्हे के बिना दुल्हन की कोई पूछ नहीं है। ख़बर की सूचना देनेवाले हर रिपोर्टर से पहला सवाल यही करना है, क्या विजुअल मिलेगा? उसने सबक़ नंबर वन नोट किया।

चीं-ईं-ईं-ईं...! सागर ने इमर्जेंसी ब्रेक लगाया। एक कुत्ता गाड़ी के सामने अचानक कूद गया था। सुबह सड़क खाली थी और वह सत्तर की स्पीड पर गाड़ी चला रहा था। खैर कुत्ता बच गया। उसने राहत की सांस ली। उसे ड्राइविंग सिखानेवाले अपने दोस्त की सीख याद आ गई। उसने कहा था, गाड़ी तो टीन का एक डिब्बा है। उसे चाहे कुछ भी हो जाए मगर इतना ध्यान रखना कि तुम्हारी कार से किसी इंसान तो क्या, जानवर के शरीर को भी खरोंच नहीं आनी चाहिए। सागर को गर्व है कि

आज तक उसकी कार से किसी जानवर का बाल भी बांका नहीं हुआ है। यह अलग बात है कि नई नौकरी के साथ मिले इस टीन के डिब्बे ने उसकी ज़िंदगी को खरोंचों से भर दिया है।

जलते हैं जिसके लिए तेरी आंखों के दीये

टीवी की दुनिया का सबक़ नंबर दो उसे कुछ ही दिनों बाद मिला। शाम के 4 बजे की मीटिंग चल रही थी। सबकी नज़र मीटिंग रूम में लगे टीवी पर थी जहां एक जिंदा इंसान के आग लगाकर खाक हो जाने की सचित्र कहानी चल रही थी। माहौल वड़ोदरा वाले दिन के बिल्कुल उलट था। सिर्फ़ उसके चैनल के पास विजुअल्स थे, बाक़ी सब खाली थे। एंकर बार-बार कहानी दोहराए जा रही थी कि किस तरह बकाया का भुगतान न होने पर एक आदमी ने खुद को आग लगा दी। बैठा हुआ आदमी। उसने खुद पर पेट्रोल छिड़का, फिर माचिस की तीली जलाई और अपने कंबल से छुआ दी। कंबल ने आग पकड़ी और जलता हुआ आदमी भागा। बचाने को कुछ लोग दौड़े। लेकिन तब तक बहुत देर हो चुकी थी। जलता हुआ आदमी बैठ गया और आग की लपटों में घिरा अंतिम सांसें लेता रहा।

कार में तलत महमूद का नया गाना शुरू हो गया था—*जलते हैं जिसके लिए तेरी आंखों के दीये...*

उधर टीवी स्क्रीन पर एक इंसान जल रहा था तो दूसरी ओर मीटिंग में बैठे हर व्यक्ति की आंखों में खुशी के दीये चमक रहे थे। सौदा हो चुका था कि विजुअल एक्सक्लूसिव है—किसी और चैनल को नहीं मिलेगा। सागर ने अचानक महसूस किया कि उसे भी अंदर से खुशी हो रही है। वह चौंक गया, यह क्या! क्या वह भी धीरे-धीरे बदल रहा है! टीवी पर बार-बार वही विजुअल चल रहा था। आग लगाना, भागना और असहाय होकर बैठ जाना।

सागर को याद आया, बचपन का वाक़या जब उसके मौसेरे भाई ने एक चींटे को कागज पर रखकर उसमें आग लगा दी थी। जलते हुए चींटे से पीला-पीला लिक्विड निकला था। बाद के दिनों में कई बार एक राक्षसी चींटा उसके सपनों में आता रहा। क्या यह इंसान भी उसके सपनों में आएगा? और पूछेगा, अरे सागर, तुम भी!

यह आदमी डेढ़ घंटे पहले जिंदा था, और अब वह नहीं है। डेढ़ घंटे पहले कोई इसे नहीं जानता था। अब देश जानेगा। क्या वह जलना चाहता था या सिर्फ़ अपनी ओर ध्यान खींचना चाहता था! यदि टीवी कैमरे नहीं होते तो क्या वह जलता! वह जला या हमने उसे जलाया?

सागर सोचता है, हमने तो उसे नहीं जलाया। वह खुद जला। हमारा काम उसको बचाना नहीं है। ख़बर होगी तो हम तो उसे दिखाएंगे ही। क्या अख़बारों में नहीं छपती आत्मदाह की तस्वीरें? खुद सागर ने छापी है। लेकिन...सागर ने कभी किसी

जलते हुए इंसान की तस्वीर से चमकते आंखों के दीये नहीं देखे। वह जानता था कि जब कहीं कम्यूनल दंगे होते हैं तो राजनीतिक जमात की बांछें खिल उठती हैं। वह उनसे नफ़रत करता था। लेकिन उस रोज़ उसने ऐसी ही चमक अपने सीनियर लोगों की आंखों में देखी तो वह सोचने लगा, क्या वह इनसे भी नफ़रत करे! अगर हां तो नफरत करते हुए उनके साथ कैसे काम कर पाएगा?

उसने सबक नंबर दो नहीं सीखा। मैं अमानवीय नहीं हो सकता। मैं जलते हुए इंसान को देखकर मुस्कुरा नहीं सकता। मैं बलात्कार की न्यूज़ को एक खुशख़बरी के तौर पर अपने बॉस को नहीं सुना सकता। उसने फैसला कर लिया और शाम को घर पहुंचते ही सुमि को बता दिया, मैं इस्तीफ़ा दे दूंगा। लेकिन फ़ैसला जितना आसान लगता था, उतना था नहीं। सुमि ने सारी बातें ध्यान से सुनीं। वह उसे और उसका दर्द जानती थी। लेकिन उसके सामने सवाल दूसरा था—तुम करोगे क्या? क्या तुम्हें तुरंत कोई दूसरी नौकरी मिलेगी? नहीं मिली तो घर का खर्च कैसे चलेगा? लोन का ईएमआई कैसे दिया जाएगा? म्युचुअल फंड में हर महीने जानेवाले इंस्टॉलमेंट का क्या होगा?

समझेगा कौन दर्द भरे दिल की ज़बां

सुमि बोली, "मैं नहीं कहती कि तुम इस्तीफ़ा मत दो। लेकिन अभी नहीं। पहले कहीं नौकरी तलाश लो, फिर छोड़ देना।" सुमि की बातों में दम था। सागर की आंखें डबडबा आईं। वह समझ गया, यंत्रणा का दौर जारी रहेगा। पता नहीं कब तक...

कार अक्षरधाम मंदिर वाले पुल को पार कर आईटीओ पुल से जा रही थी। पुल के दोनों तरफ़ जालियां लगा दी गई हैं ताकि लोग पूजा के फूल नीचे न फेंक सकें। लेकिन लोग हैं कि एक-दो जगह उन्होंने छेद बना लिए हैं। कितना गंदा हो गया है यमुना का पानी और ये लोग इसे और भी गंदा कर रहे हैं। उसे हैरत होती है कि कैसे लोग इसमें नहाते हैं। कुछ लोग तो इसका पानी पीते भी होंगे। क्या उन्हें उल्टी नहीं आती?

आस्था हो तो इंसान क्या न पी ले! मुंबई में माहीम दरगाह के पास समुद्री पानी के अचानक मीठे होने की ख़बर सुनकर कैसी भीड़ की भीड़ जमा होने लगी। सागर की उस रोज़ छुट्टी थी और उसे अगली सुबह ही सारी कहानी पता चली। दिन के दस बजते-बजते सारा चमत्कार स्वाहा हो चुका था। मगर ऑफ़िस पहुंचते ही उसका सामना एक और कहानी से हुआ। पता चला कि इस ख़बर को फ्लैश करने में थोड़ी देर हो गई थी। कारण यह कि जब रिपोर्टर ने यह ख़बर असाइनमेंट को बताई तो किसी ने इस पर भरोसा नहीं किया और कहा, पहले पानी पीकर कन्फ़र्म करो कि वह मीठा हो गया है, उसके बाद ही ख़बर दो। तो वह दरगाह गया, पानी

पीया और उसके बाद ही ख़बर चैनल पर चल पाई। बाक़ी चैनल पहले ही ख़बर चला चुके थे।

बिग बॉस बहुत नाराज थे। शाम की मीटिंग में उन्होंने इसकी चर्चा छेड़ी और पूछा कि किसने ख़बर लिखने से इंकार किया और रिपोर्टर से कहा कि पहले पानी पीकर आओ। उन्होंने साफ़ किया—"एक बात ध्यान से सुन लीजिए और सभी को बता भी दीजिए। जो ख़बर जितनी बक़वास लगे, उस पर उतना ही जल्दी ध्यान दीजिए। सीरियस ख़बर में पांच मिनट की देर हो तो भी चलेगा लेकिन बक़वास ख़बर पर तुरंत कॉल कीजिए।"

सबक नंबर तीन, उसने नोट किया और तय किया कि आगे से बकवास ख़बरों पर ज़्यादा ध्यान देना है बल्कि शायद उन्हीं पर ध्यान देना है। कुछ दिनों बाद जब दिल्ली के एक मुहल्ले में एक सूअरी के पैदा होने की ख़बर सुनी जिसकी थूथन गणेश की सूंड जैसी है तो उसने तुरंत रिपोर्टर दौड़ा दिया। नाग-नागिन और भूत-प्रेत वाली ख़बर की सूचना मिलती तो वह रिपोर्टर से तुरंत स्टोरी करने को कहता। एक दिन शाम की मीटिंग में कहीं गूलर का फूल उगने की ख़बर की चर्चा हुई तो उसने सुझाव दिया—"हम किसी ज्योतिषी से यह पुछवा सकते हैं कि गूलर का फूल उगने से किस राशि के व्यक्ति पर क्या असर पड़ सकता है।"

मीटिंग में मौजूद आउटपुट के बंदे ने दाद दी। वाह! क्या आयडिया है। कहा, "आप तो बहुत जल्दी टीवी को समझ गए!" सागर थोड़ा झेंपा। उसने तो सिर्फ़ व्यंग्य में यह सलाह दी थी, लेकिन बहुत मुमकिन था कि उसकी यह सलाह लपक ली जाती। उसने कहा, "आप सबका साथ है, सीखना कोई मुश्किल थोड़े ही है!"

लेकिन वह जानता था कि सीखना वास्तव में इतना आसान नहीं था। यह सीखना कि ख़बर अपने आपमें कुछ नहीं होती जब तक कि विजुअल नहीं हो, यह सीखना कि सिनेमा, क्राइम, क्रिकेट और कॉमेडी के चार 'सी' ही टीवी जगत के चार खंभे हैं और कॉमन मैन का पांचवां 'सी' यहां कोई मायने नहीं रखता, यह सीखना कि हत्या तब तक हत्या नहीं जब तक वह किसी ऊंचे तबके के इंसान की न हो, यह सीखना कि पति-पत्नी का झगड़ा कोई निजी मामला नहीं बल्कि एक घंटे का तमाशा बनाकर परोसे जाने का मसाला है, यह सीखना कि गरीबी के कारण किसान आत्महत्या करे तो वह कोई ख़बर नहीं है मगर प्रेम के चलते कोई किशोर जान दे दे या ले ले तो वह दिन की सबसे बड़ी ख़बर है।

यह सब सीखने के लिए कितना कुछ भुलाना होगा। भूलना होगा कोलकाता में पिताजी की मित्र-मंडली की बातचीत के दौरान चुपचाप कोने में बैठकर सीखा वामपंथ का शुरुआती सबक। किशोरावस्था में प्रेमचंद, यशपाल और गोर्की की किताबें पढ़कर स्थापित हुई मान्यताओं को भुलाना होगा, भूलना होगा कॉलेज के दिनों में लाल परचम के बीच सीखा और सिखाया सबक, अख़बार के दिनों में आम आदमी का पक्ष लेते

हुए जो लेख लिखे, और पुरातनपंथ और अंधविश्वास के ख़िलाफ जो मोर्चा संभाला, उसे भुलाना होगा। भूलना होगा उस बॉस को जिसने कभी भाई बनकर तो कभी दोस्त बनकर पत्रकारिता सिखलाई और सिखाया कि आदर्श और भावुकता के साथ किस तरह पत्रकारिता की जा सकती है, बताया कि किस तरह अपने स्वाभिमान के लिए बड़ी-से-बड़ी नौकरी को लात मारी जा सकती है, सिखाया कि किस तरह किसी ख़बर के साथ फफक-फफककर रोया जा सकता है।

सागर की आंखें छलक आई थीं अपने उस बॉस की याद में, जो अब इस दुनिया में नहीं है। वह टीवी चैनल में आया था उसी की राह पर चलने के लिए, उसी के शुरू किए गए चैनल में। लेकिन इस बीच दुनिया काफ़ी बदल गई थी—ख़ासकर न्यूज़ चैनलों की दुनिया। उसने शीशे में अपना चेहरा देखा—पांच महीनों में वह खुद भी कितना बदल गया है। उसके परिचितों के मुताबिक वह पहले से दुबला हो गया है। सुमि कहती है, "तुम्हारे चेहरे पर झुर्रियां आ रही हैं।" वह जानता है कि इधर उसका वजन कम हो गया है, गाल पिचक गए हैं। अचानक ही वह पांच साल बड़ा हो गया है। 'मैं तेजी से मर रहा हूं—अंदर से भी और बाहर से भी', सागर ने महसूस किया।

जाएं तो जाएं कहां

कार आईटीओ की लाल बत्ती पर रुकी हुई है। अपने मौजूदा ऑफ़िस के लिए उसे सीधे जाना होगा। दाहिनी ओर उसका पुराना ऑफ़िस है—उसका अपना विश्वविद्यालय, जहां उसने पूरे 19 साल काम सीखा, काम किया—असली पत्रकारिता की। उसका मन किया कि वह राइट टर्न ले ले और उसी दरवाज़े में पहुंच जाए। लेकिन क्या पुराने ऑफ़िस में उसकी ज़रूरत है? क्या ब्रजवासियों को कभी अपने कान्हा की याद आती है? अगर आती होती तो क्यों इतने दिनों में कभी किसी ने नहीं कहा, लौटकर आने के लिए? यदि वह बिन बुलाए गया तो क्या उसे अपने लिए कोई खुला हुआ दरवाज़ा मिलेगा? और अगर दरवाज़ा बंद मिला तो उसके पास क्या चारा होगा?

कार चौराहे पर खड़ी है। अगर दाहिने मुड़ना है तो सागर को पहले सीधे जाकर आगे से यू टर्न लेना होगा।

'निकल जाऊं या आगे से यू टर्न ले लूं? सीधे या आगे से यू टर्न?' सागर तय नहीं कर पा रहा।

सिग्नल हरा हो गया है, लेकिन सागर की कार खड़ी की खड़ी है। कार में तलत का गीत लहरा रहा है। *जाएं तो जाएं कहां समझेगा कौन यहां, दर्द भरे दिल की ज़बां...।*

दिव्या, मेरी जान

पंकज श्रीवास्तव

कॉलबेल बजते ही दरवाज़ा खुल गया। सामने मुस्कुराती दिव्या आज कुछ ज़्यादा ही खूबसूरत लग रही थी। गालों पर गड्ढे भी पड़ रहे थे, हमेशा की तरह...जानलेवा। अमित का मन हुआ कि तुरंत बांहों में भर ले। लेकिन कंधे पर लटका बैग मेज़ पर रखकर पलटा तो जैसे दिमाग़ बेकाबू हो गया।

"रात के एक बजे यूं दरवाज़ा खोलने का क्या मतलब? पहले खिड़की खोलकर देख तो लेती कौन है। मेरी जगह कहीं कोई..."

"लगता है फिर क्राइम शो के लिए स्टोरी करनी है। दिमाग़ तो अभी से रिक्रियेशन में जुटा होगा...वो क्या कहते हैं नाट्य रूपांतरण। भूल जाते हो कि दुनिया उतनी भर नहीं है जितना क्राइम शो में दिखाया जाता है। कितने एबनार्मल होते जा रहे हो।" दिव्या नाराज़ हो गई थी। "यह भी भूल गए कि तुमने खुद फ़ोन पर आधे घंटे में पहुंचने की बात कही थी। वैसे भी, तुम्हारे आने से पहले तुम्हारी बू मुझ तक पहुंच जाती है जिसे पहचानने में मैं चूक नहीं कर सकती। एक तुम हो, सामने खड़ी रहूं तो भी नज़र नहीं आती..." दिव्या का मुंह फूल गया था। वह किचन में चाय बनाने चली गई।

झटका खाया अमित कपड़े उतारकर सीधे बाथरूम में घुस गया। शॉवर से झरना फूटा तो जैसे होश आने लगा।

"कितना चिड़चिड़ा होता जा रहा हूं..." दिव्या ने कई बार कहा था पर आज उसे भी महसूस हुआ। बहुत दिन नहीं हुए जब घर में घुसते ही पहले दिव्या को भरपूर प्यार करता था। यहां तक कि जूते उतारने का होश भी नहीं रहता था और अब जैसे दिल-दिमाग़ पर कोई और क़ब्ज़ा किए बैठा रहता है। सिर्फ़ तीन साल में कितना कुछ बदल गया है...उसने सोचा।

तीन साल पहले जब चैनल एक्स से नियुक्ति की चिट्ठी मिली थी तो लगा था सारा जहां क़दमों में आ गिरा है। हाथ में चिट्ठी लेकर वह दिव्या को पागलों की तरह चूम रहा था, "देखा, मैं कहता था न, पढ़े-लिखों की क़द्र अभी भी होती है। अब हमारी हर ख़्वाहिश, हर ख़्वाब पूरे होंगे। बस एक बार टीवी पर आने का मौक़ा

तो मिले...छा जाऊंगा।'' फिर अचानक दिव्या को हँसता छोड़ वह बंदरों की तरह उछलकर कोने में रखे बड़े बाक्स पर चढ़ गया था। नियुक्ति पत्र को गोलाई में माइक की शक्ल दी और बन गया था टीवी रिपोर्टर—''आज की ताज़ा ख़बर...आख़िरकार डॉ. अमित रस्तोगी को अपने साथ लाने में चैनल एक्स को कामयाबी मिल ही गई। हालांकि कई चैनल इस कोशिश में लगे थे लेकिन डॉ. अमित ने चैनल एक्स को तरज़ीह दी जो ख़बरों की दुनिया को नई शक्ल देने की मुहिम चला रहा है...ख़बरों का यह सिलसिला जारी रहेगा...बहुत कुछ बताएंगे डॉ. अमित के बारे में, पर पहले छोटा-सा ब्रेक...''

''अरे तुम्हारा दिमाग़ तो अभी से ख़राब हो गया है। बन रहे हो रिपोर्टर और अदाएं एंकर जैसी। बड़ी मेहनत करनी पड़ेगी बच्चू...अख़बार नहीं, टीवी है टीवी''—खुशी में डूबी दिव्या दीदी-अम्मा बन गई थी, ''और अब ये डाक्टर-फ़ाक्टर नहीं चलेगा...थोड़ा स्मार्ट बनना होगा। सोचो, कोई एंकर कहे कि अब चलते हैं अपने संवाददाता डॉ. अमित रस्तोगी के पास, तो लगेगा अस्पताल चलने को कहा जा रहा है।'' टीवी में जाने की उम्मीद में उसके साथ दिव्या भी न्यूज चैनलों को बारीक़ी से देख रही थी। यह ज्ञान उसी का नतीजा था।

''क्यों भाई क्यों नहीं कहलाएं डाक्टर? पी. एच. डी. की डिग्री ऐसे ही थोड़े मिली है। नेट क्वालीफाई किया है। पांच साल यूजीसी ने वजीफ़ा दिया कि हम डाक्टर हो जाएं''... उसने शेखी बघारी थी।

''जानती हूं...जानती हूं कितनी मेहनत की थी। सारा समय तो मेरे पीछे चक्कर लगाया करते थे और वजीफ़े के पैसे से दावतों और फ़िल्मों का दौर चलता था। थीसिस तो तब लिखी थी जब वजीफ़ा मिलना बंद हो गया था, अख़बार में काम करते हुए''...दिव्या ने उसे ज़मीन पर उतारा—''वो तो मैं थी जो ढर्रे पर ले आई वरना तुम तो बीच रास्ते ही खिसक लिए थे।''

''खिसके नहीं थे...अटक गए थे...एक हुस्नपरी के जाल में। आज तक नहीं निकल पाए। ख़ैर जो हुक्म...हम तो ताबेदार ठहरे''...उसने हथियार डाल दिए थे।

''ताबेदार तो मैं हूं, बांदी हूं घर भर की''...मुन्ने के रोने की आवाज़ ने रोमांस को आगे बढ़ने नहीं दिया। दिव्या दूसरे कमरे की ओर भागी। साहबज़ादे की नींद टूट गई थी, उसी का ऐलान हुआ था। जनाब पांच साल के हो गए थे लेकिन जागने पर मां को क़रीब न पाएं तो ऐसे ही तंग करते थे।

वह भी फ़ोन पर व्यस्त हो गया था। अख़बार के संपादक, दोस्तों, ख़ास रिश्तेदारों, सभी को नई नौकरी की जानकारी दी थी। हर तरफ़ से बधाइयों का तांता लग गया था। लोगों की नज़र में अचानक ख़ास हो जाने का अहसास हो रहा था...पांव ज़मीन पर नहीं पड़ रहे थे।

रात को दिव्या ने टटोला था—"एक बार फिर सोच लो। अख़बार में जम गए हो। हर दूसरे दिन पहले पेज पर छपते हो। संपादक भी खुश है। पैसे भी ठीक-ठाक मिलने लगे हैं। पता नहीं टीवी में क्या हो...सुना है चौबीस घंटे की ड्यूटी होती है। कहीं कुछ गड़बड़ न हो जाए...?"

"अजीब बेवकूफ़ी की बात कर रही हो।" दिव्या की बात उसे बेवक़्त की शहनाई लगी थी। "अरे, अख़बार और टीवी का क्या मुक़ाबला? अख़बार की पहुंच होती ही कितनी है?...जानती हो...चैनल एक्स आधी दुनिया में देखा जाता है। फिर काम ही कितना रहता है टीवी में...एक-आध ख़बर भेज दो, बस। शामें साथ बीतेंगी जो अख़बार की नौकरी में सपना ही है। वैसे भी दस हज़ार रुपयों में होता क्या है...? चैनल एक्स बीस दे रहा है। तनख़्वाह हर साल बढ़ेगी, अख़बार की तरह पांच-छह सौ नहीं, कम-से-कम पांच हज़ार रुपए महीना। अच्छा काम हुआ तो डबल होते देर नहीं लगेगी। सोचो...बीस का चालीस...चालीस का अस्सी...फिर एक लाख। तब पता चलेगा तुम्हारे मायके के उन रिश्तेदारों को, जो ग़रीब अख़बारनवीस के पल्ले बांध देने के लिए तुम्हारे मां-बाप को इतने साल बाद भी ताना मारते रहते हैं...मिलने को तरसेंगे साले।"

"मां-बाप क्या करें जब बेटी ही पागल हो जाए"...दिव्या ने उसकी ओर प्यार से देखते हुए जवाब दिया।

अमित को अचरज हुआ कि दिव्या आज रिश्तेदारों का ज़िक्र आने पर चिढ़ी नहीं, उलटे स्वर में मुलायमियत थी। उसने दिव्या की आंखों में झांका...हज़ारों तारे झिलमिला रहे थे।

"रात भर नहाते ही रहोगे क्या? चाय ठंडी हो रही है"...बाथरूम के दरवाज़े पर ठक-ठक और दिव्या की आवाज़ से अमित चौंक पड़ा। देखा कि नहाने के नाम पर इतनी देर से बस नल की टोंटी पर हाथ रखे शॉवर के नीचे खड़ा है। साबुन लगाने का होश भी नहीं था। ख़ैर, इतने पानी ने ही रैली में मिली धूल और पसीने को धो डाला था, जिसे कवर करने वह बरेली गया था और लौटते-लौटते रात के एक बज गए थे। दिव्या के फ़ोन रास्ते भर आते रहे थे। जब लखनऊ क़रीब 30 किलोमीटर रह गया था तो उसने कहा था, "बस आधे घंटे।"

"जल्दी आओ"...दिव्या के स्वर में मनुहार था।

"क्या उड़कर चला आऊं"...वह झल्ला गया था।

बाथरूम से बाहर आकर कपड़े बदलते-बदलते डेढ़ बज गए थे। "अब चाय क्या पीनी, सीधे खाना खाते हैं..." दिव्या को चाय की केतली लेकर किचन में जाते देखा तो अमित ने इरादा ज़ाहिर किया।

दिव्या चुपचाप खाना लगाने लगी। अमित समझ गया कि बेगम नाराज़ हैं। दबे पांव पीछे पहुंचकर बांहों में घेर लिया, "नाराज़ हो मेरी जान?"

"बड़े आए जान वाले। जब से आए हो, एक बार ठीक से देखा भी नहीं...वरना समझ गए होते कि बार-बार फ़ोन क्यों कर रही थी," दिव्या ने नख़रा दिखाया। अमित ने महसूस किया कि घर भर में चंदन महक रहा है। इस खुशबू का वह दीवाना है। दिव्या ने जगह-जगह अगरबत्तियां खोंसी हुई थीं। बेडरूम में झांका तो कुछ ज़्यादा ही संवरा लग रहा था। मुन्ना ड्राइंगरूम में पड़े दीवान पर सो रहा था। बगल में मसनद रखी थी ताकि गिर न पड़े। इंतज़ाम स्थायी था। यानी कुछ देर बाद वह बिस्तर पर दिव्या के साथ अकेला होगा...सोचते ही बदन में सुरसुरी दौड़ गई।

दिव्या की ओर उसने ध्यान से देखा। धानी साड़ी में बेहद जंच रही थी। बालों को ढीले-ढाले ढंग से लपेटकर एक रबरबैंड के सहारे टिकाया गया था। माथे के कोने से निकाली गई एक लट लहराते हुए बार-बार दायां गाल छू रही थी। उसकी आंखें शरारत से चमक उठीं—"इरादा क्या है?"

"बताना पड़ेगा?"...मुस्कुराते हुए दिव्या ने कहा तो गालों पर फिर गड्ढे पड़ गए।

"मार ही डालेगी।"

"हां, पर पहले कोफ्ते खा लो।" अमित ने सोचा, ऐसा हो ही नहीं सकता कि कहीं बाहर से लौटो और मनपसंद चीज़ खाने को न मिले।

बिस्तर पर पहुंचते-पहुंचते ढाई बज गए। दिव्या उसकी बांहों में थी। सफर की थकान के साथ नींद भी गायब हो गई थी...वह दिव्या की आंखों में डूबने लगा...सांसों की गर्मी अभी रफ़्तार पकड़ ही रही थी कि मोबाइल की घंटी ने जैसे ब्रेक लगा दिया। नंबर देखा तो मुंह उतर गया।

"कौन है," दिव्या ने पूछा।

"एसाइनमेंट डेस्क।"

"काट दो।"

"पागल हो...बात तो करनी ही पड़ेगी...हेलो..."

"हेलो...अमित...काफी देर से ट्राई कर रहा था। शायद तुम नेटवर्क एरिया से बाहर थे, लखनऊ पहुंच गए क्या?" दूसरी तरफ़ सीनियर प्रोड्यूसर वागीश था।

"जी, अभी-अभी पहुंचा हूं।"

"कल क्या दे रहे हो...यहां न्यूज़लिस्ट में तुम्हारे नाम के आगे 'नो आयडिया' लिखा है। सुबह बॉस भड़केंगे।" वागीश ने बेहद साहबी अंदाज़ में सवाल किया।

"मैं तो अभी पहुंचा हूं...आज के अख़बार भी नहीं देखे। वैसे भी काफी शांति है यहां...कोई इवेंट भी नहीं है। सुबह बताऊंगा कोई स्टोरी।" अमित ने समस्या रखी।

''ऐसे कैसे चलेगा। सारे रिपोर्टर कल पर छोड़ना चाहते हैं। कैसे रनडाउन बनेगा।'' वागीश के स्वर में कड़वाहट बढ़ती जा रही थी।

मन हुआ कह दे, 'दुनिया चैनल के रनडाउन के हिसाब से नहीं चलती। अल्ला मियां ही जानते होंगे कि क्या होगा कल।'

पर उसे पता था कि चैनल के अल्ला मियां बॉस यानी सुशील रंधावा हैं। डेस्क पर बैठे पत्रकारों का फ़र्ज़ है कि रंधावा साहब के सामने अगले चौबीस घंटे का भविष्य सुबह-सुबह पेश कर दें। कई बार एसाइनमेंट वाले उसे टाइपिस्ट लगने लगते थे। उनके पास खुद कोई आयडिया नहीं होता, बस रिपोर्टर का बताया आयडिया टाइप करते रहते हैं। फिर बॉस के सामने इस तरह हांकते हैं जैसे ख़बर रिपोर्टर नहीं कर रहा है बल्कि वे करा रहे हैं।

उसने किसी तरह जान छुड़ाई, ''सर, सुबह ज़रूर बता दूंगा, पक्का।''

फ़ोन कटने तक उसका मूड बिगड़ चुका था। उसे पता था कि सुबह फिर फ़ोन आएगा और वह अपराधी की तरह सिर लटका लेगा। शहर का हाल ही ऐसा था। कुछ भी ऐसा नहीं हो रहा था जिस पर चैनल 'खेल' सके। न किसी नेता के ख़िलाफ़ बलात्कार का आरोप लग रहा था, न किसी बड़े घर की बहू का क़त्ल ही हुआ था। किसी अमीरज़ादी का बलात्कार भी नहीं हुआ था और न ही खूबसूरत जवां चेहरे किसी मुद्दे पर मोमबत्ती जुलूस ही निकाल रहे थे।

''क्या होगा कल?''...न चाहते हुए भी बात मुंह से निकल ही गई।

''कल की कल देखना, पहले आज की सोचो।'' दिव्या ने उसे अपनी तरफ़ खींचते हुए गाड़ी पटरी पर लाने की कोशिश की।

कोशिश उसने भी की लेकिन लगा कि जिस्म साथ नहीं दे रहा है। बदन की हरारत हवा हो गई थी और मन का तनाव रगों के तनाव को कुतर रहा था।

उसका हाल देख दिव्या झुंझला गई, ''क्या हो जाता है तुम्हें...दफ़्तर को हर वक़्त ढोने का क्या मतलब?...आधी रात को भी चैन नहीं है'', बड़बड़ाते हुए दिव्या ने मुंह फेर लिया।

परेशान अमित छत को घूरे जा रहा था। पिछले कुछ महीनों में ऐसा कई बार हो चुका था। बेचैनी बढ़ी तो आंखों के सामने बर्लिंग्टन चौराहे पर लगे मर्दाना कमज़ोरी के शर्तिया इलाज़ का दावा करने वाले खानदानी हक़ीमों के बोर्ड घूमने लगे...तो क्या वह भी?...माथा चकराने लगा था।

सुबह उठते ही उसने सारे अख़बार चाट डाले पर मतलब की बात नहीं मिली। बुंदेलखंड में क़र्ज़ में डूबे किसानों की खुदकुशी पर तो बात करना ही फिजूल था। एक बार आइडिया दिया था तो वागीश भड़ककर बोला था, ''फालतू का हल्ला है। दुनिया में सबसे कम खुदकुशी भारत में होती है। क़रीब एक लाख लोग जान देते हैं हर साल, जिनमें किसान सबसे कम होते हैं। और विजुअल क्या होंगे...वही फटी

धरती...मुरझाई फ़सलें...सूखी नहरें...ख़राब पड़े ट्यूबवैल और चीकट चेहरे। वैसे भी क़र्ज़ वापस नहीं कर पाएंगे तो मरेंगे ही साले। कर्ज़ लेने के पहले क्यों नहीं सोचते?'' टके-से जवाब के साथ यह ज्ञान भी मिला था, ''किसान-विसान छोड़ो, कुछ फोड़ो...ऐसा कि आधे घंटे खेल सकें और टीआरपी मिले''...अमित का मन हुआ कि अपना सिर फोड़ ले।

वागीश के रवैये से उसे उन अफ़वाहों पर यक़ीन होता जा रहा था कि वह मुख्यमंत्री के एक क़रीबी नेता का ख़ास है। उसी की कृपा से हाल ही में वह नोएडा में एक शानदार प्लाट का मालिक बना था।

लेकिन टीआरपी यानी टेलिविजन रेटिंग प्वाइंट की हक़ीक़त को वह कैसे नकारता? एक संस्था देश के कुछ हज़ार खाये-अघाये घरों पर नज़र रखकर हर हफ़्ते बताती है कि कितने लोगों ने उस हफ़्ते किस चैनल को कितनी देर तक मुंह बाए हुए देखा। किस प्रोग्राम पर अटके कि रिमोट का बटन दबाना भूल गए। ये कुछ हज़ार लोग एक अरब से ज़्यादा हिंदुस्तानियों की पसंद तय कर देते हैं और चैनल वही परोसने में जुट जाते हैं।

ख़बर की तलाश जारी थी कि प्रोड्यूसर प्रफुल्ल का फ़ोन आ गया। सुबह की शिफ्ट का इंचार्ज़। ''कुछ मिला? वागीश ने कहा था कि सुबह बताओगे।'' उसने छूटते ही सवाल दागा।

''उसी में लगा हूं। वैसे भी रिपोर्टर हूं, क्रियेटर नहीं। सब अमन चैन है तो मैं कहां से धमाका कर दूं...'' वह प्रफुल्ल से कुछ खुला हुआ था सो उलझ पड़ा।

''यार, तुम अपने पैर में खुद कुल्हाड़ी मारते रहते हो। देखना, प्रमोद तुम्हारे इसी शरीफ़ शहर से ऐसा कुछ निकालेगा कि हंगामा हो जाएगा। देखा था सिंधिया के भूत वाले मामले में, कैसे पीटा था उसने।'' प्रफुल्ल ने जैसे घाव कुरेद दिया।

प्रमोद यानी प्रमोद जोशी, चैनल जेड का रिपोर्टर। अमित से दोस्ती की क़समें खाता लेकिन स्वभाव में एकदम उलट। वैसे भी प्रतिद्वंद्वी चैनल के रिपोर्टर के साथ सच्ची दोस्ती रखना मूर्खता ही थी। दांव-पेंच में बेहद माहिर। हर चैनल में ऊपर बैठे लोगों से रब्त-जब्त। कभी फ़ोन तो कभी एसएमएस के ज़रिए हर जगह अपनी मौजूदगी का अहसास कराने की कला उसे आती थी।

उस दिन सुबह-सुबह प्रफुल्ल ने फ़ोन किया था, ''अमित, तुरंत मैनपुरी चले जाओ। बढ़िया ड्रामा है। ओ बी वैन भी ले जाओ।'' उसकी आवाज़ से उत्साह छलक रहा था।

''अरे यार, पहले ख़बर तो बताओ।'' अमित ने सवाल किया था।

''झख मारते रहते हो लखनऊ में बैठकर। कुछ पता भी है। मैनपुरी में माधवराव सिंधिया का भूत दिखता है जहां उनका प्लेन क्रैश हुआ था''...वह समझ गया कि किसी अख़बार के इंटरनेट एडीशन से यह महान ज्ञान प्रफुल्ल को हासिल हुआ है।

वह ऐसी ही जानकारियों के बल पर ब्यूरो रिपोर्टरों को हांका करता था।

"लेकिन हमें भूत कहां मिलेगा जो लाइव करेंगे। बाइट भी नहीं देगा यार"...उसने जान-बूझकर ठिठोली की थी।

"बाइट भूत नहीं गांव वाले देंगे। कुछ लोग दावा कर रहे हैं उन्होंने कई बार उस खेत के आसपास सिंधिया के भूत को भटकते देखा है, जहां प्लेन का मलबा अभी भी पड़ा है। तुम वहीं चौपाल लगाना। घंटे भर खेलेंगे।" प्रफुल्ल ने उत्साह भरने की कोशिश की थी।

"गांववालों के कहने से क्या होता है? इससे तो अच्छा है कि किसी पागलखाने चला जाता हूं। भूत नहीं असली मिल जाएंगे। सिंधिया ही नहीं, गांधी, नेहरू से लेकर हिटलर तक।" उसने गुब्बारे में सुई चुभोई।

"तुम्हारे साथ यही तो ख़राबी है। मैं गांव वालों से बात करने को कह रहा हूं और तुम पागलखाने की ले बैठे। सोच लो, हम नहीं करेंगे तो कोई और फोड़ देगा स्टोरी। फिर हम थोड़े ही भूत देखने का दावा करेंगे। जिनका दावा है, उन्हें सामने कर देंगे...बस"...प्रफुल्ल ने समझाने की कोशिश की। आख़िर स्टोरी उसकी ढूंढ़ी हुई थी। उसे शेखी बघारने का मौक़ा मिलता कि वह डेस्क पर बैठे-बैठे ऐसी ख़बरें ढूंढ़ लेता है जो फ़ील्ड के रिपोर्टरों को पता ही नहीं होतीं।

"क्यों, भूत देखने का दावा करने वाले पागल नहीं होंगे इसकी क्या गारंटी है?"... अब अमित बहस के मूड में आ गया था। साइंस ने हमें इतनी बड़ी ताक़त दी है और हम उसका इस्तेमाल अंधविश्वास फैलाने में करें। कहां की पत्रकारिता है ये?...मैं तो नहीं करूंगा ये सब"...अमित के स्वर में दृढ़ता थी।

"पछताओगे..." प्रफुल्ल ने गुस्से में फ़ोन पटक दिया था।

अमित को अपनी दृढ़ता पर खुद अचरज हुआ। बहुत दिन बाद उसने किसी मसले पर स्टैंड लिया था। अपर्णा से किए गए वादे पर खरा उतरने की खुशी से वह झूमने लगा था।

अपर्णा उसके साथ यूनिवर्सिटी में पढ़ती थी। कुछ दिन पहले हजरतगंज में किताबों की दुकान पर टकरा गई थी। अरसे बाद हुई मुलाक़ात से दोनों खुश थे। कॉफी हाउस में बैठकर दोनों ने पुराने दिनों को याद किया था। वहीं उसे पता चला कि अपर्णा विज्ञान चेतना बढ़ाने वाले एक एनजीओ में काम करती है अपने पति डॉ. अंकुर वर्मा के साथ। अपर्णा ने जब बताया कि वह अक्सर टी वी पर उसे देखती है तो वह मन-ही-मन फूल गया था। आख़िर दिव्या से पहले उसका दिल अपर्णा के लिए ही धड़का था। लेकिन वहां तो अंकुर वर्मा पहले ही जगह बना चुके थे, इसलिए मामला धड़कने तक ही रह गया था। वह पुरानी यादों में डूबने लगा था कि अचानक अपर्णा की आवाज़ की तल्ख़ी ने उसे चौंका दिया। वह पूरी एनजीओ वाली बन गई थी...

"ये तुम न्यूज़ चैनल वालों को हो क्या गया है? क्या-क्या दिखाते रहते हो दिन-रात। पहले ही छिछोरापन कम था कि अब भूतों को भी ले आए। हम लोग घूम-घूमकर अंधविश्वास के ख़िलाफ़ गीत गाते हैं, नाटक करते हैं, पर्चे बांटते हैं और ये चैनल, सब किए-धरे पर पानी फेर देते हैं। तुम्हें पता है हाल ही में मैंने एक प्रोग्राम में देखा कि एक भूत रात में औरतों के साथ बलात्कार करता है। गुंडे-मवालियों से ही बचना मुश्किल था, अब इन भूतों से कैसे बचें औरतें? तुम्हारे जैसे पढ़े-लिखे लोगों के होते हुए भी चैनलों में ये सब होता रहता है...विरोध नहीं करते तुम लोग?..." अपर्णा ऐसे पूछ रही थी जैसे असली अपराधी वही हो।

"पर लोग ये सब पसंद करते हैं अपर्णा"...उसने बहस करने की कोशिश की। "तुम्हें पता है उस प्रोग्राम की टीआरपी सबसे ज़्यादा आई थी।"

"भाड़ में गई तुम्हारी टीआरपी। अभी मैं कपड़े उतारकर फेंकने लगूं तो सौ फीसदी हो जाएगी मेरी टीआरपी। कॉफी हाउस का हर शख़्स मुझे ही देखेगा पर समझेगा तो पागल ही न। कैसे-कैसे तर्क देते हो तुम लोग।"

अमित इतनी जल्दी हार कैसे मानता। उसे एक टीआरपीवादी बॉस का तर्क याद आया—"तो देखना बंद क्यों नहीं कर देते लोग? भूतों को देखकर चैनल बदल दें तो कोई क्यों दिखाएगा। जब डिमांड है तो सप्लाई होगी ही।"

"अगर ऐसा होता तो भूत-प्रेतों पर बनने वाली फिल्में हमेशा सुपरहिट होतीं। लेकिन ऐसी फिल्म बनाने वालों को 'बी' या 'सी' ग्रेड का ही माना जाता है। लोग इस कौतूहल में देखते हैं कि जिन भूतों को वहम माना जाता था वे सच बताने वाले न्यूज़ चैनलों में कैसे जगह पा रहे हैं। तुम्हारे इस खेल में उन्हें मज़ा भी आता है लेकिन उनकी नज़रों में तुम्हारी साख गिरती है। यही वजह है कि टीवी के पर्दे पर होने वाले बड़े-बड़े भंडाफोड़ भी जनता को सड़क पर आने को प्रेरित नहीं करते..." दिव्या बिना सांस लिए बोले जा रही थी।

अपर्णा की बात में दम था। उसे याद आया कि कैसे एक स्टिंग ऑपरेशन में सत्ताधारी दल के एक सांसद के फंसने के बाद जब कुछ नहीं हुआ तो एक बॉस ने कुछ 'कराने' को कहा था और उसने विरोधी दल के छुटभैये नेताओं को पकड़कर पुतले फुंकवाए थे। चैनल ने चलाया था—"हमारी ख़बर का असर।"

अपर्णा बोले जा रही थी, "फिर पत्रकार क्या भीड़ की राय का गुलाम होता है? ग़लत को हज़ार बार ग़लत कहने की ताक़त होनी चाहिए। हो सकता है एसएमएस के ज़रिए अस्सी फीसदी लोग राय ज़ाहिर कर दें कि पृथ्वी शेषनाग के फन पर टिकी है न कि गुरुत्वाकर्षण की वज़ह से सौरमंडल में लटकी है, तो क्या ब्रेकिंग न्यूज़ बनाकर बताओगे कि पृथ्वी शेषनाग के फन पर पहुंच गई है। फिर तुम ऐसी बात कर रहे हो अमित! तुम वही गैलीलियो हो न...?" अपर्णा अचानक गंभीर हो गई थी।

अमित शर्मिंदा हो गया। ''गैलीलियो' वह नाटक था जिसमें अपर्णा और उसने काम किया था, यूनिवर्सिटी फ़ेस्टिवल में। वह गैलीलियो बना था। विज्ञान के पक्ष में धर्मसत्ता से गैलीलियो का संघर्ष उन दिनों उसके सिर चढ़कर बोलता था। कोई अवैज्ञानिक बात उसे बर्दाश्त नहीं होती थी। एक बार उसने अपर्णा से कहा था, ''हमें कॉपरनिकस जैसे वैज्ञानिकों की ज़रूरत है जिसने ज़िंदा जलना मंजूर किया लेकिन अपनी मान्यता नहीं बदली कि पृथ्वी सूर्य के चक्कर लगाती है। लोगों में विज्ञान चेतना कैसे फैले इस पर सोचो।'' अपर्णा विज्ञान की छात्रा थी और वह उसके कैरियर को लेकर फ़िक्रमंद था।

उसे लगा कि अपर्णा तो उसकी बताई राह पर चल रही है और वह खुद भटक गया है। थोड़ा शर्मिंदा होकर बोला, ''तुम्हारी बात ठीक है, पर हमारी व्यक्तिगत राय का कोई मतलब नहीं है। सब कुछ मार्केट फ़ोर्सेज़ ही तय करते हैं। न्यूज़ चैनल हज़ारों-लाखों नहीं, करोड़ों-अरबों का खेल है। आगे रहने के लिए सबकुछ करना पड़ता है।''

''पर ये रैट रेस है अमित। जीतो चाहे हारो, रहोगे तो चूहे ही। तुम लोगों को देखकर लगता है कि डार्विन के विकासवाद की दिशा उलट गई है। आदमी से चूहा बनने की ओर बढ़ रहे हो, आगे अमीबा भी बनोगे।'' अपर्णा संजीदा थी।

अमित की शर्मिंदगी और बढ़ी तो उसने वादा कर लिया, ''अपर्णा, मैं दूसरों का जिम्मा नहीं लेता, पर तुम मुझे कभी टीवी पर भूतों की वकालत करते नहीं देखोगी, वादा।''

''शाबाश, तुमसे यही उम्मीद थी। तुमने ही सुनाई थी न ब्रेख़्त की वह कविता, 'तुम बतौर बेहतर इन्सान दुनिया से विदा लो, इससे ज़रूरी है कि बेहतर समाज से विदा लो,' मुझे याद है और तुम भूल गए''...अपर्णा ने हंसते हुए कहा तो शर्मिंदगी बढ़ गई। फिर अपना वादा याद आया तो राहत मिली।

दोनों ने एक-एक प्याला कॉफी और पी थी। फिर डॉ. अंकुर वर्मा के साथ उसके घर आने का वादा करके अपर्णा चली गई थी। उसके जाने के बाद अमित ने तीसरी कॉफी पी थी यह सोचते हुए कि अपर्णा से किया गया वादा पूरा कर पाएगा या नहीं।

सिंधिया के भूत की स्टोरी खारिज़ करने की ताकत उसी वादे से आई थी। लेकिन नतीजा भी जल्दी सामने आ गया। फोन वागीश का था...

''तुम घास छील रहे हो वहां? चैनल जेड सिंधिया के भूत पर एक्सक्लूसिव पेल रहा है जबकि ख़बर हफ़्ते भर से हमारे पास थी। प्रफुल्ल बता रहा था कि तुमने मैनपुरी जाने से इंकार कर दिया था। तुम कर चुके टेलीविज़न''...वह कुछ जवाब दे पाता इससे पहले वागीश ने फ़ोन काट दिया था।

उसने तुरंत चैनल जेड लगाया तो सामने प्रमोद जोशी खड़ा था। मैनपुरी में उसी

दुर्घटनास्थल से लाइव कर रहा था। चौपाल सजी थी। कुछ गांव वाले बता रहे थे कि उन्हें रात में कई बार माधवराव सिंधिया का भूत दिखा है। स्क्रीन पर एक तरफ़ एसएमएस वोट के नतीजों का ग्राफिक्स चल रहा था। सत्तर फीसदी लोगों को गांव वालों की बात पर यक़ीन था। वह समझ गया कि प्रमोद को यह ख़बर प्रफुल्ल ने ही बताई होगी उसे नीचा दिखाने के लिए। प्रमोद रोज रात को प्रफुल्ल को दुआ-सलाम करने के लिए फ़ोन करता था।

उसे प्रमोद जोशी पर भी गुस्सा आया। 'बनता तो दोस्त है। हमेशा कहता है कि हमें मिलकर काम करना चाहिए। चैनलों की लड़ाई अपनी जगह, पर हम क्यों लड़ें? कोई कितना भी चालाक हो पर किसी न किसी दिन धोखा खाता ही है, इसलिए ख़बरें शेयर किया करो। पर मैनपुरी जाने की हवा भी नहीं लगने दी साले ने। वैसे भी मुझे जाना नहीं था। उसे भी रोकता ही', उसने मन-ही-मन सोचा।

रोकने से रुक जाता क्या?...उसने खुद से सवाल किया। "कभी नहीं"...खुद ही जवाब भी खुद दिया। कैसे भूलता मुंबई की बार बालाओं वाला किस्सा।

"ये साला सीताराम सिंह, लगता है कैबिनेट मंत्री उर्मिलेश शास्त्री का टिकट कटवाकर ही दम लेगा"...अमित ने चाय का प्याला प्रमोद की ओर बढ़ाते हुए कहा जो उसके दफ्तर आया था।

"क्यों, क्या हुआ?"...प्रमोद के कान यह सोचकर खड़े हो गए थे कि अमित के पास कुछ ऐसा है जिसकी उसे ख़बर नहीं।

"मुझे उर्मिलेश शास्त्री के घर स्टिंग ऑपरेशन का लालच दे रहा था। कह रहा था कि परसों उनके पोते का मुंडन है। मुंबई से बार बालाएं आ रही हैं नाचने। वहां उसके लोग खूब नोट उछालेंगे और मौक़ा लगेगा तो एक-आध के कपड़े फाड़ देंगे। जमकर हंगामा होगा। पर मैंने डांट दिया..." अमित ने बताया था।

"ख़बर है तो खेलने लायक़। तुम्हें भी खूब लाइव का मौक़ा मिलेगा"...प्रमोद ने कुछ सोचते हुए जवाब दिया था।

"पर यार, वह हमारे कंधे पर बंदूक रखकर उर्मिलेश शास्त्री पर निशाना साध रहा है। है उन्हीं की पार्टी का, पर किसी भी तरह मुख्यमंत्री की नज़र में शास्त्री जी को गिराना चाहता है। जानता है कि हम सब ख़बरों के भूखे हैं, पर उसके फ़ायदे के लिए एक घर के तमाशे को पूरे देश का तमाशा क्यों बनाएं। फिर पेट भरने के लिए ही तो नाचती हैं बार बालाएं, जैसे हमारी एंकर ख़बरें पढ़ती हैं...क्या फ़र्क़ है। वो भी तो पापी पेट के लिए ही सब करती हैं। ये तो हालात और मौक़ा मिलने की बात है कि कौन कहां पहुंचता है"...वह संजीदा हो उठा था।

"फिलॉस्फर मत बनो। ऐसे सोचोगे तो एक भी ख़बर नहीं कर पाओगे। तुम्हारा पैमाना मान लिया जाए तो न्यूज़ चैनल बंद हो जाएं और हम सड़क पर"...प्रमोद व्यंग्य से मुस्कुरा रहा था।

''कुछ भी समझो। मैंने तो एसाइनमेंट को बताई भी नहीं ये ख़बर। जानता हूं, बता दूंगा तो पागल हो जाएंगे। देखना शाम तक सीताराम तुमसे भी संपर्क करेगा। डांट देना साले को।'' अमित ने सलाह दी थी।

'हूं'...कहते हुए प्रमोद ने चाय का आख़िरी घूंट भरकर प्याला सरका दिया था। ''चलता हूं, कल की रोटी का इंतज़ाम करना है।'' रोटी से प्रमोद की मुराद स्टोरी से है, अमित जानता था।

लेकिन दो दिन बाद तूफ़ान खड़ा हो गया था। चैनल जेड पर प्रमोद का लाइव चल रहा था जिसमें वह उर्मिलेश शास्त्री के घर बार-बालाओं के नाच पर लाइव कर रहा था। पर्दे पर एक तरफ़ डांस क्लिपिंग लगातार चल रही थीं। वह दृश्य ख़ासतौर पर चल रहा था जिसमें शराब में धुत्त कुछ लोग मंच पर चढ़कर एक बार बाला का ब्लाउज़ फाड़ने की कोशिश कर रहे थे। उसका बायां स्तन उघड़ गया था। इधर प्रमोद शास्त्री का राजनीतिक भविष्य ख़त्म होने का ऐलान कर रहा था और उधर स्टूडियो में बैठे कुछ विद्वान राजनेताओं में आ रही गिरावट पर प्रवचन दे रहे थे। एंकर तो जैसे पागल हुई जा रही थी। ''इतना ही ग़लत हुआ है तो बार-बार दिखा क्यों रही हो मैडम?''...उसके मुंह से गाली निकल गई थी।

पर बॉस लोगों से क्या कहता जो उस पर 'फायर' थे। उसने सीताराम वाला एंगल बताने की कोशिश की लेकिन कोई कुछ सुनने को तैयार नहीं था। उनका दिल बैठा जा रहा था यह सोचकर कि चैनल जेड के पर्दे पर रंगीनी छाई है और वे कुछ नहीं कर पा रहे हैं। थोड़ी देर बाद रास्ता निकाला गया और एक पुराना 'कॉमेडी शो' चला दिया गया जिसकी टीआरपी काफ़ी आई थी। इस बीच कोई न कोई बॉस उसकी क्लास लेने में जुटा हुआ था। एक ने तो यहां तक कह दिया कि 'शो कॉज' नोटिस भेजी जाएगी। पर उसका मन नहीं मान रहा था कि सीताराम के राजनीतिक फायदे के लिए इस्तेमाल न होने का उसका फैसला ग़लत था। 'अगर प्रमोद गड़बड़ न करता तो कुछ न होता'...उसने सोचा।

''क्यों किया तुमने ऐसा, जबकि तुम सारा खेल जानते थे''...मिलते ही उसने प्रमोद से शिकायत की थी।

''सॉरी यार, पर क्या करता? बॉस लोग डंडा किए थे कि कुछ फोड़ो। कुछ था नहीं तो मैंने कहा लो सालो...खेलो। करना पड़ता है यार। मेरी मानो तो तुम भी अपना एटीट्यूड बदलो, वरना मिसफिट होते देर नहीं लगेगी''...प्रमोद ने मंत्र दिया और चलता बना। उसे सीताराम ने लंच पर बुलाया था।

''मिसफिट''...वह काफ़ी देर तक इस शब्द पर गौर करता रहा। कितना सटीक शब्द है, उस जैसे लोगों पर पूरी तरह फिट।

वह 'मिसफिट' है, यह तो चैनल की नौकरी शुरू करते ही उसे पता चल गया था। ट्रेनिंग के दौरान जब उसने एक बॉस को कहते सुना कि रिपोर्टर को ख़बर

'बेचनी' आनी चाहिए तो चकरा गया था। ख़बर भी खरीदने-बेचने की चीज़ है, पहली बार सुन रहा था। "थोड़ा इमोशन हो...ड्रामा...तो मजा आ जाए।" बॉस ने लाइन दी थी।

"ऐसा कैसे होगा कि ख़बरों से मज़ा आए।" लंच के वक़्त वह बड़ी देर तक सिर खुजाते हुए सोच रहा था। फिर एक दिन जब न्यूज़ रूम में सीनियर प्रोड्यूसर शंकरदेव को चिल्लाते हुए देखा तो घबरा गया। मामला दिल्ली में एक मेडिकल छात्रा के साथ बलात्कार का था।

"तुरंत लाओ स्टोरी। अपमार्केट रेप है, दिन भर खेलेंगे। एक ओ बी वैन लड़की के हॉस्टल, एक अस्पताल और एक पुलिस हेडक्वार्टर ले जाओ...जल्दी करो। विजुअल्स सबसे पहले हमारे यहां चलने चाहिएं"... शंकरदेव ऐसे चीख़ रहा था जैसे पाकिस्तान से जंग का ऐलान हो गया हो। उसने ध्यान दिया कि पूरे न्यूज़ रूम में रौनक छाई हुई है। शंकरदेव के चेहरे को दोबारा देखा तो वहां शिकारी कुत्ते-सी उत्तेजना पसरी हुई थी। 'इन्हीं के साथ काम करना है', सोचकर ही दहशत होने लगी थी।

किसी तरह राम-राम कर ट्रेनिंग पूरी हुई। उसे लगा था कि इस बीच वह काफ़ी कुछ सीख गया है, लेकिन जब लखनऊ आकर काम शुरू किया तो लगा कि स्लेट कोरी रह गई। आए दिन डांट और शिकायतें। मुंह लटकाए फ़ोन पर 'जी'...'जी'...करता अपना चेहरा अजनबी लगता था।

"किस मरियल की बाइट भेज दी। कोई क़ायदे का चेहरा भी नहीं ढूंढ़ सकते?"... महंगाई पर भेजी गई उसकी रिपोर्ट पर प्रोड्यूसर को ऐतराज था। उसने बाज़ार में घूम रही एक परेशानहाल मध्यमवर्गीय महिला की बाइट ली थी, जबकि प्रोड्यूसर को कोई कालेज गर्ल छाप चेहरे की दरकार थी।

"तो क्या टीवी के पर्दे पर सुअर दिखाएंगे? थोड़ा प्रोफ़ाइल का भी सोचा करो यार"...उसने पूर्वी उत्तरप्रदेश में जापानी बुखार से एक महीने में सौ लोगों के मरने की ख़बर बताई तो यह ज्ञान मिला था। दरअसल वह दिल्ली में मलेरिया से दस लोगों के बीमार होकर एम्स में भरती होने की ख़बर को अपने चैनल में मिल रही तवज्जो से उत्साहित था। लेकिन जब प्रोड्यूसर को पता चला कि यह बुखार तराई के इलाक़े में रहने वाले ग़रीबों, ख़ासतौर पर सुअर पालने वालों को शिकार बनाता है तो उसका मूड ख़राब हो गया था।

"सौ गरीब मरकर भी उतनी बड़ी ख़बर नहीं बना सकते जितना पांच अमीरों की बीमारी बनाती है"...इस ज्ञान पर उसे मितली आने लगी।

"बिल्कुल डाउनमार्केट रेप है। दलित लड़कियों के साथ तो ये होता ही रहता है।" शहर के एक झोंपड़पट्टी में हुए बलात्कार की ख़बर क्राइम एडिटर को पसंद नहीं आई थी। "कोई अप मार्केट रेप लाओ, देखना कैसे तानते हैं।" वह चकरा गया था

कि 'रेप लाने' की कला कहां से सीखे? उसे हाल ही में जारी एक सर्वे रिपोर्ट की याद आई जिसमें बताया गया था कि किसी भी चैनल में दलित रिपोर्टर नहीं है।

'होता भी तो क्या उखाड़ लेता? चलवा लेता ये ख़बर?' उसने मन ही मन सोचा।

''कौन प्रसाद...कवि थे? अच्छा...तो क्या हुआ जो घर गिर गया। बनारस जाम हो गया क्या? कौन देखेगा ये स्टोरी?''... जयशंकर प्रसाद के खंडहर होते घर पर स्टोरी करने बनारस जाने की इज़ाज़त मांगी तो यह ज्ञान मिला। काफ़ी पहले सरकार ने वहां स्मारक बनाने का वादा किया था पर हुआ कुछ नहीं था। वह समझ गया कि जो प्रोड्यूसर यह ख़बर गिरा रहा है उसने प्रसाद का नाम तक नहीं सुना है। उसने ध्यान दिया कि चैनल पर साहित्य चर्चा तब होती है जब कोई ऐसा साहित्यकार मरता है जिसका फ़िल्मों या टीवी सीरियलों की दुनिया से वास्ता रहा हो। मौत की ब्रेकिंग न्यूज़ से लेकर चिता जलने या दफ़्न होने तक चैनल साहित्य-साहित्य खेलता है। पर्दे पर लगातार उन फ़िल्मों या सीरियलों के टुकड़े दिखाते हुए, जिनसे उन साहित्यकार का वास्ता था। साथ में फिल्म स्टारों के साक्षात्कार।

बहरहाल ख़बरफ़रोशी के इस धंधे में वह प्रमोद की मदद से डटा हुआ था। प्रमोद में सन्नाटे को सनसनी में तब्दील करने की ताक़त थी। एक बार एक ताज़ा रिलीज़ फिल्म पर भावनाएं आहत करने का आरोप लगाते हुए एक संगठन के कुछ लोग सिनेमा हाल के बाहर धरने पर बैठे थे। प्रमोद ने पहुंचकर उनकी लानत-मलामत की कि...ऐसे तो बन चुकी ख़बर...? बस क्या था? उन्होंने बाहर लटक रहे पर्देनुमा पोस्टर में आग लगा दी। तुरंत ब्रेकिंग न्यूज़ बन गई, 'लखनऊ में सिनेमा हाल फूंकने की कोशिश।' प्रदर्शनकारी दर्जन भर से ज़्यादा नहीं थे, पर प्रमोद ने कैमरामैन को शॉट टाइट ही रखने को कहा ताकि भीड़ भरपूर दिखे। पोस्टर की आग 'क्लोजअप' के ज़रिए पूरे देश की आहत भावना बनकर स्क्रीन पर छा गई थी। हेडलाइन स्टोरी थी। बार-बार चली। वह भी साथ था, तो चैनल एक्स भी पीछे नहीं रहा। बाक़ी चैनल पिट गए थे।

प्रमोद ने चैनल की नब्ज़ पकड़ ली थी। उसे ख़बरों की कमी कभी नहीं पड़ती थी। स्ट्रिंगर्स से स्टोरी मंगाकर अपनी 'बाइलाइन' लगाने का तो उस्ताद था वह। कई बार पीटीसी यानी पीस टू कैमरा करके ख़बर के अंत में चिपका देता था। फ्रेम ऐसा, और ऐसी जगह बनवाता कि लगता ख़बर उसी जगह की है जहां के स्ट्रिंगर ने भेजी है। मन ही मन अमित उसे 'बाइलाइन चोर' कहता था।

उसने और प्रमोद ने टीवी पत्रकारिता एक साथ ही शुरू की थी लगभग एक-सी तनख़्वाह के साथ। पर तीन सालों में प्रमोद की उससे लगभग दोगुनी तरक्क़ी हुई थी। उसकी तनख़्वाह बढ़कर बीस से चालीस हज़ार हो गई थी और प्रमोद सत्तर हज़ार पा रहा था। वह चैनल जेड के बॉस लोगों की आंखों का तारा था। लखनऊ से जुड़े एक बॉस के बूढ़े मां-बाप का अकेला सहारा भी था। नतीजा उसकी तनख़्वाह

में झलकता था। उसे बस एक ही राहत थी कि उसकी तनख़्वाह से बीस हज़ार रुपए क़िस्त में कटते थे, जबकि प्रमोद के पैंतीस। दोनों के पास किस्तों में सही, अपना घर और कार हो गई थी।

प्रमोद ने लखनऊ में फ्लैट के अलावा दिल्ली में भी एक प्लाट ले लिया था। भविष्य में दिल्ली जाने की तैयारी थी, जो बहुत दूर नहीं लग रही थी। सब कुछ बैंक कर्ज़ की बदौलत था, इसलिए क़िस्त इतनी ज़्यादा हो गई थी।

"कभी नौकरी चली गई तो कैसे देंगे किस्त?" चैनल से एक साथ दस लोगों के निकाले जाने की ख़बर से डरे-सहमे अमित ने प्रमोद से चिंता ज़ाहिर की थी।

"होगा क्या, एक राह बंद होगी तो दस खुलेंगी। इसीलिए दूसरे चैनलों के बॉस लोगों को तेल लगाता रहता हूं।" प्रमोद ने हँसते हुए जवाब दिया था।

कुछ दिन बाद प्रमोद ने बताया था कि उसने एक ऐसी पॉलिसी ली है जिससे एक्सीडेंट से मौत ही नहीं, खुदकुशी कर लेने पर भी मकान बीवी-बच्चों से छीना नहीं जाएगा। सारा पैसा बीमा कंपनी भरेगी। प्रमोद के दो छोटे-छोटे बच्चे थे, पर हमेशा ख़बरों के इंतज़ाम में जुटे रहने वाले प्रमोद ने बीबी-बच्चों का ज़िक्र पहली बार किया था। उसे लगा कि प्रमोद लाख बेफिक्र लगे, अंदर से उसी की तरह डरा हुआ है।

"लगता है हम पहले कहीं ज़्यादा सुखी थे।" अमित ने जब प्रमोद की नई पालिसी की चर्चा की तो दिव्या ने आह भरकर कहा। दोनों बीते तीन सालों का लेखा-जोखा करने बैठे थे। "सबकुछ अपना होते हुए भी पराया लगता है। पहले स्कूटर पर घूमते थे, किराए के घर में रहते थे पर कितने खुश थे। अब तो बस तनाव ही तनाव। लगता है ज़िंदगी को आसान बनाने वाले सामान, खुशियां गिरवी रखकर मिली हैं। कितने दिन हुए तुम्हारा ठहाका सुने हुए।" दिव्या का दर्द जैसे फूट पड़ा।

"तुम कभी संतुष्ट नहीं होगी।" अमित बिगड़ पड़ा था, "कभी सोचा था कि हमारे ख़्वाब इतनी जल्दी पूरे होंगे?"

"ख़्वाब पूरे करते-करते नींद से हाथ धो बैठे हो, ये भी कभी सोचा है। इस उम्र में ही ब्लड प्रेशर के मरीज हो गए हो। माइग्रेन का दौरा पड़ने लगा है। आए दिन गैस और एसिडिटी से परेशान रहते हो। गुन्ने के साथ तुम्हें हँसते-खेलते देखे ज़माना हो गया।" दिव्या ने जैसे आईना दिखाया।

"तो इस्तीफ़ा दे दूं? छोड़ दूं ये सब? सड़क पर आते देर नहीं लगेगी।" वह भी फट पड़ा था।

दिव्या ने उसे अजीब नज़रों से घूरा पर जवाब नहीं दिया। जबकि वह चाहता था कि दिव्या उससे जमकर लड़े ताकि कुछ भड़ास निकल जाए। दिव्या के दिखाए आईने में अपना चेहरा देखकर वह कांप गया था। उसने महसूस किया कि उसके मशहूर कहकहे उड़नछू हो गए हैं। कपड़ों में चमक आ गई है लेकिन चेहरे की चमक

बुझ गई है। हर समय तनाव हावी रहता है। मोबाइल बंद करने की इज़ाज़त नहीं है। बाथरूम में भी साथ ले जाता है। कई ख़बरों के बारे में बॉस से चर्चा कमोड पर बैठे-बैठे की है उसने। कुछ दिन शहर में शांति रहती है तो वह पागल होने लगता है। बड़ी घबराहट होती है। बुरे-बुरे ख़्वाब आने लगते हैं। कभी देखता कि दो ट्रेनों की सीधी टक्कर में सौ लोग मारे गए और वह लाइव करने पहुंचा है, सबसे पहले। कभी देखता कि बीच बाज़ार एक कालेज छात्रा से बलात्कार हुआ और वह लाइव सवाल कर रहा—"कैसा लगा?"

एक दिन तो हद हो गई। सपने में वह एक माफ़िया विधायक के दरबार में फरियाद कर रहा था, "हुजूर, आपने जो ताजा हत्याकांड रचाया है उसकी ख़बर आपके आदमियों ने मुझे समय रहते नहीं दी। दूसरे चैनल वाले तभी पहुंच गए थे जब उनमें से दो की सांसें चल रही थीं। उनके पास उखड़ती सांस वाले चेहरों के विजुअल हैं जबकि हमारे पहुंचते तक सभी दम तोड़ चुके थे। यह तो नाइन्साफी है हुजूर। आपसे इल्तिज़ा है कि आगे से बंदे का ख़्याल रखा जाए। हमारा चैनल आपका लाइव इंटरव्यू दिखाने का इरादा रखता है"...वह घबराकर उठ बैठा। उसने कहीं पढ़ रखा था कि सपने हमारी अधूरी इच्छाओं को प्रकट करते हैं।

"अब तुम आदमी से गिद्ध होने की ओर बढ़ रहे हो।" अमित ने इन ख़्वाबों के बारे में दिव्या को बताया तो उसने तंज कसा।

उसने महसूस किया कि दिव्या लगातार उखड़ी-उखड़ी रहती है। हमेशा समय न दे पाने की शिकायत। ऐसा नहीं कि वह हमेशा काम ही करता है पर जब काम नहीं होता, तब भी वह तनाव में रहता है। खुद के अपराधी होने का अहसास होता है। जिन शामों को दिव्या के लिए रिजर्व मानकर टीवी की नौकरी की थी, वे इसी तनाव में होम हो गई थीं। एक दिन का काम ख़त्म भी नहीं होता कि अगले दिन का स्टोरी आइडिया मांगा जाने लगता। उसी की तलाश में रात हो जाती। दिव्या के साथ फिल्में भी नहीं देख पाता था। कई बार कोशिश की पर मोबाइल की घंटी ने सिनेमा हॉल में बैठने नहीं दिया। अक्सर आधी फ़िल्म से उठकर आना पड़ा, यह पता करने कि कहां गोली चली या आग लगी, जिसका ज़िक्र दूसरे चैनल कर रहे हैं और वह पिछड़ गया है।

वैसे हफ़्ते में एक दिन साप्ताहिक अवकाश रहता था पर मोबाइल की घंटी बजती रहे तो कैसा अवकाश? दिमाग़ तो हमेशा 'एलर्ट मोड' में ही रहता है। उधर, मुन्ना यानी मास्टर सुमित रस्तोगी कक्षा तीन में पहुंच गए थे पर दिव्या के बार-बार कहने के बावजूद उनकी कॉपी-किताब खोलकर देखने का वक़्त नहीं मिलता था। और मुन्ना, पढ़ने से ज़्यादा घुमाने की फ़रमाइश करते रहते थे।

एक दिन तो हद हो गई। उसकी छुट्टी का दिन था और मुन्ना वाटर पार्क ले चलने की ज़िद कर रहा था। उसके सारे दोस्त हो आए थे अपने मां-बाप के साथ।

वह प्रोग्राम बनाने की कोशिश कर ही रहा था कि फ़रमान आ गया हरदोई जाने का। वहां कोई लड़की अपने को पूर्वजन्म का नागिन बता रही थी। मूड ख़राब हो गया था उसका। समझाने की कोशिश की, लेकिन मुन्ना मानने को तैयार ही नहीं था। पता नहीं क्या हुआ अचानक कि उसका हाथ मुन्ने के गाल पर जा पहुंचा...चटाक्!

"ख़बरदार जो मेरे बच्चे को हाथ लगाया।" दिव्या शेरनी की तरह गुर्रा रही थी। उसे अपनी गलती का अहसास हुआ। फिर अचानक उसका ध्यान गया कि दिव्या ने 'मेरा बच्चा' कहा है। उसे पता ही नहीं चला और बच्चा 'हमारा' से 'मेरा' हो गया...सोचते हुए उसे दहशत होने लगी। रात में उसने सपना देखा कि एक न्यूज़ चैनल पर उसके घर का मुक़दमा चल रहा है। स्टूडियो में दिव्या और मुन्ना बैठे हैं और उसके अत्याचारों की फेहरिस्त सुनाई जा रही है। वह लाइव में सफ़ाई देते हुए अपनी मजबूरियां गिना रहा है पर एंकर चीख़-चीख़कर उसे राक्षस साबित करने में जुटी है। वह घबराकर उठ बैठा। चैनल के कहने पर उसने दूसरों के घर को कई बार तमाशा बनाया था लेकिन अपने घर का तमाशा बनने का सपना भी उससे बरदाश्त नहीं हो रहा था।

'सुखी कौन है?' उसने कई बार खुद से यह सवाल पूछा था। एक दिन उसे तुलसीदास याद आए—'पराधीन सपनेहुं सुख नाहीं।' यानी सुख स्वाधीनता में है। तो सुखी होने के लिए उसे नौकरी छोड़नी पड़ेगी? फिर कैसे चलेगा जीवन? इस स्वाधीनता की कल्पना उसे बेचैन कर गई।

उसे प्रमोद से पता चला कि सुखी कोई नहीं है। चैनल के बड़े-बड़े बॉस भी नहीं। प्रमोद हाल ही में दिल्ली से तमाम ज्ञान लेकर लौटा था। कोई जुगाड़ भिड़ाने के लिए आजकल वह अक्सर दिल्ली जाता था।

...प्रमोद ने अपने अंदाज़ में गुरुमंत्र दिया। "मैं तो हर चैनल में कटिया लगाए बैठा हूं। कई जगह बात बनती नज़र आ रही है। बस, कुछ धमाका कर पाऊं लखनऊ में तो कोई न कोई दिल्ली बुला ही लेगा।"

प्रमोद का इरादा भांपकर अमित डर गया। जानता था कि प्रमोद के धमाके उस पर भारी पड़ेंगे। 'प्रमोद का जोर एक्सक्लूसिव पर होगा तो खाक़ शेयर करेगा ख़बरें'। उसने नतीज़ा निकाला। ख़बर केवल चैनल जेड पर चलेगी तो उसे डांट पड़ेगी। फिर चाहे ख़बर सही हो या ग़लत। उसका दिल बैठ गया यह सोचकर कि प्रमोद के धमाकों का मुकाबला कैसे करेगा? प्रमोद के साथ रहते हुए भी वह ख़बरें 'गढ़ने' की कला नहीं सीख पाया था। प्रमोद ख़बर बेचने के लिए कुछ भी कर सकता था और वह तथ्यों की पड़ताल में जुटकर अक्सर पर्दे पर आने का मौक़ा गंवा बैठता था।

पर प्रमोद ऐसा धमाका करेगा, उसने कभी नहीं सोचा था। रात क़रीब एक बजे

निशा यानी प्रमोद की पत्नी का फ़ोन आया था। वह बेहद घबराई हुई थी। उसने बताया कि प्रमोद की तबीयत बेहद बिगड़ गई है। चेहरा अजीब हो रहा है।

'लगता है साले ने फिर ज़्यादा पी ली है।' उसने मन-ही-मन गाली दी थी लेकिन प्रमोद के घर जाने के अलावा कोई चारा भी नहीं था। वहां पहुंचने पर देखा कि ताला लगा है। उसके पहुंचने के पहले ही पड़ोसी प्रमोद को लेकर अस्पताल चले गए थे। उसे पहली बार लगा कि मामला गंभीर है। वह भी अस्पताल भागा।

प्रमोद इमरजेंसी में था। निशा का रो-रोकर बुरा हाल था। पता चला कि प्रमोद को 'ब्रेन हैमरेज़' हुआ है। वह कोमा में है। उसे धरती घूमती नज़र आई। वह वहीं पड़ी बेंच पर बैठ गया। सुबह की पहली किरण के साथ प्रमोद ने आख़िरी धमाका करते हुए दुनिया से विदा ले ली। चैनल जेड की स्क्रीन पर नीचे ख़बरों की पट्टी में इजाफा हुआ—हमारे लखनऊ संवाददाता प्रमोद जोशी नहीं रहे। इस पर कोई लाइव नहीं कर रहा था।

प्रमोद की जलती चिता देखते हुए वह पहली बार उसके प्रति उदार हुआ था। उसे लगा कि वह प्रमोद से ईर्ष्या करता था। आख़िर प्रमोद की गलती क्या थी?...यही न कि वह हर हाल में जीतना चाहता था। पर दूसरा रास्ता था भी क्या? चौबीस घंटे उसका दिमाग़ ख़बरें फोड़ने में जुटा रहता था, और इस चक्कर में खुद फूट गया। लखनऊ में फ्लैट, दिल्ली में प्लाट, शानदार कार...शायद उसका दिमाग़ उसकी ख़्वाहिशों का बोझ नहीं उठा पाया...उसने सोचा। फिर यह अहसास उसे बेचैन कर गया कि यह हालत तो उसके दिमाग़ की भी है। उसकी आंख के आगे दिव्या और मुन्ने का चेहरा घूमने लगा।

चिता जल ही रही थी कि एसाइनमेंट डेस्क से फ़ोन आ गया। किसी मसले पर तुरंत मुख्यमंत्री की बाइट की दरक़ार थी। उसके पास इतना भी वक़्त नहीं था कि अपने दोस्त की चिता ठंडी पड़ने के बाद जाए। उसे जाना ही पड़ा।

घर पहुंचते-पहुंचते रात के दस बज गए थे। दिव्या को हादसे की जानकारी हो गई थी। वह बेहद गुमसुम थी। खाने की मेज पर बैठा तो निवाला उठाते नहीं बन रहा था। दिव्या भी बस नाम के लिए खा रही थी। उसकी आंखें नम थीं। अचानक पता नहीं क्या हुआ वह फूट-फूटकर रोने लगा। दिव्या खाना छोड़कर उठी और उसका सिर सहलाने लगी। बड़ी मुश्किल से उसके आंसू थमे तो खाना छोड़ हाथ-मुंह धोने उठ गया।

विस्फोटक

सुधीर सुधाकर

बूंदाबांदी रुक चुकी थी। आसमान साफ हो चुका था। दिन ढलने के साथ ही ठंड बढ़ने लगी थी। रह-रहकर सर्द हवा के झोंके उसकी मोटरसाइकिल की चाल को थोड़ा असंयत बना देते थे। उसने अपनी बाइक सड़क के किनारे रोक दी। जैकेट के ऊपरी बटन लगाए, उंगलियों को दस्ताने के भीतर और अधिक धकेलने के साथ ही अपनी टोपी नीचे तक सरकायी। पिछले चार सालों से यह चमरौधी जैकेट और टोपी कड़ाके की ठंड में उसका रक्षाकवच बनती रही है। दिल्ली की ठिठुरती रातों में भी इस जैकेट और टोपी ने ही उसका सबसे ज्यादा साथ दिया था। उसे याद आया कि किस तरह कई-कई बार आधा पेट खाए होने की हालत में कुछ अधिक ही ठंड लगने के अहसास को इस जैकेट-टोपी ने काफी हद तक दूर रखने का काम किया था। उसकी इंटर्नशिप के दौरान जाड़े के मौसम में नाइट शिफ़्ट की ड्यूटी पूरी मुस्तैदी से करने में जैकेट-टोपी की यह जोड़ी काफी मददगार साबित हुई थी। उसे इस पर बेहद प्यार उमड़ आया। दाहिने हाथ की हथेली से अपनी जैकेट को सहलाते हुए उसने इसकी सलवटों में अटक पड़ी बारिश की बूंदों को पोंछा। इसी क्रम में बाईं कलाई पर नजर पड़ी और वह चौंक उठा। घड़ी की सुइयां परस्पर विपरीत दिशा में पूरी तनकर खड़ी थीं।

उसने गंतव्य की दूरी, वहां काम ख़त्म करके वापसी और स्टोरी फीड करने में लगने वाले कुल समय का मन-ही-मन हिसाब लगाया और हड़बड़ाकर फुर्ती से किक मारी। पीछे बैठा पंकज झटका खाकर एकदम से उसकी पीठ पर झुक आया। उसने मुड़कर देखा, ठंड से वह सिकुड़कर बैठा था। पंकज एक हाथ से अपनी गोद में कैमरे का थैला संभाले हुए था। जैसे कोई मां अपने नवजात शिशु को गोद में संभाले रहती है। उसे पंकज पर दया आई। कई बार उसने चाहा कि पंकज और उसके घरवालों को सब कुछ सही-सही बता दे। खुद तो ओखल में सिर डाल दिया है, फिर दूसरे को गड्ढे में क्यूं ढकेले? यह ख़्याल जब-तब उसके ज़ेहन में उमड़ता है और वह अपराध-बोध से भर जाता है। लेकिन यह सोचकर कि बिना पैसे लिए कोई भरोसे का बंदा जो हमेशा उसके साथ फील्ड में साथ रहे कहां मिलेगा, वह चुप हो जाता है। ऐसा भी नहीं कि उसने पंकज और उसके पिताजी को बिल्कुल अंधेरे में रखा हो। उसे याद है कि

शुरू-शुरू में पंकज ने उसके घर के कितने चक्कर लगाए थे, कितनी मिन्नतें की थीं—हम पर भरोसा करिए भइया, हम मिहनत में पीछे नहीं रहेंगे। दिन-रात...कभी भी...आंधी-तूफान में भी। हम आपके साथ साये की तरह रहकर काम करेंगे। बस अपने शरण में रहने का मौका दीजिए। ऐसे में समरेंद्र ही क्यों कोई भी यह सहज ही सोचेगा कि बिना पैसे लिए कोई भरोसे का बंदा जो हमेशा फील्ड में उसके साथ रहे, मिल रहा है तो इससे अच्छी बात क्या हो सकती है! और फिर उसे मुफ़्त में काम सीखने का मौक़ा भी तो मिल रहा है, यह सोचकर समरेंद्र अपने मन का बोझ थोड़ा हल्का कर लेता है।

लेकिन सच्चाई तो यह है कि कई बार खुद वह अपने कैरियर को लेकर बेहद चिंतित हो जाता है। जब-तब वह इस आशंका से घिर जाता है कि टीवी पत्रकार बनना उसके वश का शायद नहीं। ख़ासतौर से उस एक वाक़ये ने उसकी हिम्मत को ऐसा हिलाया जिससे वह आज तक उबर नहीं पाया है। तीन साल पहले की बात है। अपने घर की तंग माली हालत के बावजूद जैसे-तैसे समरेंद्र ने टीवी जर्नलिज्म का कोर्स तो पूरा कर लिया लेकिन नौकरी तो दूर इंटर्नशिप के लिए भी उसे काफी पापड़ बेलने पड़े। किसी चैनल में कोई अपना आदमी या पैरवी न होने की सूरत में उसे इस चैनल से उस चैनल तक धक्के खाने पड़े। आख़िरकार महीनों तक काफी आरज़ू-मिन्नत के बाद उसे एक रीज़नल चैनल में इंटर्नशिप का मौक़ा मिल गया। लेकिन अभी उसे दो हफ़्ते भी नहीं हुए थे कि एक रोज उसका सामना उस चैनल के न्यूज़ हेड से हो गया। और अचानक उसे अगले रोज से दफ़्तर आने से मना कर दिया गया। पहले तो वह समझ ही नहीं पाया कि उससे ऐसा क्या कसूर हो गया? लेकिन बाद में जब उसे पता चला कि शक़्ल-सूरत भी टीवी पत्रकार होने के लिए एक महत्त्वपूर्ण पैमाना है, तब से इस कैरियर के लिए अपने को अनफिट मानते हुए अपना बोरिया-बिस्तर समेट वह अपने शहर वापस लौट आया था।

फ़िलहाल अंधेरा गहराता जा रहा था। समरेंद्र के दिमाग में डेडलाइन के कौंधने की तीव्रता बढ़ती जा रही थी। उसने बाइक की रफ़्तार और तेज कर दी। इसके साथ ही गाड़ी के हिचखोले खाने की गति भी तेज हो गई। उसे सड़क, ठेकेदार और सरकार पर बारी-बारी से गुस्सा आया। इसी क्रम में उसे अपनी उस लाचारगी-भरी मुस्कुराहट की याद आई जब कोई उससे पहले परिचय में ही पूछ बैठता, "आप लोग यहां की सड़क, पानी जैसी समस्या को टीवी पर क्यों नहीं दिखाते?" ऐसे सवालों को वह सिर्फ यह कहकर टाल देता—"यह तो पूरे देश की समस्या है।" इतने में बाइक के शीशे में मटमैली रोशनी की परछाईं हिलती-डुलती नजर आई। पीछे से कोई गाड़ी तेज रफ्तार में भागती आ रही थी। उसने अनुमान लगाया, शायद कोई ट्रक या बस है, लेकिन हेडलाइट की सड़क की सतह से ऊंचाई का आकलन करने के बाद उसे यक़ीन हुआ कि यह कोई जीप है। अब उसकी उत्सुकता और बढ़ी। उसने शीशे को और गौर से

देखा। पीछे आ रही गाड़ी के बोनट पर नीली बत्ती या लाल बत्ती नहीं लगी थी। उसकी घबराहट और चिंता बढ़ी, यह सोचकर—कहीं चैनल स्काई वाले तो नहीं आ रहे? या... फिर...ग्लोबल न्यूज़ वाले भी हो सकते हैं। अपने अनुमानों को पुख़्ता करने के लिए वह हेडलाइट की चमक के पार्श्व में उस जीप का रंग टटोलने की कोशिश करने लगा। इतने में पीछे से हॉर्न बजने लगा। इसी के साथ उसके कानों में अपने ब्यूरो चीफ़ और एसाइनमेंट डेस्क के शिफ्ट इंचार्ज की हिदायत भी गूंजने लगी—"हर हाल में सबसे पहले विजुअल हमें मिलना चाहिए। इस बार कोई लोचा हुआ तो खैर नहीं..." उसे याद आया कि पिछले महीने बरवाडीह ट्रेन दुर्घटना के कवरेज़ में वह चैनल स्काई से पिछड़ गया था। वह पहला मौक़ा था जब उसने अपने बढ़ते आत्मविश्वास पर अचानक कोई बड़ा आघात महसूस किया था।

दरअसल दो साल पहले निराशा-हताशा के दौर से गुजरते हुए जिस तरह समरेंद्र दिल्ली से अपने शहर बैरंग लौटा था, उससे टीवी की दुनिया में आगे डटे रहने की उसकी हिम्मत हिल गई थी। लेकिन कुछ दिनों के बाद एक चैनल के साथ बतौर स्ट्रिंगर जुड़ने और लगातार एसाइनमेंट मिलने से उसका हौसला तेजी से बढ़ रहा था। और उस दिन तो उसकी उम्मीदों को मानो पर लग गए जब उसके चैनल के हेड ऑफिस में हुए रिपोर्टर्स मीट में उसे ज़बरदस्त वाहवाही मिली। उस रोज एक बड़े टीवी स्क्रीन पर जिन कुछ स्ट्रिंगर्स की बेहतरीन ख़बरों को दिखाया गया था उनमें समरेंद्र भी था। और अंत में जिस तरह न्यूज़ डायरेक्टर ने उसकी पीठ थपथपाते हुए शाबासी दी थी—"वेलडन डियर, गो अहेड एंड बी मोर एग्रेसिव!" समरेंद्र का उत्साह कुलांचें मारने लगा था। साथ ही जब कभी वह किसी जाने-माने रिपोर्टर को स्क्रीन पर पी-टू-सी करते देखता, उस चेहरे को अपने अक़्स में डिजॉल्व होने का खुशनुमा अहसास पाता। वह अपनी मंज़िल तक पहुंचने के लिए ताबड़तोड़ मेहनत कर रहा था और कोई भी ख़बर सबसे पहले अपने चैनल को पहुंचाने में उसे कामयाबी मिल रही थी।

हालांकि हर बार की तरह वरबाडीह ट्रेन हादसे की ख़बर भी सबसे पहले उसे ही मिली थी, लेकिन रुक-रुककर हो रही तेज बारिश और रात का समय होने के कारण कोई भी टैक्सी वाला लोकेशन पर जाने को तैयार नहीं था। यहां तक कि छुटपन से लेकर कॉलेज तक का सफ़र साथ-साथ करने वाले उसके सबसे नजदीकी दोस्त अनिरुद्ध ने भी गच्चा दे दिया था। ट्रेवेल एजेंसी चलाने वाले अनिरुद्ध के आगे उसने कितना हाथ-पांव जोड़ा था, लेकिन दोस्त ने उसे नसीहत देकर टरका दिया था—"यार, जान है तो ज़हान है। उस खतरनाक नक्सली इलाक़े में रात को जाना जान जोख़िम में डालना है...और तुम्हारे चैनल वालों को भले ही अपने न्यूज़ की पड़ी हो, लेकिन हमें तो अपने दोस्त की फ़िकर है...अपने मित्र की अपने प्रति इस क़दर चिंता के पीछे की सच्चाई से तब वह वाकिफ़ नहीं हो पाया था, लेकिन अफ़सोस और ग्लानि की टीस से उसकी रातों की नींद हराम रहने लगी, उसकी जागती आंखों में उस रोज से

जो सपना हर पल परेशान कर रहा था वह था एक अदद सेकेंड हैंड चारपहिया गाड़ी का। अपनी गाड़ी, जिसके बूते वह रात-बिरात, आंधी-तूफान जब चाहे, जहां चाहे जा सके और मंज़िल तक पहुंचने के बाबत अपने संघर्ष के ऊबड़-खाबड़, पथरीले सफर को थोड़ा आसान बना ले। बहरहाल देर सुबह जब तक वह उस घटना का कवरेज़ करने वहां पहुंचा, बहुत देर हो चुकी थी। उस बड़ी घटना को सबसे पहले अपने चैनल की ब्रेकिंग न्यूज़ बनवाने का श्रेय पाने से वह चूक गया था। उस रोज़ पहली बार अपने प्रतिद्वंद्वी से मिली शिक़स्त और दफ़्तर से मिली फटकार से वह कई दिनों तक सदमे में रहा। हालांकि मुफ़्त में मिली उस बदनामी का काफी दारोमदार गाढ़े वक़्त तक काम न आने वाले उसके परम प्रिय मित्र पर ही था। पिछले साल की बात है, एक रोज एस.पी. की प्रेस ब्रीफिंग से बाहर निकला ही था कि उसके दोस्त ने उसे लपक लिया। अनिरुद्ध के लटके हुए चेहरे पर आंखों में याचना का भाव देख समरेंद्र ने घबराकर पूछा, ''क्या बात है, सब कुशल तो है न?''

उसने मायूसी भरे स्वर में कहा—''यार, तुझसे दोस्ती की सजा एस.आई. पांडेय ने मुझे दे दिया है। मेरी एक गाड़ी पकड़ ली है। कल ही रिन्यूअल का लास्ट डेट था। आज शाम को थाने में बुलाया है। तू तो जानता है, स्साले का कित्ता बड़ा पेट है। अब तो तू ही कुछ कर सकता है। तेरे डर से तो सब पुलिसवालों की फटती है। तेरा एक फोन ही काफी होगा।''

''लेकिन...यार, आज तक तो किसी के लिए कोई पैरवी-सैरवी की नहीं। हमेशा से जिसकी आज तक बैंड बजाता रहा हूं उससे किस मुंह से किसी काम के लिए कहूं? और मुझे तो लगता है कि पुलिसवाले मेरे कहने से तुम्हारा काम बनाने के बजाय और बिगाड़ न दें?''

''अरे यार तू अपना वेटेज नहीं जानता। एक बार सीधे डीएसपी से बात कर या...फिर...एसपी के पीए से कहलवा देना ही काफी होगा,'' खुशामद-भरे स्वर में अनिरुद्ध ने कहा। आखिरकार समरेंद्र ने काफी सकुचाते हुए डीएसपी अनुराग भालोटिया से मदद की गुज़ारिश कर ही दी। बगैर कोई दक्षिणा-पानी के अनिरुद्ध की गाड़ी एसआई पांडेय के चंगुल से उसी शाम छूट गई। लेकिन अपने दोस्त की मदद के बदले इतना बड़ा तूफान खड़ा हो जाएगा, उसे इसका रत्ती भर भी आभास नहीं था। स्थानीय पत्रकार बिरादरी के बीच रातों-रात उसका नाम भी दलाल के रूप में चिन्हित पत्रकारों की जमात में शुमार हो गया था। एक ट्रैवल एजेंट की ज़ब्तशुदा गाड़ी छुड़वाने के एवज़ में दस हजार की कमाई की चर्चा ख़बरचियों की जुबान पर थी। बदहवासी और मायूसी के आलम में समरेंद्र को यह पता ही नहीं लग पाया कि उसके चरित्र हनन की साज़िश रची थी उससे खुंदक खाए दो लोगों ने। उनमें एक था एसआई शिवप्रकाश पांडेय और दूसरा था शहर का सीनियर टीवी रिपोर्टर चंद्र किशोर उपाध्याय। दोनों की आपस में खूब छनती थी। दोनों हमप्याला, हमनिवाला थे, ज़िंदगी

को भरपूर जीने के लिए हर आनंद का स्वाद चखना उनका फलसफ़ा था। हर शाम को मदमस्त बनाने के लिए दोनों अपने सम्मिलित प्रयास से कोई मुर्गा फांसते, दारू की एक फुल बोतल के साथ ही चिकन कबाब या फिश फ्राई का जुगाड़ करते और कोई मोटा आसामी हाथ लगा तो डिनर का भी इंतजाम हो जाता था। जाल में फंसे मुर्गे से सेवा-पानी की पेशगी के तौर पर वे दोनों कम-से-कम इतना तो वसूल कर ही लेते थे।

वह शाम एसआई पांडेय और रिपोर्टर चंद्र किशोर की तयशुदा मस्ती के लिए समरेंद्र के उसी दोस्त के नाम दर्ज थी। लेकिन सारा खेल गड़बड़ कर दिया था समरेंद्र ने डीएसपी से पैरवी करके। वैसे भी पुलिस और प्रेस वालों के लिए वे कड़की के दिन थे। नए एसपी की कड़कमिजाजी के चलते अपराध का ग्राफ़ नीचे गिर गया था। पुलिस वालों की कमाई घट गई थी। काफी कम ख़बरें लगने के कारण ख़बरनवीसों की पारिश्रमिक राशि भी घटकर आधी से भी कम हो गई थी। ऐसे में हाथ में आई मुर्गी के बिना अंडा दिए उड़ जाने से एसआई पांडेय और पत्रकार महोदय का तिलमिलाना स्वाभाविक था।

मगर इसके कुछ ही दिन पहले की एक घटना समरेंद्र से पांडेय की नाराज़गी की एक बड़ी वजह थी। उन दिनों पांडेय शहर की चौकी नंबर दो के इंचार्ज थे। एक शाम पांडेय अपनी आदत से लाचार उसी मस्ती के लिए शिकार फांसने की फ़िराक में जुटे थे। इसी क्रम में अपने फ़रमान की बेअदबी से तमतमाए वे चौकी के पास शहीद चौक पर समोसा-जलेबी बेचने वाले गिरधारी हलवाई और अंडा बेचने वाले सुलेमान मियां से एक साथ उलझ गए। शराब के नशे में धुत पांडेय साहब अपने एक चहेते कांस्टेबल के साथ चौक पर पहुंचे और गिरधारी और सुलेमान पर अपना रौब झाड़ते हुए भद्दी-भद्दी गालियां बकने लगे। दोनों चुपचाप खून के आंसू पीते हुए गालियां सुनते रहे। लेकिन बर्दाश्त की भी कोई हद होती है। जब सुलेमान और गिरधारी की हद टूट गई तो उनसे चुप नहीं रहा गया। पहले सुलेमान फटा, ''साहब, हमारी कोई इत्ती कमाई है नहीं। ऐसे में रोज सेवा-पानी कहां से?'' ''चुप सालेऽऽ जबान लड़ाता है। बाप की सड़क समझ रखा है क्या, जो इस पर क़ब्ज़ा करके दुकान लगाए बैठा है। यहां इतने एक्सीडेंट होते हैं। और...लो भर मन कमाई करो बताता हूं,'' आगबबूला होकर पांडेजी की जुबान लड़खड़ाने लगी थी। उन्होंने सुलेमान की ठेली को पलट दिया। सारे अंडे नीचे बिखर गए। कई सारे टूट भी गए और उनके अंदर का पीला-मटमैला द्रव सड़क पर बहने लगा। सुलेमान माथे पर हाथ रख दहाड़ें मारकर रो पड़ा। यह देख वहां भीड़ जमा होने लगी। वह फुर्ती से बिखरे अंडों को समेटने लगा ताकि साबुत बचे-खुचे अंडे तमाशबीनों के पैरों से दबकर न टूट जाएं। यह सब देख-सुनकर बगल में ही ठेला लगाने वाले गिरधारी लाल का भी सब्र का बांध टूट गया। वह अपनी गैस बंद कर, तेल की कड़ाही को नीचे उतार, पांडे को कोसता हुआ

उबल पड़ा–"गरीब लोगन पर ई जुलुम...ऊपर वाला सब देख रहा है।" अब तो पांडे का गुस्सा सातवें आसमान पर चढ़ गया और उसने अपने कांस्टेबल को फ़रमान जारी कर दिया–"पीटो स्सालों को, माफ़ी मांगने के बजाय आंखें दिखा रहा है। बहुत बोलने आता है कुत्ते!" ये कहते हुए दोनों ने लात-घूंसों की बौछार कर दी। लेकिन एएसआई श्रीवास्तव इन बातों से बेख़बर था कि उनकी इन कारगुज़ारियों को समरेंद्र अपने कैमरे में कैद कर रहा था। अगले ही दिन पुलिसिया जुल्म का वह आंखोंदेखा हाल एक्सक्लूसिव न्यूज़ के रूप में उसके चैनल पर छाया हुआ था। तब प्रतिद्वंद्वी चैनल स्काई के लिए चंद्रशेखर उपाध्याय काम करता था। उससे इस ख़बर के छूट जाने या यूं कहें कि छोड़ दिए जाने पर उसके खिलाफ़ पहले से चली आ रही शिकायतों का पुलिंदा और मोटा हो गया। इसी क्रम में उपाध्याय की एसआई पांडे से गहरे रिश्ते की बात उसके ब्यूरो चीफ़ से लेकर एसाइनमेंट हेड तक पहुंची गई। सो उसे चैनल से हटा दिया गया, लेकिन चंद्रशेखर को इसके पीछे समरेंद्र की साज़िश दिखाई पड़ी। तब से वह इस ताक में था कि समरेंद्र को कब सबक़ सिखाया जाए और वह मौक़ा उसे तब मिला जब समरेंद्र ने अपने दोस्त की ज़ब्तशुदा गाड़ी को छुड़वाने के लिए डीएसपी से पैरवी की। चंद्रशेखर ने नमक-मिर्च लगाकर इस ख़बर को फैला दिया। उसने बताया कि समरेंद्र ने तो इस काम के बदले अपने ट्रैवल एजेंट मित्र से तगड़ी वसूली की है। चंद्रशेखर को इतने पर भी चैन नहीं आया तो उसने यही कहानी समरेंद्र के ब्यूरो चीफ़ और एसाइनमेंट हेड तक पहुंचा दी। तब से वह महसूस करने लगा था कि उसके प्रति ब्यूरो और डेस्क का रवैया पहले जैसा नहीं रहा। बात-बात पर मिल रही फटकारों से ज़्यादा पीड़ा उसे इस बात से हो रही थी कि किसी की झूठी शिकायत या कहें कि चुगली उसकी निष्ठा और ईमानदारी पर इतनी भारी पड़ जाएगी कि दिन-रात की हाड़तोड़ मेहनत के साथ बनाया गया उसके सपने का घरौंदा एक झटके में बिखर जाएगा। उसे अब अपने न्यूज़ डायरेक्टर के उस भाषण के सारे वाक्य फरेब लग रहे थे जिसमें उन्होंने कहा था स्ट्रिंगर चैनल की रीढ़ होते हैं। लेकिन वह अब इस असलियत को समझने लगा था कि भले ही स्ट्रिंगर एक्सक्लूसिव और ब्रेकिंग न्यूज़ देते-देते खुद की रीढ़ चैनल के लिए तुड़वा ले लेकिन इसका मुआवजा मिलता है चैनल के ब्यूरो और एसाइनमेंट के साथ ही दूसरे प्रमुखों को। जिनकी तनख़्वाह हर साल मोटी दर मोटी होती जाती है।

अब तक इस कहानी के इतने सारे फ्लैशबैक से आप ऊब गए होंगे। बहरहाल आपको वापिस वहीं पहुंचाते हैं जहां से इस कहानी का नायक उस सर्द शाम को अपने शहर से सत्तर किलोमीटर दूर नक्सली हमले के एक कवरेज़ के लिए निकला था। जैसा कि उसने रास्ते में ही देख लिया था कि उसके प्रतिद्वंद्वी स्काई चैनल वाले तेज गाड़ी पर सवार होने के कारण उससे आगे निकल लिए थे। लेकिन मौक़ा-ए-वारदात पर पहुंचने के बाद वह यह देखकर हक्का-बक्का रह गया कि वही चंद्रशेखर उसके

ब्यूरो चीफ़ को हादसे का ब्रीफ दे रहा था जिसने उसके खिलाफ मुहिम छेड़ रखी थी। जो शहर भर में अव्वल दर्जे का शराबी और प्रशासन के चाटुकार पत्रकार के रूप में मशहूर था। समरेंद्र महसूस किया कि उसे चिढ़ाने के लिए चंद्रशेखर अपने कैमरामैन को कुछ और एंगल से विजुअल उठाने का निर्देश दे रहा था। हड़बड़ाकर समरेंद्र अपने ब्यूरो चीफ़ को फोन मिलाने लगा लेकिन अपने होल्ड कराए गए मोबाइल से उसने अपने ब्यूरो चीफ़ की दूसरे फोन से की जा रही किसी से बातचीत के जो कुछ अंश सुने उससे उसका दिलो-दिमाग उस हादसे के धमाके की तेज गूंज से दहल उठा। भारी मन से वह भी जल्दी-जल्दी शाट्स बनाने लगा लेकिन वह इस बात से हैरान था कि खून से लथपथ जवानों के चेहरों के साथ खुद उसका चेहरा डिजॉल्व हो रहा था। साथ ही ब्यूरो चीफ़ के वे शब्द उसके कान में शीशे की तरह पिघल रहे थे—माल विस्फोटक है न? फोरेस्ट गेस्ट हाउस में...इसी वीकेंड पर...इंतजाम में कोई लोचा नहीं होना चाहिए...कल ही तेरा लेटर भिजवाता हूं लेकिन पहले आज तो विजुअल जल्दी भेजो...

मृगमरीचिका

आशुतोष

ज़बरदस्त बारिश और घर की बालकनी पर बैठा मैं। बारिश की बूंदों को गिनते-गिनते नहा पड़ी पार्क के पास एक कुतिया। वह अपने दांतों में नन्हे पिल्ले को पकड़े तेजी से अपार्टमेंट की ओर भाग रही थी। बाक़ी पिल्ले भीगते हुए कूं-कूं कर रहे थे। कुतिया एक पिल्ले को रखकर दोबारा आती और दूसरे को फिर ले जाती।

मुझे अपनी मां की याद हो आई। घर से सैकड़ों मील दूर वह मां जो उम्र के इस पड़ाव पर सिर्फ़ मेरी आवाज़ सुनकर खिल उठती है, बस यही पूछती है—"कैसे हो। खाना खा लिया। तबियत ठीक है। बारिश में भीगना मत।" जैसे मैं अभी भी बच्चा हूं पिल्ले की माफ़िक और वह अपने दांतों में पकड़ किसी सुरक्षित जगह पर ले जाना चाहती हो। उसके दांतों में अजीब तरह की नमी। कुछ गोंद जैसी तो कुछ मोम जैसी। चुभन में जैसे चाशनी घुली हो। मेरा हाथ अनायास ही गर्दन पर चला गया। लगा मैं अभी भी मां के दांतों के बीच फंसा हूं। तभी सेल फ़ोन की घंटी ने सोच के ताने-बाने को झिलमिल कर दिया। शमसी का फ़ोन था। कह रहा था आज फिर एंजला ने एंकरिंग करने से मना कर दिया। कुछ तबियत खराब थी। जल्दी ही घर चली गई। ऐसा पिछले कई महीने से चल रहा था। वह आती, थोड़ा काम करती और फिर अचानक उठती, अपना बैग उठाती और तबियत का 'बहाना' बनाकर चली जाती। कोई उसे ऊपर से कुछ नहीं कहता। सब जानते थे वह "बॉस" की प्यारी है। लेकिन अंदर-ही-अंदर सब कुढ़ते थे। वह स्वभाव से बुरी नहीं थी। सबसे घुलती-मिलती थी, उसकी किसी से दुश्मनी भी नहीं थी। थोड़ी मूडी, थोड़ी नकचढ़ी, थोड़ी खूबसूरत और थोड़ी प्रोफ़ेशनल। न ज़्यादा सुंदर न ज़्यादा बदसूरत। लेकिन बॉस को न जाने क्या भाया कि वह उसी पर अपना स्वामित्व जताने लगे थे। न शब्दों से न वाणी से सिर्फ़ अपने बॉडी लैंग्वेज़ से। कभी अकारण सेट पर आ जाना। कभी अकारण अपने कमरे में बुला लेना। कभी बिना खता किसी को डांट देना कि फलां ने उसकी तरफ़ देखने की जुर्रत क्यों की। एंजला को भी उस खेल में मजा आता। वह उनके पास जाती और उनसे दूर भी रहती। वह क़रीब आते, वह भाग जाती। वह दूर रहते तो सट जाती।

वह खूबसूरत नहीं थी लेकिन अंदाज़ कातिल। आंखें पतली लेकिन सम्मोहन जो पूरे इंसान को लील जाए। कपड़ों में कभी लतीबी तो कभी बेतरकीब। लेकिन यह सब जानबूझकर। चाहने वाले सिर्फ़ वह ही नहीं थे। पूरी फौज थी। नज़र तो मैंने भी डाली थी। लाइन भी मिली, मुझे मुगालता भी हुआ था लेकिन कायर मन कंधों पर हाथ फेरने से ज़्यादा कुछ नहीं कर पाया। कभी लगता दे देगी, तो कभी लगता नहीं देगी। कभी लगता आज की रात क़त्ल कर ही दूं। तो कभी लगता अगर छुरी उल्टी पड़ गई तो सिर पर बचे हुए बाल भी नहीं रहेंगे। मैंने शमसी को कहा, यार किसी और को बिठा दो। फिर थोड़ा अकड़ते हुए बोला, यार उसका इलाज कराना पड़ेगा। मैं एक बार बात कर ही लूंगा। लेकिन किससे बात करूंगा। उससे जो खुद उसका मारा हुआ है। शमसी की भी वह दोस्त थी। कम-से-कम शमसी यह मानता था। वह बोला, ''चलो, मैं ही उससे बात कर लूंगा।'' मुझे कुछ जलन सी हुई। साला मेरा जूनियर क्यों उससे बात करेगा। मैं ही एंजला से बात करता हूं। मैंने शमसी से कहा—''नहीं, छोड़ो, मैं देखता हूं।'' मैं फिर बरसात की बूंदों में खो गया। बारिश थोड़ी और तेज़ हो चली थी। सड़क पर पानी जम गया था। रोशनी धुंधली पड़ गई थी। दिखना भी कम हो गया। कुतिया अपने चौथे पिल्ले को सुरक्षित जगह पर रख पांचवें को खोज रही थी।

पांचवां कहीं गायब हो गया था। वह कभी इधर जाती तो कभी उधर। तभी फिर सेल फ़ोन बजा। नंबर एंजला का था। लपककर फ़ोन उठाया। आवाज़ में कड़ाई लाते हुए बोला, ''तुमने आज फिर छुट्टी ले ली!'' ''हां तो, मन नहीं था एंकरिंग का।'' मैंने कहा, ''तो?'', वह बोली, ''चलो, कहीं घूमने चलते हैं।'' मैंने कहा, ''तुम्हारा दिमाग खराब है। ऑफ़िस जाना है। अगले इलेक्शन का पूरा शेड्यूल बनाना है। बॉस से मीटिंग है। कल ही तो यजुवेंद्र से नाराज़ होकर उन्होंने इलेक्शन का चार्ज मुझे दिया है। न बाबा न। यू गो यार। सम अदर टाइम।'' ''सी, यू विल नॉट गो विद मी?'' मैंने कहा, ''नहीं।'' उसने फ़ोन पटक दिया। कुतिया को अभी भी पिल्ला नहीं मिला था। वह इधर-उधर छटपटा रही थी। तभी कुतिया के शरीर को चीरता हुआ मेरा मन न जाने कैसे पार्क, पार्क को चीरता हुआ अपार्टमेंट, अपार्टमेंट के पेट से निकलता हुआ सड़क और फिर हाइवे के रास्ते यजुवेंद्र के घर जा पहुंचा। कमरे के अंदर झांका तो जानी-पहचानी खिलखिलाहट कानों में जा पड़ी। यह आवाज़ एंजला की थी। उसके बिस्तर में लेटी हुई। बिजली गुम, कमरा अंधेरा और कमरे के एक कोने पर अधनंग पड़ा यजुवेंद्र। वह यजुवेंद्र जो उम्र में मुझसे एकाध साल छोटा था लेकिन कामयाबी के घोड़े पर ऐसा चढ़ा कि जल्द ही मेरा बॉस बन बैठा। सही जगह पर सही टांका फिट करना उसकी फ़ितरत थी। एंजला को पसंद तो मैं भी करता था लेकिन यजुवेंद्र में न जाने क्या जादू था। उसने भी उसे खूब प्रमोट किया। एक मामूली लड़की एक साल में स्टार

बन गई। अच्छे-अच्छे सीनियर उससे डरने लगे। अफ़वाहों ने भी राजधानी एक्सप्रेस पकड़ ली। वह रफ़्तार से भागती एक स्टेशन से दूसरे स्टेशन, दूसरे से तीसरे–तीसरे से चौथे–तभी मेरी सोच में फिर ख़लल पड़ी। फिर सेल फ़ोन की घंटी बजी। एंजला की लगभग रोनी-सी आवाज़ मेरे कानों में जाने को बेताब थी "तुम ऐसा नहीं कर सकते। यू कांट डू दिस टू मी। यू कांट इग्नोर मी लाइक दिस। आई एम कमिंग टू योर प्लेस।" मैं हां या ना कहता उससे पहले ही उसने फ़ोन पटक दिया। अगले ही क्षण एक एसएमएस ने दस्तक दी–"आई मिस यू"। एसएमएस भेजने वाले का नाम था एंजला। एंजला, छोटे शहर की एंजला। थोड़ी पढ़ी-लिखी, थोड़ी समझदार। थोड़ी नकचढ़ी, थोड़ी संवेदनशील। मां-बाप न अमीर, न गरीब। दिल्ली पहुंची तो ठीक थी। नए दोस्त मिले तो सपनों ने आंखों में घरौंदे बनाने शुरू कर दिए। जैसे-जैसे मौक़ा मिला घरौंदे बड़े होने लगे। महत्त्वाकांक्षाओं ने जैसे हवा से बातें करनी शुरू कीं तो एंजला के अंदर का छोटा शहर कभी छोटा तो कभी बड़ा होने लगा। कुछ प्रतिभाशाली थी और कुछ मेहनती तो शुरुआत में हिम्मत नहीं हुई। थोड़ा जिस्म भी ठीक था तो भंवरे भी इर्द-गिर्द नाचने लगे। किसी ने सिगरेट ऑफ़र की तो किसी ने गाड़ी में लिफ़्ट, कोई उससे वॉयसओवर करवाता तो कोई अपनी ज़िंदगी की स्क्रिप्ट उससे लिखवाने को बेताब होता। वह कभी समझती तो कभी नहीं समझती। जब ब्राइटेस्ट स्टार यजुवेंद्र ने उसे लाइन देनी शुरू की तो इस खेल में उसे मजा आने लगा। शुरुआत हुई तो बात घर तक भी जाने लगी। कभी शरीर पर कपड़े होते तो कभी ढलक जाते। फिर अचानक न जाने कैसे सुपर बॉस की नज़र भी उस पर पड़ गई। शायद उसके शरीर का ही दोष था, जो अब काफ़ी निखरने लगा था। वह अचानक चर्चा के केंद्र में आ गई। एडिट-बे से लेकर वॉयसओवर यूथ तक, रिपोर्ट्र्स की बीट से लेकर एम. सी.आर. तक, बाथरूम से लेकर बॉस के कमरे तक, ट्रेनी रिपोर्टर्स की सांस से लेकर सीनियर्स की धड़कन तक, सुबह नौ बजे की ख़बर से लेकर प्राइम टाइम तक, मेकअप रूम से लेकर एंजला के अपने कपड़ों तक सिर्फ़ उसकी ही चर्चा। सुपर बॉस भी, जो सबकी क़िस्मत लिखते थे, अपनी क़िस्मत उसके होंठों से लिखवाने को छटपटाने लगे।

कभी घर छोड़ने की पेशकश तो कभी बीमारी में घर आकर देखने का बहाना। एंजला सब समझती थी। वह उसका फ़ायदा भी उठाना चाहती थी और नहीं भी। वह लाइन भी देती और उसे काट भी देती थी।

एडिट मीटिंग के बीच से सुपर बॉस उसे एसएमएस करना नहीं भूलते थे। लेकिन न जाने क्यों एंजला कहीं फंस गई थी। उसके छोटे शहर का मन कहीं अटक गया था। बड़े बॉस की बड़ी कार उसे अच्छी तो लगती थी लेकिन उसे अपना घर ज़्यादा खूबसूरत मालूम पड़ता था। बारिश की बूंदें थोड़ी कमज़ोर होने

लगी थीं।

कुतिया काफ़ी परेशान थी। अब रोने लगी थी। उसकी आंखों के आंसू और बारिश का पानी घुलने लगे थे। एंजला की कार भी बारिश का सीना चीरकर मेरे घर की तरफ़ बढ़ी चली आ रही थी। ऐसा लग रहा था मानो वह रात को सोई नहीं थी। कपड़े उल्टे-पुल्टे थे। आंखें सूजी हुईं। काजल पानी में बह निकला था। मैं उठा दरवाज़ा खोलने। उसने झट से मुझे पकड़ लिया। इतनी ज़ोर से मेरा हाथ पकड़ा कि लगा टूट जाएगा। मैंने पूछा, ''क्या हुआ।'' ''कुछ नहीं,'' छोटा-सा जवाब। ''झूठ मत बोलो। मैं तुम्हें अच्छी तरह जानता हूं। क्या किसी ने कुछ कहा है, किसी से झगड़ा हुआ, किसी ने डांटा,'' एक साथ कई सवाल। मुझे उन सवालों के जवाब पता थे। कुछ नहीं कहना बस मेरा मुंह देखते जाना। ''तुमने फिर यजुवेंद्र से झगड़ा किया?'' मैंने वही पुराना सवाल दोहरा दिया। मुझे उसके जवाब भी पता थे। वह जवाब जो उसने कभी नहीं दिए, बस मुझे पता चल जाते थे। कैसे यजुवेंद्र आजकल एक नई ट्रेनी पर मेहरबान है। कैसे एक नए रिपोर्टर की कार यजुवेंद्र के घर के आस-पास देखी जाने लगी है। कैसे रविंदर को देखते हुए यजुवेंद्र का पूरा बदन आजकल खिलने लगता है। कैसे कल यजुवेंद्र पैलेस सिनेमाहॉल में नई 'सेक्सी' के साथ बांहों में बांहें डाले देखा गया। एंजला ने यह सब कभी नहीं बताया। न जाने क्यों वह यह सब सुनकर उदास...थोड़ी असुरक्षित हो जाया करती। यजुवेंद्र अभी भी उससे प्यार से बातें करता, अभी भी उसे प्राइम टाइम पर सबसे ज़्यादा मौक़ा देता। मैंने आज तय कर लिया था कि उससे पूछकर ही रहूंगा। मैंने तेज़ आवाज़ में कहा, ''तुम बताती क्यों नहीं, क्या बात है?'' उसके सब्र का बांध अब टूटा कि तब टूटा। फिर अचानक वह उठी और मेरे सीने से लगकर रोने लगी। मैंने उसे रोते हुए कभी नहीं देखा था। लगा, कुछ ज़्यादा ही गड़बड़ है। लेकिन पूछने का कोई फ़ायदा नहीं। वह कभी नहीं बताएगी, मैं जानता था। मुझे वह मामूली-सी लड़की याद आने लगी थी। वह जो कुछ दिन पहले ही दिल्ली आई थी। लंबे बाल, मामूली से कपड़े। एक अदद कैरियर की तलाश में एक न्यूज़ चैनल के दफ़्तर जा पहुंची। पहली नज़र में उसे नौकरी नहीं मिलनी थी। लेकिन न जाने कैसे वह ट्रेनी बन गई। मैंने यह सवाल कभी नहीं पूछा। उसने भी बताना मुनासिब नहीं समझा। उसने ही मुझे खोज निकाला था। मुझे याद है कि जब पहली बार वह मेरे पास आई, उसे एंकरिंग करनी थी। आज सरकार से समर्थन वापसी की ख़बर चल रही थी। एक-दो पार्टियों के नेताओं को स्टूडियो आना था। कुछ सवाल उसे भी पूछने थे। मैंने कुछ सवाल लिखकर दे दिए। साथ ही अपने मोबाइल का नंबर भी। शो ख़त्म हो गया। अचानक देर रात एक एसएमएस आया—''थैंक यू।'' फिर सिलसिला चल निकला। वह अक्सर गाहे-बगाहे आ जाती। मैं भी सारा काम छोड़कर उसके सवाल लिख देता। देर

रात एसएमएस "थैंक यू।" फिर "थैंक यू" आना बंद हो गया। एसएमएस थोड़े लंबे होने लगे। मैं भी जवाब देने लगा। जवाब देने में मज़ा आने लगा और इंतज़ार अखरने लगा। एक दिन हिम्मत करके उसे डिनर पर ले जाने की इच्छा व्यक्त की। वह फ़ौरन तैयार हो गई। मैंने सोचा गोटी फिट हो गई। फिर वह घर भी आने लगी। पंद्रह-बीस दिनों में एक बार हम गप्पें मारते और वह चली जाती। एक दिन वह काफ़ी उदास थी। मैंने पूछा। काफ़ी कुरेदा पर उसने कोई जवाब नहीं दिया। फिर उसकी उदासी बढ़ने लगी। मेरा पूछना लंबा होता गया। उसके जवाब छोटे होते गए।

एक दिन किसी ने बताया कि वह यजुवेंद्र के साथ देखी गई। मुझे खराब लगा। सोचा, पूछूंगा। काफ़ी हिम्मत जुटाई। न पूछ पाया। फिर अफ़वाहों के पर लगने लगे। क़िस्से रोचक होने लगे। और उसका प्राइम-टाइम पर आना भी बढ़ने लगा। लेकिन उसका मुझसे मिलना कम नहीं हुआ। हां, बीच में वह गायब कुछ ज़्यादा ही होने लगी थी। सेल फ़ोन भी नहीं उठाती। एसएमएस का जवाब भी नहीं देती। मन भटकता हुआ न्यूज़ रूम की दीवार को पार करता यजुवेंद्र के घर की ओर जाने को मचलता और उसके बिस्तर पर एक पहचानी-सी सूरत भी दिखाई पड़ती। सोचता, अब कभी उसके एसएमएस का जवाब नहीं दूंगा। लेकिन फिर सिलसिला चल पड़ता। इस बीच एक दिन शमसी ने ब्रेकिंग न्यूज़ दी। एंजला उसे क़वर करने लॉस एंजेल्स जा रही है। एक बगावत की फ़िल्म विदेशी फ़िल्मों की कैटेगरी में पुरस्कार के लिए नॉमिनेट हो गई है। कई सीनियर के सीने पर सांप लोट गया। उनकी तमन्नाओं ने दम तोड़ दिया। सुपर बॉस का फ़रमान था, हमें इस इवेंट को नए तरीके से कवर करना चाहिए। किसी जूनियर को भेजेंगे तो नया "पर्सपेक्टिव" मिलेगा। उन दिनों चैनल के लिए कंप्टीशन बढ़ गया था। नए आइडियाज़ की सख्त ज़रूरत थी। यजुवेंद्र भी थोड़ा परेशान था। उसने मुझसे पूछा, "ये बॉस को क्या हो गया? एंजला का फ़िल्मों से क्या लेना-देना?" जवाब मुझे भी पता था और उसे भी। न वह बोला और न मैं। एंजला काफ़ी खुश थी। उसने एसएमएस कर मुझे न्यूज़ ब्रेक की। मैंने भी बधाई दी। हम देर रात पब भी गए। सेलिब्रेट करने। अंदर कुछ टूटता-सा महसूस हुआ। यजुवेंद्र भी थोड़ा चिड़चिड़ा हो गया था। लेकिन एंजला अपनी ही दुनिया में मस्त। फ़िल्म को ऑस्कर न मिलना था न मिला। लेकिन एंजला की ज़िंदगी की स्क्रिप्ट में एक नया मोड़ आ गया था। अब बॉस कुछ ज़्यादा ही लिबर्टी लेने लग गए थे। कभी बालों पर हाथ फेर देते तो कभी गालों को सहला देते। एंजला बुरा नहीं मानती। उसका प्रमोशन हो गया। यजुवेंद्र सब देखता और अनदेखा कर देता।

एंजला के आंसुओं ने मेरी शर्ट भिगो दी। उसकी सिसकियां तेज़ होने लगीं। अतीत से निकलकर मेरी आंखों ने उसकी आंखों पर जूम-इन किया। फिर धीरे

से टिल्ट-डाउन और उसके होंठों पर कैमरा फ़िक्स हो गया। होंठ थरथरा रहे थे। वह कुछ कहना चाहते थे। कुछ बोल भी रहे थे। लेकिन मैं सुन नहीं पा रहा था। फिर फुसफुसाहट थोड़ी तेज़ हुई—''क्या मैं गंदी लड़की हूं, एम आई ए बैड गर्ल?'' मैं चौंका। कुछ कहता कि वह फिर बोली, ''मैं दोहरी ज़िंदगी नहीं जी सकती।'' मैंने पूछा, ''आख़िर हुआ क्या है?'' वह फिर कुछ नहीं बोली, बस रोती रही। मैं पूछता रहा। लेकिन उसने मुंह नहीं खोला। बाहर बारिश तेज हो गई थी। कुतिया के रोने की भी आवाज़ आ रही थी।

अनुभव की अभिलाषा

रवि पाराशर

यह वह दौर था, जब पत्रकारिता के ज़रिए समाज को बदलने का जुनून बहुत से नौजवानों के सिर चढ़कर बोलता था। साथ ही यह वह दौर भी था, जब बेटे-बेटियों को सिविल इंजीनियरिंग की पढ़ाई कराने का जुनून बहुत से मिडिल क्लास माता-पिताओं के सिर चढ़कर बोलता था।

उस दौर की हकीक़त से कुछ-कुछ वाक़िफ़ उसने बीच का रास्ता चुना। वह इंजीनियरिंग की पढ़ाई कर सरकारी नौकरी पा गया, लेकिन कर नहीं पाया। आख़िर उसने इस्तीफ़ा दिया और अपने सपने के मज़बूत किले में दाख़िल होने का फ़ैसला कर लिया।

अब वह हवा में उड़ सकता था, आसमान उसे अपने बहुत क़रीब लगता था। उसे लगता कि जब चाहेगा, हाथ बढ़ाकर चांद-तारों की सर्दी-गर्मी का हाल पता कर लेगा। पत्रकारिता के संस्थान में भी उसकी थोड़ी धाक थी, आख़िर वह सरकारी नौकरी, वह भी असिस्टेंट इंजीनियर की नौकरी छोड़कर आया था। इस लिहाज़ से उसके साथ पढ़ रहे बाक़ी सरफ़रोश सपने उसे थोड़ी ज़्यादा तवज्ज़ो देने लगे थे।

एक दिन एक सपना उसे अपने बहुत क़रीब महसूस होने लगा। उसके दिल की धड़कनें बढ़ी-बढ़ी रहने लगीं। उसे अपने अधूरे होने का एहसास होने लगा।

क्लास के बाद दोनों की घंटों बातें होतीं। यह वह दौर भी था, जब इश्क़-मोहब्बत का मतलब अक्सर इश्क़-मोहब्बत ही हुआ करता था। दो अधूरे हवा के रफ़्तार वाले रथ पर सवार समाज को बदलने की सोच लिए हवा से बातें करने लगे। तफ़सील से ज़िक्र करने पर यह अफ़साना बहुत लंबा हो जाएगा, आप केवल यह समझ लीजिए कि वह अगर गुलाबी सर्द एहसास था, तो दूसरा सपना खिड़की से छनकर कमरे के फ़र्श पर पड़ने वाला गुनगुनी धूप का चमकता चकत्ता या वाइस-वर्सा। या सीधे-सीधे कहें, तो उन्हें एक-दूसरे से मोहब्बत हो गई।

कोर्स पूरा होने के बाद अब बारी थी नौकरी ढूंढ़ने की। यह वह दौर था, जब इलेक्ट्रॉनिक मीडिया अख़बारों के दबदबे पर छाने की कोशिश कर रहा था। जो लोग मोटी तनख़्वाह पर प्रिंट से टीवी में जा रहे थे, उनके बारे में ख़ूब चर्चा होती थी। ग्लैमर

और पैसा दोनों एक साथ मिल जाएं, तो समाज को थोड़ा तेज़ी से सुधारा जा सकता है। लेकिन नौकरी मिलना इतना आसान थोड़े ही होता है!!

उन्होंने टीवी और अख़बार, दोनों में कोशिश शुरू कर दी। मादा सपना भाग्यशाली निकला। उसे एक टीवी चैनल में काम मिल गया। चलो किसी को तो कामयाबी मिली। उन दोनों के हिस्से का आधा समाज तो सुधरेगा!! सपना खूबसूरत था, लिहाज़ा उसे सिटी रिपोर्टिंग का ज़िम्मा सौंपा गया।

दोनों सपने खुश थे। लेकिन पता नहीं क्यों दोनों में एक अजीब-सा खिंचाव भी पैदा होता जा रहा था। एक-दूसरे की तरफ़ खिंचाव और एक-दूसरे से दूरी बनाता खिंचाव भी। नर सपना अख़बारों में लेख लिखकर समाज को बदल रहा था। एक का नाम जाना जाने लगा और दूसरे का नाम के साथ-साथ चेहरा भी। दोनों जब भी मिलते, तो मीडिया के महत्त्व पर चर्चा करते। समाज को किस दिन छपे लेख या प्रसारित हुई रिपोर्ट के ज़रिए उन्होंने कितना और किस तरह सुधारा, इस पर ख़ूब गर्मागर्म चर्चा होती। लेकिन एक को नौकरी मिलने के बाद उनका मिलना-जुलना कम हो गया था और फ़ोन पर भी अक्सर बात नहीं हो पाती थी। कोई फ़ोन करता, तो दूसरा समाज को सुधारने में लगा होता। बहरहाल...

दिन गुज़रते गए। टीवी वाले मादा सपने ने जमकर जुगाड़ लगाई और क़रीब एक साल बाद नर सपने को भी अपने चैनल का रास्ता दिखवा दिया। उसे जैसे ही पता चला कि डेस्क पर वेकेंसी है, जूनियर लेबल पर, तो उसने कैंपेनिंग की। उसे नर सपने की योग्यता पर पूरा भरोसा था, वह किसी कमज़ोर आदमी की सिफ़ारिश थोड़े ही कर रही थी!! आख़िर उसकी मेहनत रंग लाई। अब दोनों सपने एक साथ थे। पैसा और ग्लैमर दोनों थे, लिहाज़ा समाज को तेज़ी से बदला जा सकता था।

टीवी में नौकरी तो मिल गई, लेकिन अनुभव के यार-दोस्तों के तानों ने उसे बेचैन कर दिया। नौकरी उसे अपने बूते नहीं, बल्कि लड़की की सिफ़ारिश पर मिली, यह बात उसे बहुत अंदर तक साल रही थी। साथ ही पैसे उसे रिपोर्टर सपने से थोड़े कम ही मिले। चलो कोई बात नहीं, आख़िर रिपोर्टर सपना पहले से ही टीवी में है। मन को हल्का करने के लिए यह दलील उसे अच्छी लगी। लेकिन अंदर कहीं उसका मन भारी रहने लगा। फिर भी उसने सोचा, चलो कोई बात नहीं...

लेकिन बात तो आख़िर बात होती है। यहां भी हुई। चहकती हुई अभिलाषा को लोग पहचानने लगे। अब वह लोकल बस में सफ़र नहीं कर सकती थी। लिहाज़ा उसके घरवालों ने कार का इंतज़ाम कर दिया। अनुभव ने भी स्कूटर ख़रीद लिया। रिपोर्टिंग की कार और डेस्क के स्कूटर की दौड़ शुरू हो गई। कार की अपनी गति होती है और स्कूटर की अपनी नियति। दोनों साथ-साथ स्टार्ट तो हो सकते हैं, लेकिन साथ-साथ चलना मुश्किल है और यह तय है कि अगर मंज़िल एक भी हो, तब भी स्कूटर बाद में ही पहुंच पाता है।

यह सच्चाई अनुभव को भी पता थी और अभिलाषा को भी। अभिलाषा धीरे चलने लगी। लेकिन अनुभव का मन हल्का होने के बजाय और ज़्यादा भारी रहने लगा। फिर भी उसने सोचा, चलो कोई बात नहीं...

स्कूटर ने कार के साथ फ़िल्म देखने का प्रोग्राम बनाया। उसकी छुट्टी थी और कार को ड्यूटी एडजस्ट करनी थी। स्कूटर बड़े रोमांटिक मूड में था। सिनेमा हॉल पहुंचा और टिकट लेकर कार का इंतज़ार करने लगा। शो शुरू होने के बाद भी जब कार नहीं पहुंची, तो उसने फ़ोन किया। कई बार फ़ोन इंगेज मिला। आख़िर बात हुई, पूछा क्या हुआ, क्यों नहीं पहुंची? वह हड़बड़ी में बोली, ब्रेकिंग न्यूज़ आ गई है, नहीं आ पाऊंगी। उसने कुछ कहना चाहा, लेकिन कान में गूंजने लगी टूं-टूं की आवाज़। उसने हाथ ऊपर उठाया, लेकिन आसमान बहुत दूर हो गया था। हवा भी एक झटके में थम गई। मन को भारी होना ही था।

...ऐसा अक्सर होने लगा। लेकिन अभिलाषा हरसंभव एडजस्ट करने की कोशिश करती, फिर भी...

वह डेस्क पर था, कोशिश करता कि हर स्टोरी की स्क्रिप्ट (ज़ाहिर है कि अभिलाषा की स्क्रिप्ट भी) में कुछ अपनी छाप छोड़े। यह उसका काम ही था। एक दिन उसने अभिलाषा की स्क्रिप्ट में पूरी तरह रद्दोबदल कर दिया। उसे नहीं पता था कि वह स्टोरी किसी सीनियर ने कराई है। कुछ देर बाद बुलावा आया। बेहद रूखे अंदाज़ में सवाल आया, यह क्या कूड़ा कर दिया। अच्छी ख़ासी स्क्रिप्ट की ले ली...उसने कहना चाहा कि..., लेकिन बॉस की आवाज़ फिर गूंजी, ऐसे होता है काम!! जाइए!!! उसने देखा पास ही खड़ी अभिलाषा ज़मीन की ओर ताक रही थी। केबिन के बाहर आने के बाद उसने हाथ ऊपर उठाया, तो आसमान को गायब पाया। कुछ देर बाद अभिलाषा का फ़ोन आया, टेक इट ईज़ी...और वही टूं-टूं की आवाज़।

उस दिन उससे समाज बिल्कुल नहीं बदला गया। गुमसुम-सा वह घर लौटा, तो बहुत देर तक नींद नहीं आई। उसे पहली बार सरकारी नौकरी छोड़ने का अफ़सोस हुआ, लेकिन उसने अफ़सोस को ज़्यादा हावी नहीं होने दिया और आख़िरकार सो गया।

दिन इसी तरह गुज़रते गए। वह चाहता था कि अफ़सोस हावी न हो, लेकिन उसके चाहने-भर से क्या हो सकता है? आसमान अक्सर ग़ायब रहने लगा। अभिलाषा आसमान के चंद टुकड़े पकड़-पकड़कर अनुभव को जब-तब देती रहती, लेकिन ये टुकड़े अनुभव के आसमान की शक्ल के तो हो नहीं सकते थे। फिर भी वह कोशिश करती रहती। अनुभव अब यह भी सोचने लगा कि अभिलाषा के पास आसमान के इतने टुकड़े आते कहां से हैं? बहरहाल...

एक दिन अभिलाषा ने पूछा, बल्कि सलाह दी—खाली वक़्त में रिपोर्टिंग क्यों नहीं करते? स्टोरी आइडिया दो और बॉस से बात कर लो। अच्छे आदमी हैं, रिपोर्टिंग

करोगे तो, लाइफ़ के कई रंग देख पाओगे। वह अक्सर उसका हौसला बढ़ाने लगी। लेकिन अनुभव का हौसला बढ़ा नहीं। एक दिन झुंझलाकर उसने कहा, तुम खाली वक़्त में डेस्क का काम क्यों नहीं करतीं। रिपोर्टिंग में लाइफ़ के जो रंग छूट जाते हैं, वह भी देख पाओगी...

कुछ दिन बाद अनुभव सिर झुकाकर देश का सिर फ़ख्र से ऊपर उठाने वाले एक हीरो का प्रोफ़ाइल लिखने में मशगूल था कि बॉस का बुलावा आया। अगले दिन खाली वक़्त में उसे किसी कवरेज़ पर जाने को कहा गया, लेकिन उसने घर पर ज़रूरी काम होने का बहाना बनाकर टाल दिया। चैंबर से निकला तो सोच रहा था कि बॉस की ऐसी मेहरबानी कैसे हो गई आज...कहीं...सोचकर वह बुझ-सा गया।

शाम को अभिलाषा को उसने बताया कि बॉस ने बुलाया था। कह रहे थे कि रिपोर्टिंग करो, लेकिन मैंने मना कर दिया। तुम साले! रिपोर्टर लोग दौड़ते रहो टुच्चे नेताओं के आगे-पीछे। सर! मैडम! बाइट दे दो प्लीज़! नौकरी का सवाल है! दूसरे को आपने दी है! हमें नहीं दी, तो बॉस की डांट पड़ेगी! असल जर्नलिज़्म तो अख़बार में होती है। नेता खुद फ़ोन कर बुलाते हैं। कई अख़बारों के रिपोर्टरों को जानता हूं। उनकी धाक देखो, ईवेंट के दौरान मौजूद नहीं भी रहते, तब भी बाईलाइन छप जाती है! तुम्हें तो माइक पकड़कर खड़े ही रहना पड़ता है! टीवी में तो डेस्क की नौकरी ही सही है। प्रोड्यूसर जो तय करते हैं, वही चलता है! तुम ले आओ एक्सक्लूसिव रिपोर्ट, चलेगी तो हमारी मर्ज़ी से ही!...!...! अभिलाषा चुप सुनती रही और जब वह नहीं रुका, बोलता ही रहा, 'तो ज़रूरी काम है', कहकर चलती बनी।

उसका वीकली ऑफ़ था। सोकर उठा, अपना चैनल लगाया, तो चौंक गया। अभिलाषा ख़बर पढ़ रही थी। एक पल को उसे अच्छा भी लगा, लेकिन...पूरा बुलेटिन देखकर उसने टीवी ऑफ़ कर दिया। उसे इस बात पर गुस्सा आया कि अभिलाषा ने एंकरिंग के लिए चुन लिए जाने की बात उसे क्यों नहीं बताई? वह खिड़की के बाहर झांकता हुआ परिंदों की उड़ान देखने लगा, तो यह महसूस कर उसे ताज्जुब हुआ कि बिना आसमान और हवा के परिंदे उड़ कैसे रहे हैं! रिपोर्टर हैं, साले!! उसने काफ़ी दिन बाद कई भद्दी गालियां खिड़की के बाहर थूक दीं। मन किया कि अभिलाषा को फ़ोन पर बधाई दी जाए, लेकिन ऐसा कर नहीं पाया। क्या एसएमएस ही कर दे? वह सोच ही रहा था कि फ़ोन की घंटी बज गई। अभिलाषा थी। तड़ाक से बोली, क्यों चौंक गए ना!! मैं तुम्हें सरप्राइज़ देना चाहती थी। मैंने जानबूझकर सुबह 10 बजे का बुलेटिन पढ़कर शुरुआत की है, मुझे पता है कि छुट्टी के दिन तुम यह बुलेटिन ज़रूर देखते हो...हां-हूं में जवाब देकर उसने बधाई देने की रस्म अदा की और भूख लगी है, खाना बनाना है, कहकर फ़ोन काट दिया।

अभिलाषा का फ़ोन सुनकर वह थोड़ा हल्का ज़रूर हो गया। आख़िर उसकी अभिलाषा उसका कितना ध्यान रखती है। सरप्राइज़ देने की ख़ातिर एंकरिंग शुरू करने की बात उसे नहीं बताई!! कितनी अच्छी है, अब और मशहूर हो जाएगी उसकी अभिलाषा। उसके यह सोचते ही उसका आसमान भी उसके पास आ गया और हवा भी बिल्कुल पास में ही सरसराने लगी। लेकिन ऐसा बहुत देर तक रहा नहीं। बहुत सारा अफ़सोस खिड़की के रास्ते कमरे में घुसा और आसमान को निगल गया, सारी हवा नथुनों में भरकर उसके देखते-देखते खिड़की से कूद गया। उसने सोचा कि वह अफ़सोस को ऐसा करने से रोक सकता था, लेकिन उसने ऐसा किया नहीं। काफ़ी देर तक अफ़सोस की बदबू उसे अपने आसपास से आती रही। उसने खाना नहीं बनाया। खिड़की बंद कर दी।

अब जब भी बातें होतीं, बॉस का ज़िक्र ज़रूर होता। अभिलाषा के ज़रिए उसे बॉस की खूबियों के बारे में जानकारी मिलने लगी। हर बार एक नई खूबी। जितनी खूबियां वह बताता, उतनी ही ख़ामियां अनुभव को खुद में नज़र आने लगीं। अभिलाषा अगर उसकी तारीफ़ भी करती, तो वह उसे बनावटी लगती। वह अक्सर सोचा करता कि क्या बॉस की मर्दानगी के बारे में भी उसे बताया जाएगा। बहरहाल...

अचानक उसे ख़्याल आया कि वह भी तो मर्द है...लेकिन तुरंत ही ये बचकाना ख़्याल उसने दिमाग़ से निकाल दिया। फिर भी...

...सालाना एसेसमेंट में उसे हर योग्यता के लिए 'ए' दिया गया। उसे पूरी उम्मीद थी कि उसका प्रमोशन हो जाएगा और पैसे भी अच्छे बढ़ जाएंगे। उसने धड़कते दिल से इन्क्रीमेंट लेटर लिया और खोला तो धक्का लगा। वह अब भी असिस्टेंट प्रोड्यूसर ही था जबकि अभिलाषा सीनियर रिपोर्टर बन गई थी। अभिलाषा की मिठाई उसने खाई ज़रूर लेकिन मीठी नहीं लगी। फिर भी उसने मन को समझाया कि टीवी में उसका अनुभव अभिलाषा से कम है, इसलिए उसका प्रमोशन पहले हो गया। इसमें जलने वाली क्या बात है? लेकिन वह जानता था कि मन को समझाना भला इतना आसान कहां होता है!! प्रमोशन के बाद अभिलाषा बॉस के व्यक्तित्व और कृतित्व के बारे में बहुत-सी बातें अनुभव से शेयर करने लगी। वह सोचने लगा कि कहीं...यह सोच हर बार उसके मन पर गहरी खरोंच छोड़ जाती, लेकिन यह बात उसने अभिलाषा पर सीधे-सीधे कभी ज़ाहिर नहीं होने दी। हालांकि उसके अनमने बरताव से अभिलाषा कई बार चौंकने लगी। आख़िर वह संवेदनशील पत्रकार थी और समझदार भी थी। वह पूरी कोशिश करती कि अनुभव को उसकी किसी बात से ठेस नहीं पहुंचे। उसने शिद्दत से सोचना शुरू किया और नतीज़ा भी सामने आ गया। उसने बॉस की तारीफ़ों के पुल बांधने बंद कर दिए। लेकिन पहले बांधे गए पुलों के नीचे से फ्रस्टेशन का कितना गंदा पानी बह चुका है, इसका उसे अंदाज़ा नहीं था।

एक दिन दुखी मन से अभिलाषा ने अनुभव को बताया कि 'जिज्ञासा' चैनल में काम कर रही उसकी बैचमेट और पक्की सहेली से कोई ब्लंडर हो गया था, तो उसे डेस्क पर लगा दिया गया है। वह बेचारी बहुत डिप्रेस्ड है। अनुभव को यह बात सुनकर पहले तो कुछ सुकून मिला और फिर वह वितृष्णा से भर उठा। मुंह बिचकाकर उसने सोचा कि अब आया ऊंट पहाड़ के नीचे। अब रिपोर्टर को पता चलेगा कि डेस्क का काम कितना अहम होता है। लेकिन साथ ही उसने सोचा कि रिपोर्टर से ब्लंडर हो गया, तो उसे डेस्क पर डालने का मतलब क्या है? क्या डेस्क पर काम करना सज़ा होती है? बहरहाल, उसने कहा कुछ नहीं। उन्हीं दिनों अभिलाषा ने उसे एक चुटकुला सुनाया। एक वकील, डॉक्टर और पत्रकार एक साथ मरकर ऊपर पहुंचे। यमराज के सामने पेशी हुई। उन्होंने हुक्म सुनाया कि तीनों ने बहुत पाप किए हैं, लिहाज़ा उन्हें सज़ा भुगतनी होगी। वकील और डॉक्टर को दस-दस साल की सज़ा सुनाई गई और पत्रकार को सात साल की। इस पर वकील और डॉक्टर ने ऐतराज़ जताया, उन्होंने दलील दी कि पाप एक जैसे हैं, तो सज़ा भी एक जैसी सुनाई जानी चाहिए। तो यमराज ने कहा कि पत्रकार तीन साल डेस्क पर रह चुका है, इसलिए उसे केवल सात साल की ही सज़ा सुनाई गई है। चुटकुला सुनाकर अभिलाषा हँस पड़ी। बोली तुम भी तो सज़ा नहीं भुगत रहे हो। यह बात उसने सहज भाव से उसे छेड़ने के मक़सद से कही थी, लेकिन अनुभव को बहुत बुरी लगी। लेकिन वह मुस्कुराकर रह गया, उसने कहा कुछ नहीं।

दिन गुज़रते जा रहे थे। एक दिन अनुभव और अभिलाषा या कहें कि अभिलाषा और अनुभव की प्रेम कहानी में वह मोड़ आ ही गया, जो मोहब्बत करने वालों की असली मंज़िल होती है। पहले तो अभिलाषा के घर वाले कुछ हिचके, लेकिन फिर उन्होंने हां कर दी। शादी तय हो जाने के बाद मज़ाक़ में अभिलाषा बोली, पापा कह रहे थे कि डेस्क वाले से शादी क्यों कर रही हो? कोई रिपोर्टर या एंकर नहीं मिला क्या? यह कहकर अभिलाषा सहज भाव से हँस पड़ी। लेकिन यह सुनकर अनुभव सुलग उठा। उसने हाथ ऊपर उठाए, तो लगा कि कुछ-कुछ पास आ चुके आसमान पर बेहद गर्म धुएं के बादल तैर रहे हैं। बहरहाल...

धूमधाम से शादी हुई। अभिलाषा के घरवालों ने अनुभव को कार गिफ़्ट की। यार-दोस्तों ने चुटकी ली, सवारी के साथ कार भी...कारवाली ने आख़िरकार दिलवा ही दी...अनुभव बेहद खुश था, लिहाज़ा उसने कुछ नहीं कहा, तंज़ महसूस तो हुआ, लेकिन वह कांटा बनकर चुभा नहीं। अब अनुभव को लग रहा था कि आसमान उसके बेहद क़रीब था। आसमान का एक बेहद चमकदार तारा उसने तोड़ लिया था। अब वह उसे बहुत सहेजकर रखेगा, क्योंकि उसकी ज़िंदगी के अंधेरे कोनों को वह तारा ही तो रोशन करने वाला था। वह इस बात पर भी दुखी नहीं हुआ कि शादी और रिसेप्शन में आने वाले ज़्यादातर मेहमानों ने अभिलाषा को ही ज़्यादा तवज्जो दी,

क्योंकि वह अच्छी एंकर थी। उसके पास दलील थी, यह तो ज़िंदगी का सच है, जो दिखेगा, उसे ही लोग पहचानेंगे। सरकारी नौकरी छोड़ने पर अनुभव को पूरे कुनबे की नज़रों में नाकारा साबित करने वाले उसके घर वाले सबको बताते फिर रहे थे कि उनकी बहू टीवी में आती है। बहुत मशहूर है।

अनुभव चाहता था कि वह कहीं अच्छी जगह पर हनीमून का इंतज़ाम कर बाद में अभिलाषा को बताए। इस सरप्राइज़ को अमली जामा पहनाने के लिए उसने शादी से कई दिन पहले ही बहुत कोशिश की, लेकिन बिज़ी सीज़न की वजह से कहीं जगह नहीं मिली। सभी होटल ठसाठस भरे हुए थे। उसे बहुत बाद की डेट मिल रही थी, लेकिन तब तक तो छुट्टियां ख़त्म हो जाएंगी, यह चिंता उसके मन पर छा गई। शादी के चौथे दिन जब अनुभव को अनमना देखकर अभिलाषा ने वजह पूछी, तो उसने सच-सच बता दिया। उसने बताया कि बचपन में उस जगह पर परिवार के साथ गया था, तभी उसने तय किया था कि शादी के बाद हमसफ़र को लेकर वहां ज़रूर आएगा। यह सुनते ही अभिलाषा का प्यार उमड़ आया। मखमल में करवट बदलते हुए बड़े प्यार से कहा, बस इतनी-सी बात पर परेशान थे। पहले ही बता दिया होता...फट से उसने कहीं फ़ोन मिलाया, कुछ देर बात की और खुशख़बरी अनुभव को सुना दी, इंतज़ाम हो गया है। खाने-पीने का भी अच्छा जुगाड़ है और वह भी बहुत सस्ता-सरकारी जो है। सुनते ही अनुभव को खुश हो जाना चाहिए था, लेकिन उसने खुशी का इज़हार बहुत जोश से नहीं किया। बहरहाल...

अनुभव वाली कार से दोनों हनीमून के लिए रवाना हुए। दोनों बहुत खुश थे। आख़िर दो अधूरे सपने पूरे होने जा रहे थे। काम के टेंशन से दूर प्यार होने के बाद पहली बार एक-दूसरे का लंबा साथ मिलने जा रहा था। पांच दिन का प्रोग्राम था। अच्छा लगेगा, तो एकाध दिन और रुक जाएंगे। आख़िर गेस्टहाउस सरकारी है।

दोनों गेस्टहाउस पहुंचे तो शाम का झुटपुटा आसमान पर छाने की तैयारी कर रहा था। रिसेप्शन वाले ने बड़े अदब से उनका स्वागत किया। अनुभव ने सहज ही सोचा कि अफसर ने कह दिया होगा, इसलिए वरना यह सरकारी बाबू लोग, साले...!! रिसेप्शन वाला बोला—मैडम, सामान हम कमरे में पहुंचा देंगे, यहीं छोड़ दें। आइए कमरे तक छोड़ दूं...कमरा खोलकर वह कुछ-कुछ हिचक के साथ बोला, मैडम! बुरा न मानें...दरअसल, मेरी बीवी भी आपकी फ़ैन है, आपके बुलेटिन देखती है। कल सुबह कुछ वक़्त दें, तो उससे पांच-सात मिनट के लिए मिल लीजिएगा, मेरी इज़्ज़त रह जाएगी। यहीं ले आऊंगा। एक फ़ोटो भी खिंचवा लेंगे आपके साथ!! आदतन मैडम ने भी दरियादिली दिखाई, अरे!! इसमें क्या हर्ज़ है, आप चाहें, तो मैं आपके घर ही आ जाऊंगी, यह कहकर वह अनुभव की तरफ़ उसकी सहमति के लिए घूमी!!

...रिसेप्शनिस्ट बोला, अगर साहब आराम करना चाहें, तो सुबह यहीं रुक जाएं, मैं सुबह आपके लिए सवारी लेकर आ जाऊंगा...इससे ज़्यादा अनुभव सुन नहीं

पाया और कमरे में जाकर क़रीब-क़रीब चिल्लाया, अभिलाषा!! कमरा तो वाक़ई बेहद शानदार है!!

वे वक़्त नहीं गंवाना चाहते थे, नहा-धोकर चाय-नाश्ता किया और घूमने निकल पड़े। मौसम अच्छा था, लिहाज़ा देसी-विदेशी सैलानियों के हुजूम वहां तफ़रीह के लिए आए हुए थे। दोनों एक-दूसरे का हाथ थामे दुनिया के उस हिस्से में होने का एहसास शिद्दत से कर रहे थे, जहां आना दुनिया भर के लोगों का सपना होता है। अनुभव का मन हुआ कि एकांत में बैठकर उबला हुआ भुट्टा खाया जाए। बचपन में भी उसने भुट्टा खाने की ख़्वाहिश ज़ाहिर की थी, लेकिन पापा ने झिड़क दिया था। दोनों पास ही बैठे एक भुट्टे वाले के पास पहुंचे ही थे कि वह खड़ा हो गया। आइए मेमसाब!! आप तो टीवी में आती हैं ना!! अभिलाषा फूलकर कुप्पा होते-होते बच नहीं पाई। आख़िर इंसानी फ़ितरत है। उसने तिरछी और गर्वीली नज़रों से अनुभव की तरफ़ देखा। अनुभव को भी अच्छा लगा कि उसकी अभिलाषा को ऐसी छोटी जगह पर भी लोग पहचानते हैं। वह भी भुट्टे वाले तक पहचान रहे हैं। लेकिन भुट्टा लेकर लौटते हुए उसने अभिलाषा की खुशी में चार चांद लगाने की बजाय कहा, देखा अपने चैनल की पहुंच कहां-कहां तक है। सब हमारी मेहनत का ही नतीजा है!! 'हमारी' शब्द पर उसने कुछ ज़्यादा ही ज़ोर दिया।

खाना खाकर जब वे कमरे में पहुंचे, तो वहां चारों तरफ़ फूल ही फूल बिछे मिले। मोहब्बत की खुशबू कमरे की असीमित सीमा में ताज़गी घोल रही थी। अचानक अभिलाषा का मोबाइल घनघना उठा। अनुभव ने कुछ कहना चाहा, लेकिन अभिलाषा ने हाथ से इशारा कर रोक दिया। छोटी-सी बात कर बताया कि फ़ोन उस अफ़सर का था, जिसने इंतज़ाम कराया है। पूछ रहा था कि कोई दिक़्क़त तो नहीं है। थोड़ा तल्ख़ होकर अनुभव ने अभिलाषा से कहा, फ़ोन स्विच ऑफ़ कर दो प्लीज़!! अरे यार, दिन भर में यह एक फ़ोन ही तो आया है, अभिलाषा भी भुनभुना उठी। अरे भाई! हम पत्रकार हैं और मैं तो रिपोर्टर-एंकर हूं, ख़बरें फ़ोन पर ही मिलती हैं। हम पांच दिन के लिए आए हैं, तो क्या पांचों दिन फ़ोन बंद कर देना चाहिए?...दोनों ने क़रीब-क़रीब एक साथ कहा, अरे छोड़ो, हम लड़ने के लिए नहीं आए हैं, इसके लिए तो पूरी उम्र पड़ी है और बिस्तर पर आ गए। आसमान ज़मीन के बहुत क़रीब था...आसमान ज़मीन में और ज़मीन आसमान में बदलने ही वाली थी कि अभिलाषा का फ़ोन फिर घनघनाना शुरू हो गया। दोनों के अंदर कहीं कुछ बहुत ज़ोर से घरघराकर एकाएक थम गया। फ़ोन ऑफ़िस से था। अभिलाषा ने अनुभव से आंखों ही आंखों में याचना-सी की और फ़ोन रिसीव कर लिया।

फ़ोन करने के लिए अफ़सोस जताए जाने के बाद पता चला कि जहां वे आए हैं, वहां से कुछ किलोमीटर दूर मौसम की पहली बर्फ़बारी हुई है। मौसम और खुशनुमा हो गया है। शॉट्स, एजेंसी से आ गए हैं। डेस्क इंचार्ज़ कह रहे हैं कि अगर अभिलाषा

फ़ोनो दे दे, तो ले लो...एक फ़ोनो हो जाता तो मज़ा आ जाता और किसी सैलानी से फोन पर बात करा दी जाती, तो सोने पर सुहागा! दोनों क़रीब थे, फोन से रिस रही प्रभात की आवाज़ सुनकर अनुभव ने गर्दन हिलाकर नहीं का इशारा किया ही था कि एक झटके से उसे याद आया कि पिछले साल इन्हीं दिनों ईवनिंग शिफ़्ट पर उसने भी आकांक्षा से ऐसा ही फ़ोनो लिया था। वह उठा और चादर लपेटकर बाहर लॉन की तरफ़ खुलने वाली खिड़की खोल ली।

अभिलाषा फ़ोनो दे रही थी...यहां मौसम अचानक बहुत सुहाना हो गया है। मौसम की पहली बर्फ़ ने सैलानियों को और रोमांचित कर दिया है...सभी नाच-गा रहे हैं...होटलों और गेस्टहाउसों में कैंप फायर किया जा रहा है...हवा में ताज़गी है। तापमान में गिरावट आ गई है। शादियों का मौसम है, बहुत से जोड़े यहां हनीमून मनाने आए हैं...नए जोड़े हाथ में हाथ डाले मॉल रोड पर घूम रहे हैं। माहौल पूरी तरह सतरंगी है, बिंदास है, हर तरफ़ उल्लास है, उमंग है...

रात के सवा दस बज रहे थे। अनुभव ने खिड़की बंद की, बिस्तर पर लौटा और मन के अंदर शिद्दत से हो रही बर्फ़बारी को भूलने के लिए टीवी खोलकर धीमे वॉल्यूम में अपना चैनल लगा लिया। अभिलाषा उसके बेहद क़रीब थी, लेकिन वह टीवी पर चिपकी फ़ोनो प्लेट पर लगे अभिलाषा के फ़ोटो से चिपककर खुद को तलाश करने की कोशिश करने लगा। फ़ोनो ख़त्म कर अभिलाषा ने आंखों ही आंखों में उसे और पास आने का इशारा किया, लेकिन टीवी पर समाज को तेज़ी से सुधरते हुए देखने में मशगूल अनुभव वह इशारा महसूस ही नहीं कर पाया। उसने न तो वह दहक रहा इशारा देखा और न ही सुना। उसने देखा कि उन दोनों के बेलिबास बेहरकत जिस्मों के बीच अफ़सोस की काली लकीर का सांप बड़े इत्मीनान से जीभ लपलपा रहा है। उसने हाथ ऊपर उठाया तो पांच मिनट पहले दहककर पलाश बन चुके दोनों के ओवरलैप हो चुके आसमानों से बर्फ़ की बड़ी सफ़ेद सिल्लियां गिर रही थीं। बेहद सर्द हो चुके कमरे की सांसें थम गईं, टीवी पर एंकर की आवाज़ सन्नाटा तोड़ रही थी। वह पढ़ने में मशगूल था...दरअसल, यह वह दौर है...

अगले दिन सुबह अभिलाषा रिसेप्शनिस्ट के परिवार के समाज को खुशियां बांटने चली गई। वह उनींदा-सा बिस्तर पर पड़ा था कि फ़ोन बजा। रिंगटोन उसकी नहीं थी। अभिलाषा फ़ोन भूल गई थी। फ़ोन ऑफ़िस से था। उसने हलो कहा, तो असाइनमेंट का आलोक बोला, अभिलाषा नहीं है, क्या? अनमना होकर वह बोला, बाथरूम में है, बोलो! अरे भाई! नाराज़ मत हो, रात कैसी गुज़री? कहकर वह हंस दिया। अरे हां! दरअसल फ़ोन इसलिए किया था...अभिलाषा के फ़ायदे की बात है, बॉस ने कहा है, वह कैमरा हायर कर ले और मौसम, सैलानियों, बिजनेस वगैरह पर चार-पांच अच्छी स्टोरी कर सकती है, तो कर ले! कंपल्शन नहीं है। एक पंथ दो काज हो जाएगा! हनीमून का हनीमून और काम का काम। हनीमून ऑफ़िशियल टूर में

बदल जाएगा! ख़र्चा भी ऑफिस से मिल जाएगा!

अगले तीन दिन अभिलाषा के साथ वह भी शूट पर जाता रहा और लौटकर देर रात तक स्क्रिप्ट लिखता रहा। उसने लव मैरिज कर हनीमून पर आए एक असिस्टेंट इंजीनियर की केस स्टडी ख़ासतौर पर शूट कराई...कल उन्हें लौटना है, आज हनीमून की आख़िरी रात है। लेकिन पास ही मॉल रोड पर ख़च्चरों में तब्दील हो चुके घोड़ों की हिनहिनाहट आज उसे रोज़ की तरह तंग नहीं कर रही है। वे लौट रहे हैं। असाइनमेंट के आलोक ने यह भी बताया था कि कल से उसे एक महीने तक नाइट ड्यूटी करनी है। नई-नई शादी हुई है, लिहाज़ा ज़्यादा से ज़्यादा साथ देने के इरादे से अभिलाषा को भी नाइट रिपोर्टर का ज़िम्मा सौंप दिया गया है। कार स्टार्ट होते ही मॉल रोड पर एक घोड़ा जोर से हिनहिनाया, लेकिन उसकी आवाज़ अनुभव के कान तक नहीं पहुंची। उसने आवाज़ की तरफ़ देखा, तो पाया घोड़े के पास खड़ा अफ़सोस मुस्कुरा रहा है। उसने अफ़सोस की तरफ़ विदा का इशारा किया और अभिलाषा को गाड़ी तेज़ चलाने की हिदायत दी। कार चल पड़ी, तो उसने खिड़की से देखा कि समाज क़रीब-क़रीब सौ फीसदी सुधर चुका है। उसका हाथ ऊपर उठते-उठते नीचे ही ठिठक गया...

बम-विस्फ़ोट

संजीव पालीवाल

सुबह के 11 बज रहे थे। तब तक सब ठीक चल रहा था। पता नहीं क्यों उसे खुजली होने लगी कि कुछ करना चाहिए। इतना ठंडा बुलेटिन नहीं चल सकता। कुछ करना होगा। छोटी-सी ख़बर थी कि भारत और पाकिस्तान के विदेश सचिवों की बैठक दिसंबर में होगी। न जाने क्या सोचकर उसने असाइनमेंट से पाकिस्तान के एक पत्रकार का फ़ोनो मंगा लिया। फ़ोनो चलते कुछ ही देर हुई थी कि पूरा न्यूज़ रूम दहल उठा–''किसने फ़ोनो लिया है? कौन है, जिसने ये फ़ैसला किया है।'' आवाज़ सुनते ही उसका चेहरा कंपकंपाने लगा, हलक़ सूख गया। आंखें कुछ बोलने से पहले ही फट पड़ीं। जान गया कि आज इज़्ज़त जाएगी।

आवाज़ चीफ़ की थी। चीफ़ बोलते कम चीख़ते ज़्यादा थे। जब तक वह कुछ समझ पाता, चीफ़ शीशे का दरवाज़ा खोलकर रनडाउन तक आ चुके थे–''अंधे हो, दिखाई नहीं देता? कैसे गया ये फ़ोनो? फोटो क्यों नहीं है? कितनी बार कहा कि दिमाग की बत्ती जलाकर काम करो।'' वह मिमियाया–''सर, ये पाकिस्तान का पत्रकार है...हमारे पास इसकी फोटो नहीं है।'' अचानक उन्हें जैसे करंट लग गया, जैसे सांड को लाल कपड़ा दिखा दिया गया हो। वह और भड़क उठे। उन्हें लगा 'कल का लौंडा' उन्हें समझा रहा है–''जानता हूं दो टके का पत्रकार है, साले चमचे हैं, ऐसे चूतियों का फ़ोनो हमारे यहां चलेगा! मेरे साथ था...आगरा में वाजपेयी-मुशर्रफ़ बातचीत के दौरान। साले सारा दिन दारू और लड़की के चक्क़र में लगे रहते थे।'' पर इतने से उनका कलेजा ठंडा होने वाला नहीं था और इधर उसका कलेजा फट रहा था। यह दानव कैसे मानेगा उसे समझ में नहीं आ रहा था। आंखों के आगे अंधेरा छोने लगा। ''फोटो क्यों नहीं लगी?'' चीफ़ गरजे। ''सर, फोटो नहीं है'' बड़ी मुश्किल से मिमियाते हुए वह कह पाया। ''तो क्यों लिया फ़ोनो, दफ़ा हो जाओ, ऐसे लोगों की ज़रूरत नहीं है मुझे। एक काम ठीक से नहीं कर सकते!'' वह चुप रहा...

''बताओऽऽ...बोलते क्यों नहीं...?'' चीफ़ फिर चीख़े। जब कुछ समझ नहीं आया तो अचानक उसके मुंह से निकला–''जल्दी में ले लिया फ़ोनो''। बस चीफ़

के चेहरे पर चमक आ गई, मानो किसी पहलवान को अपना मनचाहा दांव खेलने का मौक़ा मिल गया हो। ''जल्दी में...जल्दी में कभी अपना नाम तो नहीं भूलते''...वह चीख़े—''कभी जल्दी में एक जूता पहनकर तो नहीं निकले''...चीख़ और बुलंद होती गई—''क्या जल्दी में कभी बग़ैर पतलून पहने दफ़्तर आए...दीज बगर्स कांट डू एनीथिंग, यू आर गुड फॉर नथिंग''। चीफ़ वैसे तो मध्य प्रदेश के रहने वाले थे लेकिन पढ़ाई-लिखाई दिल्ली में ही हुई थी। अंग्रेज़ी ख़ासी बेहतर थी। ''क्यों नहीं लगी फ़ोनो में पिक्चर, क्यों नहीं कुछ देर बाद लिया फ़ोनो, पहले पिक्चर का इंतज़ाम करते। कौन-सी आफ़त आ जाती अगर ख़बर दो मिनट देर से चल जाती'' वह असहाय-सा मेमने की तरह सिर झुकाकर खड़ा हो गया। ''यू हैव नो बिज़नेस टु वर्क हियर, फाइंड ए ज़ॉब फॉर योरसेल्फ'' उन्होंने आदेश सुना दिया, ''रिमूव हिम फ्राम दि रनडाउन'' पूरा न्यूज़ रूम उसकी बेचारगी पर खामोश खड़ा था। ''सर, प्लीज'' वह फिर मिमियाया। चीफ़ की चीख़ पूरे न्यूज़ रूम में गूंजी—''नो, आई डोंट वांट टु हियर एनिथिंग, पीरियड...''। उसकी आंखों के आगे अंधेरा छा गया। वह छाती पर अपनी गर्दन लटकाए कुर्सी पर गिर पड़ा।

एक हफ़्ते में यह दूसरी बार था कि उसे सरेआम ज़लील होना पड़ा था। 35 बरस की उम्र, 10 साल अख़बार का तजुर्बा कुछ उसके काम नहीं आ रहा था। अख़बार के दफ़्तर में 10 साल गुजारने के बाद जब उसने पहली बार टीवी के न्यूज़ रूम में क़दम रखा, तो उसका सीना चौड़ा हो गया था। एकदम फ़िल्मों में देखा हुआ न्यूज़ रूम। किसी फाइवस्टार होटल-सा। वह मंद-मंद मुस्कुराने लगा था। कहां पान की पीक से सनी हुई दीवारों वाला उसके अख़बार का दफ़्तर, जिसकी दीवारों पर बरसों से कलई नहीं हुई। जगह-जगह जाले लटके हुए थे, जहां न्यूज़प्रिंट को काटकर उसे कॉपी लिखनी पड़ती थी। एक-एक नोटबुक के लिए मशक्क़त करनी पड़ती थी। बड़े बाबू को हिसाब देना पड़ता था कि इतनी नोटबुक का क्या करूंगा। पांच लोग चाय पीने वाले हों तो तीन ही मंगाई जाती थीं, जिसे 'तीन का पांच' कहते थे। और यहां तो सब कुछ मुफ़्त। चाय-कॉफी मुफ़्त। मशीन से तो गरमागरम टमाटर का जूस भी मिलता था। कोई पूछने वाला नहीं कि इतना क्यों पी रहे हो। उसने सोचा, पूरी सर्दी टमाटर का जूस ही पिऊंगा। अचानक उसके हाथ में कॉफी का मग आ गया, सामने स्लीम-सा फ्लैट कंप्यूटर मॉनीटर और रनडाउन पर बैठा हुआ वह।

रनडाउन पर बैठने वाले की अहमियत होती है। वही अहमियत जो एक जहाज के पायलट की। रनडाउन मैनेज़ करने वाला ही चैनल चलाता है, यह वह जान चुका था। आस-पास 20-22 साल के बच्चे अंग्रेज़ी में गिटपिट करते। लेकिन उसका सम्मान करते थे, क्योंकि उसे हिंदी आती थी। उनके लिए वह विपिन सर था। कल तक वह इस बात पर दुखी था कि मां-बाप ने उसे अंग्रेज़ी स्कूल में

क्यों नहीं पढ़ाया। यहां आकर उसे लगा था कि अच्छा हुआ हिंदी ही पढ़ी, वरना टीवी में नौकरी कैसे मिलती। अब यहां तरक़्क़ी हिंदी के दम पर ही मिलेगी, ऐसा ख़्वाब वह देखने लगा था।

अख़बार से टीवी में आने पर उसके दिल में एक डर तो था कि कैसे होंगे लोग। कैसा होगा काम। लेकिन उसने जल्दी-जल्दी सब सीख लिया था। कंप्यूटर और तकनीक से कैसे खेला जाए, जल्द ही उसने पकड़ लिया था। जब वह आया था तो दो ही चीज़ें उसके साथियों ने समझाई थीं। एक टीवी में तेजी चाहिए, ख़बर कैसी भी हो, एयर पर डालो। उसे फैला दो, खेल जाओ। जैसे ही सूचना आए एंकर से कहो, बोले और किसी को फ़ोन पर लेकर सारी जानकारी दर्शक को दे दो। कारपेट बांबिंग कर दो। फ़ोनोप्लेट कैसे बनती है, वह जान गया था। रिपोर्टर कैसे छोटी-छोटी खिड़कियों में खड़े होकर पर्दे पर ज्ञान (लाइव) देने लगते हैं उसे पता था। फ़ोन पर जानकारी देने वाले का फोटो नहीं है तो कोई भी न्यूट्रल-सी तस्वीर लगाकर काम चलाया जा सकता है।

साथियों ने उसे चीफ़ की चीख़ से भी आगाह किया था। यह चीख़ ज़्यादा रनडाउन पर ही सुनाई पड़ती थी। उस सीट पर कोई भी ज़्यादा दिन काम नहीं कर पाता था। सिर्फ़ संदीप ही एक ऐसा था जिससे चीफ़ थोड़ा मुहब्बत से काम लेते थे। वही उसे समझाता रहता था। तुम क्यों नहीं चीफ़ से सलाह लेते हो? दिन में दो बार फ़ोन करके पूछ लिया करो कि बॉस इस ख़बर का जरा एंगल बदल लें तो बढ़िया हो जाएगा। चीफ़ भले ही तुम्हारा आइडिया पसंद करें न करें लेकिन उन्हें लगेगा कि तुम सोच रहे हो। संदीप यही करता था, "चीफ़ ये जो स्टोरी है न, उसको खेल जाते हैं, इस पर झामपटाखा कर देंगे।"

संदीप काम में बुरा नहीं था लेकिन वह कोई तूफान क्रिएट कर दे ऐसा भी नहीं था। वह मैनेजर अच्छा था। सारा काम सलीक़े से कर देता था। दफ़्तर में किसी से उसका झगड़ा नहीं था, लेकिन सबसे उसकी दोस्ती हो, ऐसा भी नहीं था। ज़िंदगी को बैलेंस करना उसे आता था। पर संदीप की बात उसकी समझ में नहीं आई। यह सब वह कभी नहीं कर पाया। इसीलिए जब भी कभी फ़ोन बजता तो वह उछल पड़ता था। लगता चीफ़ का ही होगा। मानो वह रामसे ब्रदर्स की किसी फ़िल्म का हीरो हो और एक खाली कमरे में सन्नाटे को चीरती हुई फ़ोन की घंटी अचानक घनघना उठे। ठीक वैसा ही अहसास उसको होता था। डरते-डरते वह फ़ोन उठाता, जब तक फ़ोन करने वाला 'हलो' नहीं बोल देता, वह खामोश ही रहता। जब यह तय हो जाता कि आवाज़ चीफ़ की नहीं है, तभी उसे सांस आती थी।

संदीप ने उसे एक सलाह और दी थी कि "लड़कियों की कॉपी जरा कम चेक किया करो।" जब देखो तुम्हारे इर्द-गिर्द बैठी रहती हैं। कुछ करना है तो थोड़ा

बचकर करो। सरेआम लड़कियों के साथ बैठते हो। अभी छोटे शहर से आए हो, थोड़ा अभ्यस्त हो लो, फिर ये सब करना।'' संदीप की बात वह समझ नहीं पाया।

एक हफ़्ते में यह दूसरी बार था जब देश के नामचीन चैनल का चीफ़ अरविंद उज्ज्वल उस पर चीख़ा था। शुरू में तो वह खुश था कि चीफ़ ख़ुद आकर उससे बात करता है। पहली मुलाक़ात में चीफ़ उज्ज्वल ने उससे बड़ी गर्मजोशी से हाथ मिलाया था। चीफ़ के शब्द 'वेलकम ऑन बोर्ड' आज भी उसके कानों में गूंजते रहते हैं। पहली बार किसी ने उसके स्वागत में कुछ कहा था। काली भव्य इमारत की 11वीं मंज़िल पर चैनल का दफ़्तर था, जहां से सारी दिल्ली दिखाई देती थी। अपने छोटे से शहर के साथियों को याद कर उसे अपने ऊपर गर्व होता था। सब कैसे उसे फ़ोन करते। यार क्या कुछ हो सकता है? जब कभी वह वहां जाता तो लोग अचरज से उसकी बातें सुनते। वह अपने आपको किसी सीईओ से कम नहीं समझता था। मानो सब कुछ वही करता है बाक़ी तो सब निठल्ले हैं।

चीफ़ उज्ज्वल की पब्लिक इमेज़ बड़ी ही सख़्त थी। वह गुटबाजी के सख़्त ख़िलाफ़ था। आम पत्रकारों की तरह वह लड़कियों पर लार भी नहीं टपकाता था। पर लड़कियों के लिए सॉफ़्ट तो वह था ही। वह यह भी समझ चुका था कि अरविंद उज्ज्वल कान का कच्चा है। जो उसके पास पहुंच जाता है उसकी बात मान लेता है। एकदम थानेदार की तरह, जिसने पहले एफआईआर करा दी उसकी बात मान ली गई। और, अगर शिकायत लड़की की है तो आपकी खैर नहीं।

दो दिन पहले ही सलोनी की ख़बर उसने नहीं ली। सलोनी ने ख़बर दी 11 बजकर 55 मिनट पर, उसने असाइनमेंट हेड को बोल दिया कि 12 बजे नया बुलेटिन शुरू होगा तो लेंगे। बस यह उसका गुनाह हो गया। अपने कमरे में बैठे-बैठे उज्ज्वल ने उसके वो कपड़े फाड़े की तबियत झक़ हो गई। असाइनमेंट हेड सुरेश प्रभु भी सुरीला आइटम है। ''मूतो कम, हिलाओ ज़्यादा'' का सिद्धांत उसने अपना लिया था। इसी के चलते 3 साल में असिस्टेंट प्रोड्यूसर से वह असाइमेंट हेड की कुर्सी तक पहुंच गया था। यह कुर्सी देशभर के तमाम रिपोर्टरों के कामकाज का हिसाब-किताब रखती है। पर यही काम वह करता भी हो ऐसा नहीं था। वह बस न्यूज़ रूम में बैठकर हर बात चीफ़ को बताता रहता था। चुगली तो उसी ने की होगी। और सलोनी को भी उसी ने भड़काया होगा। वरना सलोनी तो रोज़ उसी से अपनी कॉपी लिखवाती थी। चीफ़ का पारा बिल्डिंग को हिलाने के लिए काफ़ी था। ''क्यों नहीं ली ख़बर?'' ''सर, बुलेटिन ख़त्म होने में 5 मिनट बाक़ी थे। फिर आख़िर में 3 मिनट का कमर्शियल भी है सर। अगर ख़बर लेता तो कमर्शियल गिराना पड़ता।'' ''तुम गधे हो क्या'', चीफ़ गरजे। ''सलोनी दो

दिन से इस ख़बर पर लगी थी। हमारी एक्सक्लूसिव ख़बर है फिर भी तुमने जरा-सा नहीं सोचा।'' उसने सोचा कि अगर ख़बर एक्सक्लूसिव है तो फिर 5 मिनट से क्या फ़र्क़ पड़ जाएगा? वह समझ गया कि चीफ़ के सामने सलोनी बैठी है इसीलिए चीफ़ की आवाज़ अब उनके केबिन से निकल पूरे ऑफ़िस में गूंज रही थी। उसकी टांगें कांपने लगीं। ''यू शुड बी ड्रॉप्ड एवरीथिंग, व्हाय आर यू देयर, एप्लाई योर ब्रेन मैन, आई डोंट वांट पीपुल लाइक यू। इडियट गेट लॉस्ट'' ''ख़बर के लिए पूरा व्हील तोड़ दो। गिरा दो सब कुछ। टीवी में वही प्रोड्यूसर कामयाब होता है जो चीते की फुर्ती से काम करता है। सुस्त लोगों की यहां कोई जगह नहीं है।'' अब चीफ़ का पूरा ध्यान सलोनी को इंप्रेस करने पर आ चुका था। वह कह तो उसे रहे थे लेकिन इंप्रेस सलोनी को कर रहे थे। ''व्हैन आई वाज़ ए प्रोड्यूसर एंड वाजपेयी अनाउंस्ड दैट इंडिया हैज इन ए न्यूक्लियर टेस्ट, आई ड्रॉप्ड एवरीथिंग, कंपनी लास्ट टवंटी मिलियन रूपीज। आई रिफ्यूस्ड टु टेक दि कमर्शियल, मैनेजमेंट वाज़ वेरी एंगरी विद मी। वट आई सेड इफ़ यू हैव गिविन मी ए रिस्पोंसिबिलिटी दैन लैट मी हैंडिल एवरीथिंग, बट फॉर दैट यू नीड गट्स। दिस जेनेरेशन कांट डू एनीथिंग''। यह उनका तरीका था किसी को अपने पास बैठाने का, पुराने किस्से सुनाकर घंटों गप मारने का। ''लिसेन व्हैन आई वाज़ इन इंदौर''...फिर कितने घंटे निकल गए आप नहीं जान पाएंगे। तब उनकी आवाज़ एकदम महीन हो जाती थी। मानो किसी सुरंग में से गुज़रकर आपके पास आ रही हो।

भारी मन से वह घर चला आया। चीफ़ का रुख उसे लेकर दिन-ब-दिन बिगड़ता जा रहा था। उसे लगा कि कोई उसका गला दबा रहा है। वो बोला, ''लाइव ले लिया, ले लिया, टेक कैमरा थ्री...एंबियेंस अप...मैंने तो लिया था...मैंने तो लिया था...'' 6 फीट का असाइनमेंट हेड सुरेश प्रभु गरजा—''10 मिनट पहले दिया था तब क्यों नहीं लिया...अब क्यों लिया...?'' चीफ़ को देख वह फिर गरजा, ''बॉस! देखिए मेरी मेहनत पर पानी फेर दिया, सब कूड़ा कर दिया है।'' ''नहीं...चीफ़, इसने कुछ नहीं किया, ये झूठ बोल रहा है, मैंने देरी नहीं की...नहीं की...'' अब चीफ़ आगे बढ़ने लगे। अब उनकी शक्ल बदल चुकी थी, उसे अब हिटलर नज़र आ रहा था। हिटलर के हाथ उसकी गर्दन तक आने लगे। चीफ़ की शक्ल फिर बदल रही थी, अब उसके ऊपर यमदूत था जिसके एक हाथ में लंबी-सी तलवार और दूसरे हाथ में नरमुंड था। उस नरमुंड की शक्ल उसे अपनी लगी। वह छटपटाने लगा, चिल्लाया, ''लाइव काटा था...'' सुरेश प्रभु की आवाज़ फिर आई। उसने देखा सुरेश के हाथ की हरकत तेज होती जा रही थी—''नहीं 10 मिनट देरी की, नहीं काटा''...चीफ़ का हाथ उसकी गर्दन पर सख़्त हो रहा था। वह चिल्लाता जा रहा था। ''काटो, काटो, काटो...'' उसकी सांस रुकने लगी, उसने

कसकर चीफ़ की गर्दन पकड़ ली। अचानक एक थप्पड़ की आवाज़ से उसकी आंख खुल गई। "क्या मार डालोगे"। पत्नी उस पर चिल्ला रही थी। "क्यों मेरी गर्दन दबा रहे हो?" एक बार फिर उसका सिर छाती पर गिर पड़ा। बग़ैर कुछ बोले वह गुमसुम बिस्तर पर पड़ा रहा।

दीवाली क़रीब आ चुकी थी। सोचा था कि इस बार दीवाली मां-बाप के साथ घर पर मनाऊंगा। धनतेरस की रात को उसे निकलना था। शाम का वक़्त था कि अचानक न्यूज़ रूम में असाइनमेंट हेड सुरेश की आवाज़ गरजी—"अबे साले चलाते क्यों नहीं हो, दिल्ली में बम फटा है। 30 सेकेंड हो गए ख़बर को मेल किए हुए।" अचानक जैसे उसे करंट लगा कि यह क्या हुआ? कहां से आया मेल? किसने मेल किया, "बताया क्यों नहीं?" वह लपका टिकर की ओर "अरे ब्रेकिंग न्यूज़ चलाओ", अनामिका को बोला कि "बोलो अभी-अभी ख़बर मिली है कि दिल्ली के सरोजिनी नगर में बम ब्लास्ट हुआ है।" चौधरी कंट्रोल रूम में था। "चौधरी साहब सब रोक दो सिर्फ़ इसी ख़बर पर रहना है, खेल जाओ, काफ़ी दिनों के बाद मौका आया है!" तभी फ़ोन घनघना उठा। उसने फ़ोन उठाया, इससे पहले कि वह कुछ बोल पाता, पिघलता हुआ सीसा उसके कान में जा घुसा, "ख़बर में देरी क्यों हुई?" चीफ़ की आवाज़ एकदम सर्द थी...उसके मुंह से शब्द नहीं निकल पा रहे थे। वह कुछ शब्द बोल पाता कि चीफ़ की आवाज़ ने उसे खामोश कर दिया। "सर...वह...आप... लेकिन...मेरी बात तो सुनिए!" कई मिनट गुज़र गए...वह सुनता रहा—"सर, पहले ख़बर ले लूं फिर आपको बताता हूं...10 सेकेंड भी नहीं लगे। सर, 15 लोगों की मौत हो चुकी है सर..." अचानक उसके कान में आवाज़ आई "यू मदर फकर, तुम चूतिये हो क्या।" उसकी सहनशक्ति जवाब दे गई! उसने फ़ोन पटक दिया। हिंदी में जितनी गालियां सीखी थीं उसके मुंह से धाराप्रवाह फूटने लगीं, बग़ैर यह सोचे कि दफ़्तर में लड़कियां भी होती हैं। आज वह कुछ नहीं सोच रहा था। "तेरी मां की...बहन की...साले अब आऽऽ। नहीं करनी तेरी नौकरी।" सामने गलियारे से चिल्लाता हुआ आने वाला चीफ़ उसे गरजते देख रुक गया। अचानक माजरा समझ बाथरूम में घुस गया। अब चीख़ने की बारी उसकी थी। "साले एक नौकरी के लिए इतना चीख़ता है। जा छोड़ दी तेरी नौकरी, लानत है तेरे 28 हज़ार रुपए महीने पर। अब देखता हूं तुझे और तेरे चमचों को।" झटके से सुरेश प्रभु का सिर अचानक उसके कंप्यूटर में घुस गया। "साले 10 सेकेंड पहले ख़बर दी थी। बोल...चीख़ोगे...अब मैं चीख़ रहा हूं...बोलो!...अब हिला, कितना हिलाएगा," पूरा न्यूज़ रूम सन्नाटे में था।

अचानक उसे लगा कि चमचमाती दीवारों पर जाले उगने लगे हैं। कंप्यूटर पर गोंद बिखरा पड़ा है, ठीक वैसे ही जैसे अख़बार की पेस्टिंग डेस्क का हाल होता है। न्यूज़ रूम में जगह-जगह पान की पीक नज़र आने लगी। बड़े बाबू पूछ रहे

हैं कि इतनी नोटबुक और कलम का क्या करते हो। पिछले हफ़्ते ही तो इश्यू कराए थे। अक़्ल पर पड़ा चकाचौंध का परदा हटने लगा था। वह फिर चीख़ा–"मैं चला, अब हिलाते रहो तुम लोग...साले चूतिया कहते हैं, फकर कहते हैं। अब तुम चूतिया, तुम्हारी मां चूतिया, तुम्हारा बाप चूतिया", अनाप-शनाप बकते उसने अपनी कुर्सी पर पड़ी जैकेट उठाई और चल पड़ा...सन्नाटे में डूब चुका था न्यूज़ रूम, मानो बम सरोजिनी नगर में नहीं, न्यूज़ रूम में फटा हो...

दीवारें फांदते स्पाइडरमैन

रवीश कुमार

सुधीर लाल-नीले रंग के लिबास में दसवीं मंज़िल की उस खिड़की से चिपका हुआ था। स्पाइडरमैन बन गया था। वह ताक में था कि जैसे ही वीडियो तरंगें इमारत से होती हुई गुजरेंगी, वह लपक लेगा और आउटपुट में 'प्लग इन' कर देगा, जहां से तरंगें विद्युत प्रवाह बनकर लोगों के टेलीविजन में चली जाएंगी और टीवी भक से ऑन हो जाएगा। स्कूल में 'वॉल क्लाइंबिंग' का चैंपियन रहा था। स्पाइडरमैन का लिबास पहनकर वह दो दीवारों से होकर गुजरने वाली वीडियो तरंगों को पकड़ लेता था। उसके जूतों और दस्तानों में ऑटोमेटिक मोबाइल फ़ोन थे। क़रीब 20 की संख्या में। ये फ़ोन हर सेकेंड अपने आप किसी रिपोर्टर से कनेक्ट हो जाते थे।

दीवार पर चिपका सुधीर ब्लू टूथ ऑन कर बात करने लगता था—''क्या ख़बर है? जल्दी फेंको, मैं इसे तान दूंगा। दूसरे चैनल वाले देखते रह जाएंगे।''

तभी एक रिपोर्टर चिल्लाता है, ''...सर, मैं मोबाइल पर बात नहीं कर सकता। आप एसएसएस कीजिए। पढ़ा नहीं, मोबाइल के इस्तेमाल से पुरुषोत्पादकता कम हो जाती है।''

''तो क्या इस ख़बर को फैला दें?''

''नहीं सर, इस ख़बर को ओढ़ लीजिए और मोबाइल की संख्या कम कर दीजिए।''

इनपुट एडिटर सुधीर के कान सन्न रह गए। उसे अहसास होने लगा कि जब से वह इस पद पर आया है कितना कमज़ोर हो गया है। पसीने से भीग गया था। नींद में। तभी उसकी पत्नी सुलता ने झकझोरा, ''...एसएमएस आया है किसी का।''

सुधीर मैसेज पढ़ता है—''मिस टकटक रात उनके साथ देखी गई थी।'' गहरी नींद से नामर्दी के अहसास के साथ उठने वाले सुधीर के लिए यह संदेश किसी मर्दाना ताकत की दवा से कम नहीं था। उसकी कल्पनाएं उड़ान भरती हैं। उस रात जब वह सो रहा था मिस टकटक 'उनके' बांहों में होंगी। क्या ज़िंदगी है उनकी। टीवी में वे 'उनके' कहकर बुलाए जाते हैं। उनके साहब कारगिल की लड़ाई कवर कर

लौटे थे। वहीं पर मिस टकटक के क़रीब आ गए थे। टाइगर हिल पर दोनों साथ-साथ कवर करने गए थे। जब भारत पाकिस्तान से जीत गया था और झंडा फहराने की रस्म हो रही थी, उसी जीत के सुरमयी आकाश के नीचे दोनों एक-दूसरे को जीत रहे थे। बाक़ी पत्रकार कभी झंडे को तो कभी दोनों की नज़रों को देख रहे थे। अगले दिन अख़बारों में विजयी झंडे की तस्वीर छपी थी और दोनों के किस्से ब्लॉग कर छपे थे। मगर आज के एसएमएस ने सुधीर को नई ताकत दे दी। उसने भी जवाब दिया, ''काश हमारी बांहों में होती।''

हिंदी पत्रकारों के सपनों में महिलाएं ऐसी ही किसी कल्पनाओं में किसी की बांहों में नज़र आती हैं। उन्हें कभी किसी ने किसी मोर्चे पर रिपोर्टिंग करते नहीं देखा। हर लड़की आगोश के मोर्चे पर लड़ती नज़र आती है। एंकर बनने के पीछे उनकी बांहों की कसक का ठप्पा ज़रूरी हो जाता है। इन सबसे बेख़बर और बाख़बर लड़कियां एंकर बन रही हैं।

कई लोग दावा करते हैं कि सपने में यूं ही नहीं आती है कोई बात। हक़ीक़त में ऐसा हो रहा है। लड़कियां भोग बन रही हैं। यक़ीन करना मुश्किल है मगर समझना उससे भी मुश्किल। महिलाओं की आजादी और बराबरी पर लेख लिखने वाले कई पत्रकार साथियों ने उनके बालों, उनकी सैंडिल और हाथ के कंगन पर कई मौखिक किस्से तैयार किए हैं, जो अक्सर दबी जुबान में और पीठ के पीछे सुनाए जाते रहे हैं। मिस टकटक की खूबसूरती बतौर हिंदी पत्रकार उन्हें पहले किसी की बांहों में ले जाती है, फिर स्टूडियो की सीट पर। पूरा न्यूज़ रूम एक हसीन रात की तरह नज़र आता है, जहां कोई किसी को नहीं देखता। सब एक-दूसरे के बारे में सुनते रहते हैं। किसी अंधेरे से आ रही आवाज़ की तरह। पसीने से लथपथ सुधीर परेशान था—मोबाइल से पुरुषोत्पादकता के कम होने की ख़बर सुनकर। उसने अपने सबसे भरोसेमंद रिपोर्टर कमलेश को फ़ोन किया। ''आज क्या दे रहे हो?''

''क्या दें सर? कुछ नहीं...'' कमलेश ने फ़ोन काट दिया।

दूसरे चैनल के मनोज से कहने लगा, ''इनपुट दिमाग़ खराब कर देता है। इनपुट वह तंत्र है जो पहले रिपोर्टर से बात कर ख़बर के होने का पता करता है फिर आउटपुट को ऑन एयर करने का तरीका बताता है। मगर इनपुट के फ़ोन किसी को अच्छे नहीं लगते। लोग इनपुट एडिटर से नफरत करते हैं।''

गुस्से से कमलेश ने मनोज से कहा, ''...मुझे ही फ़ोन करता है। मिस टकटक को फ़ोन करने की हिम्मत नहीं हुई। उनसे क्यों नहीं पूछता कोई कि आप क्या कर रही हैं?...हिम्मत नहीं...''

बस इनपुट एडिटर पर गुस्से का इजहार मिस टकटक के किस्सों में ढल गया। हमारे यहां भी यही हो रहा है। लड़कियां ऐश कर रही हैं और हम मर रहे हैं। अब ख़बरों के चौराहों पर जमा हर रिपोर्टर अपने यहां की मिस टकटक की बातें करने

लगता है। कुछ लड़कियां भी साथ हो जाती हैं। सबकी कुंठाएं मिस टकटक के किस्सों से मरहम पाती हैं। कहा जा रहा है कि सबकी सब मिस टकटक हैं...किसी का दामन पाक नहीं। यकीन न हो तो ब्लॉग पर जाइए, जहां पर महिला पत्रकार किसी की बांहों में मिलती हैं। संबंधों का ऐसा फैलाव किसी और प्रोफेशन में नहीं आया है...आजादी है...महिलाएं अपने पसंद के संबंध चुन रही हैं...कुछ भी स्थायी नहीं...लिबरल मामला है...

बहस जारी थी। तभी एक फ़ोन आया। एक हीमैननुमा रिपोर्टर का सीना फूल जाता है। उसके पास ख़बर आ गई थी। वह पान की पीक पी जाता है। सब जानते हैं कि इसके पास ख़बर होती है तो थूकता नहीं है गटक जाता है। "कहीं फ़ोनो तो नहीं दे रहा है? पता करो।"

"रुको, अपने यहां इनपुट को फ़ोन करता हूं कि उसका चैनल देखकर बताए कि कहीं वो फ़ोनो तो नहीं दे रही है।" मिस टकटक के अंतरंग किस्सों पर बनी एकता एक ख़बर पर टूट जाती है। सब उस पानखाऊ हीमैननुमा संवाददाता पर ही टूट पड़ते हैं। फलां पार्टी का चमचा है...उसका ख़ास है...ज़रूर उन्हीं से जुड़ी ख़बर होगी...बाक़ी और ख़बर का तो पता ही नहीं होता...तभी स्पाइडरमैन सुधीर का नंबर कमलेश के फ़ोन पर फ्लैश हो जाता है, "...यार कुछ पता तो रखा करो। एक ख़बर नहीं होती तुमसे। देखो पानखाऊ रिपोर्टर फ़ोनो कर रहा है। जल्दी कनफर्म करो।"

"ठीक सर, कनफर्म है, आप मेरा भी फ़ोनो लो।"

ख़बर थी भुज के भूकंप की। सुधीर स्पाइडरमैन की तरह एडिटिंग टेबल से आउटपुट डेस्क और संवाददाता के कमरे के बीच नाचने लगता है। नहीं-नहीं...जाल बुनने लगता है। चिल्लाता है, "...अरे भुज में पता करो...कोई केस स्टडीज पता है कि नहीं।"

राकेश पूछता है, "...सर केस स्टडीज क्या होता है?"

"हटो यहां से, किसने तुम्हें रिपोर्टर बनाया है?...केस स्टडीज कोई जिंदा आदमी होगा जो बताएगा कि कब क्या हुआ, उसके परिवार में कितने आदमी थे? कोई बच्चा था तो उसकी फोटो निकालो...वो कहां था उस भूकंप के वक़्त? वो बच गया...आयरनी है। उस आयरनी को पकड़ो..."

"सर, भुज जाऊं...?"

"नहीं...अभी फैसला करते हैं।"

एक मेल आता है कि कौन-कौन भुज जाएगा। दो लड़कों के नाम हैं और तीन लड़कियों के, बाक़ी बचे नाम इन तीन लड़कियों पर टूट पड़ते हैं। उनके संबंधों के बारे में चर्चा शुरू हो जाती है। स्पाइडरमैन इनपुट एडिटर की नज़र टीवी मॉनिटर पर टिक जाती है। वह वीडियो तरंगों को पकड़ने लगता है। बाक़ी बचे संवाददाता

नीचे पान की दुकान पर जमा हो जाते हैं। तीन लड़कियां। मिस टकटक भी जा रही हैं। अरे बाक़ी दो के भी ऐश हैं। सुना है आजकल उनकी नज़रें इन पर भी मेहरबान हो रही हैं। तभी दूसरे चैनल से बाक़ी बचे रिपोर्टरों के फ़ोन आते हैं, "...अरे तुम्हारे यहां से कौन जा रहा है...?"

"हमारे यहां से भी मिस टकटक जा रही हैं। सब जगह एक ही हाल है। पत्रकारिता पेशा हो गया है। हमें तो कोई पूछता नहीं।"

भुज के भूकंप में मारे गए लोगों की दर्दनाक कहानी में इन बाक़ी बचे पत्रकारों की कहानी भी किसी जमाने की तवायफों की तरह दफन हो रही थी। उन्हें अपने पूछे जाने की फिक्र सता रही थी। तभी न्यूज़ रूम से बुलावा आता है, "...भुज से फीड आ रही है। तुम उसे स्टोरी में बदलो।"

'अपनी तो किस्मत में यही लिखा है। मिस टकटक की कहानी को एडिट करना। सबने बड़ी चालाकी से मिस्टर टकटक को ढक दिया था।'

बाक़ी दो लड़कियों का जाना किसी को नहीं अखरा। राजेश उनमें से एक था। वह भुज से पहले कारगिल भी भेजा गया था। उसका हर बार भेजा जाना उसके पुंसत्व का परिणाम नहीं था। वह प्रतिभाशाली था। मिस टकटक की तरह उसका पता किसी के आगोश में नहीं मिलता था। राजेश के एंकर बनने की ख़बर पर सबने संतोष किया था। उसकी मेहनत काम आई थी। इस जमाने में बिना पुंसत्व की परीक्षा दिए प्रतिभा के दम पर एंकर बनना मजाक नहीं था। मिस टकटक ने एसएमएस भेजा था—"कान्ग्रेच्युलेशन, यू मस्ट बी हैप्पी, सो वी आर वेलकम टू द वर्ल्ड ऑफ एंकर्स...हैव अ गुड डे..."

एसएमएस पढ़ते ही राजेश के चेहरे पर हल्की-सी मुस्कान बिखर गई। उसे वह मुश्किल से समेट पाया था। राजेश ने उस एसएमएस को डिलीट नहीं किया था, बल्कि किसी को बताया भी नहीं कि मिस टकटक ने एसएमएस भेजा है। राजेश ने कल ही न्यूज़ वॉर फॉर डॉट ब्लॉगस्पॉट पर मिस टकटक के बारे में लिखा था गुप्त नाम से। राजेश को लग रहा था, आख़िर प्रतिभा की भी जीत होती है। मगर वह एसएमएस का क्या करे? डिलीट करे या ब्लू टूथ से अपने कंप्यूटर पर ट्रांसफर करे? कहीं दोस्त यह न समझ लें कि वह मिस टकटक से मिला हुआ है। राजेश खुद भी ख़बरों के चौराहे पर होने वाली चरित्र चित्रकारी का पेंटर था। इस एक एसएमएस ने उसके अंदर धर्मसंकट पैदा कर दिया था।

हिंदी पत्रकारिता के सपनों में ही नहीं कुंठाओं में भी मिस टकटक आने लगी। ही-मैन रिपोर्टर ऐसी ही किसी रात को अपनी फौलादी बांहों को फैलाकर चीख रहा था—"भगवान मुझे पत्रकार बनाना था तो ये फौलादी बांहें क्यों दीं...कमसिन बना देता। मेरा चाल हिरणों की होती तो मैं भी भुज के भूकंप में मारे गए लोगों की कहानी कर रहा होता। मेरी भी प्रोमो बनता। अब ये फौलादी बांहें किसी नपुंसक

के लॉकर में बेकार पड़ी हैं। इनमें कोई नहीं आता। सब उन्हीं कमज़ोर बांहों में जाती हैं, जिसके फैसले मिस टकटक को भुज देती है। अच्छा होता मोबाइल फ़ोन से सबके सब नपुंसक हो जाते। अच्छा होता मिस टकटक किसी बियाबान में उस रात भटक रही होती जब भुज के लोग भूकंप में मारे जा रहे थे...मेरा चांस बन जाता... मैं भुज चला जाता...मैं बदला लूंगा...भगवान मैं चैनल बदल दूंगा...वहां जाकर दिखा दूंगा कि मैं कितना लायक हूं...औरतों की आजादी का मतलब यह नहीं कि हर बात में वही आगे जाएं...उन्हीं को भुज भेजा जाए...इतनी बड़ी त्रासदी में शृंगार रस की देवी क्या करेगी?...मलबों में दबे लोगों को खींचकर मेरी फौलादी भुजाएं निकाल देतीं और मैं उन्हें केस स्टडीज बना देता...किसी टूटे हुए मकान के नीचे दबे बक्से में से पुरानी तस्वीर और बंद घड़ी को निकाल देता। दिखाता दुनिया को कहानी। फ्रेम फ्रिज कर देता उस वक़्त का जब भूकंप आया और लोग मरे। मगर मैं यहां भी हार गया मिस टकटक के आगे। भुज के भूकंप से निकलने वाली करुणा ही-मैन रिपोर्टर की चीख में चासनी बन गई थी।

ख़बरों के चौराहे पर भीड़ एक बार फिर जमा होती है। ये वे बागी रिपोर्टर थे, जिन्होंने भुज की ख़बरों को देखना बंद कर दिया है। इस चौराहे पर हर चैनल से भेजी गई महिला पत्रकारों के नयन-नक्श, उनके केश और कंगन का ब्यौरा पेश किया जा रहा था। सारे नीति-निर्धारक तत्त्वों के पुरुषत्व की समीक्षा हो रही थी। यकीन न हो तो उस ब्लॉग पर पढ़िए...जहां एक पुरुष पत्रकार को किसी कोठे पर देखा गया था। एक पत्रकार की कार से एक लड़की बरामद हुई थी और किसी की पार्टी में दोनों एक-दूसरे के तरफ़ घंटों देखते रहे थे। हिंदुस्तान की पत्रकारिता ने एक लकीर खींची है कि प्राइवेट लाइफ को पब्लिश नहीं करेंगे। इसलिए ये किस्से 'अनपब्लिश्ड' रहे। मगर 'अनहिअर्ड' नहीं। पढ़ा नहीं तो सुना सबने हैं। मगर जब से ब्लॉग आया है...वॉर फॉर न्यूज़ डॉट ब्लॉगस्पॉट। यहां प्राइवेट पब्लिश हो रहा है। प्राइवेट कामनाओं का पब्लिश स्पेस। अब यहां कुंठाएं कहने का चलन ख़त्म हो गया है। कुंठाओं को 'डिजायर' कहा जाता है। इसलिए सब अपने डिजायर का प्रिंट आउट ले रहे हैं। मल्टी-रिलेशन के इस दौर में ब्लॉग ने कमाल कर दिया है। वहां यह ख़बर बेमानी नज़र आ रही थी कि मोबाइल फ़ोन के सेवन से पुरुषोत्पादकता कम हो जाती है।

ब्लॉग किसी मर्दाना ताकत की दवा बेचने वाले बाबा का लगता है और उसका पाठक सुधीर इनपुटीय बाबा की तरह ब्लॉग के पन्नों के भीतर को समझ लेता था। इनपुटीय बाबा...ये क्या होता है...सब चौंक गए थे। इनपुटीय ख़बरों का योग गुरु...इसी की शक्ति, इसी के प्रताप से तमाम ख़बरें चौराहे से होते हुए ब्लॉग पर जाती थीं। वह सबका हिसाब रखता था। सब ख़बरों पर ब्लॉग में जाकर अपनी राय भेजता था। फिर चुपके से किसी के कान में कहता था—"कुछ मसाला मैंने भी एड कर दिया है। अब मजा आएगा।" ब्लॉग पर छपी ऐसी ख़बरों को पढ़ते

ही रक्त-संचार बढ़ जाता है और लोग ख़बरों के चौराहों की तरफ़ दौड़ पड़ते हैं। सब अपने-अपने चैनलों के किसी न्यूज़ रूम से किसी मिस टकटक को अपने साथ घसीट लाते हैं। फिर एक मिस टकटक प्रतियोगिता हो जाती है। जीत का फार्मूला बनता है—लड़की है तो जहान है। लड़का है तो परेशान है।

ऐसी बातों में हर दिन कुछ घंटे गुजर जाने से होने वाली थकान घर लाकर बिस्तर पर पटक देती है। इनपुटीय बाबा का हर चैनल पर कब्जा हो गया है। हर चैनल में एक इनपुट है। एक आउटपुट है...कई तरह के डेस्क बन गए हैं, जहां ख़बरों की कतरनों में पर लगाकर पतंगों की तरह उड़ाया जाता है—किसी मिस टकटक के नाम के साथ। ऐसी ही किसी गंभीर चर्चा से लौटकर स्पाइडरमैन इनपुट एडिटर को गहरी नींद आ गई थी। मोबाइल फ़ोन को साइलेंट मोड पर कर बिस्तर के नीचे रख दिया था और एक बार फिर से दसवीं मंज़िल पर दो दीवारों के बीच झूल रहे थे। इस बार मोबाइल फ़ोन कम थे। उसकी मर्दानगी बढ़ गई थी। उसके एक हाथ में मिस टकटक थी और एक हाथ से वह इमारतों के बीच से गुजरती वीडियो तरंगों को पकड़ने की तैयारी में था। भुज के भूकंप के कवरेज की कामयाबी ने उसे ऐसे सपनों की दसवीं मंज़िल पर पहुंचा दिया था। वह अब एसएमएस का रिप्लाय नहीं देना चाहता था, बल्कि एसएमएस के टेक्स्ट से निकलकर मिस टकटक उसकी बांहों में थी। कल ब्लॉग पर होगी...होने दो...

चैनलों के वॉर में मिस टकटक सिपाही नहीं बन सकी। वह किसी शाम की एक कहानी ही बनकर रह गई। मिस टकटक ने एक दिन मुझे फ़ोन कर कहा था, "...आई डोन्ट वान्ट टू वर्क इन दिस फिल्ड...दे आर सिक पीपुल्स। यू नो...मैं थक गई हूं। मेरा कोई दोस्त नहीं है...मेरे पति ने ब्लॉग पढ़कर मुझ पर संदेह करना शुरू कर दिया है...दफ़्तर से लेकर घर तक चिक-चिक...आफ्टर ऑल मेरी भी तो लाइफ है...व्हाई कान्ट पीपल लीव अस अलोन..."

"देखो मिस टकटक...सुना तो मैंने भी यही है।"

"व्हॉट...? किसने कहीं ये सब बातें?"

"नहीं, किसी ख़ास ने...हमारे पेशे में सूत्र नहीं बताए जाते। नाम को छुपाकर अफवाह को ख़बर में बदल देने में माहिर हैं हम लोग।"

मिस टकटक ने बीस बार पूछा कि किसने कहा।

मैं कहता रहा, "अब ये न पूछो...नाम न बताने की शर्त पर ही बता रहा हूं...तुम्हारा दोस्त हूं...मेरा इन्टेंशन बस इतना है कि यू शुड वी अवेयर ऑफ व्हॉट पीपल आर टॉकिंग अबाउट यू। मैंने तो ये चर्चा ख़बरों के चौराहों पर सुनी थी कि तुम किसी की ख़ास हो..."

मिस टकटक का चेहरा गुस्से से लाल था। वह ब्लॉग पर अपने बारे में पढ़ चुकी थी। अमेरिका से उसका एक फैन ब्लॉग में सर्च कर रहा था। तभी मिस टकटक

हर रात किसी की बांहों में नज़र आई थी। फैन परेशान हो गया था। मिस टकटक को पाने के हसीन ख्वाब टूट गए थे। उन टूटे हुए ख्वाबों को उसने ई-मेल पर समेटकर मिस टकटक को भेज दिया था। बहुत दिनों तक वह समझती रही कि किसी की शरारत होगी। उसने डिलीट नहीं किया था। इन-बॉक्स के एक कोने में छिपा दिया था।

अगले दिन ख़बरों के चौराहों पर मैं सबसे पहले आ गया था। देखा, कोई रिपोर्टर नहीं है। कई मिस टकटक खड़ी हैं वहां। हर चैनल से आई मिस टकटक का मेला लगा हुआ था। सब एक-दूसरे से पूछ रही थीं, ''तुमने देखा है उसे जो मेरे बारे में बातें फैला रहे हैं? मैं तो अपने बारे में फैलाने वाले को ढूंढ़ रही हूं।''

मैं छुप गया था। किसी नाम, किसी चेहरे को ढूंढ़ती मिस टकटक को इस तरह परेशान देखने के लिए। ख़बरों के चौराहे पर हर दिन जमा होने वाले रिपोर्टरों ने अपना ठिकाना बदल दिया था। वह कहीं और जा चुके थे। गुगल्स के ऑरकुट पर उन्होंने अपनी एक कम्युनिटी बना ली थी।

ऑरकुट में एक मॉडरेटर होता है जो समान विचार वाले सदस्यों का आमंत्रण स्वीकार करता है। ब्लॉगनुमा एक पन्ना बनता है, जिससे सदस्य जोड़ दिए जाते हैं। विरोधी विचार वाले सदस्य को मॉडरेटर बाहर कर देता है। ऑरकुट की इस नई कम्युनिटी का नाम रखा गया—मिस टकटक कम्युनिटी। अब इसमें कोई बाहर वाला नहीं आ सकता है। मिस टकटक भी नहीं। वह नहीं देख सकती कि उसके बारे में की जाने वाली कल्पनाएं किसकी बांहों में निढाल पड़ी हैं। ख़बरों के चौराहे से लौटकर मिस टकटक ने नैतिक टेक्स्ट से लैस एसएमएस भेजा था—''तुम सब एक जैसे हो। डिस्गस्टिंग।''

मैंने यह कहानी मिस टकटक कम्युनिटी वालों को बता दी थी। आज की रात गुगल्स के ऑरकुट पर इनपुटीय बाबाओं की धूनी लग गई। हर कश पर मिस टकटक उनके रक्त-संचार को बढ़ाने लगीं। इनपुटीय बाबाओं ने मर्दाना ताकत की दवा खा ली थी और मोबाइल फ़ोन फिर से अपने जूतों में भर लिए थे। निकल पड़े थे वीडियो तरंगों को पकड़ने के लिए...किसी नई मिस टकटक को पकड़ने के लिए।

सातवाँ आसमान

परवेज़ अहमद

पी. सी. आर. में अंग्रेज़ी के बुलेटिन की तैयारी थी। सुबह का वह बुलेटिन आठ बजे जाता था। सब कुछ तैयार था। एंकर ने ख़बर पढ़नी शुरू की, एंकर लिंक ख़त्म होते ही वी. टी. एडिटर ने ख़बर का टेप इंसर्ट कर दिया। अंग्रेज़ी टीम के इंचार्ज़ रामनिवास खुद वहां मौजूद थे।

अचानक टैली प्रॉम्टर ऑपरेटर चीख़ा, अंग्रेज़ी ख़बर में हिंदी का पैकेज़ जा रहा है। रामनिवास को कुछ समझ में नहीं आया। होता यह था कि हिंदी का रिपोर्टर भी ख़बर लाता था तो उसका अंग्रेज़ी में अनुवाद हो जाता था। लेकिन वी. टी. एडिटर की ग़लती से अंग्रेज़ी के बजाय हिंदी का टेप चल गया।

बुलेटिन चले जाने के बाद रामनिवास को समझ में आया, परेशान होकर बोले, 'अब क्या करें?'

रंजीत इस चैनल में अभी नया-नया आया था। बोला, 'चुप रहें, जब कोई पूछेगा, तब देखा जाएगा।''

सब लोग कैंटीन की तरफ़ चल दिए।

वह एक सर्द सुबह थी। चैनल के आसपास खुला माहौल, चारों तरफ़ हरियाली, सर्द हवाएं और गुनगुनाती धूप। चंद साथी ठंडी धूप से गर्मी सोखने की कोशिश कर रहे थे। चंद कैंटीन में गर्मागर्म बहस में लगे थे। लेकिन उस स्थान को कैंटीन के बजाय ठीक-ठीक ढाबा कहा जा सकता था। किसी चीज़ में कोई नफ़ासत नहीं। रंजीत ने रामनिवास से पूछा, 'कैंटीन की ऐसी हालत क्यों है?'

रामनिवास ने इशारे से चुप रहने को कहा, फिर आहिस्ता से बोला, 'इसके ठेकेदार की चेयरमैन के घर तक पहुंच है—समझे।'' वहां बैठे सब लोगों ने उनकी 'हां' में 'हां' मिलाई। ''अच्छा यह बताएं कि आज सुबह-सुबह सफ़ाई की मुहिम क्यों चल रही है...क्या कोई पार्टी है''? रंजीत का अगला सवाल था।

इस पर कुलवंत भड़क गए, ''आप कुछ जानते नहीं हैं...आज तीन बजे चेयरमैन आ रहे हैं। बिंद्रा जी...सबको चलना है मीटिंग हाल में।'' कुलवंत ने बताया, ''यह सूचना तो हर नोटिस बोर्ड पर तीन दिन से लगी है।''

रंजीत को यह सोचकर बड़ा आनंद आया कि यहां मालिक भी नेताओं की तरह व्यवहार करते हैं यानि पहले ख़बर आती है, फिर वह आते हैं ताकि इस बीच सब कुछ संवर जाए, सब सतर्क हो जाएं।

रामनिवास भावुक हो रहे थे, ''आप बिंद्रा जी को नहीं जानते, बहुत ही बढ़िया आदमी हैं,'' कुलवंत ने तुरंत बात लपक ली, ''इधर आप ई-मेल करिए, इधर जवाब हाज़िर...हर जन्मदिन पर सबसे पहला बधाई संदेश भी उन्हीं का आता है।'' रंजीत ने चारों ओर ध्यान दिया तो पता चला कि चारों तरफ़ बिंद्रा जी के क़सीदे पढ़े जा रहे थे। क़रीब की मेज़ पर तीन-चार लड़कियां बैठी थीं। उनमें कुछ एंकर थीं और एक-दो एंकर बनने के सपने सजाए हुए थीं।

सविता सुंदरता में सबसे अव्वल थी, लेकिन वह होंठों के बजाय अपनी नाक से मुस्कुराती थी। बोली, ''चेयरमैन सर पिछली बार, कॉरीडोर में मिल गए थे...देखते ही बोले तुम्हारी साड़ियों का सिलेक्शन शानदार रहता है।'' यह कहते हुए उसने गर्व से अपनी साड़ी का पल्लू ठीक किया।

संजना काफ़ी सीनियर थीं। खुद को ज़रा लिए-दिए रहती थीं, लेकिन यहां मामला कॉम्पटीशन का था, बोलीं, ''मुझे तो वह जब भी मिलते हैं...कहते हैं संजना यू आर द फेस आफ़् आवर चैनल।'' अपने ही कमेंट पर मस्त होकर उसने चाय की गहरी चुस्की ली। शालिनी कहां पीछे रहने वाली थी, ''चेयरमैन सर ने तो हर बार कहा, तुम्हें एंकरिंग करनी चाहिए...लेकिन कोई मौक़ा दे तब ना।'' हालांकि उसने यह बात मुस्कुराहट की पॉलिश लगाकर कही थी, लेकिन भीतर दबी दर्द की लहरों को महसूस किया जा सकता था। दूसरी तरफ़ फ़ैसेलिटी डिपार्टमेंट की टीम बैठी थी। उनमें मोतीलाल सबसे सीनियर थे, कह रहे थे, ''बिंद्रा जी तुम कहो...हम तो कहते हैं बिंद्रा...अरे जब दिल्ली में थे तो पान खाने हमारे ही साथ जाया करते थे।'' कोई बिंद्रा जी का चाय का साथी तो कोई सिगरेट का साथी होने का दावा कर रहा था।

रंजीत खुश था। चलो ज़िंदगी में पहली बार कोई दोस्तनुमा मालिक तो मिला!

कैंटीन से बाहर निकले ही थे कि रास्ते में मणिरतन झा मिल गए। झा वी. टी. एडिटर्स के इंचार्ज़ थे। हमेशा मस्त रहते थे। उन्हें ख़ाली कम ही देखा जाता था। होंठों में सिगरेट दबी होगी, या हाथों में चाय का कप, वरना मुंह में तम्बाकू तो दबी होनी ही है।

''अरे चलिए रंजीत जी...एक कप और हो जाए।'' बड़े अधिकार से उन्होंने आमंत्रित किया।

हम वहां बैठे ही थे कि क़रीब से शालिनी गुज़री। उसे देखकर झा साहब ने पुकारा, ''कहां जा रही हो...इधर आओ भई शालिनी।''

शालिनी आकर कुर्सी पर बैठ गई। झा बोले, ''ऐसे भाग रही थी...जैसे बहुत काम पड़ा हो।''

''पर काम न हो तब भी यह दिखाना पड़ता है न कि हम बहुत व्यस्त हैं और यहां ऐसी मैं अकेली ही तो नहीं हूं।'' शालिनी ने शरारत से मुस्कुराते हुए कहा।

झा ने उसे समझाया, ''अरे काम नहीं है तो इश्क़-विश्क़ करो...समय भी है और आसपास अच्छे लड़के भी हैं।''

शालिनी ने हैरानी से कहा, ''वाह सर, हम यहां काम करने आते हैं या इश्क़ करने...हम तो सालों से खुद को बचाए हुए हैं... ।''

''तो फिर ऐसा करो।'' झा ने सुझाव दिया, अपनी जवानी को किसी बैंक में फ़िक्स्ड डिपाज़िट कर दो...बीस साल बाद निकाल लेना।'' शालिनी बेसाख़्ता हंस पड़ी। रंजीत ने हंसी रोकते हुए कहा, ''झा साहब आप तो उल्टा पाठ पढ़ा रहे हैं, ग़ालिब ने तो कहा है—इश्क़ ने ग़ालिब को निकम्मा कर दिया, वरना हम भी आदमी थे काम के।''

झा मुस्कुराए लेकिन वह हार मानने वाले नहीं थे, बोले, ''इश्क़ तो बहाना था रंजीत जी, सच तो यह है कि ससुरे चचा ग़ालिब थे खुद बड़े कामचोर...एक नौकरी मिली थी...दिल्ली कॉलिज़ में, गेट से ही वापस आ गए।''

रंजीत ने बात का रुख़ बदला, ''झा साहेब...चेयरमैन भी तो आ रहे हैं आज।''

एक ज़ोरदार क़हक़हा लगाने के बाद झा बोले, ''दफ़्तर वाले ससुरे ऐसे खुश हो रहे हैं जैसे इनके पिताजी आ रहे हैं...देख लेना वह एक-एक को औक़ात बता देंगे।''

तीन बजने से पहले ही सारा दफ़्तर मीटिंग हाल में पहुंच चुका था। हॉल के शुरू में ही चेयरमैन और उनके साथियों की कुर्सियां लगी थीं। उसके दाईं तरफ़ महिला एंकर्स सजी-धजी बैठी थीं। बाईं तरफ़ मैनेज़र वगैरह थे। सामने चारों संपादक बैठे थे। हॉल में गपशप का माहौल था। रंजीत, कुलवंत और झा बिल्कुल पीछे बैठे थे। चंद लम्हों बाद चेयरमैन बिंद्रा जी अपने दो डायरेक्टरों के साथ हॉल में प्रविष्ट हुए। उनके आते ही सब लोग खड़े हुए और अनुशासित सैनिकों की तरह बैठ गए। सब बैठ गए लेकिन बिंद्रा जी खड़े रहे। उनके चेहरे के भाव से लगता था जैसे वह सातवें आसमान से उतरकर आए हैं। वह हॉल में मौजूद हर शख़्स पर ऐसे निगाह डाल रहे थे जैसे वह उनके चेहरे के ज़रिए उनके भीतर घुस जाना चाहते हों। हॉल में मौत का-सा सन्नाटा छा गया। रंजीत को ऐसा महसूस हो रहा था जैसे उसकी...रूह क़ब्ज़...की जा रही हो। फिर बिंद्रा जी के होंठ हिले और उनमें से शब्द फूटे, ''मैं देख रहा हूं कि आप लोगों को पॉलिटिक्स से कुछ ज़्यादा ही प्रेम होता जा रहा है। क्या यह राजनीतिक दल और उनके नेता आप लोगों के रिश्तेदार हैं। मैं आपसे

कई बार कह चुका हूं, आई डोन्ट वांट पॉलिटिक्स एंड द डर्टी फ़ेसस ऑफ़ द पॉलिटिशियंस...ओ. के.।"

अमित भोलाभाला-सा लड़का था, जो ग्राफ़िक सेक्शन से था। अमित को खड़ा होता देख झा ने रंजीत के कान में कहा, "अरे यह 'सॉफ़्ट स्टोरी' हैडलाइन बनने की कोशिश कर रहा है।"

अमित ने डरते-डरते कहा, "सर, पॉलिटिक्स की ख़बरों से चटपटापन आता है।" बिंद्रा जी ने उसकी तरफ़ ग़ौर से देखा और फ़रमाया, "प्वाइंट वेल टेकन...खाने के साथ थोड़ी-सी चटनी तो अच्छी लगती है, लेकिन खाने में केवल चटनी ही परोसी जाए तो...कैसी लगेगी?" अमित लाजवाब होकर बैठ गया।

बिंद्रा जी ने बात आगे बढ़ाई, "हम भी जानते हैं कि राजनीति की ख़बर जानी चाहिए लेकिन सिर्फ़ चुनिंदा ख़बरें होनी चाहिए।" संदेश साफ़ था कि राजनीति की वही ख़बरें जानी चाहिए जो बिंद्रा जी चाहते हैं। लेकिन अपनी बात मनवाने के लिए उनके तर्कश में एक और ज़हर बुझा तीर था, "आप लोग क्या समझते हैं, हम कुछ जानते नहीं हैं...हमें पता चला है कि नेता की एक-एक बाइट का बीस-बीस हज़ार रुपया लिया जाता है।" हॉल में मौजूद हर शख़्स सकते में था, ऐसा लगा जैसे वे हिरोशिमा में हों...और उन पर अभी-अभी बम फेंका गया हो। हॉल में क़यामत की-सी ख़ामोशी छा गई। तब खुद बिंद्राजी ने ही ख़ामोशी की उस चादर पर कैंची चलाई, बोले, 'मेरा मतलब है ख़बरें और भी तो हैं, हैल्थ है, एज्यूकेशन, एन्वार्यनमेंट है...क्राइम है...अच्छा कोई बता सकता है कि हमारे देश में हर साल कितनी हत्याएं होती हैं?" बिंद्रा जी ने एक सवाल उछाला।

रिसर्च सेक्शन में काम करने वाले, लम्बे-चौड़े रवि चोपड़ा को खड़ा होते देख झा ने रंजीत के कान में फिर फुसफुसाया, "इसको सब पता होगा...ससुरा खुद ही हत्यारा लगता है।"

रवि बोला, "पांच लाख, दस हज़ार छह सौ के लगभग।"

"चलो, किसी को तो कुछ पता है।" पहली बार बिंद्रा जी के होंठों पर मुस्कान उगी, जिसकी परछाईं हर चेहरे पर चमकने लगी। बदले माहौल का लाभ उठाते हुए, कोआर्डिनेशन डेस्क पर काम करने वाले नीलाभ को खड़ा होते देख, झा ने रंजीत के कान में कहा, "यह महा निठौरा है, अब इसकी सुनिए।" नीलाभ ने पहले गला साफ़ किया फिर बोला, "सर, अपनी क्षमता तो हम भी बढ़ाना चाहते...अगर कम्पनी फ़ाइनांस पर कम्प्यूटर मिल जाए तो...।"

"तो ले लो," बिंद्रा जी तपाक़ से बोले और तुरंत साइड में बैठे मैनेजर पालीवाल की तरफ़ देखा, "इसमें क्या प्राब्लम है?"

पालीवाल इस अचानक हमले के लिए तैयार नहीं थे। उनकी आवाज़ गले में फंस गई। बमुश्क़िल तमाम उनके गले से भिंचा हुआ शब्द निकला। "रूल्स!"

बिंद्रा जी भन्ना गए, ''रूल्स...किसने बनाए हैं रूल्स?...आपने?...तो बदलिए रूल्स...।''...उसके बाद खड़ी हुई फेस ऑफ़ द चैनल संजना। संजना को खड़ा होते देख झा ने रंजीत के कान में कहा, ''अरे ये ससुरी तो बहुत बड़ी 'जम्प-कट' है...इसके कट से तो अच्छे-अच्छे चक्कर खा जाते हैं।''

संजना ने बड़े ही रोमांटिक अंदाज़ में अपनी बात रखी, ''सर...खाने-पीने का बहुत प्रॉब्लम है। सर, कैंटीन में कॉकरोच घूमते रहते हैं...चाय तक ठीक से नहीं मिलती।'' यह सुनते ही बिंद्रा जी के गुस्से का पारा आकाश को छू गया। उन्होंने सामने बैठे चारों सम्पादकों को आग उगलती निगाहों से घूरा और बोले, ''एक हफ़्ते में कैंटीन ठीक हो जानी चाहिए...अदरवाइस यू ऑल फ़ोर गो...।'' इतना कहकर बिंद्रा लगभग पांव पटकते हुए हॉल से बाहर चले गए। उनके पीछे उनके डायरेक्टर भी। चारों संपादकों को जैसे सांप सूंघ गया। अपनी टीम के सामने इतना बड़ा अपमान। वह चारों तुरंत कमरे से बाहर निकले और एक तरफ़ को चल पड़े। धीरे-धीरे हॉल ख़ाली हो गया।

बिंद्रा जी की शान में क़सीदे पढ़ने वाले कुलवंत की सिट्टी-पिट्टी गुम थी, बोले, ''भाई ऐसा तेवर तो हमने उनका कभी देखा नहीं।'' रामनिवास किसी संपादक की ठंडी मार से आहत लगते थे, बोले, ''क्या बुरा हुआ...इन लोगों के साथ यह होना चाहिए...करते क्या हैं यह लोग, सिवाय एक-दूसरे की कुर्सी हिलाने के...आप बताइए।''

''और यह बीस-बीस हज़ार रुपए...?'' रंजीत ने झिझकते हुए पूछा।

''कुछ ग़लत नहीं है इसमें।'' कुलवंत वैसे तो सम्पादकों के आगे-पीछे घूमते रहते थे, लेकिन अब आग के सामने तेल का पीपा लिए खड़े थे, ''आप क्या जानते हैं...यह सब मिले हुए हैं...हमें खुद एक भुक्तभोगी नेता ने बताया था।''

''लेकिन बिंद्रा जी कैंटीन की बात पर इतना क्यों खफ़ा हो गए...क्या सम्पादक कैंटीन संभालेंगे?'' रंजीत ने जानना चाहा।

झा ने मुंह में भरी तम्बाकू की पीक एक गाल में खिसकाई फिर बोले, ''यहां मुद्दा न संपादक है और न कैंटीन...मुद्दा है सवाल किसने पूछा था...'जम्प कट' ने...समझे आप?''

दफ़्तर में बेचैनी का माहौल था। कई लोग काफ़ी चिंतित दिखाई दे रहे थे। कुछ सीना तानकर घूम रहे थे, कुछ काम में मशगूल होने का नाटक कर रहे थे...जैसे कुछ हुआ ही नहीं...चैनल बदस्तूर चल रहा था। ख़बरें जा रही थीं...जैसे रोज़ जाती थीं। क्योंकि यह वह दौर था जब ख़बर के साथ 'शरीफ़ाना' सुलूक किया जाता था, ख़बर के साथ खेलने, उसे 'खींचने' या उसे 'बेचने' का रिवाज़ तब शुरू नहीं हुआ था। या यों कहें कि उस वक़्त ख़बर एक रिवायती मेहबूबा की तरह थी, तब उसे 'आइटम गर्ल' का लिबास नहीं पहनाया गया था।

तभी दनदनाती हुई एक सूचना आई कि चारों सम्पादकों ने अपने इस्तीफ़े तुरंत भेजने का प्रस्ताव किया है। आनन-फ़ानन में दूसरी मीटिंग बुलाई गई। उसमें बिंद्रा जी नहीं थे लेकिन चारों संपादक और न्यूज़ चैनल के सीईओ बिहारी जी मौजूद थे जो बिंद्रा के सुरक्षा कवच बने हुए थे। बिहारी बोले, 'चेयरमैन साहेब भावना में बहकर जो कुछ कह गए हैं...उसे गंभीरता से नहीं लिया जाना चाहिए। चारों सम्पादक आपके साथ हैं और आगे भी रहेंगे।''

जब बीस-बीस हज़ार वाला मामला उठाया गया तो उन्होंने यह कहकर पल्ला झाड़ दिया ''इट्स जस्ट ए परसेप्शन'' इसी के साथ मीटिंग ख़त्म हो गई।

सभी ने इत्मीनान की सांस ली, चलो एक तूफ़ान आया था जो बिना कुछ बिगाड़े थम गया।

रंजीत हैरान था, इतना बड़ा तूफ़ान और अचानक शांति। सब लोग रोज़मर्रा की तरह अपने काम में लग गए थे। वह न्यूज़ की खींचतान, एडिट बे के लिए तिकड़बाजी या कैमरे और वाहनों की छीनाझपटी—लेकिन 'तूफ़ान' के प्रभाव कुछ दिन बाद सामने आने लगे थे। चैनल पर से करंट अफेयर्स का बोझ कम किया जा रहा था और उसकी जगह ख़बर ले रही थी यानी यह बंटवारे का घमासान था। काफ़ी लोग न्यूज़ डेस्क पर धकिया दिए गए थे। जो बचे उन्हें नए ब्यूरो के नाम पर प्रदेशों की राजधानी स्थानांतरित कर दिया गया। इसी तरह की सूची में शालिनी का नाम देखकर सभी चौंके थे।

शालिनी और आत्मा में फ़र्क़ यह था कि आत्मा होती है लेकिन दिखाई नहीं देती, लेकिन शालिनी दिखाई देती थी पर कहीं होती नहीं थी। पता ही नहीं चलता था कि वह किस टीम में है। रात-दिन वह तितली की तरह इधर-उधर उड़ती दिखाई पड़ती थी। कभी इस ग्रुप के साथ, कभी उस ग्रुप के साथ। काम करते कभी किसी ने उसे नहीं देखा। उसका सिक्किम ब्यूरो में ट्रांसफर कर दिया गया था।

रंजीत शालिनी के बारे में सोच ही रहा था कि शालिनी उसी वक़्त उसके कैबिन में आ चुकी थी। उसने बिना तकल्लुफ़ कुर्सी पर बैठते हुए एक लिफ़ाफ़ा रंजीत की तरफ़ बढ़ाया और बोली, ''सर, इसे देखिए।''

जीवन भर हिंदी अख़बार में बिताने वाला रंजीत 'सर' संस्कृति में अभी रम नहीं पाया था। हालांकि न्यूज़ चैनल था तो हिन्दी में ही, लेकिन सारा माहौल इंग्लिश का था यानी ज़्यादातर थिंक टैंक सोचता अंग्रेज़ी में था और उस पर अमल हिन्दी में होता था। इसलिए 'सर' और 'बॉस' जैसे शब्द बेमतलब बैलून की तरह हवा में उछलते रहते थे। रंजीत ने लिफ़ाफ़े से चिट्ठी निकाली, उसमें लिखा था, ''आपकी मेहनत, लगन और अच्छे काम को देखते हुए, आपको सिक्किम ब्यूरो स्थानांतरित

किया जाता है। आशा है आप उसी लगन, मेहनत और ईमानदारी से आगे भी काम करती रहेंगी। शुभकामनाएं।" नीचे मैनेजर के हस्ताक्षर थे। पत्र लौटाते हुए रंजीत ने शालिनी को बधाई और शुभकामनाएं दीं। लेकिन शालिनी का सवाल कुछ और था, "सर मैंने कोई मेहनत नहीं की, न ही मैंने कोई काम किया, फिर मुझे किस 'अच्छे काम' का यह इनाम दिया जा रहा है?"

भोलेपन और मूर्खता के बीच शायद एक बारीक-सी सीमा होती है और शालिनी शायद उसी सीमा पर खड़ी थी। रंजीत ने उसे समझाया, "इसे इनाम ही मानो, अब तक काम नहीं किया तो अब मौक़ा मिल रहा है, जाओ और काम करो।" शालिनी ख़ामोशी से उठकर चली गई।

अब चैनल चौबीस घंटे ख़बरिया चैनल बन चुका था। कई ख़ूबसूरत चेहरे, ख़ूबसूरत रंग और तेज़-तर्रार दिमाग़ जुटा लिए गए थे। इस खुशी में जश्न भी मना। जाम से जाम टकराए गए। लेकिन यह खुशी भी हर खुशी की तरह क्षण भर की थी। नए-नए चैनल मैदान में आ गए। हर एक की अदा निराली, रंग-रूप अनोखा। कॉम्पीटीशन, टीआरपी की मार यानी...हफ़्ता ख़त्म होते हर शख़्स अपना नामा-ए-आमाल देखने के लिए सिर पर कफ़न बांधे तैयार रहता। रंजीत कई बार सोचता था कि यह रात-दिन का ख़बरिया चैनल आख़िर होता क्या है? उसे लगता था...बाहर वालों के लिए चैनल एक पटाख़े की तरह होता है जो आसमान की ओर उड़ता है, आसमान से टकराता है और चारों तरफ़ रौशनियां फैला देता है। और अंदर वालों को लगता है जैसे चैनल एक डायनासोर है, जिसका पेट कभी नहीं भरता और वह हमेशा आग उगलता रहता। कभी उसे लगता जैसे टीवी चैनल भाप का इंजन हो जिसमें ख़बर रूपी कोयले, लगातार झोंके जाते हैं, वह गाड़ी को आगे तो दौड़ाता है लेकिन माहौल को थोड़ा मटमैला भी करता जाता है। लेकिन इसमें कुसूरवार कोई नहीं है। चैनलों में काम करने वाले हर शख़्स को हर महीने एक भारी-भरकम चैक चाहिए और यह चैनल करोड़ों रुपया लगाने वाले मालिकों के लिए दौलत, शोहरत और 'ताकत' या हथियार बटोरने का बहुत बड़ा ज़रिया है।

चारों संपादकों की अपनी-अपनी खूबियां और ख़ामियां थीं। लेकिन वे जुटे रहते थे अपने-अपने कामों में। लेकिन वह सब बारी-बारी से भोली चिड़िया की तरह शिकारी के जाल में फंसते रहते थे। उनमें से जब कोई नम्बर वन बनता, वह उसे अपनी क़ाबिलियत का नतीज़ा मानता, क़ाबिल होता भी था, लेकिन जब कुर्सी से उतारा जाता तो उसके पीछे, उसे अपने साथियों का षड्यंत्र दिखाई पड़ता। इस मामले में सभी की सोच कमोबेश एक थी। शायद उनकी नज़रों से कुरआन की यह आयत नहीं गुज़री थी, "वतो इज़्ज़ो मनतशाओ, वतो ज़िल्लो मन तशाओ" यानी इज़्ज़त

देने वाला भी वही है और बेइज़्ज़त करने वाला भी वही है।

एक सम्पादक सत्ता में आता तो उसके दाएं-बाएं दो-चार अपने आप बग़लें बजाने लगते लेकिन जमील और सुधीर एक चलते-फिरते रहस्य की तरह थे। दोनों प्रोड्यूसर थे और काम-काज में ठीक-ठाक थे लेकिन सत्ता के हर गलियारे में उनकी तूती बोलती थी। हर युग में इंक्रीमेंट उनके नाम, प्रमोशन उनके खाते में। उनका करिश्मा किसी को समझ में नहीं आता था। लेकिन यह राज़ भी एक दिन खुल गया।

उस वक़्त रात के बारह बजे थे। रंजीत के मोबाइल की घंटी बजी, लाइन पर संपादक जी थे, ‘‘सुबह मैंने मना किया था, फिर यह ख़बर क्यों चल रही है?’’ वह काफ़ी तैश में दिखाई पड़ रहे थे। रंजीत ने सफ़ाई देने की कोशिश की, ‘‘मैं घर पर हूं और पता करके बताता हूं।’’

‘‘आप घर पर हैं, और मैं एक पार्टी में हूं...लेकिन मैं अपनी नाक-कान और आंखें दफ़्तर में छोड़कर आता हूं—समझे।’’ उनके लहज़े में तीखा व्यंग्य था। तब समझ में आया कि दरअसल उनके नाक, कान और आंखें कौन हैं। दफ़्तर के हर फ़साद के पीछे किसका हाथ है? किसी व्यक्ति का चेहरा अचानक सफ़ेद से काला या काले से सफ़ेद कौन करवाता है। इसलिए उन्हें अतिरिक्त सेवा का अतिरिक्त मेवा भी मिलता है।

चैनलों का महायुद्ध छिड़ चुका था। नित नए रंग-रूप, नई तकनीक के साथ लोग आ रहे थे। लेकिन इस चैनल का अपना वही पुराना ढर्रा था। बिंद्रा जी उसी ढर्रे के साथ सबको पीटना चाहते थे। बैलगाड़ी, रेलगाड़ी को पीछे कैसे छोड़ सकती है यह बात उनकी समझ में न आई या वह उसे समझना नहीं चाहते थे। लेकिन पहले वह बैलों पर कोड़े बरसाते रहे। फिर अचानक हड़बड़ा गए।

ख़बर आई कि नया संपादक आ रहा है। विशाल बाज़ार के हिसाब से नया नहीं था, लेकिन इस चैनल के लिए वह नया था। वह आया और अपने साथ नई टीम लाया। जो नए लोग आए उनमें नागभूषण थे, जो पत्रकार कम और किसी गुप्तचर एजेंसी के रिटायर्ड कर्मचारी ज़्यादा लगते थे। एक थे योगेश जो पत्रकारिता की दुनिया के ‘नए दौलतिए’ लगते थे और तीसरी थी श्रीमती कमला यानी पैंतीस साल की शर्मीली गुड़िया।

सुबह दस बजे एडिटोरियल मीटिंग हुआ करती थी। लेकिन उस दिन नागभूषण साढ़े नौ बजे ही पधार गए थे। नागभूषण भीमकाय शरीर के मालिक थे। उनके होंठों में सिगार हमेशा फंसा रहता था, और मुंह से धुएं के गुबार निकलते रहते थे। वह दफ़्तर में चलते फिरते ‘‘रोड रोलर’’ की याद ताज़ा करते रहते थे। नागभूषण गंभीर मुद्रा लिए मीटिंग रूम में एक-एक को आता हुआ देख रहे थे। घड़ी के ठीक दस बजते ही उन्होंने अपनी भारी-भरकम आवाज़ में रंजीत से पूछा, ‘‘शैलेंद्र कहां है?’’

शैलेंद्र इनपुट एडिटर थे, वही मीटिंग लिया करते थे। रंजीत ने फ़ोन लगाया।

पता चला शैलेंद्र रास्ते में हैं, तुरंत पहुंच रहे हैं। दस बजकर पांच मिनट पर वह पहुंच भी गए। लेकिन मीटिंग शुरू हो, उसके पहले नागभूषण ने हवाई फ़ायर किया; "जो वक़्त पर नहीं आ सकता, वह कल से मीटिंग में न आए।"

यह एक खुला संदेश था। मीटिंग ख़त्म होते ही शैलेंद्र इस्तीफ़ा देकर दफ़्तर छोड़ चुके थे। कुलवंत ने चाय की चुस्की लेते हुए कहा, "यहां ऐसा ही होता है। संपादक घोड़े पर बैठकर आता है, वापस जाता है, 'ख़ास' सवारी पर।"

रामनिवास ने कहा, "यह बात हर ख़बरिया चैनल में आने वाला हर सम्पादक जानता है। उसे पहले से पता होता है कि पहले आठ महीने में उसकी तरक़्क़ी का ग्राफ़ 90 के कोण से ऊपर चढ़ेगा और आठ महीने बाद वो 45 के कोण की तरफ़ झुकना शुरू होगा और फिर नीचे की ओर बढ़ता चला जाएगा। इसीलिए हर संपादक साल भर बाद दूसरी नौकरी का जुगाड़ शुरू कर देता है।"

और सच भी यही था। देखते ही देखते चारों संपादक हवा हो गए। एक-एक करके। वह सुबह मीटिंग में आए। दोपहर तक दिखाई दिए। शाम होते-होते उनके केबिन साफ़। दूसरे दिन बताया गया कि वह 'लम्बी छुट्टी' पर चले गए हैं। और सब जानते हैं कि ख़बरिया चैनल की 'लंबी छुट्टी' द्रौपदी की साड़ी होती है।

एक दिन रंजीत, नागभूषण के साथ अकेला बैठा था। बातों-बातों में रंजीत ने नागभूषण को टटोला, "मेरे विचार से वह चारों सम्पादक क़ाबिल थे, उन्हें साथ लेकर चलना चाहिए था। आप अगर विशाल को समझाते तो बात बन सकती थी।"

"आप यह सब छोड़िए।" नागभूषण नाराज़-से हो गए...फिर संभलकर बोले, "आपको पता नहीं है...यह नया ख़ून है...यह लोग केवल चार लोगों को साथ लेकर चलते हैं और इनके 'दाम्पत्य जीवन' में पांचवां व्यक्ति प्रवेश नहीं कर सकता...समझे आप।" रंजीत मन ही मन खुश हुआ...जब दो लोगों का 'दाम्पत्य' जीवन अक्सर दस क़दम चलकर थक जाता है तो चार लोगों के सामूहिक 'दाम्पत्य जीवन' का क्या हश्र होगा...उसकी समझ में आ गया था।

आतताइयों की तरह आई नई टीम को हर पुराना आदमी जले पर मिर्ची की तरह लगता था। हैड ऑफ़ चैनल विशाल कुमार जाने-पहचाने पत्रकार थे। उनके तमाम बाल वक़्त से पहले उनका साथ छोड़ चुके थे। नाक पर टिकी मोटी फ़्रेम के चश्मे से उनकी बड़ी-बड़ी आंखें सबको घूरती रहती थीं और अपनी खिचड़ी दाढ़ी में 'कुछ' ढूंढ़ते रहते थे। विशाल को अपने क़द से बड़ी कुर्सी पहली बार मिली थी। वैसे भी उन्होंने आते ही हर हसीन लड़की के सामने एंकरिंग की गाजर लटकाना शुरू कर दिया थी। लड़कियां भी होशमंद थीं। जो इस मोह से बचना चाहती थीं, बच रही थीं, जिन्हें हवा के रुख़ के साथ बहकर आगे बढ़ना था, वह 'गाजर' की तरफ़ लपक रही थीं। एक लड़की थी सीमा। सीमा जब भी सामने आती विशाल उससे पूछते, "बताओ तुम्हें कब चिपकाएं स्क्रीन पर?" और सीमा स्क्रीन पर चिपकने

के लिए तैयार नहीं थी।

एक दिन विशाल ने संजना को बुलाया और पूछा, ''ये सीमा काम क्या करती है?''

संजना ने बताया, ''सर, कुछ काम नहीं करती।'' जिस सम्पादक को दफ़्तर के किसी भी पुराने व्यक्ति का काम, काम दिखाई नहीं पड़ता था, उसके चेहरे पर मुस्कुराहट फैल गई और फ़रमाया, ''कुछ काम नहीं करना भी तो आख़िर बड़ा काम है।''

विशाल ने एक दिन अपनी दाढ़ी खुजलाते हुए भरी मीटिंग में सबको ललकारा, ''अरे भई आपमें से कोई एक ढंग का आदमी हो, तो ज़रा सामने आए।''

राजेंद्र अवस्थी, सीनियर प्रोड्यूसर थे। जैसे ही खड़े हुए, झा ने हमेशा की तरह रंजीत के कान में फुसफुसाया, ''इस ससुरे का तो ऑडियो ही सिंक करता है।'' दरअसल अवस्थी की ज़ुबान ज़रा फिसलती थी। वह अपनी बात पूरी करे उससे पहले विशाल ने ठहाका लगाया, ''अरे मैं समझता था कि आप लोगों को अंग्रेज़ी नहीं आती, पर यहां तो हिंदी में भी हाथ तंग है।''

अवस्थी अपना-सा मुंह लेकर बैठ गए। लेकिन विशाल यहीं नहीं रुके और पूरे रौब के साथ बोले, ''यह मेरा चैनल है, और नम्बर वन बनेगा।'' वह रुके...एक हिकारत भरी निगाह सब पर डाली फिर बोले, ''लेकिन यह आप लोगों के बस की बात नहीं है।''

यह एक इशारा था। अगले ही दिन हैड ऑफ़िस के एचआरडी डिपार्टमेंट का अफ़सर आया। दिन भर वो स्टाफ़ के लोगों से बंद कमरे में मिलता रहा। शाम तक पता लगा कि दस लोगों के इस्तीफ़े मांगे या लिए गए हैं और यह सिलसिला आगे भी चलता रहा। जब भी उस अफ़सर के आने की ख़बर फैलती, सबके चेहरे उतर जाते। लगता था जैसे मौत का फ़रिश्ता ज़मीन पर उतर आया हो। एक भरा-पूरा दफ़्तर देखते ही देखते...श्मशान में तब्दील होने जा रहा था।

नागभूषण हर व्यक्ति पर पैनी नज़र रखे रहते थे। किसने किससे, कितनी देर बात की, किसने कितनी चाय पी, यानी चैनल के पास कोई बड़ी ख़बर हो न हो, नागभूषण के पास दफ़्तर की हर ख़बर होती थी। चैनल से उनका कोई लेना-देना नहीं होता था। इसलिए उनका नाम 'गोपीचंद' पड़ गया था।

राष्ट्रपति भवन में पाकिस्तान के राष्ट्रपति परवेज़ मुशर्रफ़ सलामी ले रहे थे। यह चैनल दूरदर्शन की लाइव फीड ले रहा था। बाक़ी चैनल लाइव दिखा रहे थे। तभी गोपीचंद अचानक दौड़ते हुए आए, ''भाई बिंद्रा जी बहुत नाराज़ हैं...बाक़ी चैनल अपना रिपोर्टर दिखा रहे हैं...लेकिन हम अपना रिपोर्टर क्यों नहीं दिखा रहे?'' लगता था वह बड़ी उलझन में फंस गए हैं।

''उन सबका अपना ओ बी वैन लगा है, अपने पास ओ बी वैन नहीं है... ।''

रंजीत ने उन्हें समझाया।

"क्या बोले? ओ बी वैन।" उन्होंने तुरंत काग़ज़ पर लिखा, "ओ बी वैन" और दौड़कर बिंद्रा जी को फ़ोन किया। उसके बाद वह काफ़ी रिलैक्स लग रहे थे। फ़ौरन काफ़ी का आर्डर दिया और रंजीत से बोले, "ज़रा हमें समझाओ यह ओ बी वैन का फंडा क्या है?"

शाम को गोपीचंद भी मीटिंग लिया करते थे। उनकी मीटिंग अक्सर गपशप वाली हुआ करती थी।

"आप लोगों को याद है ना...हमारे एक मित्र उसी चैनल पर एक्सपर्ट के तौर पर आते थे।" उनके चेहरे पर ज़हरीली मुस्कुराहट थी। दरअसल हुआ यह था कि चुनाव के दौरान बहत्तर घंटे का लाइव शो चल रहा था। नागभूषण के मित्र डॉ. ब्रह्मा भी एक्सपर्ट की तरह पैनल में मौजूद थे। अचानक आकाशवाणी हुई, "इस व्यक्ति को फ़ौरन पैनल से हटाओ और आगे कोई हिंदी वाला दिखाई नहीं पड़ना चाहिए।" संपादक मंडली पर जैसे बिजली गिर पड़ी। पैनल से अचानक किसी को हटाएं कैसे? और जिनको बुला रखा है, उन्हें वापस कैसे करें। वह तनावपूर्ण घड़ियां जैसे-तैसे गुज़र गईं। लेकिन लगा था कि नागभूषण की रगों में अपने मित्र के अपमान का ज़हर अभी छंटा नहीं था।

उन्होंने चाय का घूंट लिया और बात पूरी की, "अब हम मालिक हैं और आप नौकर...और याद रखिए यहां बहुत लोग आते हैं...चले जाते हैं—लेकिन यहां परमानेंट अगर कोई है तो हम हैं।"

मीटिंग में बैठे सभी लोग एक-दूसरे की तरफ़ देखकर अर्थपूर्ण ढंग से मुस्कुराए।

मीटिंग ख़त्म हुई तो रंजीत बोला, "अब तक तो इस कायनात में सिर्फ़ खुद ही परमानेंट था, खुद चचा ग़ालिब कह गए हैं, 'न था मैं, तो खुदा था न होता मैं, तो खुदा होता'।"

कुलवंत, रंजीत की खिंचाई करने की मुद्रा में आ गए, "अरे भाई आप बात-बात पर चचा ग़ालिब को क्यों घसीटते रहते हैं?" झा भी तपाक से कूदे, और क्या...अगर ससुरे नए-नए खुदा पैदा हो रहे हैं तो आपको क्या प्रोब्लम है।" रामनिवास ने भी चिंता जताई, "ये लोग तो "मेरा चैनल", "मेरा चैनल" ऐसे बोलते हैं जैसे इन्होंने चैनल ख़रीद लिया हो।"

"मुद्दा चैनल खरीदने का नहीं है।" झा ने मुंह में भरी पीक थूककर कहा, "इन सबमें बिंद्रा जी की आत्मा प्रविष्ट कर गई है और यह ससुरे सातवें आसमान पर जा बैठे हैं।"

योगेश बेहद दुबले-पतले और बांस की तरह लम्बे थे। उनकी लम्बी नाक पर बेहद बारीक फ़्रेम का चश्मा लगा रहता था और वह हमेशा ऊपर से नीचे तक सफ़ेद कपड़े पहने रहते थे। योगेश छोटी-मोटी ग़लती देखकर ऐसे तिलमिलाते थे, उनका

बदन कांपने लगता, दांत भिंच जाते और मुट्ठियां बंध जाती थीं। लगता था अभी हिंसा पर उतरने वाले हैं। उनकी इसी अदा ने उन्हें 'बाउंसर' का खिताब दिलवा दिया था।

बाउंसर, विशाल के केबिन में होता तो हंसी-ठिठोली करता दिखाई पड़ता। बाहर आते ही कोड़े बरसाता।...और तुरंत केबिन वापस आकर मुस्कुराहटें बिखेरने लगता। विशाल और बाउंसर अकेले होते तो ऐसी अठखेलियां करते कि उनके संबंधों पर शक़ होने लगता।

मिसेज़ जुल्का मेकअप की एक ऐसी गहरी नक़ाब हमेशा ओढ़े रहती थीं कि उनका असली चेहरा दिखाई नहीं पड़ता था। वह जिस चैनल से आई थीं वहां एंकरिंग भी किया करती थीं...एंकरिंग और उस चैनल का मोह उनके व्यक्तित्व से साये की तरह चिपका था। उस चैनल को देखकर वह एकदम डेस्क वालों पर चढ़ जाती थीं। फिर पूरे न्यूज़ रूम में सिर्फ़ उनकी आवाज़ गूंजती थी, "हाय, यह ख़बर हमारे पास क्यों नहीं है।" कई बार उनको समझाया गया, "कोई बात नहीं, उससे बड़ी ख़बर हमारे चैनल के पास है।" वह झुंझला जातीं, "लेकिन वह तो नहीं है न जो उनके पास है।" उनके इसी आतंकवादी रुख़ के कारण उनका नाम 'अलक़ायदा' पड़ गया था।

मीटिंग चल रही थी। असद ख़बर लेकर आया, "पूर्वी दिल्ली में झुग्गियों पर बुलडोज़र चल रहे हैं।" योगेश ने आदतन कहा, "इसमें कुछ नहीं है?" असद अपना-सा मुंह लेकर चला गया। अलक़ायदा ने नाक चढ़ाकर कहा, 'भई मेकअप रूम का माहौल बहुत बिगड़ रहा है।" तुरंत रंजीत को बुलाया गया...एंकरिंग डिपार्टमेंट वही देख रहा था। अलक़ायदा ने अपनी शिकायत दोहराई, "जब देखो तब वहां चाय-पकौड़े चलते रहते हैं...हँसी-ठिठोली होती रहती हैं।"

"ख़ाली वक़्त में वह लोग क्या करें?" रंजीत ने समझाना चाहा।

"यह सब नहीं चलेगा," विशाल ने सख़्ती से कहा।

तभी सामने रखे टीवी पर किसी चैनल ने झुग्गी-झोंपड़ियों पर बुलडोज़र चलने के दृश्य दिखाना शुरू किया। योगेश को जैसे करंट लग गया, "अरे असद को, जहां भी हो, पकड़कर लाओ और कहो कि जल्दी स्टोरी चलाए।" और इसी हड़बड़ाहट में मीटिंग ख़त्म हो गई।

"देखा आपने झा साहब।" रंजीत उखड़ा हुआ था, "आपकी अलक़ायदा अब एंकर्स के पीछे पड़ गई है।"

"असली मामला एंकर्स का नहीं है।" झा ने चाय की लम्बी घूंट हलक में उंडेली फिर बोले, "वह ससुरी अलक़ायदा सींग कटाकर बछड़ों में शामिल होना चाहती है और आजकल के यह बछड़े हैं बड़े उस्ताद...वह उसे घास नहीं डालते...अब खिसियानी बिल्ली क्या करे...तुम बताओ?"

रामनिवास भी दुखी थे, बोले, "और योगेश हर ख़बर को 'इसमें कुछ नहीं

है', कहकर पटक देता है।" "उसका प्राब्लम सीधा है" झा ने चाय का प्याला कूड़ेदान में डालते हुए कहा, "उस ससुरे को, दूसरे चैनल पर देखकर ही ख़बर समझ में आती है।...गलती उसकी भी नहीं है—समझा करो यार।"

उस दिन ताज पैलेस में सौरव गांगुली की प्रेस कान्फ्रेंस होनी थी। लाइव कवरेज़ का प्रबंध एक दिन पहले ही कर दिया गया था। सुबह ओ बी वैन होटल पहुंच भी गई थी।

रज्जन बाबू, ओ बी वैन के इंचार्ज़ थे। ग्यारह बजे के क़रीब कुलवंत के पास उनका फ़ोन भी आया था कि हमारी वैन को ठीक जगह नहीं मिल पाई है। कुलवंत ने होटल के सिक्यूरिटी स्टाफ़ से बात करके वैन को सही जगह भी दिलवा दी। इस प्रोग्राम के लिए एक्सपर्ट के रूप में बुजुर्ग़ खिलाड़ी कल्याण बाबू को बुलाया गया था। लेकिन पैनल पर कल्याण बाबू को बैठा देख विशाल चटक गया। "आपको यही मिले?" कुलवंत ने समझाया, "यही सबसे अच्छे हैं।" "लेकिन मुझे इनकी शक्ल पसंद नहीं...आपको कितनी बार समझाया है कि बिंद्रा जी का एक ही नारा है—फ़ील गुड, लुक गुड...समझे।" कुलवंत मन ही मन सोच रहा था, तो क्या करें क्रिकेट पर बात करने के लिए माधुरी दीक्षित को बुलाएं? वह यह भी सोच रहा था कि आगज़नी, तूफ़ान, बाढ़, भूकम्प, दंगा, हत्या...ऐसी तमाम बड़ी ख़बरें "फ़ील गुड, लुक गुड कैसे हो सकती हैं।"

ओ बी वैन को सही जगह तो मिली लेकिन सिगनल नहीं मिले। प्रेस कान्फ्रेंस शुरू हो गई थी। इस चैनल के अलावा हर चैनल पर सौरव गांगुली दिखाई पड़ रहे थे। इत्तिफ़ाक़ से बिंद्रा जी भी शहर में ही थे और स्क्रीन पर नज़र गड़ाए बैठे थे। उधर उनका ब्लड-प्रेशर बढ़ रहा था, इधर चौकड़ी के हाथ-पांव फूल रहे थे। अब दफ़्तर का हर शख़्स उनके निशाने पर था। दंगे का-सा माहौल था। प्रेस कान्फ्रेंस ख़त्म हो गई, सिगनल न मिलने थे, न मिले। कुलवंत ने हर तरह से सफ़ाई दी कि उसकी कोई ग़लती नहीं है। लेकिन 'देवता' को एक बलि चाहिए थी...और कुलवंत का सिर हाज़िर था।

"अब तो पूरे दफ़्तर पर हमारा कब्ज़ा हो गया है...अब तो कानाफूसी पर भी छापामारी शुरू कर दी है।" मिसेज़ जुल्का के चेहरे पर चमकती हुई मुस्कान थी, फिर बिंद्रा जी से हम लोगों के संबंध काफ़ी घनिष्ठ हैं।" रंजीत समझ नहीं पाया कि यह घनिष्ठता परमानेंट है, कान्ट्रेक्ट बेसिस पर है या फ्रीलांस है।

"मगर टीआरपी?" रंजीत ने लगातार गिरती हुई टीआरपी की ओर इशारा किया।

"आगे-पीछे वह भी ठीक हो जाएगी।" मिसेज़ जुल्का पूरे विश्वास से बोलीं।

रंजीत को लग रहा था कि मिसेज़ जुल्का समझ रही हैं कि टीआरपी भी जैसे

कोई स्टॉफ मेम्बर हो जिसकी गर्दन, जब चाहे पकड़ी जा सकती है।

टीआरपी नीचे जा रही थी और बिंद्रा जी के दिमाग़ का पारा ऊपर जा रहा था। दूसरी तरफ़ चौकड़ी में भी सत्ता-संघर्ष शुरू हो चुका था। सियासत का सीधा-सा उसूल है जब संसार मुट्ठी में होता है तो सिर फुटव्वल आपस में शुरू हो जाती है। योगेश को विशाल और नागभूषण की नज़दीकी पसंद नहीं थी। 'अलक़ायदा' उस आग में पेट्रोल छिड़कने का फ़र्ज़ बखूबी निभाती रहती थीं। उन लोगों में एक-दूसरे की चुग़लख़ोरी का ई-मेल युद्ध भी शुरू हो चुका था। बस फिर क्या था, सबसे पहले मिस्टर परमानेंट लंबी छुट्टी पर भेज दिए गए।

योगेश दफ़्तर में किसी 'खूंख़ार' की तरह बदनाम हो चुका था। उसके ख़िलाफ़ एक सामूहिक हस्ताक्षर अभियान चला और एक दिन वह 'किसी' के सिर पर 'सींग' की तरह ऐसा ग़ायब हुआ कि फिर दिखाई नहीं दिया।

''अब किसकी बारी है?'' रामनिवास ने सवाल उठाया।

रंजीत बोला, मेरे विचार से ''अलक़ायदा।''

''नहीं बॉस...उसे आप अब तक समझे नहीं हैं।'' झा मसाले की पुड़िया खोलते हुए बोले, ''उसके लिए तो यह गोल्डन चांस है, वह तो स्थितियों से कट ली है और किसी 'चालाक चौपाए' की तरह संपादक की कुर्सी पर आंखें गड़ाए बैठी है।''

''तो फिर?'' रामनिवास काफ़ी गंभीर थे।

''चलिए, एक कहानी सुनिए,'' झा ने मसाले की पुड़िया मुंह में उंड़ेलते हुए कहा, ''एक व्यक्ति था, वह हमेशा भगवान से धन की प्रार्थना करता रहता था। एक दिन भगवान प्रकट हुए और बोले, 'तुझे मनचाहा धन मिल जाएगा लेकिन मुझे तीन वरदान देने होंगे।'

''व्यक्ति बोला, 'भगवान, आप तीनों वरदान अभी ले लो।'

''भगवान ने कहा, 'अभी नहीं...समय आने पर लूंगा।'

''उस व्यक्ति को इतना धन मिल गया कि वह किसी महाराजा की तरह रहने लग गया। महीने भर बाद भगवान प्रकट हुए और बोले, 'पहले वरदान में मुझे तेरा बेटा चाहिए।'

''व्यक्ति गिड़गिड़ाया, 'इकलौता बेटा है, भगवान, कैसे दे दूं...बड़े लाड़-प्यार से पाला है।'

''भगवान ने कहा, 'कोई बात नहीं, मैं धन वापिस ले लेता हूं।'

''व्यक्ति सोचने लगा, बेटा तो फिर पैदा हो जाएगा, गोद ले लिया जाएगा...धन चला गया तो फिर कहां से आएगा? उसने बेटा भगवान के सुपुर्द कर दिया।

''एक महीना बीत गया। भगवान फिर प्रकट हुए और दूसरे वरदान के रूप में उसकी पत्नी को मांगा।

“व्यक्ति भगवान के चरणों पर गिर गया, बोला, ‘भगवान अर्द्धांगिनी है...जीवन साथ-साथ बिताया है...कैसे दे दूं।’ उसी क्षण ख़याल आया धन चला जाएगा। सोचा इस पत्नी के साथ बहुत रह लिए हैं...दूसरी पत्नी आ जाएगी। उसने अपनी पत्नी भगवान को सौंप दी।”

झा ने एक लंबी चुप्पी ली, फिर बात आगे बढ़ाई, “अब तीसरे वरदान का इंतज़ार था। उस व्यक्ति के पास अब सिर्फ़ धन बचा था और धन में ही उसकी जान थी। और वह घड़ी भी आने ही वाली थी।”

उस दिन इत्तिफ़ाक से रंजीत, रामनिवास और झा दफ़्तर के मेन गेट पर खड़े थे। विशाल की लम्बी गाड़ी सन्नाटे के साथ आई लेकिन बंद दरवाज़ा देख गाड़ी रुक गई। चौकीदार ने द्वार खोलने के बजाय आगे बढ़कर विशाल को बताया कि मैनेजर साहब का आदेश है कि आपके लिए दरवाज़ा न खोला जाए। विशाल तिलमिलाता हुआ कार से बाहर निकला, “यह क्या बदतमीज़ी है?” गार्ड ने उसे दोबारा मैनेजर के आदेश के बारे में बताया...विशाल ने तुरंत मोबाइल फ़ोन घुमाया...तभी गार्ड ने ड्राइवर से कहा, “मैनेजर साहिब का आदेश है कि कार को पार्किंग में लगाकर चाबी हमें दे दो।”

बौखलाया विशाल बार-बार फ़ोन लगा रहा था। रामनिवास ने रंजीत और झा की तरफ़ देखा, “लगता है तीसरे वरदान की घड़ी आ गई है?”

“शायद”। झा ने सिगरेट का कश लिया और विशाल की तरफ़ गौर से देखा और बोले, “लगता है ससुरे का आडियो पूरा डिप हो गया है।”

रंजीत के दिमाग़ का कैसेट तेज़ी से रिवाइंड हो रहा था, उसने खोए हुए अंदाज़ में कहा, “लगता है, सातवां आसमान...पांव-तले से खिसक गया है।”

ये साल्ले टीवीवाले

अनुराग मुस्कान

लकड़ी के टालवाले चंदर की उखड़ी सांसों ने मदनबाबू के चेहरे पर आनेवाली किसी अनजान मुसीबत की लकीरें खींच दीं। घर के बाक़ी सदस्य भी अब तक चंदर की आवाज़ सुनकर जाग चुके थे और मदनबाबू के चेहरे पर उभर आईं चिंता की लकीरों का संक्रमण सभी के ऊंघते-अनमने चेहरों पर सुपर इम्पोज़ होने लगा था। घर के सारे सदस्य मतलब पैंसठ साल के मदनबाबू के अलावा उनकी धर्मपत्नी कौशल्या, उनकी विधवा बहू अंजना और अंजना की चार साल की मासूम बेटी पूजा। चंदर तो पेट्रोल पंप पर हुए बवाल की बात बताकर चला गया लेकिन उसकी बदहवासी से अब तक सब बुरी तरह सहम चुके थे। सबके मन में एक ही सवाल था कि 'हे भगवान, अब क्या होगा?'

होना क्या था, वह रात मदनबाबू और उनके परिवार पर बहुत भारी गुज़री। 'धड़ल्ले से चल रहा था पेट्रोल में मिलावट का कारोबार—'शहीद पेट्रोल पंप पर नाराज़ उपभोक्ताओं ने मचाया बवाल'। अगले दिन अख़बार में शहर के पेज पर छपी इस ख़बर ने एक सीधे-सीधे रिटायर्ड शिक्षक मदनबाबू की इज़्ज़त ही मिट्टी में मिला दी। कुछ एक ख़बरिया चैनलों के स्थानीय रिपोर्टरों और स्ट्रिंगरों ने भी मामले को कवर किया। अख़बार के लिए तीन कॉलम और टीवी के लिए यह ख़बर एक फ़ोनो से ज़्यादा अहमियत वाली नहीं थी। ख़बरों के जंगल में एक हल्की तीख़ी-सी ख़बर। लेकिन मदनबाबू के लिए यह छोटा-सा फ़ोनो भी उनकी ज़िंदगी की सबसे बड़ी ख़बर की तरह था। मदनबाबू टीवी पर अपना तमाशा देख रहे थे। एंकर ने हर ख़बर की तरह सहजता से यह ख़बर भी पढ़ी। और अब एक ख़बर आगरा से—आगरा के पास ग्राम सेवला क्षेत्र में एक शहीद पेट्रोल पंप पर पेट्रोल में मिलावट का मामला सामने आया है. कल देर रात पेट्रोल में मिलावट को लेकर नाराज़ उपभोक्ताओं ने शहीद पेट्रोल पंप पर जमकर हंगामा किया। लोगों का कहना था कि इस पेट्रोल पंप पर काफ़ी समय से पेट्रोल में मिलावट का गोरखधंधा चल रहा था। सोमवार की रात कुछ लोगों ने पेट्रोल में मिलावट की बात पर हंगामा कर दिया और पेट्रोल पंपर पर जमकर तोड़फोड़ की। बाद में पुलिस ने मौक़े पर पहुंचकर गुस्साई भीड़ को काबू में किया।

इस मामले में प्रशासन ने तुरंत कार्रवाई करते हुए पेट्रोल पंप को फ़िलहाल बंद करने के आदेश दिए हैं और कहा है कि इस मामले की जांच कराई जाएगी। इस बारे में ज़्यादा जानकारी के लिए बात करते हैं आगरा में मौजूद अपने संवाददाता सुधीर पांडे से...जी सुधीर आपसे जानना चाहेंगे कि इस मामले में अब तक क्या हो सका है?

संवाददाता—जी देखिए, मैं आपको सबसे पहले ये बताना चाहूंगा ऋचा कि ये जो पेट्रोल पंप है ये एक रिटायर्ड शिक्षक के परिवार को शहीद स्कीम में एलॉट हुआ था क्योंकि इस परिवार का इकलौता बेटा कारगिल में शहीद हो गया था। और इसी पेट्रोल पंप पर तेल में मिलावट को लेकर कल कुछ लोगों ने काफ़ी बवाल मचाया है...हालांकि कल मौक़े पर जब हमारी बात पेट्रोल पंप के मालिक मदनबाबू और पेट्रोल पंप के स्टॉफ़ से बात हुई तो उन्होंने ऐसी किसी भी मिलावट से साफ़ इंकार किया है...उनका कहना है कि अगर पेट्रोल में काफ़ी लंबे समय से मिलावट हो रही थी तो इस बात की शिकायत कभी पहले क्यों नहीं की गई...इस पूरे मामले में एक बात और निकलकर सामने आई है ऋचा कि जो पेट्रोल पंप के मालिक हैं मदनबाबू, उनका कहना है कि उनके ख़िलाफ़ ये एक बहुत बड़ी साज़िश है लेकिन वो साज़िश क्या है ये वो अभी बताना नहीं चाहते, वो कहते हैं कि इस मामले में वो क़ानून पर भरोसा करते हैं और उन्होंने ये भी कहा ऋचा कि उन्हें लगता है मीडिया में आने से उनका पक्ष कमज़ोर पड़ सकता है। कुल मिलाकर अभी स्थिति ये है कि पेट्रोल में मिलावट की शिकायत मिलने पर आज सुबह इंडिया पेट्रोल्स की एक टीम ने इस पंप को अपनी मौजूदगी में सील कर दिया है...ऋचा।

एंकर—जानकारी के लिए बहुत-बहुत धन्यवाद सुधीर...और अब कुछ ख़बरें खेल जगत से...

सुधबुध-सी खो बैठे हैं मदनबाबू। अपनी ही ख़बर नहीं है उन्हें, अपनी ख़बर भी टीवी से मिल रही है अब तो। जाने कैसे कटेगा यह बुरा वक़्त। कल मन तो बहुत हुआ था मदनबाबू का कि टीवी कैमरे के सामने इंडिया पेट्रोल्स की सारी बदमाशी का कच्चा चिट्ठा खोलकर रख दें लेकिन विधायक रामप्रसाद के कहने पर मुंह बंद ही रखना पड़ा। शायद ठीक ही कहा था विधायक जी ने कि ये साल्ले टीवीवाले किसी के सगे नहीं होते, इन्हें केवल ख़बर से मतलब होता है और वह भी तब तक जब तक पहली ख़बर को पीटने कोई दूसरी ख़बर न आ जाए, आदमी का तमाशा बना देते हैं साल्ले। विधायक जी का आसरा न होता तो न जाने कल टीवीवाले कौन भाव बेच देते मदनबाबू को बीच बज़रिया। पहले तो सवाल पूछ-पूछकर बेचारे आदमी को मार डालते हैं और जब आदमी मर जाता है तो उसके घरवालों से पूछते हैं कि जी आपको कैसा लग रहा है? यही सब समझा-बुझाकर चुप किया था विधायक जी ने मदनबाबू को। टीवी वालों से कोई बात ही नहीं करनी है, जाना तक नहीं है टीवी वालों के सामने। टीवी वाले क्या समझें किसी का दर्द। गुस्से में रिमोट पर अंगूठे का अतिरिक्त

दबाव और टीवी ऑफ़। टीवी ऑफ़ होते ही घर में सन्नाटा पसर गया। पूरे परिवार की भूख मर चुकी है और प्यास हवा है। सबको विश्वजीत की बहुत याद आ रही है। बस, न्याय की उम्मीद में विधायक जी के आश्वासन ने सबको साधे रखा है। विधायक जी के अलावा अब कोई उम्मीद भी तो बाक़ी नहीं है। मदनबाबू ने एक नज़र दीवार घड़ी पर डाली। दोपहर के बारह बज रहे हैं। साढ़े बारह का टाइम दिया था विधायक जी ने। बीस एक मिनट तो लग ही जाएंगे यहां तक पहुंचने में। निकल लेना चाहिए अब।

'चल आ जा तुझे बज्जी घुमाने ले चलूं...चलेगी, चिज्जी दिलाऊंगा...चल...' अपने घर से विधायक जी के घर तक का तन्हा रास्ता अपनी चार साल की पोती पूजा के साथ काटना चाह रहे थे मदनबाबू और यह शायद इसलिए भी था कि घर में उदासी का आलम कहीं मासूम पूजा को मायूस न कर दे और फिर अपने अंदर टूटन की दरारों को पूजा की मासूमियत से भरी अजीबोग़रीब बातों से भरना बड़ा संबल देता था मदनबाबू को। सच, पूजा के सैकड़ों मासूम सवालों के जवाब देते-देते रास्ता कब कट गया पता ही नहीं चला। अति व्यस्त थे विधायक जी। विधानसभा चुनाव की दस्तक ने अव्यवस्थित कर दिया था उन्हें। कभी किसी से इस फ़ोन पर तो कभी किसी से उस फ़ोन पर मोबाइल फ़ोनों ने अलग परेशान किया हुआ था उन्हें। और चेले-चपाटे तो थे ही रही-सही कसर निकालने के लिए। इतने पर मिलने का टाइम दिया उन्होंने यही क्या कम है। धन्य हैं विधायक जी।

'हांऽऽऽ...जे ससुरा जैन पान बहुत ज़ोरदार बनाता है भई...हमको पान का लत इसी ने लगाया है...जैन पान भंडार का नाम सुने रखे हैं न मदनबाबू...?' पान का बीड़ा मुंह में डालकर उंगलियां अपने सिर से पोंछते हुए विधायक जी ने पूछा।

'जी...सुना है...' मदनबाबू को इससे संक्षिप्त उत्तर नहीं सूझा।

'हंऽऽऽ...ये जैन का खोखा भी निगम वाले कितनी बार उठा चुके थे...इल्लीगल जगह में बैठता है न...अऊर गरीब आदमी बिचारा बईठेगा भी कहां...फिर हम जाकर उसका मैटर साल्व कराए...उस दिन से बराबर दस जोड़ा पान गिफ़्ट में देता है हमको...मना किया तो भी मानता नहीं...खैर, आप सुनाइए मदनबाबू...देख लिए न, टीवी पर अपना तमासा...हम तो जानता हूं न इन टीवी वालों को...साले क्या से क्या बना देते हैं ख़बर का...इसलिए तो कल मना कर दिए थे हम आपको...सालों के मुंह ही नहीं लगना चाहिए न...' विधायक जी आरामकुर्सी पर कुछ ऐसे पसरे कि जैसे अपने कमर से नीचे का हिस्सा किसी के सामने परोस रहे हों। कमर से नीचे का उभार कुर्ते की गिरावन पर उभर गया। विधायक जी ताड़ गए सबका ध्यान वहीं है।

'एरे, साला...सुबह-सुबह ऐसे ही रहता है ये...परेसान हो जाते हैं हम...का कर सके हैं बताइए...हमरा कोई गलती थोड़ू न है...अभी पार्टी अध्यक्ष जी की सैक्रेटरी से बात कर रहे थे न फ़ोन पर...ससुरी बोलती ही ऐसे है...तुम किए हो कभी बात उससे...अं...एं...' टांग पर टांग रखकर कुर्ते की गिरावन आगे को खींचते हुए नेता

जी ने अपने एक चेले से चुटकी ली। मदनबाबू को छोड़कर सभी हंस पड़े। हंसी के ठहाकों में विधायक जी की झेंप भी मिट गई।

'अरे...बड़ी प्यारी बच्ची है भई...अयं...का नाम है आपका...?' विधायक जी ने सामान्य होते हुए बच्ची को पुचकारा।

'पूजा...' बच्ची ने नाम बताया।

'विश्वजीत की बेटी है साहब...' मदनबाबू ने बताया।

'हां...हां...जानते हैं हम...अच्छी तरह जानते हैं...ऐ लाखन, बच्ची के लिए बिस्किट-विस्किट लाओ तो ज़रा...हां, तो...तो...'

'जी मदन...मदनबाबू...' मदनबाबू ने विधायकजी को अपना नाम याद दिलाया।

'हां...सारी-सारी...मदनबाबू...चलिए बहुत हुआ इधर-उधर का बात...अब आप सुनाइए...का पूरा का मामला है आपका ये...?' पीक थूकते हुए विधायक जी गंभीर मुद्रा धारण करते हुए बोले।

'मामला तो सब आप जानते ही हैं...साहब...' मदनबाबू अपनी बारी आ जाने की राहत में सांस भरते हुए बोले।

'अरे नहीं...नहीं जे एक तो हमको साहब-वाहब न बोलिए...जनता के सेवक हैं हम...जनता के नौकर...बहुत जी करे तो नेताजी कह दीजिए...और का है न कि आप तो जानते हैं चुनाव सर पर है...और जब चुनाव सर पर होता है न तो पार्टी हाईकमान का डंडा हमार नीचे होता है...वोट बैंक को छोड़कर कुछ याद ही नहीं रखने देती पार्टी...एक बार जल्दी से बता दीजिए पूरा मामला...और ये क्या साज़िश की बात आप टीवी वालों को बताए हैं कल...अरे हमको बताइए...ऊ साले क्या करेंगे आपका तमाशा बनाने के सिवा...हमको बताइए।' कहते हुए विधायक जी ने अपने कान मदनबाबू की ओर बढ़ा दिए और आंखें पार्टी और चुनाव संबंधी काग़ज़ों में लगा दीं।

'आप तो जानते हैं साहब...मेरा मतलब नेताजी...विश्वजीत की शहादत के बदले केवल पेट्रोल पंप चलाने का लाइसेंस मिला था...वह भी कोई डेढ़ साल की भाग-दौड़ के बाद...पचासियों तो इंटरव्यू लिए गए थे हमारे...तब कहीं जाकर इंडिया पैट्रोल्स का लाइसेंस मिला...पेट्रोल पंप के लिए ज़मीन वगैरह और सारा सामान जुटाने में जमा-पूंजी, अपने रिटायरमेंट का पैसा और विश्वजीत के जाने के बाद मिला पैसा सब लगा चुका हूं...कुछ दिनों तक तो सब कुछ ठीक-ठाक चला लेकिन फिर इंडिया पेट्रोल्स की तरफ़ से पेट्रोल की सप्लाई को लेकर हमें परेशान किया जाने लगा...वहां के सेल्स ऑफ़िसर और डिविज़नल मैनेज़र हमें परेशान करने लगे कि किसी कांतीलाल वरदे नाम के आदमी को हम अपने यहां सुपरवाइजर रख लें...हमने हारकर चलो उसे सुपरवाइजर भी रख लिया लेकिन फिर कंपनी कहने लगी कि पेट्रोल पंप चलाना तुम्हारे जैसों की बस की बात नहीं है, तुम अपना लाइसेन्स कांतीलाल के नाम ट्रांसफर कर दो और यह तुम्हें दस हज़ार रुपए महीना देता रहेगा...अब आप ही बताइए साहब...यह तो पेट्रोल पंप

बेचने जैसी बात हुई न...हम अपना लाइसेंस उसके नाम क्यों कर देते भला...'

'हूं...फिर...' नज़रें काग़ज़ों में गड़ाए हुए ही विधायक जी ने कहा।

'फिर क्या साहब...इतनी बड़ी इंडिया पैट्रोल्स कंपनी हरामीपन पर उतर आई...अपने पेट्रोल पंप का प्रोपराइटर मैं हूं...और उन लोगों ने क्या किया...मेरी पत्नी कौशल्या को प्रोपराइटर शो करते हुए एक फर्ज़ी बैंक खाता खोलकर मेरे फर्ज़ी चेक बाउन्स कराने शुरू कर दिए...मेरे पास तो जब बैंक और कंपनी के हवाले से वकील का नोटिस आया मुझे तब सारी कहानी पता चली...मैं कंपनी के बड़े अधिकारियों से मिलने गया तो मुझसे बोले, ऐसा करो हमें दस लाख रुपया दे दो और एनओसी ले लो...फिर जैसे चाहो चलाना पेट्रोल पंप...मैंने जब कहा कि मेरे पास तो इतने रुपए नहीं हैं तो बोले ठीक है फिर पांच लाख रुपया हमसे ले ले और पेट्रोल पंप हमारा हुआ...मैंने कहा कि साहब पांच लाख से ज़्यादा रुपया तो मैं उसमें अब तक लगा चुका हूं...इतना सुनना था कि गाली बकने लगे मुझको...बोले जा साले अब चला पेट्रोल पंप...देखेंगे कैसे चलाएगा...हम यह कर देंगे...हम वह कर देंगे...मैं पुलिस में रिपोर्ट लिखवाने गया तो पुलिसवालों ने कंपनी का नाम सुनकर रिपोर्ट तक नहीं लिखी...थानेदार उल्टा मुझे समझाने लगा कि बाहर ही बैठकर सुलटा ले मामले को...कंपनी से लड़ तो पाएगा नहीं तू...मर ज़रूर जाएगा...अब आप देखो कल पंप पर जो हंगामा हुआ है वह कंपनी के भेजे हुए ही तो लोग थे सारे...मिलावट का आरोप क्या है सोची-समझी साज़िश है सब...अब आपका ही आसरा है नेताजी...कुछ कीजिए साहब...मुझे तो कभी-कभी लगता है अपने बेटे को देश की खातिर कुर्बान करके बहुत बड़ी भूल की है मैंने।' कहते-कहते मदनबाबू का जी भर आया।

'अरे...अरे...दिल छोटा न कीजिए...भई...हम किसलिए बैठा हूं...सारा खेल हमार समझ मा आ गया है...जो इंडिया पैट्रोल्स वाले हरामीपना दे रखे हैं साल्ले और कुछ नहीं...देख लेंगे सालों को...देखिए सबसे पहले तो एक बात गांठ से बांध लीजिए की मीडिया यानी अख़बार और ये टीवी वालों से दूर रहिएगा...किसी से कुछ बात करने की कुछ ज़रूरत नहीं है...मामला बिगाड़ देंगे साल्ले...फिर हम कुछ नहीं कर पाएंगे...ख़ासकर टीवी वाले तो एकदम दोगले होते हैं साल्ले...पॉलिटिक्स के कच्चे माल से ही अपनी ख़बरें और टीआरपी बनाते हैं और फिर पॉलिटिक्स को ही सबसे गंदी चीज़ बताते हैं...अरे पॉलिटिक्स से ही ससुरों के घर में दाल-रोटी चल रही है और इसी को गाली देते हैं...हमारी सरकार होगी तो हमारी सहलाएंगे साल्ले और उनकी सरकार होगी तो उनकी सहलाएंगे...ये किसी के सगे नहीं होते...ख़ैर, देखिए आपके मामले में बहुत समझदारी का इस्तेमाल करना पड़ेगा...क्या है न कि मामला बड़ी कंपनी से लड़ाई मोल लेने का है...

'हूं...हूं...एक काम हो सकता है...' गंभीरता से सोचने की मुद्रा बनाते हुए विधायक जी बात आगे बढ़ाते हैं, 'देखिए, इस मामले में पहले ही बहुत पैसा फूंक चुके

हैं आप…नतीज़ा हालांकि कछु नाहीं निकला…है ना…अब थोड़ा-सा पैसा और लगेगा लेकिन काम एकदम सॉलिड हो जाएगा ये हम जानते हैं…बोलिए तैयार हैं…', विधायक जी के चेहरे पर चमक थी।

'पैसा…लेकिन हमारे पास तो…'

'अरे, ज़्यादा नहीं यही कोई ढाई-तीन लाख रुपया…लेकिन काम ऐसा हो जाएगा आपका कि फिर कोई हिला नहीं पाएगा आपको…अब पहले ही आ जाते हमरे पास तो काहे सोचना पड़ता इतना…लुट-पिटकर आए हैं इसलिए थोड़ी तकलीफ़ हो रही है…लेकिन इतना तो करना ही पड़ेगा…देखिए इसके अलावा कोई रास्ता है नहीं…', विधायक जी के चेहरे की चमक में अब रंग भरने लगा था।

'बचा-खुचा सब चला जाएगा साहब…पर पहले बताइए तो सही करना क्या है…किसे देना होगा इतना रुपया…?' मदनबाबू के पास सच में और कोई रास्ता नहीं था।

'अरे, जितना जाएगा…सब दोगुना लेकर वापस आएगा…और देना-वेना किसी को नहीं है बल्कि आपके हित में ही खर्च करना है…देखिए ताकतवर लोगों से लड़ने के लिए पहले ताकतवर बनना पड़ेगा…चुनाव प्रचार के सिलसिले में पार्टी अध्यक्ष महोदय अगले हफ़्ते आगरा आ रहे हैं…बहुत बड़ी चुनावी रैली है…बल्कि यूं समझ लीजिए कि महारैला है…तो आप ऐसा कीजिए कि अध्यक्ष महोदय के स्वागत में आठ-दस होर्डिंग्स लगवा दीजिए सहर के प्रमुख चौराहों पर…प्रत्येक होर्डिंग पर आपका फोटो रहेगा हाथ जोड़े वाला…नीचे आपका नाम, श्री मदनबाबू, शहीद बिसबजीत के पिता…करके…हम रैला के दौरान अध्यक्ष जी का ध्यान होर्डिंग के माध्यम से आपकी ओर दिलाएंगे…का है न कि अध्यक्ष महोदय पार्टी में इंटरेस्ट लेने वालों के भक्त हो जाते हैं समझ लीजिए आप…और देखिए बिना कोई कानूनी कार्यवाही किए एक काम जो सबसे बड़ा होगा वो ये कि सहर भर में तने होर्डिंग्स पर आपका फ़ोटो देखकर इंडिया पैट्रोल्स वालों की फट जाएगी सालों की…समझ जाएंगे हरामज़ादे कि आपके सर पर पार्टी अध्यक्ष महादेय का हाथ आ गया है…हो गया न आधा काम…आगे हम सब संभाल लेंगे…बोलिए…बल्कि सोचिए मत हम तो कहते हैं खेल जाइए एक बार…बस एक फ़ोटो हमको दे दीजिएगा अपना जोरदार वाला…' विधायक जी के चेहरे की चमक में घुले रंग अब सुर्ख हो चुके थे।

'और फिर भी कुछ नहीं हुआ तो…' मदनबाबू केवल बुदबुदा सके।

'देख लीजिए मदनबाबू…इतनी पावरफुल पार्टी पर शंका कर रहे हैं आप…अरे जनता दो बाद केंद्र तक ऐसे ही थोड़े न पहुंचा चुकी है हमें…क्यों बेटी रानी बिस्कुट खाया आपने…हं…हं…ये लो और लो…पढ़ने जाती हो…हं…हं…बड़े होकर क्या बनेगी बेटी रानी…हं…हं…' विधायक जी ने बच्ची को गोद में लेते हुए पूछा।

'सोल्ज़र…' बच्ची का जवाब था।

'अरे वाह, अपने पापा की तरह बहादुर सोल्ज़र बनेगी बेटी रानी...फिर दुश्मनों को बंदूक से मारेगी...ढ़िचक्याऊं...ढिचक्याऊं...ढ़िचक्याउं...अं...अं...बड़ी प्यारी बच्ची है...एकदम बहादुर।' विधायक जी मदनबाबू के साथ बच्ची से भी खेलने लगे।

फिर जैसा विधायक जी ने समझाया था मदनबाबू ने सब वैसा ही किया। और कर भी क्या कर सकते थे। अख़बार और टीवी वालों ने इस मामले का फ़ॉलोअप करने की कोशिश भी की लेकिन मदनबाबू को पता था उन्हें क्या करना है। किसी साल्ले अख़बार और ख़ासकर टीवी वाले के मुंह नहीं लगे मदनबाबू। विधायक जी का हाथ जो था उनके सिर पर। चुनावों तक विधायक जी थोड़े बिज़ी थे और चुनाव जीतने के बाद तो और भी बिजी हो गए थे। प्रदेश में पार्टी एक बार फिर चमक गई थी। मदनबाबू अब अकेले नहीं थे, पूरी पार्टी की ताकत को अब अपने अंदर महसूस कर रहे थे वो। विधायक जी कितने महान हैं यह इसी बात से पता चलता है कि जीत की बधाई देने जब मदनबाबू विधायक जी के घर गए तो सबके सामने विधायक जी ने मदनबाबू की वाहवाही की थी। उन्होंने सबके सामने साफ कहा था कि मदनबाबू के निवेदन वाले होर्डिंग्स से पार्टी को बहुत फ़ायदा हुआ। मदनबाबू के बेटे विश्वजीत की शहादत पार्टी के पक्ष में जनता का रुझान बनकर ईवीएम में क़ैद हो गई। खूब तालियां बजवाईं थी विधायक जी ने विश्वजीत के लिए। मदनबाबू का सीना चौड़ा हो गया था गर्व से। उस दिन मदनबाबू से एक महीने की मोहलत मांगी थी विधायक जी ने। वो क्या है न कि चुनाव जीतने के बाद काम ही इतने होते हैं। ज़रा काम का प्रेशर हल्का हो जाए फिर आप ही का मामला देखना है। ऐसा बोला था विधायक जी ने।

महीना भर बीत चुका है। दो बार विधायक जी से मिलने भी जा चुके हैं मदनबाबू लेकिन पता चला विधायक जी दिल्ली गए हैं पार्टी मीटिंग में। विधायक जी से मिलना बहुत ज़रूरी है। इंडिया पैट्रोल्स से धमकी भरे फ़ोन आने लगे हैं। फ़ोन करके कोई कहता है कि, 'साल्ले हमें देने को पैसा नहीं है तेरे पास और राजनैतिक पार्टियों में पब्लिसिटी फंड लुटा रहा है...बहुत पैसा है न तेरे पास लुटाने को...बुड्ढे अब दस के बदले बीस लाख लगेंगे वरना पेट्रोल पंप की सील तुड़वाने के लिए काटते रहना अदालत के चक्कर...हमारा कहा मान ले वरना मर-मरा जाएगा किसी दिन रोड एक्सीडेंट में...समझा...आजकल वैसे ही बहुत हादसे हो रहे हैं...कोई काम नहीं आएगा तेरे ये नेता-वेता, सब बैठे रह जाएंगे...'

इत्तेफ़ाक की बात है आज ही विधायक जी दिल्ली से लौटे हैं। जैसे ही पता चला, मदनबाबू पहुंच गए विधायक जी के घर। भेंट भी हो गई विधायक जी से। पूरी बात सुनकर विधायक जी चिंतन की मुद्रा में आ गए।

'हूंऽऽऽ...उम्मीद से दोगुनी हरामी निकली ये कंपनी तो...क्या नाम बताया था...हां...इंडिया पेट्रोल्स...अब साला चक्कर क्या है मदनबाबू कि काम तो आपका अब तक हो ही जाता लेकिन सेंटर में सरकार अपनी नहीं है न...अब पिछले दिनों

पार्टी अध्यक्ष महोदय से प्रेशर डलवाकर आपकी एफआईआर तो दर्ज़ करवा ही दी थी...लेकिन हमको लगता है ऐसे काम होगा नहीं...एफआईआर कराने से और चिढ़ गई है कंपनी...क्या है न कि या तो सेंटर में अपनी गवरमेंट आ जाए...या फिर एक काम कीजिए न आप...अब बीस लाख मांग रहे हैं न कमीने...तो ऐसा कीजिए हम एक काम ये कर सकते हैं गारंटी से कि अपने अध्यक्ष महोदय से प्रेशर डलवाकर आपका काम पहले वाले रेट में ही करवा दें...साला एक बार का ही तो झंझट है...कहीं से कुछ जोड़-गांठ कर एक बार ले-देकर मामला ख़त्म ही करवा देते हैं फिर कम से कम ज़िंदगी भर का तो आराम है...कोई झांय-झांय नहीं...इतना तो हम स्योर करवा देंगे...आप सोच लीजिए...देखिए आज नहीं तो कल सेंटर में आना ही हमको...तब मां-बहन एक करके सब वसूल कर लेंगे इंडिया पेट्रोल्स वालों से...आप सोचकर बता देना...अभी तो हम जल्दी में हैं...सर्किट हाउस निकल रहे हैं...अरजेंट मीटिंग है वहां...आप बताइएगा हमको...बीस का दस हो जाएगा...टेंशन न लीजिएगा...' कहते हुए विधायक जी कब टाटा सफ़ारी में बैठकर निकल गए मदनबाबू को पता नहीं चला। जड़ के जड़ ही रह गए वह। मौन, स्तब्ध और लुटे हुए। आसमान फट पड़ा था और पैरों तले ज़मीन निकल चुकी थी। कुर्सी की टेक पर अपने मानसिक और शारीरिक बोझ के साथ निढाल पड़ गए थे वह। एकदम निढाल।

इस उम्र में दिल का दौरा नहीं झेल पाए मदनबाबू। कोई नहीं जान पाया कि आख़िर किस बात के सदमे ने मदनबाबू की जान ले ली। विधायक जी ने बाद में उनको यही कहते हुए श्रद्धांजलि दी कि पेट्रोल पंप के लिए तेल माफ़ियाओं से लड़ते-लड़ते मदनबाबू भी अपने बेटे विश्वजीत की तरह शहीद हो गए। बेटे के जाने से जैसे घर की एक मज़बूत दीवार ढह गई थी और अब मदनबाबू के न रहने से जैसे पूरी की पूरी छत ही भरभराकर गिर पड़ी हो उनके बाक़ी बचे परिवार पर। लेकिन दुनिया में किसी के न रहने से कोई काम नहीं रुकता। न विधायक जी की तरक़्क़ी रुकी और न इंडिया पैट्रोल्स का स्व. मदनबाबू के परिवार को परेशान करने का सिलसिला। मदनबाबू के बदले अब उनकी पत्नी और बहू अंजना विधायक जी के निवास के चक्कर काटने लगे थे। लेकिन विधायक जी को न कुछ करना था न विधायक जी ने किया।

वक़्त गुज़रता रहा। इंडिया पैट्रोल्स वाले परिवार को तरह-तरह से परेशान करते रहे और परिवार परेशान होता रहा। सबकी परेशानियों के हल थे, बस कौशल्या और अंजना की परेशानी का ही कोई हल नहीं था जैसे। नन्हा प्रिंस साठ फ़ीट गहरे गड्ढे से घंटों बाद भी सुरक्षित निकल आया था। नौएडा का अनंत फ़िरौती के रुपयों सहित अपनी मां के पास वापस लौट आया था। सबकी परेशानियों के हल थे बस कौशल्या और अंजना की परेशानी को छोड़कर, टीवी का ख़बर का असर यही बता रहा था अंजना को। कितने ही मामले उसने घर बैठे सुलझते देखे हैं टीवी पर। रोज़ ही टीवी पर कोई न कोई ख़बर देखती है अंजना और फिर देखती है ख़बर का असर।

इस वक़्त भी टीवी पर कोई ख़बर आ रही है। एंकर बता रहा है कि प्रेस इनफ़ार्मेशन ब्यूरो दिल्ली में पैट्रोलियम मंत्री की प्रेस कान्फ्रेंस में पार्वती नाम की इस महिला ने आत्मदाह की कोशिश की...ये महिला अलीगढ़ के पास के एक छोटे से गांव से जैसे-तैसे यहां पहुंची और सुरक्षा व्यवस्था की आंखों में धूल झोंककर किसी तरह कान्फ्रेंस हॉल तक जा पहुंची...इसने अपने ऊपर पेट्रोल छिड़का ही था कि वहां मौजूद टीवी कैमरामैनों और रिपोर्टरों ने उसे बचा लिया...थोड़ी-सी भी देर हो जाती तो शायद ये महिला आज हमारे साथ स्टूडियो में नहीं बैठी होती...क्योंकि मंत्री जी और उनके मंत्रालय के लोग तो इसे फ़िदायिन समझकर सहम चुके थे...टीवी के आधे परदे पर एंकर पीड़ित महिला के साथ स्टूडियो में बैठा बात कर रहा है और आधे परदे पर उस महिला के आत्मदाह के प्रयास वाले दृश्य दिखाए जा रहे हैं। बीच-बीच में वह दृश्य भी दिखाया जा रहा है जिसमें पीड़ित महिला टीवी वालों के हाथों से छूटने का प्रयास करती हुई मंत्री जी की ओर देखकर चिल्ला-चिल्लाकर रो रही है—'आपके राज में हम ग़रीबों के लिए न्याय नहीं है साहब...मैं मर रही हूं...खुद को आग लगा रही हूं...मेरा भाई सरहद पर दुश्मनों से लोहा लेते हुए शहीद हो गया और मैं न्याय और इंसाफ़ की लड़ाई में अपनी जान दे रही हूं...मेरे भाई के नाम पर मिला पेट्रोल पंप खा गए वो लोग...किसी ने कुछ नहीं किया...न आपके कानून ने...न समाज ने...सब भ्रष्ट हैं...बहुत मजबूर होकर मैंने ये क़दम उठाया है साहब...मैं घर में फांसी भी लगा सकती थी लेकिन मैं टीवी के सामने मर रही हूं जिससे मेरी आवाज़ पूरी दुनिया सुन सके...' थोड़ी देर में सभी चैनलों पर यही ख़बर थी। तमाम रिपोर्टर इस घटना का ब्यौरा दे रहे थे। हर चैनल पर मंत्री जी को पार्वती से वादा करते हुए दिखाया जा रहा था कि वो उसको जल्द से जल्द न्याय दिलवाएंगे। जिस पार्वती की बात कल तक कोई नहीं सुन रहा था उसकी बात आज टीवी वालों की बदौलत मंत्रीजी के अलावा पूरा देश सुन रहा था।

अजीब इत्तेफ़ाक था। अंजना को लगा जैसे टीवी पर वह अपनी ही कहानी देख रही है। तो क्या यह कोई संकेत है? पूर्ण सत्य। जुबां पे सच, दिल में है इंडिया। ख़बर वही जो सच दिखाए। हक़ीक़त जैसी ख़बर वैसी। ख़बर हर क़ीमत पर और सबसे तेज़ जैसे स्लोगन अंजना के जेहन में एक प्रोमो-सा बनाने लगे।

'मां...मुझे सोल्ज़र नहीं बनना...मुझे ये बनना है...' टीवी रिपोर्टर की ओर इशारा करती हुई मासूम पूजा ने अंजना की एकाग्रता भंग कर दी। अंजना ने सोच लिया कि अब वह अपने पति और बाबूजी की अधूरी लड़ाई को पूरा करेगी। सुबह होते ही वह विधायक जी से मिलकर इस बारे में उनसे बात करके सलाह लेगी। बाबूजी भी तो विधायक जी के पास ही जाया करते थे इस मामले में।

सुबह पहली फुर्सत में ही अंजना विधायक जी के निवास पर थी। टीवी वालों के ज़रिए अपनी आवाज़ उठाने की बात सुनकर विधायक जी बिना देर किए अट्टहास

करने लगे, 'हा...हा...हा...कल वाला ख़बर देख लिए का टीवी पर...हम तो जान रहे हैं इसलिए ये सब ऊटपटांग सोचने लगी हो तुम बेटी...नहीं-नहीं, ऐसा कुछ नहीं करना...आत्मदाह करना तो बुज़दिलों का काम है...'

'हम आत्मदाह करने की बात नहीं कर रही साहब...हम तो बस टीवी के ज़रिए से अपनी बात सबको बताना चाहती हूं कि कैसे बड़ी कंपनी हम ग़रीब लोग को परेशान कर रही है...बस।' अंजना की आवाज़ में उसकी पीड़ा का निचोड़ था।

'अरे, जे टीवी वालों के चक्कर में मत पड़ना कभी...पागल हैं साल्ले, देखा नहीं, लॉ एंड ऑर्डर का सरेआम मखौल उड़ाने वाली एक पगलिया की बात को बिना जांच किए नेशनल इश्यू बना दिया साल्लों ने...ऐसे ही तमासा बनाते हैं जे हर बात का...तुम चिंता नहीं करो...हम कुछ न कुछ करते हैं न...देखो...एक बात समझ लो...टीवी पर आने से बिगड़ जाएगा तुम्हारा केस...फिर हम कुछो मदद नहीं कर पाएंगे...नहीं-नहीं...टीवी पर तुम्हारा तमासा क़तई नहीं न बनने देंगे हम बेटी...मदनबाबू नहीं रहे तो का...हम तो ज़िंदा हैं...अं...हमसे बढ़कर हैं का ये साल्ले टीवीवाले...' विधायक जी पीछे मुड़कर अपने एक चेले को आंख मारते हुए बोले।

और विधायक जी के आश्वासन पर एक बार फिर घर लौट आई थी अंजना।

ट्रैकशॉट

संजय नंदन

"पहले ट्रैकशॉट लो। हां, वो ख़ून के धब्बों से शुरू करना।" कैमरामैन जमाल ने इतना सुनने के साथ ही शॉट लेना शुरू कर दिया। तभी रिपोर्टर की आवाज़ फिर आई, "भीड़ से कैमरा घुमा लो। ढेर सारे शॉट्स ले लो।" जमाल घुन्नाया, 'साले रिपोर्टर बनते हैं। कैमरे का 'क' नहीं आता और डायरेक्शन दे रहा है। लगे रहो मुन्ना भाई छुड़वाएगा। 10:30 का शो है। कॉओडिनेशन वालों को बता आया था लेकिन सालों ने फंसा दिया। शिफ्ट के ख़त्म होने से ठीक पहले शूट पर भेजने की आदत हो गई है।' पहले ख़ून...चप्पल...भीड़...हाथ में पिस्तौल और चेहरा। चेहरा ख़ून से लाल था। कैमरा ट्रैक होते हुए चेहरे पर फोकस कर रहा था। मगज में गोली लगी थी। मौके पर ही ढेर हो गया था। तभी फ्रेम में रिपोर्टर था। बोला, "यार, ये क्या कर रहे हो? कौन सुष्मिता सेन है जो घुसे जा रहे हो। क्लेज अप मत लो। चलो जल्दी करो, इंटरव्यू मिस न हो जाए।"

कैमरा लाइट एक चेहरे पर फोकस कर रहा था। पुलिस अधिकारी कैमरे के सामने था। पुलिस अधिकारी ने बोलना शुरू किया।

"एवरीबॉडी रेडी"

"...यस सर प्लीज हिंदी में पहले।" पीछे से आवाज़ आई।

पुलिस अधिकारी—"...एक नक्सली था। इसका नाम विरेसर है। तेलंगाना से लेकर नेपाल तक के नक्सली नेताओं से इसका संबंध था। उसे दिल्ली के चांदनी चौक इलाके की पूरी जानकारी थी। चप्पे-चप्पे से वाकिफ था।"

रिपोर्टर—"तो क्या ये चांदनी चौक इलाके में घटना को अंजाम देने आया था?"

पुलिस अधिकारी—"वी कांट ओवरलुक दैट एंगल"

रिपोर्टर खुश था। स्टोरी मिल गई। बोला, "चलो अब मैं बोलूंगा। बैकग्राउंड में वो बॉडी दिखे। पीछे से हटिए। हटो यार सुनाई नहीं देता।" भीड़ साइड हो गई। कैमरामैन बोला, "इट्स रोलिंग"। रिपोर्टर कैमरा के सामने बोलने लगा, "विरेसर नाम के इस नक्सली"...कट..."बिरेसर नाम के इस खूंखार नक्सली का अंत दिल्ली के लिए बड़ी राहत है। यह शख़्स दिल्ली के चांदनी चौक इलाके में एक बड़ी घटना

को अंजाम देने वाला था। निश्चित तौर पर दिल्ली पुलिस की यह बड़ी उपलब्धि है। चैनेल ग्लैक्सी के लिए सौरभ गुप्ता, दिल्ली से।''

''...पैक अप। चलो, जल्दी चलो, 10 बजे के बुलेटिन में चलनी है। किसी और चैनल ने शाट्स पहले दिखा दिया तो प्रकाश समरसिया मेरी ले लेगा। वैसे दाऊद एंगल होता तो हेडलाइन बन जाती।'' सौरभ गुप्ता बोला।

जमाल पर रिपोर्टर के इस उत्साह का कोई असर नहीं पड़ा। वह अपनी गति से सामान लपेटता रहा। सोच रहा था...साले ने बाइलाइन नहीं दी। शाट्स मैंने लिए, बाइट डीसीपी ने दी। बस पीटीसी के लिए इतना सारा पैंतरा। लड़कियां ही अच्छी होती हैं, बाइलाइन तुरंत दे देती हैं। कम-से-कम टाइम पास तो अच्छा हो जाता है। वैसे आज टाइम पास का पूरा जुगाड़ है। दस बजने में थोड़ा वक़्त है। स्पोर्ट्स वाली इंटर्न को साथ लेना है। साढ़े दस बजे का शो आज उसी के साथ देखना है। उसकी स्टोरी करवाने में जी जान लगा दिया था जमाल ने। तब उसने 'थैंक यू जमाल भाई' कहा था।

''नो, कॉल मी जमाल'' यही कहा था जमाल ने शोभना को। बात यहीं से शुरू हुई थी और तभी से जमाल भाई हर उस शूट पर जाने के लिए तैयार रहते थे जहां शोभना जाती थी। चाहे इसके लिए शिफ्ट के बारह घंटे काम क्यों न करना पड़े। जमाल खां का दिल है कि मानता नहीं था। शोभना के साथ सेटिंग होने पर टाइम से पहले आकर शूट पर निकल जाते थे और हां, स्टोरी चलने पर बधाई देना नहीं भूलते थे। लोग कहते हैं शोभना के बॉस के साथ-साथ जमाल भी उसकी नौकरी के प्रति पूरी तरह से आश्वस्त थे। फ़िल्म साथ देखने के लिए तैयार हो गई है। यह बात उनके दिमाग में मड़ोरी ले रही थी, तभी रिपोर्टर फिर चिल्लाया, ''...चलोगे या मैं जाऊं? दो, कैमरा स्टैंड मुझे दो।''

लाश वैसे ही सड़क पर पड़ी थी। ज़्यादातर कैमरा टीम जा चुकी थी। तमाशा ख़त्म...ख़ून से सड़क का एक हिस्सा लाल हो गया था। मांस का एक लोथड़ा भी बाहर था। नाक पर रूमाल बांधे लोग दाएं-बाएं से निकल रहे थे। जैसे कोई जानवर मरा हो। उसकी सड़ांध नाक में न घुस जाए। कैमरा जाने के बाद कोई उस खूंखार नक्सली को नहीं देखना चाहता था।

बीट कांस्टेबल केशव सिंह की मजबूरी थी। रिक्शे वाले को पकड़ लाया। ''...चल उठा। बिहारी...बहनचो...देख क्या रहा है! तेरा भाई है!'' सुबोध नूनिया के रिक्शे की पावदानी पर देश के एक खूंखार नक्सली की लाश थी। सीट पर बीट कांस्टेबल केशव सिंह। लाश के ऊपर बीट कांस्टेबल केशव सिंह के पैर। केशव सिंह गरियाता रहा। रिक्शा चलता रहा। केशव सिंह की मंगल बाज़ार से होने वाली आज की कमाई जाती रही और सुबोध नूनिया गालियों के बीच सोचता रहा, 'हरामी कब छोड़ेगा। साफ़-सफाई करनी होगी तब जाकर सो पाएगा।' सुबोध नूनिया के लिए

पिछले एक साल से रिक्शा ही बिछौना था। जहां थकता वहीं सो जाता। रिक्शा के सामने तभी एक गाड़ी रुकी। गाड़ी चैनेल 'ग्लैक्सी' की थी। सौरभ गुप्ता बाहर निकला। सौरभ जानता था कि इस लाइन में सरवाइव करने के लिए सबसे बनाकर रखना पड़ता है। सिपाही से लेकर अफसर तक। यही गुरु मंत्र है। अफसरों के बीच में सौरभ गुप्ता बीट कांस्टेबल केशव सिंह से हाथ मिलाना भूल गया था।

''...और सिंह साहब कैसे हो? कहां लिए जा रहे हो साले को?'' सौरभ ने पूछा। बीट कांस्टेबल केशव सिंह मूड में नहीं था। बोला, ''बहनचो...को आज ही मरना था। ऐसी तैसी कर दी माधरचो...ने। जाते-जाते साहब कह गए हैं मंगल बाज़ार से फल और सब्जी पहुंचाने को। इसे पहले मोरचोयरी में फेंकना है, फिर फुर्सत मिलेगी।''

''...चलिए मैं आपको फ़ोन करता हूं।'' सौरभ बोला और गाड़ी में जा बैठा। गाड़ी में उसका फेवरिट गाना चल रहा था। 'चांद सिफारिश जो करता हमारी...देता वो तुमको बता'। सौरभ खुश था। दो दिन के बाद स्टोरी मिली है। वह चहका और गुनगुनाया...'चांद सिफारिश जो करता हमारी...प्रकाश समरसिया होते हमारे।'

प्रकाश समरसिया इन दिनों काफ़ी पावरफुल था। उसके गुड बुक में रहना मतलब कैरियर बनना। लेकिन प्रकाश समरसिया के गुड बुक का रास्ता गुटके के पाउच से होकर जाता है। शूट से लौटो, स्टोरी के साथ गुटका लाओ। एक बार नहीं, लगातार, हर बार। गुटका खिलाओ, स्टोरी पाओ या स्टोरी से बच जाओ। मतलब ऐसा शूट जिसमें सुबह से शाम तक नेता के घर के सामने चौकीदारी हो लेकिन शाम को स्टोरी के नाम पर कुछ भी ना निकले। ऐसी चौकीदारी से बचना है तो गुटका से शुरू करो और शाम के प्रबंध के लिए हर वक़्त तैयार रहो। दूसरी बात, समरसिया को विदेश जाना पसंद था। विदेश मंत्रालय से यात्रा की ख़बर आते ही समरसिया एक्टीव हो जाते। मसलन शराब कैसी मिलेगी। खाना में क्या-क्या ख़ास होगा। वे ग्लोब को हाथ में लिए फिरने लगते। और हां...अंटी में पासपोर्ट। वैसे समरसिया विरोधी खेमा उनकी लड़कियों के प्रति रूखेपन को एक छलावा मानता है जो समरसिया देश की धरती पर लौटने के साथ ही ओढ़ लेते हैं। विदेश में वे खाते-खेलते हैं। खाने-खेलने का मतलब आप समझे नहीं। अरे वही, लड़कीबाज़ी! खैर, विदेश जूनियर नहीं, टाप बॉस भेजा करते हैं। लेकिन बतौर टीम मेंबर आप उनके रिपोर्ट की तारीफ करते रहें। बॉस की रिपोर्ट को देखना ज़रूरी नहीं है, उसकी तारीफ ज़रूरी है। जमाल कई बार समरसिया के साथ विदेश दौरे पर गया था।

गाड़ी में गाना बदल चुका था...'आई एम योर एडम मैडम...कजरारे... कजरारे... कजरारे'। यह गाना जमाल को इन दिनों अच्छा लगता था। लेकिन ज़ोर-ज़ोर से मोबाइल पर बात कर सौरभ गुप्ता खलल डाल रहा था। जमाल ने सोचा उसको तड़ी दे रहा है। विधायक से इस तरह से बात कर रहा है जैसे प्राइम मिनिस्टर से

बात कर रहा हो। तभी सौरभ गुप्ता ने गाड़ी रुकवा दी और पान की दुकान से 220, 130 तंबाकू वाला पान और गुटका लेने लगा।

जमाल घुन्नाया, 'जानबूझ कर लेट कर रहा है। न्यूज़ सेंस तो है नहीं, ना दाऊद ना आई एस आई, स्टोरी क्या घंटा चलेगी, और रिपोर्ट के बीच में भौकाल खड़ा कर रहा था। मुझसे लिखवा लो, स्टोरी जयंत प्रसाद ने चला दी तो थूक के चाट लूंगा। समरसिया के बाप में दम नहीं है कि स्टोरी चलवा दे चाहे गुटका खिलाओ या...चाटो।'

सुबोध नूनिया अचानक ही तेज़ी से पांव मारने लगा। उसे पता था कि इन कैमरावालों के पास सारी जानकारी होती है। चांदनी चौक रिक्शा यूनियन के अध्यक्ष रामेश्वर झा ने कहा था। कैमरा वाले आए तो क्या बोलना है, कैसे बोलना है। प्रैक्टिस भी करवाई थी। लेकिन जिस दिन चांदनी चौक से सभी रिक्शों को निकाला जा रहा था कोई कैमरा वाला नहीं आया। हां, उससे कुछ दिन पहले एक के बाद एक कैमरा वाले लोग रिक्शा पर बैठकर कुछ बोल रहे थे। एक तो उसके गांव के विरेसर मांझी के रिक्शे पर चढ़ा था। विरेसर को बोला, "...एक स्पीड पर चलाना।" कैमरा वाला आदमी उसकी सीट पर बैठ गया। दूसरा माइक लेकर पसींजर सीट पर। और विरेसर मांझी उकड़ू होकर घंटो दोनों को घुमाता रहा था। माइक वाला आदमी बोल रहा था, "...चांदनी चौक का चेहरा बदलने वाला है।" फिर कैमरा वाला आदमी कभी ऊपर से कभी नीचे से कैमरा लगा रहा था। दूसरे दिन जाकर पता चला चांदनी चौक में रिक्शा बंद। विरेसरा कहां गायब हो गया पता ही नहीं चला। ज़रूर कलकत्ता चला गया होगा। घर-द्वार सब स्वाहा हो गया है। सुबोध नूनिया तभी से ही सोच रहा था कि रिक्शा उसका, रिक्शा खींचने वाला वह, लेकिन इन कैमरा वालों को कैसे पहले से ही सारी चीज़ें पता होती हैं। सुबोध किसी तरह अगली लालबत्ती पर गाड़ी को पकड़ना चाह रहा था। लेकिन वह पहुंचता उससे पहले लाल बत्ती हरी हो गई। रिक्शा दाएं मुड़ा अस्पताल की तरफ़ और कैमरा वाली गाड़ी न जाने कहां। लेकिन सुबोध सोचता रहा अगर उसके इलाके में भी रिक्शा बंद हो गया तो वह कहां जाएगा। बबलुआ के पढ़ने के लिए किताब कैसे खरीदेगी उसकी माई? छठ में लाल साड़ी कैसे ले जाएगा बबलुआ की माई के लिए? छठी मइया नाराज़ हो गई तो? और घर में चूल्हा कैसे जलेगा? चांदनी चौक से भगाया था तो पूरा महीना बैठे रह गया था। दस रुपए सैकड़ा लेकर बबलुआ की मां चावल खरीद लाई थी। वह करजा भी बाक़ी है तभी तो उसके दिमाग पर ब्रेक लगा, "बहनचो...हवाई जहाज बनाएगा का। इंगे ले ले। अस्पताल आ गया।" मुर्दाघर के सामने बीट कांस्टेबल केशव सिंह ने रिक्शा रुकवाया। तू ठहर, कहते हुए बीट कांस्टेबल केशव सिंह गायब

हो गया।

अब रिक्शे की पावदानी पर लाश थी। धुंधली रोशनी थी और सुबोध नूनिया था। ख़ून से रिक्शे की पावदानी भर गई थी। नक्सली के आंख मुंह नाक हर जगह से ख़ून रिस रहा था। लाश सुबोध नूनिया ने देखी तो पहले भी थी लेकिन ऐसी नहीं। लाश ढोने का कोई अनुभव उसको नहीं था। उस तरफ़ देखने की हिम्मत नहीं हो रही थी उसकी। कभी वह सोचता कि लाश को नीचे उतार कर भाग जाए लेकिन वह इस सोच के साथ ही ठिठक जाता। उसे मालूम था कल यह सिपाही बहुत मारेगा। लेकिन घंटों इंतज़ार के बाद भी न सिपाही आया और न कोई दूसरा। निगाह बार-बार लाश की तरफ़ जाती और फिर मुर्दाघर की तरफ़। नक्सली की नीली कमीज से एक कागज बाहर झांक रहा था। घंटों से। जैसे किसी के इंतज़ार में हो। कोई निकाले और पढ़ ले। बार-बार कागज पर निगाह जाती लेकिन उसे लगता जैसे पॉकिट से कागज नहीं सिपाही झांक रहा हो। उसकी हिम्मत बढ़ी तो हाथ में कागज था। लेकिन सुबोध नूनिया की छठवीं की पढ़ाई उसका साथ नहीं दे रही थी। हाथ ठीक वैसे ही कांप रहे थे जैसे किनारु प्राइमरी स्कूल में मास्टर जी के सामने कांपते थे। क्लास में सभी बोरा लेकर बैठते थे लेकिन उसे यह अधिकार नहीं था। बाक़ी लड़कों के हिस्से की पिटाई भी उसे खानी पड़ती थी। मास्टर जी बोलते, "...राड़ जात...लतयतो बंदे...मातरम...धड़तम...सुधारतम..." वह पिटता बाक़ी बच्चे हँसते।

...सुबोध नूनिया के पिटने की आदत साथ-साथ दिल्ली चली आई। कभी पुलिस वाले हाथ साफ़ कर लेते तो कभी सवारी। लेकिन कागज पर बातें तो खड़ी-खड़ी थी। लिखा था...रिक्शा चालक एक हों। संघर्ष करो, सत्ता हमारी है। फिर सुबोध ने लाश की तरफ़ देखा। मगज फूटा था। मांस का लोथड़ा दिख रहा था। इसको क्यों मार दिया? एके औरतिया के का होई ए माई...बचवन कहां जाई गे मइया?...सुबोध नूनिया रो रहा था। रात के 10 बजे थे। मुर्दाघर में लाशें पड़ी थीं, रोशनी जा चुकी थी। बाहर विरेसर मांझी की लाश कफन के लिए तरस रही थी, रिक्शे की पावदानी पर ख़ून जम गया था। कुछ बूंदें ज़मीन पर भी गिरी थीं।

ग्लैक्सी चैनेल के दफ़्तर में लाश के विजुअल के साथ क्या किया जाए यह तय नहीं हो पा रहा था। सौरभ गुप्ता गुटका का पाउच समरसिया सर को सौंप चुका था। समरसिया सर ने उसकी एक पीटीसी (कैमरे के सामने रिपोर्टर का वक़्तव्य) को दो बनाकर स्टोरी पास कर दी थी। लेकिन डेस्क फंसा हुआ था। डेस्क के सामने आज का सबसे बड़ा सवाल था राखी सावंत के चुम्मे को कैसे दिखाएं। मोजैक कर के या पूरी तरह से। डेस्क बंटा था। कुछ भाई साफ़-साफ़ दिखाने की पैरवी कर रहे थे। कुछ को चुम्मे में मज़ा नहीं आ रहा था। बोले कि दिखा दोगे तो जनता को

पता चल जाएगा कि चुम्मे में दम नहीं है। छुपाओगे तो जनता फंसी रहेगी। मामला गंभीर था। बात केबिन क्रियू तक पहुंची। केबिन क्रियू का मतलब चैनेल ग्लैक्सी के वे लोग, जिन्हें केबिन मिला है। जैसा कि अक्सर होता है केबिन क्रियू ने कहा, ''यार बुलेटिन तुम्हारा है तुम ही फैसला कर लो। '' राखी सावंत का फ़ोन मिल गया था। उसके स्टुडियो आने की घड़ी नज़दीक थी। फैसला हो गया। चुम्मे का विजुअल जैसे था वैसे ही दिखाया जाए...बाक़ी के सामान्य विजुअल को मोजैक कर दें...सौरभ गुप्ता जानता था स्टोरी बेचना मुश्किल काम है। आज की बड़ी ख़बर डेस्क को मिल गई है। स्टोरी लेकर वह जयंत प्रसाद के पास पहुंचा। जयंत व्यस्त था। वह राखी के लिए सवाल बता रहा था। सौरभ गुप्ता बोला, ''सर मेरे पास बड़ी ख़बर है।''

''अच्छा।''

''जी सर, एनकाउंटर में बड़ा नक्सली मारा गया है। हमारे पास एक्सक्लूसीव रिपोर्ट है कि...''

''एक मिनट सौरभ। अरे ये राखी क्या पहनकर स्टूडियो में आ गई है! क्या है ये...! अरे समर, राखी को अभी एयर पर मत लो। चुम्मे वाला शॉट दिखाते रहो। अभिषेक, राखी को तुमने लाइनअप किया था?''

''हां सर।''

''तुमने देखा नहीं उसने क्या पहना था?''

''सर साड़ी तो पहना है।''

''क्या वो तुम्हारी बारात में आई है? क्या साड़ी में दिखाने के लिए बुलाया है?''

''नहीं...सर वो कह रही है उसने दूसरा ड्रेस भी रखा है।

''क्या है?''

''सर वो बैकलेस भी लेकर आई है।''

''तो सोच क्या रहे हो, चेंज करवाओ...हां बोलो सौरभ, क्या है तुम्हारे पास?''

''सर एक नक्सली एनकाउंटर में मारा गया है।''

''लेकिन एक्सक्लूसीव क्या है उसमें...समर राखी को लो। कैमरामैन को बोलो कि पीछे से शॉट बनाए। बैकलेस पहना है उसने। दिखना चाहिए। हां बोलो...''

''सर पुलिस के मुताबिक वो चांदनी चौक को निशाना बनाने जा रहा है।''

''अच्छा। हां, हां। ठीक है, तुम इसे एडिट करवाओ। सुबह के बुलेटिन में ले लेंगे।''

''सर सुबह तो पेपर में ख़बर आ जाएगी।''

''क्या बात कर रहे हो सौरभ तुम? एक्सक्लूसीव है तो पेपर में कैसे आएगा?''

''सर वो...''

"ठीक है यार, एक नक्सली को लेकर क्यों भावुक हो रहे हो? कल बात करेंगे।"

चौबीस घंटे के न्यूज़ चैनेल में कल बात करने का मतलब क्या होता है इस पर ज़्यादा सोचने की ज़रूरत नहीं है। मतलब रात गई, बात गई। स्टोरी गई। अगले दिन स्टोरी का कोई माई-बाप नहीं होता।

लेकिन सुबोध नूनिया को यह बात समझ नहीं आ रही थी कि वह अपने दोस्त विरेसर मांझी की लाश का क्या करे? विरेसर की लुगाई उसके ममहर की थी। और दोनों साथ-साथ दिल्ली कमाने आए थे। दोनों ने रिक्शा साथ-साथ खींचना शुरू किया था। चांदनी चौक पर रिक्शा बंद हुआ तब तक विरेसरा को नेतागिरी की लत लग गई थी। पांच रुपए से कम में वह पसींजर नहीं उठाता था। चांदनी चौक के सेठ चार रुपए के लिए गाली-गलौज पर उतर आते। विरेसरा कहता भूख आग है, रिक्शा रोटी है। रोटी से समझौता करोगे तो भूखे मर जाओगे। सुबोध समझाता, सेठ को चार रुपए में नहीं ले जाओगे तो भूखे मरोगे...उधर गांव में खेती-बारी हो नहीं पा रही थी। सुबोध, विरेसरा...जैसे जन दिल्ली भाग आए थे। जो थोड़े बहुत बाक़ी थे वह लाल झंडा धर लिए थे, कोई जहानाबाद तो कोई बेतिया। औरतियन रह गई थीं। मालिक लोग खेती कराते तो किससे? वह तो अपने दम पर हल भी नहीं उठा सकते थे। लालझंडा वालों से मालिक लोग भी घबराते थे। छूने से डरते थे। कलकत्ता होते हुए विरेसरा गांव चला गया। जाते-जाते अंग्रेज़ी में बोलिस... इज्जत से जिएंगे। तुम लोगों की तरह रिक्शा भी खींचें और गारी भी सुनें, ऐसा नहीं होगा। लेकिन गांव में न सड़क...न रिक्शा...न खेत। वो साला करता क्या? नक्सली बन गया। सुबोध सोचा, लोग क्यों बनते हैं नक्सली? मरने के लिए? अगर इस इलाके से रिक्शा बंद हो गया तो...?

"...बिजली चली गई थी। लाश ठीक से दिख भी नहीं रही थी। पैर कहां है, सर कहां...और ये माधर चो...बिहारी कहां गया?" बीट कांस्टेबल केशव सिंह बड़बड़ाए जा रहा था, "साले को कल ठोकूंगा।"

बाहर एक दुकान में लगी टी.वी. पर राखी सावंत की नंगी पीठ दिखाई दे रही थी। सामने कुछ रिक्शेवाले जमा थे। उसी में सुबोध भी जा खड़ा हुआ था, लेकिन उसे टी.वी. के स्क्रीन पर राखी की नंगी पीठ नहीं, विरेसर की लाश दिखाई दे रही थी। उसकी आंखों में पानी था। डब...डब पानी!

रचनाकारों का संक्षिप्त परिचय

राकेश कायस्थ

14 नवम्बर, 1972 को रांची में जन्मे राकेश कायस्थ पिछले 12 साल से मुख्यधारा की पत्रकारिता में सक्रिय हैं। फिलहाल 'आज तक' से जुड़े हैं। छिटपुट रचनात्मक लेखन भी करते हैं। व्यंग्य में विशेष रुचि। पहला व्यंग्य-संग्रह जल्द ही छपकर आनेवाला है।

संपर्क : 103 मीडिया टाइम्स अपार्टमेंट, अभय खंड IV, इंदिरापुरम, गाजियाबाद-201012
email : rakeshkayasth@hotmail.com

अजीत अंजुम

बिहार के बेगूसराय जिले में 1966 में जन्मे। जब पढ़ने के दिन थे तभी से पत्रकारिता करने लगे। स्नातक के बाद दो साल तक पटना के अख़बारों में जमकर लिखा और फिर एक अदद नौकरी की तलाश में दिल्ली आए। 'चौथी दुनिया' और 'अमर उजाला' में नौकरी की। 1994 में बीएजी फिल्म्स से जुड़े। सबसे तेज चैनल 'आज तक' में भी एक साल काम किया। फिलहाल 'बीएजी फिल्म्स' के प्रबंध संपादक हैं। यह पहली कहानी।

संपर्क : सेक्टर-19, शिवम ब्लाक, फ्लैट नं. 109, वसुंधरा, गाजियाबाद
email : ajitanjum@bagfilms.com

विजय विद्रोही

04 सितम्बर, 1964 को जन्मे विजय विद्रोही पिछले ग्यारह सालों से 'आज तक' में हैं। उससे पहले 'नवभारत टाइम्स', जयपुर में पांच साल तक उप-संपादक व रिपोर्टर रहे। मर्चेण्ट नेवी की नौकरी छोड़कर पत्रकारिता में आए। 'आज तक' के जयपुर ब्यूरो चीफ़ रहे। फिलहाल 'स्टार न्यूज़' में कार्यकारी संपादक हैं। यह पहली कहानी।

संपर्क : 21, कल्याण कॉलोनी, टोंक फाटक, जयपुर-302015
email : vijay.vidrohi@aajtak.com

रवीन्द्र त्रिपाठी

15 फरवरी, 1959 को पलामू (झारखंड) में जन्मे रवीन्द्र त्रिपाठी पहले बिहारी थे, फिर देहलवी बनने दिल्ली आए और आख़िरकार उत्तरप्रदेश (गाजियाबाद) में बस गए। पहले सांस्कृतिक पत्रकारिता की, उसके बाद राजनैतिक पत्रकारिता। पिछले तीन वर्षों से 'बीएजी फिल्म्स' में

आउटपुट एडिटर। साहित्य और रंगमंच में भी घुसपैठ करते रहते हैं। कहानी में घुसपैठ का नतीज़ा सामने है।

संपर्क : ई 102, जनसत्ता अपार्टमेंट, सेक्टर 9, वसुंधरा, गाजियाबाद-20102
email : tripathi.ravindra@gmail.com

मुकेश कुमार

1964 में शहडोल (म.प्र.) में जन्मे मुकेश कुमार प्राणिविज्ञान में एमएससी और जनसंचार एवं पत्रकारिता में स्नातक हैं। लगभग बीस वर्षों से पत्रकारिता में हैं। विभिन्न पत्र-पत्रिकाओं का संपादन करते-करते ख़बरिया चैनलों की मायावी दुनिया में आए। एंकरिंग, रिपोर्टिंग, प्रोडक्शन और चैनल प्रमुख समेत विभिन्न कार्य किए। 'परख', 'फिलहाल' और 'सुबह सवेरे' जैसे कार्यक्रमों से जुड़ने के बाद न्यूज़ चैनलों में महत्त्वपूर्ण ज़िम्मेदारियां संभालीं।

संपर्क : एस.आर.सी. 28 सी, शिप्रा रिवेरा, इन्दिरापुरम, गाजियाबाद, उत्तर प्रदेश

शाज़ी ज़मां

शाज़ी ज़मां का जन्म, मई 1965 में दिल्ली में। लगभग बीस सालों से पत्रकारिता से ताल्लुक। बीबीसी लंदन, 'ज़ी न्यूज़', 'आज तक', 'स्टार न्यूज़' और दूरदर्शन में रहे। सृजनात्मक लेखन में भी निरंतर सक्रिय। 'प्रेम गली अति सांकरी' पहला उपन्यास, बाक़ी उपन्यासों का लिखा जाना बाकी। फ़िलहाल 'स्टार न्यूज़' के प्रबंध संपादक।

संपर्क : स्टार न्यूज, ए-37, सेक्टर 60, नौएडा
email-shaziz@starnews.co.in

संगीता तिवारी

1994-95 में आईआईएमसी से पत्रकारिता का डिप्लोमा करने के बाद संगीता तिवारी पत्रकारिता से जुड़ीं। 1995 से टीवी पत्रकारिता में। इस दौरान 'आज तक' में बतौर संवाददाता और 'जी न्यूज़' में चीफ़ रिपोर्टर रहीं। पिछले चार साल से 'स्टार न्यूज़' में कार्यरत। फिलहाल 'स्टार न्यूज़' में ही वरिष्ठ विशेष संवाददाता हैं। अख़बारों और पत्रिकाओं में कभी-कभार लेख छपते रहते हैं। पहली कहानी 'हंस' में ही प्रकाशित। यह दूसरी कहानी।

संपर्क : स्टार न्यूज, ए-37, सेक्टर-60, नोएडा

गोविंद पंत राजू

गोविंद पंत राजू का जन्म 1959 में नैनीताल में। घुमक्कड़ी और पर्वतारोहण के साथ ही स्कूली दिनों में नैनीताल समाचार से पत्रकारिता की शुरुआत। जनान्दोलनों में भागीदारी के साथ कुमाऊं विश्वविद्यालय नैनीताल में मास्टरी की। फिर 'नवभारत टाइम्स' से जुड़े और 1995 से 'आज तक' में काम कर रहे हैं। आईसीएच कार फैलोशिप के तहत 'सोशल मूवमेंट्स इन ब्रिटिश कुमाऊं' शीर्षक से थीसिस प्रकाशन प्रक्रिया में। कई कहानियां, कविताएं और यात्रा-वृत्तांत यत्र-तत्र प्रकाशित।

संपर्क : ए.वी.सी.-2/330 वी, विराम खंड-2, गोमती नगर, लखनऊ-226010

प्रियदर्शन

प्रियदर्शन का जन्म 24 जून, 1968 को हुआ। एमए तक पढ़ाई की। मूलतः पत्रकार हैं लेकिन साहित्य में भी पर्याप्त दखल रखते हैं। विभिन्न विधाओं में लिखते हैं। अनुवाद करते हैं। फिलहाल 'एनडीटीवी इंडिया' में कार्यरत हैं।

संपर्क : ई-4, जनसत्ता सोसाइटी, सेक्टर-9 वसुंधरा, गाजियाबाद

email-priyadarshanp@hotmail.com

राजेश बादल

पिछले इकतीस बरस से राजेश बादल ख़बरों की दुनिया में हैं। पहले प्रिंट और रेडियो, फिर टेलीविज़न पत्रकारिता से जुड़े। 'रविवार', 'दिनमान', 'धर्मयुग', 'इंडिया टुडे', 'नवभारत टाइम्स', 'संडे ऑब्जर्वर', 'नई दिल्ली' और 'जनसत्ता' समेत कई अख़बारों में जमकर लिखा। बारह साल तक रेडियो और दूरदर्शन पर ख़बरें पढ़ीं। दस साल तक 'आज तक' चैनल से संबद्ध रहे।

संपर्क : सी-30, डिफेंस कालोनी, नई दिल्ली-4

email-badalrajesh@yahoo.com

विनोद कापड़ी

विनोद कापड़ी का जन्म भारत की आज़ादी के दिन 1971 में आंध्रप्रदेश के सिकंदराबाद में हुआ। बकलम खुद 'बचपन से ही कुछ कर गुज़रने की इच्छा थी, जो अब तक पूरी नहीं हो पाई। 16 साल से कलम बंद थी, तो मस्त था। टीवी की टीआरपी की दुनिया में जी न्यूज़ से लेकर स्टार न्यूज़ तक का सफर मुझे ही ख़बर कर गया। अब 'इजा' के लिए पहली कहानी लिखते समय लगा, जैसे जीवन को अर्थ मिल गया हो।' कॉलेज के दिनों में तो बहुत लिखा। फिलहाल 'स्टार न्यूज़' में वरिष्ठ कार्यकारी संपादक। लेकिन पत्रकारिता में आने के बाद यह पहली कहानी।

संपर्क : वरिष्ठ कार्यकारी संपादक, स्टार न्यूज़, 26 डी। नीलगिरी-1, सेक्टर-34, नोएडा

email- vonodk@starnews.co.in

राणा यशवंत

1972 में बिहार के छपरा जिले में जन्मे राणा यशवंत पिछले दस साल से टीवी पत्रकारिता में हैं। पांच साल तक बतौर प्रोड्यूसर जी न्यूज़ में रहे और अब 'आज तक' में एसोसिएट एक्जीक्यूटिव प्रोड्यूसर हैं। ख़बरों की बारीक़ समझ और बुनियादी सवालों के साथ जज्बात पकड़ने वाले राणा का साहित्य से भी गहरा जुड़ाव रहा है। वसुधा, वागर्थ और परिवेश में कविताएं प्रकाशित। यह पहली कहानी।

संपर्क : 424/4 सी, वार्तालोक सोसाइटी, वसुंधरा, गाजियाबाद (उप्र)

email-rana.yashwant@aajtak.com

शालिनी जोशी

भारतीय जनसंचार संस्थान से डिप्लोमा लेकर शालिनी जोशी 1995 से टीवी पत्रकारिता में हैं। 'जी न्यूज़', 'आज तक', 'बीबीसी वर्ल्ड सर्विस' में काम करते दिल्ली और लंदन से होते

हुए फ़िलहाल देहरादून में बीबीसी की उत्तरांचल संवाददाता हैं।
संपर्क : बीबीसी, लोअर अधोईवाला चंदर रोड, नजदीक एमडीडीए कॉलोनी, देहरादून
email-shalinidun@yahoo.co.in

दीपक चौबे

दीपक चौबे पेशे से टीवी पत्रकार हैं। फिलहाल 'आईबीएन 7' में कार्यरत। इससे पहले समसामयिक विषयों पर इनके 5-6 लेख छप चुके हैं। विज्ञान के विद्यार्थी रहे हैं, लिखने से ज़्यादा पढ़ने में अभिरुचि है। पत्रकारिता में आने के बाद शौक चर्राया कि एक आम आदमी (बेवकूफ) की निगाहों से दुनिया देखी जाए। तो यह जो सामने है, वह लिखा। यह पहली कहानी।
संपर्क : एसआरबी-84/बी शिप्रा रिवेरा, इंदिरापुरम, गाजियाबाद
email-choubey625@rediffmail.com

अमिताभ

1968 में जन्मे अमिताभ ने लखनऊ से बीएससी एलएलबी करने के बाद 'टाइम्स ऑफ इंडिया' के मीडिया स्कूल से पत्रकारिता का कोर्स किया। 1995 में 'आज तक' की शुरुआत करने वाले एसपी सिंह की टीम का हिस्सा बने। ग्यारह साल से 'आज तक' में ही अटके हैं। फिलहाल 'दिल्ली आज तक' चैनल के प्रमुख हैं।
संपर्क : आजतक, सातवीं मंज़िल, वीडियोकान टावर झंडेवालान एक्सटेंशन नई दिल्ली
email-amitabh.a@aajtak.com

नीरेन्द्र नागर

19 मार्च, 1960 को कोलकाता में जन्मे नीरेन्द्र नागर स्कॉटिश चर्च कॉलेज (कोलकाता यूनिवर्सिटी) से बीएससी (ऑनर्स) हैं। दो दशकों तक 'नवभारत टाइम्स', दिल्ली से जुड़े रहने के बाद फ़िलहाल 'आज तक' में कार्यरत रहे। आजकल फिर से प्रिंट पत्रकारिता में। जिन टैबू विषयों पर दूसरे लेखक लिखने से घबराते और कतराते हैं, उन पर लिखने की ललक। कश्मीर में जनमत संग्रह और मीडिया के पूर्वाग्रहों को रेखांकित 'आज के प्रश्न' पुस्तकमाला में लेख संकलित।
संपर्क : एफ-103, साकेत धाम, सेक्टर 61, नोएडा, पिन-201307
email- nirendra.nagar@aajtak.com

पंकज श्रीवास्तव

पंकज श्रीवास्तव का जन्म रायबरेली की तहसील तिलोई के गांव कमई में 3 जुलाई, 1967 को हुआ। इसी शहर से इंटरमीडिएट करने के बाद इलाहाबाद विश्वविद्यालय का रुख़ किया, जहां तेरह साल तक सांस्कृतिक-सामाजिक कार्यकर्ता के रूप में यायावरी के बीच इतिहास में एमए। चार सालों से इलेक्ट्रॉनिक मीडिया में। फिलहाल बतौर विशेष संवाददाता, 'स्टार न्यूज़' के लखनऊ ब्यूरो से संबद्ध। यह पहली कहानी।
संपर्क : 606-ए, अनुभव, उदयन-2, एल्डिको कॉलोनी, रायबरेली रोड, लखनऊ-226025

सुधीर सुधाकर

सुधीर सुधाकर का जन्म मधुबनी में 2 जनवरी, 1959 में हुआ। दो दशक से पत्रकारिता में सक्रिय। पटना, गुवाहाटी के अलग-अलग अख़बारों में नौकरी के बाद दिल्ली आकर टीवी पत्रकारिता की होड़ में शामिल। फिलहाल 'बीएजी फ़िल्म्स' में इनपुट एडीटर हैं। शुरू से साहित्य-कला में अभिरुचि। नब्बे के दशक में छिटपुट कविताएं कुछेक पत्र-पत्रिकाओं में प्रकाशित, लेकिन कहानी में पहली बार हाथ आजमाने की कोशिश।

संपर्क : जे-104 ए, सेक्टर-9, विजय नगर, गाजियाबाद

email-sudhirsudhakar@bagfilms.com

आशुतोष

1965 में जन्मे आशुतोष ने इलाहाबाद और जेएनयू से पढ़ाई पूरी की। 'साप्ताहिक हिंदुस्तान' और 'दैनिक हिंदुस्तान' में कई सालों तक काम करने के बाद देश के पहले प्राइवेट न्यूज़ चैनल 'बीआईटीवी' से जुड़े। सुरेन्द्र प्रताप सिंह के साथ काम करने की ख़्वाहिश लिए दूरदर्शन पर चलनेवाले आधे घंटे के कार्यक्रम 'आज तक' में आ गए। फिर चौबीस घंटे के 'आज तक' का अहम हिस्सा बने। अब आईबीएन-7 के मैनेजिंग एडिटर हैं। यह पहली कहानी।

संपर्क : 27 सी, नीलगिरी-1, सेक्टर-34, नौएडा-201301

email-ashutosh@tv18online.com

रवि पाराशर

रवि पाराशर का जन्म 16 मार्च, 1967 को हुआ। एमए, पत्रकारिता में पोस्ट ग्रेजुएट डिप्लोमा। क़रीब सात साल 'नवभारत टाइम्स', जयपुर के संपादकीय विभाग में काम किया। 1995 से इलेक्ट्रॉनिक मीडिया में 'नवभारत टाइम्स' में काम करने के दौरान करीब ढाई सौ लेख, रिपोर्ट, समीक्षाएं, कविताएं प्रकाशित। कहानियां ज़्यादा नहीं लिखीं, 1986 में पहली कहानी 'सिकुड़ते विस्तार' को 'मोदी कला भारती पुरस्कार' मिला। फिलहाल 'ज़ी न्यूज़' के संपादकीय विभाग में कार्यरत।

संपर्क : 341, वार्तालोक, सेक्टर-46, वसुंधरा, गाजियाबाद

email-parasherr@zeenetwork.com

संजीव पालीवाल

1965 में बरेली जन्मे संजीव पालीवाल ने स्नातक करने के बाद 'आज' से पत्रकारिता की शुरुआत की। 'दैनिक जागरण' और 'अमर उजाला' होते हुए टीवी की दुनिया में आ गए। 'बीआईटीवी' में कुछ साल काम करने के बाद दूरदर्शन के चर्चित कार्यक्रम 'सुबह सवेरे' से लोगों की नज़र में आए। फिर 'आज तक' से जुड़े और चार साल तक ख़बरों की चक्की में पिसते रहे। फ़िलहाल 'आईबीएन 7' में एक्जीक्यूटिव एडिटर हैं।

संपर्क : बी-3, इंद्रप्रस्थ एक्सटेंशन, पटपड़गंज, दिल्ली

email-sanjeev.paliwal@tv18online.com

रवीश कुमार

बिहार के मोतिहारी जिले में जन्मे रवीश कुमार ने दिल्ली विश्वविद्यालय से इतिहास में एमए करने के बाद पत्रकारिता की शुरुआत एक अंशकालिक संवाददाता के रूप में 'जनसत्ता' से की। 1962 में एनडीटीवी से जुड़े और फिलहाल एनडीटीवी में ही फीचर एडिटर हैं। दलितों और अल्पसंख्यकों से जुड़े मुद्दों पर बिल्कुल अलग अंदाज़ में रिपोर्टिंग के लिए रवीश जाने जाते हैं। टीआरपी के लिए मारामारी करनेवाली टीवी पत्रकारों की भीड़ में रवीश बिल्कुल अलग नज़र आते हैं। यह पहली कहानी।

संपर्क : 1002-ए, सनब्रीज अपार्टमेंट, सेक्टर-5, वैशाली, गाजियाबाद-201010

email-ravish@ndtv.com

परवेज़ अहमद

जन्म : 4 अगस्त, 1947, उज्जैन। विक्रम विश्वविद्यालय और जवाहरलाल नेहरू विश्वविद्यालय से शिक्षा। नवभारत टाइम्स, टीवीआई, ज़ी न्यूज़ होते हुए आजकल एआरवाई वनवर्ल्ड में कार्यरत।

अनुराग मुस्कान

अनुराग मुस्कान का जन्म 1973 को आगरा में हुआ। विभिन्न पत्र-पत्रिकाओं में व्यंग्य, लेख एवं कहानी प्रकाशित। आकाशवाणी एवं मंचों के लिए नाट्य लेखन एवं निर्देशन भी कर चुके हैं। संप्रति, विगत आठ वर्षों से इलैक्ट्रॉनिक मीडिया से संबद्ध, वर्तमान में *सहारा समय* न्यूज़ चैनल में एंकर।

संपर्क : के-71, सेक्टर-11, नौएडा-1

संजय नंदन

14 जनवरी, 1978 को बिहार के मुजफ्फरपुर जिले में जन्मे संजय नंदन की शुरुआती पढ़ाई-लिखाई वहीं हुई। बाद में मां-बाप ने पढ़ने के लिए दिल्ली भेज दिया मगर यहां आकर दिमाग पर पत्रकारिता का भूत सवार हो गया। पहले 'जी न्यूज़' में दो साल फिर 'आज तक' में चार साल उत्तर-पूर्व में खाक छानी और अब 'स्टार न्यूज़' की बदौलत देश भर में घूम रहे हैं।

संपर्क : बीएफएच 136, शालीमार बाग, दिल्ली-80

email-Sanjaey.nandan@gmail.com

●●●